安徳天皇追福八百二十年
赤間神宮創建百三十年 記念論集

海王宮

―壇之浦と平家物語

松尾葦江 編

安徳天皇縁起絵図　巻第八・安徳天皇御入水 部分（赤間神宮所蔵）

安徳天皇縁起絵図　巻第七・壇之浦合戦（赤間神宮所蔵）

安徳天皇縁起絵図　巻第八・安徳天皇御入水（赤間神宮所蔵）

平家一門画像十幅の内　平　資盛（赤間神宮所蔵）

序

安徳天皇御廟を中心とする長門国赤間関阿弥陀寺は、明治維新を迎えて廃寺となり、暫くの間御廟所は安徳天皇社と呼ばれたが、明治天皇紀（第三）明治八年十月の条に、

七日　長門国豊浦郡赤間関鎮座安徳天皇社を白峰宮に準じて赤間宮と改称し、官幣中社に列せらる。

と記された如く明治天皇の勅定により創立を見、同十四年新たに社殿が造営された。昭和十年安徳天皇の御入水から七百五十年を迎えるに際して殿舎は全面的に改築が行われ、同十五年八月一日昭和天皇は勅使を遣わされ、官幣大社に昇格を仰せ出されると同時に、赤間神宮と神宮号が宣下せられたが同二十年七月二日未明、太平洋戦争末期の大空襲により社殿は全焼、御神体安徳天皇尊像は源平合戦を画く、安徳天皇縁起絵図八幅とともに、予め御動座申上げ辛くも難をまぬがれたものの、旧国宝平家物語長門本二十冊は焼損、豊臣秀吉公の短冊を中心とする旧国宝懐古詩歌帖は、社殿と運命をともにした。

敗戦後官制は廃止され、焼失した社殿の復興は並大抵ではなく血涙をしぼる有様の中、先ず社殿の再建を成し尊像御神体を還御復座申上げ、ほぼ時を同じくして文化財保護委員会田山方南氏の指導により平家物語長門本二十冊は修復成り、重要文化財の指定を受けた。

昭和三十三年四月七日、竣工したばかりの龍宮造りの神門は、昭和天皇・香淳皇后両陛下のお通り初めを賜わって水天門と命名された。同三十八年九月には今上陛下（当時皇太子殿下）の御参拝を、同四十年四月全社殿の戦後復興漸く成るや同五十年十月には明治八年の御創建から満百年を迎え、寛仁親王殿下台臨を仰いで式年大祭が挙行され、同

五十五年皇太子殿下（当時皇太孫浩宮徳仁親王殿下）の御参拝を頂き、同六十年五月二日には、安徳天皇八百年式年大祭を迎え、勅使参向を仰ぎ高松宮宣仁親王・同妃喜久子両殿下台臨のもと、まさに世紀の大行事が挙行された。

爾来星霜二十年、本年五月の八百二十年祭には寛仁親王殿下お成りのもと、水天門の御染筆を賜わって神額の除幕と大神事が快晴の中に厳修され、今秋十月七日は明治八年の勅定以来百三十年の佳歳を迎え奉ることとなった。敗戦、加えて戦後無一物の中から精励努力すること六十年、かねてより収蔵する平家物語諸本の整理研究と校訂を念じる中、このたび深き御神縁を得て、旧知にして夙《つと》に平家物語の研究においては当代に並びなき、國學院大学教授松尾葦江博士の手に委ねることとした。

春秋とともに式年の今、これを記念して刊行せむとお図りしたところ、折角の時、斯界有為の論文を奉納願って記念誌として出版を、との御提言を得て勇躍これに着手するや、第一線の方々による快きご承諾を得るとともに、力のこもった新しい分野の、しかもこのために書きおろされた全ての論文を拝読して、私は御祭神安徳天皇御神霊鎮慰の深い思いを寄せられたことに、感動とあふれ出る涙を禁じ得なかった。

松尾博士の熱意とその労を犒《ねぎら》い、応じて貴重なる論考を神前に献じられた諸賢に対し、深甚なる感謝の意を表し以て序とする。

平成十七年盛夏

赤間神宮宮司　水野直房

海王宮——壇之浦と平家物語　目次

第一部

赤間神宮収蔵古典籍解題

監修　松尾葦江

凡例

一　この解題は、平成十七年三月現在赤間神宮収蔵の古典籍について調査したものである。『平家物語』の写本、平曲譜本、『平家物語』版本及び『源平盛衰記図会』版本の順に掲げる。解題作成に当って、各本に仮に呼称を付した。

二　調査した項目は概ね以下の通りであるが、適宜選んで記す。
外題・内題（目録題・本文題・尾題）・巻冊・残欠及び保存状況・書写年代・装幀・寸法・表紙・題簽・見返し・料紙・一面行数・用字・墨付丁数・振り仮名及び濁点・書き入れ・貼紙・蔵書印・伝来及び旧蔵・奥書・序跋・識語など・箱書・本文の性質・その他
版本の場合は、古活字版か整版か、柱刻・本文匡郭・画の有無・刊記・広告の有無・刷りの状態等も調査したが、適宜選んで記す。

三　この解題は荒木優也・石岡登紀子・内堀聖子・清水由美子・須賀可奈子が作成し、友次正浩が編集して、松尾葦江が監修した。
長門本の津田縫殿本については村上光徳氏、平曲譜本については鈴木孝庸氏にお願いした。

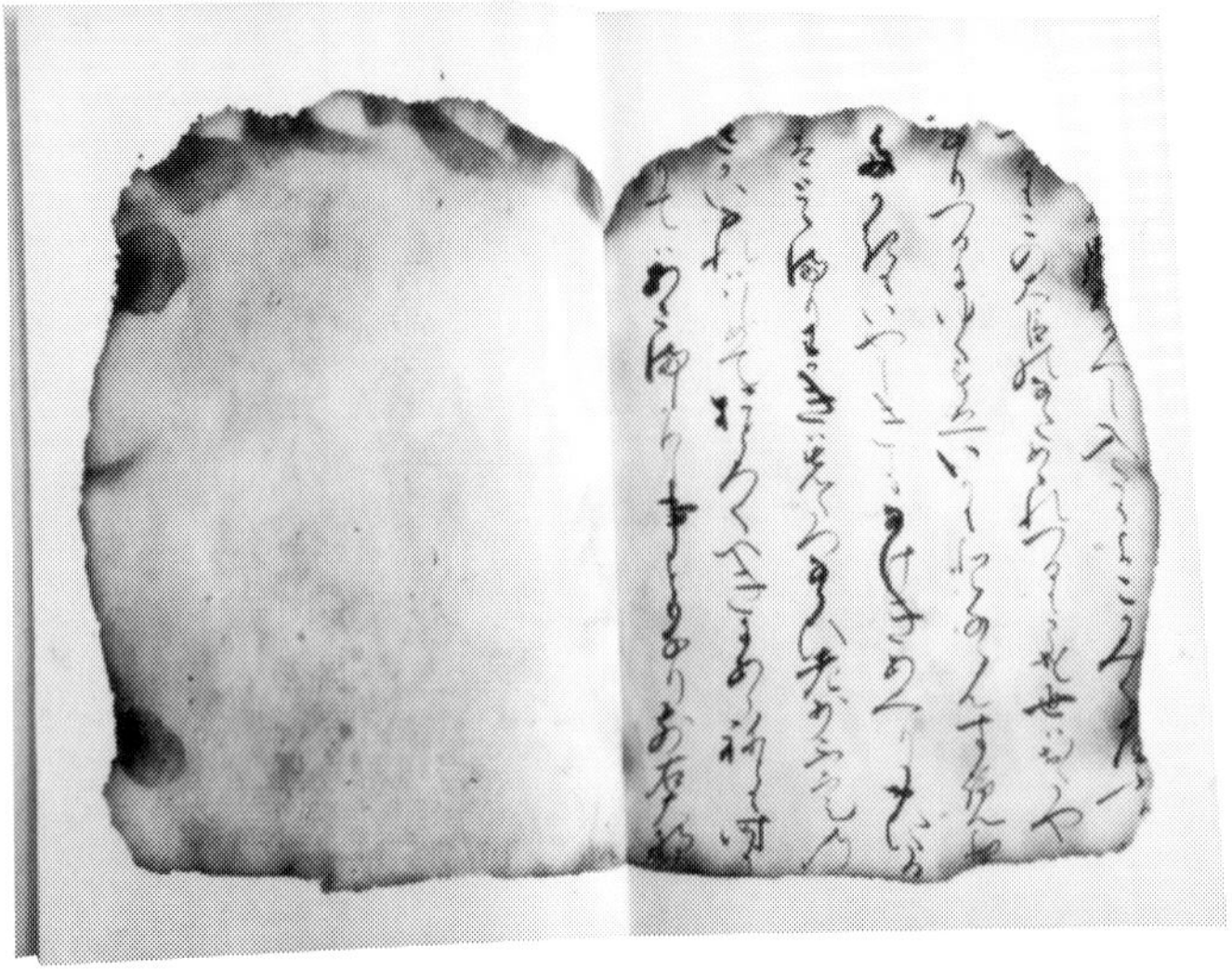

旧国宝本長門本平家物語巻六末尾

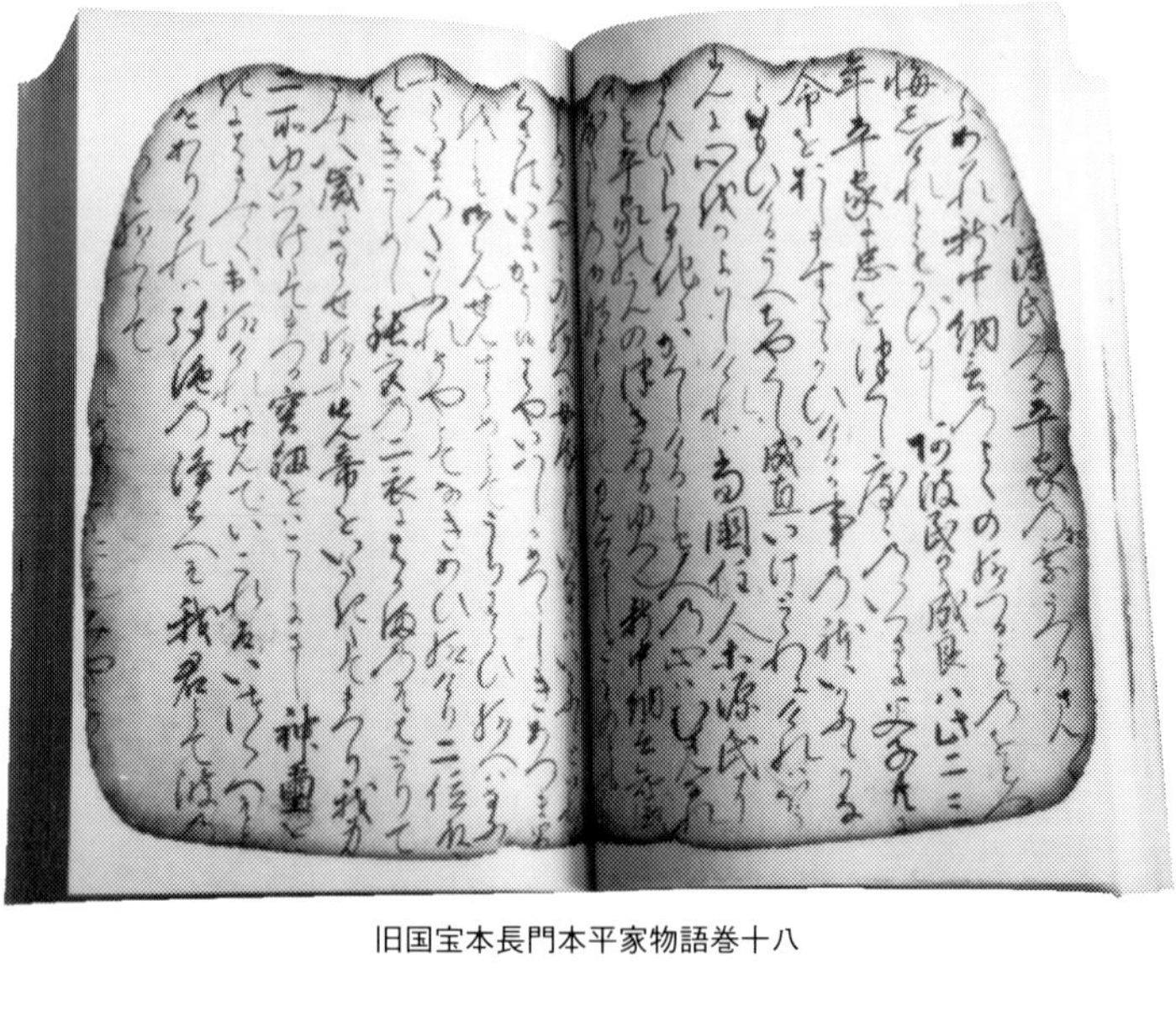

旧国宝本長門本平家物語巻十八

1　旧国宝本（長門本）

焼損激しく、判別不可能もしくは困難な箇所は、焼損以前に調査された中島正國氏の左記の論文から引用する。

中島正國「長門本平家物語の原本に就て」福井正満編『遠操会叢書第六』一九三五・一（一九三〇年十一月に執筆、『國學院雑誌』昭和六年［一九三一］一月号初出）

〈外題〉「平家物語巻第二」（〜廿）（貼題簽　左端、縦二〇・三糎×横三・三糎、文様なし）

〈目録題〉・あり。「平家物語巻第〇」巻二〜五・七〜八・十四〜廿（巻十五目録題は「十五」とのみあり）。

・なし。巻六・九・十一・十三。

・焼損のため判別不可能。巻一・十・十二。

〈本文題〉・あり。「平家物語巻第〇」巻六・八・十一・十三（巻十一は筆跡が異なり、「平家物語第十一巻」とする）。

・なし。巻二〜五・七・十四〜廿。

・焼損のため判別不可能。巻一・九〜十・十二。

＊なお、目録の前、もと遊紙（遊紙1オ）と思われるところにも巻名が記されている。

上部中央に数字のみ記すもの。巻二〜九・十一・十八。但し巻四の遊紙1オ左下には「赤間関阿弥陀寺」と書き入れあり。

左端に「平家物語巻〇」と記すもの。巻十九〜廿。

上部中央に数字、左端に「平家物語巻〇」と記すもの。巻十三〜十七。

焼損のため判別不可能。巻一・十・十二。

〈尾題〉巻十六　本文第100オ、本文の後に「平家物語巻才十六」とあり。

巻十九　本文第78ウ、やや右上に「平家物語巻第十九」とあり。

〈本文中章段名〉巻三・五のみあり（途中から）。巻廿は本文中に一箇所のみ「灌頂巻　寂光院」とあり。

〈巻冊〉二十巻二十冊
〈残欠・保存状況〉全巻にわたり焼損は激しいが、特に巻一・十・十二・廿が激しい。

〈寸法〉縦二九・二糎×横二〇・三糎（修復改装後）。縦九寸八分×横七寸五分（原装）

〈装幀〉袋綴・糸四つ目綴（改装後）。中島氏によれば、原装の装幀は「極めて不器用。表紙は所々に紺紙の痕跡（もと紺紙であったのを破損のために今のやうに改めたのであらう）」という。

〈料紙〉焼損激しく判別困難。中島氏によれば「すべて一様にみえるが或は中には多少違うものもあるやうに思はれる」という。

〈表紙〉栗皮色（焼損補修改装後）。黒綸子（網代に銀杏散らしの地紋）（焼損以前）。

〈見返し〉本文共紙
〈目録〉・あり。（一段書）巻二〜四・七・十六〜十九、（二段書）巻五・八・十四・十五・廿。
・なし。巻六・九・十一・十三。
・焼損により判別不可能。巻一・十・十二。
中島氏によれば「平家物語巻何とし次に目次を挙げ、紙を更めて本文を書き出す」とし、目録がある巻の中、巻八は目次なき巻と同様本文の前に平家物語巻第八と記す、巻十二・廿は本文を目次の裏側から書きはじめる、巻十五は目次の終わりに已上廿二ヶ条と記す、巻三・五は本文中に題目を掲げている、目録がない（失われたのではなく、元来目次がなかったものか）ものは巻一・六・九・十一・十三であり、本文の始めに「平家物語巻第〇」と題す、という。

〈一面行数〉焼損により判別困難。中島氏によれば、八行書きは巻一・三・四・六・十九、九行書きは巻二・五・十三、十行書きは巻七〜十一・十三〜十七・廿、十一行書きは十八という。

〈用字〉全巻にわたり漢字平仮名交じり。巻十三、十五は特に漢字が多く平仮名によるルビが多くみられる。

　中島氏によれば、巻一〜十二・十四・十七は年号、人名なども多く仮名を用いており、横に小さく漢字を註す。巻十三・十五は漢字が多く、その漢字の読み難いものには振り仮名がしてある、という。また、「仮名遣ひなどには余程注意をしたと見えて、誤写は白く塗り書き替へ、或は削りて上に記し、又は墨点を打ちて消し横側に訂正などしてある」という（一〇頁参照）。

〈書き入れ・ミセケチ・貼紙など〉＊〈その他〉の②項参照。

・書き入れあり。ヲコト点・訓点・ルビ・振漢字など。

書き入れ部分の文字が半分焼けている箇所もあり、焼損以前に書き入れたのであろう。なお巻十五本文第87ウ左上端に「八十九丁除表紙」とメモ書きのような書き入れ、巻十七遊紙左端に「九十丁除表紙」とメモ書きのような書き入れあり。ヲコト点は中島氏によれば巻一〜五（全巻朱点）・六（中ほどに一枚半だけ）。貼紙は巻七に一箇所のみ。

・ミセケチあり。胡粉の訂正あり。スリケシあり。

〈振り仮名〉あり。

〈筆跡〉巻十三は一面行数が一定せず、また筆の質も悪く、文字が右に傾くなどやや安定感に欠ける。巻十七は重ね書きして訂正する箇所が多い。その他巻ごとに書き方は一定していない。

中島氏によれば、筆者は数人であり、書き方も一定していないという。

〈その他〉

①昭和二十年七月の空襲により、旧国宝本は周辺が焦げる、料紙が黄色く変色するなど損傷した。そのため、その後、一葉一葉を切り離して厚紙の台紙に貼り付け、また表紙を付け替えるなど大掛かりな改装がされている。

その経緯が巻二十末に

「長門本平家物語二十冊者昭和
二十年七月二日依空襲被弾焼
燔而冊子周邉燼損其甚者不
留原形於茲関係者相諮談欲
遺貴本面目昭和廿四年秋依国
寶保存法修理着手之後同廿五年
四月遂其功畢　文部技官田山方南記
田山（朱印）　方南（朱印）」

と記され、また書函（縦四三・三糎×横四七・〇糎×奥行三五・五糎、角八箇所金具で補強、中は田の字に四つに仕切られている。黒い取手つきの遊板〔縦三一・七糎×二一・三糎〕がある）の蓋裏側には、

「國寶平家物語二十冊

昭和廿五年四月依
國寶保存法修理了

總工費九万六百七十円
監督文部技官田山信郎
同　文部技官石澤正男
修理施工者東京神田池上幸二郎
赤間神宮水野久直記」

と明記されており、修補、改装されたことがわかる。また、この時の改装で乱丁を起こしたのか、巻十二本文1ウと2オのあいだに、「乱丁この右頁を巻一最初に入れる」とメモ書きがある。なお、改装前の箱は中島氏の論文によれば、外箱（二箱）、低書に、

「長門赤間関阿弥陀寺不出平家物語廿巻之内寛政六甲寅十一月現住宝津代造之」

とあったという。宝津とは、阿弥陀寺第三十九代の住職。先帝六百回忌大法会を奉営し、御神影の表装等もし直している。

②現在の旧国宝本の姿は赤間神宮崇敬会が企画し発刊した複製『平家物語　長門本』で見られるが、白黒印刷のため、墨朱判別、貼紙や胡粉の判別などは困難であり、実物よりやや黒っぽく見える。そのため今回調査した、貼紙・朱の書き入れについて記す。

・貼紙による訂正　貼紙も焼けているため、焼ける以前に貼り付けたとわかる。貼紙の文字と本文の文字は別筆。

巻七本文第57オにある（□内が貼紙の内容）。

一日冷泉院御即位 位業

（上部焼損）御礼風の遊大極殿へ へ御

・小さな紙の貼紙　ミセケチか。巻三・五～十一・十五・十八

・胡粉の訂正　巻一・二（特に本文第41ウ～42オが目立つ）・八（二、三箇所）あり。

・朱　［句読点］巻一～五（全丁）・六（44ウ～45ウ、48ウ～49オのみ）・十七（本文第63ウ）・十九（本文第74丁のみ）あり。

［文章の区切りを示す〽］巻六・十四～十五・十七～廿にあり。

［ヲコト点］巻二～四（所々）・五（少し）・六（44ウ～45ウ、48ウ～49オのみ）・十七（本文第63ウ）にあり。

［その他］人名に朱引きした箇所は巻二本文第55オ「明雲」に一箇所、かぎ括弧は巻二本文第55オ「為朝～人也」に一箇所、字形や誤写の訂正などの朱書は巻三・五に数例みられる。また、朱書と墨書との両方で訂正している文字もある。

③巻十六は空欄箇所、脱文が多い。それらを他の本を参照して書き入れており、その書き入れについては伊藤家本と一致する例が多い。

④巻六最後「前右大将の」で丁一杯になって終わる。以降は欠脱か。

⑤現在の冊数は二十冊であるが、林羅山（慶長七年［一六〇二］阿弥陀寺参拝）『徒然草野槌』に、「長門本赤間関阿弥陀寺にて見たりしは十六巻あり」とある。また山田安栄氏は「琵琶法師」（『史学雑誌』第十二編第六号　一九

○一・六）に、「二十巻の内四五冊は紙質墨色共に後人の補写して古本の欠脱を補足せし痕跡を留めたり（中略）道春の見られたる頃は欠本のままなりしが補写して二十冊となししは其以後の事なりしか」などと述べており、冊数については以前からしばしば論議されている。

〈参考文献〉

・赤間神宮崇敬会企画『平家物語　長門本』（複製本）（山口新聞社　一九八六）
・中島正國「長門本平家物語の原本に就て」（福井正満編『遠操会叢書第六』一九三五・一、『國學院雑誌』昭和六年［一九三一］一月号初出）
・松尾葦江『平家物語論究』「第三章　長門本の基礎的研究」（明治書院　一九八五）
・中村祐子「旧国宝赤間神宮本をめぐって」（麻原美子・犬井善壽編『長門本平家物語の総合研究　第三巻』勉誠出版　二〇〇〇）
・石田拓也『伊藤家蔵長門本平家物語』解題（汲古書院　一九七七）

（須賀　可奈子）

2　赤間新本（長門本）

〈外題〉「平家物語　長門本　全廿冊」（題簽・中央・巻第一のみ）。巻二以降は巻名のみ漢数字で表紙左端の中央に打付書き。

〈内題〉「平家物語巻第一」（巻一・六・九・十一・十三は目録なし、本文題。それ以外は目録題・本文題）。巻十一・十二・十五のみは以下の通り「平家物語第十一巻」「平家物語第十二巻」「平家物語第十五巻」。尾題は「平家物語巻第十六」（巻十六のみ）。
〈巻冊〉二十巻二十冊
〈残欠・保存状況〉良、綴糸ほつれあり。
〈寸法〉縦二七・四糎×横一九・八糎
〈装幀〉袋綴
〈料紙〉楮紙
〈表紙〉布目地に横刷毛目
〈目録について〉巻一・六・九・十一・十三は目録なし。
〈一面行数〉十行
〈用字〉漢字平仮名交じり
〈書き入れ・ミセケチ〉朱書はミセケチが巻一に二箇所、巻七に一箇所、挿入符が巻一に一箇所の計四箇所。
〈貼紙〉巻一に朱書貼紙が二十二箇所。
〈蔵書印〉全巻にわたり、左記の二つの蔵書印が押されている。
「漆山文庫」（見返し、中央、朱文方印、縦三・五糎×横三・五糎）
「岡田真」（本文開始丁、右下、朱文長方印、縦三・五糎×横一・〇糎）
〈伝来・旧蔵〉漆山文庫（漆山順次）と岡田真の旧蔵。岡田真は「昭和五十九年一月没（八十三歳）の実業家で、アララギ派歌人としても知られている。平安朝・鎌倉時代の古写本類、古辞書、『万葉集』関係、西鶴本はことに名品を多く集めた。昭和二十五年『岡田文庫書目』刊。昭和三十年、四十年、五十四年の三回にわたり蔵書を売り立てた」（『日本古典籍書誌学辞典』）という。なお『岡田文庫書目』には、赤間新本と思われる写本は掲載されておらず、岡田真がいつ頃、赤間新本を所蔵していたかは不明である。

〈その他〉巻一～巻十と巻十一～巻二十とに分けて二帙に納められている。帙は藍色。帙題簽には「平家物語　長門本　乾　全二十冊」「平家物語　長門本　坤」とある。

　書写は複数の人間によって行われたと思われる。巻によって筆跡が違うだけでなく、同一巻においても筆の変化がみられた。短期間で書写された本ではないかと推測される。本文の改行の位置、漢文体における返り点の有無などは、一貫性がなく、法則性を見出すことは難しい。和歌は、全巻を通じて一字下げで書かれているが、例外として巻一「播磨路や　月も明石の浦風に　浪ばかりこそよると見えしか」のみが、一字下げで書かれてはおらず、本文に組み込まれた形となっている。本文中に記される章段名の有無は不統一である。また、目録の書き方は、一段、二段、一段と二段の混用、の三種が見られる。

　試みに國學院高校蔵（小堀鞆音旧蔵）の二十巻二十冊の長門本平家物語と比較の結果、得られた所見を記す。長門本は巻六尾「前の右大将の」と記して終わる伝本と、この一文を全く欠く伝本とに分かれることが知られているが、赤間新本、國學院高校本ともにこの一文はみられなかった。字句の異同について、国会貴重書本長門本平家物語を参照して、赤間新本と國學院高校本をみると、国会貴重書本とは対立して両本が一致している。具体例を挙げると、巻三（「土仏因縁事」）では国会貴重書本「父子」と記されているのに対し、両本「父母」となっている。巻十（「兵衛佐殿落給安房国事」）では、国会貴重書本「なきともあひけり」とあるところ、両本「なきあひけり」と記されている。巻二十（「灌頂巻　寂光院」）、国会貴重書本「青苔衣似」とあるのが両本「青苔似衣」と記し、赤間新本は「似」と「衣」の間にレ点が付されている。先述した巻一「播磨路や」の和歌が一字下げされていない点も、一致している。但し、赤間新本は内題を「平家物語第十五巻」としているが、國學院高校本巻十五は内題が欠落していた。目録は、赤間新本では巻十二のみが、二段に書かれているのに対し、國學院高校本では一段であった。章段名の有無についても、基本的には両本一致しているが、赤間新本では巻十四「平家物語都落事」がないのに対し、國學院高校本では行間に小書にされており、赤間新本が唯一有する巻十六の尾題は、國學院高校本には見られなかった。また、赤間新本には漢文体に時折付されている返り点は國學院高校本には一切付されていない。

これらの小異はあるが、赤間新本と國學院高校本は書写上近接した関係にあるといえよう。

（内堀　聖子）

3　津田縫殿本（長門本）

〈外題〉「平家物語　壹」（表紙中央　打付書き）
〈内題〉「平家物語巻第一」
〈巻冊〉二十巻二十冊
〈保存状況〉良好
〈装幀〉袋綴
〈寸法〉縦三〇・四糎×横二一・二糎
〈表紙〉白茶色に横縞模様
〈一面行数〉九行

〈用字〉漢字平仮名交じり

〈蔵書印〉①森川家図書印

②津田縫殿蔵書之印

津田印の方が新しいか。後述。

〈本文〉巻六巻末「前右大将の」なし。全体的に国書刊行会版長門本や伊藤家本と大きな違いはないと思われる。

〈目録等について〉

目録（目次）は現存する多数の長門本と同様に、巻一・六・九・十一・十三にはない。これは旧国宝本以来のことであって、中島正國元宮司が『國學院雑誌』昭和六年一月に報告されているが、長門本はその形を踏襲して来たものと思われる。

巻一は目録がなく、一丁のはじめから

平家物語巻第一

祇園精舎のかねのこゑ…

として、巻末に

長門国安徳天皇像奉納

信濃前司行長以自筆本

書写畢

と書かれている。巻二は

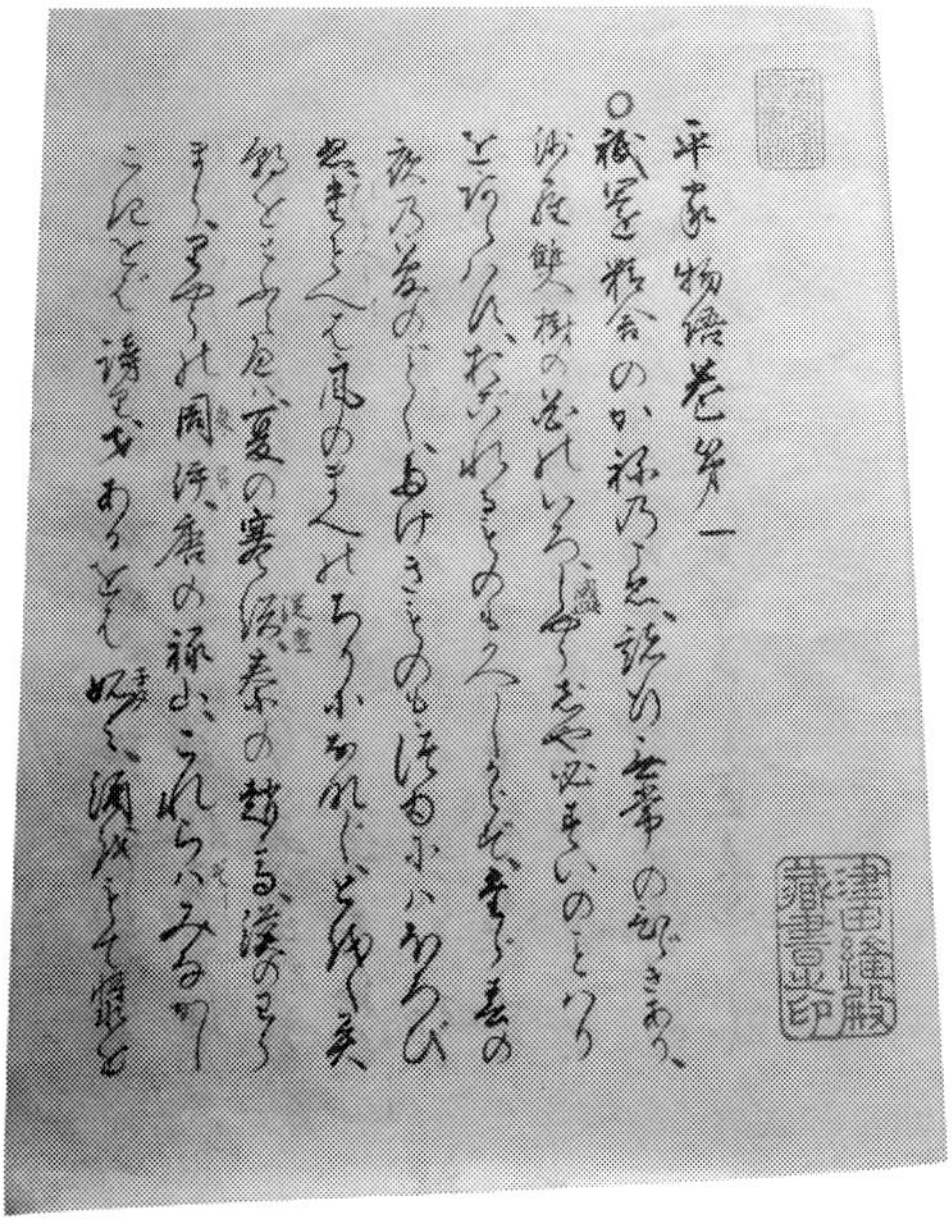

写真１　津田縫殿本長門本平家物語巻一冒頭

平家物語巻第二
師高焼払温泉寺事
白山神輿振上山上事
……………………

とあって、目録の最後は

成親卿被召取事

でおわり、丁をあらためて本文を書きはじめている。

津田縫殿本はこのような形式で記されている。目録の書写の形式は伊藤家本や国会図書館貴重書本などの諸本と同一と見られる。

また、巻廿のおわりにも、巻一尾と同じく

長門国安徳天皇像奉納
伝信濃前司行長以自筆本
書写畢

が記されているのが、この津田縫殿本の特徴である。

一般的に言って、現在まで私が見てきた古写本類で書写の形式が古いと思われる本はあまり総目録とか、目次立て、章段の区切りがない本が多いように思う。各巻切れ目なくはじめからおわりまで続いている。読んだ人が

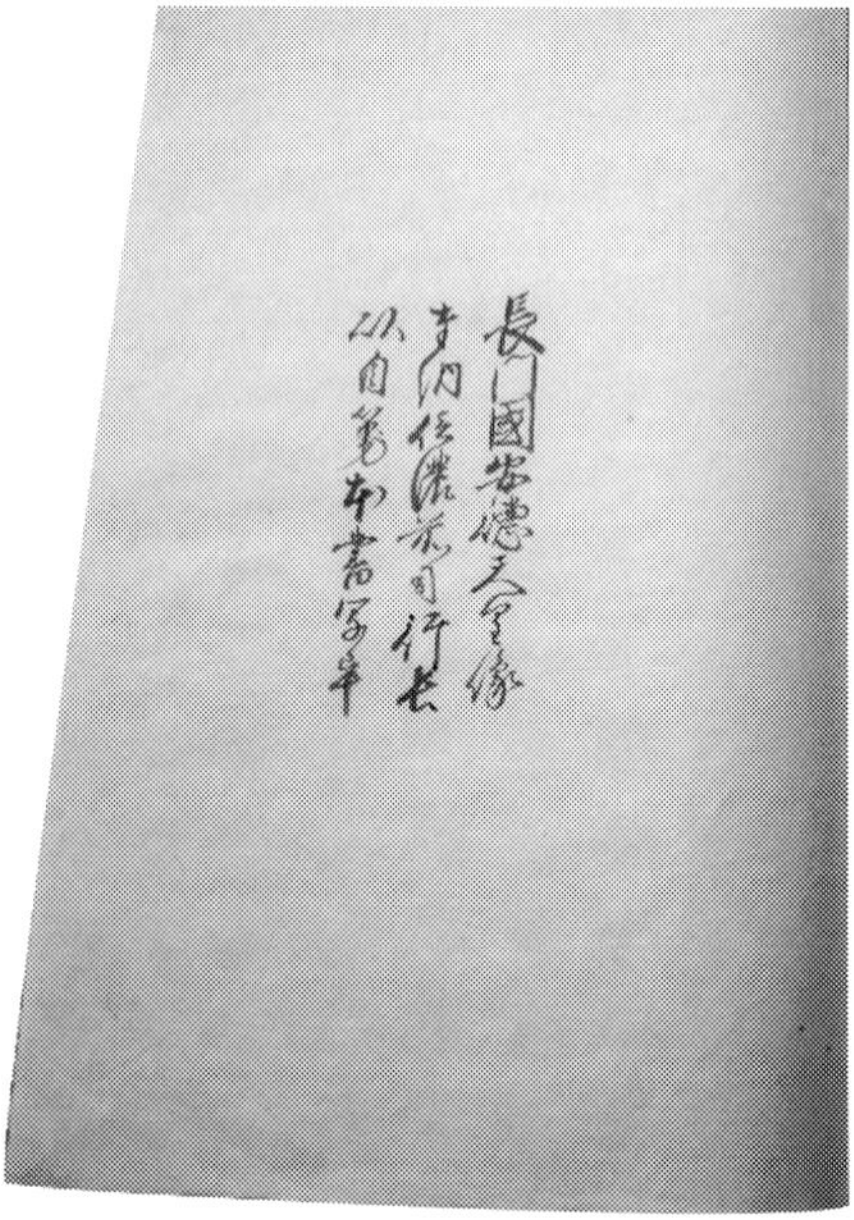

写真２　津田縫殿本長門本平家物語巻二十尾

後で朱か墨で、切れ目に当るところに目次題目を書き込んでいる。近世になって版本が出されるようになってから、目次をつけ、切り目をつけるようになって、これが写本群にも取り入れられたのではないか。

長門本はどうも古い時代の書写形式を伝えている本ではないかと思われる。私は未だ、長門本で題目を立てて版本のような形式になっている本を見たことがない。これも想像だが阿弥陀寺本（旧国宝本）時代からの書写形式が大切にされて来て、できるだけ忠実に書写されたからではなかろうか。

〈朱筆について〉本文中に多くの朱の句点、読点と思われる書き入れがある。例えば（○印は朱）

○祇園精舎のかねのこゑ、諸行無常のひゞきあり、沙羅双樹の花のいろ、しやう《盛》しや必すいのことはりをあらはす、おごれるものも久しからず、（「ゞ」「ご」「ず」は文字は墨で濁符のみ朱）

十五頁写真1を参照されたい。

また漢文にも朱で返り点が多く見られる（○印は朱）。

…号二名於八-幡太-郎一以-降、為二其ノ門-葉一者、莫レ不三帰-敬一セ義-仲為二其後-胤一ト…（八幡願書）

その他「印本…」・「一本…」として異文の注記がある。例えば巻六には

同年六月廿四日、辻風夥敷吹て、（印本ニハ五月十二日午の刻ばかり里トアリ）

と左右に書き入れのある例がある。

ちなみに、この「廿四日」は盛衰記巻十一や国書刊行会版長門本では「十四日」になっている。

巻七「源氏揃」の人名を見ると、

例1　浦野ノ太郎《印本四郎ト作ル》重遠

例2　葦敷八郎《印本次郎》重頼

例3　関田《カイデン印本》ノ判官代重国

例4　八嶋ノ先生（麻時《印本シゲタカ》
（結合の記号は朱）

巻十三「八幡願書」、

例5　如レ向二（印本立ニツクル）流ー車一、然
（結合の記号は朱）

例6　恃ー哉況［悦欤］哉、

例7　加レ感［威印本］、霊神

例8　見二（印本瑞相）一謁［端欤］結）一、敬白
（結合の記号は朱）

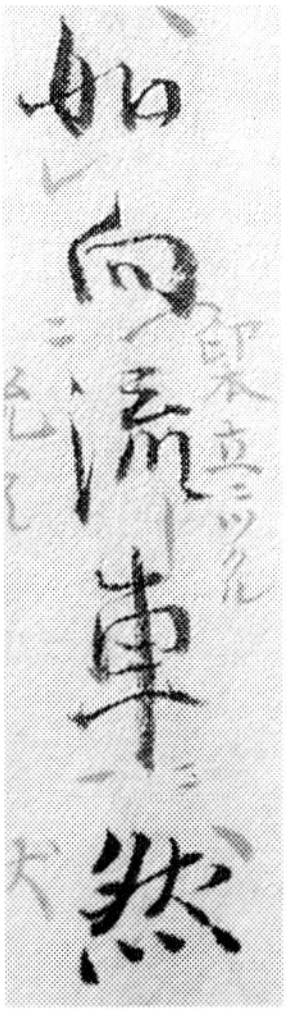

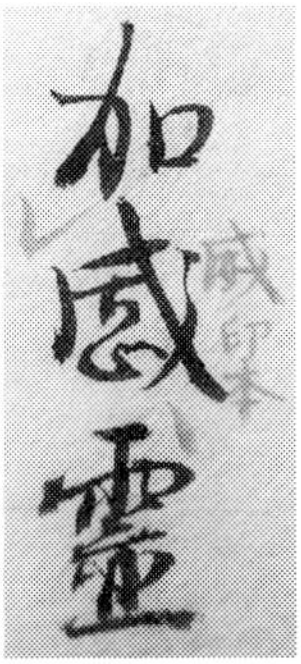

例9　寿永二年（印本五月十一日）六月二日
（結合の記号は朱）

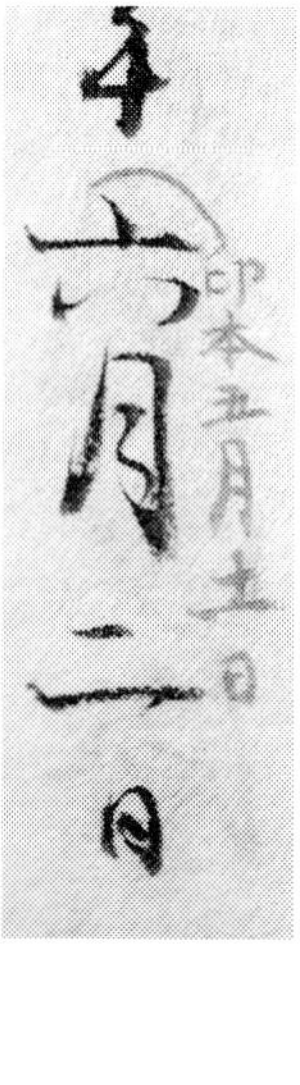

国書刊行会本は六月一日となっている。

印本の本文引用は片仮名で書かれているところからみて、近世初期の一方系古活字本か、片仮名整版本（元和本のような）を見たのではないだろうか。

「一本…」についてははっきりと例示しないが、

例10　人のため○（本ノマ、）あるべし

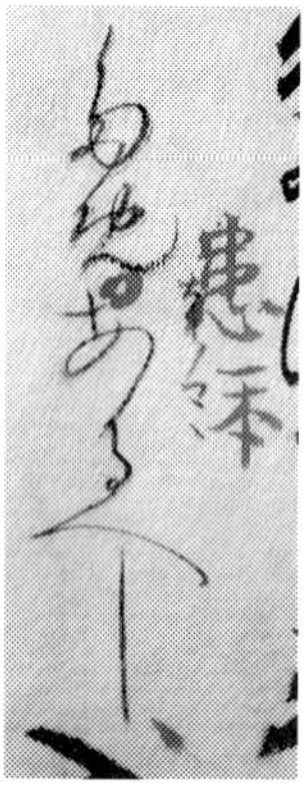

例11　きこねとをに別のゐ（本ノマ、）（意、）
き、つねとをに一本　別のい一本

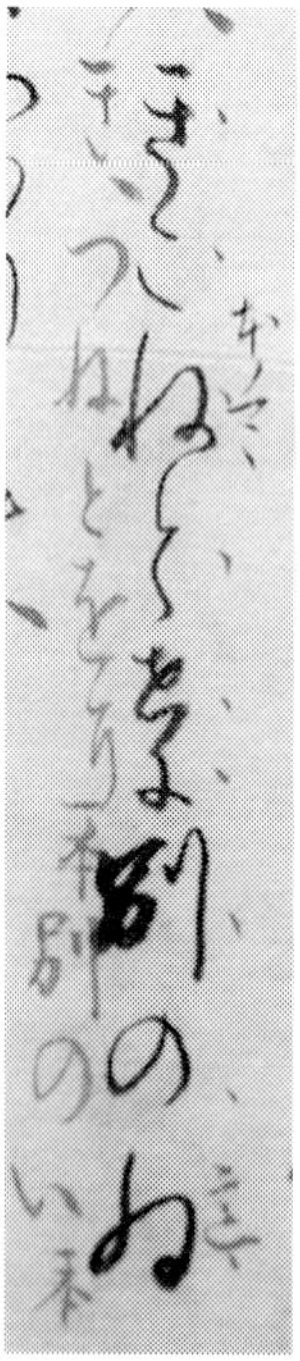

例12　ひら丸《次郎一本 印本次郎》すぐれた

などを見ることができるが、参考にした本が何かについては分らない。

その他、この津田縫殿本が使用した底本に虫くいがあって判読不可能な部分について、次のように記している。

例13　おちまさる□《虫》

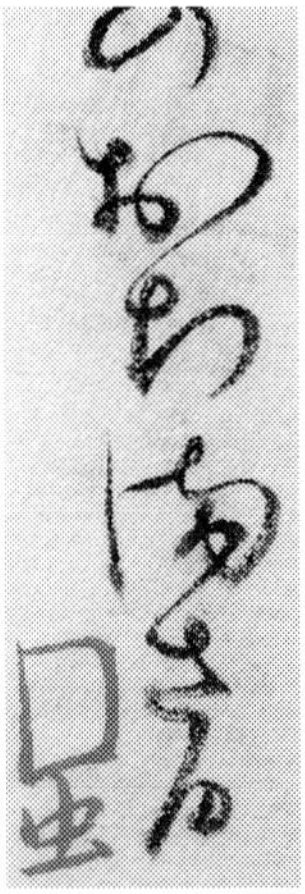

例14　めがい□《虫》ば、内をも院をも……（「ば」は文字は墨で濁符は朱）

印本、一本、虫くい等の注記の例は他にもあるが、書写者が注記したか、後になって別の人が読んで、校合し、朱で書き入れたのかはわからない。いずれにせよ、丹念に読んでいると思う。

校合に使った本は、近世初期に出版された漢字片仮名交りの版本ではないかと想像する。

〈蔵書印〉

①森川家圖書印

②津田縫殿蔵書之印

の二印がある。今のところ同印の本が他の文庫や図書館等に所蔵されているといった情報はなく、また「森川家」・「津田縫殿」などの調査も十分でない。不明と言わざるを得ない。ただ一見したところどちらが古い印かと言われれば、「森川家圖書印」のほうが古いように見うけられる。

また「津田縫殿蔵書之印」は下段に押されていて、印自体も新しそうである。この印で注目されるのは「縫殿」である。

普通「縫殿」とは律令制で宮中での衣服の縫製などをつかさどった縫殿寮の略称で、近世、武士の官名、通称として用いられたという。例えば長州藩の書簡で、県立山口文書館所蔵の寛政五年（一七九三）十一月十日付の江戸家老（当役）「堅　縫殿」から国元の家老（当職）にあてたものがある。ここで堅縫殿とは堅田就正のことで寛政二年十月二十四日から当役として寛政十年六月十三日までつとめている。そしてこの書簡は自分が差出人なのに「堅縫殿」と書いている。敬称ではないとみることができる。

また長府藩で、三吉・田代・椙杜の三人連名で国元長府の当職であった桂勘左に宛てた赤間神宮蔵五十二号の書簡があるが、この桂ははじめ当職であったのは寛文四年（一六六四）二月から寛政十年十月迄であった。このときはまだ縫殿の称は使われていないのである。ところが桂はその後再び貞享四年（一六八七）から元禄二年（一六八九）まで当職をつとめている。このときは「桂縫殿」と称されているのである。この「縫殿」について、山口市の石川敦彦先生のご教示によれば、「縫殿」は「縫殿寮」の略で、近世、武士の官名・通称として用いられた。年をとると「縫殿」と改めたというにすぎない、と言われる。桂勘左は、あるいは長府藩の長老であったからこのようによばれたのかも知れない。桂家はその後も何代にもわたって縫殿とよばれた人物を輩出している。この桂家等について下関博物館の古城先生にお教えを頂いた。「縫殿」は藩の長老格人物の呼称と考えるべきなのであろう。

津田縫殿はいずれかの藩に居た人物であろうと思われるが、今回の調査では長州藩・長府藩では「津田縫殿」は発見できなかった。私は上述のように「縫殿」と呼ばれた人物は藩の家老格の人物であったと考えるにいたったのであるが、どの藩でも「縫殿」の称は使われていたのか、今後調査してみたい。

（村上　光徳）

4　平家物語（波多野流平曲譜本）

〈外題〉後補題簽（表紙左）—「平家物語　一上」などと墨書。題簽を欠く冊なし。但し「七上」の題簽は、剥離してその冊中に挿入保存されている。なお、表紙には副題簽あり。それぞれの冊の収録句（曲）名を記す。「一上」の場合は、「殿上闇打／鱸付禿童／我身栄花／枝王（マヽ）／二代后」。

〈内題〉「平家物語巻第一上　／目録」（目録題）。「平家物語巻第一　上」（端作題）。なお、小口書きがあり、「平家物語一上」等と記すが、『平家物語 目録集』の小口書きは「平家波多野流吟譜目録」とある。

〈巻冊〉十二巻二十六冊。平家物語十二巻を各巻上下に分かつ二十四冊、および「灌頂巻」一冊、「目録集」一冊、計二十六冊。なお「灌頂巻」冊は、「小秘事」（善光寺炎上、延喜聖代、祇園精舎）「平家聲節小目」等を含む。「目録集」冊は「平家物語新研究」を含む。

〈残欠・保存状況〉「小秘事」は読み仮名付き本文のみで、曲節指示および墨譜なし。

小秘事を除く全巻全句に節付けがあり、小秘事は節付けなしという波多野流譜本の揃いには、東大本、国会図書館本、ソウル大学本等がある。赤間神宮のこの本は波多野流譜本としては、標準的な揃いと言ってよかろう。冊によっては、虫損が墨譜に及ぶものがある。しかし、概ね良好な状態と言うべきか。

〈表紙〉紺色無地、後補表紙
〈装幀〉袋綴
〈寸法〉縦二三・六糎×横一六・四糎（「一上」による）
〈料紙〉楮紙。最終冊（あるいは首巻）に位置する『平家物語 目録集』は、「目録」（全巻の）と「平家物語新研究」と題するものから成っているが、料紙は異なる。「目録」はその他の冊と同様の楮紙、「新研究」は、薄様楮紙罫紙（罫線印刷）を主に使用する。
〈見返し〉楮紙。但し本文料紙とは異なる。
〈一面行数〉六行
〈用字等〉漢字平仮名交じり。平家琵琶関係の曲節指示および墨譜入り。
〈書き入れ等〉特記事項なし。貼紙なし。
〈跋・奥書・識語等〉『平家物語 目録集』の見返しに「戊午首夏游于長府邂逅赤澤松琴氏松琴為京都／藤村険(検)校之高弟見請予平語弾奏此本波多野流／譜本予學前田流々異系(不)能語残念約他日去茲記／而為後日紀念云爾　東台山樵瀬川如山〔花押〕」（朱書）。＊「戊午」は大正七（一九一八）年か。「赤澤松琴」は未詳。「藤村検校」は藤村性禅。「瀬川如山」は『平家音樂史』六一三頁に「長州の人なり、先人宮城氏屠腹して國難に殉ず、其の忠勇義烈、明治の史乘に詳なり、東京下谷五條天神神職、瀬川氏の養子となる。…」などと記される瀬川雅亮であろう。前田流・深川照阿の門人である。『平家物語 目録集』に合冊されている「平家物語新研究」の奥に「明治四十四年八月上浣 寒山逸史記」とある。「寒山逸史」は未詳。

〈伝来・旧蔵〉赤澤松琴旧蔵か。

〈蔵書印〉なし。但し『平家物語 目録集』に合冊されている「平家物語新研究」の扉題の付記「客窓雑記中之事一節」の下に「内藤」印（朱小丸印）あり。

〈本文系統〉一方系。墨譜の形、曲節名、「小秘事」が「善光寺炎上」を含む「祇園精舎」「延喜聖代」との三句であること、物語の各巻を上下に分けていること、『平家物語 目録集』の見返し書き入れに「波多野流譜本」とあること、さらにこの冊の小口書きに「平家波多野流吟譜目録」とあること等により、本書は波多野流平曲譜本と認められる。この小口書きにある「吟譜」は所謂『平家吟譜』を指すものではない。

〈その他〉本譜本中の朱書部分（おもに墨譜に関する別記。まれに発声に関する朱書もある）。―一下「鵜川合戦」の口説。二上「西光被斬」の白音・口説・白音。二下「新大納言死去」の中音。「徳大寺厳島詣」の初重。四上「厳島御幸」の白音。「鼬沙汰」の白音。四下「若宮御出家」の口説白音。九下「盛俊最後」の白音。「小宰相」の白音。

句によっては、欄外等に語り方に関する注記がある。―三上「少将都還」では、「始ヨリシトヤカニ殊勝ナルヘシ」「三重降語ルヘシ」「口説ヨリサラリトネハラヌヤウ」「此口説シトヤカニ」など。四下「鵺」では、「師説

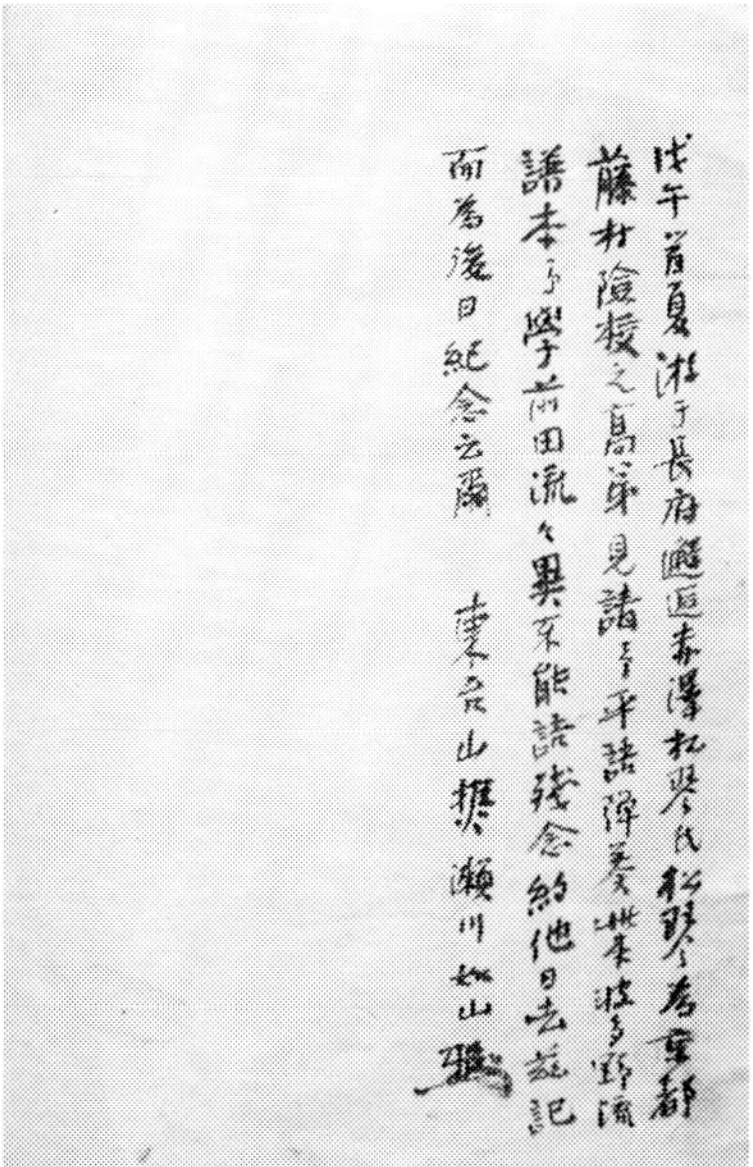

『平家物語　目録集』見返し

此中音ハ巻平家ノ外ハ不語ヲ宜トス」。九上「木曽最後」では、「初重ヨリ少シ靖メテ」「指コヘ折コヘ物アハレニ」「口説ヨリ上中下ヲハキト分テ気ナゲニ勇マシク」「五騎が　折音ノ張ル節ノ律ヘ上テ色音ノモヤウニ」「折音ノヲン突然ト」「白音以下サラリト」「初重ヨリ一際靖メテモノアハレニ」「此折コヘヨリ始終語処也」「此拾勇シクサラリト」「降ヨリ一際靖メテシメヤカニ」「拾勇マシク」。十下「高野巻」では、「此中音ヨリ語出ヲモヨシ中音ヨリ位重ク殊勝ナルヤウ」「未たと云処マノ字色落シニ語ルヘシマノ字ノウミ字アノ字ヲ喉ヘヲトス」「月の出ルト云処ムツカシ」「下生浮スヤウニ下ノ字ヲ押テ出ヘシ」。十一上「嗣信最後」では、「比後裏傷吟口決」。十一下「先帝入水」では、「此つゞき去程にの字始より語れば省くへし」。

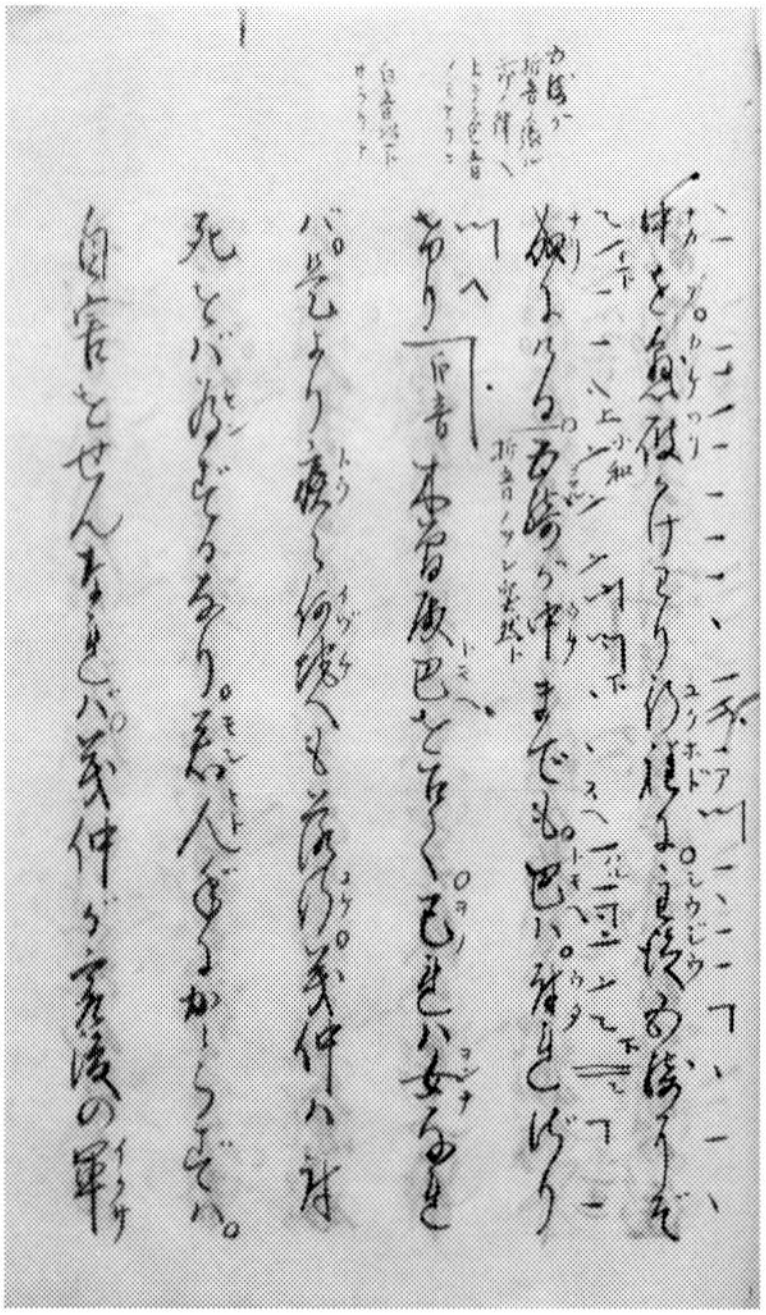

譜本九上「木曽最後」

〈参考文献〉

・渥美かをる解説『平家物語波多野流節付語り本』一～六（勉誠社　一九七七～七八）
・鈴木孝庸『平曲伝承資料の基礎的研究』（科研費報告書　二〇〇二）
・薦田治子『平家の音楽』（第一書房　二〇〇三）

※なお、勝野明子氏の御示教にも与った。

（鈴木　孝庸）

5　花唐草表紙流布本平家物語

〈外題〉「平家物語一（〜十二）」（中央に金泥霞［中島正國氏によれば、金泥の笹］の貼題簽）。
〈内題〉「平家物語巻第一（〜十二）」（目録題）。本文題・尾題はなし。
〈巻冊〉十二巻十二冊
〈残欠・保存状況〉糸切れ、表紙の傷みが激しい。
〈書写年代〉近世中期か。
〈寸法〉縦二三・五糎×横一六・七糎
〈装幀〉列帖装（中島正國氏によれば、粘葉綴。〈その他〉参照）
〈料紙〉鳥の子紙
〈表紙〉水色花唐草文様（中島正國氏によれば、地水色花菱唐草模様の遠州緞子）
〈見返し〉金地布目。ただし、巻三と巻五には見返しの張り紙がない。
〈目録〉章段名は「〜事」とする。
〈一面行数〉十行
〈用字〉漢字平仮名交じり
〈絵〉なし。
〈墨付丁数〉巻一・八十一丁、巻二・九十三丁、巻三・七十八丁、巻四・六十九丁、巻五・七十四丁、巻六・五十五

丁、巻七・七十二丁、巻八・六十三丁、巻九・九十六丁、巻十・七十九丁、巻十一・八十五丁、巻十二・百十丁
各巻頭と巻尾に一～三枚の遊紙がある。

巻九の五丁と六丁の間に挟み紙が一枚あり、巻八の十三丁目は白紙である。その他各巻において、多数の落丁・錯簡が認められる（詳細は、〈その他〉参照）。

〈書き入れ〉巻一・一丁表にのみ、朱で異本注記の書き入れあり。

巻三表紙内側台紙に「総紙数八四枚有／内四枚はあまり／又十二枚は○○○○と○○／残り六十八枚此方○○」（○は判読不能、実際は七十九枚）、巻十の表紙内側台紙に「八十一枚書し二冊合百四十九枚」との書き入れあり。

〈貼紙〉なし。

〈伝来・旧蔵〉未詳
〈蔵書印〉なし。

〈濁符・振仮名〉あり。本文中に章段名あり（〈その他〉参照）。

〈その他〉・箱入り。箱書は下記の通り。

昭和五年十二月新調／宮司中島正國識 本書ニ関スル管見ハ國學院 雑誌昭和六年一月号拙稿 長門本平家物語ノ原本ニ就テ ノ一文中ニ之ヲ述フ識者ノ是正 ヲ乞フ

・本文は流布本と一致する。
・次のような落丁、錯簡が認められるが、これ以外にも多くの事例が見出される。
①巻一の「願立の事」の中の三丁が落ち、巻末に綴じてある。
②巻八の二十九丁と三十丁が同文であるが、両方とも終わりの部分が、流布本とは異なる文章になっている。
③巻九の四丁目と五丁目の間（挟紙のあるところ）に一丁分落丁があり、七丁目の本文がそれに相当する。
④巻十二の「大原御幸の事」の中に、巻二「座主流の事」（六十五丁〜七十丁）、巻四「競の事」（七十一丁〜七十七丁）、巻十一「逆櫓の事」（七十八丁）、同「大阪越の事」（七十九丁）、巻四「信連合戦の事」（八十丁〜八十五丁）、巻二「西光被斬の事」（八十六丁〜八十九丁）の本文の記された丁が綴じ込まれている。巻十二は、それ以前の巻とは異なる筆跡で書写されており、巻十二に入っている他の巻の丁（錯簡）は巻十二の筆跡とは異なると判断できる。
・巻九の挟紙は、その紙面の内容から、近代になってから、錯簡に気づいた人が挟んだものと考えられるが、中島氏の昭和六年（一九三一）発表の論文においては錯簡については触れられていない。しかし、表紙、綴糸の傷みはかなり激しく、錯簡の起きた時期については不明のままとせざるを得ない。
・中島氏は、昭和六年（一九三一）発表の論文において、巻一の一丁目にある朱の書き入れを、（旧）国宝本に拠った校合であるとされるが、その朱書は長門本本文と一致し、首肯できる。

〈参考文献〉

・中島正國「長門本平家物語の原本に就て」（福井正満編『遠操会叢書第六』一九三五・一、『國學院雑誌』昭和六年［一九三一］一月号初出）

（清水　由美子）

6　瓢箪唐草表紙流布本平家物語

〈外題〉「平家物語一（～十二）」（中央に、白地金泥草花文の貼題簽）。
〈内題〉目録題「平家物語巻第一目録（～巻第十二）」。本文題「平家物語第一（～第十二）」。尾題なし（但し、巻十二の終わり、灌頂の巻の前には「平家物語巻第」とのみある）。
〈巻冊〉十二巻十二冊
〈残欠・保存状況〉良好、糸切れあり。
〈書写年代〉近世中期か。
〈寸法〉縦二三・六糎×横一二・四糎
〈装幀〉列帖装
〈料紙〉鳥の子紙
〈表紙〉青地に金銀の瓢箪唐草文様織出し（原装）。
〈見返し〉金地布目型押桜花小枝文
〈目録〉章段名は「～事」とする。
〈一面行数〉十行
〈用字〉漢字平仮名交じり
〈絵〉なし。

〈墨付丁数〉巻一・九十四丁、巻二・百六丁、巻三・九十三丁、巻四・八十九丁、巻五・九十七丁、巻六・五十二丁、巻七・八十八丁、巻八・七十一丁、巻九・百九丁、巻十・九十四丁、巻十一・九十七丁、巻十二・九十三丁

　各巻頭と巻尾に一〜三枚の遊紙がある。

　巻十二、「六代被斬の事」の末尾、灌頂巻の前に、半丁分の余白がある。

　巻六には、落丁がある（詳細は、〈その他〉参照）。

〈書き入れ・ミセケチ〉なし。

〈貼紙〉なし。

〈伝来〉伝、松平侯（白川楽翁）旧蔵。

〈蔵書印〉なし。

〈濁符・振仮名〉あり。本文中に章段名あり。

〈その他〉・箱入り。箱の貼紙は次の通り。

上面	平家物語 平家物語 拾弐冊入
横面	○翁公御手元品 ○利三郎什物

※○は判読不能箇所。

・本文は流布本と一致する。

・巻六においては、「経の嶋の事」の途中から、「洲股合戦の事」の途中が脱落し、その間の「慈心坊の事」と「祇園女御の事」の章段部分が欠落している。

・松平定信が浴恩園に退隠した後に作られた、その蔵書目録であるとされる天理図書館蔵『浴恩園文庫書籍目録』（高倉一紀解題『松平定信蔵書目録』ゆまに書房　二〇〇五）には、「第十七　和文」の項に「珍　平家物語　古写本十二冊」という記載がある（高野奈未氏のご教示による）。これに該当する可能性もあるが、蔵書印もなく、不明である。

（清水　由美子）

7　平家物語巻十零本

〈外題〉なし。

〈内題〉本文題・目録題とも「平家物語巻第十」。

尾題はなし。

〈巻冊〉巻第十のみ一冊。

〈書写年代〉近世初期

〈残欠・保存状況〉巻第十のみの零本。良好

〈装幀〉袋綴

〈用字〉漢字平仮名交じり

〈絵〉なし。

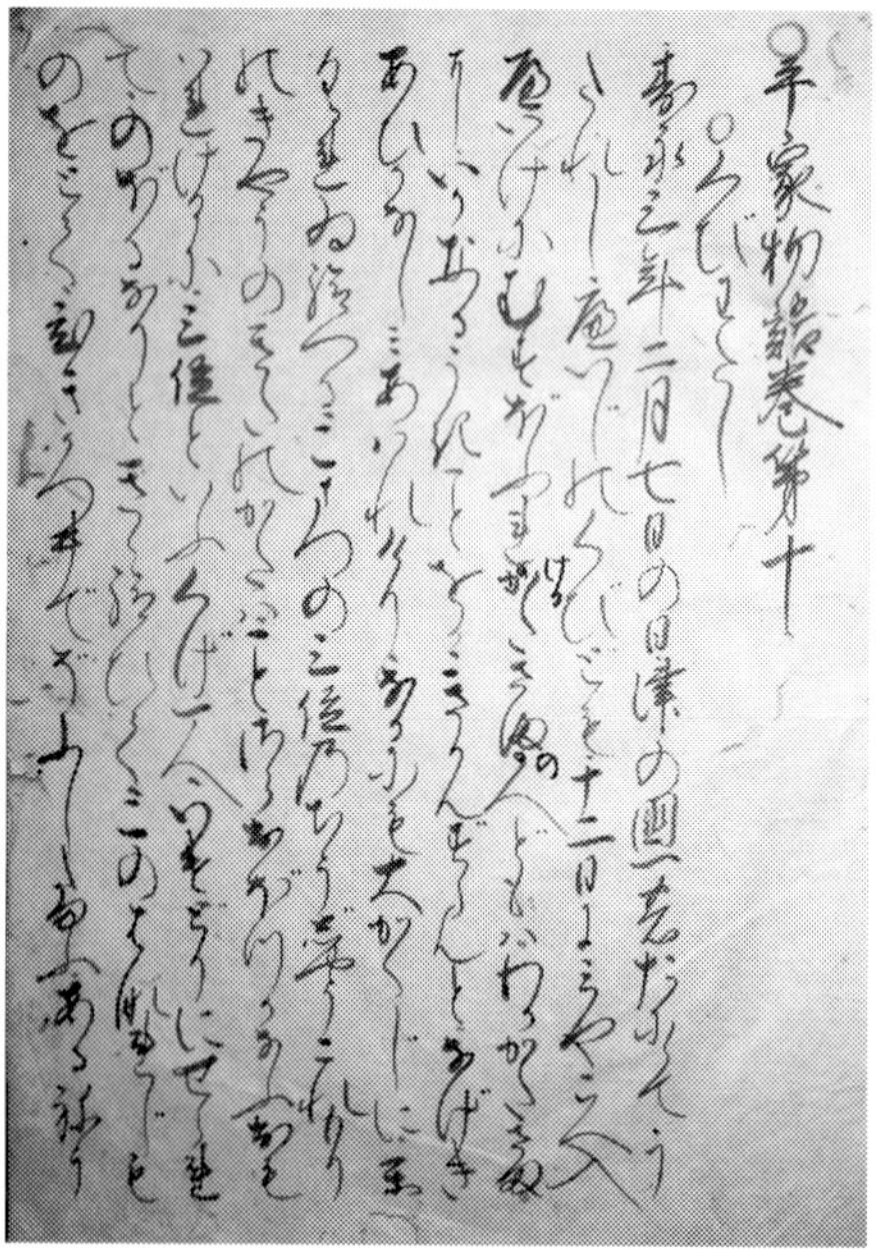

巻十零本冒頭

〈表紙〉灰色
〈寸法〉縦三二・三糎×横二三・九糎
〈料紙〉楮紙
〈見返し〉本文共紙
〈目録〉朱で△を記し、その下に墨で章段名を記す。目録にある章段名のうち「これもりのしゆつけ」「くまのさんけい」は章段名が本文中に記されておらず、前の章段と区切られずに本文が書かれている。
〈墨付丁数〉六十三丁
〈一面行数〉十二行
〈書き入れ・ミセケチ〉あり。スリケシあり、その多くは「おほせ」を消して「あふせ」と直すなどの仮名遣いの訂正が多い。
〈貼紙〉なし。
〈蔵書印〉一丁表の目録右下に「従五位小笠／原長國納于／唐津志道館」の朱の角印あり。
小笠原長國（一八二二〜七七）は肥前唐津藩最後の藩主、従五位下中務大輔。志道館は藩校。
〈濁符〉振仮名・濁点あり。句読点（主に朱）あり。本文中に章段名あり。
〈その他〉茶色の帙入り。帙題簽には「平家物語　巻第十」と書かれている。
本文は葉子八行本に同じもしくは近似する箇所と、下村時房刊本に同じもしくは近似する箇所とがある。「かうやのまき」では、下村刊本には見られず葉子本に見られる本文「白河院の御時〜高野御幸の始なる」（所謂「宗論」）が抜けている。また反対に、葉子本に見られず下村刊本に見られる本文が抜けている場合もある。

「内裏女房」の中の重衡が女房からの手紙を見る場面を例として見てみる。梶原正昭『平家物語改訂版』（おうふう 一九八五・四）では六一四頁にあたる。本書の本文を引用した後に、葉子八行本（米沢図書館蔵）と下村刊本（國學院大學図書館蔵）とによる校異を注番号を付して掲げる。葉は葉子八行本、下は下村刊本を示す。

中じやう①これをあけて見給ひて②・いとゞお／もひやまさられたりけん③・しゆごのぶしどもに④の／たまひけるは・われは一人の子な○《け》れば・うき世におもひ／おく事なし⑤・ただし⑥ねんらいちぎりたる女ばうの⑦／いまだだいりにありときく⑧・いま一どたいめんして／・ごせのことをも・申をかばやと思ふはいかに⑨との給へ／ば・とゐの二郎なさけあるもの⑩にて・まことに女ばう／なんどの御事は・なにかくるしう候べき⑪・とく〱／とて・ゆるしたてまつる⑫（11ウ）

①中じやう—葉「三位中将」 ②あけて見給ひて—葉「見て」 下「見給ひて」 ③いとゞおもひやまさられたりけん—葉「いよ〱おもひやまさり給ひけん」 下「いと、思ひや増られけん・兎角の事をも宣はす」 ④しゆごのぶしどもに—葉「土肥二郎に」 下「良有て土肥次郎實平をめして」 ⑤われは一人の子な○《け》ればうき世におもひおく事なし—葉ナシ 下「さても此程各の情ふかう芳心おはしつるこそ有難うれしけれさては最後に今一度芳恩蒙たき事あり」という文がこの前にあり。 ⑥ただし—葉ナシ 下ナシ ⑦ちぎりたる女ばうの—葉「あひくしたりし女房に」 下「契つたる女房に」 ⑧いまだだいりにありときく—葉ナシ 下ナシ ⑨ごせのことをも・申をかばやと思ふはいかに—葉「申したき事のあるは・いかゝすへき」 下「後生の事をもいひ置はやと思ふはいかに叶はしや」 ⑩とゐの二郎なさけあるもの—葉「実平なさけあるおのこ」 ⑪まことに女ばうなんどの御事は・なにかくるしう候べき—葉「まことに女房なとの御事にてわたらせ給候んはなしかはくるしう候へき」 下「誠女房なとの御事は何か苦しう候へき」 ⑫とく〱とて・ゆるしたてまつ

る―葉「とてゆるしける」下「とう〳〵とてゆるし奉る」

本書では、③「いとゞおもひやまさられたりけん」の後に葉子本に見られず下村刊本に見られる本文「兎角の事をも宣はす」が見られない。⑤「われは一人の子～なし」の本文は、葉子本には見られず下村刊本に見られる本文であるが、本書にはその前の「さても～芳恩蒙たき事あり」（葉ナシ）の本文は見られない。このことから、葉子本、下村刊本どちらかに完全に一致する訳ではないことがわかる。また、⑧「いまだだいりにありときく」は葉子本・下村刊本ともにこの箇所には見られず、少し前の重衡が木工右馬允知時に女房への使いを頼む場面にも「いまだ大里にとやきく」（葉・下ともに同じ）という文が見られ、言葉を少し変えて再度使っている。

章段については、葉子本・下村刊本と違う箇所がある。葉子本では「院宣請文」と一つの章段とし、下村刊本では「八嶋院宣」・「請文」の二つの章段とするところを本書では「八嶋ゐんぜん・うけぶみ」という一つの章段とする。また、「じすい」の章段の区切り方がどちらとも違い、次の「三日へいぢ」の章段の本文を途中で切っている。

以上のことから、赤間神宮蔵本の本文は一方系語り本で、葉子本から下村刊本への過渡期の本文と見られる。


（荒木　優也）

〈参考文献〉

・市立米沢図書館蔵葉子八行本平家物語（国文学研究資料館所蔵マイクロフィルム）
・國學院大學図書館蔵下村時房刊本平家物語（國學院大學図書館デジタルライブラリー）

8　片仮名十二行双辺古活字版本平家物語

〈外題〉なし。
〈内題〉本文題・目録題とも「平家物語巻第一（～第十二）」。尾題は「平家物語第一（～第十二）」。
〈巻冊〉十二巻十二冊
〈残欠・保存状況〉完本。所々虫損あり。良好
〈柱刻〉黒口花口魚尾
〈柱題〉平家物語一（～十二）　一～（丁付。目録には丁付を「目録」とする）
〈版の種類〉古活字本
〈用字〉漢字片仮名交じり
〈一面行数〉十二行（一行およそ二十五字）
〈句点・濁点〉なし。
〈挿絵〉なし。
〈料紙〉楮紙
〈表紙寸法〉縦二八・五糎×横二〇・六糎
〈本文匡郭〉縦二一・九糎×横一六・八糎（双辺、ただし、四隅に空隙あり）
〈表紙〉檜皮色（原装）
〈紙数〉巻一・四十四丁、巻二・五十丁、巻三・四十六丁、巻四・四十四丁、巻五・三十九丁、巻六・三十三丁、巻

七・四十二丁、巻八・三十五丁、巻九・五十五丁、巻十・四十四丁、巻十一・四十七丁、巻十二・四十五丁
〈書き入れ〉巻一・二に朱の書き入れあり。全巻にわたって鉛筆の書き入れもある。また全巻にわたって振り仮名及び修復後の書き入れをした墨書が多い。

〈蔵書印〉全巻目録丁に「寶玲文庫」の印あり。

〈広告〉なし。

〈刊記〉なし。

〈その他〉本文は一方系。
・『平家物語』の古活字本のうち、片仮名十二行のものにはいくつか種類があり、このうちルビや句点がない十二行片仮名古活字本は、京都府立総合資料館、成簣堂文庫、栗田文庫、天理図書館、日光輪王寺天海蔵の五本が確認されているが、それらと同版。刷りの状況から、京都本より前の刷りの可能性が大きいと考えられる。これらは、「元和九年刊杉田良庵所刻平家物語の原表紙裏張りに使用してゐる源平盛衰記と同種活字印本であるから、元和中には刊行せられたもの」（川瀬一馬『古活字版之研究』）とされる。また、一部に覚一本的本文の取り込みがあるほかは、下村本の本文にほぼ一致することが報告されており（高木浩明　一九九八）、本書も同様である。
・継ぎ紙をして補修し、補写した箇所が散見される。最大の例は、巻一・十四丁。
〈参考文献〉
・川瀬一馬『古活字版之研究』増補版（日本古書籍商協会　一九六七）
・高木浩明「『平家物語』十行平仮名古活字本は下村本の粉本たり得るか」（『軍記と語り物』第三十三号　一九九九

七・三）

・高木浩明「『平家物語』十二行片仮名古活字本・追考」（二松學舍大学大学院紀要『二松』第十二号　一九九八・三）

（清水　由美子）

9　宝永七年版本平家物語

〈外題〉新板繪入平家物語　一（〜十二）（左に貼題簽、縦一八・五糎×横三・六糎、原装）

〈内題〉平家物語巻第一（〜十二）

〈柱刻〉

平家第一（〜十二）　○一（〜五十二終）

〈巻冊〉十二巻十二冊

〈残欠・保存状況〉完本。良好、表紙に若干傷みあり。

〈版の種類〉整版本

〈用字〉漢字平仮名交じり

〈一面行数〉三丁表までは一四行、三丁裏から一五行。

〈本文匡郭〉縦二二・一糎×横一七・九糎（単辺）

〈表紙〉黒色、網代（型押し）、原装

〈寸法〉縦二五・五糎×横一九・三糎

〈料紙〉楮紙（巻三　第三十丁は別の紙）

〈紙数〉巻一・五十二丁、巻二・五十九丁、巻三・五十三丁、巻四・四十九丁、巻五・四十七丁、巻六・三十八丁、巻七・四十五丁、巻八・四十丁、巻九・五十九丁（丁付五十八丁まで。「四十二先」「又四十二後」がある）、巻十・四十七丁、巻十一・四十七丁、巻十二・五十二丁

〈挿絵〉あり。片面・見開き両例あり。丁付は本文に通し。延宝五年版系統

〈書き入れ〉なし。

〈伝来・旧蔵〉未詳。目録題下に「玉江蔵書」「藤本蔵書」（共に朱）の蔵書印。

〈広告〉なし。

〈刊記〉此平家物語一方検校衆以吟味令開板之者也／類板世に流布すといへとも或は繪を略し／或は紙數を縮猶假名の誤なとあるに／より今更に吟味をくはへ令改正者也／寶永七年庚寅九月吉日／書林 河内屋吉兵衛板

〈その他〉出口久徳氏の分類によれば、挿絵は延宝五年版の系統に属する。延宝五年版は、何度も復刻され（貞享三年版・元禄四年版・宝永七年版・享保十二年版）、近世を通じて最も広まったテキストであるという。また、宝永七年版には、刊記にある書肆や広告の異なる本が確認できる。書肆を比較すると、①河内屋吉兵衛（本書）、河内屋吉兵衛の他に書肆が連名（②早稲田大学蔵・③光丘文庫蔵A）、④勝尾屋六兵衛（学習院大学蔵）、⑤書肆が記されないもの（お茶の水女子大学蔵・光丘文庫蔵B・初瀬川文庫蔵）、⑥油屋平右衛門（愛知県立大学蔵）と少なくとも六種類見られる。板木の欠損状況から推察して、書肆の記されない⑤の方が古いと考えられるが、すでに⑤にも欠損箇所が見られる。

河内屋吉兵衛（浅井氏）は、寛政十一年に本屋仲間に加入、河内屋喜兵衛の別家の代表格で、その出版物も『享保以後板元別書籍目録』に見るようにかなりの量にのぼる。

〈参考文献〉

・出口久徳「近世の『平家物語』をめぐって―絵入り版本と屏風絵を中心に―」（『立教大学日本学研究所年報』二〇〇三・三）

（石岡　登紀子）

10　寛政十二年版源平盛衰記図会

〈外題〉「源平盛衰記　巻一（二〜六）」（打付書き・表紙左端）

他に表紙右上に「六冊ノ内」とあり。

〈内題〉本文題・目録題とも「源平盛衰記圖會巻之壹（貳〜六）」。尾題は「源平盛衰記圖會巻之一（二〜六）尾（二〜五は「終」、六は「大尾」）」

〈版心〉序のみ「序一（二）」とあり。

〈巻冊〉六巻六冊

〈残欠・保存状況〉完本。水損甚しい。

〈版の種類〉整版本

〈用字〉漢字平仮名交じり

〈一面行数〉一面本文十三行、序七行、自序十行

〈本文匡郭〉縦二〇・七糎×横一五・三糎（単辺）。ただし、丁によって〇・三糎程の差がある。

〈表紙〉改装。栗皮色、縦刷毛目

〈表紙寸法〉縦二五・〇糎×横一八・〇糎

〈料紙〉楮紙
〈紙数〉巻一・六十丁、巻二・五十二丁、巻三・五十二丁、巻四・五十三丁、巻五・五十五丁、巻六・五十二丁
〈挿絵〉あり。片面・見開き両例あり。丁付は原則として本文に通し。

　巻一・十六面、巻二・十八面、巻三・十七面、巻四・二十二面、巻五・十九面、巻六・十七面
〈書き入れ〉裏見返しなどに落書きあり。

〈伝来・旧蔵〉全巻一丁表と巻一・巻五尾に「矢幡」の朱の丸印あり。巻一・巻五尾には、「矢幡庄平」の署名あり。

〈広告〉巻六の巻末に「増廣字便倭《やまと》節《せつ》用《やう》集《しう》悉《しつ》改《かい》袋《ぶくろ》新板出来」「繪《ゑ》本《ほん》倭《やまと》比《ひ》事《じ》西川祐信画全部十冊」「謡《うたひ》訓《ゑ》蒙《ほん》圖會《づゑ》近刻橘守國画全部十冊」とあり。

〈刊記〉裏見返しにあり。

　「寛政十二年庚申孟春発行／京師書林二鳩堂／額田正三郎／勝村治右衛門／今井七郎兵衛／額田荘兵衛／今井喜兵衛／小川五兵衛／生嶌小兵衛」

〈その他〉『都名所図会』（安永九年）を企画編纂した秋里籬嶌の編による、所謂「図会もの」の嚆矢。画工、法橋西村中和、奥文鳴源貞章。寛政十一年の序、寛政十二年の自序（「源平盛衰記圖會／おほむね」）があることから、寛政十二年が初版と考えられている（横山邦治氏説）。初版以降も版が重ねられ、少なくとも、江戸期には文政六年版（玉川大学図書館蔵）・天保十四年版（早稲田大学図書館蔵）の他にも四種類の無刊年本が、明治期には三種類の版が出版されていることが確認できる。後になると、見返しに見返し題が刷られ、広告が増やされるなどの手が加えられるが、基本的に本文は寛政十二年版に同じである。

　赤間神宮蔵本は、國學院大學図書館蔵本（寛政十二年版初刷本）とほぼ一致することから、寛政十二年版の初刷に近いものであろう。

赤間神宮蔵本の特徴は、以下の三つがあげられる。第一は、巻一丁裏のどに刷られている丁付の順が「盛一ノ又卅八」（見開き画）「盛一ノ卅八」（本文）の順になっていることである。他の寛政十二年版本及びそれ以降の版本を見ると、この箇所は「盛一ノ　卅八」（見開き画）「盛一又卅八」（本文）の順になっている。注目すべきは、「盛一ノ」と「卅八」の間に空白があること、本来「盛一ノ又卅八」とあるべきところが「盛一又卅八」となり「ノ」の文字がないことである。「盛一ノ」と「卅八」の間の空白は「又」という字が削られたため、「盛一又卅八」に「ノ」がないのは「ノ」の部分を「又」に変えたためと考えるのが妥当であり、寛政十二年版本後刷の、ある段階で修正されたものと考える。

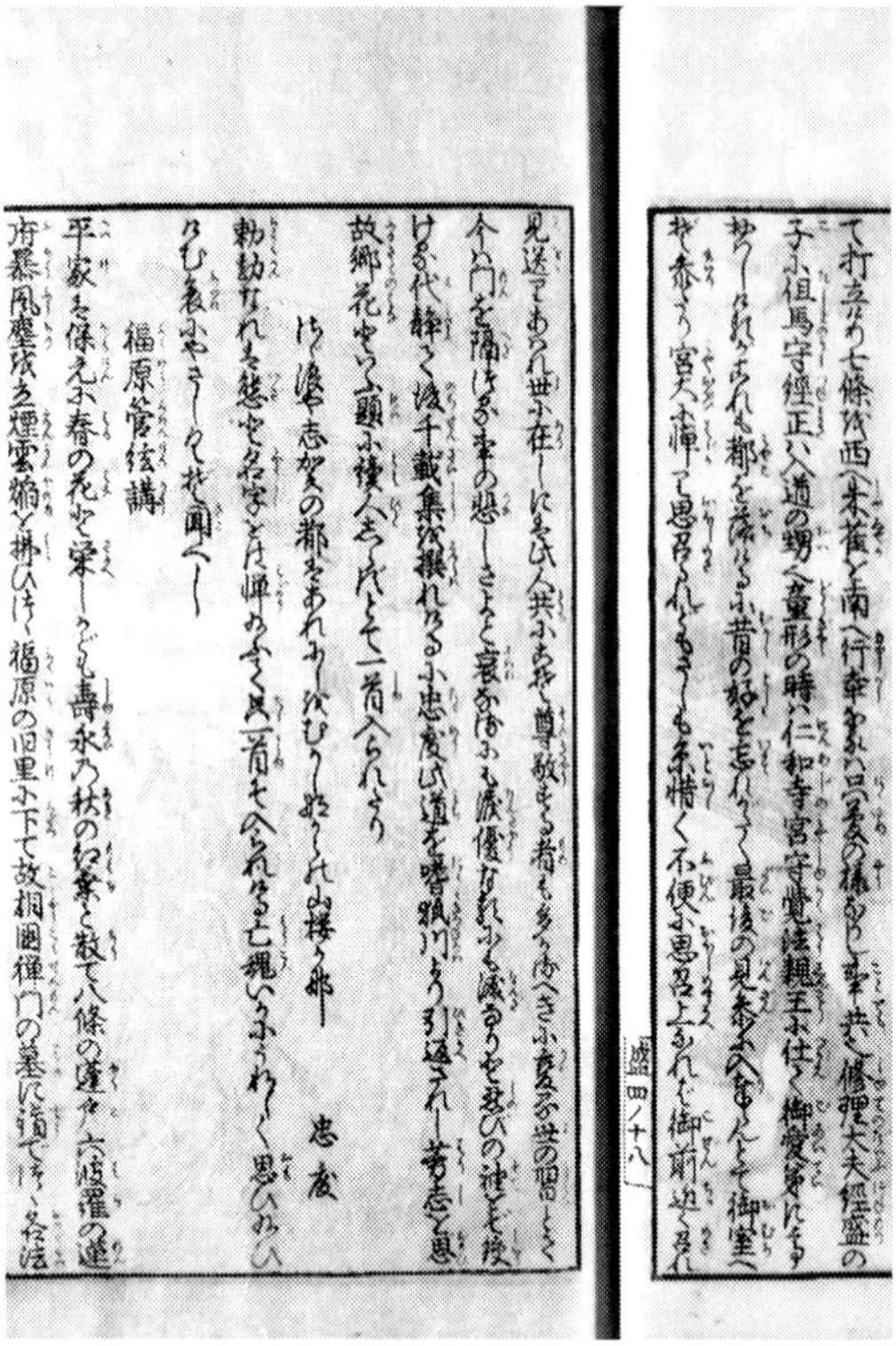

（参考）『源平盛衰記図会』寛政十二年版初刷
（國學院大學図書館蔵）

第二は、巻四「盛四ノ十八」の次に「盛四ノ又十八中」（本文）と「盛四ノ又十八下」（本文）の二丁がないことである。そのため前後で内容が繋がらず、落丁とも考えられる。しかし、又丁二丁の中に「忠度帰自淀謁俊成卿」という章段名があるにも関わらず目録にはこの章段名が見られないこと、又丁二丁の字詰が前後の丁と違和感のないことから推量するに、版下作成の折にこの二丁分が紛失したのではないか。したがって、又丁二丁は寛政十二年版本後刷の、ある段階から加えられたものであろう。

第三は、巻五の所々に刷られている「イサハ」の文字が、他の多くの本では刷られていない九丁表のどにもあることである。

以上の三つの点は、國學院大學図書館蔵本（初刷）と一致する。

〈参考文献〉

・『日本古典文学大辞典』第二巻「源平盛衰記図会」の項（横山邦治・執筆　岩波書店　一九八四）
・横山邦治『読本の研究―江戸と上方と―』（風間書房　一九七四）

（荒木　優也）

新たに調査された長門本平家物語

松尾葦江

長門本平家物語は近世より長門国赤間関の阿弥陀寺に蔵せられていたことで有名であったが、現存することが知られている伝本は七十部以上にのぼる。戦火に失われたものを考えれば、それより更に多くの写本が作られていたことであろう。

かつて拙著『平家物語論究』(明治書院　一九八五)には六十四部の書誌調査結果を掲げたが、その後も所在情報に接したものがあるので、ここに一九八五年以降明らかになった書誌を掲出する。各本に付した番号は、『平家物語論究』で用いた通し番号に続くものである。なお、津田縫殿本は村上光徳氏、イェール大学蔵本については鈴木孝庸氏の御調査により、ソウル大学校蔵の二本については、国文学研究資料館所蔵のマイクロ資料によって調査した。

65　津田縫殿本　→赤間神宮収蔵古典籍解題3(本書十四頁以下)

66　ソウル大学校浄明院本…国文学研究資料館紙焼写真(E３３５７)による。
現物未見。ソウル大学校蔵。3230-29

〈巻冊〉二十巻二十冊
〈形態〉袋綴（マイクロ資料のため、料紙・表紙の色・寸法などは不明）
〈外題〉「平家物語巻之〇」（貼題簽）
〈奥書〉なし。
〈序文〉なし。
〈一面行数〉漢字平仮名交じり七行（巻一のみ八行）
〈書き入れ〉校異の書き入れ僅かにあり（巻一尾に「校考一返」とあり）。濁点一部あり。振漢字あり。
〈目録〉旧国宝本以来、各巻目録は巻一・六・九・十一・十三が欠けており、本書も同。本文題の有無も旧国宝本に同。
〈本文〉巻六尾「前右大将の」。巻二・七などに落丁や書写時の本文順序の誤りがある。全体に誤写が屢々見られる。
〈印記〉「京城帝国大学図書館章」
〈その他〉各巻表紙に「浄明院」と書き付けあり。

67　ソウル大学校九行本…国文学研究資料館蔵紙焼写真（Ｅ７６９８）による。現物未見。ソウル大学校蔵。3230-10

〈巻冊〉二十巻二十冊
〈形態〉袋綴（マイクロ資料のため、料紙・表紙の色・寸法などは不明）
〈外題〉「平家物語巻〇」（貼題簽　表紙中央）

〈奥書〉なし。

〈序文〉巻二十末尾にいわゆる序Cがある。「長門国安徳天皇像／奉納信濃前司行長／以自筆本書写畢」

〈一面行数〉漢字平仮名交じり九行。数人の筆と見られる。

〈書き入れ〉校異は二種あり、一つは本文と同筆か。振漢字・ルビ・濁点あり。僅かに傍注の例あり。行頭に○印をつけた箇所もある。章段名を行間に細字で書き入れる例も見られる。

〈目録〉各巻目録巻一・六・九・十一・十三を欠くことは旧国宝本に同。

〈本文〉巻六尾「あさましかりし事ともなり」（「前右大将の」なし）。穂久邇二〇冊本（53）、鶴舞本（45）と関係あるか。

〈印記〉「京城帝国大学図書章」

〈その他〉ソウル大学校浄明院本と本書とは、長門本の伝本の系統としては異なる類に属す。

68　イェール大学本……イェール大学スターリング記念図書館 Fyd/14/32a

〈巻冊〉総目録共二十一巻十二冊。第一冊（「平家物語之事」、目録、巻一）、第二冊（巻二本・末）、第三冊（巻三、巻四）、第四冊（巻五、巻六）、第六冊（巻九、巻十）、第七冊（巻十一、巻十弐）、第八冊（巻十三、巻十四）、第九冊（巻十五、巻十六）、第十冊（巻十七、巻十七末）、第十一冊（巻十八）、第十二冊（巻十九、巻二十）
〈形態〉袋綴。縦二六・八糎×横一八・七糎。楮紙。浅葱色布目表紙
〈外題・内題〉外題なし（題簽あるものの書名書き入れなし）。目録題「平家物語目録」

端作題「平家物語巻第〇」

尾題「平家物語〇終」

〈奥書〉なし。

〈序文〉巻一冒頭「平家物語之事／平家物語全部二十巻は、信濃前司行長之作なり、行長是を著し、自筆の書を以て、長門国、安徳天皇の御廟に奉納す、其後希に、此書を得る人有といへとも、皆深き秘書なりき、中古より、板本の平家物語と云物十二巻あり、是は為家といへる人、行長の正本によりて、琵琶法師唱歌のために、作れるなり、うたひ物になすためのゆへにや、ことたらざるのみにして、故実も少〳〵、しかも、あやまり多し、故に倭学故実の家に證據として、引用る、平家ものがたりといへる物は、皆この行長の正本なり、板本の書にはあらす、後になり、板本正本と紛らはしきを以て、正本を長門本の平家と云、其本長門国より出るをもつてなり、倭学故実の家より賞美していへるなり、板本の平家物語は中々用るにたらず、然とも此書世に希にして、知人なし悲哉」（序A）

〈一面行数〉十行
〈表記上の特色〉基本は草行書体だが、所謂「読物」部分は楷書。

〈書き入れ〉朱書読点書き入れあり。

〈本文・目録の特色〉巻六尾「前右大將の」なし。総目録の巻一は「文段六箇條、但平家物語發端幷大概を／記す則平家の序文也」とある。巻十二目次の最後に「治承五年七月有改元養和元年」（総目録）、「治承五年七月有改元養和元年事」（巻頭目録）とある。

〈印記〉なし。「Presented by Prof. O. C. Marsh 1873」と印刷されたYALE COLLEGE LIBRARYの蔵書票あり。

〈その他〉巻頭の「平家物語之事」（序Ａ）の別の書写一丁分挿み紙あり。巻第六・巻第十五・巻第十七・巻第二十に本文錯綜が認められる。巻第二・巻第十一・巻第十五・巻第十六に比較的大きな脱落箇所が認められる。

〈参考文献〉鈴木孝庸「イェール大学蔵平家物語長門本について」（『新潟大学国語国文学会誌』46　二〇〇四・七）

（鈴木　孝庸）

69　洲本市図書館本…兵庫県洲本市立図書館

〈巻冊〉二十巻二十冊
〈形態〉袋綴。縦二七・五糎×横一九・四糎。楮紙。水色表紙（菱繋桐唐草文型押）
〈外題〉「長門本平家物語」（表紙左上端に朱で打付書き）
〈内題〉「平家物語巻第〇」（目録題・本文題は巻により有無）
〈奥書〉なし。
〈序文〉なし。
〈一面行数〉漢字平仮名交じり十一行
〈書き入れ〉巻一～四には誤写訂正の朱の書き入れあり。濁点・振り仮名なし。
〈目録〉旧国宝本以来欠けている巻一・六・九・十一・十三にも独自に目次を付している。巻十五・十七・十九・二十の目次も独自。
〈本文〉巻六尾「前右大将の」なし。巻八は乱丁あり、丁付けによって訂している。巻十五尾・巻十七尾・巻十九尾には欠落があり、目次も欠落の記事については欠けている。

〈印記〉「柴氏家蔵図書」「柴邦彦図書後帰阿波国文庫別蔵于江戸雀林荘之万巻楼」
〈伝来・旧蔵〉讃岐の人柴野栗山（一七三六〜一八〇七）の旧蔵。栗山は初め阿波藩の儒官。天明八年（一七八八）以後幕府の儒官となり、松平定信を助けた。彼の死後、阿波藩に寄贈され、江戸深川の雀林荘内の万巻楼に保管されたが、阿波藩洲本学問所に持ってこられたのであろうという。（武田清市「洲本市立図書館伝来の古書について」『淡路文化史料館収蔵史料目録第十三集』一九九六・一一）
〈その他〉巻十六は「巻第十六之上」「巻第十六之下」と二部に分れ、その間は書写上余白を残している。巻十も目録題には「巻第十之上」とあるが、中は分けていない。書写は所々空白があり、底本に虫損などの難読箇所があったものと思われる。近世末期の写か。用字などを見ると、穂久邇一七冊本（59）・静嘉青表紙本（10）等に近縁かと予測される。

70　津市図書館本…三重県立津市図書館稲垣文庫913-6〜17
〈巻冊〉二十巻十二冊（合冊　完本）
〈形態〉袋綴。縦二六・五糎×横一九・二糎。楮紙。黄土色布目表紙（見返しは本文共紙）
〈外題〉「長門本　壹」（表紙左端打付書）
〈奥書〉巻二十裏見返しに朱書「平家物語長門本弐十冊尾州名古屋某の家にもたりしをかりもて来て一校畢まゝ又かふかへ及はさるは猶のちに正すへし時は文政十一つちのへ子年睦月より卯月廿五日終る／八々一翁　凸頭牧人」
〈序文〉巻一冒頭「平家物語之事／平家物語全部二十巻ハ信濃前司行長之作なり行長是を著し自筆の書を以て長門国

安徳天皇の御廟に奉納す其後稀に此書を得る人有といへとも皆深き秘書なりき中古より板本の平家物語と言物十二巻あり是は為家といへる人行長の正本によりて琵琶法師唱歌のために作れるなりうたひ物になすためのゆへにやことたらさるのミにして故実も少くしかもあやまり多し故に倭学故実の家に証拠として引用る平家ものかたりといへる物は皆この行長の正本なり板本の書にはあらす後になり板本正本と紛らハしきを以て正本を長門本の平家と云其本長門国より出るをもつてなり倭学故実の家より賞美していへるなり板本の平家物語ハ中々用るにたらす然共此書世に希にして知人なし悲哉」（序A）

〈一面行数〉漢字平仮名交じり十行

〈書き入れ〉朱・墨（本文と同筆・別筆両様あり）で振漢字・校異・校訂あり。貼紙による校訂（巻二）あり。首書に略注も少しあり。『源平盛衰記』『愚管抄』などを参照している。章段名を首書・行間に書き入れた所もある。

〈目録〉惣目録あり。墨・朱で本文内容に即した訂正あり。惣目録では巻一について「第一／文段六箇条但平家物語発端幷大概を記す別平家の序文也」と記し、朱で「文段六箇条幷平氏の家系／清盛栄花に至る前表の事／官途昇進の事／二代の后の叓／二条院崩御幷衆徒額論の事／清水寺焼亡幷関白基房卿難義事／鹿ケ谷評定の事」と巻二の目次の下段に記す。巻六・九・十一・十三にも目録を付す。

〈本文〉巻六尾は「あさましかりし事共也」に「以下より追加」と傍書して、「前の右大将のかたさまの者共ハ世ハ右大将殿の御方に成なんすとよろこひあひける」とする。各所に書写時の脱文を大量に書き入れて補訂。巻十五は尾題があるにも拘らずさらに脱文を補う（「別当になる」の後、「命もいきかたくそ見えられける」まで補足）。巻十四には一葉、紙を挟みこんで補訂。

〈備考〉奥書によれば、文政十一年（一八二八）、凸頭牧人即ち稲垣定穀が一月から四月までかかって名古屋の某から借りた本を使って校合したという。稲垣定穀は伊勢安濃郡新町の人で、明和元年（一七六四）生、天保六年（一八三五）歿。天文地誌に詳しく、橘南谿に学んだ。定穀自筆本の筆跡と校合書入れの筆跡は一致している。この本の特色は最初の書写が急いでなされたものか、脱落が多く、それも大幅な部分にわたっているのを、丹念に校訂したことである。書写も文政年間かそれよりあまり溯らぬ頃であろう。用字法などからみて、天理一二冊本（52）、早大二〇冊本（27）等に近い本文ではないかと思われるが、詳細は今後の研究に俟たねばならない。校合に使用した本についても同様である。

巻一目録に「文段六箇条」とある本、またいわゆる序Aを有する本、及び巻十五尾に欠脱のある本については『平家物語論究』二一八〜二一九頁参照。

71　正木本…正木信一氏蔵

〈巻冊〉二十巻二十冊

〈形態〉袋綴。二七・四糎×横一九・五糎。緑色表紙

〈外題〉「平家長門本○」（貼題簽　表紙左端）

〈奥書〉なし。近世中期の写か。

〈序文〉なし。

〈一面行数〉漢字平仮名交じり十二行。巻十八は別筆か。

〈書き入れ〉朱の書き入れ（振漢字、異文表記など。『源平盛衰記』等を使って校合している。『参考源平盛衰記』を見た可能性がある）あり。濁点なし。

〈本文〉巻六尾「前右大将の」なし。

〈印記〉なし。巻二十尾に朱書「私云女院崩御ノヿ諸本不同長門本貞応二年御年六十一八坂本御年三十九如白本建久四年春御年三十七盛衰記貞応三年御年六十八東寺本文治四年佐野本建久二年二月中旬云々歴代皇記幷女院小伝ニハ建保元年十二月十三日御年五十七トアリ」。

懐古詩歌帖　翻刻と解題

堀川貴司

古来赤間関は交通の要衝であり、山陽道と西海道を往来する者が必ず通る場所であった。それは同時に、この土地を支配する者にとっては戦略上の拠点であることを意味する。古刹阿弥陀寺（明治以後赤間宮また赤間神宮）は、壇ノ浦の戦いで入水した安徳天皇を祀る寺として知られるが、ここに奉納された詩歌短冊を集めた旧国宝（戦災で焼失）『懐古詩歌帖』（一帖、短冊八十八枚所収。以下これに通し番号1～88を付す）は、悲劇の歴史を懐古するロマンティックな感情と、現実の支配者・権力者（大内・毛利・豊臣など）およびそれに追随する人々のリアリズムとが交差する、象徴的な存在となっている。

国宝指定以前の状態を示すものに、前田育徳会尊経閣文庫蔵『関白大臣豊氏朝臣并御供之衆歌仙』（元禄十年〈一六九七〉模写、一軸。井上宗雄『中世歌壇史の研究　室町後期』〈改訂新版・明治書院　一九八七〉に言及あり）と『豊府志略』（平井温故著、宝永七年〈一七一〇〉序）巻四所収『詩歌』（長門国豊浦郡下関阿弥陀寺安徳天皇御影短冊）一巻がある。

『関白大臣……』は、整理番号一三―九、渋格子引き厚手楮紙の包み紙に貼り紙して「後陽成院／御宇」「関白大臣豊氏朝臣／并御供之衆哥仙」「天正拾五年ヨリ／元禄四〈辛未〉歳迄／百五年」と三段に墨書。表紙・外題・内題なし、三四・七×一九四・〇糎（四八糎内外の薄手楮紙四枚継ぎ）の料紙を竹の軸に貼付せず巻き付けてある。端右下に紙片を貼り「〈丁丑〉正月五日書写初校相済　瀧伊左衛門／同日　再校相済　古市作丞」と墨書。文庫目録では包み紙の記述から元禄四年模写としているが、丁丑すなわち元禄十年とすべきであろう。冒頭「天正十五年三月関白大臣豊氏朝臣／九州御下向之刻長門赤間関安徳／天皇江御参詣之砌御詠哥并御供／衆其外諸大名御短冊書之」とあり、以下秀吉（『豊府志略』のb）・7・38・8〜11・31〜37・12〜27・1〜3・39・5・6の計三十六首を収める。虫損跡を墨の囲い線で示したり、字形にやや不安なところがあったりするのは、透写あるいは忠実な臨写であることを示しているが、それにしては漢字仮名の用字を含めて史料編纂所本または写真と相当の異同があり、原本短冊を直接写したとは考えにくい。冒頭の前書きを含め、誰かが既に別紙に書写したものをさらに模写したものであろう。後述のように、この三十六首には天正十五年以前のもの、以後のものも含まれており、前書きの如き認定は、既に事情が分からなくなってからのものであろう。

『豊府志略』所収のものでは、順に7・38・8〜11・31〜37・12〜16・18・17・19〜30・a・42・41・1・3・39・6・45・b（この後に貼紙一覧あり）・47・c・d・49・e・f・44・46・57〜73・g・h・74・76〜78・75（この後に「右詩二十四絶」とあり）・i・j・k・lの計七十五首（和歌四十七首・発句一句・漢詩二十七首）となっている。ただしa（鍋島光茂）は失われ、b（豊臣秀吉）は別に箱入りだったことが記されているから、実際は七十三首である。貼紙一覧のあるあたりまでは『関白大臣……』とほぼ一致する。『関白大臣……』のような形で保存されていたものに、その後増補したのがここに収められた形ということになろう。漢詩は別に一巻としてあったか。

ここでアルファベットで示したものは『懐古詩歌帖』にない作品で、内容は次の通り（本文は一九六二年下関郷土会刊行の翻刻に基づき、西尾市岩瀬文庫蔵嘉永七年写本を参照して定め、清濁を分かつ。作者名は作品の後に移す）。

a形見とや書おく文字の関ならん硯の海の波のなごりに　光茂

右短冊は延宝七八年の比にてありし重ねて寄進すべしとて此短冊を取て帰られしが夫より再び代り来らず故に
此短冊ばかり無しと云へり

b波の花散にしあとをことゝへばむかしながらにぬるる袖かな　松
右の詠箱に入る箱長さ一尺四寸横二寸高さ三寸惣梨地桐の紋あり（岩瀬文庫蔵本には別に「太閤秀吉公短冊紙内曇
金泥にてす、きの絵有り」とある）

c幾世までもしは形見の涙川昔を今にぬるる袖かな　氏経
波の底にも都ありとはの御製を思ひ出られて

d波の底物語せよ都鳥　三国
西国一見のときはばかりながら任筆ものならん

eうつし絵を見るに昔も目の前の硯の海に沈む哀さ　沙弥了佐

f雲迷ふ弥生半の春風に散て残らぬ花をしぞおもふ　有貞
題安徳天皇遺廟

g称名安徳奈蒙塵　恭弔君臣沈海水　破衲為無霊廟備　一篇棘句愧幾蘋　玄倫
（名を安徳と称するも蒙塵を奈《いか》んせん　恭しく弔す君臣海水に沈みしを　破衲《はなふ》霊廟の備へ無きが為に　一篇の棘句
愧《は》づらくは蘋《ひん》に幾《ちか》きを）
題安徳天皇廟前

h海岸留跡安徳陵　源平於此見衰興　桜花猶抱先皇恨　三月春風力不勝　茂源紹柏
（海岸に跡を留む安徳陵　源平此に於いて衰興を見る　桜花猶《な》ほ抱く先皇の恨み　三月の春風に力勝《た》へず）

敬弔日本安徳天皇廟霊

i干戈昔日世難多　八歳金輿没此間　只有滄波旧時月　夜来猶似弔紅顔
（干戈昔日世難多し　八歳の金輿此の間に没す　只《た》だ有り滄波旧時の月　夜来猶《な》ほ紅顔を弔するに似たり）
j天皇遺像下関傍　路断滄波草樹荒　独有中天万古月　年々依旧度蒼茫
（天皇の遺像下関の傍　路は滄波に断たれ草樹荒れたり　独り中天万古の月有り　年々旧に依り蒼茫を度《わた》る）

次前韻再弔

k興亡宇宙本無窮　一片山河西復東　独愴紅顔八歳帝　老姑倶殞此波中　朝鮮国四溟沙門松雲書
（興亡宇宙本《も》と無窮　一片の山河西復《ま》た東　独り愴《いた》む紅顔八歳の帝　老姑倶《とも》に此の波中に殞《しづ》みしを）
l徳皇廟貌俯滄浪　一点英霊亘八荒　暗度秋光五百載　乾坤依旧水茫々　癸卯中秋既望泊下関題安徳天皇廟以朝鮮沙門韻雪峰即非草
（徳皇の廟貌滄浪に俯《ふ》す　一点の英霊八荒を亘《わた》る　暗に度《わた》る秋光五百載　乾坤旧に依り水茫々たり）

この後、文化二年（一八〇五）、長崎奉行所での役目を終えた大田南畝が江戸に帰る時の見聞を綴った「小春紀行」（『大田南畝全集』九所収）の十月十七日条に「当山懐古の詩歌数十首あり。短冊に書たるを一帖になしたるあり。人々の手もめづらし」として、7大内義隆・8毛利輝元・22細川幽斎・34木下長嘯子・1道増の五首を記し、「此まへあ（ほかカ）またなれど、あはただしければ書もとどめず。羅浮子の詩〈林道春七絶〉なども ありき」と述べている。この時すでに『懐古詩歌帖』の形になっていたことが推察される。

近代に入り、明治三十九年（一九〇五）四月十四日に国宝に指定され、東京大学史料編纂所（組織・名称の変遷があるが現在の名称で呼ぶ）が明治十年に採訪、明治四十年四月に影写本を作成している（三三三一―一「詩歌集」）。その時であろう、一部を写真に収めている（台紙付写真七〇―四一〇～四二二「赤間宮所蔵短冊帖」。撮影されたのは1・7～18・23～28・31～38・45・46・57～63・65・66）。その後、重山禎介編『下関二千年史』（関門史談会　一九一五）に翻刻及び関係資料が収められ、福井正満「国宝「懐古詩歌帖」の面影」（『國學院雑誌』第三十七巻第三～五号、一九三一・三～五）が実物を詳細に調査して、翻刻はもちろんのこと内容や作者の検討に及んでいる。一九四五年七月二日の空襲で烏有に帰したが、これら先人の努力により、その面影が現在に伝えられたわけである。

戦後、文化庁編『戦災等による焼失文化財　美術工芸篇』（便利堂　初版一九六四・増訂版一九八三。戎光祥出版　新版二〇〇三）および中原雅夫『懐古詩歌帖』（赤間神宮社務所、一九八七。翻刻だけでなく、「懐古詩歌帖拾遺」と題し、諸書を博捜して関連の詩歌等を集める）の翻刻がある。本稿はこれらの先行研究、特に福井氏の業績に拠りながら、史料編纂所の影写本を翻刻し解題を付するものである。

さて、この『懐古詩歌帖』は、長年にわたる奉納作品の集成であるが、ある程度秩序だった編成が成されている。1～6は公家及び公家出身の僧侶、7～10はこの土地の領主だった大内・毛利両家の一族、11以下は豊臣秀吉の遠征に参陣した人々で、武将・御伽衆・連歌師などが39まで続く。40以下はその他。53から漢詩になり、56までは古い作品、57以降はほぼ年代順に、文禄・慶長の役や以酊庵輪番などのために下向した禅僧の作品などが並ぶ。これをもう少し細かく、年代順に見ると次のようになろう。

一、室町後期まで

7大内義隆・38宗碩・53清拙正澄・54龍山徳見・55絶海中津・56愚中周及の六首。ただし53～56は後人の筆跡。福井氏、82別宗祖縁筆とする。料紙・筆跡の共通性、また、『豊府志略』にこれら四首と82がないことも傍証となろう。

愚中の年譜（『大通禅師語録』所収）によると、観応二年（一三五一）龍山徳見を伴って上洛の途中、阿弥陀寺で清拙の詩を見て作ったとのことで、龍山も同時の作であろう。『愚中周及年譜抄』（東京大学史料編纂所影写本、応永三十三年〈一四二六〉成立）には、「如心老人」なる僧が明に留学中、赤間関を詠んだ古来の詩偈数十首を持参した者がいて、それを彼の地の文人に見せたところ、愚中の詩が良いと賞賛した、というエピソードが記される。五山僧たちも、この四人に限らず、ここを通る時に詩偈を奉納していたのであろう。なお、絶海詩は、内容から考えると、奉納された筆跡があったのではなく、『蕉堅藁』から抜き出したのではなかろうか。

二、天正十五年（一五八七）豊臣秀吉九州遠征（島津攻め）の時

『重要文化財　赤間神宮文書』（吉川弘文館　一九九〇）等に収める「天正十五年征西之時安徳天皇御追福懐古和歌豊臣秀吉公当座御会連名附」との別筆端裏書、「三月廿七日当座」と端書のある文書に、b豊臣秀吉・36津川義近・37山名豊国・12佐々成政・13蜂屋頼隆・14半井驢庵・15楠長諳・16大村由己・17小寺高友の九人が挙がる。短冊料紙の類似から、18安威了佐・19木下吉種・20宗也も同時かと福井氏は推定される。21三上季直は料紙が異なるが、文禄の役のときには既に世を去っており、ここに含めてよいか。このとき長諳に紀行文『楠長諳九州下向記』（九州陣道の記。『中世日記紀行文学全評釈集成』七　勉誠出版　二〇〇四）があり、

（三月）廿六日、於阿弥陀寺安徳天皇御影前当座有。長諳旅宿平臥の所へ召あり。即祇候。御短冊書写のためなり。書之。其次瓦礫を可申之旨依仰、任口。所労かたがた以失心、不過之。関白殿御詠

　波の花ちりにし跡のことゝへばむかしながらにぬるる袖かな

　あはれさを身にしら浪にのこしつゝ涙はとめぬもじの関もり　長諳

をのをの歌あり。忘れ侍る。

との記事が載る。秀吉短冊は長諳が清書したこと、15長諳の歌に異同あることが知られる。

さらに22細川幽斎にも『九州道の記』（『太閤記』巻十による）があり、一行に遅れて五月中旬ここを通った。

関の渡に着て阿弥陀寺に参り侍るに、其かたはらに寺有、所の人は内裏となん云つたへ侍る。寺僧に案内して安徳天皇御影、其外平家一門の像ども見侍ける。彼僧昔今の短冊などみせられしに知たる人の歌どももありしほどに、

もしほぐさかくたもとをもぬらす哉すゞりの海の波のなごりに

こちらは異同がない。

三、文禄元年（一五九二）豊臣秀吉朝鮮侵略（文禄の役）の時

大坂をそのまま肥前名護屋に移したかのようなやり方で、諸国大名や側近の武将、文化人を大勢伴った出陣であったため、この時もおそらく多数の詩歌が奉納されたと思われる。明確に年時を示すものは62のみだが、8毛利輝元・9秀元・10小早川秀秋・11織田秀信・23〜35・39（半井慶友・宇喜多秀家・前田玄以・宮部継潤・木下長嘯子・鍋島勝茂ら）57〜59・61・62がそれに当たるであろう。この時長嘯子に『九州の道の記』（『楠長諳…』に同じ）があり、阿弥陀寺に立ち寄ったことが記されるが、そこで詠んだ和歌は34と異なり、「所せく袖ぞ濡れけるこの海の昔をかけし波の名残に」というものである。

なお、9・10・11などは若年であるし、特に小早川秀秋は秀秋改名の時期からしても慶長二年（一五九七）再度の出兵の時とするのが妥当か。漢詩では60恵雄がこちらである。

四、対馬以酊庵輪番

対朝鮮外交のために対馬に設けられた禅院で、61景轍玄蘇が第一世、66規伯玄方が第二世を勤めたが、国書改竄事

件（柳川一件）の後京都五山の僧が選ばれて輪番で赴任することになった。65・70〜73・76〜78・80〜86がそれである。また、先述のg（第八世）・h（第九世）もここに含まれる。更に関連するものでは42宗義成（対馬藩主）、i・j・k松雲大師（朝鮮の禅僧、文禄・慶長の戦後処理のため来日、徳川家康と交渉を行った）もある。

五、その他

1道増・2道澄・4飛鳥井雅庸・5阿野実顕・6堯円・45林信澄・64林羅山などはそれぞれの伝記研究等に付け加えるべき資料となろう。

〔作者・短冊様態・詠作年時等一覧〕

次の四項目について記した。

①史料編纂所影写本の貼紙（各短冊上部に貼付）の記載（『豊府志略』を参照して一部改めた）

②短冊の様態（影写本の大きさを糎で、福井氏論文の記載を尺寸で〈 〉内に〈論文で記載のないものは1・2とほぼ同じと言う〉、模様・下絵は影写本・写真・福井氏論文の記載を総合して。なお、内曇料紙で史料編纂所本に天の藍のみ描き、地に何もないものは、紫が褪色していた可能性がある）および書式・書風等（影写本に基づき、福井氏論文を参照して）

③詠作年時・出典その他

④作者略伝

1①聖護院殿

②三六・八×五・三〈一尺二寸×一寸八分〉、藍内曇（天のみ）、金銀泥水に梅花

③道澄と同時とすると永禄六年（一五六三）か。この年正月、毛利・大友両家の調停のため、足利義輝の命で安芸に下向している。

④道増　一五〇八—一五七一。近衛尚通男。准三宮・大僧正・園城寺長吏・聖護院門跡。

2①昭高院殿

②三七・四×五・四〈一尺一寸二分×一寸八分〉、藍内曇（天のみ）、金銀泥水に河骨

③文禄二年（一五九三）。その三十年前は永禄六年（一五六三）である。あるいは同十一年九月に安芸広島に毛利隆元追善のため道増とともに下った時か。文禄二年十月には京都の毛利輝元邸で饗応を受けていて、毛利家との結びつきが知られる。この年の八月には下向していたか。

④道澄　一五三四—一六〇八。近衛稙家男。道増の甥にあたる。准三宮・大僧正・園城寺長吏・聖護院門跡。晩年照高院と称す。

3①近衛三藐院殿

②三六・六×五・五、白地金銀泥水草

③不明

④定之　不明。付箋の記述を信じれば、作者は近衛信尹（一五六五―一六一四、道澄の甥）ということになるが、筆跡はそれと認められない。ただし信尹は名護屋下向のため文禄二年正月十日ここに来ている（『三藐院記』）。

4
①飛鳥井殿
②三六・五×五・五、朱地金泥（模様不明）
③『雅庸卿御詠草』があるが未見。
④飛鳥井雅庸　一五六九―一六一五。歌道・蹴鞠の家飛鳥井家の当主。権大納言。

5
①阿野少将殿
②三七・四×五・九〈一尺二寸二分×二寸〉、藍内曇（天のみ）、金銀泥霞草花
③不明
④阿野実顕　一五八一―一六四五。正二位権大納言。細川幽斎・中院通勝らに和歌を学ぶ。

6
①醍醐松橋殿
②三六・九×五・八〈一尺二寸二分×一寸九分〉、藍内曇（天のみ）、金銀泥霞草花
③5と同じ様態の短冊でもあり、同時の染筆か。
④堯円　一五七〇―一六三六。阿野実顕の兄で、今出川晴季猶子。大僧正・東寺長者、東寺松橋流第二十祖。

7
①ナシ
②三三・六×五・三〈一尺九分×一寸八分〉、藍紫内曇
③不明
④大内義隆　一五〇七―一五五一。従二位左京大夫・大宰大弐。中国地方を支配した守護（戦国）大名。飛鳥井雅俊・堯淵に和歌を学ぶ。

8
①毛利輝元殿
②三五・〇×五・六〈一尺一寸四分×一寸八分〉、藍内曇、金銀泥筋雲藤花
③文禄元年（一五九二）か
④毛利輝元　一五五三―一六二五。安芸広島に本拠を置いた戦国大名毛利元就の長男隆元男。

9
①毛利秀元殿
②三七・五×五・九、白胡粉地金銀泥紫陽花
③慶長二年（一五九七）か
④毛利秀元　一五七九―一六五〇。元就孫で輝元の養嗣子となるが、実子秀就誕生後周防山口、関ヶ原後は長門府中城主となる。

10
①金吾殿
②三七・〇×五・六、藍内曇（天のみ）、金銀泥杉木立
③慶長二年か。この年秀俊を秀秋に改め、慶長の役出陣
④小早川秀秋　一五八二―一六〇二。豊臣秀吉正室高台院の兄木下家定男。秀吉養子。秀頼誕生後小早川隆景養子となる。関ヶ原の戦いで東軍に寝返る。

11
①岐阜中納言殿（誤って15に貼付）
②三七・一×五・四、藍紫内曇、金銀泥撫子
③慶長二年か
④織田秀信　一五八〇―一六〇五。織田信長の長男信忠男。岐阜城主。関ヶ原で破れ、高野山に逼塞。

12
①佐々陸奥守
②三七・二×五・四、紫藍紫三段内曇、金銀泥芭蕉秋草
③天正十五年（一五八七）
④佐々成政　一五三九―一五八八。織田家家臣。越中富山城主。九州攻め以降肥後熊本城主。

13
①ナシ
②三六・九×五・三、紫藍内曇、金銀泥草花
③天正十五年
④蜂屋頼隆　一五三四―一五八九。織田家家臣。越前敦賀城主。

14
①ナシ
②三七・二×五・四、紫藍紫三段内曇、金銀泥藤小笹
③天正十五年

④半井瑞桂か　?—?。京都半井家の瑞策（光成、通仙院）の子、成信。医師。

15①ナシ
②三六・九×五・三、藍紫内曇、金銀泥筋雲草花
③天正十五年（一五八七）。『九州陣道の記』所収
④楠長諳　一五二〇—一五九六。式部卿法印。足利義輝に仕えた後、信長・秀吉の右筆。

16①天満梅庵
②三七・一×五・四、紫藍紫三段内曇、金銀泥朝顔
③天正十五年
④大村由己　一五三六—一五九六。大阪天満宮別当・法眼。秀吉御伽衆として軍記・狂言を執筆。

17①黒田休夢
②三六・八×五・四、藍紫内曇、金銀泥筋雲落葉、行頭同じ高さ
③天正十五年
④小寺高友　一五二五—?。黒田如水の叔父。秀吉御伽衆。文禄の役のとき名護屋で茶会を開催。

18①大閤右筆
②三六・八×五・四、紫藍内曇、金泥梅竹
③天正十五年か
④安威了佐　?—?。摂津守、名、守佑（佐）、通称五左衛門。秀吉右筆。

19①木下半介殿
②三六・八×五・三、紫藍紫三段内曇、金泥花
③天正十五年か
④木下吉種（吉隆）　?—一五九八。秀吉家臣。文禄の役に出陣。秀次事件に連座し島津家にお預けになり自害。

20①第一坊
②三六・八×五・四、紫藍紫三段内曇、金泥松蔦
③天正十五年か
④宗也　?—?。岩手治左衛門英方。連歌師昌啄（里村南家祖）の弟子、天正〜寛永期に活躍。ただし『豊府志略』には「太閤目医師」ともある。秦宗巴と誤解したか。

21①三上越前守殿
②三六・八×五・五、素紙、金銀泥朝顔
③天正十五年（一五八七）か
④三上季直か　?―一五九二。秀吉家臣。

22①細川幽斎法印
②三七・四×五・五、藍紫内曇、金銀泥松
③天正十五年。『九州道の記』所収
④細川幽斎　一五三四―一六一〇。信長・秀吉家臣。中世歌学の大成者。法名玄旨。

23①連哥師
②三七・三×五・三、藍内曇、金泥筋雲秋草
③文禄元年（一五九二）か
④玄仍　一五七一―一六〇七。連歌師里村紹巴長男、里村北家祖。法眼。

24①連哥師
②三六・〇×五・九〈幅二寸〉、藍紫内曇、金泥水草
③文禄元年か
④友詮　?―?。文禄・慶長期の連歌師。

25①連哥師
②三四・八×五・五、藍内曇、金銀泥秋草に半月
③文禄元年か④正允　?―?。天正～慶長期の連歌師。

26①半井芦庵ノ父
②三六・七×五・四、藍内曇、金銀泥薄に満月
③文禄元年か
④半井慶友　一五二二―一六一七。堺半井家の祖宗洙の養子。医師。連歌を得意とし、この時期の堺の町衆文化の中心の一人。

27①宇喜多殿
②三七・一×五・五、藍紫内曇
③文禄元年か
④宇喜多秀家　一五七二―一六五五。秀吉家臣。五大老の一人。関ヶ原後八丈島配流。

28①連哥師
②三七・一×六・一、藍紫内曇、金銀泥草
③文禄元年か

④玄仲　一五七六―一六三八。連歌師里村紹巴次男。法眼。

29
①ナシ
②三六・四×五・五、藍紫内曇、金泥山水、冷泉様
③不明
④玄陳　一五九一―一六六五。連歌師玄仍長男。法眼。

30
①物書権兵衛
②三七・〇×六・〇、杉原素紙
③不明
④宗範　?―?。『新選菟玖波集』作者に同名人あるが不明。

31
①民部卿法印
②三六・五×五・四、藍紫内曇、金泥松
③文禄元年（一五九二）か
④前田玄以　一五三九―一六〇二。織田信忠家臣、秀吉家臣。五奉行の一人。

32
①宮部是浄坊（誤って33に貼付）
②三六・六×五・三、藍紫内曇、金泥藤、行頭同じ高さ
③文禄元年か
④宮部継潤　一五二八―一五九九。秀吉家臣。因幡鳥取城主。善祥坊と称す。

33
①丹波仁木殿（誤って32に貼付）
②三六・三×五・三、藍紫内曇、金銀泥水に菖蒲・八橋
③文禄元年か
④了任　?―?。慶長元年（一五九六）十月十四日前田玄以ほかの連歌に一座している。

34
①立野侍従殿
②三六・八×六・一、縹色無地、福井氏自筆を疑う
③文禄元年か。『九州のみちの記』『挙白集』になし
④木下勝俊（長嘯子）　一五六九―一六四九。秀吉正室高台院の兄木下家定男。秀吉家臣。関ヶ原後隠棲。歌人。

35
①木下宮内殿

②三五・七×五・二、藍紫内曇、金銀泥秋草
③慶長三年（一五九八）か
④鍋島勝茂　一五八〇―一六五七。肥前佐賀城主。

36①ナシ
②三六・五×五・一、藍紫藍三段内曇、金銀泥枯野
③天正十五年（一五八七）
④津川義近　一五四一―一六〇〇。斯波氏の一族、三松軒と称す。秀吉御伽衆。のち追放される。

37①山名禅高
②三六・六×五・三、藍紫内曇、金泥秋草
③天正十五年
④山名豊国　一五四八？―一六二六。因幡守護。秀吉に降伏、家臣に追放され但馬・摂津などに移る。秀吉の御伽衆。法名禅高。

38①連歌師
②三三・九×五・三、藍紫内曇
③不明
④宗碩　一四七四―一五三三。連歌師宗祇の弟子。永正十三年（一五一六）から翌年にかけて九州下向。長門にて客死。

39①連哥師
②三六・五×五・五、藍内曇（天のみ）、行頭同じ高さ
③文禄元年か
④道派　？―？。連歌師。慶長六年（一六〇一）九月十八日秀就・秀元・慶友らと一座している。

40①松平丹後殿光茂
②三六・五×六・二、藍内曇（天のみ）、行頭同じ高さ
③先述のaとの関係は不明
④（貼紙を信ずれば）鍋島光茂　一六三二―一七〇〇。勝茂男。佐賀藩第二代藩主。

41①鍋島加賀守殿
②三六・七×五・六、布目地菊花型押、行頭同じ高さ、前書「幼帝」以下本文行間に散らし書き
③明暦四年（一六五八）夏

④鍋島直能　一六一二―一六七九。勝茂男元茂の長男。佐賀藩支藩である小城藩第二代藩主。歌人。

42①宗対馬守殿
②三七・〇×五・八、カタ模様、金泥小笹、冷泉様
③不明
④宗義成　一六〇四―一六五七。義智男。対馬藩第二代藩主。法名宗見。

43①黒田三左衛門殿
②三六・九×六・〇、藍一文字（天）、金泥雨龍
③不明
④黒田一貫　?―一六九八。福岡藩家老。無法と号す。

44①藪中将殿
②三七・〇×五・九、縹色地金泥竹、行頭同じ高さ
③不明
④荒木田経晃　一六五〇―一七二四。伊勢内宮祢宜。非参議正三位。

45①四条又三郎弟永喜法師
②三六・三×五・三、黄色地七宝模様
③羅山と同時とすると慶長十一年（一六〇六）
④林信澄　一五八五―一六三八。羅山弟。法名永喜、東舟と号す。法印。

46①阿野中納言殿
②三六・七×五・七、藍紫内曇、行頭同じ高さ
③不明
④惟白　?―?。

47①彦山座主
②三六・八×五・八、藍紫内曇
③元禄前後か
④亮有　一六二九―一六七四。九州修験道の中心地、彦山の座主有清（岩倉具堯男）の子で座主を継ぐ。

48①ナシ
②三五・七×六・〇、朱色地金泥秋草・金砂子
③不明
④良旺　?―?。

49①ナシ

②三六・九×五・六、素紙金泥春草
③不明
④蘇仙　?――?。

50①ナシ
②三六・六×五・七、藍紫内曇、飛鳥井流ではない
③不明
④雅綱　?――?。

51①ナシ
②三七・三×五・七、藍内曇（天のみ）、冷泉様
③不明
④友梅　?――?。

52①ナシ
②三四・七×六・一、金地稲妻型押
③不明
④光久　?――?。

53①ナシ
②三六・七×六・四〈一尺二寸一分×二寸〉、縹色地雲母籬に菊、題中央にあって本文行間まで伸びる。祖縁筆か
③嘉暦元年（一三二六）または二年。『禅居集』に収めない
④清拙正澄　一二七四―一三三九。中国僧。嘉暦元年来日、翌年上洛。鎌倉建長寺・円覚寺、京都建仁寺・南禅寺などを歴住。諡号、大鑑禅師。

54①ナシ
②三六・八×六・三〈一尺二寸一分×二寸〉、縹色地雲母籬に菊。祖縁筆か
③観応二年（一三五一）。『黄龍十世録』所収。「颶」を「颸」に作る
④龍山徳見　一二八四―一三五八。嘉元三年（一三〇五）から観応元年まで元に留学、義堂周信・絶海中津の文学上の師。

55①ナシ
②三六・七×六・三〈一尺二寸一分×二寸〉、縹色地雲母籬に菊。祖縁筆か
③永和三年（一三七七）または四年。『蕉堅藁』所収

④絶海中津　一三三六―一四〇五。応安元年（一三六八）から永和三年（一三七七）まで明に留学。五山文学の代表的な詩人。

56①ナシ

②三六・八×六・一〈一尺二寸一分×二寸〉、縹色地雲母籬に菊。祖縁筆か

③観応二年（一三五一）。『草餘集』所収。「圧」を「鎮」に作る

④愚中周及　一三二三―一四〇九。暦応四年（一三四一）から観応二年まで元に留学。

57①ナシ

②三五・三×五・三〈一尺一寸六分×一寸八分〉、藍紫内曇

③文禄元年（一五九二）か

④玄圃霊三　?―一六〇八。南禅寺第二六六世。

58①召僧承兌読冊書、行長私嘱之曰、冊文与惟敬所説或有齟齬者、子且諱之、承兌不敢聴乃入読冊于秀吉之傍、至曰封爾為日本国王、秀吉変色、立脱冕服拋之地云々（日本外史巻十六の引用）

②三六・九×五・三〈一尺二寸×一寸八分〉、藍紫内曇

③文禄元年か

④西笑承兌　一五四八―一六〇七。相国寺第九二世、鹿苑僧録。秀吉の外交上の顧問として活躍。

59①ナシ

②三五・四×五・三、藍紫内曇

③文禄元年か

④惟杏永哲　?―一六〇三。東福寺第二一八世。

60①ナシ

②三六・〇×五・五、藍紫内曇

③慶長二年（一五九七）か

④恵雄　?―?。禅僧か。

61①遣平調信玄蘇与偕韓王得書疑懼金誠一以為虚喝云々玄蘇厲声言曰今日之議不得首鼠両端不欲講和乃欲戦耳因辞訣還（日本外史巻十六の引用）

②三六・四×五・六、藍紫内曇、金銀泥菊萱、署名

本文二行目下
③文禄元年（一五九二）か
④景轍玄蘇　一五三七―一六一一。禅僧。秀吉の朝鮮侵略の際、外交交渉に当たった。以酊庵第一世。

62
①ナシ
②三五・六×五・四、藍紫内曇
③文禄元年（＝「天正壬辰」）
④雲岳霊圭　？―一六三〇。南禅寺第二七三世。

63
①ナシ
②三四・九×五・四、胡粉地金銀泥秋草
③不明。江戸初期か
④太俊宗入か　？―？。禅僧。

64
①ナシ
②三六・七×五・六、素紙
③慶長十一年（一六〇六）。冒頭「壬戌」は壬寅＝慶長七年（一六〇二）の誤り（羅山自身の誤記であろう）。この年長崎に下りキリシタンの実情を見たとの記述が『羅山先生集』所収年譜にある。十一年の下向は年譜になく、この短冊で初めて知られる。
④林羅山　一五八三―一六五七。はじめ京都建仁寺で修行。徳川家康に仕えて江戸儒学の基礎を作る。法名道春、別号に羅浮山・羅浮子など。

65
①ナシ
②三六・五×五・一、藍紫内曇、金銀泥立葵
③慶長十四年（一六〇九）か
④霊察　？―？。禅僧か。

66
①ナシ
②三六・八×五・八、杉原素紙
③不明
④規伯玄方　一五八八―一六六一。以酊庵第二世。国書改竄事件で奥州盛岡に流される。

67
①ナシ
②三六・八×六・三、薄縹色地金泥芦雁
③不明
④玄節　？―？。禅僧か。

68①ナシ
②三七・一×五・九、金銀砂子金泥竹蓮
③不明
④片桐貞昌　一六〇五―一六七三。秀吉の家臣片桐且元の甥、大和小泉城主。石見守だったため石州の通称で知られ、石州流茶道の祖。

69①ナシ
②三六・三×六・〇、灰色地切箔金泥柳
③不明
④為善　?―?。不明。

70①ナシ
②三六・四×六・一、草色地切箔金泥樹木
③不明
④玄碩　?―?。不明。

71①ナシ
②三六・二×五・九、杉原素紙
③寛永二十一年（一六四四）
④周南円旦　?―一六四七。東福寺第二三八世。以酊庵第七世。正保四年（一六四七）にも勤め、客死。

72①ナシ
②三六・六×五・二、藍紫内曇
③寛永十二年～十七年
④玉峰光璘　?―?。東福寺の僧（「恵山」は東福寺の山号恵日山）。以酊庵第三世。寛永十二年から翌年まで、十六年から翌年までの二度輪番を勤める。

73①ナシ
②三五・八×六・〇、素紙金銀箔藤
③寛永二十一年～承応二年（一六五三）
④釣天永洪　一五九二―一六五三。建仁寺第三〇二世。以酊庵第六世。寛永二十年から翌年まで、正保三年から翌年まで勤め、みたび慶安三年（一六五〇）からの輪番中に客死。

74①ナシ
②三六・五×六・六〈一尺二寸二分×二寸二分〉、素

紙金泥秋草
③承応三年（一六五四）
④瑞巌慶順か　?—一六五七。南禅寺第二七七世。
以酊庵輪番にはなっていない。

75
①ナシ
②三六・七×五・五、奉書藍内曇（地のみ）
③延宝三年（一六七五）
④鍋島直条　一六五五—一七〇五。直隆とも。勝茂男直朝の三男。肥前鹿島藩（佐賀藩支藩）第二代藩主。文事に優れていたことで知られる。

76
①ナシ
②二九・八×六・七、奉書薄縹色布目地金泥薄、前書・落款とも中央本文行間に一行書
③寛文九年（一六六九）または十一年
④泉叔梵亭　?—?。天龍寺第二〇三世。以酊庵第十七世。寛文九年から十一年まで勤める。

77
①ナシ
②三〇・〇×五・八〈一尺×一寸九分〉、杉原素紙
③寛文十一年か
④江岳元策　?—一六七二。天龍寺の僧。以酊庵第十八世。寛文十一年から勤め、翌年客死。

78
①ナシ
②三六・五×六・〇、灰色地金砂子金泥若松
③延宝三年（一六七五）
④南宗祖辰　一六三一—一七一五。東福寺第二四二世。以酊庵第二十世。延宝元年から三年まで、七年から九年までの二度勤める。

79
①ナシ
②三七・〇×五・九、素紙金砂子
③不明
④山田復軒　一六六六—一六九三。字、原欽。長門萩藩（毛利本家）儒者。藩主の侍講を勤める。

80
①ナシ
②三二・七×六・三〈一尺八分×二寸一分〉、奉書素紙、前書・落款とも中央本文行間に一行書
③元禄七年（一六九四）

④松陰玄棟　一六四四―一七一一。東福寺第二四五世。以酊庵第三十世。元禄五年から七年まで勤める。また正徳元年（一七一一）通信使接迎のため特派されるが対馬で客死。

81 ①ナシ
②三三・九×六・八〈一尺一寸三分×二寸三分〉、杉原素紙
③不明
④玄睦　？―？。不明。禅僧か。

82 ①ナシ
②三六・六×五・九〈一尺二寸一分×二寸〉、縹色地雲母籬に菊
③元禄十三年（一七〇〇）～十五年
④別宗祖縁　一六五八―一七一四。相国寺第一〇三世。以酊庵第三十三世。元禄十三年から十五年まで勤める。正徳元年にも特派。

83 ①ナシ
②三六・五×五・九、代赭色龍（天）藍吹墨（地）、金泥・藍萱
③元禄九年～十一年
④文礼周郁　？―？。天龍寺第二〇七世。以酊庵第三十一世。元禄九年から十一年まで勤める。

84 ①ナシ
②三六・六×六・〇、代赭色龍（天）藍吹墨（地）、金泥・藍萱
③83と料紙同じなので同時期か
④古渓性琴　？―？。天龍寺第二一四世。以酊庵第三十九世。享保五年（一七二〇）から七年まで勤める。

85 ①ナシ
②三六・四×五・七、素紙金泥竹
③享保五年～七年
④84に同じ。享保三年に円覚寺の公帖（住持資格証明書。実際に赴任はしない）を得ているので、これ以後の作、恐らく輪番の時のもの。

86 ①ナシ

②三六・六×六・二、素紙切箔砂子
③不明
④月渓　?―?。不明。

87
①ナシ
②三六・八×五・七、素紙金泥松竹柳
③享保十二年（一七二七）
④小倉尚斎　一六七七―一七三七。名、貞。長門萩藩（毛利本家）儒者。享保四年藩校明倫館が創設され、教授となる。

88
①ナシ
②三六・一×六・一、薄紫色
③不明
④大潮元皓　一六七八―一七六八。字、月枝。黄檗宗の僧。荻生徂徠一派を交遊し、詩人として知られた。晩年は肥前にいて後進の指導に当たる。

〔翻刻〕

＊写真・影写本に基づき、福井氏論文ほかの既存の翻刻を参照した。
＊原文に忠実であることを心がけたが、仮名は清濁を分かち、漢字は通行字体に統一して、通読の便を図った。
＊短冊において、題・前書は通常上部にまとめて書かれているので、これを本文の前に二字下げで記した。和歌は上下句を二行に、二行目を一字ほど下げて、漢詩は絶句の場合二句ずつ二行に書かれる。また署名は和歌の場合二行目の下に、漢詩の場合中央下にあるのが普通で、これは作品に続けて記した。それらとは異なる場合は前述の作者等一覧に注記した。
＊漢詩文には読み下しを付した。また漢詩は句ごとに分かち書きをした。平出・台頭については注記した。

1しづみにし長門の海をきてみれば涙のみこそまづうかびぬれ　道増
安徳天皇尊像卅年前拝見之時雖綴瓦礫短冊紛失之間文禄第二暦八月日不渉思惟書之（安徳天皇の尊像、卅年前拝見の時瓦礫を綴ると雖も、短冊紛失の間、文禄第二暦八月日思惟に渉《わた》らず之を書す）
2おも影はたびこそのこれうらなみのあはと消しはとをき世にしも　道澄
3しづみしも面影はなを残りけりみもすそ川の末たえぬ世に　定之
4しづみける「　　」こと葉の花にあ□れをそ□ふ　雅庸
　たよりありて豊前の国へくだり侍りし時舟をよせて安徳天皇の尊像を拝し奉りしつゐでに
5世々にたえぬ名をおもひてや消にけんあはれむかしの波のうたかた　実顕
6水の泡のあはれきえにしいにしへもうかぶばかりの跡を見る哉　尭円
7さかならぬ君のうき名を留をき世にうらめしき春のうら波　義隆
8おもへ世はひとつ湊の舟なれどなみだの海にしづめるはうし　輝元

9きくだにもかなしかりけり浦波の花のすがたと消はてし世を　秀元
10とゞめをきてしづみははてぬきみがなを波のたよりにきくぞかなしき　秀秋
11波風もおさまらぬ代のいにしへをきゝつたふるにあはれもぞそふ　秀信
12名にしおふ長門の海を来てみればあはれをそふる春の浦なみ　羽柴陸奥侍従
天正拾五年三月日関白殿九州島津為御成敗御進発付御供
13いにしへのその名ばかりはありながらすがたはなみの春の海づら　羽柴出羽侍従
14みるからに袖こそぬるれうつし絵の跡にあはれをそふる浦波　驢庵
15あはれさを身にしら波にのこしなば涙もとめよもじの関守　長諳
16しづみけん身のいにしへもいとけなきおもかげうかぶ春のうらなみ　由己
17名をのこす長門の海を来てみればむかしにかへる春のゆふ浪　休夢
18世の中に名をのこしつゝ海づらの波にしづめるあとの春かぜ　安威五左衛門
19春風の浪の玉もやしづみにしそのくろかみの名残なる覧　吉種
20筆にたゞ昔の跡をうつしをきて名残ばかりのかすむ海づら　宗也
21水そこに身をしづめしと聞しよりあはれにみゆるゆふ霞哉　新栄
22もしほ草かくたもとをもぬらすかなすゞりのうみの浪の名残に　玄旨
23君こゝの波に入しやわだつ海の宮古のうちは住よかるらん　玄仍
24いづる日もかぎりあればや西の海のそこのもくづに影うつるらむ　友詮
25残しをくおも影までも世を海のあまのしわざのみるめかなしき　正允

26誰にみえん誰に見えしもなき跡にすがたをとむるもじの関守　法印古仙
27磯上ふるきあはれを今の世にとゞめてぞをく門司の関守　秀家
28わだつ海の底にしづみし哀さを波にのこして有明の月　玄仲
29あはれ名もとゞめをきける君が代のむかしをおもふ浦のかなしさ　玄陳
30沈にき硯のうみのあはれ世にいつまでながすうき名なるらむ　宗範
31しづみしもしづむにあらじ今もその名はのこしをく文字の関守　玄以
32散うせし花の名残の陰を見てむかしの春にぬるゝ袖かな　中務卿法印
33いにしへのあはれおもへばよるの夢のさめてのこれる波の音かな　了任
34沈めつる長門の海の浪のしたにいりぬる磯の草ならぬ身を　勝俊
35しづみけむその面かげも古へにあはれふりゆくわが泪哉　勝茂
36しづみにし水のあわれをとふ人にむかしこたふる春のうら浪　三松
37名ばかりはしづみもはてずうたかたのあはれ長門の春の浦なみ　禅高
38君が名の長門の海のなみ風もけふのためとやとゞめをきけん　宗碩
39うたかたのあはれ消にしいにしへの名残長門の春のうら波　道派
40いまもなをかきとゞめをくことの葉やむかしのまゝの門司の関守
　明暦第四之夏長門之国阿弥陀寺に詣幼帝の遺像を拝したてまつりて
41雲の上にすむべき月のいかなれば波にしづみしかげとなりけむ　直能
42宮人のあはれを文字に書おきしすゞりの海やすみ染の袖　宗見

43浦波のあはれをそへて五月雨もふりし涙の山ほと丶ぎす　一貫
44いやたかき雲井の月も底清きみぎはにちかく影を見る哉　経晃
45玉の緒のみじか丶りしも沈にし名をば長門の海に残して　信澄
46わだつ海のふかさあさ丶もしら波をそこはかとなく分しあはれさ　惟白
47君にしも今もうらみの世がたりを関の名つらきもじにとゞめて　亮有
48たづね来てむかしの跡を此浦の波のよるべに聞ぞかなしき　釈良旺
寛文の秋の比長門の国阿弥陀寺に詣侍りて安徳《(平出)》幼帝の尊像をおがみ奉りて
49もしほ草かきもやられずむかしおもふすゞりの海はなみだのみして　肥州隠士蘇仙
九州一見のみぎり長門国赤間関にて阿弥陀寺にまうで
50うたかたのあはれきえにしいにしへのかへらぬ波にぬる丶袖かな　雅綱
安徳天皇の尊像を拝たてまつりて
51あとをかく世々にのこして見つるかな硯のうみのふかきおもひに　越前友梅
52浮浪に沈めし月の御影かな　光久
題赤間関阿弥陀寺
53水遶青山古聖蹤　千年霊魄脱幽宮　唯心浄土随方是　自性弥陀当念通　楼閣重々開宝網　琅玕帀々起慈風　同遊未可催帰輿　明日海船吾欲東　清拙
(水は遶《めぐ》る青山の古聖蹤　千年の霊魄幽宮を脱す　唯心の浄土随方是《ぜ》に　自性の弥陀当念通ず　楼閣重々として宝網を開き　琅玕帀々《そうそう》として慈風を起こす　同遊未だ帰輿を催すべからざるも　明日の海船吾東《ひがし》せんと欲す)

題赤間関 和大鑑韻

54安王晏駕有遺蹤　輪奐幾時成仏宮　両岸接連船泊穏　一関宏闢路交通　峰巒秀聳出雲雨　海水平澄絶颶風　嘉運今膺清和後　熙々徳化満天東　龍山

（安王の晏駕《あんが》遺蹤有り　輪奐《りんくわん》幾時か仏宮と成る　両岸接連して船泊穏かに　一関宏闢として路交通ず　峰巒秀聳にして雲雨を出だし　海水平澄にして颶風を絶す　嘉運今膺《あた》る清和の後　熙々《きき》たる徳化天東に満つ）

赤間関

55風物眼前朝暮愁　寒潮頻拍赤城頭　怪巌奇石雲中寺　新月斜陽海上舟　十万義軍空寂々　三千剣客去悠々　英雄骨朽干戈地　相憶倚欄看白鴎　絶海

（風物眼前朝暮に愁ふ　寒潮頻りに拍《う》つ赤城の頭　怪巌奇石雲中の寺　新月斜陽海上の舟　十万の義軍空しく寂々　三千の剣客去りて悠々　英雄骨朽ちたり干戈《かんくわ》の地　相《あ》ひ憶《おも》ひ欄《らん》に倚《よ》りて白鴎を看る）

赤間関 和大鑑旧韻

56到赤間関訪故蹤　城門直対海王宮　波沈宝剣蛟龍護　島圧明珠舟楫通　樹色満楼還細雨　鐘声隔岸又回風　瞻望頗覚皇都近　五色雲浮日上東　愚中

（赤間関に到りて故蹤を訪ぬ　城門直《ただ》ちに対す海王宮　波宝剣を沈めて蛟龍護り　島明珠を圧《しづ》めて舟楫通ず　樹色楼に満ちて還《ま》た細雨　鐘声岸を隔てて又《ま》た回風　瞻望《せんばう》頗る覚ゆ皇都の近きを　五色の雲浮かびて日東より上る）

受（平出）豊臣大閤厳命将入大明之日繋舟於斯地拝謁（台頭）安徳天皇平氏一門像漫題焉

（豊臣大閤の厳命を受けて将《まさ》に大明に入らんとするの日、舟を斯《こ》の地に繋ぎて安徳天皇平氏一門の像を拝謁し、漫《みだ》りに焉《これ》に題す）

57聞説平家漂蕩船　曽沈海底魄帰泉　更令遺像莫遺恨　幾見興亡四百年　霊三
（聞説《きくな》らく平家漂蕩の船　曽て海底に沈みて魄《はく》帰泉すと　更に遺像をして遺恨莫《な》からしめよ　幾たびか見る興亡四百年）

奉　大閤大相国鈞命欲赴大明之日拝(平出)安徳天皇遺像有感因述下情云
（大閤大相国の鈞命を奉じて大明に赴かんと欲するの日、安徳天皇の遺像を拝して感有り、因て下情を述ぶと云ふ）

58万年永合定朝廷　波底沈身在妙齢　恰似青雲天上月　一宵涵影入滄溟　承兌
（万年　永《とこしな》へに合《まさ》に朝廷と定むべし　波底身を沈めしは妙齢に在り　恰《あた》かも似たり青雲天上の月　一宵影を涵《ひた》して滄溟に入るに）

蒙　太閤大相国鈞旨将赴大明日詣　安徳帝廟賦追懐之一絶云
（太閤大相国の鈞旨を蒙りて将に大明に赴かんとする日、安徳帝の廟に詣でて追懐の一絶を賦すと云ふ）

59欲訪精霊海底幽　拝看遺像思悠々　可憐四百年前夢　水是雖流恨不流　永哲
（精霊を訪ねんと欲して海底幽かなり　遺像を拝看して思ひ悠々たり　憐むべし四百年前の夢　水は是《こ》れ流ると雖も恨みは流れず）

余再赴三韓雖経過此地顧襪線之才不賦一律今也叩綴一章云
（余再び三韓に赴き此の地を経過すと雖も、襪線《べつせん》の才を顧みて一律を賦せず、今や一章を叩綴《かうてつ》すと云ふ）

60海底千尋葬聖躬　芳名今古幾忠功　能令天下施恩化　四百年来仰舜風　恵雄
（海底千尋聖躬を葬る　芳名今古幾《いく》ばくの忠功ぞ　能く天下をして恩化を施し　四百年来舜風を仰がしむ）

題（台頭）先帝廟之壁

61昔年聖寿祝無窮　西幸何図再不東　只為龍顔葬魚腹　潮頭望入浪花中　玄蘇

（昔年の聖寿祝ひ無窮　西幸何ぞ図らんや再び東せざるを　只だ龍顔の魚腹に葬らるる為に　潮頭望み入る浪花の中）

天正壬辰夏之初詣長州阿弥陀寺次拝謁（台頭）安徳天皇遺像卒賦野詩一章述卑懐云

62千尋海底幾人亡　赫々声名身後彰　遺像祇今如視古　一嗟相弔九回腸　霊圭

（千尋の海底幾人か亡ずる　赫々《かくかく》たる声名身後に彰らかなり　遺像祇《た》だ今古を視るが如し　一たび嗟《さ》して相ひ弔せば九たび腸を回《めぐ》らす）

西関覧古

63昔立孤難平氏家　儲皇没溺海西涯　至今猶駐龍顔色　残月波晴玉有華　宗入

（昔孤難に立つ平氏の家　儲皇没溺す海西の涯　今に至るも猶ほ駐《とど》む龍顔の色　残月波晴れて玉に華有り）

壬戌之秋過長州下関因拝（平出）安徳帝遺像丙午之春又拝之既作唐律一絶以弔焉宋陸秀夫抱幼帝与二位尼之所為何異彼丈夫也此丈夫也唯有男子婦人之異又有読大学与否之異耳〈吁無以則王乎餘何言〉

（壬戌の秋長州下関に過《よ》ぎり因て安徳帝の遺像を拝す。丙午の春又《ま》た之を拝す。既に唐律一絶を作り以て弔す。宋の陸秀夫幼帝を抱きしは二位の尼の所為と何ぞ異ならん。彼は丈夫なり、此も丈夫なり。唯だ男子婦人の異有るのみ。又た大学を読むと否との異有るのみ。〈吁《あ》あ以《ゆゑ》無くして王か。餘《よ》は何をか言はん〉）

64天子蒙塵船幾艘　翠華千里影揺々　筑城捲土重来否　恨在西関不下潮　羅浮

（天子蒙塵す船幾艘　翠華千里影揺々たり　城を筑《きづ》き土を捲《ま》きて重ねて来たるや否や　恨みは西関下らざる潮に在

り）

慶長作鄂之春奉仕秀元公滞在長府之砌游山翫水之次来于此寺謹奉拝安徳天皇遺像卒綴村体以献御前云爾

（慶長作鄂《さくがく》の春秀元公に奉仕して長府に滞在するの砌《みぎり》、游山翫水の次《ついで》此の寺に来たり、謹みて安徳天皇の遺像を奉拝し、卒《には》かに村体を綴りて以て御前に献ずと爾《しか》云ふ）

65西去京城数十程　沈身水底不沈名　可憐海上成泡沫　八歳春秋金闕栄　霊察

（西のかた京城を去ること数十程　身を水底に沈めしも名を沈めず　憐むべし海上泡沫と成るを　八歳の春秋金闕の栄）

野体一絶拝題安徳天皇霊廟下（台頭）

66空廃上林風雅遊　誰図海底没珠旒　龍顔沈処無由問　遺恨寒波流不留　玄方

（空しく廃す上林風雅の遊　誰か図らんや海底に珠旒《しゅりゅう》を没すとは　龍顔沈みし処問ふに由《よし》無し　恨みを遺《のこ》す寒波流れて留まらず）

67涙痕滴尽硯之海　別恨写成文字関　寂々　皇居有誰訪　疎簾漏月照　龍顔　玄節拝上

（涙痕滴尽す硯の海　別恨写し成す文字の関　寂々たる皇居誰有りてか訪ねん　疎簾の漏月龍顔を照らす）

68龍像空留護至尊　恭聞旧事悩心魂　世人来往情鍾処　一旦没蹤千古怨　貞昌

（龍像空しく留まりて至尊を護る　恭しく旧事を聞けば心魂を悩ます　世人の来往情の鍾《あつ》まる処　一旦没蹤して千古怨みあり）

69宋末臣誰張陸忱　龍魂竟向鼎湖沈　天王昔日無窮涙　化作滄波万丈深　為善

（宋末の臣は誰ぞ張陸忱《まこと》なり　龍魂竟《つひ》に鼎湖に向《お》いて沈む　天王昔日無窮の涙　化して作《な》る滄波万丈の深きに）

70安徳天皇兜卒壇　拝来今作旧時看　影前滴涙思千古　豪傑英雄砕鉄肝　玄碩

（安徳天皇の兜卒《とそつ》壇　拝し来たれば今旧時の看を作す　影前の滴涙思ひ千古　豪傑英雄鉄肝を砕く）

寛申季春予受台命赴馬島蓋為三韓書簡通用故拝謁（平出）安徳天皇古廟

（寛申の季春、予台命を受けて馬島に赴く。蓋し三韓書簡通用の為なり。故に安徳天皇の古廟を拝謁す）

71冠蓋飛沈西海隅　平家哀盛変須臾　精霊若又化精衛　填尽扶桑硯滴無　恵山円旦（朱文鼎印「円旦」）

（冠蓋飛沈す西海の隅　平家の哀盛変ずること須臾《しゆゆ》なり　精霊若し又た精衛に化せば　扶桑の硯滴を填《うづ》め尽くさんや無《いな》や）

奉献　安徳帝御廟

72源氏益栄平氏泯　戦場此地望其塵　龍顔元是海宮在　誰道　天皇没水浜　光璘（朱文方印「玉峰」）

（源氏益《ますま》す栄え平氏泯《ほろ》ぶ　戦場此《こ》の地其の塵を望む　龍顔元《も》と是れ海宮に在り　誰か道《い》はん天皇水浜に没すと）

題（台頭）安徳天王古廟宇

73赤関繋艇暫過時　既感源平有盛衰　聞説官臣殞身去　流波千古使人悲　東皐永洪（白文朱方印「釣天」）

（赤関に艇を繋ぎ暫く時を過ごす　既に感ず源平盛衰有るを　聞説《きくな》らく官臣身を殞《しづ》め去り　流波千古人をして悲しましむと）

承応甲午秋之仲十有七日詣阿弥陀寺拝　幼帝之像之次卒賦鶴膝以述懐古之情云

（承応甲午秋の仲十有七日、阿弥陀寺に詣で幼帝の像を拝するの次《ついで》、卒《には》かに鶴膝を賦して以て懐古の情を述ぶと云ふ）

74多少幽魂無処尋　唯瞻遺像起傷心　昔年若不湛波底　何必声名伝到今　肥産慶順（白文朱方印「順」）

（多少の幽魂尋ぬる処無し　唯だ遺像を瞻《み》て傷心を起こす　昔年若《も》し波底に湛《たた》へずんば　何ぞ必ずしも声名伝はりて今に到らん）

延宝乙卯夏詣長州阿弥陀寺拝（台頭）安徳天皇之小影漫綴一章以述懐古之情云

（延宝乙卯の夏長州阿弥陀寺に詣で安徳天皇の小影を拝し漫《みだ》りに一章を綴りて以て懐古の情を述ぶと云ふ）

75鳳雛出洞落江潯　誤入鶏群傷旅心　千古水浜何処問　波頭空恨夕陽沈　藤直隆

（鳳雛洞を出で江潯《かうじん》に落つ　誤りて鶏群に入りて旅心を傷ましむ　千古の水浜何処にか問はん　波頭空しく恨む夕陽の沈むを）

詣　安徳天皇聖廟　洛西梵亭（白文朱方印「梵亭」カ）

76仰視天皇八歳姿　沈身海底古今悲　年光四百春過久　洒涙長門花一枝

（仰ぎ視る天皇八歳の姿　身を海底に沈めて古今悲し　年光四百春過ぐること久し　涙を洒《そそ》ぐ長門花一枝）

詣（平出）安徳聖廟懐古

77安危謾説戦図中　徒挟幼君争両雄　龍駕不帰沈碧海　悲風千古入松風　元策（朱文方印「江岳」）

（安危謾《みだ》りに説く戦図の中　徒らに幼君を挟みて両雄争ふ　龍駕帰らず碧海に沈み　悲風千古松風に入る）

延宝元年祇役于対州同三年及瓜帰洛之次題（台頭）安徳天皇霊廟

（延宝元年対州に祇役《しえき》し、同三年瓜《くわ》に及びて帰洛するの次《ついで》、安徳天皇の霊廟に題す）

78宝剣沈沙帝業空　功名千古幾英雄　幼君何解干戈事　堪恨侍臣無変通　祖辰

（宝剣沙に沈み帝業空し　功名千古幾ばくの英雄ぞ　幼君何ぞ解せん干戈の事　恨むに堪へたり侍臣変通無きを）

敬題（台頭）安徳天皇廟

79楼外断腸辺雁尽　松間転目紫山多　諸公肉食終無策　却使君王充老婆　原欽
（楼外断腸す辺雁尽き　松間に目を転ずれば紫山多し　諸公肉食して終に無策　却《かへ》りて君王をして老婆に充《あ》てしむ）
元禄甲戌暮春承　台命赴対州之次過阿弥陀寺奉拝　安徳帝遺像　恵山玄棟（朱文方印「松陰」）
（元禄甲戌暮春、台命を承りて対州に赴くの次《ついで》、阿弥陀寺に過《よ》ぎりて安徳帝の遺像を奉拝す）

80滄海揚波々拍天　天王曽此漾楼船　江潮没溺三千里　家国興亡四百年
（滄海波を揚げ波天を拍つ　天王曽て此に楼船を漾はす　江潮没溺す三千里　家国興亡す四百年）
拝詣　安徳天皇遺廟

81天老地荒催万愁　巍然遺廟赤城頭　波心風戦魚鱗陣　峰頂雲屯鶴翼謀　禅尼抱忠宋陸氏　判官決勝漢留侯　丹青妙写源平乱　壁上空看寿永秋　玄睦（白文朱方印「僧睦印」）（朱文方印「敬仲」）
（天老い地荒れて万愁を催す　巍然たる遺廟赤城の頭　波心風は戦《そよ》ぐ魚鱗の陣　峰頂雲は屯《とど》む鶴翼の謀　禅尼忠を抱くは宋の陸氏のごとく　判官勝を決するは漢の留侯のごとし　丹青妙写す源平の乱　壁上空しく看る寿永の秋）
拝謁（台頭）安徳天皇尊容

82遺像堂々五百年　潮声月色涙潸然　誰知随処皆為主　自在徜徉海底天　祖縁（白文朱方印「祖縁」）
（遺像堂々たり五百年　潮声月色涙潸然《さんぜん》たり　誰か知らん随処に皆主たるを　自在に徜徉《しやうやう》す海底の天）

83孤帆飄々着赤間　青眸迎笑旧孱顔　盈虧想見夜来月　干満互浮海上山　安徳遺蹤餘梵刹　明神霊境隔塵寰　三春風物到茲足　天啓画図門司関〈吟興未已重賦一律去後来閲之人寧無此興〉　天龍文礼贅（白文朱方印「周郁」カ）（朱文方印「一字文礼」）
（孤帆飄々として赤間に着く　青眸迎へ笑ふ旧孱顔《せんがん》　盈虧《えいき》想見す夜来の月　干満互ひに浮かぶ海上の山　安徳の遺

蹤梵刹を餘し　明神の霊境塵寰を隔つ　三春の風物茲《ここ》に到りて足る　天啓の画図門司の関〈吟興未だ已まず、重ねて一律を賦して去る。後に来たり閲《み》る人寧《なん》ぞ此の興無からんや〉）

84滄海渺茫万頃平　赤城曽認戦場名　興亡照見行宮月　開落徧憐古廟桜　旅客駐舟尋往事　遊僧携錫費吟情　百軍沈溺今何在　留与春潮拍々声　遊阿弥陀寺作　松雨斎古渓艸（白文朱方印「(不明)」）（白文朱方印「性琴之印」カ）

（滄海渺茫として万頃《ばんけい》平らかなり　赤城曽て認む戦場の名　興亡照らし見る行宮の月　開落徧《ひと》へに憐む古廟の桜　旅客舟を駐《とど》めて往事を尋ね　遊僧錫を携へて吟情を費やす　百軍の沈溺今何《いづ》くにか在る　留与す春潮拍々の声）

85蜀浪呉波漂戟争　源軍逐北進天兵　君臣同日葬魚腹　愁殺　幼皇翼未成　阿弥陀寺　謁安徳天皇神廟　円覚性琴

（朱文方印「性琴印」）

（蜀浪呉波戟《ほこ》を漂はせて争ひ　源軍北に逐ひて天兵を進む　君臣同日魚腹に葬られ　愁殺す幼皇翼未だ成らざるを）

86五百年前奈興衰　残碑字蝕草離々　江天寂々白雲哭　春寺寥々黄鳥悲　腸断赤関故宮月　涙添硯海暮潮涯　繁華今日無人問　只有老松似旧時　浪花僧月渓和南拝艸

（五百年前興衰を奈《いか》ん　残碑字蝕《むしば》まれ草離々たり　江天寂々として白雲哭し　春寺寥々として黄鳥悲し　腸《はらわた》は断たる赤関故宮の月　涙は添ふ硯海暮潮の涯《ほとり》　繁華今日人の問ふ無し　只だ老松の旧時に似たる有るのみ）

奉拝（台頭）安徳帝尊像

87龍馭西巡瘴海頭　風雲惨憺満神州　宝刀沈浪霊何在　戦血濺潮恨未休　一旦戎衣離北闕　千年文物附東流　空留（平出）遺像紺園裏　落日啼鴉暗結愁　享保丁未孟夏初七日　明倫館教授小倉貞拝書

（龍馭《りうぎよ》西巡す瘴海《しやうかい》の頭　風雲惨憺として神州に満つ　宝刀浪に沈み霊何くにか在る　戦血潮に濺《そそ》ぎ恨み未だ休《や》まず　一旦戎衣して北闕を離れ　千年の文物東流に附す　空しく留む遺像紺園の裏　落日啼鴉暗に愁ひを結ぶ）

聖衆山阿弥陀寺恭謁（平出）安徳帝遺像

88遷都名蹟枕西瀛　此地登臨惨客情　千載豪華帰硯海　一時叡藻賦皇京　滄波忽自望中起　紫気還従蹕処生　感極且吟松樹下　上方山色為誰晴　元皓拝（朱文方印「月枝」）

（遷都の名蹟西瀛《せいえい》に枕《のぞ》む　此の地に登臨して客情を惨《いた》ましむ　千載の豪華硯海に帰し　一時の叡藻皇京を賦す　滄波忽《たちま》ち自ら望みの中に起こり　紫気還《ま》た蹕《ひつ》する処より生ず　感極まりて且《しば》らく吟ず松樹の下　上方の山色誰《た》が為に晴れたる）

朝鮮通信使が残した安徳帝哀悼の詩

諸井耕二

一

江戸時代に、両国の善隣と友好を目的として、十二回にわたって、朝鮮国の使節がわが国を訪れた。この使節は朝鮮通信使と呼ばれ、近年研究が進み、その詳細は資料集や著作などの出版を通して広く紹介されている。

毎回、四百数十名から五百名にものぼる使節一行は、漢城府（現・ソウル）を出発、釜山から対馬壱岐を経て、筑前・藍島（相島）に立ち寄った後、赤間関（現・下関市）に到着、我が国本州の地に第一歩を印した。赤間関では、九州との海峡に面した阿弥陀寺（現・赤間神宮）及びその周辺に宿泊した。江戸（一部は日光まで）に赴き無事役目を果たした一行は、帰途にも海路赤間関に到着、上陸して宿泊した。

全十二次のうち最後の回は「対州易地行礼」となり、対馬で役目を終えているから、計十一回の赤間関寄港ということになるが、資料によって推定すると、赤間関滞在は、到着の次の日には出帆する、つまり丸一日足らずを予定していたことが分かる。現実には、決めたとおりの運びになったのは、往路ではただ三回（第三、四、八次）で、あとは風待ちなど天候のために出帆が延引している。その間の応接は、萩の毛利本藩が担当したが、地元支藩の長府毛利藩が藩を挙げて協力しているのは言うまでもない。

赤間関で、三使（正使・副使・従事官）をはじめとする一行の人々が、とりわけ心を寄せたのは、この地で幼くして海峡に入水した安徳帝の事跡であった。具体的には哀悼の漢詩を残しているのであるが、本稿ではそのあたりに焦点をしぼって、通信使のもつ一面を明らかにしてみたい。

資料としては、各次の使節の残している「使行録」と呼ばれている旅の記録に、赤間関滞在がどのように記されているかを確かめ、それに地元に残されている資料を加えて検証してみることにしたい。

使行録は、大正三年（一九一四）に朝鮮古書刊行会（朝鮮京城）の出した『海行摠載』四冊（朝鮮群書大系・続々第三、四、五、六輯）に収録のもの、及び『善隣と友好の記録　大系・朝鮮通信使』全八巻（明石書店　一九九三～六）で補われたものを使用した。なお、以下文中では、前者を『摠載』、後者を『大系』と略称する。使行録の原文は漢文であるが、引用に当たっては、読み下して示した。

二

安徳天皇を悼む詩を取り上げる際に触れられる事項の一つに、松雲大師惟政という人物の存在がある。この人は文禄・慶長の役（壬辰倭乱）の際に義僧兵を率いて日本軍と戦ったという経歴をもち、傑僧の一人と称えられた。慶長九年（一六〇四）には対馬、さらに日本本土に渡り、京都で徳川家康に会見して、家康に朝鮮再侵の意図がないことを確認させた。つまり、国交回復、通信使派遣の契機を作った人物と位置づけられる。

この松雲大師が来日した折、赤間関に立ち寄り安徳帝追悼の漢詩を作った。このことが通信使作詩の先蹤になったとされる。江戸時代にまとめられた記録『防長社寺由来』(1)に見える「長州赤間関阿弥陀寺什物帳」（奥に、元文四〈一七三九〉己未歳正月日）の項に「松雲和尚の筆一通」（「口の字日本安徳天皇」と付記）とある。この一通は現存しておらず、内容の確認は出来ないが、以上の事を証拠づける傍証の一つとなっている。

長府毛利藩の儒者・平井温古[2]、宝永七年（一七一〇）の執筆とされる地誌『豊府志略』に、この松雲大師の詩—七言絶句三編の記載がある。テキストに疑問の箇所が多々見受けられるので、この書を資料に使って執筆されたと推察される地誌『長門国志』[3]と突き合わせるなどして、一応次のような稿を得ることが出来た。[4]

敬弔日本安徳天皇廟霊

干戈昔日世多艱○　八歳金輿歿此間○
只有滄波旧時月　夜来猶似弔紅顔○

天皇遺像下関傍○　路断滄波草樹荒○
独有中天万古月　年年依旧度蒼茫○

次前韻再弔

興亡宇宙本無窮○　一片山河西復東○
独愴紅顔八歳帝　老姑倶殞此波中○

朝鮮国四溟[5]沙門松雲書

詩中○印を付した韻字は、第一首・删韻、第二首・陽韻、第三首・東韻となっており、後に通信使が「次韻」したとするものと合致している。詩の配列の順序も同じである。「次韻」とは、七言絶句であれば、作詩に当たって、詩の第一、第二、第四句の同じ位置に対象となる詩の韻字を使用することである。なお、次韻するということは、その詩の作者に対して尊崇の念を示すことであり、ひいては業績や精神の継承の意思を現すことにもつながる。

松雲の第三首に付いている題は「前韻ニ次《じ》シテ再ビ弔《とむら》フ」、「前韻」とは『豊府志略』にも採られている景轍玄蘇（日本の禅僧、対馬に在って対朝鮮外交を担当）作の七言絶句を指している。その詩の題は「先帝廟ノ壁ニ題ス」で、肥前名護屋に赴く途次立ち寄り(6)、安徳天皇廟の壁に書き付けたとする哀悼の詩である。次韻したということは、松雲にとって玄蘇は敬意を払うべき人物であったことを物語っている。従って三首のうちでもこの一首には、松雲のより深い思いが込められている、と見ることが出来よう。

三

松雲大師のこの作詩に対して、赤間関を訪れた後の通信使は次韻するのが恒例となった、と伝えられているが、実際はどのようであったかを、以下『摠載』及び『大系』所収の使行録に拠って確認してみたい。まず第一次から第七次までを取り上げる。赤間関には往路・復路ともに立ち寄っているが、安徳帝についてはほとんどが往路の際に触れられているので、とくに断らない限り、以下は往路についての記事である。

第一次（慶長十二年〈一六〇七〉丁未）の副使・慶暹〈七松〉の『海槎録』には、五日間滞在の四日目・三月二十六日の記事に、八歳で没した天皇を憐み、「関人」が「土像」を作り、「僧輩」に守らしめ、「香火今ニ至ルマデ絶エズ」とし、「今日適《たまたま》ゝ天皇溺死ノ日ナリ(7)、僧輩饌《せん》ヲ設ケ経《きょう》ヲ誦《ず》シ、終日之《これ》ヲ供ス」と供養の様を記している。次韻詩についての記述はない。書きとめなかったのか、その事実がなかったのかは不明である。

第二次〔元和三年〈一六一七〉丁巳〕は十日間の滞在。正使・呉允謙〔楸灘〕の『東槎上日録』には、巻末に旅中の作詩がまとめて掲げられていて、その中に「安徳入海」の事実を取り入れた長めの題を付した四首の詩が見える。「人之《これ》ガ為ニ廟ヲ立ツ、松雲作七言絶四首廟下ニ留ム」とあり、「副使其《その》韻ニ次シ以テ示シ、和スルヲ求ム」とする。副使・朴梓〔雲渓〕が次韻し倣うよう私に求めた、というのである。四首のうち三首は松雲韻に拠った〔詩の配列順は異なるが〕ものであるが、最後の一首は全く別のもの。この一首の存在は後の通信使のものが全部三首であることから見ても、経緯がはっきりしない。内容も追悼からすこしずれている。しかし、松雲の韻に次韻した詩が初めて現れるのに注目したいし、通信使側からの自発的な詠詩であるかのように取れる点も指摘しておきたい。なお、副使も使行録を残しているが、次韻のことには触れていない。

第三次〔寛永元年〈一六二四〉甲子〕は、十一月二日到着、三日出発。一泊のみの滞在であるが、副使・姜弘重〔道村〕の『東槎録』には、到着日の記事中に「寺傍ニ祠有リ、安徳天皇ノ神堂ト曰《い》フ」とあり、その由緒を土地の人に聞いたとし「入海」「立祠」「塑像」等々のことを書きとめている。次韻の記事はない。滞在の時間が短く、その余裕がなかったことも十分に考えられる。

第四次〔寛永十三年〈一六三六〉丙子〕も十月二十九日・十一月一日の一泊滞在。使行録は三点あるが、いずれにも次韻の記事はない。しかし、副使・金世濂〔東溟〕による『海槎録』の帰路赤間関立ち寄り〔これも二月十日・十一日の一泊〕の項に注目すべき一文があった。「夕、赤間関ニ抵《いた》リ弥陀寺ニ館《やど》ル、庭ニ紅白二梅有リ満発ス」とし、「寺僧ノ如キ小匣《しょうこう》ヲ呈ス、乃《すなわ》チ松雲奉仕ノ時、安徳天皇ヲ弔フ三絶ニシテ、上ニ朝鮮国勅使ノ詩ヲ題ス、遂ニ其《その》韻ニ歩《ほ》シ以テ贈ル」とある。小匣〔四角でふたのある小形のはこ〕の中に松雲の絶句三編が入っており、朝鮮国勅使の詩も書きつけてあった、というのである。そこで私はその韻に歩〔「歩韻」と「次韻」は同義〕して贈った、とする。次韻を寺側から依頼するという形が明確に示されているのに注目させられる。この副使には『槎上録』と題する漢詩のみの別集があり、その詩が「弥陀寺守僧、松雲安徳天皇ヲ弔フ詩ヲ呈ス、次韻ス」という題で収められている。詩の配列も韻字も前掲の松雲の三首と一致している。

第五次（寛永二十年〈一六四三〉癸未）は六日間の滞在。筆者未詳とされる『癸未東槎日記』には、到着の日に安徳天皇に係わる記事があり、次の日に「風ニ阻《はば》マレ赤間関ニ留マル、島主長老来リ謁《えつ》ス、仍《よつ》テ安徳祠題詠ヲ進メ和スルヲ求ム、三使次韻シテ之《これ》ヲ贈ル」とある。副使・趙絅〔龍洲〕には『東槎録』があるが、これは日録ではなく、文と詩を集めた一巻である。これにはその次韻詩が「赤間関、松雲安徳祠三絶ニ次ス」という題で収められている。この時点では次韻は恒例化し完全に定着した、と見ることが出来よう。

第六次（明暦元年〈一六五五〉乙未）は、十日間の滞留。八月中旬に当たり、連日逆風で船上においての風待ちも長時間に及んだ。従事官・南龍翼〔壺谷〕の『扶桑録』は充実した内容で、量がかさみ上下に分けられ、帰路の記録は別に『回槎録』という題で別にまとめられている。この人は文の才にすぐれていたと言われ、収録の詩の数が豊富で、長編のものも少なくない。松雲次韻詩も「安徳祠僧軸ノ韻ニ次ス」という題で収められ、注が「元韻ハ則《すなわ》チ松雲師先ニ唱《とな》ヘテ、前後ノ使臣皆和シ寄スル有リ」と付されている。この人は、後述もするように、通信使の中でも出色の人物であったようである。[8]

この回の正使・趙珩〔翠屏〕には『扶桑日記』がある。この書は特別な伝わり方をしているものであるが、[9]末尾に「安徳天皇祠、松雲ノ韻ニ次ス」として次韻三首が記入されている。これは後に第八次の正使・趙泰億が採録し伝えたものという（このことについては後述）。

第七次（天和二年〈一六八二〉壬戌）は十日間の滞在。この回は三使による使行録は残されていない。金指南という人物の『東槎日録』という記録がある。この人は「訳士」とされるが、記録には肩書が「漢学前正」となっている。この書の七月十二日の項に次のような記述があり、「祀」「廟」「堂」などと呼ばれていた「安徳天皇堂」の内部の様子や次韻のことなどが最も具体的な叙述になっていて、貴重である。ただし、次韻詩自体の記録はない。

　十二月丁巳、雨、阿弥陀寺ニ留マル、朝、使相《ししょう》守僧ヲシテ其《その》神祠ヲ開カシメ之ヲ観ル。正堂ニ一塑像《そぞう》有リ、而《しか》シテ坐ハ金剪《きんせん》ヲ飾リ、昼夜燈ヲ明ニス、室ヲ夾《はさ》ミテ安徳ト源頼（朝）[10]ト相戦フノ事ヲ画《えが》ク、而シテ金彩燦爛《さんらん》、宛《あたか》モ場《ば》ニ臨ミテ目撃スルガ如シ、主僧、乙未使行賦《ふ》スル所ノ詩句ヲ三使ノ前ニ出《いだ》シ示シテ、琚《きょ》ヲ続グヲ懇請《こんせい》ス、三使各々《おのおの》一章ヲ賦シ以テ之ヲ贈ル

文中の「金剪」には、次のような注が付されている。

　純金ヲ以テ、日月星辰《じつげつせいしん》、諸般ノ宝物ノ形ヲ作リ、貫クニ紅糸《こうし》ヲ以テシ、左右前後ニ流蘇《りゅうそ》トシテ之ヲ垂《た》ル

文中の「乙未使行」とは、前回第六次の通信使を指す。僧は次韻（ここでは「続琚」と表現、「琚」は佩玉の石）の例として前回のものを示したのである。注にある「流蘇」は房《ふさ》のこと。

阿弥陀寺では「天皇堂」と呼ばれていた安徳帝の像を安置した建物は、もちろん時代により変遷はあったと思われるが、ほぼこのような状態が続いていたと推察される。

像は、『防長社寺由来』の「長州赤間関阿弥陀寺什物帳」冒頭「天皇堂」の項には、「木像、但、作不知」とある。通信使の資料では、ほとんどがこの金指南と同様「塑像」としている。現在、赤間神宮の御神体とされている立像がこの像であるとされる。今は秘像であるので確認は出来ないが、一見しただけでは、木像・塑像の識別は到底不可能であるという。なお、「天皇堂」は他に「天皇殿」「天王堂」「御廟堂」「御影堂」などという呼称があったことが、他の阿弥陀寺に触れた資料からうかがえる。

四

第一次から第七次までで、松雲次韻詩自体が確認出来たのは、前述してきたとおり、五名の通信使についてであった。次に第八次（正徳元年〈一七一一〉辛卯）を取り上げるが、この回の副使・任守幹〔靖庵〕の詩が、唯一自筆で現存する奉納の書となっている。『防長社寺由来』の「長州赤間関阿弥陀寺什物帳」の項に、前述の天皇像、松雲和尚筆一通と共に記載の「朝鮮人詩十六通」の中の一通とされるもので、現在は赤間神宮の所蔵となっている。又、下関市立長府図書館蔵の郷土資料中に、第八次の正使以下七名（現在はうち一名のもの欠）の詩の「写し」が保存されていることで、まとまった形での次韻の全体像を把握することが出来る。

第八次の使行録は、『摠載』には一点の収録もないが『大系』には三点が採られている。それによると、八月二十九日赤間関到着、翌九月一日出発とある。ただ一泊のみというのは、第三、四次と同じく最短の滞在である。次韻についての記事はないが、副使の残した墨痕には「辛卯季秋」とある。季秋、つまり九月一日出発怱々の間を縫っての作詩ということになる。到着の八月二十九日は晦日《みそか》でまだ暦の上では仲秋であった。

萩毛利本藩は、朝鮮通信使応接の記録を『朝鮮信使御記録』[11]として残している。その中の正徳元年度「朝鮮人来聘御記録」には、この滞在の細部に至るまでの記録が詳細に書きとどめられている。

八月二十九日、一行は「申ノ上刻」赤間関到着、翌九月一日、「順風ニテ未ノ上刻」出帆、とあるから丸一日を切る滞在であった。そうして二日の夜「子の上刻」に次の停泊地上関《かみのせき》着船、「海上不順ニ付五日迄滞船」とある。上関での記事が詳細で、関係部分をまとめると、およそ次のようになる。

九月四日、阿弥陀寺安徳天皇の記、つまり松雲次韻詩を書き残すとして、三使、学士、書記が詩作。そのために、

「前々来聘」の「信使」が阿弥陀寺に書き置いた詩文を上関まで持参。それに書き上げた詩及び依頼された書などを添えて萩に送り、萩から阿弥陀寺へ返却ないし奉納することになった。赤間関と上関が萩藩の担当であったから、このような措置が可能であったのである。上関には支藩の岩国藩士が出向いて支援した。

下関市立長府図書館蔵の「写し」には、次に述べるように、三使、製述官（学士）、三使付の書記三名の次韻詩が揃って残されている。上関で十分に時間をかけて書き上げたものと思われる。「前々来聘」の「信使」というのは、明暦の第六次の通信使を指している。第八次の従事官付書記・南聖重〔泛叟〕は、前にも触れた第六次の従事官・南壺谷（この人は専らこの雅号で呼ばれた）の第三子であった。南聖重は亡き父の足跡追慕のためとくに志願した旅であった、という。又、第八次の従事官・李邦彦〔南岡〕にとっては南壺谷は恩師であった。駿河国興津の清見寺に残した書(12)（南壺谷の詩への次韻）の末尾に「余嘗《かつ》テ学ヲ壺谷先生ノ門ニ受ク、而《しか》シテ仲容ハ即チ其《その》時庭ヲ過グル者ナリ（「仲容」は南聖重の字《あざな》、「過庭」は自宅で父の教えを受ける）」と書き付けている。

正使・趙泰億〔平泉〕は、第六次の正使・趙珩の使行録『扶桑日記』を出発時にその曽孫・趙景命から借用し、日本に携行して参考の書とした、という。旅中、発見し採録した趙珩の詩数編を巻末に書き添えて景命へ返却した。その中に「安徳天皇祠次松雲韻」三首があったことは、上述したとおりである。いずれにしても、第六次と第八次の人々は深い縁《えにし》に結ばれていて、そのこともあり次の停泊地に移ってまで、次韻に積極的に対処したものと思われる。

次に、下関市立長府図書館蔵の「写し」について、その概要を説明しておきたい。

表面裏面ともに記載に埋まっている三枚の奉書（一枚・46㎝×33㎝）である。三枚に連続して写してゆき、さらに裏面に回り三枚いっぱいに続きを埋めている。ところが、保存状態が不良で、三枚目の半分が完全に欠落。つまり表面記載の内容からすると、末尾の六分の一が失われ、裏面の記載では、冒頭の六分の一が欠になっている。

現在、表面部分に見られる記載内容は次のようなものである。

冒頭は、従事官付の書記・南聖重の序めいた文章。五十七年前に次韻した父の詩を目の当たりにして落涙したこと、三使に次いで次韻するように勧められ、その柄ではなかったが、意を決して次韻したなどのことが書かれている。

この序の次、最初の三首には、奥に「東韓槎客」とあるだけで記名がないが、実は正使・趙泰億のものであった。この人は後年『謙斎集』（「謙斎」は著者の別号）として手書きで全著作集を残した。その巻之六、七、八に使行録『東槎録』中の詩のみを集めている。この書は今はソウル大学所蔵となっているが、『大系』に収録されているから、調べてみると確かに自筆で次韻詩三首が「写し」と一字の異同もなく記されていた。

その次は、副使記室の書記・厳漢重（龍湖）の三首、南聖重が次韻したので、他の書記二名も倣ったのであろう。それに続く三首が南聖重である。記名部分が欠落しているが、表裏全体の内容から推して当人のものに間違いない。

次に裏面部分、筆跡が表面のものと全く異なるから、二名の人が分担して記録したものであろう。

裏面冒頭は欠落している。欠の次に「正使記室」という文字が残っている。これは正使付書記の洪舜衍（鏡湖）を指しているものに違いない。そうすると欠落部分にはこの人の絶句三首があったことになる。スペースから見ても一致する。その次は、副使・任守幹、製述官・李礥（東郭）、最後に従事官・李邦彦と、各三絶句が続く。

最初に置かれた南聖重の序が自作のみに係わるもののようであること、全員の配列の統一がとれていないことなどを考え合わせると、筆録者が手に出来たものから随時に書き写した、ということになろう。

これを誰が伝えた（保存した）のか、この資料のみでは判断出来かねるが、共に保存してあった資料[13]から推定すると、当時の長府毛利藩の儒学者・香川玄靖[14]と見て間違いあるまい。まだ藩校の設立もない時代の学者であるから、この人の経歴や業績などほとんど判明していない。しかし、前掲の『朝鮮信使御記録』によると、「来聘（往路）」の際も「帰帆（復路）」の際も、「朝鮮人為御用長府より赤間関被差出候役人」の中にこの人の名前が肩書を「儒者」として明記されていること、別の資料にわずかに残されている自筆と思われる筆跡がこの資料の表面部分のものと酷似していることなどもあり、一応このように断定した。

五

上述の「写し」に拠り、第八次の六名の次韻詩自体を紹介したい。作者名の（　）部分は、「写し」にはないので、ここで補ったものである。なお、正使記室書記の分は前述した理由で欠けている。

安徳祠次松雲韻

顚沛当時海路艱　殤魂招断緑雲間
至今祠屋瞻遺像　眉帯秋痕不解顔
老樹神鴉寺廟傍　浦雲山日夕荒荒
冤禽木石無窮恨　万古東洋自渺茫
滄波嗚咽幾時窮　流恨千秋満日東
唱断竹枝歌一曲　霊旗悦惚下雲中
　辛卯菊秋　東韓槎客（正使・趙泰億）

安徳祠次前使臣韻

煢然孤寡属時艱　国歩頻連海島間
遺恨滄溟深未極　荒祠寂寞托生顔
征帆晩倚赤関傍　像想霊旗降大荒
一曲竹枝千古怨　雲愁海思杳茫茫
潮来潮去幾時窮　精衛含沙碧海東
異域興亡無処問　夕陽回棹水雲中

辛卯季秋　副使（任守幹）

次松雲安徳祠韻

蒼黄国歩昔何艱　宝翟相随堕海間
寂寞古祠泥像在　後人猶識前時顔
文城南畔小倉傍　宮闕遺墟苔樹荒
一片殤魂何処托　暮雲愁碧海茫茫
竹枝欲咽恨難窮　往事渾随流水東

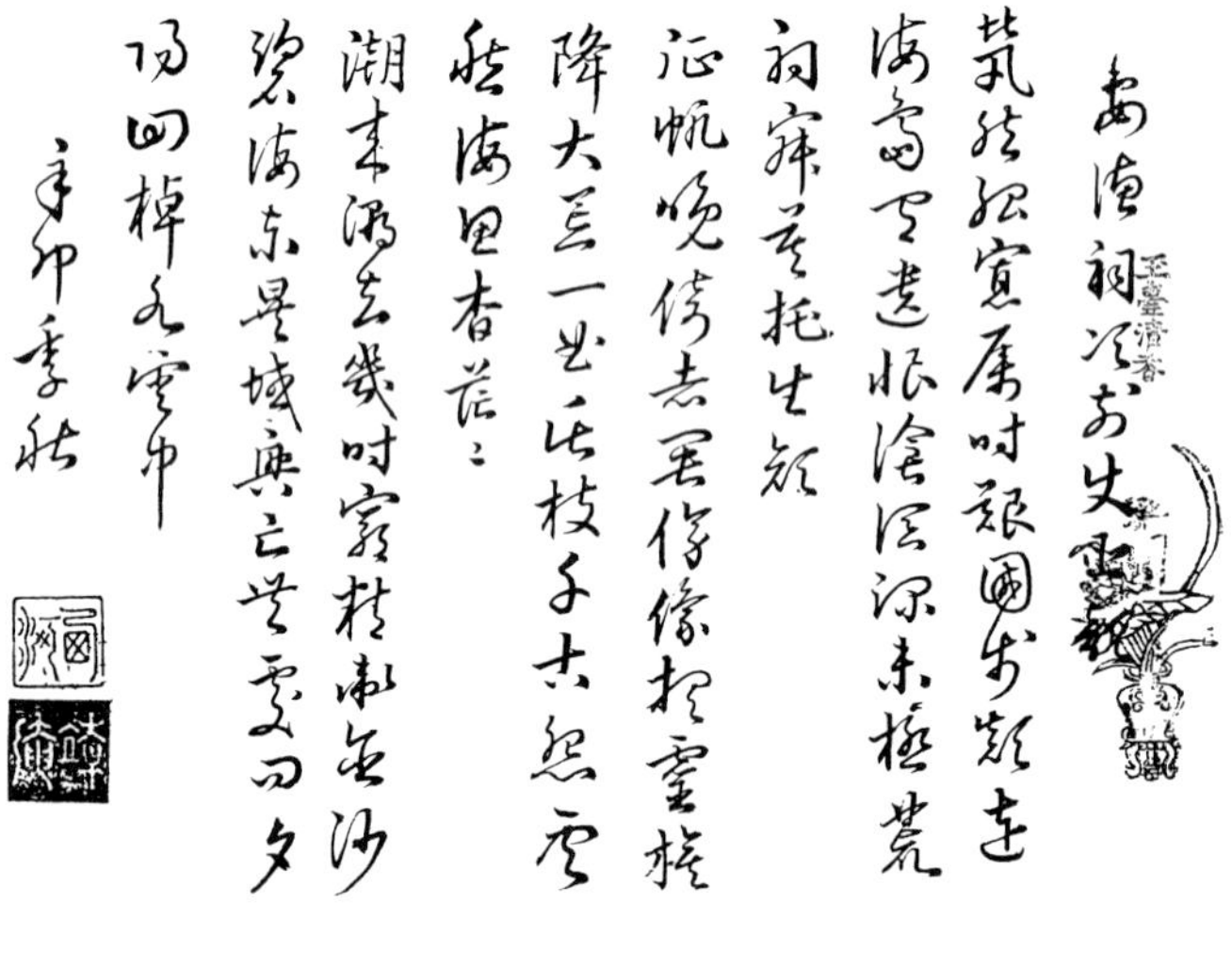

第八次副使・任守幹次韻詩 自筆（赤間神宮蔵）
落款・「辛卯季秋」 朱文印「西河」出身地　白文印「靖庵」雅号

撃鼓村巫紛屢舞　霊旗夕降海雲中
辛卯暮秋　南岡居士稿（従事官・李邦彦）

赤間関安徳祠次軸中諸公韻
婦人無力捍危艱　一死従容造次間
背上殤魂埋不得　至今泥塑宛形顔
陟降孤魂在帝傍　冷煙哀苦古祠荒
居人不解当時事　欲問興亡奈杳茫
暦数当時未必窮　独憐無術保江東
冤魂千載寄何処　惨惔雲陰秋色中
辛卯菊秋上浣　朝鮮国製述官東郭（李礥）

安徳祠次松雲師韻
藐然童子昔罹艱　魂托滄波浩淼間
祠屋至今憐仏寺　尚看泥塑若生顔
霊旆昼下古祠傍　鬼燐秋飛戦塁荒

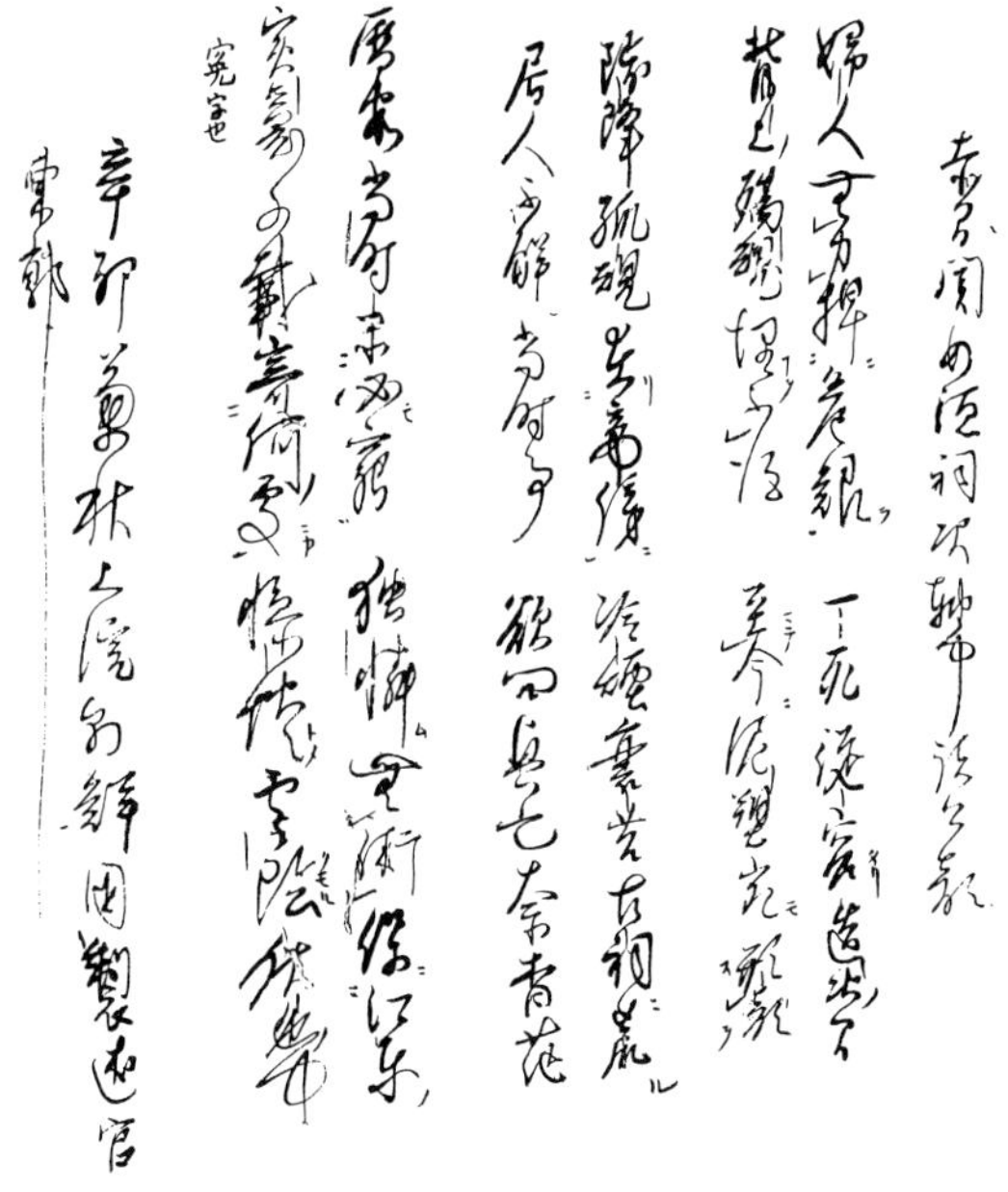

第八次製述官・李東郭次韻詩 当時の「写し」より
（下関市立長府図書館蔵）

椒醑酹魂魂髣髴　愁雲漠漠海茫茫
無奈邦家運已窮　母孫同死赤関東
殤魂烈魄終難泯　応復含飴九地中
歳舎辛卯季秋上浣　朝鮮通信副使記室厳漢重子鼎甫

安徳祠次松雲大師韻
負幼当年国出艱　至今冤魂碧波間
可憐泥塑還祠廟　猶記孱王背上顔
文城之北赤間傍　水鶴巣松古廟荒
欲問当時亡国事　夕陽西下海茫茫
一旅終難拒有窮　傷心往事水流東
殤魂寂寞招何処　応在寒波咽咽中
（従事官記室・南聖重仲容）

当然のことながら、全編安徳天皇哀悼の詩である。第八次以前の使行録中に散見される五名の詩、さらには源流となる松雲大師の三編も詠ずべきテーマは同一のものであるから、発想や構想、使用される語彙にしても、さほどの差異があるわけではない。第八次以前の五名の作は具体的に掲げることはしなかったが、これら第八次の面々のものによく似ている。ほぼ同じ時代の、同じ国の人によるものであれば、至極当然なことであろう。とはいっても、出発前や旅中に以前の回の作に触れる機会はあっただろうし、意識的に参考とすることもあったのであるから、回を追うごとに新しい趣向が加わってくるのはもちろん、表現もより洗練されたものとなって来ている。

　ここでは、そのようなことも視野に入れ、前掲の第八次の中から二通信使のものについて内容を具体的に見てゆきたい。まず、唯一安徳帝に奉納された形で見得る副使・任守幹の三編を取り上げてみる（自筆及びその釈文は100頁）。

安徳祠　前使臣《ぜんししん》ノ韻ニ次《じ》ス

(一) 煢然《けいぜん》タル孤寡《こか》　時艱ニ属シ、国歩《こくほ》　頻ニ連ナル海島ノ間。
遺恨　滄溟《そうめい》深クシテ未ダ極マラズ、　荒祠《こうし》　寂寞トシテ生顔《せいがん》ヲ托《たく》ス。

(二) 征帆《せいはん》　晩ニ倚《よ》ル赤関ノ傍《ほとり》、　像《かたど》リ想《おも》フ　霊旗ノ大荒ヨリ降ルカト。
一曲ノ竹糸《ちくし》　千古ノ怨ミ、　雲愁海思《うんしゅうかいし》　杳《よう》トシテ茫茫《ぼうぼう》。

(三) 潮《うしお》来タリ潮去リ　幾時《いくとき》カ極マル、　精衛　沙《すな》ヲ含ム碧海《へきかい》ノ東。
異域《いいき》ノ興亡　問フニ処《ところ》無ク、　夕陽《せきよう》　棹《さお》ヲ回《めぐ》ラス水雲ノ中《うち》。

(一)の「寂寞」の「寞」は、作者の筆では「莫」となっている。熟語ではもちろん「寞」であるから、ここではそのように改めた。下関市立長府図書館蔵の当時の「写し」も「寞」としている。

題の「前使臣」とは眼前に展《ひろ》げている詩の作者・第六次の通信使を指す。普通は「松雲」とするところである。

㈠の詩は戦乱により海に身を沈めた帝を悼み、祠中の像にお顔を偲ぶ。祠の像に生前の顔を思うとするのは、松雲以来ほとんどの通信使の慣例。第一、二句の煢然（ただ一人とり残されるさま）、国歩（国の運命）などは、以前の通信使のものには使われなかった語のようで（少なくとも使行録に残されている五名の作には見られない）、島々の連なる瀬戸内を舞台に追いつめられた平家の運命をこの部分で物語っている。

㈡の詩は、夕暮時に赤間関に到着した際の周辺の描写。霊旗（日月、北斗、登龍などを描いた旗）が降《くだ》るとすることで暮方の空を表現するのは、他の通信使のものにも散見される。大荒は大空の意。折から土地の風俗をうたう「竹糸《ちくし》」が恨むるかの如くに流れるとするのは常套手段。結句の「雲愁海思」とは、愁いの思いが広く果てしないこと。なお、この語は、李白の詩中に用例が見られる（「飛龍引」二首の其二）。

㈢は、「精衛含沙」の語を使って新味を出している。この語は普通「精衛銜石（石を含む）」「精衛填海（海をうずむ）」という形で現される。『山海経《せんがいきょう》』に見える説話に基づく語、伝説上の炎帝の娘が東海に溺死して、精衛という美しい小鳥に化し、西山《せいざん》の小石や小枝を口にくわえて東海を埋めようとした、という話である。無謀なことを企て徒労に終わる戒めとすることが多いが、ここでは関門海峡の流れの極まりない景観と、そこに入水した安徳帝のイメージを重ねたものとして使われている。正使・趙泰億の二首目・第三、四句「冤禽木石無窮恨　万古東洋自渺茫」も同じ話に拠っているものであるが、副使のこの詩の方がすっきりとまとまっている。

この絶句の後半、昔の話を問う処（人）がなく茫然と引き返す（たたずむ）とするのも、通信使のものならずも漢詩には頻出する。

次に取り上げるのは、製述官・李礩の詩三編である（当時の「写し」及びその釈文は101頁）。この人は全通信使きっての文才を称えられる(15)「学士」で、雅号によって李東郭と呼ばれることが多い。

　赤間関安徳祠　軸中諸公ノ韻ニ次ス

㈠婦人 危艱ヲ捍《ふせ》グニ力無ク、一死従容《しょうよう》タリ 造次《ぞうじ》ノ間。
背上ノ殤魂《しょうこん》 埋ルルヲ得ズ、今ニ至ルマデ 泥塑 宛《あたか》モ顔ヲ形《あらわ》ス。

㈡陟降《ちょくこう》ノ孤魂 帝ノ傍ニ在リ、冷煙衰苦《すいく》 古祠 荒レタリ。
居人《きょじん》解セズ 当時ノ事、興亡ヲ問ハント欲スルモ 杳茫《ようぼう》ヲ奈《いかん》セン。

㈢暦数《れきすう》時ニ当タリ 未《いま》ダ必ズシモ窮マラズ、独《ひと》リ憐ム 江東ヲ保ツニ術《すべ》無キヲ。
冤魂《えんこん》千載 何《いず》レノ処ニカ寄スル、惨惔《さんたん》トシテ雲ハ陰《くら》シ 秋色の中《うち》。

　題の「軸中諸公ノ韻」というのは、軸物となっている諸氏（六次の面々）の詩に使ってある韻字ということで、上関《かみのせき》での詩作の様子を具体的にしのばせるものとなっている。

　この三首の絶句では、㈠には「殤魂（幼い魂）」、㈡には「孤魂（孤独な魂）」、㈢には「冤魂（無実の魂）」と三つの面から安徳帝の魂を詠じている。

　㈠は前半で安徳帝の入水について述べ、後半はその幼い魂が、今なお塑像として生前そのままのお顔を見せている、とする。上述の副使のものと同じ趣向のものであるし、これは残された哀悼詩のほとんどに共通している。

㈡では、帝王の魂ははるか天上にのぼり天帝の傍に在る孤独な存在である、とする。詩経に見える詩「文王」（大雅）の一節に「文王陟降　在帝左右」とあるが、そのような見解に沿った、儒教的色彩の濃厚な表現である。そうして、ここの古い祠堂は冷たい霧に包まれ衰残の極みと嘆く。後半、当時の事を尋ねようとするが、答えてくれる者がいないという、陳腐と言えば陳腐だが虚《むな》しさを強調する結びとなっている。

㈢では無実の魂として描かれる。冒頭の言葉「暦数」は帝王が位を受け継いでゆく順序をいう。論語の「尭曰《ぎょうえつ》」の項に、「咨《ああ》、爾《なんじ》舜、天ノ暦数ハ爾ノ躬《み》ニ在リ」とある「暦数」である。従ってこれも儒教に係わる言葉。安徳帝はまだ天皇の地位に在る資格を有していたのに、ただ平家が政権を保つ術《すべ》を得ていなかったのである、とする。その無実の魂はどこに身を寄せればよいのか、晩秋のもの悲しい景色の中、空はうすぐらく（惨惔）暮れてゆく。

以上三編は互いに補いあい、均整のとれた内容になっている、といえよう。

六

第九次（享保四年〈一七一九〉己亥）の使行録は四点を数えるが、その中では製述官・申維翰（青泉）の『海游録』が日本語訳[16]もあって広く知られている。

これによると七日間の滞在であるが、到着した八月十八日の記事に、「壮麗」な阿弥陀寺の傍の安徳天皇廟を紹介している。「廟宇窄小、奉塑像」とし、帝の海峡における死のことに及び、時に八歳であり国人これを憐み祠を立てた、とする。このあたりの記述は従来の使行録とほとんど変わりはない。しかしその後に次のように続く。

今其《その》遺像尚《なお》在リ、前使行ヨリ皆目撃スルヲ得タリ、而《しか》ルニ今ハ則《すなわ》チ邦禁《ほうきん》有ルニ托シ、入リテ見ルヲ許サズ、蓋《けだ》シ其意ハ既ニ皇廟ト曰《い》フニ、而《しか》レドモ陋《ろう》ナルコト叢祠《そうし》ノ如《ごと》ク、過客《かかく》ヲシテ平立睨視《げいし》セシム、羞《は》ヅベキ為《タ》ルニ似タリ、故ニ之ヲ禁ズ、且《かつ》其事ヲシテ隣国ニ聞エシムベカラズ、而《しか》シテ頼朝ハ又是《これ》家康ノ遠祖ナリ、故ニ之ヲ諱《い》ムナリ。この度からは、「邦禁」つまり国禁として通信使は廟内に入ることを禁じられた、というのである。皇廟であるのに見苦しく荒れていて、この羞ずべきことを隣国に知らせたくない、というのが表向きの理由で、実は徳川氏が源氏の後裔を称しているので、幼帝をめぐる惨劇を口にすることなど慎むべきというのではないか、としている。

拝観禁止であるから、当然恒例の次韻も中止されたとみえて、記録は見当らない。たまたま資料が残されていることで、やや詳しく紹介出来た第八次通信使の残した諸編が、安徳帝哀悼の詩の最後のものとなったことになる。

第十次（寛延元年〈一七四八〉戊辰）の従事官・曺命采（蘭谷）の『奉使日本時聞見録』には、天皇祠を以前の使行は皆「歴見（逐一拝見）」したとして、安徳帝の事跡を記した後に、「己亥使行（第九次通信使）」の残した言葉を紹介する。「倭人（日本人）以テ本国美ナラザルノ事ヲ以テ他国ノ使ニ揚グ（称揚）ベカラズト為ス、歴見スルヲ得ズ」と。従って今回は拝観の話など持ち出さないで、製述書記にこれを聞いた、とする。書記はあらかじめ天皇堂のことなど調べておいたのだろうか。

第十一次（宝暦十四年〈一七六四〉甲申）の正使・趙曮（済谷）の『海槎日記』には、安徳帝のことを述べた後に、「後人寺ヲ創リ、安徳ノ像ヲ塑《そ》シ、至リテ之ヲ祀《まつ》ル」とし、「前後ノ信使或《あるい》ハ観望シテ詩ヲ詠ズル者有リ、近クハ其《その》国禁《きんせい》制ヲ以テ、門ヲ開クヲ得ザラシム」と記し、次韻詠詩などすでに昔語りの対象となっている。

（二〇〇五年四月五日）

〔付記〕

㈠ 使行録中の文章をはじめ、詩の題名等漢文で書かれたものは、原則として訓読したものを掲げた。ある程度原文を知ることが出来、内容も一応分かり易くなるためである。訓読は詩に付けたものを含めて、執筆者による。

(二) 旧字体・異体字等の漢字は、詩中のものも含めて、原則として常用漢字体とした。

(三) 通信使の名前は初出の際には、姓名の次に〔 〕付で雅号を示した。二度目からは雅号は省略した。ただし、一部雅号の方を採ったものがある。

(四) 資料閲覧提供等について、格別の配慮をいただいた左記の神社及び機関に対して感謝の言葉を述べたい。

赤間神宮

下関市立長府図書館

山口県立山口図書館

注

(1)『防長社寺由来』は毛利藩により、享保期から百年以上の期間にわたり調査編集されたもの。編集には二つのピークがあり、第一期は享保~寛延期、第二期は文化文政期以降とされる。山口県文書館所蔵の『寺社由来』を底本とし、全七巻に活字化され、昭和五十七年~六十一年に刊行された。阿弥陀寺関係は第七巻に収められている。

(2) 平井温故は字《あざな》を知新といい、当時香川玄靖と並んで藩の儒者をつとめた。享保十九年(一七三四)に死去したとされるが、経歴等についてはほとんど分かっていない。『豊府史略』は長府藩主毛利元朝の命により宝永七年(一七一〇)に稿を起こし同十年擱筆したことが序に記されている。昭和六十一年に下関市立長府図書館(下関文書館)から『史料叢書28』として、活字化され刊行されている。

(3) 著者・中村徳美(安永六年〈一七七七〉~天保十三年〈一八四二〉)は、赤間関の商家の出身。『長門国志』は文政元年

（一八一八）・初版と文政二年（一八一九）・再版の二回刊行された。初版には長府藩士・中川好古、再版には頼山陽の序文がある。下関市立長府図書館（下関文書館）から、『史料叢書17〜21』として、昭和五十四〜五十六年に、活字化され刊行されている。

（4）とくに問題となるのは、第一首目・第一句（起句）の押韻部分。『豊府志略』『長門国志』ともに「干戈昔日世難多」。これでは押韻にもなっていないし、当然以下の次韻が成り立つはずもない。明らかな誤写と判定し、最小限の校訂として、その部分を「多艱」と改めて、以下の叙述を進めることとした。

（5）「四溟」は松雲大師惟政の雅号。

（6）『長門国志』には、この詩を詠じた折のことを『仙巣稿・巻之上』からとして引用している。『仙巣稿』は弟子・規伯玄方の編で三巻、「仙巣」は玄蘇の雅号。

（7）安徳天皇の入水は、歴史上は三月二十四日、追悼の法要は二日、三日と続いて催されていたのであろうか。

（8）『大系』の解説には次のようにある。

南龍翼は字は雲卿、号は壺谷で、慶尚南道宜寧の生まれ。二十一歳で庭試に合格し、通訓大夫行弘文館理知製教の職にあるとき、従事官として日本に派遣された。帰国後はさらに昇進して議政府左参賛芸文館提学、礼曹参判などを歴任したが、粛宗朝に入ると王と対立し、明川に流謫され六十五歳で卒した。その文才ぶりは「文望一世を伏す」といわれた。

（9）『大系』によると、所蔵はハーヴァード大学燕京研究所、大正三年（一九一三）に朝鮮龍山に居住した今西亀満太がソウル市内で買い求めたものという。本書は今西の手写になるもの（用箋が京城シノサキ製）であるから完全な一次史料とはいえないが、正使のものとして貴重と判断の上での収録。従って末尾に筆写されている八次の趙泰億が伝えたとする詩編も後の写しということになる。

（10）欠字になっている「朝」を補う。使行録の壇之浦における源平の戦いの記述は、すべて頼朝が攻めたとなっており、義経の名前が書かれることはない。平家側を率いた人名が必要な場合は、清盛と記される。

(11) 山口県文書館蔵の正徳元年度の『朝鮮信使御記録』は、「朝鮮人来聘御記録目録」一冊、「朝鮮信使来聘御記録」八冊、「朝鮮信使帰帆御記録」三冊、「朝鮮信使来往御領内御馳走諸事之儀公議之被差出候御記録控」一冊の合計十三冊から成っている。この正徳元年度のものが『下関市史・資料編Ⅵ』平成十三年刊に活字化され収録されている。

(12) 第六次の南壺谷は、往路十分にその勝景に接し得なかった清見寺（清水市興津）に、帰路江尻に宿泊の日、夕暮時に出掛けて一編の五言律詩を残した。第八次の李邦彦と南聖重はその詩に次韻（韻は四字）したのである。なお第十一次の正使・趙曮は『海槎日記』付属の『酬唱録』に「駿河州清見寺、南壺谷龍翼ノ韻ニ次ス」という題の下に、自身の次韻詩を掲げ、その後に「原韻」として南壺谷の五律を示している。さらに、副使、従事官、製述官、書記三名、軍官一名、伴人一名の計八名の次韻詩を連ね、南壺谷に対する並々ならぬ敬意を表している。

(13) 下関市立長府図書館では、古文書関係の部門を下関文書館と称している。その『資料目録（13）』平成十六年（二〇〇四）刊に収められている「毛利家文書」の項に、香川玄靖に係わると見られる資料が次のように掲げられている。

40　朝鮮通信使資料（本稿に紹介の次韻詩「写し」及びその関連資料）

41　朝鮮漂流船資料　㈠長府藩儒・香川玄靖に応酬の詩書二点（共に七言絶句二編）　朝鮮漂流船の船主（船長）・李華夫　応酬は正徳五年十一月／藩の命により香川玄靖が対応

42　同　㈡李華夫の香川玄靖宛書簡十六点〔付〕封筒二十五点（正徳五年冬）／内容は連絡及び詠詩

43　長府州豊浦郡府城洪鐘銘文・写　香川木訥〔玄靖〕（元禄十四年秋九月）

(14) 注（11）に示す『御記録』には、「来聘」「帰帆」ともに「香川玄清」とある。「靖」を誤写したものとみられる。

(15) 福岡県立図書館蔵の「竹田文庫」に「藍島倭韓筆語唱和」と題する「筆話」つまり筆談の資料がある。これによると李東郭は経歴を次のように語っている（原典に付す訓点に拠る）。

僕、姓ハ李、名ハ礥《ぎん》、字ハ重叔、号ハ東郭、乙卯ノ進士、癸酉ノ及第状元、丙子ノ重試、曾テ安陵ノ太守為《た》リ、通信使ノ製述官ヲ以テ来リ到ル、年ハ則チ甲子ニ生ル（甲子は一六五四年、従って来日の正徳元年辛卯は五十八歳）

杉下元明『江戸漢詩』（ぺりかん社　二〇〇四）には、第一部に「朝鮮の学士李東郭」の一項があり、主として正徳元年日本における文業が全般にわたり紹介されている。又、『季刊日本思想史49号』（ぺりかん社　一九九六・十）は、朝鮮通信使を特集し、七編の論考を掲載しているが、そのほとんどに李東郭が扱われている。

(16) 申維翰の『海游録』は「朝鮮通信使の日本紀行」という副題を付けた翻訳が出版されている。（平凡社東洋文庫　一九七四）巻末に訳注者・姜在彦による解説がある。

赤間神宮所蔵琵琶について

薦田治子

一　はじめに

赤間神宮は、十三面の琵琶を所蔵しておられる。折に触れて雅楽が奏されるので、雅楽琵琶があるのはもちろんのこと、安徳天皇に奉納された平家琵琶、先代の水野久直宮司のコレクションによる薩摩琵琶や筑前琵琶などの近代琵琶や、盲僧琵琶があり、結果的に日本のさまざまな琵琶を概観できるコレクションになっている。中でも貴重なのは、「四辯江《しべんえ》」の銘を持つ平家琵琶と、覆手に卍の浮き彫りを持つ盲僧琵琶である。本稿では、はじめに日本の琵琶を歴史から見て分類し、琵琶の構造について簡単に概観し、その後で、種別に個々の所蔵琵琶の特徴を述べる。なお法量表を文末に付す。

二　日本の琵琶の歴史的分類と赤間神宮所蔵琵琶

日本の琵琶を、楽器として見た場合、古典琵琶（雅楽琵琶・平家琵琶）、盲僧琵琶、近代琵琶（薩摩琵琶・筑前琵琶など）の三種に大別することができる。雅楽琵琶を転用したのが平家琵琶、平家琵琶を大胆に改変したのが盲僧琵琶、盲僧

琵琶から発展したのが近代琵琶である。(1)

【古典琵琶】

Ａ　雅楽琵琶　雅楽の楽器のひとつとして、奈良時代直前頃に中国大陸から渡来した。おもに管弦の合奏に用いられ、今日までその形をあまり変えずに伝えられている。大型と小型があるが、今日は大型のものが使われる。

Ｂ　平家琵琶　十世紀の初頭までに民間の盲人音楽家が、雅楽琵琶を模倣して使うようになった。彼らは琵琶法師とよばれる。(2)琵琶法師は室町時代には「平家」(3)の担い手となったので、この琵琶は、今日では平家琵琶と呼ばれている。楽器としては小型の雅楽琵琶とほぼ同じである。

【盲僧琵琶】

Ｃ　盲僧琵琶　江戸時代に琵琶法師の活動の中心は箏・三味線に移ったが、平家を得意として発展した当道座という琵琶法師集団が全国的な勢力を持ち、延宝二年（一六七四）、当道座に所属することを拒んだ琵琶法師たちに、芸能活動を禁止した。そこで、当道座外の琵琶法師は九州地方を中心に盲僧座という組織を作り、平家琵琶の柱《じゅう》（フレット）を高くして禁止された三味線の代用とした。これが盲僧琵琶である。地域や奏者により形はさまざまである。

【近代琵琶】

Ｄ　薩摩琵琶　盲僧琵琶は、晴眼者にも愛好されるようになり、なかで薩摩地方で行われたものが薩摩琵琶である。明治期に中央で活躍した薩摩出身者によって、「サムライの琵琶」として東京で紹介され、明治後半から昭和初めにかけて全国的に大流行した。

Ｅ　筑前琵琶　薩摩琵琶の成功を見て、九州各地で新琵琶創成の動きが起こるが、そのなかで成功したのが、筑前琵琶である。大正時代には五弦の琵琶も開発され、薩摩琵琶と並んで近代琵琶の人気を二分した。

F　錦《にしき》琵琶　男性奏者の間で発達した薩摩琵琶を、女性に弾きやすく五弦五柱に改造して昭和元年（一九二六）に考案された琵琶である。レパートリーも女性向きに新作された。この流れから、戦後、鶴田琵琶が生まれた。

G　その他　D、E、F以外にもさまざまな近代琵琶が考案されたが、現在は行われていない。三弦琵琶もそのひとつで、天理教で明治二十九年（一八九六）から昭和十一年（一九三六）の間に、三味線の代わりに使われた。薩摩琵琶を三弦に改造したものが多いが、筑前琵琶型の例もある。

赤間神宮所蔵の琵琶十三面に、便宜的に①から⑬の番号を付け、以上の種類に従って分ければ、以下の通りになる。

A　雅楽琵琶（三面①②③）　B　平家琵琶（二面④⑤）　C　盲僧琵琶（一面⑥）
D　薩摩琵琶（一面⑦）　E　筑前琵琶（五面⑧⑨⑩⑪⑫）　G　三弦琵琶（一面⑬）

錦琵琶以外の琵琶が、ほぼ揃っている。以下では、この番号の順に、記述を進め、銘のない琵琶には、便宜的にその特徴を表すと思われる名称を付けた。

三　琵琶の構造と各部の名称

日本の琵琶は、基本的には、弦が四本で、反手が後方に折れ曲がっており（曲頚）、頚は短く、薄い胴を持ち、撥で奏されるという共通の特徴を持つが、種類により演奏する音楽が異なり、それに応じて、楽器の細部の形や名称が異なる。図1に、雅楽琵琶を例に楽器の構造と各部の名称を示す。以下の文中では、基本的に雅楽琵琶の名称を用い、必要に応じて説明を補足する。(4)

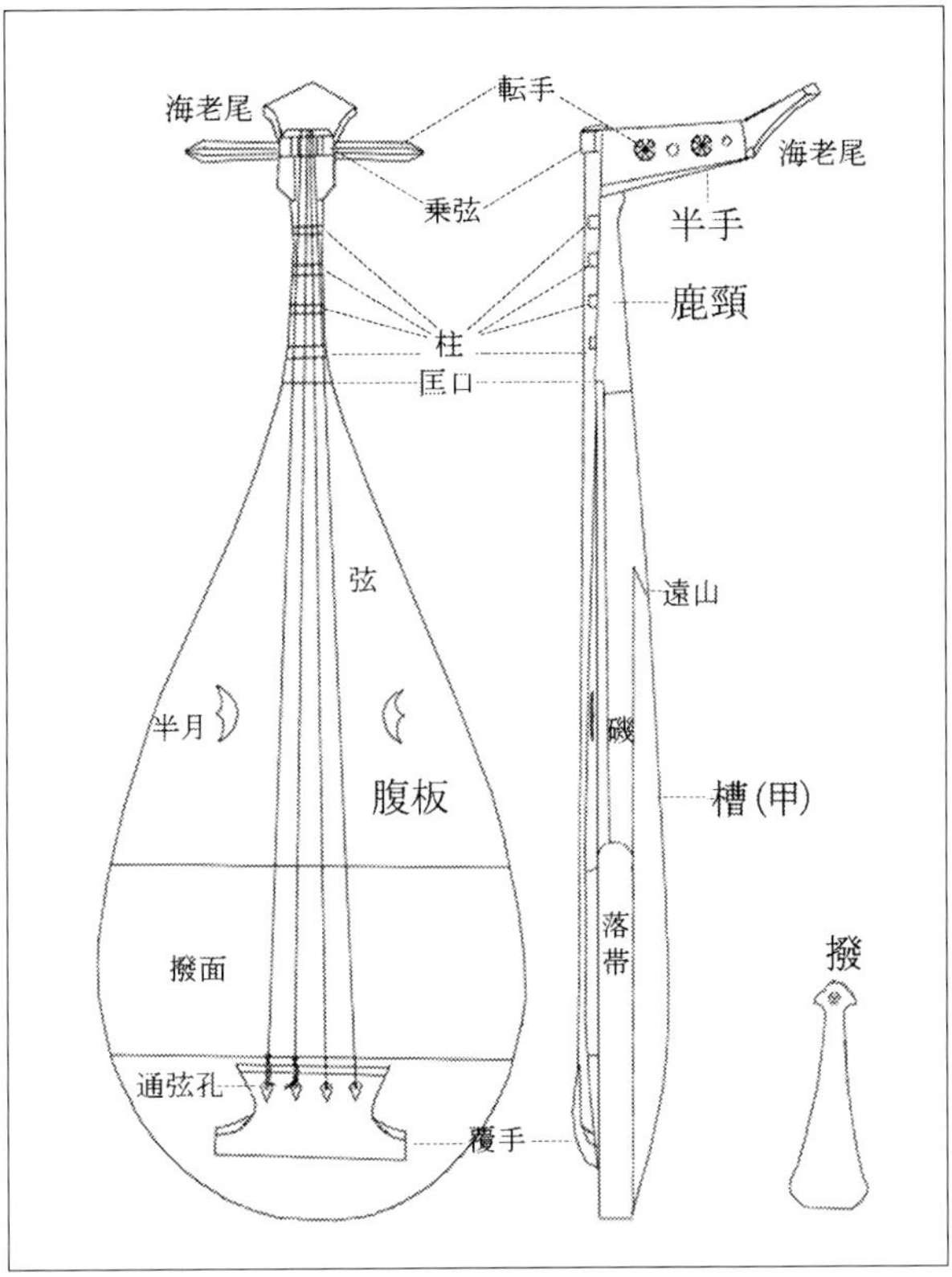

図1　雅楽琵琶の構造と各部の名称

四　赤間神宮所蔵琵琶について

【古典琵琶】

A　雅楽琵琶（三点）

赤間神宮所蔵の雅楽琵琶三面は、昭和から平成にかけて作られ、奉納されたものである。みな大型の雅楽琵琶である。

①黒撥革欅《けやき》琵琶（田村皓司作。一九七七）（写真1・2）

本琵琶は、頚が細く、膨らみが少なく、すっきりとした輪郭を持つ。こうした輪郭を持つ琵琶を「青山型」という。[5] 槽（甲）は台湾製の欅が使われている。宮内庁楽部の上近正《うえちかまさ》氏所蔵の琵琶をモデルにしたとのことである。この琵琶の特徴としては、腹板上方に開けられた半月《はんげつ》（三日月形の響孔）が大きいことがあげられる。

槽《そう》内部に、製作者の田村皓司《こうじ》が、昭和五十二年（一九七七）四月に奉納したと記されている。このように製作や修理のデータを琵琶の内部に書きつけることは、古典琵琶の伝統的なやりかたである。ツゲ製の撥も一緒に収められている。

②金撥革欅琵琶（田村皓司作。一九八五）（写真3）

①と同じ作者による琵琶で、各部のサイズはよく似ており、やはり欅製で青山型である。撥革は金色に塗られ、①に較べると覆手《ふくじゅ》がやや大きめで、半月が細く、ふたつの半月間の距離も近い。モデルは「鶏徳《けいとく》」という銘の琵琶であるという。槽内部には「赤間神宮／奉納安徳天皇八百年祭／昭和六十年五月吉日」の墨書があり、製作者の住所氏名が記され

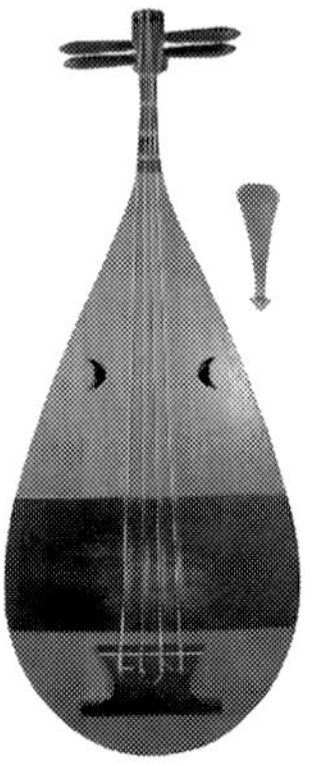
1

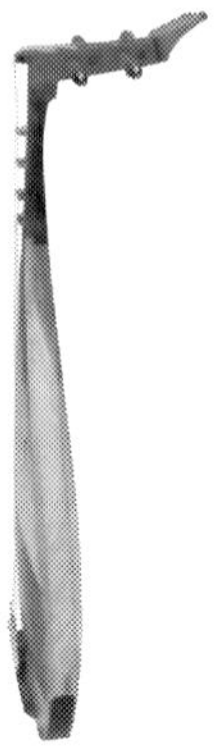
2

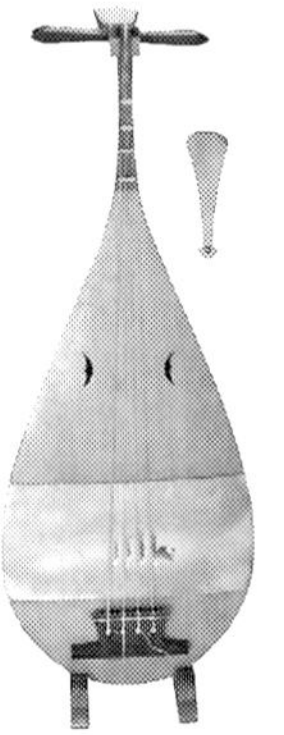
3

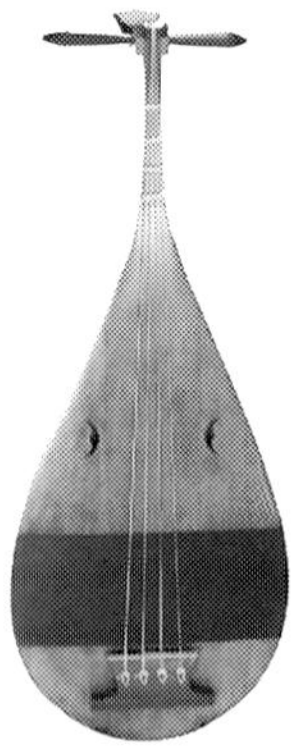
4

ている。

③黒撥革漆雅楽琵琶（松浦経義作。二〇〇四）（写真４）

本琵琶は、前二面の琵琶に較べ、一まわり大きい。高さが一〇一・七センチ、重さも六・五キロある。輪郭は前二面に較べるとふくよかで、「水鳥型」と呼ばれるタイプである。(6) 槽は花梨《かりん》製か。仕上げにふき漆をほどこす。

左半月の下の槽内に「京／大笹屋／松浦経義／経棕作」の墨書がある。さいたま市在住の女性から、赤間神宮内の耳無芳一像に奉納されたもので、琵琶裏面（槽の外側）に「為芳一供養／奉納仕候也／平成十六年三月二十四日」と、奉納の次第と日付それに奉納者の名前が記される。

B　平家琵琶（二面）

平家琵琶も小型の雅楽琵琶と楽器としては同じだが、柱が五つあり、撥先が現行の雅楽琵琶より広く、その両端が尖っている。

赤間神宮に蔵される平家琵琶は二面ある。ひとつは「四辯江」という銘を持つ古い琵琶である。もう一面は、昭和の作である。

④四辯江　正徳五年　長田憲義（写真５〜13）

琵琶の背面中央に「四辯江」と金蒔絵で銘が記されている（写真７）。「四辯」とは、四無礙智《しむげち》、すなわち「仏・菩薩の持つ四種の自由自在な理解力と弁舌の能力」（広辞苑　第五版）のことであるという。

「四辯江」には、修理の際に槽内の墨書を写したと思われる木片二枚が付属しており、一枚には「正徳五乙未年二月吉日」の年号が、もう一枚には「長田憲義」の名が見える（写真８）。正徳五年は一七一五年にあたる。長田は、

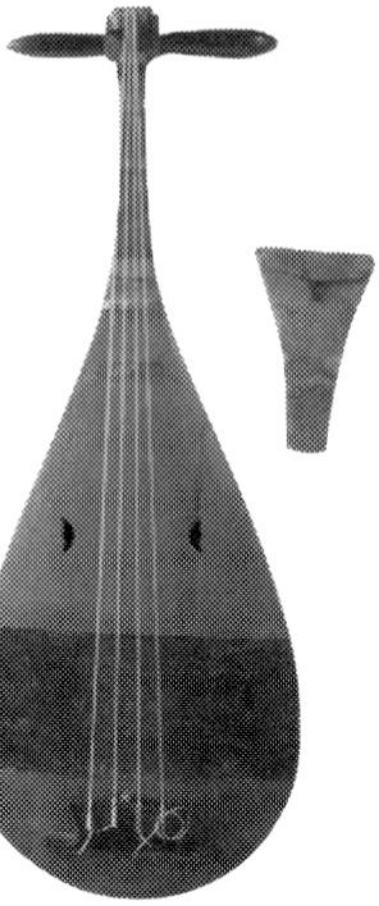
5

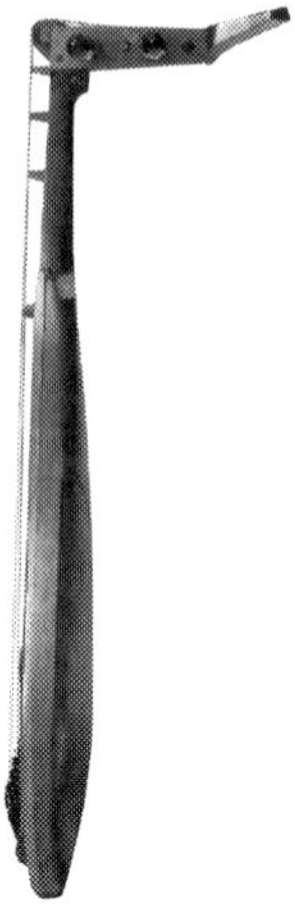
6

7

8

9

10

11

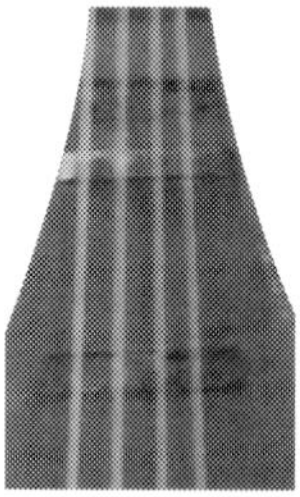
12

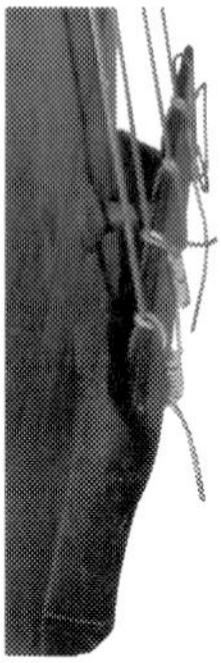
13

江戸時代を通じて京都で活動した琵琶製作者の家柄である。憲義の詳細は不明。槽は三枚の板をはぎあわせた「はぎ甲」だが、紫檀《したん》製か（写真7）。立派な錦の袋に入った平家琵琶の撥が付いている（写真9）。伝統的な形に則ったつくりである。

ところで、この琵琶は、近年の修理により一部筑前琵琶風に改変されている。腹板《ふくばん》裏面に修理の際の墨書「昭和三十七年七月吉日／指定無形文化財吉塚旭貫堂／更生」が確認される。吉塚旭貫堂《きよっかんどう》は、福岡在住の筑前琵琶製作者故吉塚元三郎で、昭和三十六年（一九六一）に県の無形文化財指定を受けている。槽内には、中央に「赤間神宮什器」「長田憲義／□歳二月吉日」の比較的新しい墨書があり、一九六二年の修理の際に、書きなおしたものと見受けられる。このときの修理で筑前琵琶風に改変されたのはおもに四点で、乗弦《じょうげん》周辺の形、槽の下方に取り付けられた吊輪《つりわ》、柱の形と位置、覆手周辺の形である。

乗弦の周辺は（写真10）、平家琵琶に似た形をしているが、弦が通るべき先端の溝の部分は削られて、筑前琵琶と同じように平らになっている。乗弦の上に貼られる乗竹《じょうちく》は、平家琵琶よりずっと分厚い。また乗弦が倒れないように、頸側には三角形の材があてがわれ、さらに乗弦の両端を釘で半手材の先に止めている。この部分に大きな力が加わる筑前琵琶にならって補強したと思われる。槽（琵琶背面）下方には、⑥の盲僧琵琶とよく似た台座と吊輪がつけられている（写真11）。

柱は、昭和六十年（一九八五）に田村皓司が、平家琵琶型の柱を付けている。それ以前は筑前琵琶型の柱が付いていたという（田村へのインタビュー　二〇〇五年三月）。筑前琵琶の柱の接着痕が今も腹板上に残る（写真12）。乗弦が高いので、田村のつけた柱も本来の平家琵琶よりは高めである。本来の覆手は、先端が高くなるように腹板に接着しなおされており、高くなった先端には色の異なる別材が足され、その下に筑前琵琶型の支柱があてがわれている（写真

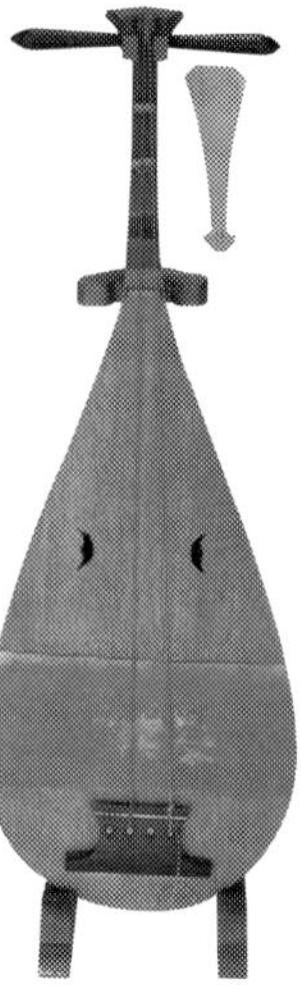

14

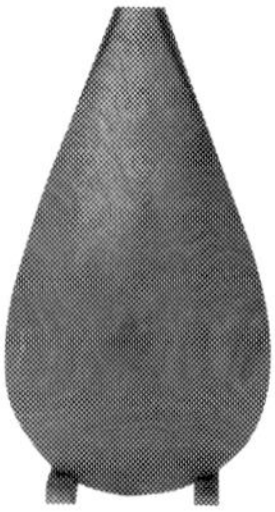

15

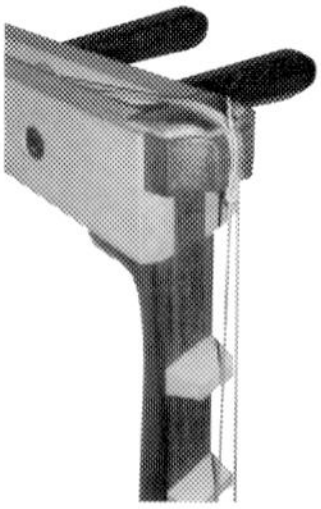

16

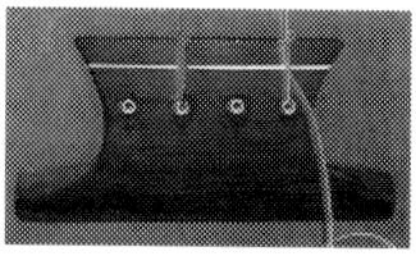

17

13）。平家琵琶の覆手下には、大きな隠月（響孔）があって支柱を立てるスペースがないので、覆手先に別材を足して、腹板上に支柱を立てたと思われる。

以上の改変は、修理者の間違いといえばそれまでだが、琵琶の柱を高くすると、それにあわせて乗弦周辺を頑丈にし、覆手下に支柱を入れる必要が生じることを示しているとも見られる。このことによって、三百年前に、非当道座の琵琶法師たちが、三味線音楽を演奏する必要から琵琶の柱を高くしたときに、平家琵琶がどのように改造されて盲僧琵琶になっていったかを推測する手がかりを私たちに与えてくれる。

⑤金撥革平家琵琶（田村皓司作。一九八五）（写真14～17）

標準的な作りの平家琵琶である。②とともに、一九八五年安徳天皇八百年祭を記念して製作奉納された。重さは三・五キログラムとこれも標準的である。槽の輪郭が比較的まっすぐの青山型である。雅楽琵琶用の撥が付属している。

【盲僧琵琶】

C　盲僧琵琶（一面）

盲僧は、九州地方で活動したことがよく知られているが、山口県にも最近まで盲僧がいた。山口県の盲僧琵琶としては、近代に流行した筑前琵琶を転用した例がいくつか知られているが、[7]それ以前の形態はわかっていない。

⑥卍付盲僧琵琶（写真18〜27）

この琵琶は伝来経路が不明なので、確定的なことはいえないが、この地域での、盲僧琵琶の古い形を示している可能性がある。

基本的には筑前地方や豊前地方の盲僧琵琶とよく似た作りである。いわゆる「笹琵琶」と呼ばれるものよりは少し胴幅が広く、二十四センチ強ある（写真18・19）。以下、琵琶の上部から順に特徴を見ていこう。

海老尾《かいろうび／えびお》と呼ばれる上端の部分には、縦に溝が入っており（写真20）、その点で豊前地方の盲僧琵琶の特徴と共通している。転手《てんじゅ》（糸巻）は、形や大きさが不揃いである（写真20）。折れたり、磨り減ったりしたものを、その都度補ったと考えられる。頸は反手《はんじゅ》に差し込まれおり、反手の先端が乗弦の役割を兼ね、その前面に乗竹を貼り付ける（写真21）。これは盲僧琵琶によく見られる形で、頸材を反手材が挟み、全面に別材の乗弦を付ける古典琵琶（図1）と大きく異なっている点である。柱は着脱式である（写真22）。着脱式の柱は他の盲僧琵琶にも例があるが、[8]たとえば筑前や豊前では、頸幅いっぱいに溝を切り、柱をスライドさせて着脱するのにたいし、この琵琶は、頸幅より狭い穴を穿ち、柱の脚を嵌め込む珍しい方式を採っている。台形の古典琵琶の柱と異なり、柱がわずかに逆台形で、この点も多

20

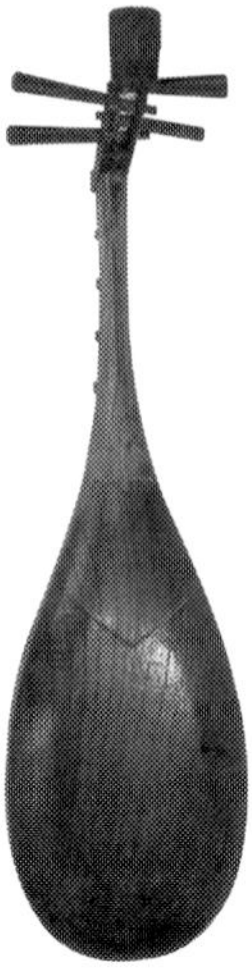

19

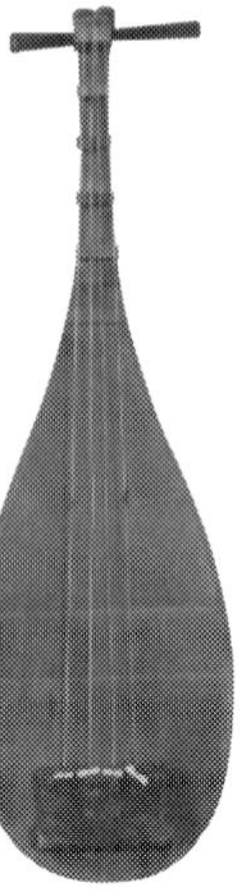

18

24

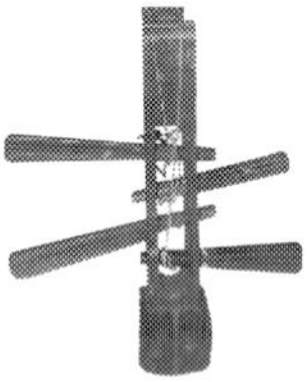

21

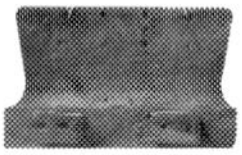

25

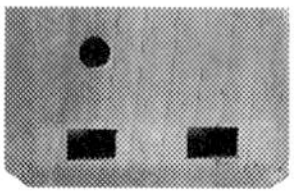

26

22

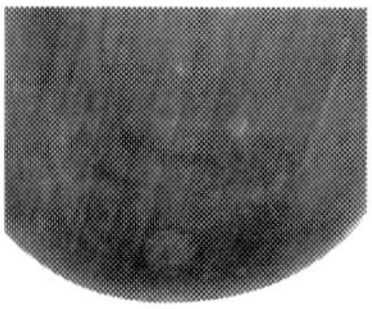

27

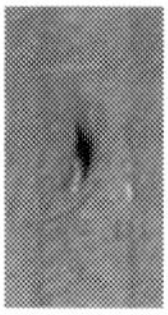

23

くの盲僧琵琶と共通する（写真22）。

腹板は、槽の上にかぶせて接着してある。腹板の周縁を五ミリほどの幅でわずかに彫り下げて縁取りし、撥面は、周囲に溝を彫って示してある（写真18）。こうしたやり方も、筑前や豊前の盲僧琵琶と同様である。半月（写真23）は、中央に突起のある三日月型で、周縁の装飾は欠損している（写真23）。

覆手はいかにも手作り風の素朴な形で、上に卍の模様を彫り出している（写真24）。宗教的な意匠だが、他の盲僧琵琶にはあまり例を見ない。通弦孔《つげんこう》は筑前琵琶同様二列あけられている。筑前琵琶では、一列目に固定した弦の端を二列目に差し込んで処理するが、本琵琶では二列目は使わず、丸めた紙に弦端を巻きつけ、一列目の通弦孔上で覆手に固定している（写真24）。この弦の留め方も、盲僧琵琶に時折見られるやり方である。覆手本体には、腹板との接着面にホゾがついており、腹板側のふたつの四角いホゾ孔に嵌めて固定する（写真25・26）。覆手の下にある隠月《いんげつ》（響孔）は、円形で小さく右に寄せて開けてある（写真26）。通常盲僧琵琶は、覆手の下に支柱を入れるが、本琵琶には支柱がない。本来なかったものか、あるいは欠損しているのかは確認できなかった。槽の下方には、背負い紐を通すための金具がついている（写真27）。

【近代琵琶】（七面）

D　薩摩琵琶（一面）

⑦螺鈿撥面薩摩琵琶（写真28～31）

撥面に螺鈿をちりばめた薩摩琵琶である。胴（槽と腹板）は、雅楽琵琶のように下膨れでなく、中ほどの幅が広くなっている（写真28）。海老尾は大きく湾曲し（写真30）、大きく盛り上がった腹板（写真29）にあけられた半月の響孔

28

29

30

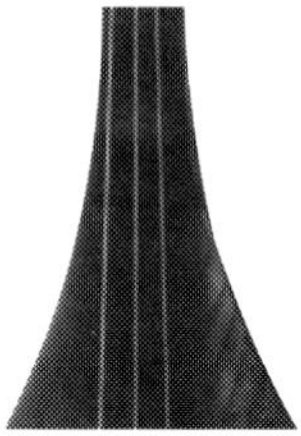
31

が小さく、響孔周辺の三日月形の半月は先端が長く延びた独特の形をしている（写真28）。乗弦（上駒）は大きく高く発達し、第一柱も約四センチと高い（写真30）。どれも薩摩琵琶の特徴をよく示している。

しかし、普通の薩摩琵琶とはふたつの点で異なっている。ひとつは、頸の部分が、雅楽琵琶や筑前琵琶のように、槽や腹板と別材になっている点である（写真29）。通常、薩摩琵琶は、槽と頸をしゃもじ形に一木で作り、腹板もしゃもじ形に作って貼りあわせる。つまり頸の部分は、腹板材の延長と槽材の延長が貼りあわされてできている。しかし、この琵琶は、頸だけ別材になっているのである。背面の頸材と槽材の継ぎ目はT字型に組ませてある。同様の例は武蔵野音楽大学所蔵の三弦琵琶にもある[9]。

もうひとつ目を引くのは付属の撥である。薩摩琵琶にしては、先端の開きが小さい。この形の撥は薩摩地方の盲僧琵琶に特有なもので、貴重である。本来は、撥と琵琶本体は別のものであった可能性が大きい。

乗弦上の糸口《いとくち》（弦が通る溝）の幅が、あまり広くないことから考えて、この琵琶は昭和前半の作りかと思われる。なお、第四柱は欠

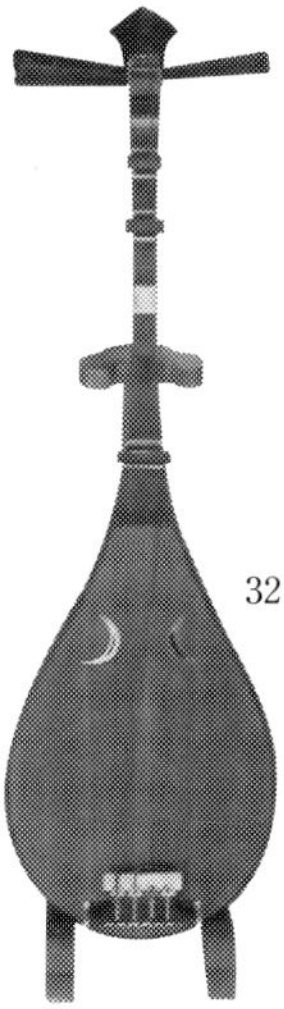

32

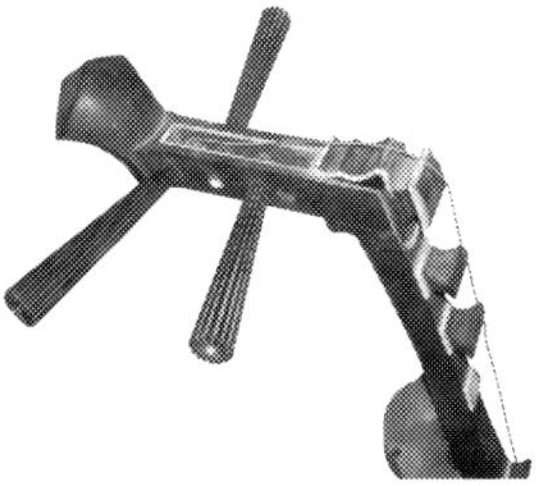

33

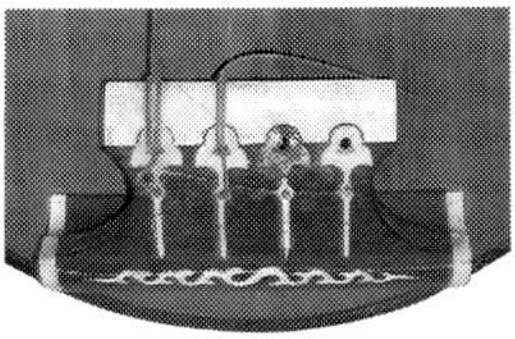

35

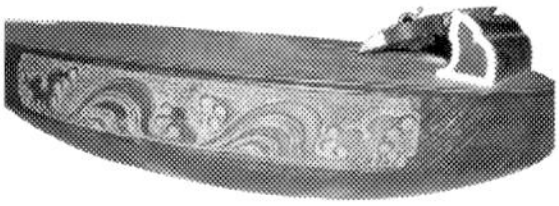

34

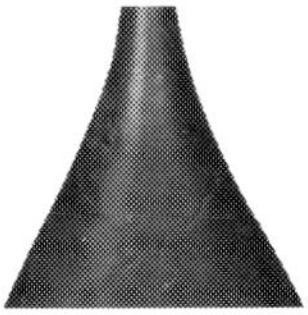

36

けている。

E　筑前琵琶四弦（五面）

　赤間神宮には筑前琵琶が五面ある。いずれも四弦琵琶である。今日の筑前琵琶界では、大正期に考案された五弦の琵琶のほうが、普及しているが、戦前までは、四弦の琵琶もよく用いられていた。赤間神宮の四弦の筑前琵琶は、どれも槽に桐製の腹板をはめ込んだ正規の作りである。撥面に布が貼ってあるものが二面、貼っていないものが三面ある。

⑧波浮彫磯筑前四弦琵琶（写真32～36）

　全体の大きさは、長さに比してやや幅が狭く細身である（写真32）。上向きに立ち上がった海老尾、細かな溝の彫りこまれた転手、中ほどがくびれた柱、柱の上に貼られた煤竹《すすだけ》（以上写真33）、突起の無い三日月形の半月、上下に溝を彫って区切られた撥面（以上写真32）、覆手の輪郭（以上写真32）、すべて典型的な筑前琵琶の形である。

　この琵琶の特徴は、さりげなく、細やかな装飾が施されているところである。磯（側面）に美しい波の浮き彫りがあり（以上写真34）、また象牙をふんだんに使っている。通常、筑前琵琶では、転手の握

37

38

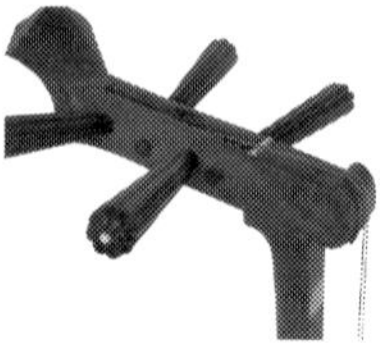
39

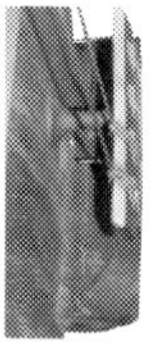
40

り側の先端に球状の象牙を飾りにつけ、また、弦門端、半月形の三日月、覆手先端、通弦孔周囲に象牙を使うが、この琵琶は、そのほかに、転手の弦側の先端、弦門の四周、乗弦の縁取り、乗竹や柱の台、覆手の両側面の縁取り、覆手上の透かし彫り装飾、隠月周縁などにも象牙を使っている（以上写真33～35）。また、筑前琵琶は、通常乗弦と反手が一木で作られるが（琵琶⑨参照）、この琵琶は、乗弦部分を装飾的なL字型の別材で作り、それにも象牙で縁取りをしている（以上写真33）。琵琶背面の遠山《えんざん》が直線的ではなく、雲型に浮き彫りされている（以上写真36）。これは福岡製の琵琶の特徴とも言われている（田村晧司インタビュー二〇〇五・三）。

武蔵野音楽大学楽器博物館所蔵の四弦筑前琵琶に、この琵琶によく似た特徴を持ったものがあり[10]、同じ製作者による可能性が考えられる。なお、第三、第四柱と第四弦用の転手が欠損、覆手が割れている。

⑨菊花撥面筑前四弦琵琶（写真37～40）

標準的な形の四弦の筑前琵琶である（以上写真37）。撥面には菊花が描かれ、撥面右端に製作年と思われる日付と、奏者の名前が墨書されている（以上写真38）。しかし「昭和」に続く年月日は墨が消えて読めない。奏者の名前に見られる「旭」は、創始者である橘旭翁《たちばなきょくおう》の名の一字を取っており、筑前琵琶奏者の号に付けられる。

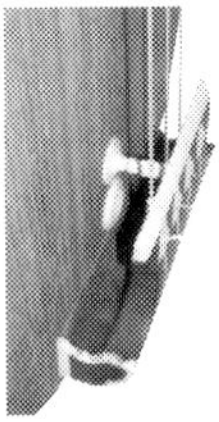

43

42

44

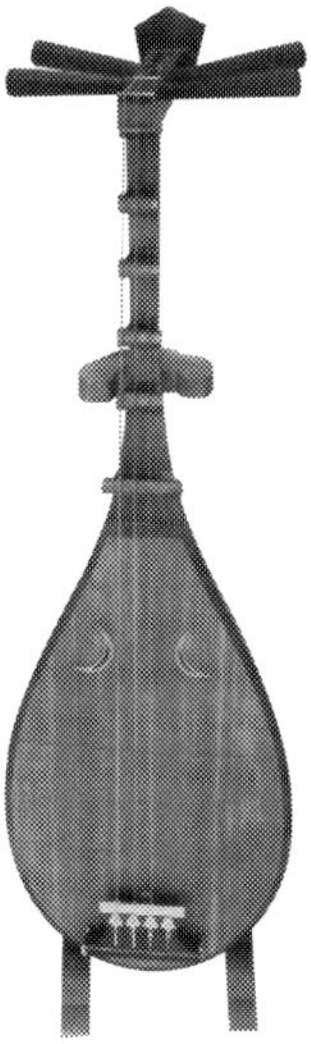

41

乗弦は反手と一木で、糸蔵から出た弦が頸の方へ向きを変える部分には、煤竹が張られている（以上写真39）。このように乗弦を反手と一木で作るやり方は、筑前琵琶の典型的な構造で、やはり盲僧琵琶から引き継いだ特長である。覆手の下にあてがわれた支柱も、シンプルな形である（以上写真40）。第一、二、五柱を欠く。

⑩白太《しらた》入桑筑前四弦琵琶（写真41～44）

撥面に布は無く、上下の彫り込みで区切られている（写真41）。海老尾、転手、弦門《げんもん》端の象牙、反手と一木の乗弦など、筑前琵琶の伝統的な作りに則った標準的な形態を示している。槽材に、白太が見られるものの（写真42）、覆手の支柱は象牙製で、琵琶⑨に比べ、装飾的な形を示し、隠月にも象牙の縁取りが見られる（写真43）。

柱は、頸との接着面が広い安定した形を持つ（写真44）。覆手側面の片側の装飾が欠けているほかは、欠損がなく、筑前琵琶四弦の形がよくわかる琵琶である。

⑪象牙乗弦筑前四弦琵琶（写真45～47）

これも標準的な作り（写真45）で、腹板がはめ込まれて

46

47

45

51

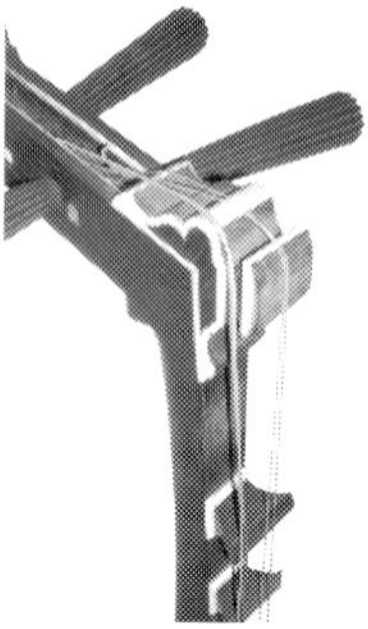

49

48

52

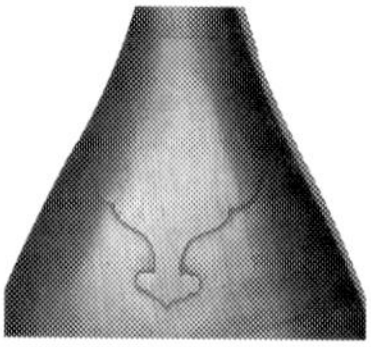

50

いる構造がよくわかる。撥が付属している。撥面上下は彫り込みで区切られている。覆手下の支柱はシンプルな形で、隠月周縁の象牙は欠けている（写真46）。乗弦が反手とは別材で、側面に厚く象牙を使い装飾的な形である点と（写真47）、遠山が雲型で彫り出されている点は、琵琶⑧と共通しているが、柱の下には象牙の台が無い。ただし、柱は付け直された痕があり、本来は象牙の台が付いていたかもしれない。

⑫金地紋布撥面（写真48～52）

撥面に布の貼られた琵琶である（写真48）。他の四面の筑前琵琶と較べて一回りサイズが大きい。象牙をふんだんに使った作りや（写真49、51、52）、雲型の遠山の形（写真50）は⑧や⑪と共通している。とくに、乗弦を別材で作り、象牙で縁取りしている点、覆手に華やかな装飾がある点で、琵琶⑧に似ている。槽は木目の美しい桑材を用いている。重さも、他の筑前琵琶が二キロ前後なのに対して、この琵琶は三キロあり、抜群に重いが、これは、桑材で大きな槽を作ったことによる。

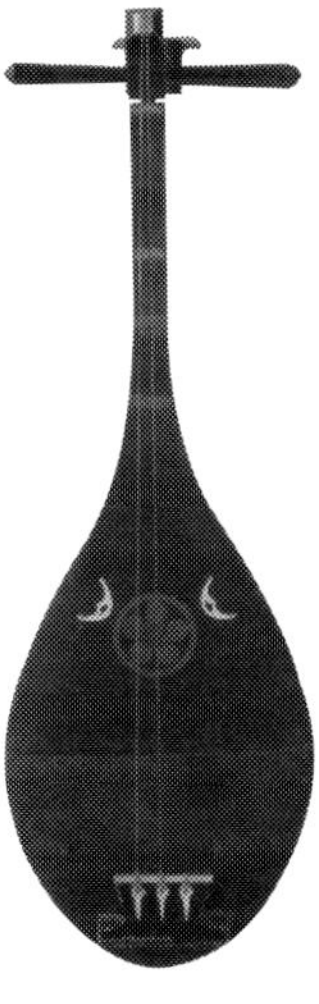
53

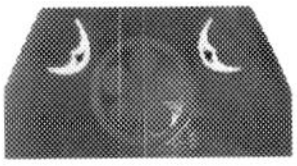
54

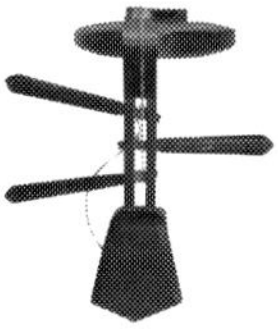
55

56

G　その他

⑬三弦薩摩型梅鉢紋付琵琶（写真53～56）

三弦琵琶は、前述のように、一八九五年から一九三四年の間に三味線の代わりに使われた琵琶で、薩摩琵琶型と筑前琵琶型がある。各地に実物が散見されるが、次第に珍しくなりつつある。赤間神宮の三弦琵琶は薩摩琵琶型である（写真53）。腹板中央に天理教の梅鉢紋を持つ（写真54）。腹板にはこの紋と同じ金色で唐草模様が細い線で描かれている。全体に塗りが施され、槽材は不明だが、重さは一・八キロで、比較的軽い木材を用いている。弦が三本なので、反手には転手（糸巻）が三本（写真55）、覆手の通弦孔は三つである（写真56）。それ以外の形態は、基本的に薩摩琵琶を踏襲しているが、いくつか古典琵琶風の特徴もある。

胴の輪郭は、中ほどの幅が広い典型的な薩摩琵琶型だが、撥面は、普通の薩摩琵琶に見られる腹筋《はらすじ》が無く、繊維を混ぜた塗料で、やや厚めに質感を出して塗られている（写真53）。これは撥革を貼る古典琵琶を意識してのことと考えられる。また、海老尾の上面が比較的平らであり、糸口の溝の幅が狭い点も古典琵琶風である（写真55）。覆手の輪郭や通弦孔周囲の装飾（写真56）、左右の半月の形は（写真54）、ちょうど薩摩琵琶と古典琵琶の中間的な形を示している。なお、柱と覆手下の文柱が欠損。

以上、赤間神宮所蔵の琵琶十三面を調査させていただいた結果、知りえたことを記した。赤間神宮には、日本の主要な琵琶の種類がひととおり揃っているので、拙稿が、日本の各種琵琶の楽器としての特徴と歴史的変遷の理解の一助となれば幸いである。

琵琶の調査に伺うたびに暖かくお迎えくださった水野直房宮司に心より御礼を申し上げます。

赤間神宮所蔵琵琶調査概要
調査日時：二〇〇四年八月二十四・二十五日、二〇〇五年二月一・二日
調査方法：撮影、計測、観察、槽内部墨書の確認。

注

（1）拙稿「琵琶―楽器の種類と変遷」『日本の楽器』（東京文化財研究所　二〇〇三・三）三一四―三一九頁

（2）「琵琶法師」と「盲僧」という語は、研究者によってさまざまな意味に用いられているが、ここでは、琵琶を持ち僧体で活動する盲人の総称を琵琶法師とし、琵琶法師のなかで、盲僧座という社会集団に所属したものを盲僧と呼ぶことにする。ただし、非当道座員は盲僧でなくても、盲僧と同じような琵琶をつかったので、楽器名称としてはそれらも含めて、「盲僧琵琶」と呼んでおく。

（3）「平曲」「平家琵琶」などとも呼ばれるが、歴史的な正式名称は「平家」である。『徳川禁令考』や当道座の文書類で「平家」と記され、中世の文書類でも圧倒的に「平家」が多い。伝承者も一貫して「平家」と呼んでいる。

（4）詳しくは拙稿「琵琶」『武蔵野音楽大学楽器博物館報告書Ⅸ』（武蔵野音楽大学楽器博物館　二〇〇四・三）二一―二〇頁、四二―四六頁。

（5）田辺尚雄『日本音楽講話』（岩波書店　一九一九・一〇　本稿では一九二六年十一月の改訂版を使用）三六一頁。

（6）同右。三六一頁。

（7）拙稿「琵琶」『古楽器の形態と音色に関する総合研究』二〇〇三年度科学研究費補助金研究成果報告書（二〇〇四・三）一八頁、二五頁。

（8）同右。一八頁、二四―二五頁

（9）注（4）の前掲書。三七頁。

（10）注（4）の前掲書。三三頁。

盲僧琵琶	D．薩摩琵琶	E．筑前琵琶（四弦）					G. 三弦琵琶（薩摩）
⑥	⑦	⑧	⑨	⑩	⑪	⑫	⑬
86.8	90.8	91.2	88.0	88.4	87.7	95.0	84.4
77.8	90.8	87.1	83.1	83.0	83.8	91.2	86.0
77.8	86.5	85.7	82.4	82.7	82.3	88.5	82.4
75.6	87.7	83.5	80.0	79.9	79.8	87.2	84.3
75.3	83.0	82.5	76.5	79.5	79.2	85.0	78.9
68.0	70.0	74.0	69.0	69.0	70.0	72.0	67.0
53.4	53.4	46.5	47.3	47.2	47.2	49.7	54.3
24.0	24.8	22.9	25.6	24.9	23.7	29.3	22.6
16.0	20.5	18.0	19.0	16.0	16.0	18.5	21.0
13.0	20.5	18.0	19.0	16.0	16.0	18.5	21.0
18.2	12.4	13.8	14.2	14.2	14.5	13.9	12.5
10.2	11.6	9.7	10.0	10.1	10.0	10.5	12.0
なし	10.3	9.0	8.5	9.0	8.8	9.3	10.5
2.9	3.6	2.5	2.6	2.8	2.7	2.7	3.7
4.8	8.5	7.3	7.2	7.0	7.2	7.9	9.2
3.4	3.6	3.0	3.0	3.0	3.1	3.3	3.2
0.6/14.2	16.5/18.8	14.2/14.4	14.3/14.7	14.6	14.5/14.9	15.1	15.4
なし	0.8	なし	なし	なし	なし	なし	0.6
3.3	3.6	2.9	2.8	2.8	3.0	3.1	3.1
3.0	3.3	2.4	2.4	2.5	2.6	2.7	3.0
4.4	5.4	6.0	6.5		6.2	8.8	4.1
24.3	32.0	28.5	28.8	28.5	28.1	32.9	29.4
11.6	12.0	8.0	8.2	8.5	8.4	9.8	9.3
12.0	14.3	12.2	11.6	12.0	11.8	14.2	13.1
2.1	4.4	2.4	2.6	2.8	2.4	2.8	2.6
3.6	4.8	4.7	4.5	4.7	4.8	5.0	3.5
3.2	3.3	3.0	2.4	2.6	2.8	3.0	2.5
7.2	8.3	7.6	6.5	6.6	7.4	7.8	5.0
縁0.1落とす）	2.8	1.0	1.2	1.0	0.6	0.6	1.2
0.5	0.6	嵌込で不明	嵌込で不明	嵌込で不明	嵌込で不明	嵌込で不明	塗で不明
2.9	1.8	3.0	3.0	2.6	3.3	3.4	2.4
4.2	3.7	3.6	2.3	3.0	3.6	3.8	1.4
2.3	1.8/2.1	2.7	2.6	2.5	2.5	3.8	2.3/2.5
23.0	31.2	23.0	22.8	22.5	23.2	24.0	29.0
110°	93°	100°	104°	103°	103°	104°	97°
1.5kg	3.3kg	2.1kg	1.5kg	2.1ｋｇ	2.0kg	3.0kg	1.8kg
5	4(3)	5(3)	5(0)	5	5	5	4(0)
なし	撥（薩摩盲僧）	なし	なし	なし	撥	撥	なし
	16.8				19.6	19.3	
	19.4				11.4	11.1	
	1.4				2.4	2.2	
	ツゲ						
出付覆手	螺鈿撥面	波浮彫磯	菊花撥面	白太入桑槽	象牙乗弦	金地紋撥面	梅鉢紋

琵琶計測値一覧表

			A．雅楽琵琶			B．平家琵琶	
方向	番号	計測位置	①	②	③	④	⑤
l.	1	海老尾先	101.6	101.0	104.0	81.7	84
	2	乗竹上	98.6	99.1	101.7	79.4	8
	4	反手材上	98.1	98.6	101.0	78.7	81
	5	乗弦下(上駒下端)	97.1	97.2	99.5	77.8	80
	6	反手下	94.6	94.4	97.1	75.2	78
	7	頚最小幅位置	86.0	88.0	91.0	71.0	73
	13	匡口	75.5	75.8	77.1	58.8	6
	18	撥面上端	33.2	33.3	32.0	26.4	25
	20	最大幅位置	22.0	21.0	23.0	16.0	17
	21	最大厚位置	24.0	25.0	26.0	8.5	17
	23	撥面下端	16.0	15.0	15.2	13.0	12
	24	覆手先	14.7	13.5	14.9	11.3	11
	28	支柱位置	なし	なし	なし	なし	な
	27	覆手元	5.5	5.4	6.0	4.7	4
w.	40	海老尾最大幅	7.2	7.6	7.5	6.9	7
	4	反手上幅	4.6	4.5	4.5	4.6	4
	43-47	転手全長(最小/最大)	15.5	15.5	15.5	14.6/15.5	13.8/
	3	乗弦上溝幅	0.5	0.5	0.9	なし	0
	6	反手下頚幅	3.2	2.5	2.7	3.0	2
	7	頚最小幅	2.4	2.3	2.3	2.4	2
	13	匡口全幅	3.6	3.9	3.7	3.8	3
	20	腹板最大幅(沿)	39.6	39.8	41.0	31.5	27
	24	覆手先幅	14.1	12.2	14.0	10.2	9
	27	覆手元幅	18.3	18.6	18.4	15.5	14
dp.	5	乗弦高	1.7	1.7	1.5	1.9	1
	6	反手下頚厚	3.9	3.6	4.4	3.5	3
	7	頚最小幅位置厚	2.4	2.0	2.4	2.4	1
	21	最大厚	8.0	9.5	7.6	5.3	7
	21	腹板膨らみ(最大厚位置)	1.5	1.5	0.7	1.1	1
	21	腹板厚(最大厚位置)	1.1	1.0	1.0	0.8	1
	21	磯(最大厚位置)	4.0	4.3	4.1	2.4	3
	21	槽膨らみ(最大厚位置)	2.5	3.7	2.8	1.8	2
	24	覆手先高	1.7	1.8	1.6	2.1	1
	38	反手全長	24.5	24.5	24.2	22.0	21
その他		頚角度	96°	97°	95°	95°	95°
		重さ	4.6kg	5kg	6.5kg	3.1kg	3.5
		柱数（現存柱数）	4	4	4	5(他に接着痕)	5
付　属　品			撥	撥	撥・ハードケース	撥	撥(
撥		撥全長	19.8	20.4	19.0	19.2	18
		撥最大幅	6.9	7.2	7.6	10.4	6
		撥握厚	0.5	0.6	0.5	0.5	0
		撥素材	ツゲ	ツゲ	ツゲ	ツゲ	ツ
製作データ			田村晧司作 1977/1980.4	田村晧司作 1985.5	松浦経義 2004.3	長田憲義？ 1714/1962？	田村晧 198
備　　考			黒撥革樺槽	金撥革樺槽	黒撥革漆槽	四辯江	金撥革

第二部

安徳天皇と後鳥羽天皇

上横手雅敬

寿永二年（一一八三）七月二十五日、平家は安徳天皇を伴って都落ちした。京都では後鳥羽天皇が践祚し、「地に二主あり」の状態となった。ここではこの異常事態を招いた両天皇の関係を考えたい。また安徳は高倉天皇の第一皇子、後鳥羽は第四皇子であるが、他に第二皇子守貞親王、第三皇子惟明親王があり、それぞれ興味深い足跡を残している。この両親王をもあわせて考察の対象としたい。

一　後鳥羽天皇の践祚

平家都落ちの報に接した九条兼実は、その日記『玉葉』に「昨者称二官軍一、欲レ追二討源氏等一、今者違二背　君一、指二辺土一逃去。盛衰之理、満レ眼満レ耳」（寿永二年七月二十五日条）と記し、「昨」と「今」との間で、いとも容易に官軍と賊軍とが交替する世情に盛衰の理を感じている。それではどのようにして官軍が賊軍になり、賊軍が官軍になるのであろうか。

その前日、七月二十四日、院御所に集まった公卿たちに対して、後白河法皇は「庁下文を成し、推問使を賊徒の許に遣すべし」とし、それについての議定を命じた（『吉記』）。細かく言えば問題はあるが、一応「賊徒」とは源義仲ら都に迫る源氏勢、「推問使」とは平氏勢だといってよかろう。ところが『玉葉』二十六日条になると、前権中納言源雅頼の言葉に「神璽・宝剣・内侍所、賊臣悉奉二盗取一了。而無二左右一、可レ追二討平氏一之由、被二仰下一之条、甚不便」とある。神器を盗み取った「賊臣」とは「平氏」であり、彼らは「追討」の対象にされようとしている。一夜明ければ「賊徒」「賊臣」は源氏から平氏に移ったのである。この間の変化は、一方が都落ちし、一方が都入りしたことだけであるが、それは決定的な意味を持っていたのである。都に入れば官軍になれるし、都を去れば賊軍に落とされるのである。この点からすれば、当初は都を防衛しようとしていた平氏が、にわかに方針を改め、都を放棄したのは、大きな失敗であった。

官軍・賊軍を選別するのは都という土地だけではなく、「人」が重要である。法皇が昨日まで賊徒源氏追討にあたっていた平氏を俄かに追討の対象としたのである。『玉葉』二十七日条に「定長為二御使一来云、前内大臣已下追討事、内々雖レ被二仰下一、猶可レ給二証文一。而宣旨歟、庁御下文歟如何」とある。平宗盛以下平氏追討については、すでに内々命じているが、やはり公文書が必要であり、宣旨がよいか、院庁下文がよいかについて、法皇は兼実の意見を求めたのである。法皇が追討を命じることによって、平氏は賊臣の刻印を押されるのである。このように見ると、法皇が平家の都落に加わるのを回避し、比叡山に逃れたのは重要な意味を持っており、賢明な行動であり、「万人の庶幾するところ」といわれた（『玉葉』二十五日条）。逆に法皇を伴いえなかったのは、平氏にとって大失敗であった。

昨日まで官軍であった平家が追討の対象となった。それではどういう理由で追討されるのだろうか。『源平盛衰記』には、平家追討を命じる院庁下文なるものが収載されており、

「　五畿七道諸国、前内大臣宗盛以下の党類を追討すべきの事

件の党類、忽ちに皇化を背き已に叛逆を企つ。加之、累代の重宝を盗み取り、猥に九重の都城を出づ。之を朝章

に論ずるに罪科傍々重し。早く件の輩を追討せしむべし」

（巻三十二、法皇天台山より還御の事）

とある。本当の院庁下文の文章だとはいえないが、文言にとくに難点はない。七月二十八日、院議定が行われたが、法皇は左大臣藤原経宗に「前内大臣、忽巧二謀叛一、赴二海西一。偸奉レ具二幼主一之間、神鏡并剣璽等累代御物、同奉レ取了。幼主叡慮之中、所二察思食一也。仍早可レ有二還宮一之由、被レ遣二仰時忠卿許一了。然而其事、輙難レ達歟。何様可レ被二進止一哉」と諮問している（『吉記』）。これらを通じてみる限り、追討さるべき平家の罪科は、三種の神器を盗み取ったこと、幼主安徳を伴い都を出て行ったことである。法皇は平家が都落ちしたその時から、平家追討を決めていたのである。

二十五日に比叡山に逃れた法皇のもとには、次々に公卿たちが駆けつけた。二十七日に法皇は蓮華王院に帰り、善後策を講じた。「左右大臣、松殿入道ナド云人ニ仰合ケレド、右大臣ノ申サルルムネ、コトニツマビラカ也トテ、ソレヲゾ用ヒラレケル」と『愚管抄』巻五には記されている（『日本古典文学大系』二五六頁。以下、『古典文学大系』の頁を併記する）。左大臣藤原経宗、入道関白松殿基房の意見も聞いたが、右大臣九条兼実の見解がとくに優れており、それを容れたという。兼実の意見は『玉葉』八月六日条に記されている。

その日、参院した兼実に対して、法皇は頭弁藤原兼光を通じて諮問した。平家が安徳天皇を伴い、三種の神器を持ち去った。このような状況で安徳天皇が還御するのを待つべきか、それとも神器がなくとも京都で新主を立てるべきかである。これに対して兼実は、この日に至るまで十日以上も立王を怠ってきたことを非難する。第一に天皇不在のため、京都で狼藉がやまない。第二に平氏が天皇と神器を持っている以上、京都側でも天皇を立てなければ征伐できない。第三に継体天皇は践祚の後、神器を得て即位しており、神器なしの践祚も先例がないわけではない。第四に

「天子の位は、一日も曠《むな》しうすべからず」、京都で空位のままにしておくことは許されないという四つの理由によるのである。このうち継体天皇に関する『日本書紀』の解釈に疑問があることは、龍粛氏が指摘している(1)。

兼実のような意見に反対する主張が行われたという記録はないが、反対の立場がどのようであったかは知る事ができる。『延慶本平家物語』に、

「舊主已被レ奉二尊号一テ、新帝践祚アレドモ、西国ニハ又被レ奉レ帯二三種神器一テ、受二宝祚一給テ于レ今在位。国ニ似レ有二二主一歟。天ニ二ノ日ナシ、地ニ二ノ主ナシトハ申セドモ、異国ニハ加様ノ例モ有ニヤ、吾朝ニハ(中略)京田舎ニ二人ノ帝王マシマス事ハ未レ聞。世末ニ成レバ、カカル事モ有ケリ。叙位除目已下事、法皇御計ニテ被レ行シ上ハ、強ニ急践祚ナクトモ何ノ苦ミカハ有べキ(中略)。今度ノ詔ニ皇位一日不レ可レ曠ト被レ載事、旁《かたがた》不レ得二其意一」(巻八—九)

とあり、また『愚管抄』に「父法皇ヲハシマセバ、西国王安否之後歟」(巻五、二五六頁)とあるのも同種の意見であろう。西国に神器を持った天皇がいるのに、京都で新帝を立て、京と田舎に二人の帝王がいるなどは前代未聞である。叙位や除目は法皇の計らいでやれるのだから、さしあたり京都に天皇はいなくても足りる。「皇位は一日も空しうすべからず」というのは誤りだという主張である。

「天に二日なく、地に二主なし」も「皇位は一日も空しうすべからず」も皇位に関する大原則である。しかし安徳天皇が西遷した以上、京都で後者の原則を貫こうとすれば、前者を破棄し、京と田舎に二人の帝王を認めざるを得ない。兼実はそう考えており、政治を実際に運営するには妥当な方法であろう。『書紀』の理解を誣いてまで、新主を践祚させようとしているのであり、空論を振り回す嫌いのある兼実にしては、実に現実的である。

しかし兼実の現実主義には、かれ独自の正論が秘められていた。『延慶本』にいうように、法皇さえおれば叙位も

除目も可能であり、天皇は不要だという考えには反発があった。八月十日、院殿上での除目で、義仲が左馬頭・越後守、行家が備後守に任命されたことについては、新天皇が践祚する以前に、法皇による除目を強行すべきではないという非難があった（『百練抄』）。兼実もこの立場に立っており、天皇ぬきの除目のような、院権力の乱用は容認しがたいのである。だから新帝の践祚を急ぐべきだというのである。

従って践祚を急ぐべしとした兼実は、即位については急ぐべきでないとする。

「抑不レ受二剣璽一、踏二天子之位一例、人代以来、曾無二縦跡一。依下一日不上レ可レ空二宝位一、於二践祚一者、被二忩行一。雖二理可一レ然、至二于即位之時一、猶試可レ有二此沙汰一歟、非三啻遺二無レ例之恨一、殆可レ為二招レ乱之源一歟。因レ茲暫延二引此大礼一、試被レ待二彼三神一如何」（『玉葉』九月十九日条）

という。剣璽なしに天子の位を践むのは前例のない事である。ただ一日といえども空位は許されないので、践祚については緊急避難的に剣璽なしで行ったが、即位までも剣璽なしでは禍乱を招く。だから即位礼は延期し、神器の帰洛を待つべきだとし、践祚の際とは正反対にも見える主張を述べているのである。

さて八月二十日、後鳥羽天皇は先帝の譲位によらず、祖父後白河法皇の詔によって践祚した。その前日、院御所では伝国の宣命に盛るべき内容が議せられた。宣命の文章そのものは知りえないが、どのような内容であったかを推測することはできる。「太上天皇詔二天、皇太子并践祚、前主不慮脱屣、摂政如レ旧事等ヲ可二書載一」と『玉葉』には記している。

まず摂政について述べる。「摂政如レ旧」というのは、別に珍しくもないが、この場合は特別の意味がある。七月二十五日、平家都落ちの朝、平清経が法住寺殿に赴き、安徳天皇を迎えた。直盧に宿侍していた基通は、都落ちの一行に加わった。ところが途中から基通は引き返し、法皇の後を追って比叡山に登ったのである（『吉記』）。

しかし、途中までとはいえ基通は平家に同行している。その上、清盛の女婿であり、治承三年（一一七九）十一月、清盛が後白河法皇の院政を停め、関白松殿基房を配流した政変にあたり、清盛に推されて関白に就任したのである。だから今度は摂政の職は危ういと見られたが、法皇の庇護でそれを確保した。『玉葉』によれば、その理由は二つあり、一つは法皇を伴い海西に赴こうという平宗盛・重衡の密議を聞き、女房冷泉局を通じて法皇に密告した事、第二に法皇が基通を艶している事によるという（『玉葉』八月二日、十八日条）。

だから基通が戻ってきても、直ちに政務に復帰できたのではない。平家都落直後、神器の帰洛を待つか、神器なしに新帝を践祚させるかが議論された段階では、基通は朝議に加わっていない。基通の参政に関して確認できる最初の記事は八月十八日、源義仲が推す北陸宮を含めて、三人の候補者の中の誰を新帝とするかが議せられた会議であり、基房、基通、経宗が出席し、兼実は病気で欠席している（『玉葉』）。二十日、践祚の宣命で「摂政如㆑旧」と基通の留任が示されたが、それは実は摂政への復帰を公示するものだったのである。

次に「前主不慮脱屣」であるが、「脱屣」、即ち退位という表現には問題があると思う。安徳天皇自身が退位するはずもないし、後白河法皇が退位させた形跡もないのである。いったい法皇は安徳天皇をどのように遇したのであろうか。

寿永二年八月、後鳥羽天皇が践祚して後、文治元年（一一八五）三月、壇ノ浦で安徳天皇が没する前後まで、一年半の間、『玉葉』の中で、安徳天皇がどう呼ばれているかを調べてみた。すなわち、①「旧主」「先帝」が四例（寿永二年九月五日、十一月十四日、元暦元年正月一日、文治元年四月四日条）、②「主上」が三例（寿永二年閏十月十三日、元暦元年二月四日、二十九日条）、③「西海主君」「西海主」が二例（寿永二年十二月二十四日、元暦元年正月五日条）である。『愚管抄』の「西国王」も③に加えられる（巻五）。①の表現は安徳天皇が退位していたことを意味するようであり、②③

の表現では安徳天皇が引き続き在位しているとし、二主の存在を認める事になる。とくに③の場合、「京都主」と「西海主」との並存を認める表現になる。そして①と②③の合計とでは、ほぼ相拮抗している。このことは安徳天皇に対する当時の認識が様々であったことを意味している。

寿永二年末には、頼朝に対抗するため、義仲と平氏との和平が進められ、平氏の帰洛が噂されたことがある。大外記清原頼業は九条兼実に「西海主君入御者、当今如何。若六条院之躰歟」と語っている。当時後鳥羽天皇は四歳で、年が明ければ五歳になるが、平氏が都に戻ってきたら、かつて五歳で退位させられた六条天皇と同様になるのではないかと危惧されているのである。少なくとも「西海主君（安徳）」が「当今（後鳥羽）」と同等に扱われていた事は明らかである。後白河法皇は後鳥羽天皇を践祚させた。だからといって安徳天皇を廃位したわけではなく、両帝の存在を認めたままなのである。

後鳥羽天皇践祚の直前、八月十八日の議定では先主（安徳）の尊号が議題になっており、

「　先主尊号事

先可ㇾ作之由、一同議定。若無二其議一者、定有二両主之疑一歟」（『玉葉』十九日条）

とある。先帝に尊号を奉る事により、その退位を明らかにし、両主となるのを避けようというのであろう。満場一致の議決であり、『延慶本平家物語』にも「舊主已被ㇾ奉二尊号一テ、新帝践祚アレドモ」とあるから、尊号の件は実現したように見える。しかし尊号奉呈に関する記事はまったく見えず、安徳天皇の没後に、尊号に関連する問題が議せられているのを見ると、実はこのとき尊号は奉られなかったのではなかろうか。

平家の都落ち以来、何度か京都の朝廷と平氏側との交渉が行われている。平氏が三種の神器を持ち出したことについて、京都では苦慮した。都落ちの直後、後白河法皇は権大納言平時忠には正式に院宣を届け、また法皇の恩寵を受

けている平資盛の腹心である平貞能には内々で仰せ遣わしたという（『吉記』七月三十日条）。時忠は都落ちの際、自邸から法住寺殿の天皇のもとに駆けつけ、神鏡をはじめ、玄上・鈴鹿などの宝物を取り出し、一身で奉行した（同上、二十五日条）。『慈鎮和尚夢想記』に「内侍所、大納言時忠奉レ取レ之、安穏上洛」とあり、(2) 壇ノ浦合戦の折、時忠が神鏡を守り、都に持ち帰り、その功により、死罪を免れるよう、頼朝も朝廷に進言したという（『吾妻鏡』文治元年五月十六日条）。このように時忠は神鏡の保持には、とくに熱心であったようであるが、このときの返事は「京中が落居したら安徳天皇は還幸される。神器の件は宗盛に言って欲しい」という、素っ気無いもので、兼実も「似レ有二嘲弄之気一」と憤慨したほどであった。貞能の方は「能様可二計沙汰一」と善処を約束してきた（『玉葉』寿永二年八月十二日条）。十一月には平資盛が法皇側近の平知康に書状を寄せ、「今一度帰二華洛一、再欲レ拝二竜顔一」と帰洛の希望を伝えてきたが、兼実は「人々所レ疑、若奉レ具二神鏡剣璽一歟」という観測を記している（『玉葉』十二日条）。実現はしなかったが、可能性としては、神器を持って帰洛するという途があった。平氏の内部も、時忠のような強硬派と資盛・貞能のような和平派とに分かれていた。

寿永二年八月末、都落ちした平氏は大宰府に拠ったが、法皇の意を受けて、豊後国司の代官であった藤原頼経は、在地の武士緒方氏に命じて平氏を九州から追い出そうとした。一方、資盛・貞能らはおそらく神器返還の条件で緒方氏との間で和平交渉を進めたが、結局は実らず、十月には緒方氏の攻撃を受けて平氏は大宰府を去り、屋島に逃れた(3)。

元暦元年（一一八四）に入り、正月の義仲滅亡から二月の一の谷合戦に至るころ、平氏追討のあり方が改めて議論された。法皇から兼実に「無二左右一、可レ被レ討二平氏一之処、三神御二坐彼手一。此条如何」との諮問があった。兼実は「若可レ有二神鏡剣璽安令（国書刊行会本は「全」）謀一者、忽追討不レ可レ然。遣二別御使一、可レ被二語誘一歟」と答えた。神器の安全のためにはただちに追討するのでなく、使者を派遣し、神器返還を勧告すべきだとし、従来通り神器尊重の立場を繰り返している。議定では兼実と同意見が多かったが、左大臣藤原経宗、左大将徳大寺実定らは「不レ知二剣璽一、可二追討一」、即ち神器を無視して追討すべきだといい、法皇もこの意見であった（『玉葉』正月二十二日条）。「平氏猶可レ被二追討一之由、被二仰下一了云々。神鏡剣璽事、猶不レ被レ重歟」と兼実は歎いており、次第に神器よりも追討が重んじられるようになった（同上、二十三日条）。

安徳天皇の帰洛よりも神器の方が重視されていた。安徳天皇が都からいなくなれば、別の天皇を神器なしで践祚させたらよいのである。安徳天皇の都落ちに対して、京都では高倉天皇の第三皇子惟明親王と第四皇子尊成親王のいずれを立てるかが問題になった末、後者に決まった。『延慶本平家物語』に見える議論だが、第三、第四皇子まで平家が連れ去っていたとすれば、皇位はどうなるかという件について、出家した宮を還俗させて皇位につけてもよいという見解が出ている（巻八―九）。結局、天皇はそのように考えられていたのである。

それでは神器の方は絶対に不可欠なのか。寿永二年、後鳥羽天皇の践祚は神器なしで行われた。壇ノ浦における宝剣の亡失は確かに深刻に受け止められた。しかし数年後の事だが、建久元年（一一九〇）の後鳥羽天皇の元服には昼御座の剣が用いられ、承元四年（一二一〇）の順徳天皇の践祚以後は、寿永二年に伊勢神宮から後白河法皇に進献された御剣が宝剣に準用された。このように三種神器の宝剣といえども、他の剣で代用できるとなれば、神器が追討を食い止める効果は絶対的ではなくなるのである。

一の谷合戦で平重衡が捕らえられた。『玉葉』によれば、重衡の提案で、屋島の宗盛に書状を遣わし、神器を差し出させましょうというので、法皇の方もたぶん駄目だろうが、試みにやってみようという事になった（元暦元年二月十日条）。重衡の郎従が、重衡の書状と、法皇の意を体した藤原定長の書状をもって屋島に赴き、宗盛の返書をもら

って帰ってきた。その返書の中で注目すべき点を挙げると、まず、

「行二幸西国一事、全非レ驚二賊徒之入洛一、只依レ恐二法皇御登山一也。朝家事、可レ為二誰君御進止一哉。主上女院御事、又非二法皇御扶持一者、可レ奉レ仰二誰君一哉」(『吾妻鏡』二月二十日条)

とある。ここで宗盛は法皇の権威を強調し、その前に全面的に屈服する態度を示している。法皇が平家から逃れて、比叡山に登ったことこそ、平家が安徳天皇を奉じて西国に赴いた原因である。法皇を伴えなかった結果、平家方は政権の体をなさなくなったし、平家方に安徳天皇がいても、法皇の扶持なしには天皇は機能を発揮し得ないことを認めている。逆に天皇がいなくても法皇による政務の執行が可能なことは前述の通りである。

さらに宗盛の書状によれば、安徳天皇の京都還御と和平は望むところであるが、天皇が還御しようとすれば武士に前途を妨害されるといっている。天皇や建礼門院が単独で都に帰るなら、だれも妨害しないだろうが、警固の武士の大軍がついていく以上、それを防ぐ武士が現れ、合戦になるのは当然である。

ここに至れば、天皇だ神器だといっても、それ以上に問題なのは、安徳天皇を戴いてきた平家方の武士がどうなるのか、法皇や平氏が交渉を進めても、源氏方が和平に同意するのかである。『玉葉』には「申状、大略庶二幾和親一之趣也。所詮源平相並、可レ被二召仕一之由歟。此条、頼朝不レ可二承諾一。然者難治事也」とある(三月一日条)。和平を望み、源平並んで奉仕するなどといっても、今となっては頼朝が承諾するはずがないのである。だから『玉葉』に伝えるように、三種の神器、安徳天皇、建礼門院、平時子は京都に戻っていただくが、私にはせめて讃岐国を安堵して欲しいという宗盛の提案は現実的な意味を持っている(二月二十九日条)。

宗盛は交渉継続の意思を示していた。しかし義仲が滅び、一の谷合戦が終わった後では、状勢は平氏に不利になっている。法皇は和平への熱意を失っており、頼朝も和平に応じるはずがなかった。宗盛の提案に対して、法皇の回答

はなく、和平交渉は打ち切られた。

「旧都ニハ、戊寅ノ年ノ冬、改元シテ暦応トゾ云ケル。芳野ノ宮ニハモトノ延元ノ号ナレバ、国々モオモイオモイノ号ナリ（中略）。大日本嶋根ハモトヨリノ皇都ナリ。内侍所神璽モ芳野ニオハシマセバ、イヅカ都ニアラザルベキ」（『神皇正統記』後醍醐）

北畠親房によれば、旧都（京都）・吉野と分かれ、それぞれに別の年号があり、二主が併存するように見えても、神器を帯した天皇のいる吉野こそが、日本国の皇都だという。その点では安徳天皇は父帝高倉から譲位され、三種の神器を持ち、正統性において疑念がない。むしろ後鳥羽天皇には祖父後白河の詔により、神器なしで践祚したと言う疑問がある。

しかし西遷した安徳天皇にも問題がある。寿永二年八月二十日、後鳥羽天皇の践祚について『百練抄』は「前主出二洛城一之後、至二于今日一、空二王位一廿六ヶ日」と記している。都落ちした安徳は「前主」であり、そののち後鳥羽践祚までの二十六日間は空位期間に数えられる。天皇が京都を去ることは退位を意味するのであって、神器を持っていても無効なのである。

都落当時六歳に過ぎなかった天皇の政治に意味を持たせるには、そのための機構が必要である。父祖が治天の君として院政を行う場合もあり、だから法皇の扶持が天皇には必要だったのである。また摂政が天皇の政務を代行する場合もあった。後白河法皇も、摂政近衛基通も脱出してしまった以上、幼帝に機能を発揮させる装置はないのである。法皇はいうまでもないが、基通の脱落も平家方には思いのほかに打撃となった。

都落ちの際、平資盛・貞能らは都に引き返した。実は法皇に帰降するためであったが、法皇との連絡が取れず、やむなく一門の都落ちに合流した。しかし、然るべき卿相を捕らえて西国へ連れて行くためだという風説があったという（『吉記』寿永二年七月二十五日条）。これは虚報であるが、そのようなことを考える武士がいても当然である。実際は「武士に非ざる人」で都落ちに加わったのは、時忠・時実父子だけという惨状であった。公卿を連れて行くことによって、平氏側は安徳天皇を中心とする政権らしきものを構築する事ができたはずである。しかし現実にはそれも叶わず、平氏側には幼帝が居ても、天皇としての機能を発揮できず、政治方針の決定も、宗盛・時忠らの協議の域を出なかったのである。

「我君ハ天孫四十九代ノ正統、人皇八十一代ノ帝ニテオワシマス。太上天皇ノ后腹ノ第一ノ皇子、伊勢大神宮入替ラセ給ヘリ。御裳濯河ノ御流忝キ上ニ、神代ヨリ伝レル神璽宝剣内侍所オワシマス。正八幡宮モ守リ奉リ給ラン」

と平時忠は、九州で緒方氏に対して説く。安徳は天照大神の後裔、正統の天皇で、神器を帯し、伊勢・八幡神の加護を受け、完全無欠の天皇に見える。しかし緒方伊栄は反論する。

「帝王ト申ハ、京ニ居給テ宣旨ヲモ四角八方へ被レ下レバ草木モ靡ベシ。此帝王ハ源氏ニ責落サレテ是マデユラレオワシタル、且ハ見苦事ゾカシ。此ハ院ニハ御孫ゾカシ。法皇ハ正キ御祖父ニテ京都ニハタラカデオワシマセバ、其ゾ帝王ヨ。」（『延慶本平家物語』巻八―十二、尾形三郎平家於九国中ヲ追出事）

ここには帝王の条件が論じ尽くされている。安徳天皇と後鳥羽天皇ではなく、安徳天皇と後白河法皇のいずれが真の帝王であるかが議論されている。結局、帝王は都に居なければならないし、幼帝は父祖である治天の君に従属せざるを得ないことになる。

二　安徳天皇の最期と没後

安徳天皇の最期について考えよう。

『平家物語（覚一本）』によれば、屋島の合戦の際「御所の御舟には、女院・北の政所・二位殿以下の女房達めされけり」（巻十一、大坂越）とある。壇ノ浦合戦の際にも、平知盛が小船に乗って「御所の御舟」に参り、「世のなか、いまはかうと見えて候。見ぐるしからん物ども、みな海へいれさせ給へ」と告げ、女房たちから戦況を聞かれている（同上、先帝身投）。これらで見ると、「御所の御舟」は安徳天皇とともに、女院（建礼門院）、北政所（清盛の娘完子、摂政近衛基通の妻）、二位殿（平時子）以下、女房たちが乗船しており、女院の母である時子が差配しているように思われる。(4)『延慶本平家物語』によれば、女院や帥佐（時忠の妻）は入水したものの救い上げられ、北政所は飛び込もうとして抱きとめられ、結局「二位殿ノ外ハ身投、海ニ入給人モナシ」ということであった（巻十一―十五、十六）。『愚管抄』は時子のことを「ユユシカリケル女房」（巻五、『古典大系』二六四頁）と記しているが、彼女の執念が安徳天皇を死出の旅の道連れにして、幼い命を無残に奪ったのである。

祖母の時子が幼帝を抱いて入水し、生母の徳子は天皇を抱くことさえ許されず、助けることができなかった点について、徳子を非難する意見がある。これについては種々な議論が可能であるが、ここで考えておきたいのは徳子と天皇とのつながりの希薄さである。治承四年（一一八〇）四月、安徳天皇の即位の儀が紫宸殿で行われた。このとき徳子は三歳の天皇を抱いて高御座に上った（『玉葉』二十二日条）。しかしこのころから中宮徳子は夫である高倉上皇のもとにしばしば赴いている（『明月記』四月十五日、『山槐記』四月十六、二十七、五月十日、『吉記』十一月九日、『玉葉』十二月十三日条）。そして十二月になると、徳子に院号宣下の話が起こるが、それが実現すれば、徳子は上皇の御所に常住する事になり、徳子に代わって幼帝に同輿するために、故摂政藤原基実の娘通子に准后の宣旨が下されるという話が出た（『玉葉』十九日条）。天皇に同輿するには后位が必要だからである。徳子の院号宣下は約一年遅れ、翌養和元年（一一八一）十一月、建礼門院の院号が定められたが、通子の准后の件はより早く実現し、養和元年二月十七日、通子は安徳天皇の准母として、准后とされた。この日、安徳天皇は五条東洞院邸から八条室町の平頼盛邸に行幸したが、通子は天皇に同輿している（『百練抄』十七日、『玉葉』十七、十八日条）。なお、これよりさき正月には、安徳天皇の父、高倉上皇が没した。

翌寿永元年（一一八二）八月には、新たに安徳天皇の准母として、亮子内親王が皇后とされた（『吉記』十四日条）。亮子は後白河法皇の皇女で、以仁王の同母姉であるが、そのことは亮子の立后に障害とはなっていないようである。同二年二月、天皇が祖父後白河法皇の御所法住寺殿に朝覲行幸に赴いた際の記事として「皇后先下御（中略）。次主上下御」（『吉記』二十一日条）とあるが、この「皇后」は亮子である。

このように見てくると、生母といっても、徳子が天皇の傍に居たのはごく短期であり、その後は准母が置かれ、平常は女房たちが天皇の世話を見ていたようである。都落ちの際には、法住寺殿にいた天皇を平清経が迎えにいくが、天皇に同車したのは、乳母二人、按察局、乳人遠江らであり、建礼門院は六波羅にいたのである（『吉記』寿永二年七月二十五日条）。女院が天皇の入水を悲しんだのは当然であろうが「二位尼やがていだき奉て、海に沈し御面影、目もくれ、心も消えはてて、わすれんとすれども忘られず、忍ばむとすれどもしのばれず」という「灌頂巻」（六道之沙汰）の叙述は、愁嘆が過ぎると思われるのである。

『吾妻鏡』には天皇を抱いて入水した女性として、時子の代わりに按察局を挙げている（文治元年四月十一日条）。これは義経が頼朝に進めた「一巻記」の記述で、信頼度が高い。また『吾妻鏡』の別の箇所には、時子が宝剣を持ち、按察局が天皇を抱いて入水したと書かれており（三月二十四日条）、『平家物語』のように、時子が天皇を背負い（或いは抱き）、宝剣を腰に差し、神璽を脇に挟んで大車輪の活躍をするのとは違っている（『延慶本』巻十一―十五、『覚一本』

巻十一、先帝身投)。『吾妻鏡』のように、若いと見られる按察局が天皇を抱き、時子が助手をつとめる方が合理的である。これは時子の指示によるのであろうが、そのことが時子が天皇を背負い、或いは抱いて入水したと伝えられたのではなかろうか。[5] 前述のように、都落ちの際、天皇が法住寺殿を出発する時にも、按察局が近侍していた事から見て、彼女は天皇にもっとも近い女性、最期の際に建礼門院よりも天皇を抱く可能性の高い女性だったのではなかろうか。そしてそのように安徳天皇に近侍する女性が平氏とゆかりがあり、時子の指示に従ったという事はありうることである。

さて義経の飛脚が後白河法皇に壇ノ浦合戦の結果を報告したのは四月三日の夜であり、合戦の九日後であった。宝物は見つかったが、安徳天皇の事は不明という内容である。ただし、九条兼実は飛脚の報告について、三種の神器については不審ありとしている(『玉葉』四日条)。「宝剣不レ御」と明記したのは、四月二十三日条が最初であるが、それ以前に判明していたと思われる。その後の話題は、神器をどのようにして都に迎えるかであり、結局、二十五日、権中納言吉田経房らが鳥羽に赴いて神器を迎え、太政官朝所に安置した。安徳天皇についてはまったく記事がなく、入水がいつ判明したかさえ分からない。

ただ二十二日、摂政近衛基通が賀茂詣をした事を兼実は痛罵している。基通の賀茂詣には四つの難点があるという。第一に天下飢餓の時期である、第二に神鏡の帰洛を前に、多端の折である、第三に天下に穢気が充満しているとして、このような時期に賀茂詣は不穏当だとするのであるが、このような理由のほかに兼実は第四の難点を挙げている。「旧主二品等事、心中無二哀傷之思一哉」というのである。安徳天皇や平時子のことを哀傷する気持ちはないのかといい、「不レ知レ恩者、禽獣也」とまでいっている。基通の妻完子は清盛の娘であるが、母は時子ではないとみられるから、基通にとって時子は義母ではない。従ってここで兼実は一般的な観点から基通を不謹慎と詰り、忘恩の徒と難じたのであろう。考えてみれば、基通は妻を棄てて都落ちの一行から脱出し、時子の死を無視して賀茂詣を行ったのであるが、この非情さによって、無能だといわれながらも、難局の中で近衛家を守り抜いたのである。妻完子には冷たかったが、妻の姉、父基実の妻で、養母にあたる盛子の忌日（六月十七日）には毎年のように西林寺に参詣し供養している（『猪熊関白記』正治元年、建仁元年、同二年、建永元年の六月十七日条）。養母に対する礼は尽くしていたのである。[6]

生前に廃位されなかった安徳天皇だが、没後に天皇を追悼する動きはほとんどない。文治元年（一一八五）七月、後白河法皇の諮問を受けた右大臣九条兼実は、外記の勘文を副えて奏上した。即ち、先帝は逆賊の党類に伴われ、都を去ったが、幼稚であって逆賊に同心したわけではないから、優恕さるべきであり、追号を奉り、修善を行うべきである。長門国に一堂を建て、先帝をはじめ、戦没者のために作善を行うべきだ。これによって先帝を追尊するだけでなく罪障を懺悔することにもなるという趣旨である。都落という安徳天皇の罪を認めた上で、政治的能力がない幼主であることを理由として、優恕を求めるのである。しかも追善は天皇だけを対象とするものでなく、ひろく「戦場終レ命之士卒」のための作善とされている。さらに兼実は、国土が凋弊し、堂の営造が困難であれば、火急に行う必要はないとまで述べており、追善は実に遠慮した形で進言されているのである。

また兼実は諡号を贈るべしとし、廃朝・錫紵は行うべきでないといっている（『玉葉』三日条）。安徳天皇は後鳥羽天皇の兄であり、きわめて近い関係にあるが、天皇としての服喪行為は全然行われなかったのである。文治三年四月、「安徳天皇」の諡号が贈られることになった。これについて『百練抄』には「行二尊号一事」（二十三日条）と記しており、このことからも寿永二年、後鳥羽天皇践祚にあたって安徳に尊号は奉っていないものと考えられる。

建久二年（一一九一）閏十二月、後白河法皇の病厚く、非常赦などが行われたが、法皇に恨みを抱く人の鎮魂も行われた。法皇がもっとも恐れていたのは、保元の乱の結果讃岐に流され、彼の地で憤死した同母兄崇徳上皇の怨霊であった。鹿ケ谷事件直後の治承元年七月以来、崇徳のためには、謚号を奉り、八講を修し、廟をたてるなど、多くの鎮魂事業が行われた。法皇は安徳天皇に対しては、崇徳上皇に対するような罪悪意識は持っていなかったが、今度は崇徳院と安徳天皇が没した場所、すなわち讃岐と長門に一堂を建て、その菩提と亡命の士卒の滅罪を図ることになった（『玉葉』十四日条）。兼実の提案は、やっと六年後に実現した。

三　守貞親王と惟明親王

高倉天皇の第一皇子である安徳天皇、第四皇子である後鳥羽天皇については右に述べてきたが、最後に第二皇子守貞親王、第三皇子惟明親王についても触れておきたい。

修理大夫坊門信隆は平清盛の娘を妻とし、殖子（七条院）が生まれた。殖子はもと平徳子（建礼門院）に仕えていたが、高倉天皇との間に守貞・尊成（後鳥羽天皇）を生んだ。治承三年（一一七九）二月に守貞が生まれると、平知盛が養育することになった（『山槐記』二十八日条）。平時子に仕えていた南御方は、知盛の妻となり、殖子に仕えて治部卿局と称し、守貞が生まれると、その乳母となった（『明月記』寛喜二年五月十三日条）。こういう関係で寿永二年（一一八三）、平家都落ちにあたっては、守貞も連れ去られた。『延慶本平家物語』によれば、皇太子にするためだという（巻十一―二十）。

文治元年（一一八五）三月二十四日、壇ノ浦で平家が滅び、安徳天皇は入水したが、皇弟守貞は都に帰ってきた。四月二十八日に守貞が船津に着くと、祖父の後白河法皇は迎えの車を進めた。守貞は叔父（母殖子の弟）の坊門信清に迎えられ、母殖子が待つ七条坊門邸に入った（『吾妻鏡』、『延慶本平家物語』巻十一―二十。『延慶本』は二十四日とする）。

都に帰った守貞には平穏な日々が続いた。守貞は法皇の同母姉にあたる上西門院に養育された（『愚管抄』巻五、二六四頁）。文治五年七月、上西門院は没したが、十一月には守貞、惟明（母は前宮内少輔平義範の娘、少将局）に親王宣下が行われた。二人は異母兄弟でわずかに四十日ほど守貞が早く生まれただけである。

建久元年（一一九〇）十二月二十六日、院御所六条殿で守貞親王の読書始が行われた。これはかつて保延三年（一一三七）十二月、後白河法皇が親王であったときの読書始の例に倣ったものである（『玉葉』十二月五日条、建久別記二十六日条）。一年後の建久二年十二月二十六日、やはり六条殿で、法皇も臨席の上で守貞は元服した。加冠は左大臣三条実房である。このとき乳母の夫である前権中納言持明院基家が装束を調進している。この元服も保延五年、法皇が十三歳で元服した例を追ったのである（『親王御元服部類記　山槐記』）。後白河にとって、同母兄崇徳の在位中であり、当時の後白河には、将来皇位につく望みはなかったはずである。同母弟後鳥羽天皇が在位している守貞親王も同様の立場にある。守貞は何かと後白河を先例としているが、保延の雅仁親王（後白河）と建久の守貞親王とでは、置かれた状況が似ているように思われる。それだけに守貞に注がれる法皇の憐憫の情も強かったであろう。

親王宣下の場合と同様に、惟明親王も守貞と同時に元服をという意見もあったが、先例不快ということで、惟明は翌建久三年二月に行うはずであった（『玉葉』十二月十四日条）。ところがこのころから後白河法皇は体調が悪く、遂に三年三月に没した。よるべのない惟明は七条院の猶子となり、六年、やはり実房の加冠で七条院御所で元服した。

さて守貞元服の装束を調進した持明院基家は通基の子で、母一条は大蔵卿源師隆の娘であり、待賢門院官女、上西門院の乳母であった。七条院殖子の母は通基の娘だから、基家は殖子の叔父に当たる。また基家の妻宰相局は平頼盛の娘であり、守貞の乳母となった。(7)

守貞が京に帰って来たとき「御母儀（七条院）モ御乳人ノ持明院ノ宰相モ何ナル事ニ聞成給ズラント鬠無ク被レ思

食一ケルニ」（『延慶本』巻十一―二十）とあり、母の七条院と乳母の宰相が、守貞の帰洛を待ち焦がれていた事が分かるが、この点から見て、宰相は平家都落ち以前、恐らくは守貞が生まれた治承三年から乳母であったと思われる。知盛の妻と、頼盛の娘がともに守貞の乳母となっていたのである。

こうして上西門院の没後は、乳母の夫である基家が守貞親王を支えることになった。そして恐らく守貞は元服後まもなく基家の娘陳子を妃とし、建久五年には尊性法親王（天台座主）が生まれ、次いで式乾門院、道深法親王、安嘉門院らが生まれたが、とくに建暦二年（一二一二）二月に生まれた茂仁親王は、のち後堀河天皇として皇位についた。

これまでの守貞を見ると都落ちはまったくマイナスになっておらず、都に残った弟の惟明親王と並び、むしろ惟明をしのぐような処遇を受けてきた。建久三年、祖父の後白河法皇が没して後もその状態は変わらないように見えたが、突如建暦二年三月、出家して行助と称した。『増鏡』（巻二、藤衣）に「いと数まへられ給はぬ古宮」「世中物怨めしきやうにて過ごし給」とあるが、そのように冷遇されていたとは思えないし、『増鏡』を読むと、惟明と守貞との混同が見られる。なお前年、建暦元年二月には惟明が出家し、聖円と称している。

なぜ二人の親王が相次いで出家したか。『明月記』は守貞親王の出家について、「世頗称二稽古御器量之由一、未下及二衰老厭離一給上。定有二御存知之旨一歟」と記している（建暦二年四月八日条）。守貞は器量の点でも世評が高く、まだ三十四歳で世を厭うような年齢に達していないだけに、出家は意外と受け止められたのである。「いまだ衰老厭離に及び給はず」というのは、守貞に予定されていた生涯が、決して若年で仏門に入るようなものではなかったことを意味している。それでも両親王が相次いで出家したのを見ると、皇位につかない親王には、所詮出家以外の道がなかったのだろうか。

承元四年（一二一〇）、後鳥羽上皇は皇子の土御門天皇に譲位を強い、その弟の順徳天皇を即位させた。後鳥羽は土御門よりも順徳を愛しており、この譲位は早くから噂されていた。惟明や守貞に皇位の可能性はなかったが、順徳の即位で、皇位をめぐる不安定要因が解消した事が、惟明や守貞に出家を決意させたのではないかと考えたことがある[8]。

しかし逆の考え方も可能である。土御門・順徳の関係は、崇徳上皇・後白河天皇の関係にも似ている。順徳をめぐる守貞・惟明の立場は、六条天皇をめぐる、以仁王・憲仁親王（高倉天皇）の立場にも似ている。文覚が後鳥羽を暗君として憎み、守貞を立てようとし配流されたという話は、承久の乱の結末を見た上で作られたものであろうが（『延慶本平家物語』巻十二―三十六）、守貞の評判が高ければそれだけ、その存在に危惧が感じられるであろう。皇位をめぐる紛争は常に繰り返されるが、パターンには類似性がある。後鳥羽が皇子順徳の将来に不安を感じ、二人の兄に出家を促した可能性はある。定家が「定有㆓御存知之旨㆒歟」と記したのはこのあたりのことを言っているのだろうか。

そして承久の乱の結果、幕府の請いによって、後鳥羽上皇に代わり入道行助親王、すなわち後高倉法皇が異例の院政をとり、その皇子が後堀河天皇として践祚することになる。持仏堂にいた後高倉は「後世ノ障ト成ベシ。フツトカナフマジキ」といって、幕府の要請を退けようとしたが、妃の陳子に「宮々ノ御タメモ、旁メデタカルベシ。子細アルマジ」と勧められ、領掌したという（『五代帝王物語』）。

確かに後高倉は後白河に似ている。後白河が思いがけず皇位についたように、後高倉も思いがけず治天の君として院政を行った。後高倉の院政は僅か二年であった。その皇統も後堀河・四条の二代、二十年余続いただけで、後鳥羽の皇孫後嵯峨に戻った。後堀河・四条の逝去、とくに十二歳の四条の頓死は、後鳥羽の怨念によると噂され、怨霊をなだめるため、幕府は後嵯峨を推戴したといわれた（『保暦間記』）。

注

（1）龍粛「寿永の践祚」（『鎌倉時代　下』春秋社　一九五七）八四頁。
（2）赤松俊秀「慈鎮和尚夢想記について」（『鎌倉仏教の研究』平楽寺書店　一九五七）三一九頁。
（3）拙稿「小松殿の公達について」（安藤精一先生退官記念会編『和歌山地方史の研究』一九八七）一三〇頁以下。
（4）拙著『壇之浦合戦と女人たち』（『赤間神宮叢書』二〇〇二）一六頁以下。
（5）按察局について、角田文衛『平家後抄』（朝日新聞社　一九七八）は藤原公通の娘とする（二二頁）。
（6）「完子」の名は、『玉葉』寿永二年二月二十一日条。清盛の娘盛子は摂政近衛基実の妻となったが、仁安元年（一一六六）基実は没した。摂政には松殿基房が就任したが、清盛の計らいで、盛子が基実の子で、彼女の継子である基通を養子とし、基通幼少の間預かるという名目で、摂関家領の大半を相続し、新摂政の基房には、摂関の地位に付属する一部の所領しか相続させなかった。しかも清盛が盛子を後見するのだから、この措置は清盛による摂関家領横領と見られた。このため盛子は摂関家に憎まれ、盛子が没したとき、九条兼実は「以二異姓之身一伝二領藤氏之家一。氏明神悪レ之、遂致二此罰一」（『玉葉』治承三年六月十八日条）と記し、春日の神罰を蒙ったと評している。しかしこれは松殿家や九条家の見方であり、近衛家ではむしろ盛子に感謝し、丁重に菩提を弔っていた事が分かる。盛子と基通との関係について『愚管抄』には「近衛殿ノ若君（基通）ナル、ヤシナヒテ」（巻五、二四二頁）、『山槐記』には「関白（基通）有二父子儀一」（治承四年二月十二日条）と記している。
（7）角田前掲書、二〇頁以下。
（8）上横手・元木泰雄・勝山清次『院政と平氏、鎌倉政権』（中央公論新社　二〇〇二）二一一頁以下。

長門阿弥陀寺・西山往生院・鎌倉永福寺
――『平家物語』成立の背景――

五味文彦

はじめに

『平家物語』の成立の背景に御霊信仰があったことはよく知られている。かつてその面から「説話の場、語りの場」という論考で『平家物語』について考察を加えたことがあるが、[1]そこでは安徳天皇の御霊を鎮魂する側面に殆ど触れることができなかった。本稿はこの点を考えることにより、『平家物語』成立の背景について探ってみたい。

一　安徳天皇と阿弥陀寺

安徳天皇の諡号問題は、天皇が没した元暦二年（一一八五）三月二十四日から二ヶ月半ほどした頃に起きている。この年六月二十三日に平重衡が斬首されて、平氏追討も一段落した七月二日になって、右大臣九条兼実に対し頭弁藤原光雅を通じて後白河院からの諮問があった。それには外記の勘文が副えられていたが、兼実はその勘文を引きながら次のように答申している。

先帝御事、如外記勘申者、和漢之例、共以有追尊之儀、殊無被行者、只淡路廃帝而已、然而彼尚追有改葬修善之事等、何況先帝伴逆賊之党類、雖避宮出城、察幼稚之叡念、不及同心合謀歟、優恕之条、専無異儀歟、成人奸謀之敵君、猶為謝怨霊、有尊崇之儀、幼齢服親之先生、須傷非命施慈仁之礼歟、所謂追号修善歟、如師尚勘申、仰長門国、被建一堂、尤為上計歟、上奉始先帝、凡為戦場終命之士卒等、可被置永代之作善也、且是叶先朝追尊之趣、抑又為罪障懺悔之法歟、但国土殊凋弊、営造若有煩者、強雖非火急、漸可終土木歟、愚案之旨、大概勒状、以此等趣可被計奏之状如件、

七月三日

頭弁殿

（礼紙）追申

崇道天皇已下之例、或為太子、或為親王、仍贈帝王之号、其理可然、不似今度之儀、院号之条、又不叶物議歟、何只以諡号可為詮歟、如此間事、委可有沙汰歟、廃朝錫紵事、専不可被行也、

これまでに追尊号が贈られていないのは淡路帝のみであったが、それでも「改葬修善」のことは行われている。今度の場合は、逆賊に伴われて宮・城を去り逃れ出たとはいえ、その「幼稚の叡念」を察するに、「同心合謀」に及んだとは見なすことはできないので、寛容することに特に問題はない。成人で謀略をなした君であっても、怨霊に謝すために尊崇していることを考えれば、「慈仁の礼」をなすべきである。外記中原師尚の勘文にあるように、長門国に一堂を建立し、先帝をはじめ戦場で命を終えた士卒らの作善を行うことは、「先朝追尊の儀」に叶うものである。なお院号ではなく帝王の諡号が贈らるべきであろう。

この兼実の答申のうち、淡路帝とあるのは藤原仲麻呂の乱で廃位されて淡路に流された淳仁天皇のことであり、淳仁の諡は明治の追贈であった。成人で謀略をなした君とは崇徳院のことで、尊崇の対象とされ崇徳院の院号があたえ

られたことを意味する。なおこれ以後も安徳天皇の待遇については、この崇徳院の先例が問題とされることになった。また院号と諡名の関係であるが、宇多院の時以来、院号が贈られてきたが、安徳天皇については諡号のみとするのがよい、と兼実は考えたのである。

兼実が依拠した勘文を作成した外記の中原師尚は、実は兼実に仕えていた人物であった。師尚は仁平元年（一一五一）二月五日に少外記となり、承安二年（一一七二）三月九日に大外記となって建久八年（一一九七）に亡くなるが、『玉葉』に頻出しており[2]、やがて清原頼業が文治五年（一一八九）に亡くなると、代わって兼実の家司として重要な位置を占め、建久二年十一月日の九条兼実家政所下文に別当として署判を加え[3]、『玉葉』建久五年正月一日条には兼実の「職事家司」の筆頭としてみえる。

このことから考えれば、安徳天皇の諡号と一堂の建立を主張していたのは、実は兼実であったと見られ、実際、この後に兼実はその主張に沿って動いている。しかしこの時にはその意見が採用されることなく、直後の大地震や大仏開眼、さらに源頼朝・義経の追討宣旨などの新たな事態が次々に生じたことでそのままに終わっている。また平氏追討を行った頼朝・義経にとっても、平氏滅亡の直後にこうしたことを後押しするようなことはなかったろう。

ところが文治二年（一一八六）に兼実が摂政となったことで事情は変化してゆく。十一月に逃亡していた義経が貴族や山門に匿われていたことが明らかになり、頼朝から朝廷に強い抗議が寄せられると、それへの審議のなかで祈祷や鎮魂のことが問題となって再燃した。その議定の場で、藤原経房からは崇徳院の祈祷の沙汰はなされてはいるものの、なおざりであるとの指摘がなされ、続いて藤原兼光からは「先朝」（安徳天皇）の沙汰を行うようにという主張が出されたのである。この経房と兼光は、兼実が摂政になって始めての着陣の儀式を行った十月七日に扈従の公卿として見えていることからすれば、兼実の意を汲んでいた可能性も指摘できよう。

こうして安徳天皇の待遇の問題が再浮上するなかで、翌年三月二十二日頃から後白河法皇が重病となった。このことが鎌倉の頼朝に伝えられると、四月二日に百部大般若経の転読が鎌倉の鶴岡八幡宮や勝長寿院などで行われているが、朝廷ではこれは怨霊の祟りであるとする見方が生まれ、四月九日に崇徳院の廟への祈りがなされている。そして十三日に法皇の病状は回復し、十七日に病後初めて湯に入り本復したのであったが、その六日後の四月二十三日に、先帝の諡号を安徳天皇とすることに定まっている（『百練抄』）。

『玉葉』によれば、この日、上卿の新大納言藤原実家から「先朝諡名勅」が内覧の兼実の許に下されると、兼実はこれを内覧し返している。諡号の定まった事情については、兼実は特に触れておらず、勅書に「御画」がないことに不審を抱いたことのみを記しているが、法皇の病気が契機にあって、兼実がそこで主導権を握って行ったことは明らかであろう。

それというのも、建久二年（一一九一）閏十二月に安徳天皇の菩提を弔うために崩御の場に一堂を建立することになった際にも、法皇の病気が契機となっており、兼実が大きく関わっていたからである。この年の閏十二月十四日に兼実は法皇の病気を案じ、法皇の近臣高階泰経を通じて、崇徳院と安徳天皇の崩御の場に一堂を建立し、その菩提を弔うよう法皇に勧めており、これに応じて法皇の病状が悪化した十六日に崇徳・安徳の「怨霊陳（鎮）謝」のことの諮問が公卿に示されている。

しかしこの時には結論が出ず、その後も兼実は二十日、二十一日と再度の申請を行っており、その結果、二十二日の議定で安徳天皇のために一堂を建立することが定められ、二十八日に院からの認可の意向が伝えられ、翌日に宣下されたのであった。

以上、安徳天皇の死後の文治三年四月二十三日に諡号が贈られ、建久二年閏十二月二十九日にその怨霊鎮謝の堂の建立が決まったわけであるが、それに積極的にあたったのが九条兼実であることがわかった。

さて堂建立の宣旨を受けて、建久三年には長門国に安徳天皇の霊を祀る堂舎が建立されたことであろうが、それがどう進められたのかは明らかでない。ただ「赤間神宮文書」所収の建仁三年（一二〇三）二月の長門国司庁宣は、阿弥陀堂の鎮守社の神田の免田として三町を認めており[4]、このことから安徳天皇の怨霊を鎮撫する堂が建てられ、その鎮守も建てられて、国司によって保護されていたことがわかる。

さらに天福元年（一二三三）十二月になると、長門国司庁宣によって阿弥陀寺に「国吏祈祷」のため、免田十二町が建仁・寛喜の先例に沿って定められているが[5]、そこでは「建立年尚而、薫修永積」と記されており、すでに建立から四十年を過ぎ、寺院としての活動も盛んであったことがわかる。寺号も「阿弥陀寺」とされている。その四年後の嘉禎三年（一二三七）五月に出されたのが次の長門国司庁宣である[6]。

（花押）

庁宣　留守所

可早任度々下知以赤間関阿弥陀寺供田十二町、宛置不断念仏用途事、

右、件供田者、故徳大寺左大臣家御任始、立免田、宛彼用途以降、宰吏已両三代、免許及十二町、守其蹤跡早可宛行、北野造営之国神事雖重、西方安養之土、仏縁不軽、十一面観音者、天神之本地也、思内証定優善心、十二時奉免者、日別之用途也、思後世争致濫妨、仍本免七町者、元来相除之、今又五町之前判、重所資九品之来縁、永契未来際、宜致不退勤者、在庁官人等宜承知依件行之、以宣、

嘉禎三年五月　　日

大介菅原朝臣（花押）

「赤間関阿弥陀寺」に不断念仏用途として供田十二町を宛て行うことを命じた国司庁宣であり、本免七町に追加して五町分を免除しているのがわかる。おそらくまず建仁度に七町分が認められ、寛喜度に五町分が認められていたのを追認したものであろう。

庁宣の袖に花押を加えているのは長門の知行国主菅原為長であって、奥に花押を捺している「大介」（国司）長成の父にあたる。当時、為長は北野天満宮の造営を請け負って、長門を知行国にしていたから、免田を整理する必要があったのだが、天神の本地は十一面観音であることから、その仏縁によって念仏用途として免田を認めるとしている。為長は九条兼実の孫道家の近臣であり、また北野天神という御霊への信仰の立場からも、安徳天皇を祀る阿弥陀寺に特別な保護を与えたのであろう。

ここで特に注目したいのが、「故徳大寺左大臣家御任の始め」に認められて以降、代々免除されてきたとしている点である。故徳大寺左大臣家とは徳大寺公継のことで、公継が長門を知行していた時に厚い保護を与え始められていたことがわかるが、その始まりの時期は建仁の頃であったろう。

というのも『明月記』元久二年（一二〇五）正月三十日条に藤懐長が長門守に任じられているのが見えるが、この人物の周辺には徳大寺家の関係者が多いからである。なかでも懐長の甥経尹（懐実）は公継の父実定の家人で、実定の和歌の使者となって「物加者蔵人」と称された逸話が見える。(7)

これは、実定が歌人の待宵小侍従と別れた後、伴の蔵人に何でもよいから小侍従に言ってくるように命じたところから、蔵人が次のような和歌を詠んできたという逸話によるものである。

物かはときみかいひけむ鳥の音のけさしもなとかかなしかるらむ

また『明月記』正治元年（一一九九）三月二十五日条に見える「図書助藤懐範」は「中宮権大夫年給二合請人息子」

とあって、「中宮権大夫」公継に仕えて年給により図書助となっている。とすれば懐長が長門守に任じられたのは徳大寺家が長門を知行してのものであったと考えられ、(8) したがってこれの直前に阿弥陀寺に出された建仁三年（一二〇三）二月の長門国司庁宣も徳大寺家が知行していた時のものであったろう。

〔藤原氏武智麿公流系図〕

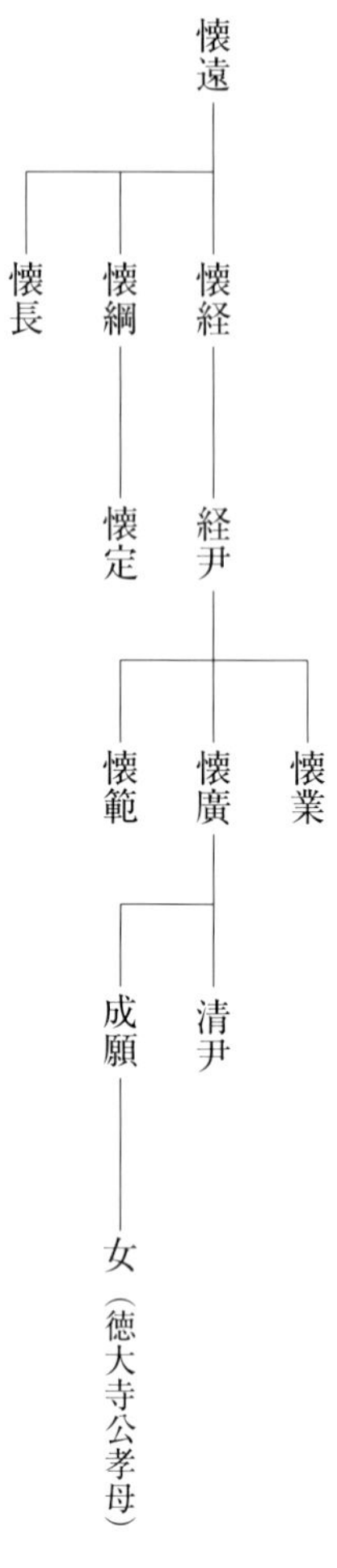

二　徳大寺家と九条家と観性

徳大寺公継が阿弥陀寺を保護していたことから、その公継の動きを追うと、そこには兼実との関係がうかがえる。平氏追討が終わった直後の元暦二年（一一八五）五月二日、公継が父内大臣実定の使者として兼実の屋敷にやってきたのが二人の初めての出逢いであった（『玉葉』）。

内大臣息侍従公継来〈着水干装束、浮線綾白水干繍竜、紺葛袴、紫衣〉、生年十一歳、容顔美麗、進退叶度、先弾尋陽之曲、次有連句之興、云彼云是、得其骨、足歎美、及晩帰了、余志与手本二巻〈和字漢字各一巻、行成中宮宣旨等筆也〉、裏紅薄様、件人能書之由、仍尋取見之、実垂露之点、有其勢、仍感荷之余、余与扇一本〈故殿御筆也〉、為謝彼悦、今日所来也云々、観性法橋相具、密々所来也、

これ以前に公継に能書の噂があったことから、兼実は父忠実の筆になる扇を贈ったところ、その謝礼としてこの日に公継は来たのであったが、まだ十一歳に過ぎない公継の姿や態度、そしてその弾奏や連句などの芸能を見て絶賛し、手本として藤原行成や中宮宣旨などの手になる和字漢字各一巻を与えている。ここに兼実と公継の交流が始まり、八月二十日に公継が兼実邸にやってきて琵琶を弾くと、感歎した兼実は琵琶一面を贈っている。このため翌日には父の実定から慇懃の詞が送られてきたが、兼実は公継を実定の「鍾愛の子」であると記している。

以後、公継は文治四年（一一八八）に四位に、五年に中将になるが、その都度、兼実邸に拝賀に来ており、建久元年（一一九〇）に実定から左大臣を辞するので子の公継を参議にして欲しいという頼みがあると、兼実はそれを認めるなど、兼実と実定・公継の間には強いつながりが形成されたのであった。公継の父実定が亡くなったのが、まさに長門に安徳天皇の堂の建立されることが決まった建久二年閏十二月であったことをも考えあわせると、公継が兼実の影響を受けて長門の阿弥陀堂を保護したことは十分に考えられよう。

その兼実と徳大寺家とを宗教的に結んでいた人物が、元暦二年五月二日に公継が初めて兼実の屋敷にやってきた時に、幼い公継を兼実邸に連れてきた観性である。「観性法橋相具、密々所来也」と見える。

「中納言法橋」観性は承安三年（一一七三）五月七日に兼実邸を訪れて以来、兼実と親交を結ぶようになり、とくに治承・寿永の内乱時には、兼実とその弟慈円との間に、特別な結びつきをもつようになっていた。寿永二年（一一八三）十二月十日には「法印・下官・観性三人之大願已積年序了」と記されるように（『玉葉』）、法印慈円・下官兼実と観性の三人は共通した大願を抱いていたのである。

この観性は美作前司藤原顕能の子で、天台教学を学んで法橋になったが、仁安四年（一一六九）二月に賢仁から「北尾往生院」を譲られていた(9)。

北尾往生院者、故聖人逝去之後、成荒癈之地、無一有情、爰賢仁先年之比、移住此処、相語永尊大徳、令建立堂舎、守護山内、令生樹木、而中納言法橋御房依有御要、永以所進上也、敢不可有他妨之状、如件、

仁安肆年弐月壱日

大法師（花押）（張紙）「賢仁」

この西山の往生院に観性が籠居するようになったのは、その二年前の仁安二年六月に観性が法橋頼仁らと比叡山上を放火したと訴えられたことにあったろう。(10) 観性が籠居した西山の様子は、『山槐記』の記主藤原忠親が訪れた記事からうかがえる。すなわち治承三年（一一七九）四月二十七日に西山の大原野社の西南にある善峰別所に訪れた忠親は、観性が遁世して住んでいた往生院の住房である草庵を訪れ、観性と言談しているのであった。

このように観性は広く貴族との親交があったが、なかでも兼実と実定とは深い関わりをもっていた。寿永二年九月四日に兼実邸を訪れた観性は自分が「内大臣母堂の忌」に籠もっていることを伝えるとともに、源頼朝が九月三日に国を出て来月一日に入京するという情報をも伝えている。観性は内大臣実定の母の忌日に籠もっていたのであるが、この付近の事情をよく伝えているのが「三鈷寺文書」所収の次の文書である。

右大臣家政所下　　鶏冠井殿寄人沙汰人等

可早充行故三位殿御月忌日料田参町事

神饗里

卅二坪五段小〈三斗代、貞元〉、同里卅四坪六十坪〈三斗代、貞元〉、

榎小田里

三里四段〈五斗代、貞元〉、同里十一坪六段内〈五斗代二段、貞元〉、

田辺里
　十九里四段半〈三斗代、国利〉、
　　已上御月忌料
神饗里
　卅六坪六段六十歩〈四斗代、貞元〉、同里廿七坪三段〈四斗代、貞元〉、
弓絃里
　八坪三百歩〈四斗代、貞元〉、
　　已上御忌料
右件田参町為故三位殿御月忌并御忌日用途料、所割充寄人沙汰人等、宜承知不可違失故下、
　　文治四年四月　　日　　案主大江
令大皇太后宮大属菅野朝臣　　大従主水令史清原真人
別当散位藤原朝臣（花押）

これは右大臣家の政所から出された下文であって[11]、山城の鶏冠井殿寄人沙汰人に対し、田三町を故三位殿の月忌・忌日用途料に割り当てたものであるが、ここに「右大臣」と見えるのが徳大寺実定で、「故三位殿」が実定の母に他ならない。しかるにこれ以前に次のような政所下文も出されている。

政所下　鶏冠井殿寄人沙汰人等
　可令早充行給田弐町事
榎小田三坪四段　同十一坪六段

同　廿三坪二段　　倉手里十五坪八段

右件田、中納言法橋可令勤仕給御前御祈用途料、可令充行之状、下知如件、寄人沙汰

人等宜承知不可違失、以下、

安元二年九月廿一日　　　　　　　　知家事左史生大江

令散位中原朝臣

別当皇太后宮大進藤原朝臣

散位藤原朝臣（花押）

安元二年（一一七六）九月の某家の政所下文であるが[12]、「鶏冠井殿寄人沙汰人」に対して、「中納言法橋」が御前で行う祈用途料として給田二町を与えたことを伝えていて、この「中納言法橋」が観性であり、単に「政所下」とあっても、これが徳大寺実定家であることは明らかであろう。

つまりここで観性に当てられた実定の御前での祈祷料田などを結び変えて、文治四年に実定の母の月忌の費用に当て、観性に祈祷を命じたのが先の右大臣家政所下文なのであった。

このように観性は早くから徳大寺実定に奉仕してその庇護を受けていたのであるが、さらに徳大寺家と、観性及びその系譜を引いた往生院（後に三鈷寺）との関係をよく示しているのが、次の政所下文である[13]。

中宮大夫家政所下

可早宛行善峯寺往生院不断念仏供料田参町事

在山城国鶏冠井庄間〈副坪付等〉

右件田元者、故中納言法橋之時、毎月護摩用途料、女房三位家之時、所被引募也、其所当米段別肆斗、庄本器定

拾弐石也、法橋一期之後、門弟已及両代、居諸漸推移、行法亦如廃、然而顧願主之素意、猶不致供料之違乱、爰自承久三年之冬比、依善恵聖人之興隆、於往生院修不断念仏、其行難始、用途無足之間、専為結浄土之業因、則勧進有縁之檀那、先公其一分与彼善願、因茲改件護摩用途、宛此念仏供料、凡念仏永不退転者、（中略）一衆相議、勿有偏頗、仍所仰如件、故下、

安貞二年二月四日　　　　　　知家事右官掌中原（花押）

令中務丞中原（花押）

別当助教兼山城守中原朝臣（花押）

尾張守藤原朝臣

鶏冠井庄の三町の田は観性が在世の時には毎月の護摩用途に当てられてきた。しかるに承久三年（一二二一）に往生院を引き継いだ「善恵聖人」（証空）が往生院での不断念仏の興隆を願って勧進したところ、「先公」（公継）がその一分を寄進することになり、護摩用途を改めて念仏供料に当てる措置がとられるようになった。これらのことなどを記し、公継の子「中宮大夫」実基がその点を改めて安堵したのがこの下文である。なお菊地勇次郎氏は以上にあげた「三鈷寺文書」などを用い、観性と浄土宗西山派の証空との関係について詳しく指摘している(14)。

こうして観性の活動した西山往生院は、徳大寺家の保護を得ており、さらにそこが証空の開いた浄土宗西山派の拠点となった後も不断念仏の興隆の場となっていたことがわかったことから、長門の阿弥陀寺と往生院との間にも強いつながりがあったと見られるが、さてどうであろうか。

三　阿弥陀寺と往生院、大懺法院

時代は下るが、「赤間神宮文書」文明十一年（一四七九）三月十二日の後土御門天皇綸旨を見ることにしよう。[15]

長門国阿弥陀寺、多年帰属西山門流云々、宜守四宗兼行之祖風、令専一天安泰之精祈者、天気如此、仍執達如件、

文明十一年三月十二日　　　右中将（花押）

善空上人御房

これによれば長門の阿弥陀寺は西山派に属していたとあり、長享二年（一四八八）六月二十一日の後土御門天皇綸旨にも「長門国赤間関阿弥陀寺事、久分西山之一派、遠学東土四宗云々」とあって、西山派に属していたことは明らかである。[16]また「三鈷寺文書」の文明十五年（一四八三）二月十五日に善空が記した三鈷寺置文にも、末寺として「長門州阿弥陀寺　在赤間関」が記されている。[17]

なお「阿弥陀寺別当次第」[18]によれば、善空は十六代の直意和尚と見えるが、この西山派の別当が入院するようになったのが何時のことかは明らかでない。しかし「多年帰属西山門流」とあるので、これ以前から大きな影響があったものと見られる。

そこでさらに「阿弥陀寺別当次第」を見ると、阿弥陀寺の開基は比丘尼の命阿で、建礼門院の乳母子であって、女院に仕えて少将局と号しており、文治二年（一一八六）に阿弥陀寺を再建したとある。またその後も尼に伝えられてきたが、鎌倉末期になって長全法眼が入った後、関重貞（沙弥寂恵）が檀那を引き継いで阿弥陀寺を再興し、別当は一気上人・観日上人・観一上人などの上人に引き継がれたとある。[19]

これらがどこまで事実を伝えているのかは明らかでないが、おそらく当初は、安徳天皇や平氏の関係者の女性が阿

弥陀寺に深く関わっていたことは指摘できよう。したがってそこには観性と関わりのあった往生院（三鈷寺）の影響があったと見られ、徳大寺家の保護を得て、阿弥陀寺は経営されていたのであろう。そうした由緒から、やがて西山派の末寺となっていったものと見られる。

こう見てくると、阿弥陀寺の創建に際して宗教的な面で大きな影響を及ぼしたのは観性であったと考えられる。観性が兼実や徳大寺家に強く勧めた結果、安徳天皇の怨霊を鎮める堂が建立されるようになったと考えられるのだが、そうなると観性に怨霊鎮謝の考えがあったかどうかが問題になろう。その際に注目されるのが慈円と観性との関係である。慈円は観性とは深い関係にあって、観性の死後には往生院を継承することにもなるのだが、二人の関係をよく物語るのが次の慈円の譲状である。(20)

譲与　私領壱所事

在山城国乙訓郡橘前司領

右件所者、師資相伝之所也、而依有二世芳契、相具次第証験等、譲与于観性法橋已了、為停止向後非論、立替七条地、所寄進天台無動寺領也、後代検校永以不可致其妨、兼又七条地所課、毎年長莚三枚之外、石灰壱斛相加可令進済也、此外臨時公事等、更以不可充催者也、彼西山門人等、永以所修作善、可資我後世菩提也、為備向後証験、寺家相共所加判也、故譲、

寿永三年二月　日

無動寺検校法印大和尚位（花押）
御目代上座阿闍梨大法師（花押）
寺主大法師（花押）

都維那大法師（花押）

これによれば「無動寺検校法印」慈円は師資相伝の山城国乙訓郡橘前司領を観性に譲与して、その西山門人による「後世菩提」の修善を求めている。このことから見ても観性の率いる西山門人が「後世菩提」を祈る存在として機能していたことがわかる。徳大寺実定の母三位の月忌に護摩を焚くことが行われ、その用途が往生院に寄附されているのも、それと同じ動きと認められる。

こうしたところから見て、安徳天皇の後世の菩提を祈り、月忌ごとに祈祷を行って怨霊鎮謝を行う場として長門の阿弥陀寺は位置づけられていたのであろう。

他方、慈円は観性の勧進によって寿永三年（一一八四）二月二十二日に雑芸によって仏を供養する報恩講を行うなど（『玉葉』）、観性から大きな影響を受けていたが、その慈円が元久元年（一二〇四）に三条白川に建立し、翌年に東山吉水に移転したのが大懺法院である。承元二年（一二〇八）に慈円がそこに寄せた願文は、「保元」以来、「姦臣・逆賊」や「武将残兵」が多数亡くなって、「雲南望郷之鬼」となり、「界西得果之道」を失っているので、その「邪心」を翻して国を護らしめたいと述べている。大懺法院はまさに怨霊を慰撫する寺であった[21]。

そのため「怨霊遺財」であるとして阿闍梨の一口には二位尼平時子が西八条に建てた光明心院の阿闍梨が引き継がれており、供僧の一人には平家の生き残りであった平教盛の子忠快が当てられている[22]。そしてこの大懺法院で慈円に扶持された「信濃前司行長」が著したのが『平家物語』であったことはよく知られており、その行長は慈円が将来を大いに期待していた九条良輔（兼実の子）に仕えていたという関係にあったのである[23]。

四　観性と永福寺

観性の影響はさらに鎌倉でも認められる。源頼朝は奥州藤原氏を滅ぼした合戦の際に、平泉の精舎を見て、数万の怨霊を鎮め、三有の苦果を救うための寺院の建立を計画すると、文治五年（一一八九）十二月九日に造営の事始を行っている（『吾妻鏡』）。これはまさに御霊信仰に基づく寺院の建立であるが、これの前提には、奥州合戦以前に鎌倉にやってきた観性の存在が大きかったと考えられるのである。以下、『吾妻鏡』を見てゆこう。

文治五年六月三日に中納言法橋観性は京都から鎌倉に参着しているが、これは天台座主僧正全玄の代官として、頼朝が母のために造営した鶴岡八幡宮の塔供養の導師を勤めることが目的であった。六月五日に頼朝の内々の仰せによって若宮別当法眼が垂髪の童や供僧とともに、観性法橋の旅宿に赴き、盃酒を勧め延年の芸能を行っている。六月八日には頼朝自身が観性の旅宿を訪ねて対面して「頗る御雑談に及んだ」という。

こうして九日に観性が導師となって御塔供養が盛大に行われると、それが終わった後の十一日に今度は観性が御所に招かれ、塔供養が無事に終わったことについて賀の仰せが伝えられ、献盃の後に、沙金十両・銀剣一腰・染絹五十端が贈物として渡され、「終日御談話」に及んだという。

この供養が終わるのを待って、十三日に奥州の藤原泰衡の使者が殺害された源義経の首を腰越浦に持参し、その実検が和田義盛と梶原景時によって行われている。これは塔供養が済むまで延期されていたことであるが、観性にはかつて兼実の依頼によって義経の追捕を祈念した経験もあり(24)、この時に頼朝に怨霊の鎮魂を強く勧めたことであろう。こうして十八日に観性は帰洛するが、その際に馬や金銀以下の重宝が頼朝から贈物として与えられたという。

このような経緯からすれば、頼朝が企画し、奥州の二階大堂大長寿院に倣って建立された、怨霊鎮魂の寺院二階堂（永福寺）には観性の影響が大きくあったことが考えられる。

ただ奥州の騒動が続いたことからその造営は延期され、頼朝が上洛して鎌倉に帰った後の建久二年（一一九一）二月十五日に、頼朝はその寺地を決めるために大倉山辺を歴覧して定めている。造営が始まると、建久三年八月二十四日には池が近国の御家人から提供された人夫によって掘られ、庭の立石は専門家の静玄が設計し、各地から庭石が集められている。建久三年十月二十五日には惣門が立てられ、二十九日には扉と仏後の壁画の完成をみているが、その壁画は修理少進季長が円隆寺（毛越寺金堂）を模したものであったという。十一月二十日には造営が終了し、二十五日に堂供養が行われたが、導師は近江国園城寺の大僧正公顕であった。

以上の造営の経過を見ると、永福寺は堂そのものは二階大堂大長寿院に倣ってはいたが、作庭に趣向が凝らされ、扉と仏後の壁画が円隆寺に倣ったとあることから見て、同じ平泉の毛越寺にその範が求められているのがわかる。

翌年の建久四年十一月八日には永福寺の傍らに薬師如来像を安置した御堂の供養のために導師に前権僧正真円を招き、その願文が到着すると、十一月十一日に御堂供養の布施物の事が定められ、二十七日に供養が行われている。さらに、永福寺の郭内に伽藍の建立が図られ、建久五年七月十四日に上棟している。十月十三日にはこの新造堂の供養を年内に行うべく、導師として東大寺別当僧正を迎えるために右京進季時が使節として上洛し、十一月七日には新造御堂の扉が立てられ、頼朝がこれを監臨し、十二月二十六日に永福寺内新造薬師堂の供養が導師前権僧正勝賢により行われている。

こうした永福寺の造立と形成過程を見ると、当初は観性に影響を受けて怨霊鎮撫の寺が構想されていたものが、やがて修法・修行の場というよりは、平氏の福原の別荘や、摂関家の宇治の平等院、あるいは奥州藤原氏の毛越寺などのような、別業の佳麗な寺院としての性格を濃くしていったことがわかる。そのことは、頼家の時代になって、正治二年（一二〇〇）閏二月二十九日に「郢曲」の宴が開かれ、建仁三年（一二〇三）三月十五日には永福寺一切経会が開かれ、その舞の様は「煙霞眺望、桜花艶色、有興有感」というものだったということからもうかがえよう。

おわりに

平氏の滅亡後に長門や京、鎌倉に建てられた怨霊鎮魂の寺院の性格が本稿により多少なりとも見えてきたように思う。そこでは観性という一人の僧の存在が大きかった。おそらくこの段階を経て、次に『平家物語』の成立の時期を迎えることになるのであろう。

その場合、鎮魂の寺院建立の段階とはもう一つ違った事情が投影していると見られるのであるが、しかしそうではあっても、この鎮魂の寺院建立の時期における問題が『平家物語』の成立に様々な形で影響をあたえたことは疑いない。たとえば本稿で見た徳大寺実定にまつわる物語が『平家物語』に多く見えるのも無関係とはいえまい。

注

（1）五味『平家物語、史と説話』（平凡社　一九八七）
（2）五味『書物の中世史』（みすず書房　二〇〇三）
（3）「鹿島神社文書」（『鎌倉遺文』五六一号）
（4）「鎮守八幡宮文書」一号（赤間神宮編『重要文化財赤間神宮文書』（吉川弘文館　一九九〇、なお『鎌倉遺文』一三四二号）。阿弥陀寺は神仏分離にともなって、明治八年に赤間神宮と改称されている。
（5）「赤間神宮文書」一号（『鎌倉遺文』四五九〇号）
（6）「赤間神宮文書」二号（『鎌倉遺文』五一三八号）
（7）『今物語』『平家物語』
（8）文治四年四月日徳大寺実定家政所下文（「三鈷寺文書」『鎌倉遺文』三二三号）を受けて出されている文治四年四月日の

下文（「三鈷寺文書」『鎌倉遺文』三三二四号）の奥に「皇太后宮少進藤原朝臣」と署判を加えている人物は、『山槐記』元暦元年二月二十日条に「皇太后宮少進」として見える藤原懐長と考えられ、たしかに懐長は徳大寺家に仕えていたことが知られる。

（9）仁安四年二月一日賢仁譲状（神田喜一郎氏所蔵「三鈷寺文書」『平安遺文』三四八八号）

（10）『兵範記』仁安二年六月二十日、七月十八日条。

（11）文治四年四月日徳大寺実定家政所下文（前注8文書）。

（12）「三鈷寺文書」（『平安遺文』三七七六号）

（13）安貞二年二月四日徳大寺実基家政所下文（「三鈷寺文書」『鎌倉遺文』三七一四号）

（14）菊地勇次郎「西山義の成立」（『源空とその門下』法蔵館　一九八五、所収）。

（15）『赤間神宮文書』五八号

（16）『赤間神宮文書』五九号

（17）「三鈷寺文書」（東京大学史料編纂所の写真による）

（18）『赤間神宮文書』六四号

（19）「長門国阿弥陀寺別当相伝系図」は次のように記している。

建礼門院御乳母子号少将局　開基比丘尼命阿――少将局息女　尼照阿――号平三子　尼生阿――尼慈阿――安楽寺留守　長全法眼

（20）寿永三年二月日慈円譲状「三鈷寺文書」（『平安遺文』四一三八号）

（21）五味前注（1）書

（22）建永元年月日　大懺法院起請条々（「門葉記」『鎌倉遺文』一六五九号）

（23）五味前注（1）書及び『明月記の史料学』（青史出版　一九九九）。

（24）『玉葉』文治三年五月四日条。

阿弥陀寺院主四代・時衆・平家物語

砂川　博

1　はじめに

わたくしは、『國文學　解釈と教材の研究』二〇〇二年十月号に「赤間神宮（阿弥陀寺）―安徳・平家鎮魂の風景」（以下、旧稿と称す）という小文を発表し、その2　安徳・平家鎮魂の営み、3　阿弥陀寺と赤間関時衆において、「建礼門院御乳母息女少将局」こと、阿弥陀寺中興開山命阿の素性定かならざること、その息女たる照阿については実在の可能性があるものの必ずしも分明とは言えず、続く生阿、慈阿もまた同様であること、また、命阿以来四代を「時宗尼寺」とする寺内の「伝承」が生まれた要因は、応永二十一年（一四一四）遊行第十四代太空による斎藤別当実盛の亡霊供養、同二十三年足利義持による時衆の諸国自由往来の許可、遊行十五代尊恵（在位期間は応永二十四年〈一四一七〉～永享元年〈一四二九〉）による安徳天皇（其阿弥陀仏）の『時衆過去帳』記入を契機とし、格式を誇る長門国府の尼衆が阿弥陀寺に出入し始めたことに求められるであろうこと、上記「伝承」は『風姿花伝』の猿楽起源伝承、或いは覚一本平家物語巻十　海道下の蝉丸伝承に等しい「河原巻物」の類であろうことなど、述べた。

しかし後述するように、長門国府尼衆の阿弥陀寺参入時期は別として、照阿（照阿弥陀仏）については重大な史料の見落としがあり、その実在がはっきりした。日ならずして稿を改めざるを得ないのはまことに忸怩たるものがあるが、旧稿の不備、失考を読者、関係者各位にお詫びして、紙幅の関係で書き得なかったこと、阿弥陀寺初期の「院主」[1]などについて知り得たことなどを訂正旁々報告しておきたい。

2　阿弥陀寺院主四代

まず命阿について、その素性・出自が必ずしも明らかではないことは、旧稿に述べたところと基本的に変わらない。すなわち、永正十六年（一五一九）三月、ときの阿弥陀寺別当秀益の手に成る「阿弥陀寺別当秀益申状案」[2]に「建礼門院御乳母息女、少将局」とあり、同じく秀益の筆に成る「長門国阿弥陀寺別当相伝次第」[3]、元文四年（一七三九）正月、三十四世増盈が記した「赤間関阿弥陀寺来由覚」[4]、石田拓也氏の紹介になるもので、年代不明ながら「世系図」としては「他のものより詳細」な「聖衆山阿弥陀寺大司氏世系」[5]でも同様であるが、明確な傍証に欠ける。

旧稿にも紹介したように命阿については、今川了俊『道行きぶり』には「知盛の卿女の少将の尼」と記されているが、寺内の「伝承」としては、その名を「少将局」「少将の尼」としながら、その出自については「建礼門院御乳母息女」として概ね信じられてきたらしい。問題は、こうした「伝承」の信憑性である。この点については旧稿や「「道行きぶり」の平家伝承を読む」[6]にも一部述べたが、ここでも再度補っておきたい。

言うところの「建礼門院御乳母」とは、権大納言藤原邦綱の四女従三位綱子（『尊卑分脈』）のことだが、角田文衛氏は『平家後抄』（朝日新聞社　一九七八）「索引」のなかで、この綱子とともに平時信の女の帥局を挙げている。しかし揚げ足を取るようだが角田氏は、この帥局について、本文（二二一、一九五頁）では『山槐記』治承三年（一一七九）二月十日によって建礼門院の「近習の人」、「仕えた女房」と記すのみで「御乳母」とはしていない。『尊卑分脈』でも当該の女性（時信第六女）は「建春門院帥」と注されており、帥局は「建礼門院御乳母」ではなかったようだ。

ところで麻原美子編『長門本平家物語の総合研究第二巻校注篇下』（一五九三頁、勉誠出版　一九九九）は、寂光院に隠棲した建礼門院の侍尼の一人を紹介する条、

女院の御乳母に、輔典侍殿、老人にてそおはしましける（巻第二十　灌頂巻事）。

の「輔典侍殿」に付した注（七）において、

女院の乳母で老女とすれば、帥典侍ではなく帥局か。女院の叔母に当り、建春門院に仕え、後建礼門院に仕えた（角田文衛）。

と記している。括弧内の角田文衛とは、言うまでもなく、前掲の『平家後抄』の考証を指すのだが、もしこの解釈が認められれば、当然帥局が「建礼門院御乳母」であったことになる。

この点、文化四年（一八〇七）五月に書き上げられた「赤馬関　阿弥陀寺来由覚」(7)でも、命阿を「建礼門院御乳母帥の内侍の御女少将の局」とするが、先に見たように帥局に「息女」があった形跡はなく、やはり命阿を「建礼門院御乳母息女」とするには根拠が薄弱と言わねばなるまい。

付言すれば、上に引いた長門本の一五九三頁頭注3によれば、内閣文庫蔵本明和六年本では「輔典侍」の「輔」に「帥」と「傍書」されている由。しかしその場合でも、「帥典侍」となり、それは平時忠の北の方にして安徳天皇の乳母となった人物のことで、やはり建礼門院の乳母ではない。

いずれにしても建礼門院の乳母に「息女」がいた可能性はなく、したがって命阿を「建礼門院御乳母息女」とする寺内の「伝承」に疑問符がつくことに依然変わりはない。されば、この「伝承」の芯にあるものをどう考えればいいのか。問題の核心の一つはここにある。

ここで視点を変え、阿弥陀寺創建に至るまでの事情を『玉葉』に見る。

周知のように、ここ長門国赤間関に「上先帝を始め奉り、凡そ戦場終命の士卒等のため、永代の作善」として「一堂を建て」ることが発議、企図されたのは、壇ノ浦合戦から間もなくの元暦二年（一一八五）七月三日のことであった。しかしその実現は容易に遂げられず、具体化したのは、六年後の建久二年（一一九一）閏十二月二十二日のことであったという。もっともそれが、石田拓也氏の指摘[8]するように元の阿弥陀堂を再興し、そこに安徳を祀る御影堂を創建したものだとしても、着工、そして竣工は翌年か、その明くる年になったであろうが、「安徳天皇の怨霊を鎮め」（建久二年閏十二月二十二日条）、「亡命士卒の滅罪」（同建久二年閏十二月十四日条）を祈る営みはいったいどこの誰に課せられのであろうか。

常識的にみれば、その規模がどうあれ、ときの朝廷の発議になる「一堂」の「院主」（当初は「別当」という呼称ではなかった。後述）として安徳天皇や平家一門と有縁の者が選ばれなかったとは考えられない。実際、安徳と同時に慰霊鎮魂の対象となった（『玉葉』建久二年閏十二月二十二日条）崇徳天皇の場合には、上皇有縁の人々が関与していたのである[9]。このことからすれば、安徳天皇、そして平家一門などの鎮魂を企図する「一堂」の「院主」として、その関係者が就いたであろうことは容易に想像できる。問題は、それが果たして寺内の「伝承」に言う「建礼門院御乳母息女」であったかどうかである。命阿の出自・素性は依然として不明と言わざるを得ない。

この点について、宝永七年（一七一〇）の『豊府志略四』の「阿弥陀寺真言宗　附八幡」には[10]、

後鳥羽院ノ御宇、先帝ヲ弔ハレンカ為、頼朝卿ニ仰テ、当寺ヲ造営セラル、其中興命阿トス、命阿建礼門院ノ官女少将局是ナリ。

と見えることも付言しておきたい。「官女」が「御乳母息女」の目移りによる誤写であれば何と言うこともないが、

果たしてそう断じ得ることができるかどうか。

それ以上に問題になるのは、やはり命阿が文治二年（一一八六）に阿弥陀寺を「開山」したという「伝承」（前掲「阿弥陀寺別当秀益申状案」など）である。既述のように、「一堂」建立が正式に決定したのは建久二年（一一九一）閏十二月二十二日のことであった。命阿が壇ノ浦合戦の翌年、再び赤間関に下向したというのはあり得ないことではないが、以下に述べる命阿の「息女」だとする（前掲「赤間関阿弥陀寺来由覚」、「長門国阿弥陀寺別当相伝次第」「聖衆山阿弥陀寺大司氏世系」）第二世照阿との関係から見ると、その可能性は限りなく低いと言わざるを得ない。

そこで次は照阿こと、照阿弥陀仏について検証する。上述のように旧稿では、その存在については疑念があるとした。だがこれは明らかにわたくしの史料の見落としで、照阿こと尼照阿弥陀仏は確かに存在していたのである。嘉禎四年（一二三八。一連の文書の解説をした今江廣道氏は三年の誤記とする）五月二十五日付けの「長門国宣」（前掲『重要文化財　赤間神宮文書』）を挙げよう。

（菅原為長）
（花押）

阿弥陀寺不断念仏料田事、本免七町之上、今五町、任前司・前〻司之例、猶所被免許也、子細載庁宣、賜尼照阿弥陀仏了、早可令施行給、彼拾弐町不輸段米・万雑事等、且為善事、又為行事、可令免除給者、依　国宣執達如件、

（別筆）
「嘉禎四年」
五月廿五日　　右衛門尉大江（花押）奉

謹上　長門御目代左衛門尉（中原某）殿

この文書は「知行国主菅原為長より目代左衛門尉中原某に対し、阿弥陀寺免田十二町歩を免許した庁宣の施行を命じた文書」[11]（今江廣道氏）だが、ここに「尼照阿弥陀仏」の名を確認することができる。

一方、上記免田における「殺生禁断」を命ずる嘉禎四年七月廿七日付け「関東下知状」[12]には「院主照阿弥陀仏」とあり、「院主」の職にあったことも併せて判明する。ちなみに、「院主」が「別当」でもあったことは、正安三年（一三〇一）八月廿五日付け「長門守護北条時村袖判御教書」[13]に見える「阿弥陀院主重貞」が、四年後の嘉元三年（一三〇五）八月五日の日付をもつ北条宗宣、師時発給文書[14]のなかで「阿弥陀寺別当重貞」と記されていることに明らかである。

問題は、その照阿弥陀仏の生没年だが、遺憾ながらわからない。しかしはっきりとはしないまでも、ある程度のことが言えそうな史料はある。『鎌倉遺文』第十八巻（東京堂　一九八五）所収の一四〇一五号文書を引く。

長門国赤間関阿弥陀寺免田事

右、任庁宣并嘉禎四年七月廿七日関東御下知、為不輸免、院主照阿弥陀仏可令領知之状如件、

弘安三年七月十二日　平（北条兼時）（花押）

これによって、弘安三年（一二八〇）七月の時点で照阿弥陀仏がなお存命していたことがわかる。しかしこの時、何歳であったのか。その辺りのことは旧稿でも詮索したが、もう一度改めて検証しておこう。

上掲の「伝承」では、命阿が阿弥陀寺「開山」となったのは文治二年（一一八六）だとする。仏門に帰依した後に

出産することはあり得ないから、「息女」照阿弥陀仏の誕生はどんなに遅くともその前年文治元年のこととなる。とすれば、右に見た文書の弘安三年には、照阿弥陀仏は九十五歳。藤原道長の嫡妻源倫子（九十歳）や、平清盛の曾孫で北山の准后と呼ばれた藤原貞子（百七歳）の例もあるから、全くその可能性がないとも言い切れないが、しかしそれにしても如何にも長命である。もし文治元年以前に産まれていたとすれば優に百歳に届くわけで、いくら何でもそれはあり得まい。

一方、寺内の「伝承」（「阿弥陀寺別当秀益申状案」「阿弥陀寺境内図識語」[15]）では、「開山」命阿より第五代別当長全まで「星霜一百五年」とあるから、文治二年から百五年後の正応三年（一二九〇）までの間に五人の院主、別当が存在したことになる。先に引いた史料からすると、照阿弥陀仏の場合、どんなに少なく見積もっても嘉禎三年（一二三七）から弘安三年（一二八〇）までの四十四年間、院主を勤めていたことになる。ひょっとしたらその在任期間は五十年を超えるかもしれない。むろん、命阿の在任期間は不明である。

だがそれ以上に問題なのは、右の「伝承」が事実とした場合、結果として照阿弥陀仏存命の弘安三年以後、正応三年に至る僅か十年程の間に、生阿、慈阿、長全の三人が院主、別当となってしまうことである（前掲「赤間関阿弥陀寺来由覚」、「長門国阿弥陀寺別当相伝次第」「聖衆山阿弥陀寺大司氏世系」）。これまたあり得ぬことではなかろうが、今度は上記三人の在任期間が如何にも短くなり、やはり疑問が残る。

ちなみに、前掲「聖衆山阿弥陀寺大司氏世系」によれば長全の次の別当は重貞だが、その重貞が正安二年（一三〇〇）に別当職に就いていたことは上に見た通りである（前掲「長門守護北条時村袖判御教書」、後述）。正安二年と言えば長全在職中の正応三年――それは命阿から「星霜一百年」に当たる――から数えて十一年目となり、長全は少なくとも十一年以上の間その職にあったものと想定される。

翻って、命阿、照阿（照阿弥陀仏）、生阿、慈阿の尼四代に話を戻せば、史料上明確な照阿弥陀仏はともかく、「建礼門院御乳母息女」との「伝承」をもつ命阿、とりわけその在職期間をじゅうぶん明らかにし得ぬ生阿と慈阿についても、その存在についてはなお疑念が残ると言わざるを得ない。この点、旧稿に述べた通りである。もっとも、命阿については照阿弥陀仏の実在が明らかになった以上、それにかかわる「伝承」も一定の事実をくるんだものと見ることもできよう。しかしそれすらも、命阿の「息女」照阿弥陀仏の言であったとすれば、彼女自身が「息女」であることを含めてどこまで信頼できるか保証の限りではない。別の確かな史料と突き合わせてみない限り、はっきりしたことは言えぬ。むろん、彼の崇徳院供養のごとく、その近親者、縁辺者が初代阿弥陀寺「院主」に選ばれた可能性は決して低いものではない。しかしそのことが、ただちに「建礼門院御乳母息女」を証拠だてることになるかと言えば、必ずしもそうはなるまい。命阿について、やはり確実なことは言えない。

同じく、「長門国阿弥陀寺別当相伝次第」に平二子との注をもつ生阿、そして慈阿に関してもやはり明確な判断材料がない。これをどう見るべきなのか。照阿が実在したことで、それに続く生阿、慈阿の実在も信ずるべきなのであろうか。いずれにしても、ひとまず尼照阿弥陀仏の実在が証明されたことで、阿弥陀寺の初期の「院主」が尼であった可能性は高くなった。

以上、長々と旧稿に述べたことを修正すべく論じてきた。何故、わたくしがこれほどまでに命阿、照阿、慈阿、生阿四代に拘るかと言えば、それはやはり、このときに「時宗」であったとする「伝承」が存在するからである（前掲「赤間関阿弥陀寺来由覚」）。これをどう見るべきか、改めて角度を変えて考えてみたい。

3　阿弥陀寺と時衆

命阿についても、一応言及しておくべきであろう。前掲「長門国阿弥陀寺別当相伝次第」の記すように、命阿が文治二年（一一八六）、赤間関に下向したとし、そのとき仮に十六歳であったとすると、一遍が赤間関を通過したと推される（後述）文永十一年（一二七四）の秋から翌年の建治元年秋には既に百歳を越えていたことになり、一遍と会った、或いは帰依した可能性はまずあるまい。

次に、照阿こと、照阿弥陀仏。上述したように在任期間は不明ながら、史料上確認し得る嘉禎三年（一二三七）から弘安三年（一二八〇）までの四十四年間、「院主」であったことはまちがいない。しかし実際には、これより長く「院主」の地位にあったと考えられる。

そこでいま、この間の一遍の足取りを『一遍聖絵』[16]に辿れば、文永十一年（一二七四）二月、超一ら「同行三人」を伴い伊予を出立。天王寺で念仏賦算を始めた後、高野山に詣で、同年夏、熊野本宮に至り熊野神の託宣を得、新宮、那智を出で、「京をめぐり西海道をへ」、建治元年（一二七五）の秋、再び故郷に戻っている。問題になるのは、まずこの時期であろう。その遊行経路からみれば、一遍が赤間関に足を留めた可能性はないわけではない。

一遍の赤間関留錫の可能性については金井清光氏が、「山陽道の時衆史（長門）」[17]のなかで、赤間関最古の時宗寺院専念寺の「長楽山福生寺薬師如来縁起」が弘長年間、一遍当国修行の際に時宗に改宗したとすることに着目し、弘長は誤りで、それは九州遊行を終えて豊後から伊予に戻る途中の弘安元年（一二七八）夏のことだろうと推断している。確かにその可能性は否定しきれない。

だがわたくしは、それより早く、彼の地に足を踏み入れた可能性が高いと推断する。すなわち、上記文永十一年夏、熊野から京を経て「西海道」を下り、建治元年（一二七五）秋、帰国した際に赤間関に寄留したのではなかったか。もっともそれは、「西海道」が「南海道」の誤記ではないという条件付きである。『一遍聖絵』の記述に誤りがなければ、一遍は赤間関を通って九州へ渡ったはずである。が、仮にそうであったとして、果たしてこの折、阿弥陀寺に立ち寄ったかどうか、これが問題である。この点、『一遍聖絵』は沈黙しているが、その可能性は極めて高い。

まず見逃せないのは、一遍が篤い八幡信仰を有していた事実である。すなわち『一遍聖絵』などによれば、一遍は、建治二年（一二七六）、或いは三年、大隅正八幡宮に参詣して「とことはに南無阿弥陀仏ととなふればなもあみだぶにむまれこそすれ」との神詠を感得（第四第二段）、建治三年、或いは弘安元年（一二七八）、豊後柞原八幡宮（『他阿上人法語』[18]）に詣で、弘安九年（一二八六）冬には石清水八幡宮で「往昔出家名二法蔵一、得レ名報身往二浄土一、今来二娑婆世界中一、即為三護二念々仏人一」との託宣と「極楽にまいらむとおもふこゝろにて南無阿弥陀仏といふぞ三心」という神詠を得（第九第一段）、翌十年には播州の松原八幡宮で「身を観ずれば水のあは　きえぬるのちは人ぞなき」で始まる「念仏の和讃」を作り時衆に与え（第九第四段）、同じ頃に播州弘嶺八幡宮（『播州法語集』[19]）にも参じている。また他阿弥陀仏真教自筆かとされる『奉納縁起記』では、一遍が熊野参詣に先立って宇佐八幡宮に「参籠」し「霊夢」を得た後、石清水八幡宮に「参籠」、「領二解他力本願深意一」したことが強調されており[20]、如何にも一遍と八幡信仰のかかわりは深い。

一遍の八幡宮参詣の記録は上記の通りだが、いみじくも金井清光氏が「一遍の和歌と連歌[21]」のなかで説くように、八幡神は融通念仏の守護神にして武家の守護神でもあった。武士出身で、しかも「融通念仏すゝむる聖」（『一遍聖絵』第三第一段）たる一遍が行く先々で土地の八幡神と積極的に結縁しなかったはずはない。上記の豊後柞原八幡宮参詣について『一遍聖絵』は一切触れぬが、こうした事例は数多くあったに違いない。

されば、境内に「地主」神として「宇佐分身之霊祠」＝八幡神を祀ってきた阿弥陀寺（前掲「阿弥陀寺別当秀益申状案」）。なお「赤間関阿弥陀寺来由覚」などの伝えるところでは、貞観元年〈八五九〉行教和尚が宇佐八幡宮を勧請したとある）に参詣したことはじゅうぶん考えられる。ましてすぐその傍らには、同じく貞観元年創建の伝承をもつ亀山八幡宮までもが鎮座しているのである。一遍の阿弥陀寺留錫はあったとみた方がむしろ自然であろう。

併せて見逃せないのは、祖父河野通信の存在である。改めて言うまでもなく通信は、彼の壇ノ浦合戦の際、河野水軍を率いて参戦、平家一門を滅亡に追い込んだ立役者の一人でもあった。しかしその河野一族も、四半世紀後の承久の乱では宮方として敗北、通信は奥州江刺、そして叔父通末は信州伴野に流される。[22] 彼らもまた平家一門同様、「盛者必衰」の理を自ら体現する身となったのだが、ここで注目したいのは、外ならぬ通信の孫一遍と聖戒が、この一門を襲った苛酷な運命に悲痛の思いを抱き続けていた事実である（『一遍聖絵』第五第三段）。

弘安三年（一二八〇）の晩秋、一遍・聖戒は奥州江刺の郡に設けられた通信の「墳墓」を遥々訪い、その「追孝報恩のつとめをいたし」、「転経念仏の功をつ」んだ。一遍の念仏勧進の目的が、まず「衆生を利益」するところにあり（『一遍聖絵』第一第四段）、絵巻制作の目的もそうした一遍の「行状」を語るところにあった（第十二第三段）ことからすれば、このような私的営みを詞に著し、絵にすることは、聖戒自ら課したその制約を大きく踏み破るものと言わざるを得ない。しかしそうせざるを得なかったほどに、一遍、そして聖戒は、河野一族を襲った悲劇に無関心ではおられなかったのである。

翻って、配所の祖父通信、叔父通末らの鎮魂供養に心を砕く一遍が、その通信が滅亡に追い込んだ平家一門ゆかりの壇ノ浦――そこは、平家一門とは規模は違いながらも等しく「盛者必衰」の理を生きねばならなかった河野一門繁栄の始発の地でもあったが――に差しかかって、安徳・平家一門の亡霊を弔う阿弥陀寺に足を留めることがなかったとはとうてい考えられまい。ましてそこには「融通念仏の守護神」たる八幡が古くから祀られていたのである。

それからほぼ百年後の応安四年（一三七一）には九州探題今川了俊が（『道行きぶり』）、さらに百年後の文明十二年（一四八〇）には連歌師宗祇（『筑紫道記』）が、ともに安徳天皇・平家一門とは無縁の身ながら阿弥陀寺に参じていた。このような出自をもつ一遍が、この寺に足を留めなかったはずはない。「西海道」を経て伊予に立ち戻ったとする『一遍聖絵』の記述にまちがいなければ、一遍の阿弥陀寺参詣は確かな事実であったとみなければなるまい。

問題は、その際、彼の院主照阿弥陀仏と一遍との対面、帰依があったかということである。残念ながら、それを明証する史料はない。が、寺内には命阿以来「四代時宗尼寺」だとする「伝承」の存在したこともまたまぎれもない事実である（前掲「赤間関阿弥陀寺来由覚」）。それに加えて、彼らが阿号、阿弥陀仏号を有していた事実もある。この法名こそ、彼らが一遍時衆に帰依したことを示すに何よりの証拠だと考える向きもあろう。

だが阿号、阿弥陀仏号は必ずしも時衆であることに直結するものではなかったし、[23]また時衆の場合、尼衆で阿弥陀仏号を名乗る者は皆無ではないものの極めて少数であった。阿弥陀仏号は原則として僧衆に付せられていたのである。現に、一遍の遊行にしたがった尼衆に阿号、阿弥陀仏号をもつ者は一人もいない。[24]阿弥陀仏号を名乗る尼衆は、他阿弥陀仏真教の正応六年（一二九三）条に記された仏阿弥陀仏が最初である。法名の故をもって照阿弥陀仏が一遍に帰依したとし、阿弥陀寺が「時宗尼寺」であったと断ずることは行き過ぎである。ことは、生阿、慈阿の場合もまた同じである。

とは言え、一遍時衆成立以前の命阿は別として、照阿（照阿弥陀仏）、生阿、慈阿の三人が時衆ではなかったという明確な証拠が出てこぬ限り、「四代」はともかく、三代が「時宗尼寺」ではなかったと言い切れないとする向きもあろう。いったい、このような「伝承」はどのようにして生まれたのであろうか。迂遠ながら、この点、少し別角度から眺めてみたい。

旧稿にも紹介したが、『時衆過去帳』に赤間関時衆を見い出すことのできるのは七代託何の時代、

文和二年正月八日条　宿阿弥陀仏（赤間河口）

が最初である。文和二年と言えば西暦一三五三年に当たるが、それより早く康永元年（一三四二）から二年にかけて託何が山陽道を遊行した事実がある。[25]上記の宿阿弥陀仏は、その折に時衆となったのであろう。この時期になってようやく赤間関にも時衆の教線が延びたのである。

すると当然、照阿弥陀仏が「院主」であった弘安三年[26]（一二八〇）から、長全が別当となった正応三年（一二九〇、前掲「阿弥陀寺別当秀益申状案」）の間に、阿弥陀寺が時衆化し、生阿と慈阿が時衆であった可能性はないこととなる。もっともその一方で、たとえば『時衆過去帳』や託何の『条条行儀規則』などの記述の有無によってことを判断するのは早計だとの疑義を呈する向きもあろう。確かに、たとえば一遍、他阿の時衆について言えば、そこに記されているのは随行の僧衆、尼衆のみであり、それ以外の帰依者の法名は記されてはいない。『時衆過去帳』の記載が全てではないというのも頷けないわけではない。

だがそうだとしても、照阿弥陀仏が一遍に帰依し、阿弥陀寺が「時宗」となったというのも、やはりにわかには信じ難い。と言うのも外でもない。生前の一遍が、賦算はしても道場を作らなかった事実が一方にあるからだ。その意味でも照阿弥陀仏の院主の時代に阿弥陀寺が時衆化したとは考えられない。また、一遍の入滅後、正応三年（一二九〇）新たに教団を組織した他阿弥陀仏真教は、「百所に及」ぶ道場を開いたが（「有阿弥陀仏へつかはす御文」前掲『他阿上人法語』）、北陸から信濃、甲斐、関東を遊行しただけで、一遍のように西国にまで足を延ばしてはいない。他阿の時代でも、やはり阿弥陀寺の時衆化はあり得ない。命阿はもちろん、照阿弥陀仏、生阿、慈阿の時代「時宗」であっ

たとするにはやはり具体的な証拠に欠ける。

それにしてもなぜ「四代時宗」という「伝承」が生まれたのか。そこで想起されるのは、旧稿にも触れた、命阿から慈阿までの四世が「西山派浄土宗」であったとする「伝承」である[27]（前掲「聖衆山阿弥陀寺大司氏世系」、「赤馬関　阿弥陀寺来由覚」）。わたくしがこの「伝承」に殊更注目する所以は、彼の一遍が西山派の宗祖証空の弟子聖達に学んでいる事実と、七代託何以前の、すなわち三代智得、四代呑海、五代安国、六代一鎮らが法然―証空―聖達―一遍と続く法然の門流であるという意識を強く抱いていたとする長澤昌幸氏の指摘[28]があるからだ。この「西山派」であったとする「伝承」が、いつしか「四代時宗」にすり替わった、或いは苗床になった可能性もないわけでもない。

だが果たしてそれだけか。外に何らかの理由は見いだせないのであろうか。悉皆調査と言えぬまでも、阿弥陀寺内部に残された史料についてはきちんと目配りしておかねばなるまい。

そこで、改めて明和二年（一七六五）三月に書き上げられた前掲「長門国阿弥陀寺別当相伝次第」を見ると、そこに少し気になる記載がある。もっともそれ自体、三十八世意宝高観の「識語」のごとく別当名に記入漏れがあり、史料性に疑問がないわけではない。故に当然、使用の際には限界が伴うのだが（後述）、念には念を入れてということもある。無駄だと言われるかもしれぬが、旧稿のような失考を避けるためにもひとまず可能性の有無だけでも探っておくことにする。

元徳三年（一三三一）二月二十一日に没した当寺「大檀那」の沙弥光阿、同じく貞和二年（一三四六）三月十五日に没した「大檀那」沙弥音阿に注意したい。「大檀那」と記されている以上、当然、阿弥陀寺の最大の庇護者を意味する。この場合、阿号が即時衆の法名足り得ぬことは繰り返し述べた通りだが、それでも手掛かりの一つであることには変わりない。

長門国阿弥陀寺別当相伝次第

（別筆）「中興」開基比丘尼命阿　于時建礼門院御乳母子　号少将局　再二興　文治二年丙午建当寺一ヲ

（別筆）「元和元マテ四百廿年」

二世　尼照阿　少将局息女

三世　尼生阿　号平三子

四世　尼慈阿

五世　長全法眼　安楽寺留守

六世　一気上人

当寺大檀那　沙弥寂恵　（別筆）覚実居士　俗名重俊

関左衛門尉重貞　受長全譲再興当寺、自正応二己丑至永仁二年甲午造畢、当寺江寄附田三千石、内千石、八幡宮長日各□□諸祈祷其外天皇毎歳（マヽ）天皇御報会料、内千石、修補料トス、

七世　観日上人　此代任ス二僧正一ニ

同右　沙弥光阿　養父左衛門尉道武　元徳三辛未二月廿一日

八世　観一上人

同右　沙弥音阿　養父又三郎　貞和二丙戌三月十五日　俗名道祐

九世　明海上人

十世　信意大徳（以下略）

上述のように七代託何は康永元年（一三四二）、或いは二年、長門を遊行していた。沙弥音阿の没した貞和二年には赤間関周辺に時衆の教線が延びていたことは確実である。そうであれば当然、沙弥音阿が時衆であった可能性も視野に入れておく必要があろう。また、そういう「大檀那」に支えられた阿弥陀寺もまた時衆寺院であった可能性も出てくる。帰依する者と帰依される側が宗旨を異にするということは、厳密な檀家制度のなかった時代とは言え、まずあり得まい。

先を急ぐまい。この沙弥音阿が実在したどうかがまず問題だ。管見の限りでは、これを傍証する史料はない。しかし側面から、これを証拠立てる手掛かりはある。迂遠な方法だが、当寺「大檀那」沙弥寂恵の実在を検証することで、「大檀那」

沙弥音阿もまた実在した可能性のあることを述べよう。

　沙弥寂恵について、前掲の「長門国阿弥陀寺別当相伝次第」は、俗名を関左衛門尉重貞とし、長全の後を受けて正応二年（一二八九）から永仁二年（一二九四）の間に「当寺」を「再興」したと注記する。この沙弥寂恵＝関左衛門尉重貞とは、そも何者か。前掲「阿弥陀寺境内図識語」(29)を引こう。

此絵図中興命阿尼ヨリ（二字擦消）而至第五代別当長全法印、迨星霜一百五年、彼本堂・八幡宮并天皇御廟殿等悉朽損矣、長全之譲ヲ請、重貞令寺務、自正応二年企再興之営、至于永仁二年甲午首尾六箇年中、伽藍周備訖、厥殿御廟院等所〻絵図左之通、

この「識語」について今江廣道氏は、永正十六年（一五一九）に書き上げられた「阿弥陀寺別当秀益申状案」の「字句を点綴して成文したもの」と判定している。念のため、「阿弥陀寺別当秀益申状」の該当箇所を突き合わせておきたい。

自尒（開山命尼…砂川注）以降相続而至第五代別当長全法印、迨星霜一百五年、彼本堂・八幡宮并御廟院等悉朽損矣、長全之譲令寺務、自正応二年企再興之営、至永仁二年甲午首尾六箇年中、伽藍周備訖、厥殿塔廟院等所〻絵図在之。

右の点線は今江氏が施されたものをそのまま付したものだが、これを先の「阿弥陀寺境内図識語」の該所と比べると、「脱」文は明瞭である。すなわち、点線部の「長全之譲令寺務」は、本来、「長全之譲ヲ請、重貞令寺務」とあるべきであった(30)。

　これにより、正応二年から永仁二年までの間、長全の後を承けて阿弥陀寺「再興」の任に当たった「大檀那」沙弥寂恵こと関左衛門尉重貞が、外ならぬ別当重貞であったことが判明する。もっとも前掲「阿弥陀寺別当秀益申状案」

の言うように、命阿が文治二年（一一八六）に阿弥陀寺を開山し、それから一〇五年後に長全が別当職にあったとするなら、それは正応三年（一二九五）となり、重貞別当就任の時期と一年重なることになり、問題を残す。しかしこの点については、これ以上立ち入らない。

ところで先に掲げたように「長門国阿弥陀寺別当相伝次第」では、長全の後は一気上人と記されており、重貞の名は記されてはいなかった。また前掲元文四年正月の「赤間関阿弥陀寺来由」でもことは同じであった。にもかかわらず、石田拓也氏の紹介になる「聖衆阿弥陀寺大司氏世系」には長全の後は重貞となっている。いったい重貞は存在したのか、存在しなかったのか。

この点既に紹介したところだが、改めて重貞が阿弥陀寺別当であったことを明証する竹内理三氏編『鎌倉遺文』第二十九巻所収、二一九三四号文書を挙げておく。

長門国赤間関阿弥陀寺別当重貞申、当寺供田拾陸町并寺領成用名山野殺生禁断事、訴状副具書如此、彼供田并成用名者為寺領、重貞知行無相違歟、将又守護領相交否、可被注申之状、依仰執達如件、

嘉元三年八月五日　陸奥守（北条宗宣）（花押）

相模守（北条師時）（花押）

右馬権頭殿（北条熈時）

これにより、嘉元三年（一三〇五）当時、重貞が別当職にあったことが判明する。「長門国阿弥陀寺別当相伝次第」に記された「大檀那」沙弥寂恵こと関左衛門尉重貞とは、実は阿弥陀寺別当重貞に外ならず、しかも実在していたのである。このことは何を物語るか。それはすなわち、彼の沙弥音阿（沙弥光阿も含め）もまた実在した人物である可能性

が高いということではないか。むろん、その名前は前掲「赤間関阿弥陀寺来由覚」、「聖衆山阿弥陀寺大司氏世系」には見えぬ。故に、先の重貞とは違って別当職にはなかったと判断すべきであろう。

それはともあれ、沙弥音阿が「大檀那」として実在した可能性は高く、その上さらに時衆であったとすれば、彼を「大檀那」と仰ぐ当時の阿弥陀寺が時衆寺院であった可能性が出てくることは否定できなくなろう。されば、これをもって、後世の「四代時宗」という「伝承」の「苗床」と見なすこともできることになろうか。

だが果たしてそう言えるか。沙弥音阿が没した貞和二年（一三四六）の前後、すなわち七代託何が長門を遊行した康永元年（一三四二）、或いは二年頃に阿弥陀寺が時衆に転じていたと見なすことができるのであろうか。残念ながら、そうは言えない。何故なら、彼の安徳天皇が其阿弥陀仏の法名を与えられ、『時衆過去帳』に入ったのが、遊行十五代尊恵（在位期間、応永二十四年〈一四一七〉～永享元年〈一四二九〉）の時代であったという厳粛な事実があるからだ。

もし、七代託何の長門遊行時に阿弥陀寺が時衆寺院になっていたとしたら、そのとき既に安徳天皇などに対し阿弥陀仏号が与えられ、それが『時衆過去帳』に記入されていたはずである。しかしそういう事実はない。時衆による安徳天皇や平家怨霊の救済事業は、やはり応永二十一年（一四一四）三月の十四代大空による斎藤別当実盛の念仏供養、そして十五代尊恵による安徳の『時衆過去帳』記載を待って始まると判断すべきである。(31) 旧稿に想定したように、長門国府の尼衆や専念寺時衆の参入も当然それ以降のことであろうし、「四代時宗尼寺」の伝承が生まれたのもまた同様であろう。

4　平家物語と時衆

何度も同じことを繰り返して恐縮だが、赤間関に時衆の教線が伸びるのは、七代託何の康永元年（一三四二）、或い

は同二年の遊行を待たなければならなかった。その意味では、前掲『時衆過去帳』遊行七代託何条の

文和二年正月八日　宿阿弥陀仏（赤間河口）

文和二年五月十五日　信阿弥陀仏（赤間願主）

がこの間の消息を物語る史料として改めて注目される。「赤間河口」と「赤間願主」が何を意味するのか不明だが、少なくとも彼らは、文和二年（一三五三）以前に時衆となっていたはずで、それは十年前の託何の赤間関遊行を契機とすることだけはまちがいないだろう。

金井清光氏の前掲「山陽道の時衆史（長門）」の指摘にもあるように、赤間関最古の寺院は、現在下関市西南部町にある専念寺であった。その専念寺時衆として確実なのは、『時衆過去帳』遊行十代元愚条に記された、

貞治六年九月十六日　来阿弥陀仏（赤間関）

が最初である。享保四年（一七一九）に書き上げられた「時宗諸寺院明細書」[32]には「当寺二代より十二代迄皆来阿と号す」とあることが、それを傍証してくれよう。そうなってくると、上掲の宿阿弥陀仏、信阿弥陀仏のうちいずれかが専念寺初代とならざるを得ないが、どちらがそれなのか明らかではない。

ちなみに付言すると、かつて阿弥陀寺には本尊を薬師如来とする福生寺なる末寺があったとされている（前掲「赤間関阿弥陀寺来由覚」）。ところが、上記専念寺も元は福生寺と呼ばれ、薬師如来を本尊とする伝承をもつ。これは単なる偶然の一致であろうか。福生寺の薬師如来は行教を、専念寺のそれは聖徳太子を、それぞれゆかりとするけれども、寺名、本尊のみならず、寺の所在地まで同じというのは少し引っ掛かる。旧稿にも指摘したように、専念寺末寺の西楽寺の本尊阿弥陀如来像は平重盛の念持仏という伝承をもつ[33]。専念寺もまた平家伝承と無縁の寺ではなかったのである。

それはさておき、康永元（一三四二）、二年頃の赤間関に時衆に帰依する者が少なからず存在したということは、その頃から、彼ら時衆や時衆教団が、阿弥陀寺とその周辺に残る群小の平家伝承（前掲拙稿「『道行きぶり』の平家伝承を読む」）に接し、やがてその担い手の一人として、或いは安徳天皇・平家鎮魂の営みに組織的に参与したことを物語るようにも考えられる。果たしてその可能性はあるのだろうか。

むろん、このように言うわたくしの脳裏には、彼の龍谷大学図書館所蔵の覚一本平家物語奥書に見える「仏子有阿」を時衆だとする兵藤裕己氏の仮説[34]が蹲っている。その有阿が奥書に自らの名を付したのは、応安三年（一三七〇）十一月二十九日のことであった。託何の長門遊行から既に三十年近い歳月を閲している。されば、「仏子有阿」を時衆と見なすことは不可能ではない。

だが上述のごとく、時衆が教団として、つまり組織として平家鎮魂の営みに加わるのは、早くても遊行十四代太空による加賀篠原での斎藤実盛供養の応永二十一年（一四一四）か、室町幕府による時衆教団の諸国自由往来が認められた応永二十三年以降のことである。安徳天皇が其阿弥陀仏号が付与され、『過去帳』入りを果たすのは、さらに遅れて十五代尊恵（在位期間、応永二十四年～永享元年〈一四二九〉）の時代であった。応安三年の「仏子有阿」を時衆と見なすことは難しい[35]。

ところで、この時衆と平家物語の因縁浅からざる関係を最初に指摘したのは、一九七〇年十月、金井清光氏の「長門本『平家物語』の厳島縁起[36]」であった。氏は、長門本巻五所載の大隅正八幡宮・善光寺・厳島大明神の縁起が厳島を拠点とする善光寺聖の管理していたものと推断した上で、巻五そのものが厳島善光寺聖の管理下にあったこと、その厳島善光寺聖が鎌倉中期以降は実質的に時衆と同じであると主張した。その後、氏は、長門本平家物語はもちろん、それ以外の読み本系テキストの源平盛衰記の義仲関係説話、佐々木高綱説話にも時衆による素材提供を認めることができるとし[37]、さらに能「実盛」や「安宅」、題目立「厳島」などの作品もまた同断である旨の見解を提示した[38]。

問題は、こうした時衆によるテキストへの働きかけが、何時始まったかということである。むろん、それについて確かなことは言えない。しかし少なくとも時衆が組織として安徳天皇以下の平家鎮魂供養の営みに従事し始めた応永二十一年以降のことに属するであろうことはおおよその見通しとして言えるのではないか。実際、時衆の物語への関与に限らず、応永年間は、既存の平家物語の上に新たな波動が加わった時代の一つではなかろうか。

近時わたくしは、長門本平家物語の最終加筆者に関して、藤原成親の同母弟実教に始まる「琵琶法師を擁護するパトロン」（清水眞澄氏「平家物語の受容　近世（注釈史を含む）[39]」）山科家とその周辺に求めることができるのではないかとの仮説を提出し（「長門本平家物語の成立と琵琶法師[40]」）、そのなかで、山科教言がとりわけ贔屓にしていた光一なる座頭が、応永十二年（一四〇五）から十四年にかけて、断続的に四国、山陽、九州を廻り、在地の様々な伝承や地名などを山科家にもたらしたのではないかとの推測を述べた。むろん、このことと、応永二十一年に始まったかと推される時衆による安徳天皇・平家怨霊供養――それはすなわち、時衆が平家伝承の新たな担い手として登場したことを意味するのだが――とは直接連動するはずはない。ましてそれは、長門本独自の説話増補の背景にあり得たかもしれない一つの可能性についての推論でしかない。にもかかわらずわたくしは、応永という時代のこうしたささやかな動きが気になって仕方がないのである[41]。

それは外でもない。この応永という時代が、平家物語にとって新たな胎動が生じた時期と言うべきではないかと考えるからである。すなわち、彼の延慶二年（一三〇九）、三年に紀州根来寺で書写された平家物語は、外ならぬ応永二十六（一四一九）、二十七の両年に亙って転写されていたのであった。この作業が単なる転写に止まらぬ改編でもあったことは、櫻井陽子氏の一連の成果[42]に明らかだが、この新たな物語再編に一歩先んじて時衆教団による組織的な平家鎮魂供養への関与が始まっていたことは、重要な意味をもつと思うのだが、如何であろうか。

すなわち、わたくしの見るところ、応永二十一年以降、安徳天皇・平家の慰霊供養に従事し始めた時衆は、在地に残された様々な「平家伝承」の新たな担い手として登場し、それらを時衆の教線＝全国的ネットワークに乗せていったことが想定できる。(43)実際、彼の世阿は、応永二十一年の遊行十四代太空による実盛供養に促されるようにして能「実盛」を作っていたのである。(44)この異本平家物語とも言うべき作品誕生の背景には、こうした新たな歴史のうねりがあったと思わねばなるまい。世阿という名前が時衆の法名であり、世阿が時衆であったことを最初に指摘したのは金井清光氏の「世阿・世阿弥陀仏という名前は何を意味するか」(45)だが、能「実盛」の誕生は単なる偶然ではなかったはずである。

注

(1) 嘉禎四年（一二三八）七月二十七日付「関東下知状」（『重要文化財　赤間神宮文書』吉川弘文館　一九九〇）。

(2) 注（1）の書。

(3) 注（1）の書。なお同書一三八ページに、「意宝の識語にいうごとく「開基比丘尼命阿」以下「心地和尚」に至るまでは、六三の申状の筆者である秀益が書いたもの」とある。

(4) 『防長寺社由来』第七巻（山口県文書館　一九八六）。

(5) 「長門国赤間関阿弥陀寺―長門本平家物語の背景―」（『軍記と語り物』14　一九七八・一）。石田拓也氏編『伊藤家蔵長門本平家物語』解題（汲古書院　一九七七）。

(6) 『日本文学』二〇〇三・一一。

(7) 『防長寺社由来』第七巻（山口県文書館　一九八六）。

（8）注（5）「長門国赤間関阿弥陀寺―長門本平家物語の背景―」。
（9）山田雄司氏『崇徳院怨霊の研究』第四章　崇徳院怨霊の鎮魂（思文閣出版　二〇〇一）。
（10）注（5）「長門国赤間関阿弥陀寺―長門本平家物語の背景―」所引。
（11）注（1）の書の一六頁。
（12）注（1）の書。
（13）注（1）の書。
（14）『鎌倉遺文』29、二二一九三四号文書（東京堂　一九八〇）。
（15）注（1）の書。
（16）大橋俊雄校注『一遍聖絵』第三第一段、第二段（岩波文庫　二〇〇〇）。
（17）「一遍の宗教とその変容」（岩田書院　二〇〇〇）。
（18）大橋俊雄編『時宗二祖他阿上人法語』（大蔵出版　一九七五）。
（19）大橋俊雄校注『一遍上人語録―付播州法語集―』（岩波文庫　一九八五）
（20）拙稿「『奉納縁起記』考」（『中世遊行聖の図像学』岩田書院　一九九九）。
（21）『時衆文芸研究』（風間書房　一九六七）。
（22）ちなみに、一遍の信州伴野遊行を叔父通末の慰霊のためだと解したのは角川源義氏「時衆文芸の成立―遊行上人縁起絵をめぐる諸問題―」（『遊行上人縁起絵』角川書店　一九六八）が最初である。
（23）梅谷繁樹氏「中世の阿号・阿弥陀仏号について」（『中世遊行聖と文学』桜楓社　一九八八）。拙稿「尼崎大覚寺文書・琵琶法師・中世律院」「琵琶法師と時衆」（『平家物語の形成と琵琶法師』おうふう　二〇〇一）。
（24）大橋俊雄編『時衆過去帳』（教学研究所　一九六四）。
（25）託何「条条行儀規則」（『定本時宗宗典』上。一九七七）。望月華山編『時衆年表』（角川書店　一九七〇）
（26）『鎌倉遺文』18　一四〇一五号文書（東京堂　一九八五）

(27) なおこの点について今江廣道氏は、「少なくとも十六世直意から二十二世諄空まで」が浄土宗西山派とする（注（1）の書 一三八頁）。また文明十一年（一四七九）三月十二日付けの「後土御門天皇綸旨」（注（1）の書）には、「多年帰属西山門流」し、「守四宗兼行之祖風」と見える。いつから西山派に属し、四宗を兼学したのか、史料上は明確にし得ないが、後者に関しては、文化四年五月に書き上げられた前掲「赤馬関 阿弥陀寺来由覚」の「住持職世系の事」、同じく前掲「聖衆山阿弥陀寺大司氏世系」の長全の注に、尊秀に至るまで真言・天台・浄土・律四宗兼学とある。
(28) 「託何教学における宗観念」（『大正大学綜合佛教研究所年報』26、二〇〇四・三）。
(29) 注（1）の書。
(30) 注（1）の書 一四〇頁。
(31) 注（23）の拙稿。
(32) 『下関市史 資料編I』一〇八頁（下関市役所 一九九三）。
(33) 『時宗辞典』（時宗教学研究所 一九八九）。
(34) 『平家物語の歴史と芸能』（吉川弘文館 二〇〇〇）。
(35) 注（23）の拙稿。
(36) 初出『時衆研究』44 一九七〇・一〇。後『時衆と中世文学』（東京美術 一九七五）に再録。
(37) 「『平家物語』の義仲説話と善光寺聖」（『時衆文芸と一遍法語』東京美術 一九八七）。「時衆の遊行と文芸の地方伝播」（『中世芸能と仏教』新典社 一九九一）。
(38) 「能「実盛」「安宅」と時衆」「『平家物語』と題目立「厳島」」（注（37）の『時衆文芸と一遍法語』）。
(39) 『平家物語 批評と文化史』（汲古書院 一九九八）。
(40) 麻原美子 犬井善壽編『長門本平家物語の総合研究 第三巻 論究篇』（勉誠出版 二〇〇〇）。
(41) かつてわたくしは、長門本の成経説話を分析し、長門本の最終成立時期を「室町初期から大内氏の活躍した室町中期に近い時期」を想定し（『文学』一九七四・六。後、『平家物語新考』一九八二）、「大内氏時代」とする石田拓也氏の説

（「長門本平家物語に関する古記録の検討」『軍記と語り物』八、一九七二・三）に賛意を表したことがある。もっとも、この問題に関しては、たとえば松尾葦江氏などの伝本研究の成果（『平家物語論究』第三章長門本の基礎的研究、明治書院、一九八五）と擦り合わせた上で、なお考究すべきであろう。

（42）「延慶本平家物語（応永書写本）本文再考―「咸陽宮」描写記事より―」（『国文』95　二〇〇一・八）。「延慶本平家物語（応永書写本）の本文改編についての一考察―願立説話より―」（『国語と国文学』二〇〇二・二）。「延慶本平家物語（応永書写本）における頼政説話の改編についての試論」（『軍記物語の窓・第二集』和泉書院　二〇〇二）。「平家物語の書写活動―延慶書写本と応永書写本との間―」（『湘南文学』16　二〇〇三・一）。「延慶本平家物語（応永書写本）巻一、巻四における書写の問題」（『駒沢国文』40　二〇〇三・二）。

（43）注（37）「時衆の遊行と文芸の地方伝播」

（44）注（23）の拙稿。

（45）注（21）の書。『能の研究』第四部　世阿研究（桜楓社　一九六九）。

壇浦伝承を巡って

宮田　尚

1　義経の戦勝報告

元暦二年（一一八五）三月二十七日、右大臣藤原兼実は平家滅亡の第一報に接した。

毎日、克明な日記を付けていた兼実は、『玉葉』と名付けたその日記に、「平家長門国に於て伐れ了ぬ。九郎の功」（原漢文。読み下しは、高橋貞一『訓読玉葉』一九八九による。以下同じ）と、伝聞をそのまま記した。そして、「実否未だ聞かず。これを尋ぬべし」とのコメントを、いつものように付け加えた。たとえ疑わしい情報でも無視せずに書き留め、これにコメントを加えるのが兼実の流儀だ。

兼実が第一報を信用しなかった理由は、おそらくふたつある。第一は、この時期、この種の未確認情報が乱れ飛んでいたからだ。そして第二は、情報のもたらされたのが、合戦のわずか三日後である点だ。当時の常識を越えている。いかにも早すぎる。

翌日になると、平家滅亡の情報をもたらしたのは佐々木三郎という武士であることがわかった。しかし、新たにわかったのは情報源だけだった。肝心の内容に関しては、裏付けが取れない。兼実はその日の日記に「義経未だ飛脚を進らせず。不審尚残る」と、正式な報告がないことへのいらだちを書き込んだ。

義経から戦勝報告が京に届いたのは、兼実が非公式の未確認情報に接してから六日後、四月三日の夜更けであった。翌四日の早朝、とりあえずの速報が兼実の所にもたらされた。内容は、すでに聞いていることの範囲を出るものではなかった。だが、第一報の正しさが、これで証明された。

午後、大蔵卿高階泰経と頭弁藤原光雅とがあいついで兼実の許を訪れて、義経からの報告の詳細を言上するとともに、今後の対応への指示を求めた。兼実は持病治療の灸治を受けながら、障子越しにこれを聞いた。そして当日の日記に、兼実は合戦の日時、場所等を次のように記した。


去る三月二十四日午の刻、長門国団に於て合戦（海上に於て合戦すと云々）、午正より晡時に至る。伐ち取る者と云ひ、生け取る輩と云ひ、その数を知らず。…

＊

義経の戦勝報告が鎌倉に伝えられたのは、兼実が正式な報告を受けてからさらに七日後、四月十一日の昼過ぎだった。

使者が到着したとき、頼朝は亡父義朝のために建立する寺（勝長寿院）の柱立の儀に出席していた。報告書はただちに頼朝の許に届けられ、判官代の藤原邦通がひざまづいて読み上げた。大江広元、藤原俊兼らも、傍らでこれを聞いた。頼朝は、読み終わった邦通から報告書を受け取ると、遙拝すべく鶴岡八幡の方に向かって座した。だが、感激のあまり声も出なかった。

柱立の儀は、予定通りに進められた。終了後、頼朝は軍営に帰って義経からの使者を呼び、合戦の一部始終について細々と質問した。

『吾妻鏡』はこのような頼朝の動向に加えて、義経の報告書（中原信泰執筆）の全文、またはそれからの抜粋かと見られる記事を、四月十一日の項に掲載している。この中から、『玉葉』の場合と同様に、合戦の日時、場所等に関する部分を引用すると次のとおり。

去月廿四日、長門国赤間関の海上において、八百四十余艘の兵船を浮べ、平氏また五百余艘を艚ぎ向へて合戦す。午の刻、逆党敗北す。…（原漢文。読み下しは貴志正造『全釈吾妻鏡』一九七六による。以下同じ。）

2 『玉葉』と『吾妻鏡』との齟齬

『玉葉』も『吾妻鏡』も、義経の報告にもとづいている。にもかかわらず、本来同じであるはずの合戦の時間や場所に、微妙な違いがある。

すなわち、『玉葉』によれば戦いは午正（十二時）に始まり、晡時（十六時）まで続いたという。一方の『吾妻鏡』は、午の刻に戦いの決着が付いたとしている。また合戦の場所についても、『玉葉』は長門国団、『吾妻鏡』は長門国赤間関としていて、違っている。

合戦は、午の刻に始まったのか、はたまた午の刻に終わったのか。合戦の場所は、団なのか赤間関なのか。そもそも、両書ともに義経からの報告にもとづきながら、なぜこのような違いが差異が生じたのか。

3 黒板勝美『義経伝』の功罪

まずは、この差異に対する従来の対応と、その問題点である。

『玉葉』と『吾妻鏡』の、ことに義経の戦勝報告に関する部分は、壇浦合戦を考察しようとするとき欠かせない基礎資料であるはずだ。しかし、ここを視座とした論は見あたらない。壇浦合戦への考察の主役の座は、潮流がしめている。

この流れを主導したのは、黒板勝美『義経伝』（文会堂書店　一九一四。中公文庫により再刊　一九九一）だ。東京帝大助教授で、後に新訂増補『国史大系』の編纂をすることになる著名な歴史家でありながら、なぜか彼は『義経伝』の壇浦合戦の部分では、両書の記事にほとんど関心を示していない。合戦の推移と勝敗の帰趨を、もっぱら潮流によって説明している。

以来、市史や『平家物語』の注釈書、あるいは『平家物語』に取材した小説等は、『義経伝』の説にほとんど無批判にしたがってきた。ときに『玉葉』や『吾妻鏡』の記事を取りあげるものがあっても、論評抜きで併記するか、あるいは自説に都合のよい方だけを取りあげる、といった状況だ。

壇浦で作戦を展開しようとする源平両軍にとって、潮流への配慮は不可欠だ。それは疑いがない。けれども、後代、合戦の推移をたどるに際してまず検討しなければならないのは、同時代の記録だろう。ましてや、『玉葉』や『吾妻鏡』は合戦の当事者の報告書を踏まえている。これを無視する手はあるまい。潮流の検証は、あくまでも補完のための資料だ。記録への目配りを欠いたまま潮流を取りあげるのは、本末転倒というべきだろう。

思うに、論者が『玉葉』や『吾妻鏡』を敬遠したのは、記事内容に差異があることで資料としての信憑性に疑いを抱いたからではないか。

もしそうだとしたら、それは錯覚だ。たしかに、両書は単純に同一レベルで扱うべき資料ではない。だが、両書の性格や、報告書の発信者側の事情、受信者側の事情等を勘案し、夾雑物を取り除けば、両書の間の齟齬は解消する。

今いうように、義経からの報告に接した頼朝は、使者を軍営に呼んで合戦の詳細を尋ねたと『吾妻鏡』は伝えている。ここに、問題を解きほぐす糸口がある。

4 使者の役割

使者は、単なる文書の運搬人ではない。文書化しにくい細部にわたる事情や、文書にすることによって機密が漏れるおそれのある情報を、口頭で伝える重要な役割を担っていた。

この点はたとえば、壇浦合戦の二か月あまり前、正確には元暦二年（一一八五）一月六日のことになるのだが、長門に派遣している範頼に宛てた頼朝の手紙の最後に、「委しくはこの雑色に仰せ含め候ひぬ」とあることによってあきらかだ。

頼朝の指示を口頭で範頼に伝えるように命じられていたのは、雑色の宗光である。彼は鎌倉を一人で発った後、京で定遠、信方の二人と合流した。この二人も頼朝の配下の雑色だ。別の用件で鎌倉から京に派遣されていた彼等を、頼朝は指名して合流させたのだ。

頼朝は雑色の名を、それも複数人覚えていた。それだけではない。彼等の勤務実態を把握していて、人事配置まで指図しているのだ。幕府を開く前の、比較的小規模な組織を統括していた時代のことではあるが、これは留意してよいだろう。

飛脚の任務を担った雑色たちを、頼朝は信頼している。信頼していなければ重要な情報を託すことなどできないわけで、それはとうぜんのことだ。統率者と使者とのこうした信頼関係は、頼朝にだけ認められる現象ではないだろう。

言うまでもないことだが、使者は雑色だけが勤めたのではない。ことに最高機密に属する情報の伝達に際しては、慎重に人を選ぶことになる。たとえば、頼政が頼朝や義仲に対平家の決起をうながす密書を送ったときには、頼朝等の叔父にあたる義盛を新宮から密かに呼び寄せて使者に仕立てている。

この時期、中央からの指示・命令や、地方からの報告は頻繁に行われている。義経や範頼も、たびたび使者を派遣している。頼朝が情報伝達の専門家として信頼できる宗光、定遠、信方等を配下に抱え、彼等を掌握していたように、義経の周辺にも、同じような職能の専門家集団がいたに違いない。

5　使者からの聞き取り

義経からの報告書を携えて京へ行ったのは、『平家物語』によれば源八広綱だ。鎌倉へ行った使者の名は特定できないけれど、おそらく彼だろう。

広綱は義経の腹心の部下だ。壇浦では果敢に戦っている。彼は合戦現場にいて状況をつぶさに見ていただけではなく、義経等現場の中枢の動きや判断を承知していて、的確に伝えうる立場にあった。

報告を受ける側にとって、使者は貴重な情報源だ。彼のもたらす情報は、もともと報告書の補完を第一義とするのだが、生きた言葉で語られる現認者の発言であるだけに説得力を持ち、時として報告書をしのぐ印象を与える可能性を秘めていたと推量される。

頼朝が期待したのも、そのような立場にある使者の補足説明だ。頼朝はとうぜん、合戦にいたる経緯とその推移を中心に、詳細な説明を求めたことだろう。

ちなみに、『吾妻鏡』のこのあたりは、日々記録された、いわゆる日録ではない。収集した資料にもとづいて、後に日録風に編集されたものだ。編集に際して利用した資料の中に、あるいは、この時の使者からの聞き書きも含まれていたかもしれない。

京でも、後白河院が広綱を坪庭に召して、合戦の次第を詳しく尋ねたという。ただ、官僚たちの関心は院のそれと違い、主として宝剣の探索状況にあったようだ。兼実は合戦に関しては結果を簡単に記しているだけで、三種の神器の行方と、都への迎え入れを案じている。

6　脚力

ところで、義経の報告書を携えて京に行った源八広綱が、そのまま鎌倉まで脚を延ばしたのではないかと右に述べた。理由は、こうだ。四国から長門へ転戦してきた義経軍に、飛脚に適任の人材が豊富であったとは考えにくい。しかも、鎌倉は京の延長線上にある。同じ方向に行くのに、わざわざ二人派遣するまでもあるまい。推測の上に推測を重ねることになるけれど、同一人物だと見ても時間的な辻褄は合う。

次のように推理してみる。三月二十四日に戦いが終わった後、二十五日は宝剣の探索に集中した。しかし、はかばかしい結果が得られない。三種の神器の確保を義経は厳しく指示されているから、宝剣がなければ完全な勝利とはいえない。さりとて、いつまでも戦勝報告を延ばしているわけにもいかない。そこで義経は、二十六日に使者を発たせた。京への使者の到着は、四月三日の夜更けであった。使者はこの日も終日歩いたとして、所要日数は八日。長門から京まではおよそ六〇〇キロだから、一日当たりの移動距離は約七五キロとなる。かなり厳しい。だが、移動可能の距離だとみてよいだろう。地理的な条件が違うから単純な比較は出来ないけれども、倶利伽羅谷合戦、篠原合戦、一の谷合戦等での、平家敗北情報の一日当たりの推定移動距離は、六〇から一〇〇キロだ。

翌四日は、京での事情聴取と休息にあてられた。使者は五日に、鎌倉に向かって再出発した。そして十一日の昼過ぎに、鎌倉に着いた。所要日数は六日半。京、鎌倉間はおよそ五〇〇キロ。一日当たりの移動距離は約七七キロ。箱根越えの難所があるけれど、これも移動可能な距離とみてよいだろう。ちなみに、飛脚のことを脚力ともいう。

7　ふたつの〈真実〉

『吾妻鏡』によれば、鎌倉にもたらされた報告書の筆者は、義経軍が帯同していた中原信泰であった。京に提出された報告書もまた、彼の手になるものであったろう。

武家向きの報告書と公家向きの報告書とは、相手の欲する情報に配慮して、あるいは多少違っていたかもしれない。しかし、合戦の場所や時間に関する部分を変える必要はない。にもかかわらず、先にふれたように違っている。

問題の個所を、再度掲げる。

玉葉　・長門国団　…　午正より晡時に至る
吾妻鏡・長門国赤間関　…　午の刻、逆党敗北す

この差異は、なにに由来するのだろうか。

一言でいえば、これは使者への事情聴取の結果が加えられているかどうかによって生じた差異であろう。

『吾妻鏡』が四月十一日の項に掲載しているのは、義経の報告書の全文、またはそれからの抜粋かと見られる。

一方、『玉葉』の筆者兼実は、義経の報告書を見ていない。先にふれたように、『玉葉』の記事は大蔵卿泰経と頭弁光雅から受けた報告にもとづいて書かれている。彼等の報告は、使者に対する事情聴取の結果を総合したものであったと推量される。重要なのはこの点だ。

義経の報告書に直接接し、それのみによって書かれている『吾妻鏡』と、義経の報告書に直接接することなく、使者への事情聴取の結果を踏まえた官僚の説明にもとづいて書かれている間接的な『玉葉』と。両書は義経の報告書に対する距離に違いがある。情報源として等質ではない。

さて、両書の関係をこのようにとらえたうえで、合戦時間の差異の成因について推理を試みる。

留意されるのは、午の刻だ。『玉葉』も『吾妻鏡』も、午の刻を前面に出している。これはおそらく、それまでの小競り合いの域をはるかに超えた、勝敗を決定づけるおおきな軍事衝突が午の刻にあったことを意味するものであろう。あるいは、安徳帝の入水や宗盛の身柄確保が、この時点で行われたのかもしれない。

それはともあれ、この激戦に勝利したことで、事実上平家を制圧したと義経は判断したのだ。ここには勝利宣言を前倒しにして功を誇りたがる統率者の心理も、なにほどか作用していよう。だが、たとえ少々強引で主観的な判断であったとしても、彼にとっては、これが〈真実〉だったのだ。彼は、自らの信ずるところを報告書に書いた。そして『吾妻鏡』は現場責任者の判断を重視して、実質的な勝利を追認した。

しかし、午の刻の大規模衝突で戦いが完全に終わったわけではない。総体としては敗北であっても、名誉にかけて一矢報いたいと願う平家の武将はいただろう。大勢が決した後も、作戦はまだしばらくは続いたに違いない。

京で合戦の詳細を尋ねられた使者は、こうした掃討戦を合戦の内に含め、それが終わった時刻をもって、晡時と答えたのだろう。義経が午の刻を勝利の時間だと判断したのと同じように、使者にとっては晡時が合戦終結時刻の〈真実〉だったのだ。京では実態を重視し、義経の報告書に使者の判断を加味して兼実に言上した。

鏑矢を射交わす開戦時と違って、終結時の判断には、主観による揺れは避けられない。源氏軍を統べる立場の義経と、見たままの現状を説明する立場の使者と。立場が違えば、おのずから終結時への認識にも差が出てこよう。一方が正しく、他方を誤りだということはできない。

なお、卯の刻に矢合わせが行われたとの『平家物語』の記事によって、壇浦合戦がこの時間に始まったとする向きもあるが、卯の刻に矢合わせをするのは、戦いのしきたりに過ぎない。覚一本『平家物語』で検すると、矢合わせの刻限が記してあるのは六例。そのうち寅が一例、他の五例はいずれも卯の刻だ。三草合戦の場合など、開戦の四日前に、すでに矢合わせは卯の刻ときめられている。

8　潮流

平家側では知盛が、源氏側では範頼が、それぞれの本隊に先駆けて長門国に乗り込んでいた。源平両陣営ともに、関門海峡で命運を決する合戦が行われるであろうことを予測していたのだ。

先乗り部隊の主要な任務のひとつに、潮流情報の収集があったろう。日によって異なるこの海域特有の激流を、どう味方につけるか。両陣営は知恵を絞ったに違いない。

しかし、皮肉なことに、合戦はたまたま潮流の影響を受けることの少ない日に行われた。『義経伝』は潮流の変化によって義経軍が劣勢を盛り返し、勝利を収めたとしているが、そうではなかった。

コンピュータの発達は、合戦当日の潮流の推定を可能にした。金指正三（ＮＨＫ編『無敵義経軍団』一九九〇）によれば、十時三十分に東流の最速時があり、その速度はわずか一・四ノットだという。しかもこれは、関門海峡の最狭部での数値だ。主戦場は、そこから東に五キロばかり離れた海峡の開口部周辺だと見られる。潮流はとうぜん、さらに弱まる。その位置からしても時刻からしても、午の刻に繰り広げられたと推定される戦闘に、潮流はなんら影響をおよぼすものではなかった。

9　合戦の場

さて、合戦の場についても、『玉葉』と『吾妻鏡』との差異の成因は、時刻の場合と同じだとみてよいだろう。すなわち、『吾妻鏡』の赤間関は報告書の記述そのままであり、『玉葉』の団は使者の判断を反映させたものだと見られるのだ。

義経軍は四国から平家軍を追尾して、壇浦には合戦の一両日前に到着したばかりだ。土地の事情にはくらい。したがって、報告書に合戦の場を書き入れるについては、地元の人物か、地元の事情に明るい人物に尋ねるほかない。義経が阿波への奇襲作戦を展開したとき、土地の人物から上陸地を勝浦だと聞き出したように。

合戦の場は、点ではなくて面だ。しかも、陸地ではなくて海上だ。義経に尋ねられた人物が、現場を赤間関沖だと答えても、なんら不都合はない。そもそも報告書に必要なのは、長門国のおよそどのあたりかを示すことだ。象徴的な地名を提示するだけでことたりる。

ところが、戦況の説明となると、そうはいかない。ピンポイントの地名が必要になる。たとえば、源氏は大島の津から船出して、壇浦、奥津に集結したとか、平家は拠点の彦島を出て赤間関を通過し、田之浦に陣取ったとか、さらには、赤間関・壇浦の海上で戦ったというように、具体性が求められる。

ちなみに、右の地名は、『吾妻鏡』の三月二十二日と二十四日の項から拾い上げたものだ。この両日の記事は、先にふれたように、義経の報告書とは別の資料によって、後日編集されたものだと見られる。資料の中には、あるいは、使者からの聞き書きが含まれていたかもしれない。

義経の使者は、とうぜん平家側の動向も把握していただろう。そうでなければ、京や鎌倉での質問には答えられない。平家側の動向は、生け捕りの取り調べで簡単につかむことが出来る。

源平両軍の布陣が『吾妻鏡』に記されているとおりだとすれば、主戦場はとうぜん壇浦になる。報告書の赤間関も許容範囲だが、より実態に近いのは、『玉葉』に見られる団だろう。団とは、むろん壇浦のことだ。団浦と書くこともある。

『吾妻鏡』の記者も、二十四日の項に示されているように、合戦が壇浦の海上であったと承知している。

10　壇浦

関門橋の橋脚の西側に、壇之浦町がある。関門橋の袂の、下関側のパーキングは、その名も壇之浦パーキング。現在では、このあたりを壇之浦と呼ぶ。

だが、地形からしても、ここは浦ではない。瀬戸だ。じじつ、江戸時代の地図には早鞆瀬戸とある。

このあたりが壇之浦と呼ばれるようになったのは、江戸時代も半ばからのようだ。

当時、物資の集散地として赤間関は栄え、大勢の人が訪れた。その中に、『平家物語』に馴染んだ人もいただろう。彼は海峡の流れの激しさに目を見張って、「門司、赤間、壇の浦はたぎりておつる塩なれば、源氏の船は塩にむかうて心ならずおしおとさる」を想起し、ここを壇浦だと思いこんだ。これをまた、観光ガイドを兼ねていた船頭などが聞きかじって無責任に後続の旅人に吹聴し、誤認の再生産に加担してしまった。

むろん、これは単なる憶測に過ぎない。けれども、江戸時代に下関を訪れた人々の道中記を総合すると、生半可な旅人の知識と、それに迎合する地元の無知という相乗効果の構図が浮かび上がってくる。

それはさておき、同じ道中記でも室町時代の作品は違う。このあたりを壇浦と呼んではいない。これははっきりしている。たとえば今川了俊『道ゆきぶり』（応安四年　一三七一）でも宗祇『筑紫道記』（文明十二年　一四八〇）でも、このあたりのことは早鞆と呼んでいる。潮流の激しい海域を早鞆・赤間関とひとくくりにしていて、呼称に揺れはない。

『道ゆきぶり』が「壇うら」と呼んでいるのは、早鞆瀬戸から東へおよそ五キロ、小さく海にせり出した串崎の東麓から、沖合に浮かぶ満珠・干珠を見渡したあたりだ。原文を引用する。

　このはまのわたりにすさきの様に出たる山侍き。くしさきといひて若宮のたゝせたまひたる所なり。其東の海の中に十余町ばかりへだてゝ、嶋二むかへり。満珠干珠なるべし。今はおいつへつとかや申めり。此うらを壇うらといふ事は…

壇具川の川口が串崎に抱かれた入り江になっていて、海峡を行き交う船にとって恰好の港であったらしい。港には船がひしめいていたようだ。

平安末期の成立とみられる編者未詳の漢詩集『本朝無題詩』に、「著長門壇即事」と題する七言律詩がある。水路で都へ向かう途中の釈蓮禅が、「長門壇」に寄港した時の情景を詠んだものだ。この詩によれば、蓮禅も了俊と同じ位置から満珠干珠を眺めている。

蓮禅の視点が串崎の東側にあることは、第四句「里社祈風供木綿」（里社に風を祈りて木綿を供ふ）に付されている次のような自注によってあきらかだ。

　遠岸に一社あり。当州の二宮と称す。舟中に於いて遙拝し、社頭に使を奉る。これ不日の順風を祈らんがためなり」（原漢文）

「遠岸」はむろん漢詩特有の誇張表現だろうが、その岸越しに彼は長門二宮である忌宮神社を遙拝したという。忌宮神社はここから北方約一キロの所にあるから、彼の乗った船は入り江の、それも西寄りに停泊していたということになる。岸の向こうに長門二宮が見え、かつまた満珠干珠が見える港の適地は、串崎の東側にしかない。埋め立てられて形状は変わっているけれど、漁港となっている今も、その面影は残っている。

ここで留意されるのが、詩の題だ。蓮禅は寄港した港を、「長門壇」と呼んでいる。港そのもの、あるいは港を含む一帯は、当時「壇」と呼ばれていたのだ。

蓮禅が寄港した正確な時期はわからない。だが、それは今はさして問題ではない。彼の閲歴から、ばくぜんと一一四〇年代頃であろうかと推定されるだけで十分だ。

壇浦合戦をはさんで、そのおよそ五十年前と二百年後に、このあたりがダンと呼ばれていた事実を、ここでは重く見たい。

11　ダンは義経軍の作戦拠点

このダンは、義経軍の重要な作戦拠点でもあっただろう。

黒板勝美『義経伝』は、三浦介義澄の案内で大島の津から奥津（満珠干珠）に着いた義経軍が、そのまま戦いに臨んだかのような説明をしている。寄港した港のことにはふれていない。八四〇余艘もの兵船を擁した義経軍が、一両日も沖合でたゆたいながら開戦の時を待たなければならないほど、陸地の情勢は源氏に不利だったというのだろうか。

これは『平家物語』の記述を鵜呑みにした、現実離れした解釈だといわなければなるまい。腹が減っては戦が出来ぬ。兵士には休養と腹ごしらえが、そして首脳陣には作戦会議が、戦いの前には必要だろう。

げんに、『吾妻鏡』には「壇浦奥津の辺に到る」とある。二十二日に大島の津を発った義経軍は、その日の内に現地に到着した。奥津は目と鼻の先、ダンとは一帯の海域だ。『吾妻鏡』のいう壇浦は、この港だろう。ここなら、多数の兵船を繋留することができる。休養と腹ごしらえも出来る。

三月二十四日、臨戦態勢を整えた義経軍の船団は、海峡の対岸である田之浦に陣取った平家と対戦すべく、沖合の奥津に集結し、出撃の時を待った。

このように推理する方が、理にかなっているだろう。まさに、ダンの浦の戦いである。合戦に勝利した後、義経は現地に数日間滞在して宝剣の探索にあたった。その間の宿営地も、この港の周辺だったに違いない。

12　ダンの由来

ダンの由来については、三説がある。これを仮に祭壇説、石段説、軍団説と呼んでおく。最も古いのは祭壇説だ。『道ゆきぶり』が紹介している。

此のうらを壇のうらといふ事は。皇后のひとの国うちたまひし御時。祈りのために壇をたてさせ給ひたりけるより。かく名付けるとかや申なり。

神功皇后の新羅出兵の際、戦勝祈願の祭壇を長門二宮（忌宮神社）に作ったことが事の起こりだ、というのだ。了俊は「とかや申なり」と、伝聞を受け売りしている。彼はこの説明を受けた後、忌宮神社の境内を出て、かつての祭壇の石だという、しめ縄を巡らせた石に案内されている。この時、説明と案内にあたったのは、おそらく忌宮神社の関係者だろう。

第二の石段説は、平井温故『豊府志略』（宝永七年　一七一〇）、本居宣長『古事記伝』（寛政二年　一七九〇）、吉田重房『筑紫紀行』（文化三年　一八〇六）等に見える海布刈の神事にかかわる説だ。右の三書の伝えるところに微妙な違いはあるが、要約すれば、毎年十二月晦日に神事を行う際、早鞆明神（和布刈神社）と長門一宮（住吉神社）の神主が、それぞれ五百段の石段を下りて海底で会い、和布を刈るので五百段の浦ともいう、ということになる。

祭壇説には、忌宮神社色が濃い。それに対して石段説には、住吉神社色が濃厚だ。両社ともに、下関を訪れた知識人が参拝し、神主と交歓している。連歌を巻いた人もいる。

石段説を書き留めた平井温故は、地元の長府藩士で郷土史家。『豊府志略』五巻は、豊浦郡の沿革から始まって、下関、豊浦の主だった寺社の史蹟や伝承等を取りあげている。その彼が祭壇説にふれていないのは、すでに消滅していたからだろう。地名起源の伝承として、祭壇説と石段説とは並立してはいない。

なお、『豊府志略』は長門側の石段の起点を二宮の沖の波打ち際だとしている。石段説への参入を、二宮が望んでいたのだろうか。ちなみに、長門側から神職が和布刈りに向かうのは、『古事記伝』にあるように一宮が正しい。

第三の軍団説を提唱したのは、吉田東伍『大日本地名辞典』（冨山房　一九〇九）だ。

了俊紀行に長府の海を壇浦と云ふは、神功皇后此浜に壇をたて御祈ありしと説くも信じ難し、軍団の団にて、古へ豊浦の団此地に在りて、其海をも団と云へるにや、玉海に団浦に作る、又此海岸の上に火山と云ふもあり、古への烽火の跡を伝ふ、豊浦団の事、額部郷に其証見ゆ。

祭壇説を一蹴する一方、石段説には何もふれていない。壇浦の項に『豊府志略』を引用していながら、『豊府志略』に見える石段説を無視しているのは、「信じ難し」と退けた祭壇説以上に、取るに足らない説だと判断したからだろう。

しつこいようだが、繰り返しておく。右の三説には時間差がある。並立してはいない。時間差を無視して三説を並記している地名辞典の類は、誤解を招く書き方だといわなければならない。

祭壇説、石段説が超自然の伝承の世界に根ざしているのに対して、吉田東伍があらたに提唱した軍団説は、歴史的な事実が踏まえられているところに特色がある。

13　軍団説の根拠少々

長門国には、防塞の要衝として軍団が置かれていた。橋本裕『律令軍団制の研究』（橋本裕氏遺稿集刊行会　一九八二）によれば、貞観十一年（八六九）九月二十七日の太政官符（『類聚三代』所収）に次のような記録がある。

豊浦団軍毅二人　一人権任　□□□□　□□□□□

下関権軍毅一人　　　　　　主帳一人　兵士百人

軍毅の人数、格付けからして、下関の軍団よりも豊浦団の方が上位にあることはあきらかだ。両者の関係は、前線基地と司令基地といったところか。

時代は遡るが、『続日本紀』の神護景雲元年（七六七）の項には、軍毅が豊浦の大領を兼任したとの記録もある。豊浦団の政治的な位置も地理的な位置も、長門国の中心に近い所にあったとみられる。

地域性からして、軍団の任務はとうぜん海防にあるだろう。となると、港は有力な目印だ。十二世紀半ばから十四世紀半ばまで、港として栄えていたことが確かなダンは無視できない。

ダンが組織名としてではなく、地名とほぼ同様に使われているかとみられる例もある。「佐伯団」だ。天平十年（七三八）の「周防国正税帳」（大日本古文書）にみえる。

用字の問題は残るけれども、壇浦のダンが豊浦団のダンである可能性は、少なくとも祭壇説や石段説より格段に高いように思われる。

14　壇浦伝承の再生産

壇浦には、『平家物語』をはじめとする書承と口承が、早鞆の瀬戸のように波打って流れている。伝承はえてして肥大化し、あらぬ方に流れを変える。もつれをほぐすための推理、憶測が、誤解の流れを加速することもある。自省。

『建礼門院右京大夫集』に見る資盛供養
――消息経の意義と方法――

谷　知子

一　資盛の戦死と消息経供養

建礼門院右京大夫の恋人平資盛は、壇ノ浦で戦死した。右京大夫は悲しみにうちひしがれつつも、資盛が言い残した「道の光もかならず思ひやれ（死後の供養をしてほしい）」（『建礼門院右京大夫集』二〇四）[1]、「後の世をばかならず思ひやれ（後世を必ず弔ってほしい）」（同二二七）ということばを思い出す。そして、その約束を果たすために、供養を決心し、実行する。

ただ胸にせき、涙にあまる思ひのみなるも、なにのかひぞとかなしくて、後の世をばかならず思ひやれといひし物を、さこそそのきはも心あわただしかりけめ。又おのづから残りて、あととふ人もさすがあるらめど、よろづのあたりの人も世にしのびかくろへて、何事も道ひろからじなど、身一のことに思ひなされて、かなしければ、思ひをおこして、反古選り出だして、料紙にすかせて、経書き、又さながら打たせて文字の見ゆるもかはゆければ、裏に物をかくして、手づから地蔵六体墨書きに書き参らせなど、さまざま心ざしばかりとぶらふも、人目つつましければ、うとき人には知らせず、心ひとつにいとなむかなしさも、なほたへがた

し

すくふなる誓ひたのみてうつしおくをかならず六の道しるべせよ　（二二七）

など、泣く泣く思ひ念じて、阿証上人の御もとへ申しつけて、供養せさせたてまつる。さすがつもりにける反古なれば、おほくて、尊勝陀羅尼、なにくれさらぬ事もおほく書かせなどするに、中中見じと思へど、さすがに見ゆる筆のあと、言の葉ども、かからでだに、昔のあとは涙のかかるならひなるを、目もくれ心も消えつつ、いはんかたなし。そのをり、とありし、かかりし、我がいひしことのあひしらひ、なにかと見ゆるが、かき返すやうにおぼゆれば、ひとつも残さず、みなさやうにしたたむるに、見るもかひなしとかや、源氏の物語にある事、思ひ出でらるるも、なにの心ありてとつれなくおぼゆ

かなしさのいとどもよほす水茎のあとは中中消えねとぞ思ふ　（二二八）

かばかりの思ひにたえてつれもなくなほながらふる玉の緒もうし　（二二九）

右京大夫が資盛のために行なった供養とは、彼からの手紙を料紙に漉かせ、あるいは紙背を用いて、写経供養するというものだった。詞書中の「見るもかひなしとかや、源氏の物語にある事」は、『源氏物語』幻巻の次の箇所をふまえる。

かきつめて見るもかひなしもしほ草同じ雲ゐの煙とをなれ　（『源氏物語』幻巻）(2)

と書きつけて、みな焼かせたまひつ。

光源氏は、最愛の女性紫上に先立たれ、その手紙を全て焼いてしまったのである。焼却してしまうというのはあまりにも潔い行為であるが、『無名草子』はこの部分を、

御文ども破りたまひて、経に漉かんとて、

かきつめて見るもかひなし藻塩草同じ雲ゐの煙ともなれ

と、異なる本文で引用している。『無名草子』は、光源氏も右京大夫と同様に、手紙を写経の料紙として漉き返したと理解しているのである。辛島正雄氏は、この箇所をふまえた『狭衣物語』巻四、『建礼門院右京大夫集』のいずれもが、写経の料紙に漉き返す行為であることから、死者供養のためには、焼却するよりも、漉き返すほうが一般的となった時代状況を反映しているのではないか、と推測する。(3) 小松茂美氏・島谷弘幸氏・大岡賢典氏・吉海直人氏・町田誠之氏(4)の集成によると、その用例数は夥しく、当時の死者供養の重要な方法の一つであったことは疑いない。

本稿では、死者の自筆の書（手紙に限らず、筆跡が記されたもの全て）に写経する供養を、通例にならって(5)「消息経」と呼ぶこととする。『建礼門院右京大夫集』に近い時代の消息経の用例を検討し、その手順や意義を明らかにすることによって、資盛供養のあり方を同時代のなかで裏付けてみたい。さらに、資盛と同じように、壇ノ浦などの戦場で死んだ平家公達への供養、当時の死者供養の意義についても、できる限り迫ってみたい。

二　同時代の消息経—記録類から

故人の自筆反故紙を用いた写経供養は、『今鏡』によると、藤原多美子による清和天皇に対する供養（『日本紀略』仁和二年〈八八六〉十月二十九日条）が早い例で、それ以来世に広まったという。(6)

昔賜はり給へりける御文どもを色紙にすきて、御法の料紙となされたりけるなりけり。それよりぞ、反故色紙の経は、世に伝はれりける、となむ。（『今鏡』）

その後は、承平二年（九三二）醍醐天皇の供養を皇后穏子が行なった例、万寿二年（一〇二五）三月二十日に一条天皇の供養を中宮彰子が行なった例などが続く。本稿では、右京大夫と接点があったと思われる人々を中心に、同時代の用例を検討してみたい。

まず、右京大夫が九十賀の袈裟に刺繍する役を仰せつかった藤原俊成（『建礼門院右京大夫集』三五四～三五六番）の例(7)を掲げてみよう。俊成の場合は、四十九日供養の折に、自筆の反故紙を漉き返した写経供養が行なわれている。

十八日、天晴、雪霏々、辰時許行向左女牛、相具龍愛二人、行九条、健御前相共参本所、安井被来、三位被坐、男女引率参御墓所、帰入之間六角被渡〈拾遺被具〉、今日御正日被沙汰也、陸奥闍梨供養法、忠兼父子泰実等取布施、仏釈迦三尊、経〈法花開結心阿〉、以御手跡反古色紙被摺、布施講師被物三、衣一、檀紙一積、請僧被物一、衣一、檀紙也、次居替仏供等始例時、錫杖訖、置布施、三位被儲裹物、予儲小袖一領、布一結、已各帰、無風雨之煩、無為遂之、悲之中慶也、送中女房三人帰家、于時申刻、雪殊甚、(8)

（『明月記』元久二年正月十八日）

この日の仏経供養は、俊成の遺言に基づいて行なわれた（『明月記』元久元年十二月一日条）。参加メンバーは、定家、龍寿御前、愛寿御前、健御前、安井（仁和寺閑王御前、上西門院五条局）、成家、六角（祇王御前、高松院新大納言）と、全て俊成の子女で構成されている。中陰仏事は俊成の子女たちが順次沙汰し、四十九日供養は六角の沙汰であった。まずは、法性寺の裏山に設けられた俊成の墓所（妻美福門院加賀の墓の隣）に参り、その後四十九日法要が営まれた。経は無量義経・普賢観経で、亡くなった俊成の自筆反故紙を漉き返した色紙に摺ったものが用いられている。自筆の反故紙を色紙に漉き返す例は、早く前掲の藤原多美子の例（『今鏡』）に見られ、以後漉き返す例の大半を占めている。反故紙を写経料紙に漉き返す場合は原則として色紙だったと考えてもよいのかもしれない。

色紙の色について、『今鏡』は「御法書きたまへりける色紙の色の、空の薄雲などのやうに墨染なりければ」と記す。墨に類似した色に漉き返す目的は、故人の筆跡を消すことにあるのだろう。後述の『玉葉』建久二年（一一九一）

閏十二月五日条（皇嘉門院聖子に対する一品経供養）には、「破前院（皇嘉門院聖子）手書漉料紙、其色濃縹也」とある。濃い縹色もまた墨を消すに十分な色である。このようにして漉き返した濃い色紙に、金泥などを用いた字で写経していくのである（『玉葉』文治四年四月二日条、同建久二年閏十二月五日条など）。

次に、俊成・定家の主家であった九条兼実周辺の例を見てみよう。結論から言うと、兼実の母の加賀局、姉の皇嘉門院聖子、長男良通、二男良経、さらに兼実自身の死後についても、この消息経供養が行なわれている。

まずは、皇嘉門院聖子の例から掲げてみよう。聖子は、養和元年（一一八一）十二月五日に没しているので、七七日（四十九日・正日）供養は翌二年正月二十四日に相当する。しかし、桃裕行氏は、当時の四十九日供養が正しく数えての四十九日ではなく、通例それより何日か先立って行なわれ、正日は諷誦供養を修するか、せめて小仏事が行なわれただけだったとする(9)。また佐藤健治氏も、「正日仏事」よりも、それ以前に行なわれる「御法事」のほうが、規模も儀礼の体裁も上回っていたことを詳しく論じている(10)。聖子の場合も、養和二年正月十二日から結縁経供養が始まり、十八日の「御法事」が最も盛大な規模となっている。聖子は生前から一品経に深い願があり、自ら、或いは近臣女房が書写してきたが、志半ばにして崩御し、中断してしまったというのである。「御法事」を記す記述の中に、

次揚経題〈五部大乗経、并金泥法華経等也、件五部大乗経、御平生之時、以諸人反古料紙、被書之、但法華涅槃之二部、未終功、御没後、余調加之(11)〉

（『玉葉』養和二年正月十八日）

とあることに注目したい。聖子が生前から「諸人」の「反古料紙」を用いて五部大乗経を書写していたけれども、法華経・涅槃経が未完だったので、聖子の没後兼実が行なって加えたという。この場合の反故紙は、「諸人反古料紙」とあるので、聖子の書だけとは限らない。ここで想起されるのは、かの『一品経和歌懐紙』である。『一品経和歌懐

紙』は和歌懐紙の紙背に経（疏）が記された経裏懐紙である。表には法華経各品及び述懐を題として詠まれた二首が記されているが、それらの懐紙が全て同じ会で詠まれたかどうかについては既に疑義が出されている。[12] もしそうだとすれば、表の和歌懐紙にのみ共通性を求めるのではなく、その紙背の方に共通性を求める視点があってもいいのかもしれない。ただ、『一品経和歌懐紙』の場合は、懐紙の紙背文字が表装の際に削り取られて判読できないものの、写経ではなく、聖経の次第のようなものを写しているらしいことや、一度は綴じ合わされるという経緯も経ているので、聖子のような場合と同類というわけにはいかないだろう。[13] しかし、和歌懐紙類が異なる機会であっても一括して残りうる理由として、こうした消息経を目的として、料紙を収集する行為があったということを指摘しておきたい。[14]

また、二十二日にも、仏経供養が行なわれている。

　今日余仏経供養、自筆書妙経一部并具経、及観無量寿経、以各経等前院御反故料紙也、[15] 導師澄憲僧都、説法殊優美、仍給野剣一腰、

（『玉葉』養和二年正月二十二日）

法華経一部、具経（阿弥陀経・般若心経）、観無量寿経が、聖子の反故料紙に写経されている。次に引く七月十四日の写経（漉き返し）で先例とされていることからすれば、これもおそらく漉き返しの料紙だったのだろう。

寿永元年（一一八二）七月十四日にも、同様の供養が行なわれている。没後初めて迎える盂蘭盆会の一連行事である。

　此日奉為故女院（皇嘉門院）、奉供養画像釈迦如来像一鋪、并反故色紙〈故女院御手跡也〉、妙法蓮華経一部〈在具経等〉、件経任去正月中陰内例、請三十口禅侶、終一日之書写、先払暁行法華懺法、一如去正月儀、午刻終写功、未刻遂供養〈忠玄律師、請僧皆籠僧也〉、

（『玉葉』寿永元年七月十四日）

「去正月中陰内例」は、前掲の養和二年正月二十二日の供養を指す。その前例に任せ、この日も同様の供養が行なわれたという。「反故色紙」とあるので、これもまた色紙に漉き返した料紙の例である。

建久二年（一一九一）閏十二月五日に行なわれた一品経・仏像供養も、漉き返し料紙を用いている。聖子の月命日（十二月に忌日供養ができなかったので、閏十二月に念願を果たしたという）の供養である。

此日、奉為故女院（皇嘉門院聖子）奉供養一品経、又副供養仏像一鋪〈釈迦、弥勒、地蔵、奉圖一鋪半也〉、件経、入道関白已下一族之輩并男女旧臣、皆悉勤之、余勧発品、有所思手自書之、破前院手書漉料紙、其色濃縹也〈紺紙移手又易破、仍廻今案、所令漉用也、尤佳々々〉、以金泥書之、（下略）

（『玉葉』建久二年閏十二月五日）

写経と仏像の供養という点で、『建礼門院右京大夫集』と同じである。一品経写経供養は、親族、旧臣こぞって行なったという。兼実は「勧発品」を分担し、聖子の手書きの書を破って、濃い縹色の料紙に漉き、その上に金泥で写経している。紺紙は手に移りやすく、また破れやすいので、漉き返した用紙を用いたという。

つぎに、夭逝した兼実の嫡男良通の例について見てみよう。

良通は文治四年（一一八八）二月二十日に没している。『玉葉』を見ると、同年三月三十日に一日経書写供養が行なわれ、例の反故紙が用いられている。

今日有一日経書写供養事、自前夜召書手僧卅口〈法性寺座主（慈円）被召進〉、自今暁先読懺法〈有六根段礼拝〉、其後所書始也、余女房等同書之、破亡者手跡為料紙、導師伊覚、

（『玉葉』文治四年三月三十日）

兼実と妻は、「亡者」即ち良通の手跡を破って、写経料紙としたという。これも漉き返しの例であろう。

同年四月二日にも、良通の反故紙を用いた写経が行なわれている。

此日、法性寺座主（慈円）為内府（良通）被供養、供養経、一尺六寸阿弥陀三尊〈木像〉、以内府反古裏被書妙経一部〈此中、四要品自筆云々〉（中略）仏、〈一尺七寸釈迦三尊、中尊座中、奉蔵亡者遺髪、仏像美麗奉造之〉

経、

白色紙経一部〈是内府平生之時、所抄写之反古有数、其上塗雲母隠字、其上書経、仰□臣書出之〉

自筆金泥阿弥陀経一巻〈同料紙也、但縹染也、以金泥書之〉

素紙摺写経六部

（下略）　　　　　　　　　　　　　　　　　　（『玉葉』文治四年四月二日）

このときの供養は、これまでの例と異なり、反故紙を漉き返さず、良通の自筆文反故の裏に写経しているのである。漉き返しをしない代わりに、故人の自筆を雲母で塗り隠し、その上に金泥で写経したという。雲母で元の字を塗りつぶすというのは、やはり故人の自筆を消すことを目的としているのだろう。故人の字が読めないように努力しているという点では、漉き返しの例と共通する。『建礼門院右京大夫集』において、資盛の字が見えるのがつらいといって、元の字が読めないように工夫していたが、それは戦死いかんに関わらず、反故紙供養の一般的な方法でもあったのである。金泥阿弥陀経は、同じく良通の反故紙であるが、こちらは縹色に染め返し、その上に金泥で書いている。

次は、良通の四十九日供養の日である。

此日正日也、此日於延暦寺被行千僧御読経、（中略）先是、有一巻経供養事、仏〈普賢絵像一鋪、件仏、女房先年自圖之、今為亡息、所遂供養也〉

経〈其料紙内府詩、清書数多相積、以件料紙裏書之、香染之風流停止之〉

第一巻〈余自筆〉（以下略）

（『玉葉』文治四年四月八日）

この日の一巻経供養は、良通が生前詩を清書していた紙が多数あったので、これを料紙として、裏に写経したという。香染めの風流という彩飾は施さず、元の料紙を生かすかたちで行なっている。先の『一品経和歌懐紙』と同様、表は詩（『一品経和歌懐紙』は歌）、裏は経という体裁となったはずである。

二男の良経については、宜秋門院任子が消息経供養を行なっている。

巳剋参御喪家、被□（修カ）臨時御仏事等、先宜秋門院御仏事、御仏極楽曼陀羅一鋪、御経六部、御筆阿弥陀経〈折紙被用故殿御札〉、御導師権律師弘（仙イ）長□

（『三長記』建永元年四月十六日）

兼実の亡き母に対しても、同じく消息経供養が行なわれている。

無動寺法印（慈円）相具如法経、被参笠置寺、為先師法親王（覚快）、書写如法経、為奉玗彼霊屈也、又書写黄紙同清浄経二部〈一部奉為先妣、余漉反古色紙送之、一部近年合戦之間死亡候輩、奉始先帝至于大官等為出離也〉、送東大寺、被奉籠大仏御身也

（『玉葉』文治元年八月二十三日）

一部は、亡き母（加賀局、久寿三年〈一一五六〉二月十日没）のために反故紙（亡き母の自筆か）を色紙に漉き、もう一部は「近年合戦之間死亡候輩、奉始先帝至于大官等為出離」に書写したという。「近年合戦」が源平の合戦を指していることは間違いないだろう。「死亡候輩、奉始先帝至于大官」は、安徳天皇や平家の公達を指す。兼実は、この供養経を東大寺に送り、大仏の胎内に奉籠したというのだ。文治元年（一一八五）八月二十三日といえば、壇ノ浦の合

戦で安徳天皇を始め、平家の公達が戦死してから、約五ヶ月後のことである。同年四月二十七日には、東大寺大仏の胎内に奉籠するために、兼実は舎利三粒・五色の五輪塔・願文を勧進聖人重源に託している（『玉葉』）。兼実は、大仏再建の真只中、その大仏の胎内に舎利や願文を奉籠した後、母の消息経に加えて、平家一門を供養した経も奉籠していたのである。

その兼実自身も、死後は任子の沙汰により、同じ方法で供養されている。『明月記』承元二年（一二〇八）四月一日条を引用してみよう。兼実（承元元年四月五日没）一周忌が四月五日に法性寺で営まれるが、それに先立ち、一日から十講が催された。

> 一日、夜甚雨雷鳴、朝天晴、午時許着衣冠参法性寺殿、自今日被始十講〈五日五部大乗経以入道殿（兼実）御筆漉為料紙、山井殿願也、五人公達各経営経一部給云云、但於此講ハ女院（任子）御沙汰〉、両儒納言大丞相公等参、事了各取布施、即於九條脱衣冠帰廬、
>
> （『明月記』承元二年四月一日）

五日の一周忌に五部大乗経供養を行なうにあたって、兼実の自筆反故紙を料紙として漉き返し、供養するという記事である。

このように、九条家では、兼実の母、姉、長男、二男（任子の沙汰）、そして兼実自身（任子の沙汰）と、ほぼ全ての人間に対して、消息経供養が行なわれていたことを明らかにすることができた。つまり兼実周辺では、肉親の死に際して、原則的に消息経を行なっていたと言ってよいだろう。反故紙は、手紙もあれば、良通のように自筆の詩や、聖子のように生前から集めていた他人の書の場合もあった。

三　同時代の消息経─歌集と狂言綺語思想

次に、右京大夫と同時代の例を、歌集から探ってみたい。歌集における消息経供養の例については、大岡賢典氏の詳細な調査がある。(16) 次に引く例も、大岡氏の論考に既に引かれたものであるが、右京大夫と交流があった可能性のある歌人たちの営みとして、注目したい。

かよひける女のはかなくなり侍りにけるころ、書きおきたる文ども経の料紙になさむとて、とりいでて見侍りける

かきとむることのはのみぞみづぐきのながれてとまるかたみなりける

（『新古今集』哀傷・八二六・藤原公通）

賀茂重保、和歌の草案の反古をわがのも人のをもとりあつめて、五部大乗の料紙に漉きて経写にし侍りけるに、その心の歌よませ侍りけるに、譬喩品の心をよめる

のりえてぞおもひの外に出でにける心にかけし車ならねど

（『月詣集』一〇四六・泰覚法師）

賀茂重保が歌の草案の反古色紙の五部大乗経写しの導師にて、炎経の心をよめる

在明の月のかくれし林こそながきなげきのもととなりけれ

（『月詣集』一〇六五・前大僧都澄憲）

藤三位季経、古き今の歌よみの和歌草、又けさうぶみをとりあつめて、反古色紙にして結縁経書き供養しけるに、普門品多於婬欲等の心を

思ひあまる筆のすさみをかきそへて法のしるべと成るぞうれしき　（『寂蓮集』一八三）

『新古今集』歌は、右京大夫の資盛供養と同じく、亡くなった恋人の手紙を写経料紙にした例である。それに対して、『月詣集』、『寂蓮集』の例は、いずれも歌草への供養であり、しかも自分だけでなく、他の歌人の歌も含めて供養している。消息経とは性質を異にしており、むしろ前掲の『玉葉』文治四年四月八日に見える良通の詩紙背写経や、『一品経和歌懐紙』に近い例であろう（『一品経和歌懐紙』にも賀茂重保の懐紙が含まれていた）。このように、自他の和歌詠草に写経供養するという行為には、どのような意味や背景があるのだろうか。もちろん紙が貴重品であったことや、故人の自筆が肉体に准ずる遺品として重んじられていたこともあるだろう。しかし、稿者は、こうした詩歌草を含む自筆の書を用いた供養が流行した背景に、当時世を席巻した狂言綺語思想の存在を想定しておきたい[17]。

右京大夫や兼実周辺の消息経、『月詣集』に見られる重保の歌草への写経、『一品経和歌懐紙』は、生前、死後、あるいは故人、自分、他人といった差異はあるものの、いずれも歌や手紙を漉き返したり、その紙背を用いた写経である。現存する金剛寺本「宝篋印陀羅尼経」もまた、今様や和歌の反故紙背を利用した写経であり[18]、つまり、文字や歌そのものの供養と目されている。『寂蓮集』の歌にいうとおり（寂蓮は、和歌や恋文を記した書を「筆のすさみ」とし、それを漉き返して写経供養することを「法のしるべ」ととらえている）、俗（文字・恋文・歌）を、真（仏道）に転じていこうという営みである。重保、季経、右京大夫が生きた時代は、狂言綺語思想が広く世に浸透した時代であった。その嚆矢ともされるのが、永万二年（一一六六）成立、澄憲作という『和歌政所一品経供養表白』である[19]。この表白を生んだ場と目されるのも、重保や寂蓮が関わった歌林苑なのである。この表白が後代に与えた影響は大きく、藤原俊成の『古来風躰抄』にいう「この詠歌のことばをかへして、仏をほめたてまつり」や、『梁塵秘抄口伝集』の「世俗文字の業、翻して讃仏乗の因」は、いずれもこの表白文をふまえた表現である。「詠歌のことば」「世俗文字の業」を、「かへして」「翻して」仏を讃える行為へと転じていくという論理は、この時代の多くの書物に見受けられる。消息経供養も、元々文字や詩歌であったものを漉き返し、或いはその紙背を用いて、写経供養へと転じていく行為である。表は和歌（俗）、裏は写経（真）という紙背写経、あるいは漉き返し写経は、まさにこの「かへして」「翻って」に相当するのではないだろうか。消息経大流行の背景にこうした狂言綺語思想、真俗一諦思想が関与している可能性を指摘しておきたい。

四　消息経の行方

では、こうして写経された料紙は、供養後どうなったのであろうか。前掲の『玉葉』文治元年八月二十三日条によると、兼実は亡き平家一門を弔う写経供養をした後、それを東大寺に送り、鋳造中の大仏胎内に籠めさせている。また、自家で造った供養仏の胎内に納める場合や、経筒に入れて土の中に埋めてしまう埋経もある[20]（『とはずがたり』巻五）。本人が生前行なっていた写経などは、棺とともに火葬してしまうこともあり、こうした場合は後世に全く残らない。

記録類などにみる実施例の多さに比して、現存するものは数少ないが、むろんないわけではない。島谷弘幸氏はその代表例として九点を掲げる[21]。二〇〇四年秋には、京都国立博物館で「古写経―聖なる文字の世界―」が、立命館大学京都アート・エンタティメント創成研究では「中世の聖教と紙背―写経は神仏をかけめぐる―」が開催され、消息経も何点か展示された。前者の展示に出品された、京都市妙蓮寺蔵の伏見天皇宸翰『法華経』八巻は、『とはずがたり』に記された記事を裏付ける消息経の例である。

『とはずがたり』には、いくつかの消息経供養が記され、その最初の例は、父雅忠の四十九日に二条の弟雅顕が行なった仏事である。

四十九日には、雅顕の少将が仏事、河原院の聖、例の、鴛鴦の衾の下、比翼の契りとかや、これにさへ言ひ古しぬること果てて後、憲実法印導師にて、文どもの裏に自ら法華経を書きたりし、供養させさせなどせしに、(後略)

(巻一)

正日以前に、父の文反故の紙背に『法華経』を書写していて、それを正日当日供養させたのである。

次の例は、後深草院の一周忌供養である。

七月の初めには、都へ帰り上りぬ。御果ての日にもなりぬれば、深草の御墓へ参りて、伏見殿の御所へ参りたれば、御仏事始まりたり。石泉の僧正、御導師にて、院の御方の御仏事あり。昔の御手をひるがへして、御自らあそばされける御経といふことを聞きたてまつりしにも、一つ御思ひにやと、かたじけなきことのおぼえさせおはしまして、いと悲し。

次に、遊義門院の御布施とて、憲基法印の弟、御導師にて、それも御手の裏にと聞こえし御経こそ、あまたの御事の中に耳に立ちはべりしか。

(巻五)

傍線部Aは伏見院、Bは遊義門院の供養であるが、いずれも故後深草院の筆跡が記された紙の裏を料紙として写経している。これもまた紙背の例である。問題は、傍線部Aの伏見天皇の写経である。この折の写経の一部が、京都市妙蓮寺蔵の伏見天皇宸翰『法華経』八巻[22]に相当することは疑いない。『とはずがたり』は、虚構性が問題とされる作品であるが、こうした供養が実際に存在したという事実を、現存文書が証し立てている例であろう。

五　死者供養の方法

以上、故人の自筆反故紙を料紙として写経供養する消息経が、当時においてきわめて重要な供養法であったことを明らかにしてきた。色紙に漉き返す場合と紙背を用いる場合との二種類があり、いずれにしても、右京大夫の時代までは、濃い色に漉くか、元の字を雲母で塗りつぶすなどして、故人の自筆を消してから行なう点に力が注がれていた。また、これまでの用例から推測するに、遠忌の例もないわけではないが、大方の傾向としては一周忌までに行なわれることが多かったようである。そして、施主は肉親をはじめとした、身近な人物が行なうことが常であった。

ここで右京大夫の資盛供養に話を戻そう。右京大夫の供養は、漉き返しの方法と、紙背に写経する方法とを併用している。そして、家集構成上からしても、遠忌ではなく、一周忌以内の供養であったと推測される。右京大夫の資盛供養は、当代において非常に多くの類例を見出すことができる、きわめて一般的な死者供養の方法だったのである。また当代に流行した背景に狂言綺語思想があったのではないかという見通しを先に述べた。右京大夫の場合は資盛からもらった手紙を料紙としたために、戦死した恋人の形見を全て供養のために使ってしまったのである。供養した料紙は、その後どうなったのだろうか。阿証上人に供養を依頼したということなので、そこで右京大夫の手を離れてしまった可能性が高い。消息経供養を行なったために、右京大夫が後年家集を編む際には、資盛の詠や手紙は既に失われており、記憶などに頼って書かざるをえなかったはずである。もし、右京大夫がこの供養を行なっていなかったら、あるいは『建礼門院右京大夫集』は異なる形態であったかもしれない。

以上、『建礼門院右京大夫集』の資盛供養を出発点として、同時代、あるいは前後の時期の用例を検討してきた。

同趣の供養法が相当数見出され、死者供養の重要な方法の一つとして位置付けられること、さらに流行の背景に狂言綺語思想の流行という可能性があることを指摘した。現存する紙背文書の中には、この供養法によって成立したものもあるだろう。[23] しかし、漉き返しや裏打ちなどの加工や、供養後土に埋められるなどの方法を取るがために、この供養法が結果として貴重な故人の自筆の書を大量に失わせてしまったとも言えるのではないだろうか。

注

（1）『建礼門院右京大夫集』の本文、歌番号は、九州大学蔵細川文庫本を底本とした、石川泰水・谷知子、和歌文学大系『式子内親王集・俊成卿女集・建礼門院右京大夫集・艶詞』（明治書院　二〇〇一）による。その他の歌集は、概ね『新編国歌大観』（角川書店）による。

（2）物語の引用は概ね『新編日本古典文学全集』（小学館）による。

（3）辛島正雄「「幻」巻異聞―『無名草子』の評言から―」（『徳島大学教養部紀要　人文・社会科学』二四　一九八九・三）。本稿において引用する氏の論は、全て同じ。

（4）小松茂美『平家納経の研究』（講談社　一九七二）、島谷弘幸「金剛寺本「宝篋印陀羅尼経」の意義―消息経流行の一例として―」（古筆学叢林第一巻『古筆と国文学』（八木書店　一九八七）、大岡賢典「詠歌の場としての消息経供養―新古今集八二六番歌詞書から―」（井上宗雄編『中世和歌　資料と論考』明治書院　一九九二）、吉海直人「「消息を経紙に漉き直す」話―シンポジウム遺文―」（『古代文学研究』第二次　一九九五・一〇）、町田誠之「昔の消息経」（『日本歴史』五八四号　一九九七・一）。

（5）漉き返す例を「漉返経」、紙背を用いる場合を「消息経」と区別する呼称もあるが、両者の判別がつかない例も多い。漉き返しも含め、また手紙に限らず、故人の筆跡、ゆかりの料紙、日記などを料紙に用いたものを、広く消息経と呼ぶ場合が多い。注（4）前掲島谷論文参照。

（6）『今鏡』昔語り第九「あしたづ」には「一人の御息所」の行為として記されているが、『三代実録』仁和二年（八八六）十月二十九日条によって、それが藤原多美子であったことがわかる。同じ話が『十訓抄』第五「可撰朋友事」にも載る。
（7）その子定家についても、おそらくはこの供養が行なわれたと推測するが、証左となる資料を未だ見出していない。
（8）『明月記』の本文は原則として、冷泉家時雨亭叢書『明月記』（朝日新聞社）による。傍線、（ ）内注記は稿者による。割注は〈 〉を付して区別した。判読しづらい箇所は□に括った。
（9）桃裕行『古記録の研究』上（思文閣出版　一九六六→桃裕行著作集『古記録の研究』上　思文閣出版　一九八八）。
（10）佐藤健治『中世権門の成立と家政』（吉川弘文館　二〇〇〇）。
（11）『玉葉』の本文は原則として、宮内庁書陵部蔵九条家清書本（九‐一〇五三）による。傍線、（ ）内注記は稿者による。割注は〈 〉を付して区別した。判読しづらい箇所は□に括った。
（12）家永香織「『一品経和歌懐紙』について」（『和歌文学研究』六三号　一九九一・一一）。
（13）田村悦子「西行の筆蹟資料の検討―御物本円位仮名消息をめぐって―」（『美術研究』二一四号　一九六一・三）、小松茂美『平家納経の研究　研究編上』（講談社　一九七六）、神崎充晴「『一品経和歌懐紙』の書写年代」（古筆学叢林第一巻『古筆と国文学』八木書店　一九八七）。
（14）『頼輔集』の「法性寺会述懐」という詞書や、この懐紙の多くが興福寺一乗院に伝来されてきたことなどを考えあわせると、九条家の関与の可能性も否定できない。
（15）この時期は、連日聖子の供養を行なっており、二日後の二十四日は四十九日供養が行なわれていることや、『玉葉』寿永元年（一一八五）七月十四日の記事からしても、「前院」は皇嘉門院聖子と考えてよい。
（16）注（4）前掲大岡論文参照。
（17）注（4）前掲島谷論文は、消息経供養の流行の背景に末法思想の浸透を見る。また、宮原彩「漉返経・消息経・人形を作ること」（『御影史論集』二一　一九九六・九）は、漉き返しから紙背利用に移行していった理由に、もとの筆跡が装飾効果があると思われるようになり、そこに功徳を求めようとする考えが生じたこと、筆跡を残し、懐かしみたいという気持ちが生まれたことなどを指摘している。

(18) 注(4)前掲島谷論文参照。

(19) 簗瀬一雄著作集一『俊恵研究』(加藤中道館　一九七七)、渡部泰明「『古来風躰抄』と狂言綺語観」(『国語と国文学』六七巻一一号　一九九〇・一一→『中世和歌の生成』若草書房　一九九九)、三角洋一「いわゆる狂言綺語観について」(和漢比較文学叢書『新古今集と漢文学』汲古書院　一九九二)など参照。渡部氏はこの願文の特色として、「先人の救済」という点を挙げる。『寂蓮集』一八三番の「古き今の歌よみの和歌草」の反故供養に通じる発想と言えよう。

(20) 埋経については、関秀夫『平安時代の埋経と写経』(東京堂出版　一九九九)に詳しい。

(21) 注(4)前掲島谷論文参照。注(17)前掲宮原論文にも、消息経の現存例が何点か挙げられている。

(22) 表は後深草天皇宸翰書状、裏は伏見天皇宸翰『法華経』八巻である。

(23) 『白描絵料紙金光明経』の下絵は、後白河院が絵巻を制作中に崩御したために、その下絵段階の料紙に写経し、院への供養としたと見られている。

縁起以前
――『日蔵夢記』の言説の戦略――

村上　學

I

赤間神宮の水天門の壮麗な姿を見る度に、わたくしは『平家物語』大原御幸の建礼門院の見た夢を思い起こさずにはおられない。

さて武士共にとらはれてのぼりさぶらひし時、播磨国明石浦について、ちとうちまどろみてさぶらひし夢に、昔の内裏にははるかにまさりたる所に、先帝をはじめ奉て一門の公卿殿上人、みなゆゝしげなる礼儀にて侍ひしを、「都を出て後かゝる所はいまだ見ざりつるに、是はいづくぞ」ととひ侍ひしかば、弐位の尼と覚て、「龍宮城」と答侍ひし時……（高野本）

覚一本系では六道語りの頂点として美しく描かれた龍宮城なのだが、それは一方で三熱の苦しみを伴う龍畜界として後世を弔うことが女院に希求される世界であった。語り系の古態を示す屋代本や読み本系の長門本にはそうした姿がそれぞれの構想においてあらわに描かれている。苦患を受けつつ輪廻せねばならぬ六道の一つ。そうした様相を体験者として説く女院の六道語りを誘いだしたのが後白河法皇の今風に言えばセクハラじみた疑念の言葉であった。その根拠の一つが延喜帝堕地獄説話である。延慶本を引こう。

　大唐ノ玄奘三蔵ハ覚ノ内ニ仏法ヲミ、吾朝ノ日蔵上人ハ蔵王権現ノ御教ニテ六道ヲ見タリト云事ヲバ、伝テコソ承シカ。（中略）穢悪五障ノ女人ノ御身トシテ六道ヲ御覧ゼラレケルコソ、マメヤカニ心得ズ覚候へ。[1]

右を最もよく知られた個所として、日蔵の六道廻りは『平家物語』諸本のあちこちに見られるが、その多くが流れ込んだ延喜帝堕地獄説話を主要モチーフとしている。いうまでもなく原拠は周知のように『日蔵夢記』[2]なのだが、それは単一の経路によるわざではなかった。『延慶本平家物語』第三本、十三「大政入道他界事」に清盛が「アッチ死」したことについての編者の批評がある。金峯山の日蔵聖人が無言断食して死入り、地獄で延喜帝に会った。延喜帝は父寛平（宇多）法皇の命を違えて無実の菅原道真を流罪にしたため地獄に堕ちて苦患を受けていると述べ、抜苦を朱雀帝にさせるように頼む。畏まる日蔵に帝は「冥途ハ罪ナキヲ以テ主トス。聖人我ヲ敬フ事ナカレ」[3]という。この例を挙げて編者は「賢王、聖主、猶地獄ノ苦患ヲ免レ給ハズ。何況入道ノ日比ノ振舞ノ躰ニテ思ニ、後世ノ有サマサコソハオワシマスラメト思遣コソ糸惜ケレ」と評する。この延喜帝堕地獄説が『宝物集』（第二種七巻本巻二）の地獄の本文[4]を同文的に採り入れたものであることは、今井正之助氏[5]らの指摘するところである。

また大原御幸の場面で、延慶本には後白河法皇が見た寂光院の障子に六道四生三途八難の苦患の様を描いたものがあり、「延喜ノ聖主ノ地獄ニ堕サセ給テ、金峯山ノ日蔵上人ニ向セ給テ、『イフナラクナラクノ底ニヲチヌレバ利利モ首陀モカワラザリケリ』ト、炎ノ中ニシテ悲セ給ケムモカクヤ」と「哀ニゾ被思食」たという個所がある。[6]この和歌は高岳親王の詠として『宝物集』の延喜帝堕地獄の個所に付載されたものであるから、『宝物集』からの訛伝と推測されている[7]が、『源平盛衰記』巻八「讃岐院事」でもこの和歌が「延喜の聖主」の詠になっているから、[8]『宝物集』からそうした伝承が発生した段階が介在する可能性がある。

いっぽう延慶本では建礼門院が「此度生死ヲ可ㇾ離ㇾ事思定テコソ候ヘ」と心境を語り、その根拠として「此身ハ下界ニ乍ㇾ住、六道ヲ経歴タル身ニ侍レバ、可ㇾ歎ニモ非ズ」と述べたのに対して、法皇が女院の心境を理解しないまま先に引いた挑発的な疑問を呈する。[9] この日蔵上人のことを長門本などの読み本系諸本と、語り系古態の屋代本や百二十句本、八坂系諸本は先に引いた延慶本と同じく疑問の例証とし、覚一本や流布本は六道語りの後に移して賛嘆の根拠とするのだが、[10] この言葉の中に見える「六道」は、『夢記』にはなく、それを引いた『北野天神縁起』で付加されたものである。[11]

これらは途中に経由のあることが明らかであるが、『源平闘諍録』一之下「重盛卿父相国を諫めらるる事」で重盛の言葉に出てくる延喜帝堕地獄場面の生前の三罪「然れば、彼の延喜の帝は賢王の名を得たまふといへども、三つの罪に依つて地獄の中に堕ちたまふ。一つには、久しく国を治め賢王の名を施さんとしたまひし名聞の罪、二つには、父寛平法皇、菅大臣の罪を申し免さんが為に御幸有りけれども、高台より見下ろし奉つて、法皇に御詞を懸け奉らざりし罪、三つには、無実を用《も》つて菅丞相を流されたる、是れなり。[12]」は後にV節に引く『日蔵夢記』記載の五罪と順序は必ずしも同じでないものの、福田豊彦氏が解説するように「表現にも相互の密接な関係が認められ」、両者間に何らかの史料が介在した痕跡は見つからない。

このように『平家物語』諸本に流れ込んだ延喜帝堕地獄説話は複数の経路を経ているが、それらに共通するのは【一】延喜帝を聖帝とし、【二】聖帝といえども過失や罪を犯せば地獄の苦を受けるという発想である。この二要素は広く中世の説話集をはじめ諸記録に見られ、[13]『平家物語』はその常識を基底としてこの説話を取り込んだものである。この論調は『源平盛衰記』で特に著しい。小教訓の場面で延喜の聖主が道真を無実の流罪にした「僻事」を犯したと重盛が述べることは諸本に共通するが、『盛衰記』は更に巻二「二代后」、巻十二「主上鳥羽籠居御歎」では延喜帝が父宇多法皇の仰に背く誤を犯したために悪道に堕ちたことを例証として引く。しかし、延喜帝を聖帝とする位置づけも、この帝を人間化し仏教の六道輪廻の論理の下に置く観念も、原拠『日蔵夢記』の異界遍歴の物語にはなかったのである。

そもそも社寺縁起が縁起として意味を持つためには、その社寺の権威が上は広く朝家、下はその地域において認められ、崇敬されていなければならない。即ち縁起はその社寺の権威を確認し、その草創由来を説くために作成されるのが本来の姿である。それゆえ新たな社寺を創立し、その権威を朝家や貴顕、乃至は人民に認めさせるためには、神威や仏菩薩の利益を説く託宣記や夢記、霊験譚のような言説がまず作成されるのが通例の道筋であろう。縁起以前の言語戦略。当然のことながらそれらは超自然の物語に託して何らかの現実的要求をなすことになる。そしてその多くが意図を直接達成できないまま捨て石となる。『日蔵夢記』もその例外ではない。『夢記』の末尾近く、視点人物道賢が満徳法主天での天王の命言を金剛蔵王に報告したところ、大菩薩が「我汝に世間の災難、衆生の苦悩の根源を知らしめ、広く仏事を作し、衆生を利益せんが故に一切をして普く聞き知らしむ」と宣ったと記している。すなわち『夢記』はその成立当時[14]に多発した世情不安の根源を菅原道真の怨念のなせるわざと意味づけて、その鎮魂のためとして朝廷及び忠平を中心とする藤原摂関家に大規模な仏事や造寺造塔をなさしめるべく作成されたものである。山本五月氏がその目的を大覚寺の興隆に絞り込んでおられる[15]のは肯定できる発想であるが、本論はその具体的な目的について云々するのではなく、『夢記』に反映された史実の考証[16]を踏まえて、その目的のために『夢記』がいかなる言説の戦略をとっているかを分析しようとするものである。

冥途記のストーリーが一般には視点人物が異界を巡歴する単線型であるのに対し、『日蔵夢記』は金峯山浄土を基点に道賢が四個所の異界（①大威徳城②斗率天③地獄④満徳法主天）へ出入する、いわばデイジーチェーン型になっている点を特徴としている。

遍歴の基点たる金峯山浄土の条では、蔵王菩薩が道賢の改名の勧告と余命の宣告をなす。すなわち道賢は蔵王菩薩に「日蔵九々年月王護」と記した短札を賜わり、「日蔵は聞く所の尊、法を与ふるなり。尊の法を与ふるに依りて早く汝が名を改めよ。九々は余命なり。年月は長短なり。王護は加被なり」云々と告げられるのである。ところがこの告命は抽象的で謎めいて理解しづらい。後に大威徳城で太政威徳天により具体的に説き明かされるまではわれわれは意味を具体的に理解することができない。

実はこの謎めいた夢告の内容と様式は他の夢記にも同じかたちを見出すことができる。すなわち、『夢記』の作者はデイジーチェーン型冥界遍歴の基点にこのモチーフを据え、更に続く大威徳城で蔵王菩薩の下位の存在たる太政威徳天、すなわち『夢記』の焦点人物たる菅丞相がその説きあかしをなす構成を取ることで、『夢記』全体の真実性・実在性を保証しようとしているのである。

更に作者は実在性の保証として、遍歴の④満徳法主天の条で堂塔建立等の諸仏事を要求する最後に、笙岩屋の冬籠りの開始を要求するモチーフを具体的な作法を細々と述べる記述を伴って据えることで追い打ちを掛けようとしている。冬籠りの起源は明確ではなく、中世末期には絶えたようであるが、本山派修験にとっては重要な年中行事であった。既に延喜年間には笙の石室に籠もって安居を行った僧のいたことが『本朝法華験記』第四十四陽勝仙人の条で知られる。当時既に冬籠りの原型が実行されていたのではないか。醒めた目で見れば時間的に前後矛盾することになろうが、『夢記』の語り手は実行されている冬籠りの起源を時間を超越できる神話として語ることでその記述の直前に列挙された諸要求に説得性を与えようとしているのである。

いま筆者はこの二つのモチーフを『夢記』の作者がその真実性を保証させるために設置したものと読んだ。成立論的にはこの原型として右に触れた陽勝上人の条に見えるような笙の岩屋で安居中に道賢と同様の極限状況における幻想を体験した僧の説話があり、その構成が右の二モチーフであったのを『夢記』の作者がその中間に①から④までの冥界遍歴を増補したのではないかと仮想すれば、『夢記』が設定した天慶四（九四一）ないし五年という年記も原型にはなかったものとすることができ、冬籠りの起源説話の時間矛盾は解消する。また道賢が陽勝仙人や役行者と同じく山岳修行者の共同幻想の産物ではなかったかと推測する上での障碍も少なくなる。しかし、成立過程の憶測は本稿の意図するところではない。くり返せば筆者は佶屈を承知の上で、あくまで現在の『夢記』についてその意図とそのために使用された言説の戦略の読み解きに終始するつもりである。

Ⅲ

金峯山浄土を基点として遍歴する四つの異界の記述様式には意図的な同構造が見られる。各冥界の記述構造が、導入部には以下引用するように①大威徳城だけをやや別様式にして、②斗（兜）率天③地獄④満徳法主天で同じ様式の言辞が置かれ、末尾では金峯山浄土に戻るたびに蔵王菩薩が異界遍歴の意味を解説するという同じフレームを有するのである。そこに『夢記』作成の意図をよみとることができると思われる。各異界の冒頭部を列挙するとそのことが明らかになる。

①太政天退出せんとする時、仏子を見て曰く、「此の仏子に我が住む所の大威徳城を相示して還し遣はさんは如何」と。菩薩是を許す。即ち相共に白馬に乗り、太政天の輦に近づき行くこと数百里……（大威徳城）

②菩薩又曰く、「仏子、汝斗率天を見んや不《いな》や」と。「之を見せしめよ」と答ふ。菩薩手を申《の》べて西南の方の空を教ふ。指の先を見るに即ち斗率天に至れり。（斗率天）

③菩薩亦云く、「汝无慚破戒にして我が教に随はずんば当に地獄に堕すべし。其の地獄の相及び閻羅王界を見んや不《いな》や」と。答へて言はく、「見んと欲す」と。菩薩即ち手を申《の》べて北方を教ふ。幽邃の黒山指さすと与《とも》に道現れ、身即ち閻羅王宮に在り。（地獄）

④復た次に「仏子、汝満徳法主天の宮城を見んや不《いな》や」と。答へて云はく、「願はくは之を見ん」と。「その満徳法主天とは、日本の金剛蔵王なり。我が前より去来す。汝速やかに往詣せよ」と。即ち左の手を申《の》べて東の方を教ふ。手の先を見るに即ち満徳城に至る。（満徳法主天）

右のように②③④は極めて似通った構造の表現を持つ。ところが①は同趣旨だが構造を異にしている。そのことは冒頭に引用した④満徳法主天の蔵王菩薩の解説が①大威徳城末尾のそれと同内容であることと密接に関係すると思われる。

仏子教命を奉ずること已に了り、還りて金峯に至り、上の如く披陳するなり。菩薩曰く、「我汝をして世間の灾難の根源を知らしめんが為に、故らに遣はすのみ」と。

大威徳城の場面のモチーフは二つある。第一は太政威徳天が居城を案内した後、「我は是上人の本国の菅丞相なり」「卅三天は我を日本太政威徳天と字《あざな》す」と正体を明らかにし、日本国土と君臣に対する怨念と復讐の心情を縷々述べる部分である。この部分は四つの内容を持つ。

イ、自分は当初は国を滅没し、八十四年後に再建して我が住城としようと思った。
ロ、しかし諸菩薩の化身たる神明が常に慰喩するから怨心は少し休まって巨害はしていない。
ハ、ただ我が眷属十六万八千の悪神や、第三の使者火雷火気毒王の仕業は禁じ難い。
ニ、自分の像を造って名を称え祈請する者には応じることを誓おう。

まず、イではおどろおどろしい託宣をしながらも、ロハニの言説により菅丞相が意図の不可解な扱いにくい怨霊から昇華して、敬う者には慈悲・功徳を与える霊神・御霊神への踏みだしを見せていることに注目しなければならない。ただ、述懐の表現は詳細であるが、ロハやニの具体的な災害の証拠や堂塔建立の仕様は掲げていない。読者は後に④満徳法主天の場面で宇多上皇の転生した法主天の口から具体的な事例（その性格については後述する）を以て詳細に説明されるのである。第二は先の金峯山浄土で蔵王菩薩から賜った短札の文言の具体的な読み解きである。すなわちこの二つはそれぞれ神の託宣とサニワ（審神者）による意味説きという神語りの構造を持つフレームの一部として位置づけられているのである。そして第二は金峯山浄土と①大威徳城とを繋ぐ役割を果たし、第一は②兜率天③地獄を包み込んで④満徳法主天で詳細に展開されることで『夢記』の基調低音の役割を果たし、以下の記述に響き渡っていることが知られる。その意味で①大威徳城の場面は単に②以下の導入にはとどまっていない。この鎖状に重ねて繋げられた二段階構造の累積は、末尾の「我汝をして世間の災難の根源を知らしめんが為」という意味づけが、④満徳法王天の場面では単なる同文の繰り返しでなく、「我汝に世間の災難、衆生の苦悩の根源を知らしめ、広く仏事を作し、衆生を利益せんが故」と増補されていることに端的に表れているように、神語りの二段構造をずらして重ねることで、ひとびとの心の中に未だ残存する神語りに対する抗いがたい通念を利用して堂塔建立を受け入れさせようという意図を盛り込むのに有効に働いているのである。

前に掲げたように、②兜率天の場面と③地獄の場面は、内容は対照的であるが冒頭表現は極めてよく似た構造を持つ。このことは実はこの二場面の果たす役割と無関係ではない。②は③の、③は④満徳法主天の、それぞれ次の場面の性格付けをなし、前提となる役割を果たしているのである。しかも各場面に登場する人物や事件は史料によって実在がほぼ裏付けできる。すなわち後述のように各場面とも当時世上に流布した噂を基にした記述がなされているが、③④二つの場面では各の場面の果たす役割に対応してその反映のしかたに微妙な差があることが読みとれるのである。

②で道賢は二人の天人と五人の老僧に遇う。天人の一人は「日本延喜王の東宮太子」、すなわち保明親王であり、一人は「日本の大将」すなわち藤原保忠である。保明親王は延喜帝女御穏子（藤原基経女）を母とし、延喜三年（九〇三）十一月二十日生誕、四年二月十日二歳にして親王宣下、同日立太子、延喜十六年十月二十一日元服、藤原時平の女仁善子を納れて妃とした。延喜二十三年（九二三）三月二十一日薨去、年二十一。文彦太子と諡号。太子の急死は噂を呼んだらしく、『扶桑略記』には「妖怪見二宮闕一、訛言満二閭巷一」とし、『日本紀略』には「天下庶人莫レ不二悲泣一其声如レ雷、世云、菅帥霊魂宿忿所レ為也」と記している。同年四月二十日に道真を右大臣に復位させ、正二位を授けたのも、閏四月十一日に延長と改元したのもこれが原因である。その噂は根強いものであったようで、『大鏡』第一は延長元年（九二三）四月二十六日立后の時のことを「きさきにたち給日は、先坊（文彦太子）の御事を、宮の内にゆゝしがりて申いづる人もなかりけるに」と、百年前の事件を今なおあからさまに語るのを憚る筆致で記している。いっぽう藤原保忠は藤原時平の子。正三位大納言右近衛大将となり、陸奥出羽按察使を兼ね、承平六年（九三六）歿、

年四十七。その第が八条にあったので八条大将といい、賢人大将とも称せられた。鳳笙の始祖と称えられ、香道にも名を残す。

　保忠の死について『大鏡』はもののけに取りつかれ経典読誦を聞き違えて頓死したと卑小化している。

　この時平のおとゞの御女の女御（褒子）もうせ給。御孫の東宮（慶頼王）も、一男八条大将保忠卿もうせ給にきかし。（中略）このとのぞかし、やまひづきて、さまぐ〵祈りし給ひ、薬師経読経まくらがみにてせさせ給ふに、「所謂宮毘羅《くびら》大将」とうちあげたるを、「我を『縊《くび》る』とよむなりけり」とおぼしけり。臆病にやがてたえいり給へば、経の文といふ中にも、こはきものの気にとりこめられ給へる人に、げにあやしくはうちあげてはべりかし。その御弟の敦忠の中納言もうせ給ひにき。（中略）あさましき悪事を申をこなひ給へりし罪により、このおとゞの御末はおはせぬなり。[17]（第二時平、傍線部についてはⅦ節で触れる）

『大鏡』の成立した十一世紀半ばには既に北野天満宮は創建されて一世紀近く経っており、怨霊神としての神格は確立していた。それゆえ時平が道真と対照的な小人物悪人として描かれ、その子保忠が報復の対象となっていても不思議ではない。ところが『夢記』の「性正直にして仏法を愛楽《あいぎょう》する故に、此の天処に生まるるなり。」（保明親王）「我世に在りし時、仏法に帰依し、邪法を信ぜず、忠を尽し、孝を竭《つく》す。世務を枉げず。尤（ママ）此の天に生まる。」（保忠）とする記述は、道真の怨念による非業の死につき一言も触れていないが故に、とばっちりを受けた善人が太政威徳天の憐みを受けて救済され天に生じたなどという消極的なものと読むことはできない。二人は積極的に仏法を愛楽し帰依するという善をなして兜率天に転生した。すなわち『夢記』は太政威徳天が仏法守護の天神として二人を尊敬《そんきょう》した結果、ともに兜率天に転生したのだと読ませるのである。その意味で兜率天に上生したこの二人は①大威徳城で太政威徳天のなした述懐ロハニの例証として位置づけられる。同時に保忠をこの形で持ち上げることは、後述のように作者の意図として藤原忠平へのおもねりにあり、そのために菅丞相の怨念が藤原摂関家自体に向けられているのではないことを印象づける作業の一環をなしていることに注意をしておきたい。

寛平・全等の老僧二名については誤写もあるらしく未詳だが、僧正三名のうち静観（増命）（843〜927）は園城寺長吏や延暦寺座主を歴任した僧である。増命は延喜五年（九〇五）四月十四日宇多上皇に廻心戒を授けており、延長元年（九二三）三月二十七日保明親王葬儀の日に妖怪が宮中に見えて訛言が巷に満ちたので醍醐帝は増命をして五月まで修法させている。観賢（853〜925）は東寺長者、醍醐寺座主。正宝（聖宝）（832〜909）は醍醐寺の開山、東寺長者。観賢は聖宝の嫡統である。天台真言の高僧（ともに昌泰の変当時生存していたうえ、増命・観賢は『夢記』の設定時点たる天慶四ないし五年（九四一〜二）から十数年前に没した、まだ生々しい存在である）が道賢と共に兜率天を恭敬賛嘆し、道賢の兜率天上生授記の証人となる。この部分の帰結で蔵王菩薩が「汝我が教に随ひ精進せば、此の生已《をは》りて後に必ず彼の天に生ずべし。豈楽《ねが》はざらんや」と兜率天界遍歴を意味づけている。この言葉は兜率天が道賢を「汝、時未だ至らず。早く本土に帰り、釈迦の遺教に随ひて勤修精進して放逸を行ぜずんば、生涯畢りて後、宜しく我が天に生まれん」と、異界から甦る者を返すときの定型の言葉（冥途記類に地獄の主閻羅王の言葉として多く見られる）と照応しており、『夢記』作成の真の意図が露わにならないようカモフラージュしつつ道賢の報告に真実味を付与するためなのであろうが、実は続く地獄の場面の冒頭と齟齬しかねない構想である。

V

菩薩亦云く、「汝无慚破戒にして我が教に随はずんば当に地獄に堕すべし。其の地獄の相及び閻羅王界を見んや不《いな》や」と。

③地獄の場面は兜率天界とはうって変わった蔵王菩薩の厳しい告命で始まる。直前の兜率天授記の記述と齟齬しかねない印象を受けるのだが、蔵王菩薩は兜率上生も堕地獄も道賢の心がけ次第と告げるのであり、この告命自体は論理破綻には及んでいない。菩薩の言は『夢記』冒頭で道賢を剃髪出家して籠山修行に入ったが六年後母の介護のため断念して裟婆に戻り、以後年一度御嶽躋攀を勤める優婆塞の生活を続けている存在と設定としたことを想起させる。そこには修験道の行者の原型たる古代の民間山林修行者の像が反映しているが、古代国家体制仏教の立場からは僧伽を離脱した無慚破戒、堕地獄の報を受ける可能性のある存在であった。ただ地獄での道賢は背に持仏持経を数多く負い、閻羅王に涅槃法華経を説き尊勝陀羅尼を誦して、閻羅王に「善哉、善哉、誠の仏子なり。是れ浄土天堂に生ずべきの人なり」と礼拝される存在であり、兜率天上生授記の場面と軌を一にしている。さもなければ鉄窟苦所で延喜帝に懇願される資格がない。その意味で冒頭の蔵王菩薩の言にとってつけたような印象があることは否定できない。

なぜこのような綻びと見えるような構想をとるのか。そのためには延喜帝が地獄へ堕ちた五つの罪の意味について解読することから始めなければならない。延喜帝は帝を見て敬屈する日蔵を「敬ふべからず」と制して、次のように言う。

冥途には罪無きを王と為す。貴賤を論ぜず。我は是金剛學（＝覺）大王（宇多帝の受戒名）の子なり。然るに此の鉄窟苦所に堕つ。我位に居りて年久し。其間種々の善を修（原文「縦」）し、亦種々の悪を造る報に、先づ大きに就きて此の鉄窟の報を感得す。（中略）

我生前に犯せる罪は大を取るに五つ有り。云く、皆是れ太政天の事に因るなり。今悔ゆるも及ばず。

［ア］我が父法王をして深く世事を慍《いきどほ》り、天の如き険路を行歩せさせ、心神を困苦せしむるは其の罪の一なり。

［イ］自らは高殿に居し、聖父をして下地に坐せしめ、心を焦がさせ涙を落とさしむるは其の罪の二なり。

［ウ］賢臣を事没《な》くして流すは其の罪の三なり。
［エ］久しく国位を貪り、怨を得て法を滅ぼすは其の罪の四なり。
［オ］自らの怨敵をして他の衆生を損ぜしむるは其の罪の五なり。

是を根本となす。自余の罪は枝葉无量なり。

右の五罪は『夢記』の語りの時点に設定された時期の人々には噂としてよく知られていたことが確認できる。煩瑣になるが史料を列挙することにしたい。

［ア］、法皇が、まだ年若い醍醐天皇が藤原時平らの画策に乗せられるのを阻止すべく、御所へ馳せつけたことは［イ］で掲げる諸史料が記すとおりだが、『夢記』では第一の罪は父宇多法皇に険路を歩ませたことになっている。当時宇多法皇が御所としていた仁和寺から洛中への道が険路だったことは左の記事で裏付けられる。

【日本紀略】（醍醐天皇）（昌泰二年十月）廿四日甲申。太上皇（宇多）落髪入道。権大僧都益信奉レ授二三帰十善戒一。御名金剛覚。今上欲レ幸二仁和寺一。而上皇令二中納言源朝臣希馳奏一曰、山家道狭。将レ妨二鸞輿一者。仍停レ之。
（下略）(18)

宇多上皇の落飾に際して醍醐帝が行幸しようとしたところ、上皇が山道が狭いため鸞輿の通行の妨げになることを奏して取りやめになったというのである。さすれば宇多法皇に「険路を行歩せさせ、心神を困苦」させたことは当時の人々には頷ける事柄であったろう。

［イ］は極めて有名な事件であった。宇多法皇を内裏に入れず、地に坐らせたことを裏付ける史料は、左に掲げた他に『日本紀略』（醍醐天皇）（延喜元年正月）や『江談抄』（第三28）にも見える。

【扶桑略記】（醍醐天皇）（昌泰四年正月廿五日）同日、宇多法皇馳二参内裡一。然左右諸陣警固不レ通。仍法皇敷二草座於陣頭侍従所西門一、向レ北終日御レ庭。左大弁紀朝臣長谷雄侍二門前陣一。火長以上不レ下二榻座一。晩景法皇還二御本院一。

［ウ］「賢臣を無実の罪で左遷したこと」も同様である。道真が賢臣として宇多上皇に信頼されていたことは『寛平御遺戒』で知られる。

【寛平御遺戒】右大将菅原朝臣、是鴻儒也。又深知二世事一。朕選為二博士一、多受二諫正一。仍不次登用、以答二其功一。加レ以朕前年（寛平五年）立二東宮一之日、只与二菅原朝臣一一人論二定此事一。（中略）菅原朝臣非二朕之功臣一、新君之功臣乎。人功不レ可レ忘。新君慎レ之云々。[19]

流罪当初の史料で道真が無実であったことを正面から説くものがないのは当時の政治情勢から当然であるが、延喜帝の荒涼＝軽率さを語る秘話が『江談抄』にある。

【江談抄】（第三33）公忠弁俄頓滅。歴二両三日一蘇生。告二家中一云。令二我参内一。家人不レ信。以為二狂言一。依二事甚懇切一。被二相扶一参内。参レ自二瀧口戸方一。申二事由一。延喜聖主驚躁令レ謁給。奏云。初頓滅之剋。不レ覚而到二冥官一。門前有二一人一。長一丈餘。衣二紫袍一捧二金書一訴云。延喜主所レ為尤不レ安者。堂上有下紆二朱紫一者卅許輩上。其中第二坐者咲云。延喜帝頗以荒涼也。若有二改元一歟云々。事了。如レ夢忽蘇生。因レ之忽改二元延長一云々。[20]

竹居明男氏はこの改元説は大江匡房の創作ではないかと推測しておられるが、[21]その基底に文人貴族たちの間で軽率な延喜帝というコンセプトが密かに語り伝えられていた可能性が考えられる。

［エ］は当時の帝王の即位年数で明らかである。醍醐天皇の三十三年間というのは前後数代の天皇の中で極めて長い。続くのが村上天皇の二十一年間、清和天皇の十八年間、朱雀天皇の十六年間である。

［オ］「自らの怨敵をして他の衆生を損ぜしむること」は、「自らの怨敵」の指し示す対象が明確でないため判然としない。（ただ先述の保明親王（二十一歳で歿）と藤原保忠（四十七歳で歿）や、保明の子慶頼王（母は時平女、延長三年（九二五）六月十九日歿、五歳）など夭折横死した人々のことが想起される。何よりも後述する延長八年（九三〇）六月二十六日の清涼殿落雷で多数の死傷者が出、延喜帝自身が身体不予となり、三ヶ月後の九月二十九日に四十六歳の若さで崩御したということが人々に生々しい記憶として残っていたことは確かである）

地獄の延喜帝の言辞が人々に記憶を蘇らせ、その言の実在性を信じさせようとしている個所は五罪にとどまらない。朝廷と摂関家に追善供養を懇願した直後、延喜帝は「我深く随喜す、第四の親王仏に帰し、法を愛し、念々の功徳数々我が所に及ぶことを」と言う。「第四の親王」とは『吏部王記』の筆者重明親王（906～954）のことである。王が孝心に厚く、醍醐帝の崩御に際して臣子らは一年で喪を除いたのに、三年の間綾羅を着ず朱漆の食器を使わず、山陵に詣で、荷前を上げ、また醍醐寺の造構・鋳鐘・造塔の事を議して鋳鐘銭一万を納め、盆供三十口を施入するなど、亡き父天皇のために尽したことが『醍醐雑事記』所引の『吏部王記』逸文ほかで知られるのである。

Ⅵ

さて前記五つの条項に記される事件が道真に関わるものであることは人々に周知だったが、史料による限り、個々の事件は当初は必ずしも醍醐天皇の為政の過誤として認識されていたのではないようである。それを天皇の犯した「罪」と意味づけたのが『夢記』であった。先に引用したように、眼前の炭の如き形の人を延喜帝と知って敬屈する道賢に対して、帝は「敬ふべからず。冥途は罪無きを王と為す。貴賤を論ぜず。」と印象的な言辞を以て、在位の間の「罪」により鉄窟の悪報を受けていることを告げる。これらの「罪」は政治権力面での過誤ではなく、儒教の徳治主義の視座から不徳の帝王たることを示す罪科であることを特徴とする。帝王たるものは道徳的にも完璧な存在が要求されるもので、この視座から過失を不徳として指摘されると帝としては反論の余地がない。

この五罪堕地獄説は先に引いた『江談抄』第三33「公忠弁忽頓滅俄参内事」で冥界の道真が「延喜の主の所為尤も安からず」と訴えたのに対して第二の冥官（小野篁）が咲《わら》って「延喜の帝頗る以て荒涼なり。若し改元有らんか」と裁定を下したという説話と一面で共通するところがある。しかし『江談抄』が改元の秘話を語るレベルにとどまっているのとは違い、『夢記』では「ア」「イ」は共に子としての父に対する態度、即ち「孝」の道に反する罪として捉えられていることに注目せねばならない。「エ」も本来罪として認識される筋合いではない。それを『夢記』は貪欲のため長く在位したために道真の怨を招く結果となったと「罪」に数え上げるのである。念のために言えば昌泰の変が起きたとき、延喜帝は在位五年目、満十六歳であった。道真の怨霊のわざと解される諸事件は流罪後長期に亘り在位した結果その間に起きたことにすぎない。延喜帝自身が、帝王としての徳に欠け、「其の作る所の悪報、忽に我が所に来たる」と我が罪として自覚しているという意味づけは『夢記』の作者がなしたものなのである。「罪の自覚」については別の視点がある。宗教民俗学では王は世の穢れを一身に背負って祓われ、死に、再生する機能を持つ存在だという。延喜帝の言葉には罪を償った後に化楽天に生まれるという自分の将来を知っている言辞があり、王の機能を自覚していると解釈できなくはない。しかし、化楽天上生の予期は延喜帝が早期の抜苦救済を懇願する直接の動機に卑小化されていることのほうを注目せねばならない。

延喜帝が文人貴族によって聖帝と称されはじめたのは、林陸朗氏によれば(22)天禄四年（九七〇）を初出とする。『夢記』の成立よりは少し後のことと思われる。『大鏡』巻六などでその帝徳が讃えられるのは更に半世紀以上後のことである。同時代的には延喜帝は時平や忠平に対して冷ややかな態度を取っていたために藤原北家にとっては気に障る帝王だったと推測される。そのことに着目した『夢記』の作成者が、朱雀帝の即位の時におそらくは宇多法皇や穏子の意図画策によって摂政に任ぜられ、帝王との関係を修復した忠平を頂点とする藤原摂関家におもねるために、延喜帝崩御にまつわる不吉なイメージを手懸りにして帝を地獄に堕在させたとしたら、うがちすぎであろうか。「賢臣を事没くして流」させた時平の画策に後述のようにあえて言及せず、先に述べたようにその子保忠を積極的な仏法帰依者に仕立て上げた意図も、宇多法皇を満徳法主天＝金剛蔵王に転生させているのもそのように考えれば納得できるのである。（『吏部王記』延長八年十月二十五日に宇多法皇が夢想により「先帝御抜苦得道」のため七ヶ寺で諷誦を修した〈史料纂集四六頁〉とあるのは一般的な追善であり、堕地獄説とは結びつかない。）

さすればその目的は何か。『夢記』は続いて延喜帝が朱雀帝と摂政大臣藤原忠平に種々の仏事をなすことと、道賢に臣下とも四名の抜苦転生のための修法をなすことを懇願している。いま縷々指摘したように、「五罪のもとをなす事柄が世間に生々しい記憶としてある以上、朝廷と摂関家は延喜帝の懇願を道賢の作り上げた虚言として無視するわけにはゆかない。延喜帝堕地獄は事実で、子たる朱雀帝が帝王としての徳を発揮すべく懇願の内容を実行するよう取りはからうのが摂政忠平の義務だ」と『夢記』を読んだ人々が考えるという戦略が読める。しかし、それをストレートに『夢記』作成の目的として読んでいいか。

『夢記』を読む者は誰しもが延喜帝堕地獄の衝撃性に眩まされる。もしそれを『夢記』の主目的と見なすならばこの部分の構想は疎漏と言わなければならない。先にこの節の冒頭で指摘したように、地獄遍歴の冒頭で蔵王権現が道賢に地獄を遍歴させる目的にはとってつけたような違和感があるのだが、更に道賢が閻魔王宮を遍歴する意味づけがこの冒頭ならびに閻羅王との対面の場面と末尾とでズレを生じているのである。まずは閻羅王との対面の場面。「閻羅王界を曾《ふ》る所に非ず。何の故に此の間に来生するや」と不審がる閻王に対し、道賢は「金剛蔵王の神通力の至す所なり。唯願はくは地獄の苦菌を見ん」と云う。冒頭の蔵王菩薩が道賢に告げた目的はここでは読みとれない。かつ道賢が金峯山浄土に帰って報告する際に菩薩が彼に告げた地獄遍歴の意味づけは、冒頭とも鉄窟苦所の延喜帝の懇願とも呼応しないのである。

菩薩曰く、「汝に地獄を見せたり。怖畏を生ぜしや不《いな》や」と。答へて云はく、「甚だ怖畏なり」と。菩薩曰く、「若し人因果を信ぜずは、終りの時に直ちに彼の地獄に入ること箭を射るが如くならしめん。僧祇劫を経て苦を受くること息むことなからん。地獄の一日一夜は人間の六十小劫に当たる。此の如く日夜に苦を受け、八万四千大劫を経て出るを得ん。此の如く三悪道を経て僅かに人道の下賤貧窮に生ぜん。汝精進して七世の父母及び一切の衆生の苦根を抜せよ」と云々。

この言は続く満徳法主天の場面で法主天が「汝若し退縁に逢ひて恐をなさば、善利を告げ、浄刹を示して歓喜せしめ、地獄を示して怖畏せしめん」と告げるのと同じ性格である。蔵王権現は道賢に自分の堕地獄を免れるためでも、朱雀帝に延喜帝の抜苦の仏事をさせるためでもなく、地獄を遍歴して得た怖畏の心を以て七世の父母及び一切の衆生の抜苦のため精進することを求めているのである。延喜帝は化楽天に、三人の臣下は忉利天に上生することを帝自らが知りながら、離苦の期を早めるべく仏事を懇願するというロジックも、供養を求める理由としては風変わりである。もともと「我が抜苦の為に一万の卒都婆を起立し、三千の度者を給ふべし。」「智行具足の名僧三百口、三千人の度者を請じて、大極殿の前にして仏名懺悔の法を修すべし。」ほかのくだくだしい規模の供養は、いかにも霊託じみているがそのままでは実現する可能性がない。それだけではない。先に述べたように、この部分の論理自体がその対象に実行を強く迫るには破綻を生じているのである。

では なぜわざわざ延喜帝堕地獄のモチーフを書き込んだのか。それは読むものに周知の記憶を新たに色づけしてよみがえらせ、次の場面で展開される太政威徳天の堂社建立を実現させるために菅丞相の怨霊に対する怖畏の念を刷り込むという、周到な言説戦略だったのである。

Ⅶ

地獄で延喜帝にあった後、道賢は④満徳法主天の宮城へ導かれる。法主天が醍醐天皇の父宇多法皇であることは地獄の延喜帝が「我が聖父法主天慇懃に彼の天神を誘喩し、其の悪を遮妨す」と述べていることで知られる。そして法主天自身の命言は延喜帝の言と呼応している。

我は是れ日本の僧王なり。我清浄の出家を梵行せずと雖も、一たび受戒の力にて化楽天処に生ずるを得たり。然るに我卑少の別城に住するは、彼の太政天の悪を遮止せんが為なり。

満徳法主天の場面は太政威徳天になった菅原道真の怨霊の要求を満徳法主天になった宇多法皇に語らせるというフレームを持つが、論理上二つの階梯から成り立っている。その内容は先に述べたように太政威徳天の場面での威徳天の言をサニワぶりを以て具体的に説き述べたものである。まずは菅公の怨念が法主天の口を借りて直接話法で語られる。ついでその怨念の結果生じた災厄が、語り時点の間近で語りがターゲットとしている者の身近に起こった災厄から十数年前の畿内での事件、更に国土天下一切の災厄全体へと時空の規模を拡大してゆく累層法をとる。国土の災害が縷々解き明かされる部分。第一は満徳天の口を借りて菅丞相の怨念とその結果生じた

大威徳天神の怨害の第一、延長八年（九三〇）六月二十六日の宮中落雷事件について。『夢記』の記述する死傷者の姓名が史料と重なり合い、更に二名を加えている。

【日蔵夢記】又去延長八年清貫・希世朝臣等を震害し、又美怒忠兼を蹴殺し、化（ママ）（紀カ）景連・安曇宗仁等を焼

損せしは、即ち此の天の第三の使者火雷火気毒王の所作也。

【九条右丞相遺戒】貞信公語云。延長八年六月廿六日。霹二靂清涼殿一之時。侍臣失レ色。我心中帰二依三宝一。殊無レ所レ懼。大納言清貫・右中弁希世。尋常不レ敬二仏法一。此両人已当二其妖一。以レ是謂レ之。帰真之力。尤逃二災殃一。(23)

【扶桑略記巻廿四】（延長八年）六月廿六日。未時。大納言民部卿藤原清貫年六十四。参議保則之四男也。并右中弁内蔵頭平希世。及近衛二人。於二清涼殿一為レ雷被レ震。主上惶怖。玉躰不悆。遷二幸常寧殿一。座主尊意依レ勅候二於禁中一。毎夜献二于加持一。（下略）

【扶桑略記巻廿四裡書】（延長八年六月）廿六日（中略）是日。申一刻。雲薄雷鳴。諸衛立レ陣。左大臣以下群卿等起レ陣。侍二清涼殿一。殿上近習十余人連レ膝。但左丞相近二御前一。同三刻。旱天曀々。陰雨濛々。疾雷風烈。閃電照臨。即大納言清貫卿。右中弁平希世朝臣震死。傍人不レ能二仰瞻一。眼眩魂迷。或呼或走。先レ是登二殿之上一舎人等。倶於二清涼殿一逢二霹靂一。右近衛忠兼死。形躰如レ焦。二人衣服焼損、死活相半。良久遂無レ恙。又雷火着二清涼殿南簷一。右近衛茂景独撲滅。申四刻、雨晴雷止。（下略）

『夢記』には紀景連や安曇宗仁という下級官人の名が記されており、出典論や成立論の視座からはこの記事から『夢記』の作者が右史料以外の何らかの史料に基づいて記したのだとか、この事件が衝撃的なこととしてあざあざと人々に語り継がれていた時点での成立なのだという推測を導き出すことになろう。しかし言説の戦略の視座からの問題はそこにない。問題はここに掲げなかった『日本紀略』を含めて、管見に触れた限りでは当時の史料がこの落雷事件を菅原道真の怨霊の仕業だとはどこにも記していないことにある。道真が怨霊化していなかったのではない。これより七年前保明親王の急死が「菅帥霊魂宿忿所為也」と喧伝されていたことは先に述べた。敢えて言えば、この落雷事件——後に『北野天神縁起絵巻』諸本に圧倒的な印象を与える図柄となって描かれる——を「此の天の第三の使者火雷火気毒王の所作なり」としたのは『夢記』の意図的な解釈なのである。

同様のことが続く諸大寺の焼亡についても言える。管見に触れた史料を掲げる。

【日蔵夢記】亦崇福・法隆・東大・延暦・檀林等の諸大寺を焼亡せしは、是即ち使者王の所作なり。

崇福寺

【日本紀略】（延喜二十一年（九二一））十一月四日乙酉。崇福寺堂塔雑舎等消失。建立之後二百五十三年。

法隆寺

【法隆寺別当次第】観理大僧都　治十二年東大寺人延長年中任之　件任中延長三年（九二五）乙酉講堂焼失同北室等焼失早。

【聖徳太子伝私記】延長三年乙酉［講堂］焼失了。同北室焼了。

【法隆寺白拍子記】、醍醐《タイコノ》天皇ノ御宇、延長年中ノ事ニヤ、北野ノ天神、荒人神ト成リ給シ時、諸寺ノ寺院多ク回禄《クワヰロク》ノ炎ヲナシ給シニ、当寺ノ講堂炎上ノ難ニ過《アキ》シ時、北ノ室西ノ連室八ケノ室ニ至ルマテ余炎ニヲカサレシカトモ、此一室ニイタリテ火災ノ難ヲ遁レシソ不思議トソ覚ル。(24)

東大寺

【扶桑略記】（延喜十七年（九一七））十二月一日。東大寺講堂一宇十一間。并三面僧房一百二十四間焼亡。

延暦寺

【日本紀略】（承平五年（九三五））三月六日庚子。比叡山中堂失火。唐院榜堂舎四十余宇消失。（『扶桑略記裡書』にも）

檀林寺
【扶桑略記】（延長六年（九二八）三月）十三日夜。檀林寺火災。火出㆓金堂㆒、諸堂舎悉蕩尽。唯残㆓塔・宝蔵・政所町等㆒。

これら諸大寺焼失の記事にも法隆寺を除いては道真の怨霊の影は見られない。『法隆寺別当次第』のこの条の成立は書き継ぎのため明確でないが、後代のものである。『聖徳太子伝私記』は嘉禎四年（一二三八）、『法隆寺白拍子記』は康安二年（一三六二）の成立。天慶年間（九三八〜九四七）湛照僧都（菅原氏出身）が別当の時に法隆寺の天満宮御霊会が始まったとの伝承が『別当次第』にある。これ自体が御霊会の起源を古く見せかけようとする作為と思われる。そして講堂の焼失はそれ以前である。良訓・信秀編『古今一陽集』には雷火で焼失と記すが、道真の怨霊の仕業との噂が当時あったことを肯定したり否定したりすることにはならない。『白拍子記』の記事は『天神縁起』などの影響と見られ、焼失と道真の怨霊を結びつける説は『天神縁起』（その出典は『夢記』である）成立以後と考えられる。これらの焼失を「使者天」の仕業とするのは『夢記』の付け加えた解釈としなければならない。

『夢記』は引き続いて各種の災害を列挙する。「或は山を崩し、地を振ひ、城を壊し、物を損ず。或は暴風を吹かせ、疾雨を降らせ、人物を併ら損害す。或は疾病火死の病を行ひ、或は戎者をして乱逆の心を発せしめ、或は大人をして嘲哢の乱を倏《みだ》す」。これらの五つの災害――地震・暴風洪水・疾病・地方の反乱・嘲哢之乱――のうち、意味のよくわからない最後の一つを除いてはすべて当時の史料に見えるところである。承平八年（九三八）（天慶元年）四月十五日大地震（『日本紀略』、余震が十月まで続いた）、風雨洪水は同年五月二十六日・六月二十日・七月十一日・八月二十七日に起き（『日本紀略』『本朝世紀』ほか。なお前後の二年には殆ど起きていない）、疾病流行は延喜九年・十五年・二十三年・延長六七年にあった。地方の反乱が天慶二年から四年にかけての将門・純友の乱をさすことは言うまでもない。

現在の視点では地震や暴風などの天災と承平天慶の乱を等価的に併記することは偏頗なことになるが、当時の都人の視座からは不思議なことではないであろう。そしてこれらの異変を菅丞相の怨霊の仕業とする当代的な史料は見つからない。これらを『夢記』は「凡そ国土天下一切の不祥は、十六万八千の悪神の所作なり。太政天能く制止するも、若干の眷属は制止すること無し。是の如きの災害、専ら時に当たれるに非ず、各大王の福の尽くるに非ず、公卿の運の尽くるに非ず、只此れ日本太政天の忿怨の致す所なり」と総括し、ターゲットに語りかけるのである。それが太政威徳天の堂社を建立させようとするために『夢記』がとった言説の戦略であった。

すなわち、『夢記』はまず世間に記憶が生々しく残っているエピソードをちりばめて延喜帝堕地獄説話をいかにも真実らしく作り上げ、その衝撃性を手がかりに天慶四五年当時までに起きた異変を全て菅公の怨霊の仕業だと、朱雀帝及び藤原忠平ら朝廷と摂関家に信じ込ませようとしているのである。しかも直接手を下したのでなく、眷属十六万八千の鬼神や第三の使者の仕業とし、その悪行は日本の善神では遮り止められないと凄むところに太政威徳天が単純な菅丞相なる一怨霊の域にとどまらない宇宙的存在に巨大化されていることが読み取れる。しかもこの太政天は脅迫一点張りの強面《こわもて》でなく、大威徳城での述懐で「若し人有りて上人の我が言を伝ふるを信じ、我が形像を作り、我が名号を称し、慇懃に祈請する者有らば、我必ず上人に相応ぜん」と告げたように、勧請し、咎を謝し、福を祈れば感応する威徳神へと変貌しているのである。それとともに『夢記』の言説が先に触れたように摂関家、特に摂政忠平に腫れ物に触るような気配りをしていることに改めて注意せねばならない。

その現れが藤原時平について『夢記』が何も触れていないことである。本稿で縷々指摘してきたように、これだけ当時の世間情勢に通じている『夢記』の作者が、時平が道真失脚の陰謀の中心であったことを知らないはずがない。しかも延喜九年（九〇九）四月四日の時平の死亡が伝染病によるものでなく、道真の怨霊による怪死だと噂されていたことは、『扶桑略記』の記事で明らかである。

（延喜九年）春夏之間、疾疫盛発。四月四日。左大臣藤原時平薨。年三十九。病痾之間。内供奉十禅師相応。師檀之契約年久。然為レ恐二怨霊一。无二懇切加持一。爰請二善相公男僧浄蔵一。令二加持一矣。然間菅丞相之霊。白昼顕レ形。従二左右耳一出二現青龍一。謂二善相公一言。不レ用二尊閣諷諫一。坐二左降罪一。今得二天帝裁許一。欲レ押二怨敵一。而尊閣男浄蔵。屢致二加持一。宜レ加二制止一。爰浄蔵依二父之誡一、退出已畢。則時左大臣時平薨。（後略）

Ⅳ節に引用した『大鏡』の傍線部もこの記事に繋がる。ではなぜ『夢記』はこのことを語らないのか。そこに『夢記』の言説の戦略のヤマがあったとしなければならないであろう。

摂政藤原忠平は時平の弟である。忠平が陰謀を積極的に推し進めた史料は現在では見あたらないが、反対したとか無関係だったとか記す史料もない。藤原北家一族として道真追い落としに荷担していた可能性があると推測するのが自然であろう。さすれば時平の怪死事件に触れられることは藤原北家にとって望ましいことではなく、堂社建立をしようとする気を起こさせるのに妨げになると『夢記』の作者は考えたのである。しかも間近に起きた将門純友の乱で寺社は朝廷が祈祷をさせたのに応じて神託や霊験のあったことを数多く報告している。いわばそうした霊異の報告に食傷気味の状態の中、神威につき何の実績もないものが言説だけで朝廷と摂関家に堂社を建立させようとするには慎重周到な戦略が必要である。『夢記』の作者はそのことを熟知していた。彼は時平の聟保明親王と時平の子保忠を世間の噂に逆らう形で兜率天に上生させ、時平については口を噤《つぐ》んだのである。藤原摂関家の潜在感情に微妙につけ入った言語戦略とすべきである。

だが、周到な戦略にもかかわらず、『夢記』作者の希望は達せられなかった。要求の規模がマニアックで大きすぎたことに原因を帰してはならない。『夢記』の作者がおそらくは他に武器とするものがない故に縋り付こうとしたおだての言語戦略、その基底に据えた、嘗ては権威のあった神語りの言説構造はもはや無条件的な有効性を失いつつあったのである。志多羅神の上京騒動とそれに対する朝廷側の操作、その結果としての運動の屈折が起こるのはもう間近に迫っていた。いま大覚寺傍の広沢池の天神島には椎の巨木の下にささやかな祠が建っているばかりである。

しかし、『夢記』の蒔いた種「冥途には罪無きを王と為す。貴賤を論ぜず」は後に原作が意図しなかった枝葉を広げる結果となった。『夢記』で堂社建立を狙った言語戦略、ブラフとして創出され不発に終わった言説は、それから二世紀半ばを過ぎて既に揺るぎない神威を確立していた北野天満宮の草創縁起、『北野天神縁起』(建久本)に確たる事実として採録され、更に縁起が絵画化された際[25]、延喜帝堕地獄の場面が日蔵六道巡歴の中心場面となるにいたって後出の諸書に大きな影響を及ぼすこととなったのである。それらは冒頭に引いた『平家物語』諸本や、中世説話集ほかの延喜帝堕地獄説に見られる天皇観の変質を伴ってのことであった。『夢記』制作当時は律令国家仏教体制に基づく絶対的な王権観、天皇聖主観が主流であった中で、作者が藤原摂関家にとりいるためにあえて取った表現だったものが、院政期以後天皇の人間的側面を裏話めいて表層化する潮流に乗って、その証例の一つとして広く引用されるようになったのである。

注

(1) 延慶本の本文は北原保雄・小川栄一『延慶本平家物語本文篇』上下(勉誠出版 一九九九再版)による。以下「北原」と略称。この個所は北原下五二〇頁。

(2)『日蔵夢記』の本文は『神道大系』神社編北野(真壁俊信編 一九七八)に基づき、『北野誌』所収翻刻を参照して新たに点を付して読み下した。原文には多くの誤写があるようであり、『北野誌』『神道大系』の翻刻も誤読と思われる個所が少なくない。本文引用をあえて訓読とした所以である。この訓読は大谷大学大学院仏教文化専攻の二〇〇一年度村上ゼミ一同の成果である。

（3）北原上六一〇頁。

（4）新日本古典文学大系『宝物集・閑居友・比良山古人霊託』（一九九三）六九頁。

（5）「平家物語と宝物集―四部合戦状本・延慶本を中心に―」（『長崎大学教育学部人文科学研究報告』34、一九八五・三）。

（6）北原下五〇九頁。

（7）橋本正俊「中世説話集における日蔵上人蘇生譚」（『国語国文』一九九八・二）。

（8）国民文庫本一八六頁。

（9）拙稿「「大原御幸」をめぐる一つの読み」（『大谷学報』二〇〇三・三）。

（10）小林智昭「「六道」の一考察」（『続中世文学の思想』笠間書院　一九七四）一六五〜一七〇頁、中山通子「建礼門院の見た六道」（『かほよとり』5　一九九七・一二）一八〜二二頁。

（11）鶴巻由美「日蔵説話小考」（『宝物集研究』第二集、一九九八・三）。「其程金剛蔵王の善巧方便にて三界六道をみぬ所なかりけり」（建久本、『神道大系』北野一一八頁）。

（12）福田豊彦・服部幸造『源平闘諍録』上〈講談社学術文庫〉三七四頁。

（13）山崎裕人「日蔵上人蘇生譚に関する考察」（『都留文科大学国文学論考』17　一九八一・二）、橋本正俊「中世説話集における日蔵上人蘇生譚」（『国語国文』一九九八・二）。

（14）袴田光康「『源氏物語』と『日蔵夢記』」〈『中古文学』69　二〇〇一・五〉の注20にそれまでの成立年時に関する諸説の整理がされている。太政威徳天が太政大臣を連想させるところから道真に追諡された正暦四年（九九三）以後の成立としたり、今堀太逸氏（「日本太政威徳天と災害」〈『文化史の構想』吉川弘文館　二〇〇三〉のように寛弘元年（一〇〇四）以後の成立を考える説もあるが、筆者は後に触れる災害記事ほかが史書の記事に生々しく密着するところから『夢記』の設定年代たる天慶四年からあまり降らない時期、遅くとも天徳三年（九五九）師輔の社壇建立より前に成立したと考える。

(15)「『道賢上人冥途記』の成立」(『仏教文学』22　一九九八・三)。
(16)調査に際し真壁俊信「日蔵上人の伝承に見る天神信仰」(『天神信仰の基礎的研究』近藤出版社　一九八三)、竹居明男「『道賢上人冥土記』と史実」(『国書逸文研究』20　一九八七)の学恩を蒙った。
(17)日本古典文学大系『大鏡』(松村博司校注　一九六〇)七六〜七九頁。小書の補入は原典では右傍書。
(18)以下の『日本紀略』『扶桑略記』は国史大系本による。反点は私に施した。
(19)日本思想大系『古代政治社会思想』一九四頁。ただし反点を施した。
(20)新日本古典文学大系『江談抄・中外抄・富家語』(山根対助・後藤昭雄校訂　一九九七)五〇一頁。ただし江談抄研究会『古本系江談抄注解』(武蔵野書院　一九七八)を参照し、反点を施した。
(21)「源公忠蘇生譚覚え書」(『文化史学』44　一九八八・四)。
(22)「所謂「延喜天暦聖代説」の成立」(古代学協会編『延喜天暦時代の研究』吉川弘文館　一九六九)。
(23)日本思想大系『古代政治社会思想』二九六頁。ただし反点を施した。
(24)『法隆寺別当次第』は『法隆寺史料集成』三(ワコー美術出版　一九八五)、『聖徳太子伝私記』は『法隆寺史料集成』四(同)、『法隆寺白拍子記』も『法隆寺史料集成』八(同)によった。
(25)村瀬実恵子「メトロポリタン本天神縁起絵巻」(『美術研究』247・248　一九六六・七〜九)

院政期の装束と安徳天皇

鈴木眞弓

はじめに

平安時代の公家の装束は、奈良時代令の制度に見られる礼服・朝服・制服が国風化して、中国・韓国とも異なる典麗優雅な装束に生まれ変わった。ことに『源氏物語』に代表される藤原氏全盛時代の装束は、方量もゆったりと身幅も寛闊化され、男子の束帯・衣冠・直衣・狩衣・水干、女子の唐衣裳五衣装束等、江戸時代まで着用された装束の原型がほぼこの時代に整えられたといえよう。

とは言え服飾を研究する上で参考となる資料は、正倉院には奈良時代からの伝世品があるが、平安時代の初期中期には日記・文学等の記録には恵まれるものの遺品は皆無であり、絵巻等の作品も平安時代後期に属し、たとえば『源氏物語』の装束を再現しようとしてもまだまだ問題点が多岐に亘るのが現状である。

しかし、平安時代院政期になると話は別である。遺品こそ少ないが、『伴大納言絵詞』・『吉備大臣入唐絵巻』・『源氏物語絵巻』・『平治物語絵巻』・『平家納経』の見返し等、平安時代という全体のイメージを彷彿とさせる作品群が伝存されている。平安時代の女子の色目等で現在も盛んに利用されている『満佐須計装束抄』なども院政期の強《こわ》装束時代を投影している代表的な装束抄である。
そこで本稿では、装束の転換期でもある院政期の公家の装束を、『平家物語』に重ね合わせて参看してみたいと思う。

一　強装束の登場と源有仁

『平家物語』（日本古典文学全集　小学館）巻第一「禿髪」には「平大納言時忠卿の宣ひけるは、『此一門にあらざらむ人は、皆人非人なるべし』とぞ宣ひける。かかりしかば、いかなる人も、相構へて其ゆかりに、むすぼほれむとぞしける。衣文のかきやう、烏帽子のためやうよりはじめて、何事も六波羅様といひてんげれば、一天四海の人、皆是をまなぶ。」と見える。平安時代の装束でも院政期になると、従来のゆったりとした、いわゆる萎《なえ》装束から強い張《はり》のある線を強調した強《こわ》装束の時代となり平家一門がこぞって用いたため、一門以外の公家がこぞって着装し平安季世の服飾文化に多大の影響を与えたという。

又このころの風俗を伝える『梁塵秘抄』（日本古典文学大系　岩波書店）にも「此の比京に流行るもの、肩当腰当烏帽子止め、襟の堅つ型、錆烏帽子、布打の下の袴代の四幅の指貫」と見え院政期の流行を伝えている。

強装束は、一般に後三条天皇の皇孫源有仁が始められたと伝えられ、『神皇正統記』第七十四代第四十一世鳥羽院の条（日本文学大系　岩波書店）には「御容儀メデタクマシマシケレバ、キラヲモコノマセ給ケルニヤ、装束ノコワクナリ烏帽子ノヒタイナンド云コトドモ其此ヨリ出来ニキ。花園ノ有仁ノオトド又容儀アル人ニテ、オホセアワセテ上下オナジ風ニナリニケルトゾ申メル」と見え、『今鏡』（講談社学術文庫　『今鏡下』）にはより詳細に

この大将殿（有仁）は、ことの他に衣紋をぞ好み給ひて、上の衣などの長さ短さのほどなど、細かにしたため

させ給ひて、その道に優れ給へりける。

大方、昔はかやうの事も知らで、指貫も長うて、烏帽子も強く塗る事もなかりけるべし。この頃こそ、さび烏帽子なども折々変り侍めれ。白河院は、装束参る人など、おのづから引き繕ひなどし参らせれば、さいなみ給ひけるとなむ聞き侍りし。

いかに変りたる世にかあらむ。鳥羽院、この花園の大臣、大方も御みめとりどりに、姿もえもいはずおはします上に、細かに沙汰せさせ給ひて、世のさがになりて、肩あて、腰あて、烏帽子とどめ、などせぬ人なし。またさせでもかなふべきやうなし。

冠、烏帽子の尻は、雲をうがちたれば、ささずは落ちぬべきなるべし。時に従へばにや、この世に見るには、袖のかかり、袴のきはなど、繕ひ立てたるはつきづきしく、打ち解けたるはかひなくなむ見ゆる。衣紋の雑色などいひて、蔵人になれりしも、この家の人なり。（今鏡・みこたち第八・花のあるじ）

と見える。

白河天皇の時代には下手に装束の容儀を繕ってもお気に召さない時代であったが、鳥羽天皇と源有仁が肩当・腰当等まで使用し、烏帽子も形を作り漆で固め、烏帽子止めを刺さないでは落ちてしまうという、極端な装束の様式を作り出したというのである。

主人公の源有仁は後三条天皇の三宮輔仁親王と源師忠の女との間に康和五年（一一〇三）に生まれた。その後、白河上皇の猶子となり皇嗣にも擬せられたが、崇徳天皇の誕生から源姓を賜り臣籍に降下された。しかし遠慮もあってか当初から従三位に叙せられ順調に累進し、保延二年（一一三六）には左大臣に叙せられた。その後、病を得て久安三年（一一四三）二月十三日享年四十五歳で薨じている。

有仁の衣紋は、徳大寺家、大炊御門家に継承され、その後、徳大寺に伝えられた衣紋の伝承は、その一門に連なる山科家に継承されたと伝えている。

『今鏡』に登場する有仁は光源氏にも擬せられ、容姿端麗、和歌、管弦等全ての教養を備えた理想の人物として描写されている。

この源有仁は、『今鏡』という文学作品の一主人公として、衣紋道の創始者、又天皇になれなかった悲劇の人物として、漠然と評価されてきた。

二 源有仁と花園流の公卿学を継承した閑院流と大炊御門家

公卿学の研究史上に名高い、竹内理三の「口伝と教命」[1]では、源高明の有職や摂関家の故実の継承を論じている。藤原忠実から小野宮流・九條流に分かれ、九條流からひときわ栄光を放つ藤原道長の御堂流への公卿学の伝承が述べられ、有職故実学の規範とされている。その後田島公[2]、細谷勘資[3]の各氏等の研究成果が発表され、藤原一門故実の外に、院政期の独自の源有仁を核とする教訓を伝えた非藤原系の故実の体系が解明されるようになった。それによれば、村上源氏系の土御門流の伝承を受けた源有仁は白河院政期にふさわしい儀式作法を修め、薨じた後も其の故実は日記、記録などとともに、有仁の妻が藤原公実の女である関係から、三條・徳大寺等の閑院流に渡り、非藤原系故実の亀鑑とされたという。平安季世の記録、日記には閑院流の人々の活躍が見られる。

一方、この一流の他に有仁の有職を継承した公家に藤原経宗がいる。この経宗は、藤原経実の四男として元永二年（一一一九）に生まれた。この経実は大炊御門家の始祖として仰がれ、女懿子は後白河院に仕え、二條天皇を生んだ。このような関係から、経宗も順調に累進して春宮権大夫兼別当、右衛門督、左大将、春宮（安徳天皇）傅、従一位左大臣となり、左大臣の地位にいること二十四年の長きに亘り文治五年（一一八九）二月十三日年七十一歳で薨じている。彼の生涯は波乱にとみ、二條天皇の叔父として信任も篤く天皇に忠実であったため、後白河院の機微にふれ平治二年（一一六〇）に解官され阿波国に流された。その後、長寛二年（一一六四）本位に復せられ還任されている。『愚管抄』（日本文学大系　岩波書店）に「経宗大納言ハ、召還サレテ、長寛二年正月廿二日に大納言ニカヘリナリテ、後ニハ、左大臣一ノ上ニテ、多年職者ニモチヰラレテゾ候ケル、コノ経宗ノ大納言ハ、マサシキ京極大殿ノムマゴ也、祖父の二位時実ニハ似ズ、公事ヨク勤メテ、識者ガラモアリヌベカリケレバ」と、この間の事情と経宗の人柄を伝えると共に、故実家としての見識も認めている。

経宗と平家との関係をみると、非常に親密であり、平重盛の男宗実を養子に迎えているほどである。これらの関係から、院政期の故実を結集した有仁の有職弁に衣紋など平家一門にも継承され、武門の嗜好からも強装束が好まれる基礎を築いていったのであろう。

これらの研究から改めて源有仁の存在が再確認されており、院政期を核とした非藤原系の故実がもっぱら閑院系で支持されてきたことは、ことに装束を研究するものにとって興味深いものがある。

櫻井秀は『日本服飾史』(4)で強装束を源有仁の創意に擬するの説は正しくない、有仁と鳥羽院の趣向好きとが強装束の傾向を助長したことは明白である、と解釈しているが、近代の公卿学の研究から類推すればその後に与えた装束の影響は絶大なるものがある。只、櫻井が指摘したように日記・記録などの資料に強装束のことが有仁の他の故実から比べれば殆ど皆無であり、強装束の始祖とするには根拠が希薄すぎるのかもしれない。

しかし『今鏡』に「衣紋の雑色などいひて、蔵人になれりしも、この家の人なり。」と見え、花園流を継承した徳大寺家、大炊御門家が、装束で活躍してきたことを見ると改めて注意を引く一文に思える。

『平家物語』には合戦の場面が多く、甲冑の出で立ちの様を知るには不足しないが、公家装束の表現は殆どみることが出来ない。

一部、巻十「大嘗会之沙汰」には「先帝の御禊の行幸には、平家の内大臣宗盛公節下にておはせしが、節下の握屋につき前に竜の旗たててゐ給ひたりし景気、冠ぎは、袖のかかり、表袴の裾までもことにすぐれて見え給へり。」と見え、「冠ぎは」「袖のかかり」など強装束独特の衣紋の優雅さが表現されて興味深い。

藤原（九條）伊道が応保二年（一一六二）頃二條天皇に提出した意見書として知られる『大槐秘抄』[5]にも「ただただむかしのごとくに人のみななしをうちてさぶらはば。それだにもあつきとき寒き時。大事に候に。近代となりてこはきもののうへに。猶こはき物をきかためて。こしあて。かぶりとどめ。えぼしとどめなど申て。ちからもをよばずしたてあひて候なかに。しほしほくだくだとして。あさましげなる雑色一二人ばかりぐして。けうの前駆などぐして出仕候こそいかなるぬすみもしつべき事にて候へ。物ほしがりとてこそきはめたる道理にて候へ」とある。この肩当・腰当等は、室町時代初期の高倉永行が著した『装束雑事抄下』[6]わきあけの袍事の条に「まとはしも、わきあけも着用ハ口傳抄御伏見院御抄にありかたあてこしあてハ当世せす」としているので、平安期末の一種独特のコスチュームであったのでは無かろうか。只ここで、強装束の伝統が無くなったのではなく、「強きものの上に。猶、強き物を固めて」とあるのは、その後、板引きといって、束帯の下襲、表袴などの裏地や衵、半臂を糊で強く張って直線を強調したのであるが、この風は大正天皇の御大礼まで用いられている。昭和天皇の御大礼では板引の装束を着用すると衣擦れの音が騒音に聞こえ、儀式の荘厳さを台無しにするという理由で廃止された。一般には関東大震災で予算を縮減したためともいうが、そのため板引きの伝統は無くなり強装束の着装も困難になった。

又女性の装束も、装束の地質等強く張らせ、一部板引きも使用するようになり、重ね色目の美しさは、裏地を表におめらかせて強調し、[7]時に中倍《なかべ》といって、表と裏の間にもう一枚裂《きれ》を挟んで色の重ねを表現するなど、強装束の後世に及ぼした影響は計り知れない。

三　びんづら

その他『平家物語』に現れる装束では、巻十一「先帝身投」の条に「主上今年は八歳にならせ給へども、御としの程よりははるかにねびさせ給ひて、御かたちうつくしく、あたりもてりかかやくばかりなり、御ぐし黒うゆらゆらとし、御せなか過ぎさせ給へり。」「山鳩色の御衣にびんづら結はせたまひて、御涙におぼれちいさくうつくしき御手をあはせ…」とみられる安徳天皇の装束が印象的である。山鳩色の御衣は正式な黄櫨染の袍の外に略儀に用いられる、所謂青色の御袍である。

平安時代の天皇は幼帝が多い。『平家物語』巻第八「法住寺合戦」に「抑義仲、一天の君にむかひ奉りて軍には勝ちぬ、主上にやならまし、法王にやならまし。主上にならうど思へども童にならむもしかるべからず。」と見え、「主上のいまだ御元服もなき程は、御童形にてわたらせ給ふを知らざりけるこそうたてけれ」とからかわれているが、それほど、幼帝ばかりの時代でもあった。その天皇の元服前の装束、特に通常に総角とも美津良ともびんづらとも呼ばれた髪型はどのようなものであったか、安徳天皇に見られる総角はどのようなものであったかも考えてみたい。

総角は古くから見られる若年の髪型で、法隆寺献納御物「伝聖徳太子画像」として伝えられている左右両脇の少年像の髪型で著名である。

しかし、この髪型もよほど熟練したものでないと結うのが難しかったようである。

『玉葉』[8]安元元年三月六日の条に「総角人難得事　六日丁亥、童殿上総角奉仕之人、近代太以難得、敢無伝習人、顕綱朝

臣流学此道、仍相尋前薩摩守重綱之処、申不伝習之由、其外無彼余流、下官童殿上之時、顕成朝臣奉仕之、件人息雖両三、各不及伝習云々、伊賀前司雅亮雅職子、学此事、故徳大寺左大臣被教授云々、仍遣尋之処、申可参之由、今日自女院御方、以権右中弁経房朝臣、被申小童元服之間雑事、并先可童殿上之間事、一家之例、元服夜被下禁色宣旨、即給御衣、着用之、代々如此」とみえて、九條兼実の嫡子良通の童殿上の総角を奉仕する装束師が見つからず難儀をしたが、『満佐須計装束抄』の著者として著名な雅亮が徳大寺からこれを教授されたため奉仕出来たと伝えている。なお雅亮の『装束抄』「わらは殿上のこと」の「みづらをゆふこと」にその所作が詳細に記されている。

では「みづらをゆうこと」はそれだけ特殊であったかと云われれば、実は皇太子・幼帝などの総角は日常的に結い上げられていた事が史料に散見しているので、童殿上のみずらが特殊であったのであろう。

皇太子・天皇が結われた総角を『玉葉』から拾ってみると、

仁安二年（一一六七）四月四日「先御装束邦綱、光雅勤之、無総角、大夫権亮両人勤総角也、而此両人不参、仍無之云々、暫而権亮実守参上、仍可有総角之由令申、然而兼聞不可参之由、被渡総角具了云々、夜陰也」と見えている。これは春宮の例であるが、総角奉仕には、それぞれの担当者が任命されており、担当者が遅参のため総角無の処、春宮権亮徳大寺実守がようやく来たので奉仕したということである。実守は徳大寺公能の三男である。この実守は『安徳天皇御即位記』の頼業記治承四年（一一八〇）四月二十二日の条にも「主上着御御礼服先蔵人二親隆、六位一人、入御辛櫃蓋持参之、参議右中将実守奉仕御総角并御装束」と見えて安徳天皇の総角、装束の奉仕をしている。安徳天皇は三歳で摂政基通に抱かれて即位したのであるから殆ど形式にすぎなかったであろうが、徳大寺家が総角の技術を伝承する家として用いられていたことを窺わせる。

仁安三年二月十九日の春宮の装束については「次御装束総角如恒」とあり、

仁安三年三月十一日条では「御装束御総角事遅々、実守朝臣遅参、数刻被相待、猶以不参、仍女房並邦綱卿等奉結之、

如形了之間、実守参」と春宮の大内遷幸に際し、徳大寺実守が遅れたため女房と邦綱が代わりに結い上げたのだが、このようなことは奇怪であると藤原兼実が怒っている。しかし、このことから多少心得があれば担当者がいなくても見よう見まねで、形の如くできる髪型であったのではないかとも考えられる。

嘉応三年（一一七一）一月三日「召御装束総角、童服、絲鞋如恒、新宰相中将実守、遅参之間暫被相待、件人参入之後、先有御鬢事、次邦綱卿、宗盛卿等奉仕御装束」と見え、徳大寺実守は遅刻の常習犯であったようだ。

文治二年（一一八六）四月七日条には「召経家朝臣、令奉仕御総角幷御装束、今一人女房奉仕之、即経家朝臣愛物也、甚有便」と日常的に奉仕が行われている。藤原経家は藤原基家の男で、基家の母は藤原基房の女で号を鶴殿といった。以後経家が連綿と奉仕している。

文治二年十一月三十日には「御総角、但鬢、毎度帝王御鬢可如此、節会行幸皆同、垂鬢者御直衣之時用之云々、頼実所示也、次着御御装束黄櫨御袍」と見えて、節会行幸の時の天皇のみずらは、所謂「上鬢」で、略儀の直衣の着用のときは「垂鬢」という。ここで兼実に説明している頼実は大炊御門経宗の男で皇后宮大夫、左兵衛督、右衛門督、右大将、右大臣春宮傅、太政大臣を歴任した。母は中納言藤原清隆の女である。

又、『親王御元服部類記』保延五年（一一三九）十二月二十七日条の後白河天皇の殿上童装束を用いた元服姿については理髪は「右馬頭忠能朝臣奉仕御総角但不用緒、是左毛美津良也」と見えて、総角に緒を用いないのを垂鬢と解している。総角を奉仕した忠能は花山院家の祖家忠の男で、母は閑院流藤原公実である。

再び『玉葉』を見ると、文治三年九月十八日「御総角役人頼実卿、経家朝臣、共兼日加催、有領状云々、未参、再三雖遣人、敢以不参、已及戌終、仍先女房分御髪、且奉結下、此間頼実卿参入、即御総角御装束等了、黄櫨御袍如例、御大内之時着御御帛御装束也」、ここでも奉仕の装束方の頼実が遅参して、女房が天皇の髪を分けて総角を結い上げなかったが、ようやく参上したとある。

又文治三年（一一八七）十一月二十二日には「主上着御直衣御引直衣也、無御総角、実教朝臣奉仕也」と見え、同年十二月十三日にも「幼主着御御直衣御引直衣無御総角、紅打御衣、同張御袴、着御御草鞋」とあって、幼主の略儀の直衣には総角は省略されている。

文治五年十月「召経家卿、令奉仕総角無付髪、依御髪漸長也、御装束等黄櫨御袍如例」と見えて、今までは付髪をしていたが髪の毛も伸びてきたので、自毛で総角を結い上げたとして、髪が伸びるまで付髪を用いるのを普通としている。

その他にも、建久五年（一一九四）四月十七日の賀茂詣での小童の総角の条には「次総角左京大夫顕家朝臣候之、又季経卿着直衣同候、為此道先達也」とあって、様々な総角の使用の様子が窺われる。

四　装束抄に見る総角

かように総角の奉仕が特殊の専門家の間で日常に為されていたが、室町時代に至ると、『薩戒記』正長二年（一四二九）正月一日総角奉仕の条には「凡徳大寺、大炊御門等家相伝此事、近代皆断絶了、而永藤卿一流不失故実」と見えて、源有仁の故実を受け継ぎ鎌倉時代まで連綿と受け継いだ両家の総角の技術も衰え、新興の高倉家に取って代わられるに至った。

おそらく、両家ともこのころになると、家格も精華家として安定し、装束には余り関心を持たなくなったのでは無かろうか。

又、このころより、衣紋道は大炊御門家から高倉家に移ったと云われている。一方新興の高倉家は衣紋を盛んに吸収して、多くの名手を出し、官位も累進してその基礎を築いた。高倉家では多くの装束抄を残している。一般に知られている『装束式目抄』『装束雑事抄』『口傳秘抄』は著名であり、群書類従でも一部取り上げられているが、全部が活字化されている訳ではない（注7参照）。

これらの装束抄の奥書を見ると、

『装束式目抄』「当家秘本也不可有外見矣 永行　御判　裏ニ明徳四年八月日　加奥𫟏」とある。

この『装束式目抄』は他の装束抄よりも古例を載せ『装束雑事抄』では「主上ハ御わすれを左右にさかるよし装束式目抄にはあれどもあたる当事はたた御左はかりにさかる」「御祖式目抄には一重とあれともたた一なり」等と引用している箇所が見受けられる。

『口傳秘抄』「建治参年二月日前播磨守永康　元徳三年正月日書写也　従四位下永宗　此　正文等元弘三年四月八日動乱之時於土御門猪熊宿所焼失也」

『装束雑事抄』上「此装束雑事抄の上巻には主上以下親王までの御装束をしるす。これになにに
てももるる事あるへからす。下巻には臣下の衣服を悉注するなり。委細の奥書は下巻にあり可秘者也。應永六年　四月日　参議正三位行備中権守藤原朝臣永行　御判」

『装束雑事抄』下「此抄物上下巻ハ細々の事ともを注す。そのゆへハまれなる事ハ所持のふるき文書ともにあり。つねのことをしらんも、末代にはありがたし、人にとはむも未練也。又存知の人もいかが、仍子孫のため注せしなり。これにもるること有へからす、よくよくみへし、努努不可有外見者也。應永六年四月日　参議正三位行備中権守藤原永行　御判」

と記されて、これらの装束抄は、高倉流の基礎を築いた永康・永行の装束抄であることがわかる。

『装束雑事抄』には大炊御門家から高倉家に衣紋が伝承された経緯が詳細に記されているので、少々長いが引用し

たい（字体・濁符の有無は原文のまま）。

大炊御門左大臣経宗公御装束ハ自松殿相傳也御総角ハ清隆卿御相傳也。以来相続代々奉仕之処ニ、近代次第ニ不堪ニなるうへ、権大納言宗實卿自経宗公十代孫此父内府冬信公に七・八歳の比おくるる間、口傳故實一向断絶し、當家御装束奉仕事。内々御服ハ後嵯峨院御代畏祖正三位永康卿従三位永経卿兄弟堪能の間奉仕也。彼大炊御門流非恙の間、此両三代ハ内外御服、其以一向當家奉之。然間、文和二年十二月二十七日後光厳院御即位御礼服。同三年十一月同院大嘗會廻立殿行幸、帛御服御斎服等故宰相殿下永季尓時六位蔵人御奉仕之。又応安七年十二月二十七日後円融院御即位之時御礼服。永和元年十一月同院大嘗會廻立殿行幸、帛御服御斎服等故宰相殿下尓時前弾正大弼従四位上予永季尓時六位蔵人父子奉仕之。此時宗實卿尓時権大納言御前ニ只祗候許也。これ以前、文永十一十一九永賢朝臣正安三十一廿永清朝臣奉仕也。又、永徳二年十二月二八日當今御即位御礼服。御童躰御あけびんづら同三年十一月大嘗會廻立殿行幸、帛御服御斎服御童躰之間御袍御腋あけ両具同故宰相殿下尓時正三位宮内卿参會予尓時五位従上左兵衛権佐父子奉仕之。當御代御即位幼主供奉行幸御年六間、古物御礼服御寸法参差たり。新調せられてハ不可叶之由沙汰あり。仍、故宰相殿下御奉行あるへき由仰下之間、御調進之もとの御礼服を申出して本様とす。地□（虫損）うもんあかねにてそむる也。御文繍をしてをす。たたもとの御もんのちいさき許也。あいかわらす、御大袖御小袖御裳以上三種調進之。又くりかわの御くつ調進之。御綬ハ古物をみしかくたたみなして御用あり。玉佩ハ、幼主の御時被略之先例云々。玉冠ハ御童躰の間入す。但玉御冠玉佩ハ職事もちて供奉す。御あけびんづら也。これも父子奉仕也。御礼服奉の賞として、故宰相殿下翌年正月叙位ニ叙正三位給之。此礼服ハもとの古物、御辛櫃ニいらせられて仁和寺寶蔵に納せらるる也。十歳許までも御用あるへきために、御寸法をちと大にさたし申也。

と見えて幼帝の着装、礼服の調進をとおして永康・永行の活躍と大炊御門家の衰退を強調している。

大炊御門経宗の衣紋は、装束は松殿藤原基房より相伝であり、総角は藤原清隆相伝としている。大炊御門経宗の経歴は前項で述べておいた。藤原基房は久安元年（一一四五）藤原忠通の二男として生まれる。『平家物語』では殿下乗合で著名である。又有職にも詳しく、院政期を代表する源有仁の故実を摂取しながら摂関家の故実の伝統を守った見識は高く評価されている。それにしても強装束の着装技術等、衣紋を狭義に考えると、藤原基房相伝は意外である。只、高倉家が摂関家からも高く評価されたのは、束帯の着装技術ばかりではなく、上述の礼服・斎服等特殊の技術着装の習得であり、例外を除いて幕末までこればかりは山科家は関知することができなかった事を考えると、藤原基房相伝とは、源有仁が始めたと伝える強装束の衣紋の技術では無かったと考えられる。

又、総角は藤原清隆相伝とあり、大炊御門経宗の妻は清隆の女である。『尊卑分脈』『公卿補任』によれば清隆は雑色蔵人、讃岐守、待賢門院別当、越後守、内蔵頭、播磨守、右馬頭、左近将監等を経て参議従二位と進み、号を猫間中納言という。猫間は京都の地名で、『平家物語』巻八「猫間」に登場する猫間中納言光隆卿は藤原清隆の男である。

当時の総角の詳細は『装束雑事抄』天皇御あけひんつらの条に

天皇あけひんつらの事春宮御童躰の時も。同之

御夾形蘇枋打物長一尺あまり廣五分許蝶小鳥をえがく也、夏ハ羅をたたむ、色ハ冬に同じ。内蔵寮献之。御小本結にてしたをゆいてそのうへをこむ、御はさかたにてゆい申、たとへハ御もとゆひなり、結様等ハ口傳抄にあり。又御総角具も同抄にあり。幼主御童躰花園院以後五六代ハ御座なし。春宮も故法皇貞和以後ハ御座なし。永徳二年四月十一日當今御歳六にて受禅あり、御総角事大炊御門経宗公自中納言清隆卿。相傳也以来相続して今は子孫権大納言宗實卿現存すれとも不奉仕也。同年十二月二十八日御即位の官司行幸より御ひんつら故宰相殿下予父子奉仕之。口傳抄には乳のうへにてあてて上へ返。御くみしかたハ、そへかへしあるへしとあれとも當今御髪のありままにみしかくゆい申なり。御礼服帛御服御斎服等みな御ひんつら也。御元服御歳十一至徳四年正月三日にいたるまて五惣して毎年節会出御いしいし御束帯の時ハ毎度あけひんつら也。

六ヶ年御ひんつら當家ゆいたてまつる也。宗実卿冬宗兄弟一向見所也。御引直衣には御髪をミたさる也。内々は只そと御ゆいある也。

と見えている。

又、「あげひんづら」に対し「さげひんづら」があり、これも詳細に説明している。

さけひんつらの事関白家なとも童躰の時同事歟

親王の御童躰にて御束帯の時ハさけひんつらなり、口傳抄に詳細あり。是も大炊御門相傳なれともちかころ無沙汰乃間應安四年三月廿三日後円融院御歳十四受禅先為親王御元服也於柳原□也、御束帯赤色御袍御文小葵浮織物御腋闕御絲鞋。御下具等式目抄のことし。御総角さけひんつら也。故宰相以下尓時従四位下弾正大弼予永行尓時六位蔵人両人奉仕之。大炊御門大納言宗實卿めされさる間祗候たにせつ。御夾形は天皇におなし。むらさき白うちませの組ねりいとをさくる也。口傳抄にあり。御元服以後青色御袍綾ししらなし御文小葵御縫腋御下具如元

とし、詳しくは口傳秘抄にありと云っている。

父の永康の『口傳秘抄』には天皇・春宮と親王の総角を詳細に説明し又其の図（二八一頁参照）を掲載して貴重である。紹介しておく。

御総角事　主上　春宮同之

出御其所晝御座朝餉或便宜所　依召参御前先御総角具ヲ取　右方に置　唐匣或打乱筥御泔坏等也

御髪ヲ御ワケメヨリ御後へ二ニワケテ右ヨリ始之。外櫛ニテトキテ次鬢櫛ニ水ヲ付テ、ヨクケツリテ御耳ノトヲリヨリ御前ノ方ヘヨセテ、御眉ノ尻ノトヲリアケテ小本結ニテツヨク結。御総角ノサカリテ後ニノキタルハワルキ也

三分一程ヲワケテ残ヲ御胸乳ノ上程ニアテテ、小本結ニテ結テ本結ノサキヲツメテキル。ユイメヨリ三組ニクミ

テ或ハ二ヨル。スソヲ紫ノ組ノ三尺許ナルニテユイテ、上へ返テ御髪ノネニ諸カキニユイ付。ノコシツル三分一ノ御髪ニテ、御クシノスソノアマリト組ノスソトヲマキカクス。五六寸許巻テ、本へ巻返テ、御クシノネニスソヲ小本結若ハ、紙捻ニテヨクカラミツクヘシ。巻程ノ長ハ御年ニ随テ、御乳ノ上ニサカル程ヲ計テ三分一許巻也。次左方同先便宜ニ随テ何方ヨリモ可勤仕也両方了後、御夾形ヲ結御髪ノネニ片カキニカキハ御前方へサキ二ハ御後へ、一ハ御ワキメノ上へ一ハカキノトオリニスクニ御ウシロへハサミヲヒロケタルヤウ也。結目ノワナヲナラヌ方ノ下へ下カルヲハ結メノシタニテ上サマヘネチカエス也。秘事也。御髪ノ御後ノ左右ニ御鬢フクヲ出へシ。

親王の条には

一　親王以下御総角事出御便宜所御髪ヲワケテ結之左右同　次紫ノ談ノ組ノ長サ八尺許ナルネテ御髪ニネヲ師カキニ結カキノ長ハ御タケノ半分許短程カケナラヌスソノサカリノ長サ御タケニ同シ五六寸引上へシ　結目ノウエニ夾形ヲ結如上組ト御髪ノスソヲ人ニマク親王以下ハ上テ組事無之

とあり、天皇と親王の総角姿の図が示されている。普通に描かれている耳の上で単純に輪奈にした状態とかなり相違していることが分かる。

おわりに

平安時代の萎装束から源有仁が強装束を取り入れて、その着装の創始者として伝承されていたが、近年公卿学の研究が進み、摂関家の藤原流に対し非藤原流としての花園流が閑院家を中心に院政期の故実として無視できない存在となってきたことが解明されてきた。一方衣紋に関しては絵巻物の絵画など、顕著に平安時代末の強装束が描かれており、『平家物語』や『今鏡』また『装束抄』に其の様を伝えているが、具体的にどのように着装したか誰が着装したか、衣紋方の史料は殆ど存在していない。『満佐須計装束抄』わきあけのことには「本をみるべし、ならふべし、そうぞくしの秘することなり」と言っていて、装束師の間でも秘伝口伝等が普通で、ほとんど記録している書物がない。そのため近代まで装束の着装に関しての基本史料は、高倉家の『口傳抄』『装束雑事抄』『装束式目抄』を参考としている。

高倉家の衣紋の伝統は大炊御門家の継承であり、どこまで正確に伝承していたかは別として、院政期の強装束の着装を知る貴重な史料である。『口傳抄』は原本が消失し、写本で、しかも図は稚拙であるが、室町時代の総角の姿を良く伝えている。安徳天皇の姿にどこまで投影できるか疑問ではあるが、衣紋伝承を継承し秘事・口伝として伝えられた史料として紹介するものである。

注

（1）『竹内理三著作集　第五巻』（角川書店　一九九八）所収。初出は『歴史地理』七五号三、四月（一九四〇・三、四）。

（2）「叙玉秘抄について　写本とその編著を中心に」（『書陵部紀要』四一号）

（3）「平安時代後期の儀式作法と村上源氏」（十世紀研究会編『中世成立期の歴史像』東京堂出版　一九九三）、「摂関家の儀式作法と藤原基房」（渡辺直彦編『古代史論叢』続群書類従完成会　一九九四）、「中御門宗教の儀式作法と大炊御門家」（十世紀研究会編『中世成立期の政治文化』東京堂出版　一九九四）。

（4）雄山閣、一九二四。

（5）『大槐秘抄』（群書類従第二八輯　雑部）を底本とし、宮内庁書陵部蔵抄御所本（506—57）、柳原本（柳—504）を参照した。

（6）高倉家本の装束抄は、著名であり『明治天皇紀』明治二十九年三月十七日条にも「京都在住子爵高倉永則所蔵の装束雑事抄・口傳抄・式目抄・寸法抄等衣紋書類数冊を徴す、六月十五日御用済を以て之を返附し、金五十円を賜ふ、」と見えている。現在宮内庁書陵部にも、宮内庁図書寮時代の有職調査部の事業として、高倉家から昭和九年に借用して謄写した副本がある。

○装束雑事抄（１７６—１７３）奥付に「本書ハ唯一ノ完本ニシテ類本ナシ、群書類従所収本ハ抄録ニスギズ／昭和九年四月　有職調査部　右高倉家秘本ヲ以テ謄写畢」

○装束式目抄　上下（１７６—１７２）「本書ハ類本ナシ、高倉家ノ厚意ニ依リ当部ニテ今回発見セルモノナリ／昭和九年四月　有職調査部」

○口傳秘抄（１７６—１７１）「本書ハ内閣文庫ニモ一本アリ、右高倉家秘本ヲ以テ謄写畢」と見え、三部とも奥付に「昭和九年五月　謄写　市来邦彦校了　尾形（判）」とある。尾形は尾形鶴吉である。

（７）表地の周縁に裏地をずらしてのぞかせ。

（８）『玉葉』国書刊行会本を底本とし、宮内庁書陵部刊行の図書寮叢刊を参照した。

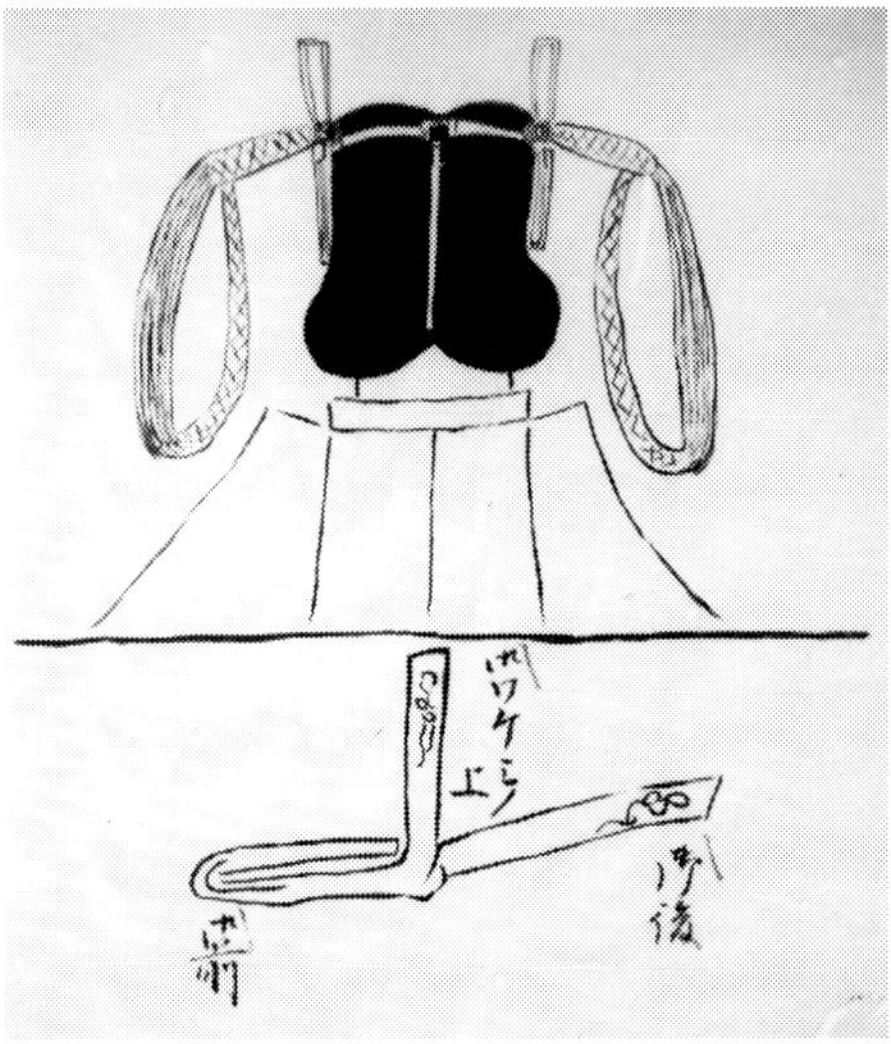

天皇東宮の総角

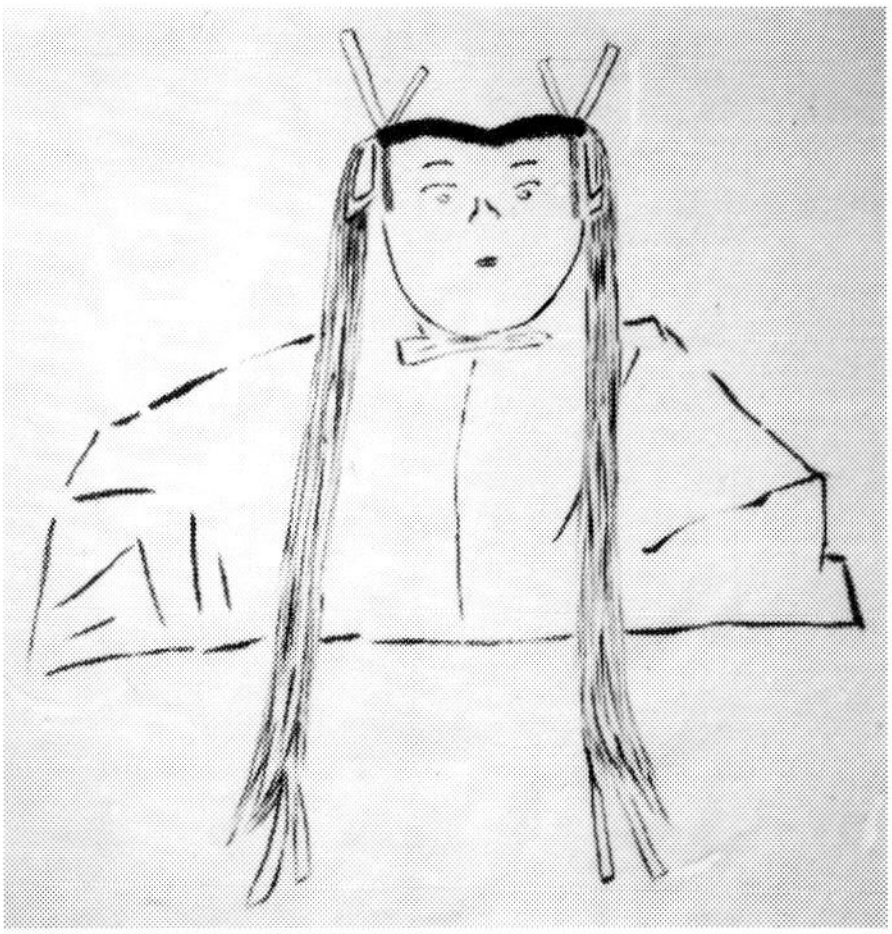

釈王親王の総角

義経伝来の腹巻鎧

近藤好和

はじめに

源義経という人物の様々な側面のうち、大きくクローズアップされるのは、やはり平氏を滅ぼしたという戦士としての側面であろう。もっとも戦士の能力は、作戦や用兵術などの戦略的能力と、騎射術や打物術などの戦術的能力に大別できるが、義経はどちらかといえば、戦術的能力よりも戦略的能力が優れていたといえる。(1)

そうした戦士としての義経を反映してか、全国の寺社には義経奉納の伝承を持ついくつかの武具が伝世している。そのうち、義経奉納の武具としてよく知られているものに、愛媛・大山祇神社蔵の赤糸威鎧《あかいとおどしよろい》(図1)、奈良・春日大社蔵の籠手《こて》(図2―「義経籠手」と通称されている)、奈良・吉水神社蔵の色々威腹巻《いろいろおどしはらまき》(図3)がある。これらは前二者が国宝、後者が重要文化財に指定されている。

それぞれの名称は、その指定名称で示したが、図1・3については、指定名称は歴史的に正しい名称ではなく、歴史的には、前者は赤糸威腹巻鎧《はらまきよろい》、後者は色々威胴丸《どうまる》が正しい。その点については次節でふれるが、以下では、図版のキャプションを含めて、この歴史的に正しい名称で各遺品を表記していく。

図１　赤糸威腹巻鎧　（愛媛・大山祇神社蔵）

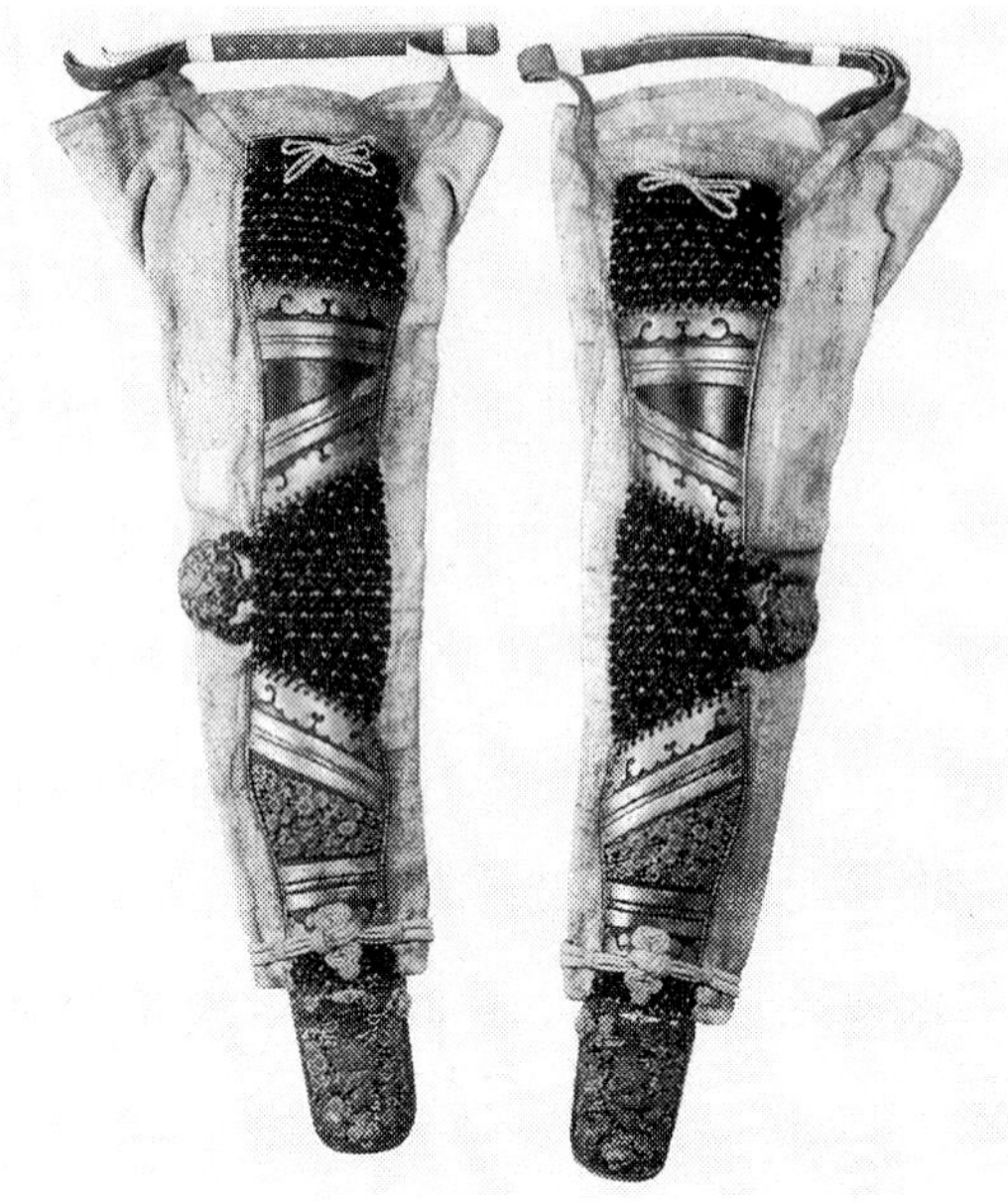

図2　籠手
（奈良・春日大社蔵）

図3　色々威胴丸
（奈良・吉水神社蔵）

さて、これらの遺品は、義経奉納の伝承のもとに義経関連の一般書にも写真が掲載されることが多いが、本当に義経が奉納した遺品かというと、学問的には義経と関連づけることはむしろ難しいと考えられる。

特に図2・3は、指定でも前者は鎌倉時代、後者は南北朝時代となっており(2)、遺品の時代が義経の時代（平安末期）とは合っていない。換言すれば、義経奉納の伝承が伝承にすぎないことを国が暗に認めていることになる。

ところが、図1は、指定では平安時代ということであり、遺品の時代としては義経奉納の可能性を残すことになる。

そこで、本稿では、図1つまり大山祇神社の赤糸威腹巻鎧を取り上げ、腹巻鎧の性格や遺品の特徴などについてまとめ、遺品と義経との関係について、いささか管見を述べてみることにしたい。

一　中世の甲概説—大鎧と腹巻を中心に

さて、腹巻鎧の性格を考えるためには、まずは中世の甲《よろい》（甲は、十世紀以降、「かぶと」と読まれることが多いが、漢字本来の意味では、甲は「よろい」である。そこで本稿では、「よろい」類の総称の意味でこの表記を用いる）について概説する必要がある。中世の甲についての概説は、筆者もこれまで様々な機会に何度となくしてきたが、やはり中世の甲の基本事項が理解されていないと、腹巻鎧の性格や遺品の特徴は説明しにくいので、ここでも改めて概説することにする(3)。

中世の甲には、大鎧《おおよろい》・腹巻・腹巻鎧・胴丸・腹当《はらあて》の五種類がある。このうち大鎧と腹巻（図4・5）は十一世紀に成立していたことが確認できるし、腹巻鎧も平安末期までには成立していたと推測できる。これに対し、胴丸・腹当は鎌倉中期以降に成立した新しい様式の甲である。

また、大鎧は騎兵用の甲であり、騎射戦における矢に対する防御をよく考慮した構造である。中世では単に鎧（甲や冑とも表記し、いずれも「よろい」と読む）といい、大鎧という名称は近世以降に定着する名称であるが、ここでは便

図４　紺糸威鎧（愛媛・大山祇神社蔵）

図５　肩に杏葉のある腹巻（『蒙古襲来絵巻』下巻第二段　東京・宮内庁三の丸尚蔵館所蔵、『日本絵巻大成14』中央公論新社より転載）

宜的に大鎧の名称を使用する。

一方、腹巻は本来は歩兵用の甲であったが、十四世紀以降、大鎧は特別な場合を除いて実戦では徐々に着用されなくなり、腹巻が甲の主流となって騎兵も腹巻を着用するようになる。こうした腹巻に対し、歩兵が着用したのが胴丸（中世の表記では、筒丸が多い）や腹当なのである。

これらの甲は、いずれも鉄板や牛皮を材質とした札《さね》を組み合わせて作られている。札は複数の小孔（基本的に二行十三孔と三行十九孔がある）を開けた小型の板で、その札を韋緒《かわお》で横に何枚か綴じ付け、それを横縫《よこぬい》といい、札を横縫したものを札板《さねいた》という。その札板を、さらに絹の組紐・韋緒・布帛《ふはく》の畳み緒などで縦につなげ、これを威《おどし》という。中世の甲は、札を横縫した札板を威して形成されているのである。

こうして形成された中世の甲は、いずれも胴本体である衡胴《かぶきどう》（長側《ながかわ》とも）、衡胴の前後（胸と背中）に立ち上がった立挙《たてあげ》、衡胴から垂れて大腿部を覆う草摺《くさずり》からなっている。

一方、各甲の相違点の要点は、衡胴に設けられた引合《ひきあわせ》

（甲を着脱する際の開閉部分をいう）の位置と構造、草摺の分割間数、そして、甲本体に取り付ける付属具の有無と種類である。

まずは図4・6を参照しながら大鎧からみると、引合は右側にある。これを右引合《みぎひきあわせ》という。大鎧の右引合は、衡胴の前後と左側が連続して、右側は大きく開いており、その右側の間隙には、脇楯《わいだて》という独立した付属具を当てる。草摺は、衡胴の前後と左側に各一間と、脇楯の一間をあわせて四間となる。

また、前立挙と衡胴正面いっぱいには画革《えがわ》（文様を染め付けた革をいう）を張り、そこを弦走《つるばしり》という。また、両肩には袖、左胸には鳩尾板《きゅうびのいた》、右胸には梅檀板《せんだんのいた》といった付属具を取り付ける。

さらに、威は、下段の札板が上段の札板よりも外側になるようにつなげていくのが通常の方法である。ところが、大鎧の後立挙の二段目と三段目は、通常とは逆に三段目の札板は二段目の内側に威し、二段目を逆板《さかいた》という。この逆板がないと、大鎧着用者は体を反らせたり、伏せたりがしにくくなるのであり、体を動かしやすくするために逆板はある。また、逆板には、総角《あげまき》結びという飾り結びをした太い組紐を下げて、その紐を総角といい、総角には袖の緒を結びつけた。

また、大鎧には必ず星冑《ほしかぶと》という様式の冑（冑は、十世紀以降、「よろい」と読まれることも多いが、漢字本来の意味は、「かぶと」である。そこで本稿では、「かぶと」類の総称としてはこの表記を用いる）が付属する。冑は鉄板製をふつうとする鉢と、鉢から垂れる、札・威製の䩊《しころ》からなる。

一方、腹巻（図5）は衡胴が体を一周する構造で、やはり右引合だが、大鎧と異なり、引合は重ね合わせの深いものとなる。まさに腹部を一周しているから腹巻なのである。草摺は大鎧の倍の八間と細かい分割となっている。これは歩兵用として歩きやすくするためである。

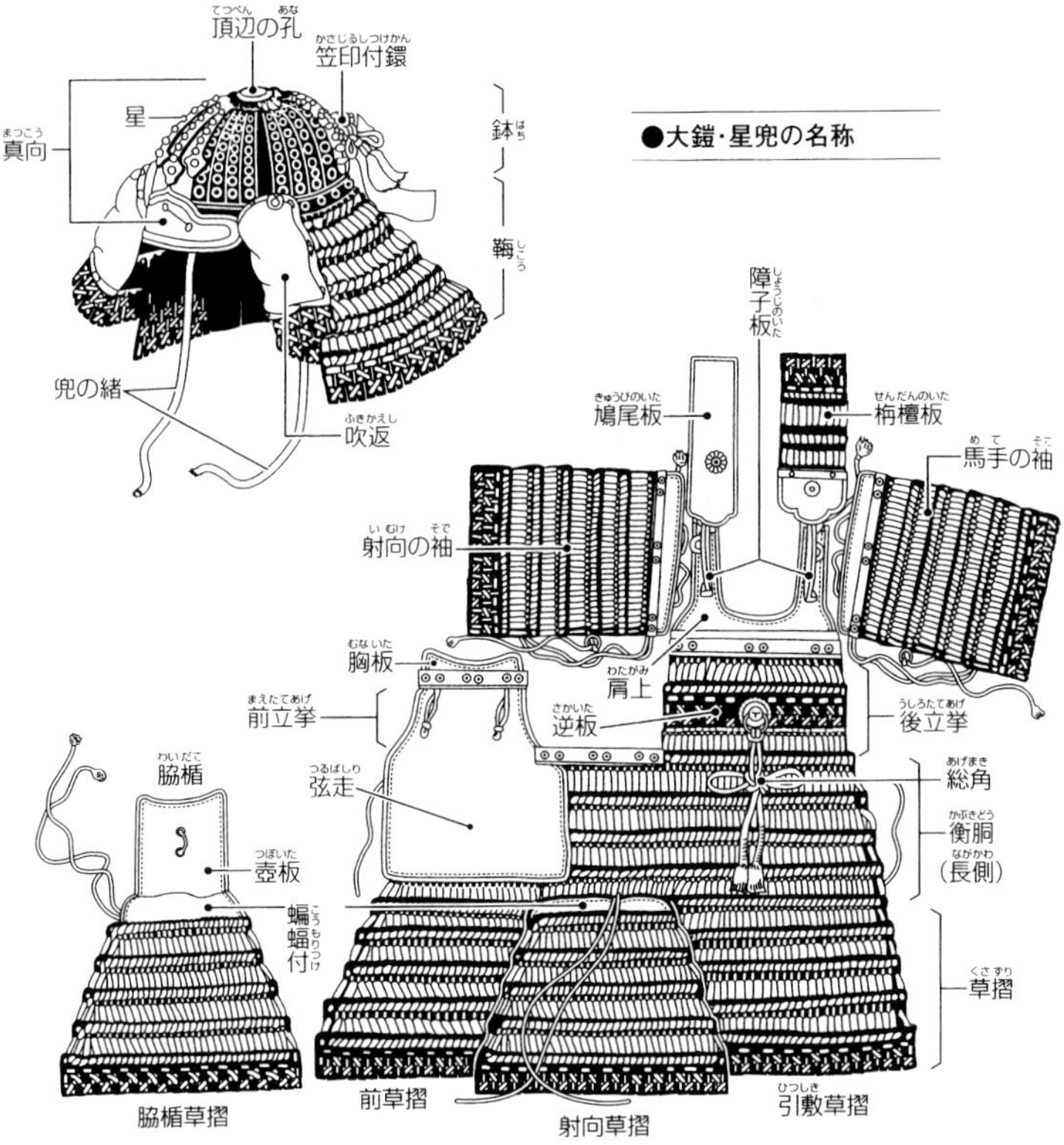

図6　大鎧・星冑名称図（考証／近藤好和、図版作成／蓬生雄司）
五味文彦・櫻井陽子編『平家物語図典』（小学館　二〇〇五年より転載）

腹巻には原則的に袖や冑は附属せず、肩に杏葉《ぎょうよう》をつけた。杏葉は鉄板製で葉っぱの形をしている。ところが、十四世紀以降、腹巻が甲の主流となって騎兵も腹巻を着用するようになると、腹巻にも袖と冑（その場合の冑は筋冑《すじかぶと》という新しい様式）を完備するようになり、杏葉は両胸に垂れるものとなった。これを三物完備《みつものかんび》の腹巻というが、遺品の腹巻は概ねこの新しい様式の腹巻であり（図7）、両肩に杏葉の付く古い様式の腹巻の遺品は一領もなく、絵巻に描かれているだけである。

　いずれにしろ、腹巻は右引合で草摺八間である。ところが、現在ではこの様式を胴丸とよぶ。これ

図 7　黒韋威腹巻（奈良・春日大社蔵）

に対して、現在腹巻とよばれているのは、背中に引合があり、草摺が七間の様式である。しかし、中世ではこの背中引合で草摺七間の甲が胴丸とよばれていた。つまり、中世と現在とでは、腹巻と胴丸の名称と構造の対応関係が逆転しているのである。

これは戦国期の混乱のなかで逆転したもののようで、[4] これに対しては異説もあるが、[5] いずれにしろ中世の理解では、右引合・草摺八間が腹巻、背中引合・草摺七間が胴丸である。本稿では、中世の理解で進めていく。なお、図3は、背中引合で草摺が七間の構造である。だから歴史的には色々威腹巻ではなく、色々威胴丸のほうが正しいのである。

これに対し、腹巻鎧は大鎧と腹巻の折衷様式の甲をいう。重ね合わせの深い右引合で草摺八間の本体に、袖・鳩尾板・栴檀板・弦走・逆板・総角など、大鎧の付属具や特徴をすべて備えた甲である。近世以降は、腹巻と胴丸の名称と構造の逆転から、胴丸鎧《どうまるよろい》とよばれており、現在でもふつうには胴丸鎧とよんでいるが、胴丸鎧は歴史用語ではなく、歴史的には腹巻鎧が正しいのである。それにしても、図1は、現存する腹巻鎧の唯一の遺品であり、腹巻鎧を考察するうえできわめて貴重である。

三　腹巻鎧の性格

次に、腹巻鎧の性格について考えてみよう。腹巻鎧という様式は、中世の甲のなかでもじつは特殊な様式であり、文献や絵画にもあまり類例をみない。そのためか腹巻鎧の性格については、遺品の分析はあっても、文献や絵画を使用した本格的な考察は、これまであまりなされてこなかった。[6] そこで、ここでは限られた史料の分析を通じて、腹巻鎧の性格について考えてみたい。

まず腹巻鎧の名称がみえる文献としては、『平家物語』の異本（長門本・南都本・『源平闘諍録』）と元亨元年（一三二二）十月二十四日の「市河盛房置文」（市河文書）がある。(7) 具体的に引用しよう。

・長門本・巻八・猿眼赤髭男事

（源）光長が下部に七郎康清とて、たけ七尺ばかりなる男（中略）、もえ黄糸おどしの腹巻鎧に、白柄の長刀《なぎなた》持たりけるが、（中略）主の馬のくつばみにつきたりけるが、甲《かぶと》をばきず、大わらわに成て長刀をひらめて、

・南都本・巻十・熊谷平山諍一谷先陣事

（平山季重）重目結《しげめゆひ》ノ直垂小袴ニ赤威ノ腹巻冑ニ、コレモウス紅ノ緥《ほろ》カケテ、目糟毛《めかすげ》ト云馬ニソ乗タリケル、

・『源平闘諍録』巻八下・一の谷・生田の森の合戦の事

子息小次郎直家は、面高《おもだか》を一入摩《ひとしほす》つたる直垂《ひたたれ》に洗革《あらひがは》の腹巻鎧を着、三枚甲《さんまいかぶと》の緒を卜《し》め、黄河原なる馬にぞ乗つたりける、

・「市河盛房置文」

こさくらおとしのきせなか、重代《ぢゅうだい》のよろいひたたれは六郎、又まつかわをとしのはらまきよろい八郎、又こさくらをとしのよろい九郎にたふ也、

とみえる。

一方、絵画では、『平治物語絵巻』・『蒙古襲来絵巻』・『後三年合戦絵巻』に腹巻鎧が描かれている。具体的にはつぎのようである。

○『平治物語絵巻』

・三条殿夜討巻

①燃えさかる三条殿内の井戸近く、長刀を持ち、後ろを振り返る歩兵。

②三条殿総門近く、長刀を持ち、三条殿を仰ぎ見る歩兵。

③三条殿総門外、討ち取った大江家仲・平康忠の首を掲げて進む歩兵の一群のうち、後列の首持の右側で太刀の柄に手を掛けている歩兵。

④その一群の画面下方、長刀を持つ歩兵。その甲は、草摺が細かく分割して描かれ、射向《いむけ》（左側）の袖が描かれている。ただし、背面姿なので、それだけならば臨時に袖をつけた腹巻ともみられる。しかし、剥落しているものの朱で総角が描かれている。三物完備になると、腹巻でも袖が完備するわけだから、袖の緒を結びつける総角が必要になり、総角も完備する。しかし、本絵巻には、ほかに三物完備の腹巻は描かれていないため、総角の表現があるということは、腹巻鎧である可能性が高い。

⑤後白河上皇を乗せた八葉車《はちようのくるま》を囲み、内裏に向かう藤原信頼・源義朝が率いる大集団のうち、画面下方、黒馬に乗る騎兵の傍らで、太刀の鞘口を握って進む歩兵。(8)

・信西巻第四段

信西の首を検非違使に引き渡す源光保一行のうち、光保の馬の口を右から取る櫳《くとり》（口取）。

○『蒙古襲来絵巻』

・上巻第一段

豊後守護大友頼泰軍の旗持（図８）。

○『後三年合戦絵巻』

・上巻第四段

源義家の右側に従う長刀を持った歩兵。

図８　腹巻鎧を着用した旗持と大鎧を着用した騎兵（草摺の間数の相違に注意）（『蒙古襲来絵巻』上巻第一段　東京・宮内庁三の丸尚蔵館所蔵、『日本絵巻大成14』中央公論新社より転載）

・下巻第三段

源義家の馬の首を右から取る韉。これは義家の馬に隠れて、冑と馬手（右側）の袖と細かく分割した草摺の一部がみえるだけである。これだけでは三物完備の腹巻の可能性もある。しかし、本絵巻には、ほかに三物完備の腹巻は描かれていないため、腹巻鎧である可能性が高い。

以上、推測二例を含めて管見では九例がみえる。

では、以上の文献・絵巻から腹巻鎧の性格を分析してみよう。ただし、「市河盛房置文」は、盛房の分配遺品として名称がみえているだけである。遺品を与えられる盛房の子息達の人物的背景を追えば、腹巻鎧の位置について何かわかることがあるかもしれないが、本稿ではひとまず考察の対象から除外しておく。

まずは腹巻鎧が、騎兵用か歩兵用かの問題から考えてみよう。草摺が歩行しやすい八間であることから考えると、本来的には歩兵用であったことが予測できる。確かに絵巻では『蒙古襲来絵巻』をのぞいて、いずれも歩兵が着用している。文献でも長門本の例が歩兵の使用である。

しかし、南都本と『源平闘諍録』の例は騎兵の使用であるし、『蒙古襲来絵巻』の例も騎兵である。もっとも『蒙古襲来絵巻』の例は旗持である。旗持は武士団の旗を持ち、先頭を進む役割の郎従であり、馬に乗っているが、弓箭は持たず、身分的には歩兵と同等といってよい。以上をまとめれば、腹巻鎧は、騎兵が着用することもあるが、原則的には歩兵用の甲ということになろう。

つぎにそれぞれの佩帯武具を考えてみよう。南都本と『源平闘諍録』の例は、直接的な武装描写はないが、源平時代の騎兵であるから、弓箭を佩帯していたことが予測できるし、実際にその後の戦闘場面では弓箭を使用している。しかし、他の例はいずれも長刀や太刀といった打物だけである。これによれば、腹巻鎧は、打物用の甲ということになる。

また冑付属の有無の問題もある。大鎧には冑が必ず附属し、腹巻には本来的には付属しない。腹巻鎧はどうかといえば、まず絵巻ではいずれも星冑を着用している。文献では着用が明記されているのは『源平闘諍録』だけである。しかし、南都本の例は、騎兵であるから明記はなくとも、冑を着用していたと考えられ、また、長門本では「甲をばきず」とあり、本来は冑を着用することを示唆しているといえよう。とすれば、すべての例で冑の着用がわかるわけで、腹巻鎧には冑（時代的に星冑）が付属していたと考えるのが妥当であろう。

以上をまとめてみると、腹巻鎧は、冑を付属した歩兵用の甲であった可能性が高く、佩帯武具も打物主体であったことになろう。

腹巻鎧は、通説ではその構造から徒歩での弓射の利便を考慮した甲といわれてきたし、[9] その延長で海戦用の甲とみる説もある。しかし、文献・絵巻から考える限り、通説のように考えることは難しくなる。特に弓射用の甲とはいえないわけであり、また、海戦での使用例は一例もなく、すべて陸上戦で、海戦用と考える根拠は何もないことになる。

四　愛媛・大山祇神社蔵赤糸威腹巻鎧と義経

では、以上のことを前提に、愛媛・大山祇神社蔵赤糸威腹巻鎧と義経との関係を考えてみよう。なお、以下では、この遺品を本遺品とする。まずは本遺品の特徴を検討しよう。

図1にみるように、本遺品は現状では整った姿をしている。しかし、これは制作当初からの状態を保っているわけではなく、二度の大修理を経たうえでのことである。元禄四年（一六九一）に、それまで大破していたのを修理し、それがまた破損していたのを明治三十五年（一九〇二）に修理して現状となっている。(10)

特に威の赤糸は大半が明治の新補であり、現状で色が褪せているのが化学染料によった新補の糸で、わずかに残る鮮やかな赤糸がかつての自然染料による糸である。また、弦走の画革も大部分は新補であり、現状の枝菊文様は、僅かに残っていた原品から、修理の指導に当たった関保之助氏が推測して描いたものという。さらに、衡胴の札の一部も補って横縫からやり直しており、総角を付けるための台座の金物も、神庫にあった別の金物を取り合わせたものという。

このように、本遺品は二度の大修理を経ている。そのため、現状では冑は附属していないが、前節の推測に基づけば、本来は冑が附属していた可能性が高い。元禄の修理以前に失われてしまったのであろう。また、本遺品の草摺は七間しかないが、これも本来は八間で、修理の過程で一間欠損したのを、七間に威し直したのであろう。

それにしても、本遺品には他の甲の遺品にはみられない特殊な部分がある。それは金具廻《かなぐまわり》周辺に集中している。大鎧の部位のうち、袖や栴檀板は、冠板《かんむりいた》という鉄板に札板を取り付ける。また、前立挙にも胸板《むないた》という鉄板を取り付け、鳩尾板は鉄板製である。こうした甲冑の部位のうちの鉄板製の部分を金具廻と総称し、腹巻の杏葉なども金具廻である。

　金具廻には画革を張り、覆輪《ふくりん》を掛けるのがふつうである。ところが、本遺品は鉄板に画革ではなく、銅と錫の合金である響銅《さわり》を被せて鏡地《かがみじ》としている。本遺品の響銅は現状では錆びているが、本来は鏡のようであったので、鏡地というのである。響銅の使用は、他の甲冑の金具廻にはみない装飾である。

　また、梅檀板の冠板や鳩尾板の先端は、通常は山型という形状をしている。ところが、本遺品では片山型《かたやまがた》という形状である。これは、江戸時代に焼けてしまった栃木・唐沢山神社蔵の大鎧の残欠金具や、やはり江戸時代に焼けてしまった京都・石清水八幡宮蔵の大鎧の鳩尾板など、一部の遺品にしか認められない様式である。

　そして、本遺品でもっとも特殊なのは、金具廻と札板の連結方法である。本来の連結法（といっても大鎧と腹巻では連結法が異なり、大鎧の連結法）は、棚造《たなつくり》といって、金具廻の裾を直角に折り返し、そこに札板の頭を置き、その上に染め革で包んだ檜の棒状板をのせる。この棒状板のことを化粧板《けしょうのいた》というが、この化粧板から割根《わりね》の笠鋲《かさびょう》を差してすべてを留めるというものである。笠鋲とは頭のある鋲のことで、割根とは鋲のピンが二股に分かれていることをいう。二股をひとつにまとめてピンを差し、裏で出っ張ったピンを左右に折り返して留めるのである。この化粧板の笠鋲は、大鎧や腹巻では一カ所に二個ずつ打つのを原則として双鋲《そうびょう》という（胴丸では一カ所に一個の場合もある）。

　ところが、本遺品では、金具廻の裾を棚造とはせずに、打ち延べのままで小孔を開けて、威の糸で札板を直接威しつけるという方法を取っている。したがって、外見上、本遺品の袖や梅檀板は、実際の札板の数よりも一段多くみえる。つまり袖は八段、梅檀板は四段にみえる。しかし、実際の札板は七段と三段なのである。

　一方、腹巻の連結法は、花緘《はながらみ》といって、やはり金具廻の裾を棚造とはせずに、打ち延べのままで小孔を開けるが、これはそこに札板の頭を置き、糸で菱に（×状に）綴じ付け、さらに双鋲を打つのである。これは本遺品の連結方法と共通点がないわけではないが異なるものであり、本遺品の連結方法は、技巧的ではあるが特殊で弱く、実戦向きとはいえない方法である。

ところで、本遺品の時代は指定では平安時代ということで国宝になっており、通説では平安末期頃と考えられている。確かに平安末期と認められる要素もある。

たとえば草摺・袖・栴檀板などの最下段の札板を菱縫板《ひしぬいのいた》という。菱縫板はその下に札板を威し下げないために、横縫が剥き出しとなる。そこで、横縫の部分に化粧として菱綴じを施す。そこから菱縫板というのだが、その綴じ紐は、本来は赤韋で、鎌倉末期以降に赤糸に変わっていく。それが本遺品では赤韋である。これは修理の結果ではないと考えられる。なぜならば、もし修理で改訂するならば新しい様式（修理の時代の様式）で改訂するのがふつうで、古い様式への改訂は考えられないからである。

また、甲のシルエットは、たとえば大鎧の場合、本来は腰の締まらない裾開きのシルエットだが、それが時代の下降とともに徐々に腰が締まったシルエットに変わっていく。そのなかで本遺品は裾開きのシルエットとなっている。

以上の点は、本遺品を平安末期と認めてもよい要素である。また、通説の根拠には、金具廻の片山型の形状や、弦走革の残欠部分などの画革の文様、金具廻に施されている開扇の意匠の据文金物《すえもんがなもの》などに古雅な趣が認められる点なども加味されてこよう。

しかし一方で、本遺品の札は、札幅が一・八センチ、札丈が六センチ前後で小型である。[11] 札は、平安末期ならば、札幅三センチ前後、札丈は七〜八センチはあるのがふつうで、これが時代の下降とともに小型化していく。

また札が小型であるために、通常よりも札板の段数が多くなる部分がある。それは衡胴と袖であり、衡胴は通常は四段だが、本遺品は五段である。衡胴が五段であることは時代判定の基準とはならないが、袖の段数は時代判定の基準となる。つまり袖は本来は六段で、鎌倉末期ころから七段になっていく。そのなかで本遺品は七段である。

さらに、金具廻の片山型も、通説では、古雅な趣があるというが、唐沢山や石清水の遺品よりも鋭角的なシルエットになっている。金具廻のシルエットの鋭角化は、通常の山型でも時代の下降を示し、類例が少ない片山型でも同様のようである。つまり唐沢山や石清水の遺品は平安末期の遺品とみられているが、それよりも本遺品の金具廻のシルエットは時代が下がる様式なのである。

以上の諸点からみれば、本遺品を平安末期の遺品とみることは躊躇され、もっと時代を下げることも可能となってこよう(12)。

そこで、本遺品と義経との関係だが、義経奉納の伝承は、開扇の意匠の据文金物や枝菊文様の弦走革に古雅な趣が認められる点や、また、腹巻鎧を海戦用の甲とみる説と密接に関わり、本遺品の構造が、数多の義経伝説のひとつである壇ノ浦合戦でのいわゆる「八艘飛び」の甲に相応しいという発想などから形成されたものであろうが、その根拠は公表されていない。それでも遺品の時代が確実に平安末期とみなされるならば、義経と同時代となるわけだから、まだ義経との関係が生じる可能性も残る。しかし、考察したように、手放しで平安末期の遺品とは認められない。また、遺品を離れて腹巻鎧の性格から考えても、文献・絵巻から判断する限り、歩兵用の可能性が高かったわけで、少なくとも義経のような大将クラスの武士が腹巻鎧を着用したことを示す事例はないのである。

おわりに

以上、愛媛・大山祇神社蔵赤糸威腹巻鎧と義経との直接的関係を否定した。

文治元年（一一八五）六月、壇ノ浦合戦で捕虜となった平氏の総師平宗盛・清宗父子を伴い、鎌倉に向かった義経だが、頼朝は義経を鎌倉に入れず、そこで義経は自身の心情を切々と綴った書状を、頼朝の側近である大江広元に宛てて出す。この書状の全文は『吾妻鏡』文治元年六月二十四日条に掲載されており、義経がそれを綴った場所にちなんで「腰越状」とよばれて著名である。しかし、近年は、この腰越状を偽文書と考える説が有力になりつつある。

ところが、腰越状を偽文書とするように、古文書や古記録などの文献には厳密な史料批判を加える歴史研究者も、武具などの工芸品の伝承については無頓着であり、伝承のままに写真を掲載する場合が多い。義経の場合は、これまで特に図1がそうであったし、時代の合わない図3でさえ義経の伝承とともに写真が掲載されている場合がある。筆者にいわせれば、それは大きな矛盾である。本稿で著者がもっとも強調したいのは、じつはこの点である。

確かに、それらの写真（工芸品）をもとに義経のことを論じているわけではなく、写真は単なる挿し絵にすぎず、また文献と工芸品では専門分野が異なるといってしまえばそれまでだが、少なくともそれを読む読者には大きな誤解をもたらすであろう。文献に対して慎重になるならば、工芸品の伝承についても慎重になるべきである。その意味で、本稿がなにかの参考になれば幸いである。

なお、最後になったが、図1～3の遺品について義経との直接的関係を否定した。しかし、だからといって、各遺品の文化財としての価値を貶めようとする意図など、筆者には毛頭ないことを、各所蔵機関に強くご理解いただきたいと思う。

注

（1）拙著『源義経―後代の佳名を貽す者か―』（ミネルヴァ書房　二〇〇五）。

（2）指定文化財の時代は、文化庁監修『重要文化財26　工芸品』（毎日新聞社　一九七七）に基づく。

（3）筆者が様々な機会に行ってきた甲冑概説のうち、最新のものとしては、五味文彦・櫻井陽子編『平家物語図典』（小学館二〇〇五）のなかで行ったものがあり、単著としては『弓矢と刀剣―中世合戦の実像―』（吉川弘文館　一九九七）や『中世的武具の成立と武士』（吉川弘文館　二〇〇〇）のなかでも行っている。なお、甲冑関係の基礎事項を深く知るためには、山上八郎『日本甲冑の新研究』（私家版　一九二八）、鈴木敬三『日本中世武装図説』（『新訂増補故実叢書35』明治図書　一九五四、のち『改訂増補故実叢書35』〈明治図書　一九九三〉に再録）、同『甲冑写生図集解説』（同編『中村春泥遺稿甲冑写生図集』吉川弘文館　一九七九）、山岸素夫・宮崎真澄『日本甲冑の基礎知識』（雄山閣　一九九〇）などを参照されたい。そのうち鈴木敬三『甲冑写生図集解説』は、本稿ではよく利用することになるので、以下では、便宜的に『解説』と略記することとする。

（4）腹巻と胴丸の名称と構造の逆転の問題については、鈴木敬三「腹巻の名称と構造」（『国学院雑誌』63―10・11〈合併号〉一九六二）が先鞭をつけ、注（3）前掲『解説』や「腹巻・胴丸・腹当考―文献所見の名称と構造―」（『国学院高等学校紀要』16　一九七六）・「文献理解のための武装用語の検討」（『国学院大学大学院紀要』15　一九八四）などの諸論考で補強している。

（5）藤本正行『鎧をまとう人々』（吉川弘文館　二〇〇〇）では、鈴木敬三氏が胴丸右引合説の早い例として取りあげた、小瀬甫庵（一五六四～一六四〇）の『太閤記』巻一・秀吉公素性のなかにある「筒丸とて右にて合わせ」という記事に注目し、これが流布したのではないかという説を出している。

（6）遺品を分析したものに、注（3）前掲『解説』や山岸・宮崎著などがあり、名称の問題についてはやはり注（3）前掲鈴木論文（一九八四）で考察され　基本文献はそこで網羅されている。また、筆者にも「時代劇を読む　腹巻鎧」（『本郷』57　吉川弘文館　二〇〇五）があり、本稿はそれを発展させたものである。ほかに稲田和彦「大山祇神社所蔵　国宝　赤糸威胴丸鎧についての一考察」（京都国立博物館編『日本の甲冑』　京都国立博物館　一九八九）があるが、みるべき論点はない。

（7）引用は、長門本が、『平家物語長門本』（国書刊行会　一九〇六）。南都本が、『南都本南都異本平家物語』（古典研究会

一九七一、七二)。『源平闘諍録』が、福田豊彦・服部幸造編『源平闘諍録』(講談社学術文庫　一九九九、二〇〇〇)。「市河盛房置文」は、竹内理三編『鎌倉遺文』(東京堂出版　一九七一～一九九七)二七八八五号文書である。

(8)『平治物語絵巻』の腹巻鎧については、すでに鈴木敬三『初期絵巻物の風俗史的研究』(吉川弘文館　一九六〇)のなかでの詳細な画面解説によって、三条殿夜討巻では六例、信西巻では一例が指摘されている。ただし、三条殿夜討巻では、筆者と一部見解が相違する部分がある。すなわち筆者が指摘した五例のうち、④は鈴木氏の指摘になく、①・②・③・⑤に別の二例の指摘が加わる。その二例とは、後白河上皇を乗せた八葉車を囲み、内裏に向かう藤原信頼・源義朝が率いる大集団の先頭から三列め(黒馬に騎乗する騎兵の背後)を歩む長刀を担げた歩兵。同じ大集団の殿《しんがり》、長刀を両手にもって走る歩兵の二例である。これらを腹巻鎧とみる根拠は、胴の正面が、ともに左手に隠れてほとんどみえないものの、僅かにのぞく部分が弦走革の文様のように描かれていることであろう。しかし、鳩尾板や栴檀板は確認できず、また、袖も射向だけが描かれているようにみえるため、筆者としては、この二例は、射向の袖を付けた腹巻とみなしておきたい。

(9)注(3)前掲『解説』など。

(10)注(3)前掲『解説』。

(11)注(3)前掲『解説』。

(12)注(3)前掲『解説』では、鎌倉時代とし、同じく注(3)前掲山岸・宮崎書では、鎌倉中期としている。

長門本平家物語の再評価に向けて

――一谷の坂落としをめぐる長門本と延慶本――

谷口耕一

一

長門本『平家物語』（以下、長門本と略称する。他の諸本も同じ）[1]は、古くは高木武氏、冨倉二郎氏らによって、その読み本系諸本における位置づけなどが論ぜられてきた。その後、松尾葦江氏は、長門本の伝本を精査されるとともに、読み本系諸本における長門本の定位を目指された。そして氏による長門本の伝本調査は現在も続けられている。その他にも、多くの先学により、長門本の研究は着実に進んでいると言っていいだろう[2]。

しかし、延慶本の研究が進むにつれて、延慶本は、現存する『平家物語』諸本の中では、古態的要素を多くとどめた本文であるとの見方が一般的に認知されるようになった。その一方で、長門本は、旧延慶本に連なる古態的部分を有しながら、同時にその後次的な加筆部分も多く指摘され、その結果、原態からは遠い、改作の多く施された本文との認識が一般的であったと言えようか。そのためであろうか、長門本に取り組んだ貴重な成果は、その間いくつもあるものの、概括的にいえば、近年の『平家物語』研究の場では、研究論文の多くが延慶本に集中し、長門本はその傍らに押し遣られた観がある[3]。特に、本文研究を主たる目的としない国文学の外の方々において、延慶本に対する信頼はより大きなものがあるように見える。

しかし近年、櫻井陽子氏により、延慶本には、応永の書写時において覚一本的本文による混態が行なわれているという指摘がされるに至り、延慶本の本文を再吟味する必要性が表面化してきたように思われる。(4)私も、今まで、延慶本本文の書写の実態を取り上げ、あるいは延慶本の文覚発心譚を分析し、延慶本の後次的、あるいは改作的要素をいくつか指摘し、『平家物語』の一本を絶対化するのではなく、読み本系諸本それぞれの本文の素姓を再吟味することの必要性を述べてきた。(5)

ところで、私が、それらの拙稿において、延慶本の後次的・改作的要素の指摘およびその論証のために、延慶本に対比させて用いた本文は、一に長門本の本文であり、それに次ぐのが『源平盛衰記』(盛衰記)の本文であった。また、『校訂延慶本平家物語』(6)の本文整定にあたって、延慶本の本文に対する疑義が生じた場合、その本文の疑義を正すことに役立った本文は、これまた一に長門本の本文であり、その次に来るのが盛衰記の本文であった。それらの細かな校合作業を通じて改めてわかってきたことは、長門本や盛衰記の本文は、後次的な要素を多く含むため、改編・改作の施された本文との定評がありながら、同時に延慶本よりも古態を示す部分を随所にとどめている、極めて貴重な本文であったということである。それゆえ、延慶本の後次的要素、改作的要素を長門本との対比の上で指摘することは、同時に長門本本文の古態性を再評価する試みにつながっている。

さて、平家一門が立て籠る一谷に向けて、義経が三草山の難路を昼夜兼行の強行軍で進軍し、一谷の坂の上から平家の背後の坂を落として、平家に潰滅的な損害を与えた場面は、古くより人口に膾炙してきた名場面である。なかでも畠山庄司次郎重忠が馬を背負って坂を下る場面は、常識的に考えると、絵空事に近い、極めて疑わしい記事であるにも拘わらず、畠山重忠の人気の故か、あるいは馬を労る美談でもあったためか、子供向けの物語にも書き改められて世に広まった。しかし、延慶本におけるその記事を分析すると、そこには多くの齟齬・不首尾が露呈しており、延慶本独自の改作の痕跡が指摘できる。坂落としをめぐる記事も、基本的には長門本の本文が相対的に古態をとどめており、延慶本に改作が施されていることが推測されるのである。しかもそれにとどまらず、延慶本は、杜撰な長門本の増補（竄入）記事をうけて、その杜撰な記事にさらに記事を継ぎ足したため、さらなる不整合を生じさせてしまったと思われるところも指摘できるように思われる。

この小論では、延慶本が、そのような長門本の竄入記事のあとを受けて改作を施し、さらにはその改作の辻褄合せをしていると思われるところを取り出し、長門本に残るような本文から延慶本の本文がどのように作られていったか、その跡を辿ってみたいと考えている。それは、この場面における長門本本文の、他の諸本に対する先行性を確認するためであるが、そのためには、まず延慶本の坂落としの場面の問題点から見ていかなければならない。

二

三草山の険阻な道を辿り、一谷の坂の上、鉢伏に到着した義経は、眼下に平家の軍陣を見下ろす。しかし、そこは断崖絶壁であり、崖下に下りるすべはないかのように見えた。試みに馬二頭を落としてみたところ、源氏になぞらえられた一頭は無事に坂の下まで辿り着く。延慶本巻九・二十「源氏三草山幷一谷追落事」には、そのときの源氏軍の安堵の気持ちと、それに勇を得て坂落としを決行する場面が次のように描かれる。

源氏ノ兵《つはも》ノ、其時色ナヲリテ、人々我先ニ落《おとさ》ムトスル処ニ、三浦ノ一門ニ佐原十郎義連ス丶ミイデ、申ケルハ、「人モ乗ヌ馬ダニモ落シ候。義連落シテ見参ニ入ラム」トテ、威シマゼノ鎧ニ、栗毛ノ馬ニ乗テ、幡一流指上《さしあげ》テ、マ逆《さかさま》ニ落ス。五丈計《ばかり》ゾ落タリケル。底ヲミタレバ、猶五丈計ゾ有ケル。御方《みかた》ヘ向テ申ケルハ、「是ヨリ下ヘハイカニ思トモ叶マジ。思止《おもひとどまり》給へ」ト申ス。「三草ヨリ是マデハル〴〵ト下タレバ、打上ムトストモカナウマジ。下へ落シテモ死ムズ。トテモ死バ敵ノ陣ノ前ニテコソ死《しな》メ」トテ、手縄《たづな》ヲクレ、マ逆ニ落サレケリ。畠山申サレケルハ、「我レガ秩父ニテ、鳥ヲモ一羽、キツネヲモ一立タル時ハ、カホドノ巌石ヲバ馬場トコソ思候へ。必ズ馬ニマカスベキニ非」トテ、馬ノ左右ノ前足ヲミシト取テ引立テ、肩ノ上ニカキ負テ、カチニテマ前《さき》ニ事故ナクコソ落サレケレ。是ニツヾキテ、佐原十郎義連、「実ニ。三浦ニテ朝夕狩スルニ、是ヨリ嶮シキ所ヲモ落セバコソ落スラメ。イザヤ若党」トテ、一門引具テ、和田小太郎義盛、同次郎義茂、同三郎宗実、同四郎義胤、葦名太郎清際、多々良五郎義治、郎等ニハ物部橘六、アマ太郎、三浦藤平、佐野平太、是等ヲ始トシテ、義経前後左右ニ立並テ、手縄カヒクリ、鐙フミハリ、目ヲフサギテ、馬ニ任テ落シケレバ、義経、「ヨカメルハ。落セヤ若党」トテ、先ニ落シケレバ、落トヾコホリタル七千余騎モ、我ヲトラジト皆ヲトス。

畠山ハ赤威ノ鎧ニ、ウスベヲノ矢ヲイテ、黒馬ノ三日月ト付タリケリ。一騎モ損ゼズ城ノ仮屋ノ前ニゾ落付タル。

この文章にはいくつか不可解な事柄がある。まず第一点に、「「三草ヨリ是マデハル〴〵ト下タレバ、打上ムトストモカナウマジ。下へ落シテモ死ムズ。トテモ死バ敵ノ陣ノ前ニテコソ死メ」トテ、手縄ヲクレ、マ逆ニ落サレケリ」とある一文の主語が誰なのか不明瞭な点である。義経に向かって義連が「思止給へ」と言っている以上、主語は義連ではありえない。文中に「落サレケリ」と、尊敬語が使用されている点からいえば、主語は義経らしく思われる。この一場面で、動作に敬語が使用される人物は義経以外に考えられない。とりあえずここは義経の言動が描かれていると考えられるのである。とすれば、義連が坂の途中から、上にいる義経に向かって、「思止給へ」と制止したにもかかわらず、義経は鉢伏から平家の陣に向かって「マ逆ニ落」したということになる。しかし、そのように解釈すると、新たに不審な点が生じてくる。義経は鵯越の最上部にいるにもかかわらず、「三草ヨリ是マデハル〴〵ト下タレバ、打上ムトストモカナウマジ」と言っていることである。今、坂の最上部にいる義経にとって、これ以上、どこへ「打上ムトス」るのであろうか。

この一文は、「三草ヨリ是マデハル〴〵ト下タレバ」とある確定条件と、「打上ムトストモカナウマジ」という文との因果関係に整合性がない。「三草ヨリ是マデハル〴〵ト下タレバ（三草からここまではるばると下ってきたからには）」というのは、理由を述べる確定条件であるから、それに続く「打上ムトス」という語句は、三草山の道を引き返す（上る）という意味になる。しかし、「引き返す」という言葉のかわりに「打上」るという言葉を使うのは、かなり無理な言い方であろう。しかも「トテモ死バ（どのみち死ぬのならば）」とあるのは、三草山の道を引き返すこととととと、あまりにも仰々しい。延慶本は、三草山の難路を分け入る記述を割愛し、その文章を一谷の坂に関する記述に転用してしまっている。「打上ムトストモカナウマジ。下ヘ落シテモ死ムズ」「トテモ死バ」という状況設定に最も叶うのは、実は坂の途中で進退窮まっている、佐原十郎義連その人なのである。しかし、この一連の言動の主語が義連ではあり得ず、義経であったとした場合、その意味内容が指示しているのは、坂の上にいる義経ではなく、坂の途中で進退窮まっている義経ということになる。

そこで、「打上ムトストモカナウマジ」を、坂の途中にいる義連の置かれた状況と解釈し、坂の上にいる義経による推測とみることも可能である。つまり、「義連は坂の上に上がることもできないだろう」と義経が推測したと解釈するのである。しかし、そのように解釈すると、「トテモ死バ敵ノ陣ノ前ニテコソ死メ」という、義経自身の決意を表明した文とつながらなくなる。この意志を表す助動詞「む」を、勧誘の意味や適当の意味に理解すると、義連に向かって発せられた義経の言は、「どのみち死ぬのならば、敵の前で死になさい」という意味になる。しかしその場合でも、「手縄ヲクレ、マ逆ニ落サレケリ」という敬語をともなった義経の、坂落としを記述する文との間に違和感が生じる。義経が、「手縄ヲクレ、マ逆ニ落」したのであるから、「敵ノ陣ノ前ニテコソ死メ」という発話は、義連への勧誘ではなく、義経自身の決意の表明と見なければならないだろう。いずれにしても、その記述が抜け落ちてはいるものの、延慶本では、義経は険阻な坂の途中で進退窮まっている、という前提で記事が構成されているのである。

さらには、義経が、「……トテ、手縄ヲクレ、マ逆ニ落サレケリ。畠山申サレケルハ、「我レガ秩父ニテ、鳥ヲモ一羽、キツネヲモ一立タル時ハ、カホドノ巌石ヲバ馬場トコソ思候へ。必ズ馬ニマカスベキニ非」トテ、馬ノ左右ノ前足ヲミシト取テ引立テ、肩ノ上ニカキ負テ、カチニテマ前ニ事故ナクコソ落サレケレ」とある文章も不可思議な文章である。義経が、坂の途中で躊躇しているという状況設定もなく、坂の上から坂の下に向かって「手縄ヲクレ、マ逆ニ落」としていったにもかかわらず、重忠は、「我レガ秩父ニテ、鳥ヲモ一羽、キツネヲモ一立タル時ハ、カホドノ巌石ヲバ馬場トコソ思候へ」といって、躊躇する武士達を後目《しり》に「マ前ニ事故ナクコソ落」したという文章になっている。なぜ延慶本は、坂の上から一気に坂を落とした義経が、あたかも坂の途中で進退窮まっていることを前提にし、躊躇する武士達を後目に、重忠が先陣を切って坂を落としたというような、不思議な文章になっているのであろうか。また、義経は、坂の途中で一旦立ち止まったという記述もないのに、なぜ二度にわたって、「マ逆ニ落」し、また「先ニ落シ」たという展開になっているのだろうか。

長門本をみると、この場面は次のように描かれる。

九郎義経はるかにのそきてこれをみて、一疋はふしたり。一疋は立たり。主か心えておとさはそんすましきそ。唯おとせ殿原とて白はた三十なかれを城の上へなひかして、七千余騎さとおちたり。少平なる所におち留て、ひかへてみおろせは、底は屏風をたてたるかことく、こけむしたる岩なりけれは、おとすへきやうもなし。かへりあかるへき道もなし。いか、すへきとめん〳〵にひかへたる所に、佐原十郎義連すゝみ出て申けるは、三浦にて朝夕狩するに、狐を一おこしても鳥を一たてゝも、これより険き所をも落せはこそ落すらめ。いさうれ若党ともとて、我一門には、和田小太郎義盛、同次郎義茂、同三郎宗実、同四郎義種、蘆名太郎清澄、多々良五郎義春、郎等には三浦藤平、佐野平太をはしめとして御曹司の前後左右にたちなをり、手綱かひくりあふみふんはり、目をふさき馬にまかせておとしけれは、義経、よかんめるは、おとせや若党とて前におとしけれは、おちとゝこほりたる七千よき兵ともわれおとらしとみなおとす。

長門本では、「おとすへきやうもなし。かへりあかるへき道もなし」という記述は、義経が坂の途中で「少平なる所におち留」っていたときの状況描写なのである。闘諍録でも、「「……吾が身先に係けん」とて、落とされければ、七千余騎皆連いて落ちぬ」とあるように、坂の半ばまで義経が先頭になって落としたのである。ところが「登るべき路も無く、下るべき方も無し」とあるように、坂の中途で進退窮まってしまう。南都本にも、「大方落スへキ様ソナキ。サリトテハ上スヘキ様モナシ」とあり、盛衰記も「下へ落スベキ様モナシ、上へ上ルベキ便モナシ」とあり、長門本と同様である。坂の上に帰り登ることもできない、かといって坂の下に落とすこともできない、と義経が見なすという設定は、長門本・闘諍録・南都本・盛衰記のように、義経が坂の途中で進退窮まっているという状況でこそ実態をともなっているのである。延慶本は、その地の文を義経の発言として改変し、臨場感を持たせようと企てたにもかかわらず、義経の居場所を坂の上のままとし、そのことに気付かず、もとの本文にあった文章をそのまま流用した結果、かえって、このような意味の通らない文を残すことになったのではないか。延慶本の本文にはなんらかの改作が施されており、長門本の本文の優位性を証する一場面であろうと思われる。

三

次に、第二点目としてあげるのは、延慶本に見られる呼称の混乱である。前引本文の八行目から十二行目にかけてであるが、この文では、三浦一門が「義経《よしつねの》前後左右ニ立並テ」、つまり義経を取り囲んで落とした後、さらにそれを見ていた義経が、「ヨカメルハ。落セヤ若党」といって先に落としたので、ためらっていた七千余騎が一気に崖を駈け降りたという展開になっている。つまり義経が二人いたことになる。三浦の一門に囲まれて先に落とした「義経」は、当然「義連」とあるべきだろう。三浦一門に向かって「イザヤ若党」といって、「一門引具テ」落としたのであるから、主語は義連とあるべきである。闘諍録では、義連が、「義連落として見参に入れん」といって、「手勢五百余騎真先《まつさき》に係けて雑と落とす。御曹司次《つづ》いて落としたまへば、誰か独りも憚るべき。七千余騎皆共に難無く下へぞ落とし ける」とあり、主語は明示されないものの、義連は義経より前に「手勢五百余騎」を率いて「真先係けて」落としたのである。南都本にも、「義連先陣仕ラント云マ、ニ、目ヲフサキテマツサキ懸テオメイテ落ス。是ヲ見テ大将連ト宣ヘハ、七千余騎ノ者共馬ノ頭ヲナヲストモナシ、後ヨリ押ル、トモナク、幡卅流レ城ノ中へ指ナヒカシ、敵ノ矢倉ノ前へ一度ニハツトソ落シケル」とある。義連が「目ヲフサキテマツサキ懸テオメイテ落」とし、それを見ていた「大将」義経が「連《つづけ》」と言って、七千余騎の者共といっしょに続いたというのである。記事として自然な流れである。これら、他の諸本に一致する記事内容から見て、和田小太郎義盛らは、義連の「前後左右ニ立並テ、手縄カヒクリ、鐙フミハリ、目ヲフサギテ、馬ニ任テ落シ」（延慶本）たのだろう。延慶本にはなんらかの錯誤があるように思われる。

延慶本のこの場面における「義経」は、長門本を見ると「御曹司」となっている。闘諍録などの記述を参考にすれば、この御曹司こそ、実は義経のことではなく、三浦一門の御曹司、佐原十郎義連その人を指していたのではないか。
義連は、延慶本の西国発向の勢汰の所に、

搦手大将軍九郎義経ハ、同日京ヲ出テ、三草山ヲ越テ丹波路ヨリ向。相従輩ハ、安田三郎義定、田代冠者信綱、大内太郎惟義、斎院次官親能、佐原十郎義連、侍大将軍ニハ……

とある。四部本では、副将軍は安田三郎義定・田代冠者信綱・大内太郎維義とあり、斎院次官親能と佐原十郎義連の名を落としているが、延慶本では侍大将軍の前に名を載せているので、この二人も副将軍であったと思われる。義連は、三浦大介義明の末子であり、系図で確認すれば、椙本太郎義宗（和田義盛の父）、三浦介義澄、長井五郎義季等の弟となる。闘諍録には、義経の配下として、「三浦介義澄・和田ノ小太郎義盛・佐原十郎義連」の名を載せるが、長門本・延慶本は佐原十郎義連を副将軍のところに載せ、義澄の名を載せない。三浦大介義明の末子義連が、三浦一族を代表し、副将軍としてこの合戦に従軍していたのであろう。長門本と延慶本とが一致するように、『平家物語』の記事としては、佐原十郎義連は、本来、副将軍であったのだろう。義連は、三浦一門の中で最初に名が記されている。ここでは、和田小太郎義盛、同次郎義茂、同三郎宗実、同四郎義胤、葦名太郎清隣、多々良五郎義治ら、三浦一族の手勢五百余騎を率いた、三浦一門の御曹司と見なされているのである。いずれにしても、長門本の「御曹司」とは、義連のそのような立場を反映した呼称であったろう。そのように解釈して初めて、長門本の本文も、記事内容に矛盾がなくなるのである。ところが延慶本は、この「御曹司」を義経のことと誤認し、あるいは意図的に、それを「義経」と改めたのであろう。その結果、三浦一門が義経を囲んで落としたあと、さらにそれを見ていた義経もそれに続き、更に七千余騎が続いたと記す齟齬を生じさせてしまったのであろう。長門本的本文が先にあり、それを延慶本が誤認、書き改めた証跡と見なせるであろう。

四

続いて第三点目である。畠山重忠の言葉と、行動との矛盾を採り上げたい。

> 畠山申サレケルハ、「我レガ秩父ニテ、鳥ヲモ一羽、キツネヲモ一立タル時ハ、カホドノ巌石ヲバ馬場トコソ思候へ。必ズ馬ニマカスベキニ非」トテ、馬ノ左右ノ前足ヲミシト取テ引立テ、肩ノ上ニカキ負テ、カチニテマ前ニ事故ナクコソ落サレケレ。

畠山重忠は、「秩父にいたときは、この程度の巌石は馬場と見なしていた」と言う。にもかかわらず、その舌の根の乾かぬうちに、「馬ノ左右ノ前足ヲミシト取テ引立テ、肩ノ上ニカキ負テ、カチニテマ前ニ事故ナク……落」したのである。馬場同然であれば、馬に乗って落とせばよいだろうに、馬を背負って坂を落としたのである。なぜこのように、言葉と行動との間に整合性のない記述がなされているのであろうか。しかもその齟齬は、この記事を改作した人物にも自覚されていたらしく、その齟齬を解消するために、「必ズ馬ニマカスベキニ非」という、とってつけたような言葉を挿入してもいるのである。しかし理由も記されないままに、その言葉を挿入してみたところで、その齟齬が解消されるわけではない。

さらに不思議なことは、馬を背負った重忠が「カチニテマ前ニ事故ナク……落」した、つまり一谷の先陣を果たしたと描かれている点である。馬を背負った重忠が、雪崩のように断崖を下る群馬の中で、その馬雪崩に捲き込まれもせずに「カチニテマ前ニ事故ナク……落」すことができたのだろうか。重忠は雪崩のような早足で馬を背負って断崖を下ったということになるであろう。

延慶本がなぜこのようになっているかという理由も、この記事を諸本と対照させることによって明らかになる。長門本や南都本を見ると、「三浦にて朝夕狩するに、狐を一おこしても鳥を一たて、も、これより険き所をも落せはこそ落すらめ」と切り出しているのは、佐原十郎義連（南都本は三浦ノ十郎義連）であり、重忠が馬を背負って坂を下る記事は、盛衰記を除けば、長門本・闘諍録・四部本・南都本・覚一本にはない。福田豊彦氏は、「『延慶本』の逆落の重忠には、物語として整えられる以前の姿が認められよう」と述べていらっしゃる。(7) つまり、重忠が馬を背負って坂を下る記事は、延慶本に始まり、盛衰記がさらにそれを潤色した記事らしいのである。重忠の言葉と行動に整合性がないのは、馬による坂落としの決意を表明した佐原義連の言葉の一部を切り取り、それを重忠の言葉に置き換え、それに続けて重忠が馬を背負って坂を下るという記事を継ぎ足したからだろう。つまり、義連と重忠二人の言葉と行動を、重忠一人の言動に統合したのである。延慶本が、坂落としの記事に改変を加えていることは明らかであると思われる。

この点は、重忠の装束を描く記述が、この重忠の坂落としの記事から離れて、とってつけたように出現する点からも言えるであろう。最初の引用文を見ていただくと、「畠山ハ赤威ノ鎧ニ、ウスベヲノ矢ヲイテ、黒馬ノ三日月ト付タリケリ」という記述が、源氏軍の坂落としの途中に、前後の記事と脈絡なく、無関係に、唐突に記されている。なぜ、このような不思議な文章になっているのであろうか。

このことに絡んで更に不思議なことは、延慶本が搦手の義経の配下とする重忠を、『吾妻鏡』はもちろんのこと、長門本をはじめ、四部本・闘諍録・南都本・城方本・百二十句本など『平家物語』の多くの諸本は、大手の範頼の配下にあったと明記していることである。長門本を例に取れば、西国発向の交名を次のように記す。

追手の大将軍は蒲冠者範頼、四日京を立て、つの国はりま路より一谷へむかふ。あひしたかふ輩には、武田太郎信義、同兵衛有義、加賀見太郎遠光、同次郎長清、一条次郎忠頼、板垣三郎兼信、侍大将には梶原平三景時、嫡

子源太景季、同平次景高、畠山庄司次郎重忠、稲毛三郎重成、半替四郎重朝、小山田五郎幸重、……

また、『吾妻鏡』寿永三年（一一八四）二月五日条には（一部誤植を訂した）、

大手の大将軍は蒲冠者範頼なり。相従ふの輩、
小山小四郎朝政　武田兵衛尉有義　板垣三郎兼信　下河邊庄司行平
長沼五郎宗政　千葉介常胤　佐貫四郎成綱　畠山次郎重忠
稲毛三郎重成　同四郎重朝　同五郎行重　梶原平三景時
同源太景季　同平次景高　……

などとある。このように畠山重忠は大手の範頼に従ったと記されている。ところが延慶本は、

搦手大将軍九郎義経ハ、同日京ヲ出テ、三草山ヲ越テ丹波路ヨリ向。相従輩ハ、安田三郎義定、田代冠者信綱、大内太郎惟義、斎院次官親能、佐原十郎義連、侍大将軍ニハ畠山庄司次郎重忠、弟長野三郎重清、従父兄弟稲毛三郎重成、土肥次郎実平、嫡子弥太郎遠平……

とあり、重忠を搦手の侍大将軍とする。侍大将軍とはしないものの、重忠を搦手とするのは他に盛衰記・龍大本（覚一本の一本）・流布本がある。しかし、事実問題は別としても、『平家物語』においては、重忠は搦手の侍大将軍ではありえない。四部本には、

搦手の大将軍は九郎御曹司義経、副将軍には安田三郎義貞・大内冠者維義・伊豆国の住人田代冠者信綱、侍大将軍には土肥次郎実平・三浦十郎義連……

とあり、搦手の侍大将軍は土肥次郎実平であった。これが『平家物語』本来の記事であったと思われる。諸本は、田代冠者信綱を「「九郎ガ副将軍ニ成給ヘ」トテ被二差副一タル武者也」（延慶本）と説明する。田代信綱は搦手の副将軍

であった。また、四部本によれば、三草山において、義経が平家に夜討を掛けるにあたって、見解を求めた相手は土肥実平であり、その場に居合わせた副将軍のひとり田代信綱が夜討に賛同し、決行を具申する。この点は闘諍録には記事がないものの、諸本すべて一致しており、延慶本も例外ではない。さらに諸本は、搦手一万余騎を二手に分け、土肥次郎実平と田代冠者信綱に三千余騎を付けて播磨路へ差し向ける記述がある。ここは岡崎四郎義実とする四部本と、名が記されない闘諍録を除けば、諸本一致して実平と信綱がこの役割を担っている。義経の参謀であり、同時に一陣を任せられている点からいっても、搦手の陣容は、四部本にいうとおり、副将軍田代冠者信綱、侍大将軍土肥次郎実平というのが『平家物語』本来の記事であったろう。とすれば、侍大将軍として畠山庄司次郎重忠と記す延慶本の交名記事は、後の改変ということになる。

重忠は、治承四年（一一八〇）八月二十六日に三浦一族の居城衣笠城を攻め、頼朝に敵対した前歴を持つ。それから三年半、際立った軍功もなかった重忠が、搦手の侍大将軍に抜擢されるはずはなく、それは『吾妻鏡』で確認が取れる。そもそも、宇治川の先陣で名を挙げた佐々木四郎高綱でさえ、侍大将軍にはなっていないのである。重忠を、侍大将軍とする延慶本は、後の改作と見なされるのである。しかし延慶本もその祖本においては、重忠はもともと大手の範頼の配下として記されていたと思われる。現存の延慶本はその中から、「畠山庄司次郎重忠、弟長野三郎重清、従父兄弟稲毛三郎重成」三人を切り取って、この位置に貼り付けたのであろう。重忠が範頼の配下であったとすれば、義経と共に坂落としの現場にいるはずもなく、ましてや馬を背負って坂を下ったという記事もあり得ないことになる。[8]これは延慶本の増補記事なのであり、それに連動して、延慶本は大手の中にあった重忠の名を搦手の中に移したのである。しかし侍大将軍ではない重忠以下三人を、侍大将軍であった土肥次郎実平の前に繰り入れるという不手際によって、これらの記事の操作の痕跡を残してしまったのである。

畠山重忠の装束を描く唐突な記事は、長門本も延慶本と同じくこの位置にある。長門本においても、その出現が唐突な感じを与えるのは当然で、長門本の西国攻めの交名には、重忠は大手の範頼配下と明記されており、そもそもこの坂落としの現場には居合せなかったことになる。長門本の致命的な齟齬であり、長門本における重忠の装束を描く記事は、後の竄入あるいは改竄と見なせるのである。しかし延慶本は、長門本のような重忠の装束を描く記事が竄入した本文を親本として、義連の発言を改作してそれを重忠の発言にすり替え、その言葉に続けて重忠が馬を背負って坂を下ったという記事を増補したのであろう。そのため、親本にあった重忠の装束を描く記事との間に、義経以下、一連の坂落としの記事が割り込んだ形となり、結果的に重忠の装束を描く記事が、重忠の坂落としの記事から取り残されたようになったのである。延慶本のこの記事全体が、ひとりの人間によって書かれたとした場合、文章を書く者の習性として、このような不思議な文章を書くはずがない。別の人物によって、先にあった記事に、新たに別の記事を接ぎ足した痕跡と思われる。つまり、これば、長門本のような記事に、あとから重忠の坂落としの記事を割り込ませたための不首尾なのであろう。

さて、延慶本が重忠を搦手の侍大将軍とするのは、大手の侍大将軍梶原平三景時に対抗させたためではないかと思われる。長門本をはじめ読み本系の諸本は、重忠を大手の侍大将軍梶原平三景時の配下としていた。のみならず重忠は、一谷の合戦においては目立った活躍をしていない、というよりも記事そのものがない。一方の梶原景時が「二度の懸け」で勇名を馳せ、重衡を生け捕りにしているのと対照的ですらある。このことを佳しとしない人物が、重忠を景時に対抗させ、搦手の侍大将軍としたのではないか。延慶本に見られるように、景時の陰に隠れていた重忠を搦手の侍大将軍とし、馬を背負って崖を下ったという鵯越先陣の名誉を与えたのは、このような重忠贔屓の感情であったと思われる。

そして一方、畠山重忠と対照的に、延慶本における一連の坂落としの記事において、損な役回りを演じているのが佐原十郎義連である。坂落としに当たって、延慶本では「人々我先ニ落ムトスル処ニ」義連が進み出たとある。長門本をはじめ他の諸本では、尻込みする他の武士達を後目に、三浦一門を率いて真っ先に坂を落としていくのが義連である。延慶本の義連は、彼が先陣を切らなくても、他の武将達が先陣を争うであろうという状況設定の中で坂を落としていく。しかも、「義連落シテ見参ニ入ラム」といって坂を落としたものの、坂の途中で「是ヨリ下へハイカニ思トモ叶マジ。思止給へ」といって進退窮まってしまう。延慶本では、自身の発言の一部を重忠に横取りされ、剰え一谷先陣の名誉をも重忠に奪われてしまっているのである。なぜ義連がこのような損な役回りを演じているのか不明な点が多いが、ひとつ思い当たるのは、後に義連、その子家連、孫光連が紀伊国の守護になっていることである。義連が紀伊国の守護であったとき、どのように振る舞ったか、いまだ史料が少ないが、粉河寺と対立し、合戦となって粉河寺まで攻め込み、粉河寺哀亡の原因を作った、という史料の存在を知る。(9)史料の信憑性は今後の検討課題であるが、粉河寺はこのあと確実に衰退していった。高野山の金剛三昧院はじめ、伝法院、醍醐寺などと密接な関係を持った安達景盛・泰盛等と、三浦一族との対立関係も注目すべきであろう。(10)安達氏と湯浅党との親密な関係をも考慮に入れるとき、延慶本が書写され、伝来していた紀伊国における佐原一族の位置のようなものが、延慶本には反映しているのかも知れない。高野山文書で見る限り、義連の子家連や孫光連が紀伊の在地勢力と対立関係にあった事が記され、宝治合戦における光連の誅殺も自業自得とされている。(11)佐原一族は、紀伊国の在地勢力と対立することが多かったらしいのである。以前述べたように、延慶本の増補が粉河寺誓度院の周辺で行なわれたことが推測され、またそれ以後も根来寺に伝来していたことは確実であり、そこに紀伊国の在地勢力の、義連に対する思いが投影されていると見るのはうがちすぎであろうか。もしそのとおりであれば、延慶本には紀伊国の人々の後次の改作の手が入っていることになる。

五

以上検討してきたように、延慶本の一谷の坂落としをめぐる記事には、いくつかの改編が施されていると見なされる。旧延慶本の存在が想定され、延慶本と長門本との共通部分は、おおむね旧延慶本にあったと推測できる記事であるが、それ以外にも、延慶本と長門本とが異文の関係にある記事でも、長門本の本文の方が延慶本より古態をとどめているところもあるのである。そういった現状を認識し、改めて諸本相互の関係を解明していくことが求められているといえようか。

はじめにも記したように、文覚の発心譚をはじめ、延慶本の記事には改編・改作のあとを確認できる記事群がある。そしてそれらの部分に関しては、その改編を施す前の本文こそ、現在長門本に残るような本文であった可能性も確率的に大であると思われる。延慶本よりも、長門本のほうに原態に近い記事が残る事例は、他にも多々あるだろう。『校訂延慶本平家物語』の本文作成において得られた事例や(12)、この小論において述べたような、長門本的本文に依ったと思われる、一連の延慶本の改編・改作のあとを辿るにつけ、長門本の記事内容、本文の重要さが今更に再認識されなければならないと思われる。ともあれ、延慶本に後次の改作が施されていることがますます明瞭化するにつけ、対照的に長門本の本文の重要さが増してくるのである。

ただ、この小論は、純粋に本文を比較検討、分析することにより、延慶本より古態を留めていると推測される記事が長門本に残っていることを見出し、長門本の重要さを主張することを唯一の目的としている。なぜ延慶本にこのような改作が施されたのか、その時期はいつであったのかなど、それらの諸問題は極めて重要ではあるが、その解明はまた別の方法によってなされるべきであろう。少なくとも、今回、私の試みた方法ではその解明は不可能である。

そして、それとともに注意しておくべき事は、これら延慶本の記事群の後出性が確認され、相対的に長門本の部分的な先行性が確認されたとしても、そのことが直ちに長門本古態説に繋がらないということである。あたりまえのことであるが、長門本には長門本なりの、独自の改編・改作の痕跡が見出せる。記事内容を詳しく分析・検討すれば、その後出性を例証するに足る事例は、いくらでも探し出せるであろう。どの本文が全面的に古く、どの本文が全面的に新しいといった性急な議論ではなく、今一度、各諸本の記事を再吟味・再検討し、それらの諸本の実態を把握していくことがなによりも大切であろう。そのような作業の丹念な積み重ねによって、『平家物語』の原態へ近づく道のひとつが切り開かれるように思われる。冒頭に記したように、それら読み本系の諸本の中でも、第一に長門本の本文に本来の文章が残っていると推測される事例も多い。最近影の薄い長門本ではあるが、改めてその再評価が求められる所以である。

注

（1）以下、『平家物語』の諸本については、一般的に使用される略称を用いる。引用に用いた諸本は次のとおりである。なお、四部本、闘諍録、『吾妻鏡』については、原本は漢文体表記であるが、この小論においては、必ずしも原文を引く必要を認めないので、読みやすさを考え、書き下された本文を用いた。

延慶本――『校訂延慶本平家物語九』（汲古書院　二〇〇三）。

長門本――『岡山大学本平家物語四』（福武書店　一九七七）。

盛衰記――『源平盛衰記』（国民文庫、国民文庫刊行会　一九一〇）。

四部本――『訓読四部合戦状本平家物語』（有精堂出版　一九九五）。

闘諍録――『源平闘諍録　坂東で生まれた平家物語（下）』（講談社学術文庫　講談社　二〇〇〇）。
南都本――高橋伸幸氏「水府明徳会彰考館所蔵南都本平家物語〔翻刻〕四」（『札幌大学教養部・女子短期大学部紀要』第16号　3・一九八〇）。
『吾妻鏡』――『全譯吾妻鏡第一巻』（新人物往来社　一九七六）。

（2）高木武氏「東関紀行と平家物語延慶本長門本源平盛衰記との関係」、「同（承前）」（『国語国文』第4巻4号、第4巻6号　一九三四・四、六）。冨倉二郎氏「延慶本平家物語考―長門本及び源平盛衰記との関係―」（『文学』第2巻3号　一九三四・三）。松尾葦江氏「長門本平家物語の伝本研究をめぐって」（『軍記と語り物』第14号　一九七八・一）、同氏「南都異本平家物語と読み本系諸本―長門本の定位のために―」（『東京女学館短期大学紀要』第7号　一九八五・二）等。その他、多くの先学による長門本研究の蓄積があるが、紙幅の関係で省略させていただく。
（3）そのような動向の中でも、麻原美子氏、犬井善寿氏による『長門本平家物語の総合研究』全三巻（勉誠社　一九九八）は、長門本を再認識させたという点でも、きわめて貴重な成果である。
（4）櫻井陽子氏「延慶本平家物語（応永書写本）本文再考―「咸陽宮」描写記事より―」（お茶の水女子大『国文』95　二〇〇一・八）等。
（5）拙稿「延慶本平家物語における文覚発心譚をめぐる諸問題」（『千葉大学日本文化論叢』第2号　二〇〇一・三）、「延慶本平家物語の本文書写の実態について―巻一・巻三を中心に―」（『千葉大学日本文化論叢』第4号　二〇〇三・三）。
（6）松尾葦江氏他編『校訂延慶本平家物語』㈠～㈩（汲古書院　二〇〇〇より刊行中）。
（7）『源平闘諍録下　坂東で生まれた平家物語』解説。
（8）貫達人氏は、人物叢書『畠山重忠』のなかで、重忠が義経から別れて、安田義定の指揮下に入り、一谷の西に回ったことを推測し、「ひよどりごえで、馬を背負って崖をおりることなどありえないのである」と述べていらっしゃる。私は重忠は、終始一貫して大手の範頼の配下にあったと見なしているので、その点を除けば、この話を作り話と見る見方と考え方を同じくする。

（9）「橋口重藤感状記」（津田家文書。『高野山文書』第七巻、一三三八号）。
（10）拙稿「延慶本平家物語における惟盛粉河詣をめぐる諸問題―湯浅権守宗重とその周辺（三）―」（『続々・『平家物語』の成立』、千葉大学社会文化科学研究科研究プロジェクト第一〇三集、二〇〇四・二）の補注35。
（11）「関東御教書」、宝簡集六三四号。「高野山住僧解状」、続宝簡集二六四号。「蓮華乗院学侶訴状事書」、続宝簡集一八四号。（いずれも『大日本古文書』家分け第一、高野山文書、第二巻所収）。
（12）その一例として、注（5）後者の拙稿で本文書写上の問題点を指摘した。

〔補記〕一点、お断りをしておかなくてはならない。それは、この小論では、現在まで積み重なった長門本に関する論考に全く言及できなかった点である。それらの中には、この小論と関わりをもつものも当然ある。しかし、紙幅に制限のあるなかで、それらに論及することは実質的に不可能であった。諒とされたい。

波の下の都

武士のやをのしほちにいにしへの
おも影うかふもしの関山　隆国（1）

佐々木紀一

一　西方極楽浄土と波の下の都

『平家物語』の壇浦の安徳天皇入水の情景は、哀切を極めるが、一般的に読まれる覚一本は、一部不可解な本文の構成を取る。些か長いが引用すると、

主上ことしは八歳にならせ給へとも、御としの程より、はるかにねひさせ給ひて、御かたちうつくしくあたりもてりかゝやくはかり也、[a]御くしくろうゆら〳〵として、御せなかすきさせ給へり、あきれたる御さまにて、尼せ、われをはいつちへくしてゆかむとするそと仰けれは、いとけなき君にむかひたてまつり、涙をゝさへて申されけるハ、君はいまたしろしめされさふらはすや、先世の十善戒行の御ちからによて、いま万乗のあるしとむまれさせ給へとも、悪縁にひかれて、御運すてにつきさせ給ひぬ、まつ東にむかはせ給ひて、伊勢大神宮に御いとま申させ給ひ、其後、西方極楽浄土の来迎にあつからむとおほしめし、西にむかハせ給ひて、御念仏さふらふへし、この国はそくさむ辺ちとて、心うきさかゐにてさふらへは、極楽浄土とて、めてたき処へくしまいらせさふらふそとなく〳〵申させ給ひけれは、[b]山鳩色の御衣に、ひんつらゆはせ給ひて、御涙におほれ、ちいさくうつ

くしき御手をあはせ、まつ[c]東をふしおかみ、伊勢大神宮に御いとま申させ給ひ、其後、西にむかはせ給ひて、御念仏ありしかは、二位殿やかて、いたき奉り、[d]浪のしたにも都のさふらふそとなくさめたてまて、ちいろの底へそ入玉ふ、（中略）女院ハこの御ありさまを御らんして、[e]御やき石・御硯、左右の御ふところにいれて、海へいらせ給ひたりけるを（高野本）(2)

で、aとbで帝の髪型が異なる矛盾は、既に指摘が有る。(3)それ以外に二位尼が天皇に来迎を待つ為、念仏を勧め、主上は従うのだが（傍線c）、直後に尼が波の下に都があると慰めた事（傍線d）に不審がある。後に諸本共、建礼門院の夢中で龍宮転生が明らかになるが、八坂本にはこの時、二位尼が、「浪ノ底ニ龍宮城トテイミシキ所ノ侍ニ」（米沢本）(4)と、「龍宮城」を明言する伝本があり、屋代本の「金銀七宝ヲチリハメテ、瑠璃ヲ荘《カサ》リタル宮」（巻十二「法皇為女院閑居叡覧大原御幸事」）とある表現は、中世人の龍宮の観念に一致し、「イミシキ所」(5)とあるのは不適当ではないが、灌頂巻で示される所、畜生道の龍宮城は素より極楽ではないのである。延慶本や盛衰記に共通する本文を有した『平家』を利用したと思しき室町時代の(6)『忠快律師物語』(7)もこの時一門が往生出来たとしないが、弥陀の摂取不捨を信じるならば、御門の龍宮転生は些か不都合を起こしかねないであろう。されば尼が怯む帝を賺した発言と解すれば、次の宗祇の様な解釈が生まれる。

　彼二位の尼君の、波の下に極楽侍りと教へ奉りけむも、悲しさ浅からず、偽りの言の葉に侍れど、唯心己身の心を思へば、何れか浄土にあらざる、誰か仏体にあらざらむ、此詞ぞ誠の道には侍べき（『筑紫道記』(8)）

龍宮を極楽と見る事も可能になる「唯心の浄土・己身の弥陀」は、能・室町物語に見え、(9)鎌倉時代にも、

　聖道門のなかに大小乗権実の不同ありといへども、大乗所談の極理とおぼしきには、己身の弥陀唯心の浄土と談ずる歟（『改邪抄』(10)）

とあり、『海道記』に、

極楽、西方ニ非ズ、己ガ善心ノ方寸ニアリ、泥梨、地ノ底ニ非ズ、己ガ悪念ノ心地ニアリ[11]

と同様の思想が見られる。[12]正に延慶本・四部本の六道廻の一節に、同趣の経典が引かれるが、[13]「先帝入水」部は勿論、宗祇がこれを利用したと考える必要はないだろう。同じく後掲の能『大原御幸』で、端的に極楽が波の下にあると尼が説明する事も、問題の解釈の試みと考えられる。

安徳帝の入海の様子は、神器紛失の衝撃もあって、印象深かった様で、慈円は『愚管抄』以外に、『慈鎮和尚夢想記』に、

去寿永乱逆之時、安徳天王令浮西海給之時、同三種宝物御随身之間、合戦之時、天皇外祖母六波羅二位奉懐之、入海底了、此時内侍所、大納言時忠奉取之、安穏上洛、宝劔者遂以没海底了、永失了、又神璽箱ハ浮海上之間、武士不知何物、慭開見之云々[14]

又、『青蓮院文書』の『慈円願文』に、[15]

舟ノ師《サ》忽ニ靡テ波上ニ流血之時、天皇ト与璽劔ト倶《モ》ニ祖母ノ尼公懐之ヲ入海底ニ訖ヌ

とするし、別な史料でも、

二位殿奉抱幼君、取具神璽・宝劔、没海底（『鎌倉年代記裏書』文治元年三月二十四日条[16]）

外祖母准后二品、取宝劔、奉懐先帝、没于海底、崩御了（『皇帝紀抄』[17]）

とあって、生形貴重氏が推定する様に、尼が神璽・宝劔を伴い、帝を抱き入水したとする伝承があったと確認される。[18]先の『夢想記』の神璽の形態は「尹明法師女子為内侍之間、粗伺見之」とあって、目撃者の証言を利用すると考えられるが、[19]現在の所、尼と先帝の会話を記録する証言・文献は無いのである。されば上記の尼の発話の矛盾は、専ら

『平家』成立の観点から研究されねばならない。

二　『平家』諸本の「先帝入水」

先のａ・ｂの髪型の矛盾を説明するのが、当該箇所に共通な本文を有する説話集『閑居友』の、

今上おは、人のいたきたてまつりて、海にいりたまひき、人〳〵、或は神璽をさゝけ、あるは、ほうけんおもちて、うみにうかみて、かの御ともにいりぬとなのりしこゑはかりしてうせにき、（中略）いまはとて、うみにいりなんとせしときは、Ｅやきいし、すゝりなとふところにいれて、しつめにして、今上をいたきたてまつりて、まつは、Ｃ伊勢大神宮をおかませまいらせ、つきに、西方をゝかみていらせ給しに、我も入なんとし侍しかは、女人をは、むかしよりころす事なし、かまえてのこりとゝまりて、いかなるさまにても、後のよをとふらひ給へし、をやこのするとふらひは、かならすかなふ事也、たれかは今上の後世をも、我後世をもとふらはん、とありしに、今上はなに心もなく、Ｂふりわけかみにみつらゆひて、あを色の御衣をたてまつりたりしをみたてまつりしに、心もきゑうせて、けふあるへしともおほえす侍き（下八「建礼門院御いほりにしのひの御幸の事」[20]）

で、覚一本と『閑居友』で、ｂとＢ、ｃとＣ、ｅとＥが対応するが、髪型の矛盾は、一方に他方を付加した為であると考えられる。即ち『閑居友』（の典拠）[21]が『平家』の当該箇所の元型であるか否か問題となるのであるが、『平家』諸本を見るに、延慶本も『閑居友』と対応する（傍線）。

【延慶本】先帝今年ハ八ニ成セ給ケルカ、折シモ其日ハ山鳩色ノ御衣ヲ被召タリケレハ、海ノ上ヲ照シテミエサセ給ケリ、御年ノ程ヨリモネヒサセ給テ、御皃ウツクシク、黒クユラ〳〵トシテ、御肩ニスキテ、御背ニフサ〳〵トカ、ラセ玉ヘリ、二位殿カクシタ、メテ、船ハタニ臨マレケレハ、アキレタル御気色ニテ、此ハイツチヘ行ムスルソト仰

有ケレハ、ｘ『君ハ知食サスヤ、穢土ハ心憂所ニテ、夷共カ御舟へ矢ヲ進ラセ候トキニ、極楽トテ、ヨニ目出キ所へ具シ進セ候ソヨ』トテ、王城ノ方ヲ伏拝給テ、クタカレケルコソ哀ナレ、ｙ『南無帰命頂礼天照大神正八幡宮、慥ニ聞食セ、（中略）願ハ今生世俗ノ垂迹三戸耶ノ神明達、賞罰新ニオワシマサハ、設今世ニハ此誡ニ沈ムトモ、来世ニハ大日遍照弥陀如来大悲方便廻シテ必ス引接シ玉へ』、

今ソシルミモスソ川ノ流ニハ浪ノ下ニモ都アリトハ

ト詠シ給テ最後ノ十念唱ツ、、浪ノ底へソ被入ケル、（中略）女院ハ御焼石ト御硯箱トヲ左右ノ御袖ニ入サセ給テ、海ニ入セ給ニケルヲ（六本「壇浦合戦事付平家滅事」）

覚一本が延慶本の如き本文より出る事は有り得ず、少なく共、麻原美子氏が指摘する様に、[22]覚一本の『閑居友』の利用が想定出来る。逆に延慶本が、覚一本の如く比較的忠実に引用された本文を改変したと想定する事は原則不可能ではないが、寧ろ延慶本自体に『閑居友』近似部分の利用の痕跡を析出出来ると思われる。即ち、入水間際の尼の発話は鍵括弧ｘとｙの二回に分かれるが、ここに切り継ぎの痕跡の重複があるのではないかと筆者は見る。[23]同じ延慶本の建礼門院六道物語の当該本文は、より『閑居友』に近いが、

イツクへ行へキソト先帝被仰シカハ、Ｘ浄土へ具シ進へシトテ、Ｙ先伊勢大神宮ノ方ヲ伏拝奉リ給テ、西ニ向テ、流転三界中、恩愛不能断、奇恩入無為、真実報恩者、南無西方極楽教主阿弥陀仏ト、十念高声ニ唱給テ、設我得仏、十方衆生、至心信楽、欲生我国、乃至十念、若不生者、不取正覚、光明遍照十方世界、念仏衆生摂取不捨ノ御誓タカヘ給ワス、必ス引摂ヲ垂給ヘト唱モアヘ給ハス、海ニ飛入リ給シ音計ソ、カクカニ（ママ）船底ニ聞ヘシカトモ（六末「法皇小原へ御幸成ル事」）

と、ＸとＹは尼の一度の発話の中にある。これが「先帝入水」の本文を整理して作られたとするならば問題となるな

いが、その逆の場合、「先帝入水」部が「六道物語」部を大幅に改変・増補した結果と説明する事になる訳である。
然るに尼が単に極楽往生へと云う発話のみを持ち、yの伊勢・西方拝礼を持たない『平家』伝本がある。

【屋代本】先帝ハ今年八歳ニ成セ給フ、御歳ノ程ヨリモ遥ニヲトナシク御クシ黒クユラ々々ト御背過サセ給ヘリ、アキレサセ給ヘル御様ニテ、此ニ又何チヘソヤ、尼セト仰ラレケル御詞ノ未タ終ニ二位殿、是ハ西方浄土ヘトテ海ニソ沈ミ給ケル（巻十一「平家一門悉皆滅亡事」）

又、

【四部本】二位殿、今限思下ケレ練《リ》袴《マ》傍《ソハ》高挍ミ、懐先帝、帯《ヒ》奉結イ合セ我御身、宝釼差シ腰、神璽挍腋、引負キ鈍色《ニフイロ》二《ヘ》衣《ヌ》（一行空白）入リヌ海ヘ、（中略）先帝今年成ラセ下八歳、自リモ御年程老シク見サセ下、御皃《セ》モ厳ク御髪黒《クシ》由良々々トシテ過キ御肩、御背中《セカ》懸リ房々《サ》、二位殿是攫《ク》《シタ、》メ臨ミ下ヘ舩艫、嗚呌《アキレ》玉ヘル御気色、尼瀬行クソ何ヘ被ケレ仰、参ルソヨ西方浄土ヘ、（巻十一「先帝入水」）

がそれである（青谿書屋本巻十二の六道物語当該部もこの二本にほぼ同じ）。この二本は『閑居友』（その典拠）相当本文を持たない。長門本も、

【長門本】八歳にならせ給ふ先帝をいたきたてまつり、我身に二所ゆいつけたてまつる、宝剣をはこしにさし、神璽をはわきにはさみて出給けれは、せんてい、これはいつくへそとおほせありけれは、弥陀の浄土へそ我君とて、波のしたにしつみ給ふとて、

いまそしるみもすそ川の御なかれなみのしたにもみやこありとは

（中略）女院これを御覧して、御焼石・御すゝりはこ左右の御袖に入させおはしまして、一所にそいらせ給ける、
（中略）せんてい御としのほとよりもおとなしくこひ《（ママ）》させ給て、御すかたいつくしく、御すかたかみもゆら〱

として御かたすき、せ中にふさ〳〵とかゝらせ給たり

と、基本的に四部本に同じだが、一箇所、『閑居友』（典拠）に由来する可能性のある傍線部zがあるから、延慶本の「先帝入水」部の如く極楽往生を二度言及する本文より、『閑居友』典拠に由来した表現を段階的に（長門本はその段階の一本となる）除いて整理した結果出来たのが、屋代本・四部本本文であると見る事は理屈上、不可能ではない。

しかし矛盾・重複以外を選んで除く動機の説明は筆者には困難に思える。寧ろ屋代本・四部本の様に、尼が只、極楽へと誘い、入水したとする単純極楽型伝本が別に存し、それと『閑居友』（典拠）からの本文が併せられて居るのが延慶本「先帝入水」部であると説明する方が自然であると思われる。その場合、長門本のzは後に取り込まれたと解する事になるが、室町物語『大原御幸の草子』は、

二ゐ殿、せんていを、いたきたてまつり、ふなはたにのそませ給しかは、あきれさせ給ひたる御けしきにて、これはいつくへゆくそと、せんしありしかは、さいはうこうらくとて、めてたき所へ、みゆきなし申さんとて、せんていを、いたきたてまつり、うみへとひ入給へは、（中略）みつからも、そこのみくつとならんとて、すゝりせき、いしなと、たもとに、とりいれて、つゝきて入ぬるを、わたなへたうに、けんはのせう、むつのかみ、とかや申ものに、とりあけられて（藤井隆氏蔵本）[24]

とあり、伊勢・西方拝礼がなく、単純極楽型に近いが、傍線は延慶本・覚一本のみに見え、長門本のzに相当する本文を有する。又女院の救助は、「先帝入水」部のみであるが、波線の原文は覚一本系の「源五馬允むつる」である。[25]されば藤井氏が指摘する通り、[26]依拠した伝本は延慶本・盛衰記本・青谿書屋本巻十二に近い[27]『平家』に、一方系本文をも取り込んで居たと考えられ、室町時代、複数本文の取り合わせが行われたと推定されるからである。

従来、四部本・屋代本の如く簡略な伝本が古態であると指摘されて来たが、[28]諸本の「先帝入水」部と「六道物語」

部を比較した生形貴重氏は、両本を略述・改変と見、延慶本が比較的、古態を有すると指摘する。(29) 筆者も屋代本の本文その物が古態であるとはしないが、『閑居友』（典拠）の「伊勢・西方拝礼」のみしかない『平家』本文の存在が現在の所、未確認である事からも、目下、延慶本の構成は後出で、単純極楽型の本文が古いと見る訳である。生形氏も強調するが「先帝入水」部の諸本間の前後の判断は困難であるが、その両型、又屋代本・盛衰記以外の伝本の何れにとっても依然矛盾を来たすのは、先の「波の下の都」である。

三　御裳濯川の流れ

覚一本・八坂本四類以外は尼の発話としないが、延慶本・長門本・盛衰記、更に四部本・『神明鏡』所引『平家』(30)では、辞世として、同内容の和歌が詠まれるからである。四部本は、前掲の様に辞世の部分が一行空白部であるが、四部本を引用する『王年代記』(31)より、「今ソ知ルミモスソ河ノ流ニテ浪ノ下ニモ都《コ》有トハ」が補えると考えた。『神明鏡』に辞世の前に「流石《サスカ》ニ角ソ思連玉ケル」（浄明寺本）(32)とあるのは、他本にない詠出の状況説明で、依拠した『平家』本文にそれが存したとすれば、可であろうか。しかし辞世の「御裳濯川の流れ」は皇統を指すから、和歌の題材としては当然限定的で、鎌倉時代の用例を挙げれば、

①『秋篠月清集』「祝歌とてよみける」

かみかぜやみもすそがはのながれこそ月日とともにすむべかりけれ（一四〇〇）

②『洞院摂政家百首』（東北大学本拾遺）

祝　　中宮大進兼高

神かぜや浪をさまれる君が代もみもすそ川の末ぞはるけき（解　一九七）

②『宝治百首』

寄社祝　成実

神代よりまもりぞきつる我が君のみもすそ河のながれ久しき（三九二五）

③『文保百首』

雑　藤原経継

いにしへに衣をたれしすべらぎの御裳すそ河の末ぞ久しき（一三九七）[33]

の如くに、皇統の繁栄を寿ぐならば、問題ない。軍記の慈光寺本『承久記』[34]に、後鳥羽院の流罪を耳にした母后七条院の、

神風ヤ今一度ハ吹カヘセミモスソ河ノ流タヘスハ

は物語作者の手になる可能性を否定出来ないであろうが、詠者は国母であり、仮定法的な祈願であるから、皇統を論らう事は必ずしも不遜な詠法ではないだろう。しかし問題の辞世の詠者の二位尼は確かに外祖母ではあるが、殊更、皇孫自身の運命を確信したと云う内容を赤裸様に詠む事は僭越で、有り得ないと思われるのである。これは先の『神明鏡』独自の状況説明でも変わらないだろう。

詠者と状況の不自然さを解決するのは、これを安徳帝の辞世と考える事である。即ち二位尼より波の下に都が存すると聞いた帝の反応とすれば、「今ソ知ル」の意が生きるし、皇孫自身の確信とすれば不遜の問題はない。『王年代記』・『神明鏡』でも、

今ソシル御裳濯川ノ流ニテ波ノ底ニモ都有リトハ（『神明鏡』）

とあるが、その「ニ」は断定の助詞「なり」の連用形となるから、詠者は帝でなければならない。無論二書共、『平

家』の引用文であり、単純なテニハの誤写・変化は十分有り得るから、これを証左とは出来ないが、これを帝の詠とする室町時代の文献が存する。

四　能『大原御幸』・『先帝』の結構

一つは能の『大原御幸』（現曲）と『先帝』（廃曲）で、筆者の問題とする箇所については、両曲殆ど本文が同じである。前者は『自家伝抄』に世阿弥作とされるが[(35)]、不明。後者も作者不明であるが、田中允氏は金春本『舞芸六輪』に演出が見え[(36)]、室町中期の作とする。『大原御幸』を挙げれば、

其時二位殿[1]〔　〕にぶ色のふたつぎぬにねりばかまのそば[2]〔たかくはさんで〕、[3]〔　〕[f]我身は女人なりとても、かたきの手にはわたるまじ、主上の御供申さんと、[g]安徳天皇の御手をとり舟ばたにのぞむ、いづくへ行くぞと勅定ありしに、[h]此国と申す[4]〔に逆臣おほく〕、かく浅ましき所なり、[i]極楽[5]〔世界〕と申して、目出き所の此浪のしたにさふらふなれば、みゆきなしたてまつらんと、泣々奏し給へば、扨は心得たりとて、[j]東に向はせ給ひて、[6]〔　〕天照おほんがみに御暇申させたまひて、又十念の御為に、西に向はせおはしまし、[k]今ぞしるみもすそ河のながれには、浪の底にも都ありとはと、是をさいごの御製にて、千尋のそこにいり給ふ（車屋本）[(37)]

傍線kが正に御製とする。此処に未知の『平家』に作者が依拠した可能性を推定出来るだろう。fに相当する本文を持つのは「先帝入水」では、覚一本・屋代本、hは覚一本、iは覚一本・延慶本、jは覚一本であり、kは第三句に注目すれば、延慶本・盛衰記が同じで、先の四部本・『神明鏡』所引本も誤写の範囲である。「六道物語」では、h・i・jが覚一本に相当本文がある。従って、覚一本に最も近いが、一致する現存本はないからである。gも現存本に見えないから、iとkが相応し、kが御製である『平家』伝本が存在した可能性を否定出来ないのである。しか

し独自表現が能作者の工夫で、kが筆者と同様の疑問に基づいて改変された可能性も考えられる。iとkが相応するとは云え、極楽を波の下にあるとする一方、帝が西を向いて十念を唱える点、齟齬があり（無論、帝が尼の胸中を察したとすれば別である）、能『大原御幸』が依拠した『平家』が現存諸本中、最古態を示して居るとする事は出来ず、覚一本系本文を改変し、kの辞世を付加したのが『大原御幸』であるとする説明も十分可能である為である。

同曲より、辞世を御製とする『平家』が存在した事を実証するに至らないが、少なく共、これ迄見てきた二位尼の矛盾が解消されて居る事は確かである。猶、今一点、先帝の辞世とする『平家』引用文献として、中世の百科事書『塵荊鈔』を挙げる事が出来る。

五　『塵荊鈔』の『平家物語』記事について

同書は、元相国寺住の某の作で、文明十四年頃成立したと考えられ(38)、『平家』よりの引用は巻九「平氏之事」に記される。

文治元年己巳三月廿四日ニ、外祖母二位ノ尼公、安徳天皇ヲ抱奉リ、幼帝ニ申サレケルハ、m此世ハ乱レガハシキ国ニテ候、n彼ノ波ノ底ニ目出度城《ミヤコ》ノ候、御幸《ミユキ》ヲ成マイラセ候トテ、共ニ入海ス、主上御歳八載ニテ、o尼公ノ袂ニ取付給テ、

　今曽聞裳濯川乃流爾和波乃底爾毛都阿利登和

此時一門ノ公卿殿上人、女房達ニ至迄、長門壇ノ浦ニテ悉亡給ヌ(39)（第九）

と、辞世が同じく御製とされるのである。mは延慶本・覚一本、nは覚一本に相当本文があるが、oが現存諸本に見えず、辞世も二重線部が独自で、同様、一致する伝本が見当たらない。又nの尼の答えに、辞世が相応し、又極楽へ

の言及・拝礼が全く無く、これ迄見た『平家』諸本の矛盾を持たない事から、『塵荊鈔』所引『平家』は、尼の答えが波の下の都であると云う、いわば「波の下」型『平家』本文の存在を示唆するのである。そうして他の『平家』伝本の矛盾が、その辞世のみを利用、或は別型本文との取り併せとすると、『塵荊鈔』所引『平家』と、他の伝本、或は「単純極楽型」との前後が新たに問題に成る筈である。

しかし勿論同書が引用する際、矛盾を来たす本文を省略した可能性が考えられる。されば『塵荊鈔』の『平家』引用本文の性質と引用態度を検討する必要がある。『塵荊鈔』の平家記事の典拠の一は平家系図と考えられ(40)、人物に関する短い記事は、物語ではなく、系図の注記より引用された可能性がある。六代御前が刑死せず、吉備津宮執行となったとする記事も『平家』以外の伝承で、「平氏之事」に続く「厳島之事」も長門本と一致しない。確実に『平家』を基にして居ると思われるのは、依拠伝本の判定が付かない冒頭部の利用は別として(41)、実は次の一文のみである。

彼ノ清盛公ハ父ノ忠盛、七十二代ノ帝白河院ノ叡慮ニ叶、御懐胎ノ祇園ノ女御ヲ賜リ、御契約ニ懐妊ノ王子、女子タラバ朕ガ子トセン、男子タラバ卿ガ子トセヨ、宣下成ケリ、然間、彼誕生ヨリ養育シ奉リ、[p]二歳ノ時忠盛公、[q]扇ニ零陵子《ヌカゴ》ヲ拾置キ、叡覧ニ備、

イモガ子ハ[r]ハヤハウホドニ成ニケリ

ト申ケレバ、主上、

忠盛トリテヤシナイニセヨ

ト[s]宣示成テヨリ、養子ト定メケリ（同前）

で、この説話を持つ主要伝本は覚一本・屋代本・南都本・盛衰記であるが、何れもp・q・sに相当する本文を持たないか、異なっている。pは盛衰記が「三歳」とするが、発育上、二歳と作る事は有りうるだろう。諸本は披露を態

野御幸の途中とするが、qを見るに『塵荊鈔』が依拠した『平家』にそれが存在したか不明である。sは覚一本に「それよりしてこそ我子とはもてなしけれ」とあるのが対応し、説話内容よりsに帰結させる事は有りうるとせねばならない。

忠盛と院の連歌が一番近いのは南都本で、盛衰記も挙げれば、

【南都本】此女房院ノ御子ヲハラミ奉テオハセシカハ、此ウメラン子、女子ナラハ朕カ子ニセン、男子ナラハ忠盛カ子ニシテ弓矢取ニナスヘシトテ給ラレタリケルカ、即男子ヲ生リ、忠盛是ヲ悦テ、奏セント明シ暮ス程ニ、其比白河院、熊野へ御幸成、忠盛供奉シタリケリ、紀伊国糸賀山ニテ、御輿カキスヘサセ、暫ク御休息有ケルニ、忠盛ヤフニヌカコノイクラモナリタリケルヲ袖ニモリ入テ、御前へ参リ、

イモカ子ハハラハウ程ニ成ニケリ

ト申タリシカハ、君御心得アテ、

忠盛トリテヤシナヒニセヨ

トソ仰ラレケル（巻七「入道相国薨給事」）

【盛衰記】此子三歳ノ時、保安元年ノ秋、白川院熊野御参詣アリ、忠盛北面ニテ供奉セリ、糸賀山ヲ越セ給ケルニ、道ノ傍ニ薯蕷絃枝ニ懸リ、零餘子玉ヲ連テ、生下、イト面白ク叡覧アリケレハ、忠盛ヲ召テ、アノ枝折テ進セヨト仰ス、忠盛零餘子ノ枝ヲ折進スルトテ、抑下シ給シ女房、平産シテ男子也、オノコ、ナラハ、汝カ子トセヨト勅定ヲ蒙リキ、年ヲヘヌレハ、若思召忘タル御事モヤ、次ヲ以テ驚奏セント思テ、一句ノ連歌ヲ仕ル、

ホフ程ニイモカヌカ子モナリニケリ

是ヲ捧タリ、白川院打ウナツカセ御座シテ、

忠盛トリテヤシナヒニセヨ
ト付サセ御座ケリ（巻二十六「忠盛帰人」、蓬左本傍線部「は」）

とある通りで、対応本文に見る様に、小異がある。覚一本・屋代本はｒが「はう程にこそなりにけれ」（覚一本）で、『塵荊鈔』は此処でも現存本と一致しないのである。この連歌説話は『今物語』に見える小侍従と光清の連歌を改変したもので、[42]延慶本・長門本（同本は小侍従説話に利用）・四部本には見えない。盛衰記に近い行俊本（古筆長門切）[43]はこの説話を持たず、盛衰記が十二巻本より後補したと考える事が可能で、[44]『塵荊鈔』が依拠した本文が、十二巻本であったと出来るやも知れぬが、引用は僅か二条であり、その本文で帝が尼に抱かれて居たとあり（諸本共通）、ｏでは尼の袂に縋り付いたとあるのは、本文内で矛盾を来たす可能性もあるから、『塵荊鈔』が『平家』本文を引き写したのではなく、意図的改変、寧ろ引用の際の記憶誤りによる変容の可能性を否定出来ないのである。しかし目下、『塵荊鈔』に利用されたのは未知の『平家』で、尼が波の底へと誘い、帝がそれを受けて辞世を詠むと云う本文が存在した可能性があるとは推定して置こう。

六　「波の下の都」伝承

「波の下」型『平家』が存在したとして、それが辞世を持つ現存諸本を遡る事を直ちに意味しない。『愚管抄』が、

コノ王ヲ平相国イノリ出シマイラスル事ハ、安芸ノイツクシマノ明神ノ利生ナリ、コノイツクシマト云フハ、海竜王ノムスメナリト申ツタヘタリ、コノ御神ノ、心ザシフカキニコタヘテ、我身ノコノ王ト成テムマレタリケルナリ、サテハテニハ海ヘカヘリヌル也トゾ、コノ子細シリタル人ハ申ケル

と記す通り、安徳帝が龍神で、神剣を取り戻したと言う伝承が、「六道物語」や問題の辞世の成立の基盤となった事

は確かであろう。しかし『塵荊鈔』所引『平家』が古態を有し、他の伝本は、それを改変、更に辞世のみを付加したと断定する事は出来ないのである。何故ならば能の場合で推定した様に、寧ろ問題にした辞世の浮き上がりにより、改変された可能性が考えられるのである。『塵荊鈔』の辞世の二重線部は「聞」と、独自の表現を取るが、これが古態ではなく、後世の賢しらではないかと言う事である。諸家が古態とした屋代本も、筆者が指摘した矛盾を理由に、辞世他の表現を削除した可能性があろう。

されば「波の下の都」の尼の辞世の成立が問題となるが、屋代本以外の主要伝本に有り、現存本の祖本に辞世が存在した可能性があるが、その矛盾は、本来辞世の詠者を帝とする伝承として別に発したものが、錯誤して物語に取り込まれたと考えるものである。現存の屋代本をその侭、古態本文とする訳ではないが、「波の下の都」を言及しない、恐らくは「単純極楽」型の伝本が遡って存在した可能性がある。或はかかる誤解を招く辞世が物語の原初の本文に孕まれて居たのかもしれない。ただ物語以前に、帝の辞世が伝承か文献か、別に存在して居た事は推定して良いであろう。

七 「先帝入水」の重層

この様に『平家』の「先帝入水」は様々な伝承・資料より作成されて居り、容易に原初の姿を想像させないのである。その為に更に今一つの「先帝入水」が存した事を指摘して置きたい。先に辞世を持ちながら、尼の発言と矛盾しない伝本として挙げたのは盛衰記である。

【盛衰記】御心迷タル御気色ニテ、コハイトコヘ行ヘキソト被仰ケルコソ悲ケレ、二位殿ハ兵共カ御舟ニ矢ヲ進候ヘハ、別ノ御舩ヘ行幸ナシ進セ候トテ

今ソシル御裳濯河ノ流ニハ浪ノ下ニモ都アリトハ
ト宣モハテス、海ニ入給ケレハ（巻四十三「二位禅尼入海」）

として、他の伝本と異なり、極楽云々を一切持たないが、辞世は依然、唐突で、渥美かをる氏[45]は、後の改変と見、生形貴重氏[46]も切迫した状況を創作したとして、同様の見解である。しかしこれは盛衰記のみの趣向ではない。長門本の「六道物語」に見えるのは、全体的な傾向から盛衰記的本文を利用したと見てよいが、延慶本「先帝入水」にもそれが透けて見えるのである。前掲のｘの

君ハ知食サスヤ、穢土ハ心憂所ニテ、夷共カ御舟へ矢ヲ進ラセ候トキニ、極楽トテ、ヨニ目出キ所へ具シ進セ候ソヨ

の傍線の承接が不具合である事からすれば、此処にも本来盛衰記的本文が存し、極楽型の本文を接いだと考えられる。

延慶本「先帝入水」が複数の伝本・典拠を切り貼りして出来たと此処でも考える訳だが、果たして戦闘の悲惨を思わせるこの入水情景が物語の最初にあったのか確認出来ない。室町時代の能の『碇潜』に、

いかに奏聞申すべし、此国と申すに、逆臣多き処なり、見えたる波の底に、竜宮と申して、めでたき都の候、行幸をなし申さんと、泣く〳〵奏し給へば、さすが恐ろしと思しけるか、竜顔に御涙を浮めさせ給ひて、東に向はせおはしまし、天照大神に御暇申させ給ひ、其後西方にて、御十念も終らぬに、二位殿歩みより玉体を抱き目をふさぎて波の底に入り給ふ[47]

とある傍線部を見るに、幼児の死の切ない情景を描く想像力が多様に膨らんだと見る事が、目下、穏当である。問題の「波の下の都」の伝承の成立にも、殆ど寡黙な幼い帝が発する言葉を辞世の和歌とした事に、帝の神性[48]を際立たせ、又、涙を誘わせる意図が働いて居るのだろう。

注

（1）架蔵短冊（前田家旧蔵）。同人は『歴名土代』（「天文十四年」に叙爵）に見えるが、戦国時代の長門二宮大宮司である。『歴名土代』は続群書類従完成会の翻刻による。

（2）笠間書院の影印による。以下覚一本として掲載。他の『平家物語』本文は、延慶本・南都本・四部本は汲古書院の影印、長門本は福武書店の翻刻、源平盛衰記は勉誠社の影印（慶長古活字本）、屋代本は貴重古典籍叢刊の影印による。

（3）『平家物語全注釈』下一「先帝身投」

（4）如白本・南部本（両本は国文学研究資料館のマイクロに拠る）も同じ。

（5）『太平記』巻十五「三井寺合戦事并当寺撞鐘事付俵藤太事」（日本古典文学大系）

（6）川鶴進一氏「忠快譚の展開をめぐって―『忠快律師物語』を中心に―」（『説話文学研究』三十四　一九九九・五）

（7）『続天台宗全書　史伝2　日本天台僧伝類Ⅰ』による。

（8）新日本古典文学大系『中世日記紀行集』による。

（9）『時代別国語大辞典　室町時代編』「唯心の浄土」・「己心の弥陀」の項参照。

（10）『真宗聖教全書　三　列祖部』による。

（11）新日本古典文学大系『中世日記紀行集』による。

（12）伊藤博之氏「草木成仏の思想と謡曲」（『中世文学論叢』四　一九八一・七）

（13）「地獄非地獄、我心有地獄、極楽非極楽、我心有極楽、ト申ス、只地獄モ極楽モ、我心ノ内ニ備ル事トコソ承リ候へ」（延慶本六末「法皇小原ヘ御幸成ル事」）

（14）赤松俊秀氏『鎌倉仏教の研究』「慈鎮和尚夢想記について」（平楽寺書店　一九五七・八）の翻刻による。

（15）『鎌倉遺文』三二〇二に拠る。

（16）増補続史料大成に拠る。

（17）『群書類従』に拠る。
（18）生形貴重氏「先帝入水伝承の可能性―延慶本『平家物語』「先帝入水」をめぐって―」（『軍記と語り物』二十四　一九八八・三）
（19）『愚管抄』の平治の乱の記事に藤原尹明の証言が利用されて居るから、同人経由か。
（20）古典文庫の尊経閣本の翻刻による。
（21）武久堅氏は待遇表現「侍り」の使用より、延慶本の『閑居友』利用の蓋然性を指摘した（『平家物語発生考』第二編第四章「壇ノ浦合戦後の女院物語の生成―『閑居友』と延慶本平家物語の関係・再検討―」〈おうふう　一九九九・五〉）。
（22）「『閑居友』と『平家物語』―典拠説をめぐって―」（『日本女子大学紀要』十九　一九七〇・三）
（23）岡田三津子氏が延慶本との比較から、先行した六道物語の流れを汲むとする国会図書館蔵『大原御幸』（「資料紹介　国会図書館蔵『大原御幸』」〈『軍記と語り物』二十五　一九八九・三〉・「建礼門院六道巡りの物語―国会本『大原御幸』の草子と延慶本『平家物語』との比較を通じて―」〈『軍記と語り物』二十七　一九九一・三〉）は、佐伯真一氏が指摘する様に（「女院の三つの語り」〈水原一氏編『古文学の流域』（新典社　一九九六・四）所収〉）、延慶本に近い『平家』を利用したと筆者も推定するが、そこでも順番は前後するもの、、xとyが分けられて尼の発言に見える。
（24）『室町時代物語大成』三の翻刻に拠る。山崎氏蔵本（『国文学　解釈と教材の研究』〈二十二ノ一、一九七七・一〉所収の翻刻）も参照した。
（25）救助者の諸本の異同と、史実との比較は拙稿「渡辺党古系図と『平家物語』「鵺」説話の源流（上）」（『米沢史学』十八　二〇〇二・二）にしたが、四部本が古記録及び史実に近い。
（26）『中世古典の書誌学的研究　御伽草子編』第二編「作品研究」（3）「大原御幸の草子」（和泉書院　一九九六・五）
（27）例へば草子の「かなしきかなや、さんぬる、やうわのあきのはしめ、七かつ上しゆんは、いかなる月なれは、てんし、ほつけつをいて、さいかいのなみのそこに、しつみ給ふらん」の傍線は、「寿永」とあるべき所であるが、これを持つのは青谿書屋本で、「かなしきかなや永和のはしめ七月上旬、いかなりける年月なりけれは、天子鳳闕を出させ給、西海のなみの底ニしつみ給けん」とある。
(28) 渥美かをる氏『平家物語の基礎的研究』第四章「平家物語の詞章展開」巻十一「檀浦合戦」(笠間書院　一九七八・七)、佐々木八郎氏『平家物語講説』「先帝の御入水」(早稲田大学出版部　一九五八・四)
(29) (18) に同じ。
(30) 拙稿「「能登殿最期」演変―『神明鏡』所引『平家』巻十一本文について」(近時発表予定)に本文を掲載。
(31) 拙稿「『王年代記』所引四部合戦状本『平家物語』について(上)」(『山形県立米沢女子短期大学生活文化研究所報告』二十八　二〇〇一・三)に本文を検討した。
(32) 浄明寺本は東大史料編纂所蔵の謄写本に拠る。
(33) 何れも新編国歌大観に拠る。
(34) 村上光徳氏編の影印『承久記慈光寺全』(桜楓社　一九八五・十)に拠る。
(35) 国語国文学研究史大成『謡曲　狂言』の翻刻による。
(36) 『未刊謡曲集』二・『同』続七「解題」。本文は前者所収による。
(37) 日本古典全書『謡曲集　上』による。『先帝』との主要な異同は、1には「是を御覧じて、今はかうよと思しめし」が入り、2は「を取」、3には「神璽を脇に挟み、宝剣を腰にさし」が入り、4は「は」で、5は〔　〕内はなく、6には「伊勢」が入る。
(38) 松原一義氏『『塵荊鈔』の研究』第一章第二節「木戸孝範と『塵荊鈔』の成立」(おうふう　二〇〇二・二)、但し松原氏が作者を木戸孝範と推定する事には未だ賛成出来ない。何故ならば『塵荊鈔』と孝範の弟子衲叟馴窓の著作『雲玉和歌抄』の間で特徴的に一致する説話として「鶯宿梅」を挙げるが、『塵荊鈔』の同説話を載せるのが『下学集』草木門であり、中世年代記の『王年代記』「後鳥羽紀」にも引用されるからで、説話の一致を傍証になし難い。
(39) 本文は古典文庫の翻刻による。
(40) 延慶本巻頭系図に掲載される人物(国正等)を同書も有するが、人物注記は延慶本系図や妙本寺本『平家系図』(『千葉

県の歴史　資料編　中世三』所収）と一致しない。「重衡ノ弟ニ良衡也」とする点、九州大学図書館蔵の平仮名本系図に同人が見える。
(41)（38）の松原氏の著書の第一章第一節「『塵荊抄』の対話戯曲構成―付・『塵荊抄』記事項目一覧―」に指摘。
(42)松尾葦江氏『平家物語論究』第四章四「今物語と平家物語」（明治書院　一九八五・三）
(43)「長門切」・「平家切」と云う古筆切ではなく、一異本としての名称として利用したい（拙稿「『平家物語』「墨俣合戦」考」〔『山形県立米沢女子短期大学紀要』四十　二〇〇五・一〕）。
(44)（42）論文。また藤井隆氏「平家物語異本「平家切」管見」（『松村博司先生喜寿記念国語国文学論集』（右文書院　一九八六・十一）。
(45)（28）の著書。
(46)（18）の論文。
(47)『謡曲三百五十番集』による。
(48)生形貴重氏『平家物語の基層と構造』序説「『平家物語』の始発とその基層」（近代文芸社　一九八四・十二）

『平家物語』以後の文覚・六代譚
——能とお伽草子——

小林健二

はじめに

平家が西海に敗れて天下の帰趨が源氏に決した後、平家一門を根絶やしにせんとする苛酷な子孫狩りがはじまる。その命をうけ鎌倉から都へ上った北条四郎時政に捕られた平維盛の遺児六代は、処刑される寸前に文覚上人の乞い請けにより九死に一生を得る。この「六代乞請」の話は、『平家物語』巻十二に語られて有名であるが、平氏の嫡流である六代の運命に対する関心は高く、『平家物語』以前より父の維盛譚などと一緒に語られていたことが、延慶二年(一三〇九)に書写された『六代御前物語』の存在によって知られている。(1)この一書は『平家物語』との先後関係がはやくから論じられてきたが、岡田三津子氏は、この物語が延慶本にきわめて近い「六代乞請」の話を中心にした観音利生譚としての性格を濃厚に持つ独立したテクストによって形成されたものと考察された。(2)そのテキストとは、説法などの場で宗教的な目的を持って語られていた可能性があり、そのことは、後世のものであるが、唱導的性格を持つ早稲田大学教林文庫蔵『六代君物語』の存在からも窺えるところである。(3)すなわち、六代御前と文覚をめぐる「六代乞請」の話は、唱導の世界から『平家物語』に取り込まれて流布するが、一方で平家とは離れて唱導の場でも観音の利生に引き付けて語られていたことが考えられるのである。

さて、本稿で取り上げるのは、唱導の場で語られた文覚・六代譚ではなく、『平家物語』以降に文芸化されたそれである。六代が頼朝の命を受けた北条時政に捕らわれ、処刑される寸前に文覚上人によって救出されるという話はきわめてドラマチックであり、文覚六代譚の本来持っていた宗教的意義とは違った面で大衆に受け入れられていく。いわばエンターテイメント化であるが、「六代乞請」は荒聖文覚と可憐な六代の取り合わせといい、奇跡の救出劇といい、それだけ面白い要素を持った物語なのである。『平家物語』のエピソードを題材とした後世の文芸は多くあるが、ここでは文覚六代譚を取り上げて、芸能化と物語草子化される側面を見ていきたい。

能《文覚》──エンターテイメントとしての立体化

能の番外曲に《文覚》（《六代》《文覚六代》《六代文覚》《鞭文覚》とも）という一曲がある。番外曲でもあるので、次にその構成と内容をやや詳しく示すことにしよう[4]。

1　北条時政（ワキ）が、嵯峨の奥遍昭寺菖蒲谷に忍んでいた平維盛の遺児六代をよき案内者によって捕えた旨を述べて、工藤三（ワキツレ）に大事な囚人なので堅く見張るように申し付ける。

2　六代の乳母（ツレ）が、六代の処刑が迫っているとの噂を聞き、ある人の高雄の文覚上人は慈悲深い人であるとの教えにより、六代の助命を頼もうと高雄の寺にやってくる。

3　高雄の寺に着いた乳母が、能力《のうりき》（アイ）に文覚の坊を尋ねると、能力は本堂で待つように答える。

4　文覚上人（シテ）が祈祷のために本堂に入るのを、乳母は引き留めて対面し、六代の命が失われるならば北の方も自分の命もないと、六代の助命を嘆願する。

5 文覚は困惑しながらも六代を捕えた武士の名を聞き、北条時政であることを知ると、乳母を帰して急ぎ六波羅へと向かう。

6 六波羅へ着いた文覚は工藤三に案内を乞い、工藤はその旨を時政に取り次ぐ。

7 文覚は時政と対面し、時政が六代を生け捕ったことを話すと、文覚は囚われの六代を一目みたいと願う。時政はそれを許し、工藤三に案内させる。

8 文覚はいたいけな六代（子方）の様子を見て、一命にかけて救うことを決意する。

9 文覚は時政に対して、鎌倉に下って頼朝に六代の助命を乞うので処刑を二十日の間待ってくれるように訴えるが、六代は平家の統領なので助命は叶わないであろうと取り合わない。

10 文覚は、頼朝が伊豆の蛭が小島に流されている時に挙兵を勧め、渋る頼朝に都に上って院宣をいただき、それによって平家をほろぼして源氏の世となったのは偏に文覚の手柄によるものであり、頼朝も上人の御恩は一生忘れずにいかなる望みもかなえようと言っていたことを説き、必ず二十日の間は処刑を待つこと、もし約束を破ったら時政に思い知らせようと言い捨てて、鎌倉へと出発する。

11 時政は工藤三に六代を堅く見張るように申し付ける。

12 時政は文覚が鎌倉へ下ってから二十二日が過ぎたので、六代を籠輿に乗せて東海道を下り、文覚の便り次第では路次で誅することを工藤三に伝え、六代の従者斎藤五（ツレ）・斎藤六（ツレ）に旅の用意をさせる。

13 斎藤五・斎藤六は六代の脇輿に参りたい旨を申し出て、工藤三がその旨を伝えると、時政はそれを許し出発を急がせる。

14 六代を輿に乗せて、時政・工藤三と斎藤五・斎藤六の一行は都をあとに東国へと下り、駿河国浮島の千本松原に到着する。

15　時政は文覚からの連絡がない理由を工藤三に問うと、頼朝の同心を得られなかったので逐電したのではないかと答える。時政は囚人は箱根山を越えない大法があるので、この地で六代を誅することを告げる。

16　工藤三は斎藤五にここで六代を誅することを伝え、斎藤五は六代に未練を働かせぬように諭すと、六代も健気な覚悟をしめす。

17　時政は六代を輿より抱き下ろし、敷皮の上に座らせる。太刀取りは工藤三がつとめ六代の背後に回って斬ろうとするが、あまりの美しい姿に刀を当てることができない。

18　六代は斎藤五・斎藤六に都にいる母に順逆の弔いの伝言を頼み、西に向かって手を合わせると、そのいたいけな姿に工藤は斬ることができずに、太刀取りを代わるよう下知するが、すすんで代わる者はいない。

19　そこに文覚が駒を早めて登場し、刑場の人々も喜悦の思いをなす。

20　文覚は駒から飛び降りると首にかけた頼朝からの御教書を時政に渡す。時政はそれを高らかに読み上げて六代の乞い請けがかなう。見物の人々も安堵の声をあげ、これも文覚上人のご威光と礼をする。

21　一命を取り留めた六代は輿に乗り、文覚は馬にて都に向かい、時政は鎌倉へと向かう。

以上が《文覚》の粗筋であるが、場面転換の多いセリフを主体とした現在能で、歌舞の要素はきわめて薄い。前半の山場は第10段の文覚がかつて頼朝挙兵の折りに院宣を賜わるのに功績があったことを語る場面であり、後半は処刑寸前の六代を文覚が救出に駆け付けるという第19・20段が構成の頂点となろう。つまり、文覚の活躍を際立たせた一曲となっているのである。

さて、右の筋立てから見ても、《文覚》が『平家物語』に拠って作られていることは明らかであるが、単にプロッ

トの摂取だけでなく、本文を直接に取り込んでいる部分も認められる。例えば、4段で乳母は文覚に、

是は小松の三位の中将惟盛の御子六代子の御めのとにて候。ちのうちよりそだて参て片時もはなれぬ主君の、あづまの武士にとらはれて、思ひにしづみさぶらふなり。

と六代の助命を訴えるが、傍線部「ちのうちよりそだて参て」は出産の場を想起させる生々しい表現で、ことに耳にたつ文句である。これは、『平家物語』の乳母の文句にも「ちのなかよりおぼしたてまいらせて」(覚一本)(5)または「血ノ中ヨリ生立テ」(延慶本)(6)と同様な表現がなされており、能がこの印象的な文句を取り入れたと考えられよう。

また、《文覚》の終曲で、頼朝よりの御教書が時政に読み上げられる場面では、

なに〳〵「小松の三位の中将惟盛の御子六代子の御事、文学上人の申状よりたすけ置所実正也。北条殿へ　頼朝判」自筆也。御判なり。押返〳〵三度読、神妙〳〵とてさしをけば、貴賤上下は一同にわつとよろこぶ其声のしばしが程はしづまらで、有難き上人の御威光かなとらいしける。

とあるが、『平家物語』でもこの場面は御教書の文面など似通った表現になっている。特に覚一本では、

披て見たまへば、「まことや小松三位中将維盛卿の子息、尋出されて候なる、高雄の聖御房申うけんと候。疑をなさず、あづけ奉るべし。北条四郎殿へ　頼朝」とあそばして、御判あり。二三遍おしかへし〳〵よふで後、神妙〳〵とて打をかれければ、斎藤五・斎藤六は言ふに及ばず、北条の家子・郎等共も、皆悦の涙をぞ流しける。

と傍線部の読み上げた時政の描写も酷似しており、どちらかと言うと語り本系に拠っていると思われる。

右のように直接に平家に拠っているところも認められるが、15段で六代を鎌倉手前の千本松原で処刑する理由を、『平家物語』では「山のあなたまでは、鎌倉殿の御心中をもしりがたふ候へば」と頼朝を憚っての処置であることが記されるのを、能では「関東へのめしうどは此箱根山をこされぬ大法なれば」と独自の解釈を見せていることや、18

段で六代が斎藤兄弟に母へと頼む遺言を『平家物語』は「穴賢《あなかしこ》道にてきられたりとは申べからず。……鎌倉まで送つけてまいて候と申べし」と母に対する気遣いを示すのに対して、能では「さかさまなる御弔に頼るべしと能々申候へ」と、後世の弔いを頼むなどの違いが見られる。これらの相違は、他の伝承を汲んでいるというよりは、能の作者が『平家物語』で描かれている微妙な心理表現を嫌って、より観客に分かり易く改変した、と考えたほうがよかろう。そのような改変は随所に見られるが、語り本系『平家物語』に拠って作られていることは、まず間違いない。

しかし、能として立体化する上に、登場人物の刈り込みや筋立ての改変がなされているところも見られる。最も大きな点は、『平家物語』では重要な役割をなす母親を一切登場させていないことである。『平家物語』のこの段は六代と母親の恩愛が大きなテーマとして物語を貫いているのであるが、それを《文覚》ではカットしている。母親だけではなく、妹（読み本系では夜叉御前という名前を持つ）も出さない。つまり肉親の別離の悲嘆については描いていないのであり、このことは『平家物語』では、時政により別離させられた六代と母親が、長谷観音の利生によって再会がかなうという、観音霊験の要素を切り捨てていることにもなる。これは、『六代御前物語』にも見られたこの物語が持っている宗教的意義が払拭されているということになろう。それと、六代救出の場面で『平家物語』に登場する先駆けの僧が登場しない。駆け付けるのは文覚自身であり、より文覚一人に焦点を当てたドラマチックな展開となっている。これは、文覚の六代救出にテーマを絞り込んだための戯曲的な処置であることは、言うまでもない。

《文覚》の作者と能楽史上の意義

この能の作者であるが、世阿弥や禅竹のような歌舞能の作り手とは思えない。十六世紀のはじめに作られた能の作者付である、上掛り系の『能本作者注文』（大永四年（一五二四）奥書）には河上神主の作として《文覚》の名が見られ、下掛り系の『自家伝抄』（永正十三年（一五一六）奥書）には《六代》という曲名をあげて宮増作とするが、どちらも確証のあるものではない。両人のどちらかと言えば、曽我物や義経物などの能の作者に比定される宮増の方が、《文覚》についてもその作風の特徴が認められる。宮増の実像については謎が多いが、十五世紀の半ばから後半にかけて活躍した能役者であり、能作者であったようだ。ともあれ、作者を特定することは難しく、宮増的な作風を持つ作者の手になると一応考えておきたい。

さて、この能は、現在では演じられない番外曲であるが、先にあげた『自家伝抄』や『能本作者注文』などの作者付資料にその名が載ることから、十六世紀のはじめには成立していたことが知られる。また、十六世紀前半の下掛り系の装束付け資料『舞芸六輪次第』には《六代》として、次の記事が見られる。(7)

一、六代。してハそう。もんかく也。大口・水衣。六代ハ小袖ニはかま也。倶ハなしうち・袖なし・大口。女、つねの出立。小袖。

これによると、シテの僧は文覚で、六代も出ている。「倶」とあるのはツレの斎藤五・斎藤六のことであろう。女とあるのは前半に登場するツレの乳母のことと思われる。ワキの北条時政やワキツレの工藤三についての記載こそ見られないものの、ここで取り上げる《文覚》のこととしてよかろう。

この装束付け資料や、前の作者付けから十六世紀前期には存在が認められる能なのであるが、演能の記録はきわめて少なく、能勢朝次氏『能楽源流考』の「演能曲目調査資料」によると『宇野主人日記』天正十四年（一五八六）三月二十二日の条に見られる、石山本願寺において丹波の梅若大夫が演じた《六代》が唯一のものであった。(8)ところが、近年、十五世紀後半の演能記録が報告された。山路興造氏が紹介された宇都宮二荒山神社所蔵『造宮日記』の芸能記録がそれであり、(9)拙稿でその史料性について考証したことがある。(10)この資料は、宇都宮の二荒山神社が二十年ごとに行っていた式年遷宮の永享から天文にかけての芸能を記録したもので、その際に行われた神事能も記録されている。いわゆる後世の能番組のような整ったものではなく、配役名を主として書き留めたメモ程度の記事であるが、上演された能の内容を推測する上では十分に資料たり得るものである。

さて、その文明十年（一四七八）に行われた神事能二日目の番組の二番目に次の記述が見られる。

二番
門覚　遠江　禅師　六代　音丸　斉藤五　吉太良　斉藤六　亀
沙門　橋本坊　めのと　新五郎

行頭に記される「門覚」が曲名である。二行目の「沙門」とあるのがシテの文覚のことで、それを橋本坊がつとめている（橋本坊は二荒山神社神宮寺の五ヶ坊の一つで、この「橋本坊」とはその僧侶）。橋本坊は前日に行われた《御裳濯川》《玉嶋川》にも出演が認められ、なかなかの役者であったことが窺われる。二行目にある「めのと」を新五郎、一行目の「六代」を音丸がつとめている。六代役の音丸はいかにも稚児の名に相応しい。一行目両脇の傍書からは「斎藤五」を吉太良、「斎藤六」を亀が演じたことも判明する。他曲の配役から二人ともツレ役を専門としていたようだ。残りの、遠江と禅師であるが、この両名は他の演目でも出演者として名があがっており、役名は記されないものの遠江がワキの北条時政を、禅師がワキツレの工藤三を演じたのであろう。このように、その配役と出演者から、この日に演じられた「門覚」はここで取り上げている《文覚》であったと考えられる。

宇都宮二荒山神社の遷宮における神事能は素人による演能であるが、その上演には専門の猿楽者が関与していたようで、長禄二年（一四五八）には彦一大夫、明応七年（一四九八）には観世源三、天文七年（一五三八）には金剛大夫が関わっていたことが記録から知られる。残念ながら、文明十年の遷宮の折りは特に記されていないが、この時も専門の猿楽者によって指導を受けていたことは十分に考えられる。従って、この宇都宮で上演された演目は地方固有のものではなく、中央でも舞台にかけられた曲目が演じられたと考えられよう。

この文明十年の演能記録は、それまでの天正十四年の記録を一世紀以上も遡らせることが出来るものとして貴重であるとともに、本曲が宇都宮の二荒山神社という地方の祭礼芸能で演じられたことがわかる好資料ともなろう。『平家物語』を題材とした能は世阿弥の時代から多く作られるが、歌舞能のスタイルではなく、筋立て本意の現在能が十五世紀にはあったことが知られるうえでも興味深い資料である。また、文覚像の造型から見ると、『平家物語』に「天性不敵第一の荒聖」とされるような荒僧ではなく、血も情もある英雄的な姿で描かれており、室町期の演劇における観客の嗜好が窺われるのである。

文覚・六代譚の物語草子化

『平家物語』の文覚六代譚は、物語草子化もされていく。現在、お伽草子として認められるものは二点あり、一つは市古貞次氏蔵「六代御前」で、もう一点が慶應義塾図書館蔵の「六代」である。

市古本は縦型大本の挿絵が抜かれた元絵本一帖（上下二帖を合冊）で、内容は流布本の『平家物語』巻十二の「六代の事」「泊瀬六代の事」「六代斬られの事」の本文に拠って作られている。寛文十二年版『平家物語』（巻末に「此平家物語一方検校衆以吟味令開板之者也」の刊記を有する。元和七年版・万治二年版の系統を引くもの）(11)と本文を対校したところほぼ一致した。寛文十二年版は絵入り本なので、おそらく抜かれた挿絵もそれを粉本にしている可能性がある。奈良絵本が大量に製作された時代に、新しい物語草子として刊本『平家物語』にその題材が求められ、それから切り出して絵本化されたものである。従って、江戸前期における奈良絵本の製作事情を考察するには一つの材料となろうが、内容的には『平家物語』を出るものではない。それに対して慶応本は、『平家物語』以後に派生した文覚六代伝承の吹き溜まり的な内容を持ったものとなっている。ここでは慶応本を取り上げて、文覚六代譚の変転、ことに文覚像の造型について見て行くことにしよう。

慶応本「六代」は横本の奈良絵本三冊で、本文は『室町時代物語大成』に所収される。[12] その解題によると本自体は元禄頃の作製としているが、作品そのものの成立はもっと遡るであろう。ちなみに『お伽草子事典』の「六代」の項目（伊藤慎吾氏担当）では、室町後期から江戸初期の成立とする。[13]

さて「六代」は、『平家物語』諸本のなかでも、延慶本・長門本・『源平盛衰記』などの読み本系『平家物語』を元に物語を膨らませて作られたものである。その増幅の方法の一つは、『平家物語』のエピソードを物語草子化するに当たって、脇役にあたる人物の背景や性格を膨らませたところに見られる。ここでは、六代の隠れ家を密告する女房と、乳母に六代の助命者として文覚のことを告げる尼を取り上げ、二人の人物像の造型とその背景を探りたい。

また、「六代」では『平家物語』にあらわれる文覚の荒聖・怪僧としてのイメージの拡大が見られる。すなわち、下巻では、鎌倉に下った文覚が頼朝と対面し、六代の乞い請けを迫るが、頼朝が渋るとかつて源氏挙兵の際に平家を呪詛した禍々しい様子を詳しく語り、助命が叶わなければ悪霊となってたたってやると脅すのである。そこに文覚の荒聖・怪僧としての性格の増幅が見られようが、そのことの意味についても考えてみたい。

女語りの面影

維盛の北の方や六代が隠れ住んでいる場所を六波羅の北条時政に知らせる、いわゆる返り忠をする女を、『平家物語』諸本では「ある女房」（覚一本）、または「維盛ノ北方ノ忍テオワシケル所ニ仕ケル女」（延慶本）とする。つまり、固有の名前や素性を持たないのであるが、「六代」では、時政に問われるまま、梅津の前と名乗り、平家方伏見の与一の妻であったが夫の死後に維盛の北の方に仕える女房となった経緯を語る。この女は、六代の居場所を密告の後、その恩賞に味をしめて、さらに能登殿（平教経）の子息の「こんかうとう」の隠れ家も告げて、かえって時政の不興をかい、土車で都の上下を引き回しのうえ桂川にふし漬けにされてしまう。つまりここには返り忠をする女のなれの果てが描かれるのであり、幸若舞曲「静」で静の母の居所を密告する阿古屋や、同じく「景清」の熱田大宮司の姫のもとに隠れた景清のことを密告する阿古王を想起させるのである。舞曲に拠るかは断言できないが、このような語り物に見られる女の返り忠の趣向を盛り込んで、裏切る女の人物像を膨らませたと考えられよう。

さて、「六代」において最も興味深い人物造型の膨張は、六代を時政に拘束されて途方にくれている、維盛の北の方に仕える乳母に、六代の助命者として高雄の文覚上人を教える人物である。この人物は、覚一本『平家物語』など語り本では「ある人」としか記さないが、延慶本では、平家ゆかりの者で九歳になる養君を四、五日前に北条に捕えられたという経緯を背負う四十計の尼として描かれる。また、『源平盛衰記』では、「怪尼（あやしのあま）」と記されており、平家の若君を養育していたが、四五日前に北条時政に捕えられ、水に沈めて殺されたと言うのである。つまり、読み本系ではその人物に独自の背景が付加されて、人物像を膨らませているのである。

ところで、「六代」ではこの尼に関する話をさらに増幅して、一つのエピソードとしている。それは延慶本や『源平盛衰記』で語られる平家ゆかりの者という性格を、よりドラマチックな人物像に発展させていると言ってよい。どのように描かれているか、順を追って見てみると、まず、乳母のからかみは六波羅に連行された六代と斎藤兄弟に続いて入籠しようとしたところ、それを阻まれ門外で嘆いているところへ、美しい声で念仏を唱える女房が近づき、「あわれげに世の中に思い嘆きをする者は……」と声を掛ける。そして、嘆きの例しとして和泉式部の故事を次のように語るのである。

むかし、都女房に和泉式部と申て、歌道一の好色たり。あまり栄華にほこりつゝ、人のおもひなげきをする、その門家にたちよりて「なげきといふものは木になる物か、さてはまた、草よりももへいづるか」と、人とむかひてわらひしが、人間憂いのならひとて、たゞ一人もちたりし小式部にはなれて、人にすぐれてなげく也。さいぎる涙のひまよりも、一首つらねてかくばかり、

なげきには、いかなる花の、さく哉覧、身になりてこそ、おもひしらるれ

とゐいぜし歌も、自らがいま身にしられてあわれ也。さても御身の愁嘆は、親のなげきか子のおもひか、夫婦の中の悲しみか、

この尼は、栄華に誇っていた和泉式部が我が子の小式部に死に別れ、「嘆きにはいかなる花のさくやらん身になりてこそ思ひしらるれ」と詠んだのを、今我が身の上のように思い知られるが、あなたは一体、誰を思って嘆き悲しむのかと語りかけるのである。

ここで、尼が和泉式部の話を和歌を交えて語るのは、柳田国男の『女性と民間伝承』(定本全集第八巻)[14]に引かれる歌比丘尼などの遊行する女性の宗教者をおもわせて興味深い。この「嘆き」と「木」、「身」と「実」を掛け、「花」で縁を連ねた、お世辞にも上手と言えない和歌は、もちろん和泉式部のものではない。典拠を探ると、『平治物語』上「上皇仁和寺に御幸の事」に後白河上皇が詠じた和歌として出てくるが、後白河院の詠んだものでもあるまい。『清水冠者物語』(北大本・水本本)にも若宮八幡の柱にあらわれた虫食いの和歌として「なげきとはいかなる花のさくやらんみになりてこそおもひしらるれ」とやや形をかえて見られることや、能の《生贄》にも四句目が「身となりてこそ」で用いられるのも気になるが、注目すべきは真字本『曽我物語』(妙本寺本)』巻十で大磯の虎が曽我十郎を喪った我が身を嘆いたものとして、まったく同じ和歌が出てくることである(大石寺本では「嘆きにはいかなる花や咲きぬ

らん身になりてだに思ひ知られず」の形となっている)。もちろん、「六代」の作者が真字本『曽我物語』に拠ってこの和歌を取り入れたのではなかろう。身内の死を悼んで残された我が身を嘆く内容からは、唱導の世界などで使われていたものが、取り入れられたと考えられるのではなかろうか。

さて、嘆きの原因を聞かれたからかみが、手塩にかけた六代が捕らわれて明日にも殺されてしまうために嘆いているのだと話すと、尼も自分の身の上を語り出す。

自らも、平家方一門のその中に、越中の前司盛俊の妻にてありし身なれども、一の谷の合戦に、ごんへい六盛綱とくんでうたれ給ひたり。おなじく嫡子盛とうは、屋島の磯にてうたれぬる。かれと申、これといひ、一かたならぬ思ひにも、もしもわするゝひまもがなと、念仏申よもすがら、ひとへに菩提をいのるなり。

驚くべきことに、この尼は平家方の武将越中前司盛俊の妻であり、夫の盛俊と息子の盛遠を合戦で失ったので、二人の菩提を弔うべく念仏を唱えているのだと語り、からかみにも出家して六代の後世を弔えとすすめる。もちろん、史実として盛俊の妻が念仏の尼となったことなど信じるべくもない。この尼の姿から、死者の縁者を名乗って、その菩提を弔うという名目で宗教活動を行う、念仏者の存在が浮かんでくるのである。

そして、尼は自分の庵室へとからかみを誘うのであるが、その場所が七条西の朱雀であった。夜もすがら語り合う内に、尼は文覚のことを思い出し、六代の助命者としてすすめる。それにより、からかみは高雄の文覚の元を訪れることとなるが、尼が文覚の名をあげてすすめる際にも、その有名な出家譚を語って饒舌であることは注意されよう。

ところで、この尼が庵を結ぶ七条西の朱雀は少しく注意される場所である。すなわち、説経『さんせう太夫』で厨子王丸が丹後国分寺のお聖に助けられ、皮籠に入れて運ばれるのがこの場所なのである。ここには権現堂があり、将軍地蔵・厨子王守り本尊の地蔵・聖徳太子の像がまつられていた。丹波街道から都に入る辺で交通の要所であり、乞食などの下層民が集まる場所でもあった。『さんせう太夫』では、足腰の立たなくなった厨子王が朱雀七村の童たちに土車で天王寺まで宿送りされる。このような場所に庵室を結ぶ尼公には、下層の宗教芸能者のイメージが反映しているのではないだろうか。

そう言えば六代の乳母の名前も気になる。『平家物語』諸本では名前はないが、「六代」では「からかみ」と言う固有名詞が付いている。このからかみは、同じく軍記物のお伽草子である「清水冠者物語」にも登場する女房の名前である。すなわち、頼朝と政子の娘であり、清水冠者義高の妻である大姫に使えるはした者にからかみなる者がいるのであり、義高が鎌倉を脱出する折に活躍を見せ、義高が捕われると護送中に自ら川に身を投げる人物である。このように異なった物語の主人公に仕えて活躍する女房名に、からかみが出てくるのには注意すべきであろう。例えば女語りの色濃いお伽草子「唐糸草子」の主人公の名前は「からいと」であった。唐糸の前を名乗る女性の伝承が奥羽に伝わることといい[15]、この「から〇〇」という名前を有する女性の登場からも、語り物の世界の反映が窺えるのである。

以上、舞曲にも見られる女の返り忠を描くこと、そして和泉式部の歌を語る念仏の尼公が登場することなど、この物語には語り物、ことに女性の語りの面影が窺われることを見てきた。「六代」は文覚六代譚の末流に位置する作品であるが、そこには様々な語り物の断篇がそそぎ込んでいると思われるのである。

文覚像の超人化

「六代」の下巻は、次のように展開する。鎌倉に下った文覚に対して頼朝は七日の祈祷を依頼し、その布施に六代を参らせようと言う。文覚は承知して頼朝の祈祷を済ますと、次に梶原景時が頼朝の姫の祈祷を七日間依頼する。あからさまな時間かせぎであるが、それも承知して二七日の祈祷をなした文覚が六代の助命を乞うと、頼朝は自分が十三歳の折に池の禅尼に助けられたことを持ち出して、同じ十三歳の六代を助けることは禍根を残すことになると断るので、文覚は頼朝の非を強く難じて昔語りをする。すなわち、高雄寺を建立のため法住寺殿で勧進をした際に、院や相国の勘気を蒙って伊豆に流された文覚が、那古谷で頼朝に対面して平家打倒を迫り、頼朝が渋ると、平家調伏の護摩を焚き、さらに赤旗をさした赤い人形と、白旗をさした白の人形に紙相撲をとらせて、源氏の勝利を目の当たりに示し、重ねて頼朝に赤白の鬮をとらせると、頼朝は白の鬮を引き、嬉しさから日本六十六カ国のうち三十三カ国を文覚に与えると約束したことを忘れたのかと迫るのである。三十三カ国はよいから六代をと乞い、もし了承されないなら、悪霊となって天狗とともに鎌倉に討ち入り、天狗の宿となすぞと脅すと、頼朝は文覚の威勢に押されて六代助命の御教書を与え、文覚は駿河の千本松原で六代を連れた北条一行と出会い、六代を救って高雄へ帰る。以上であるが、この巻は文覚が頼朝と対面し、頼朝にかつての恩義を語って聞かせ、脅かしたりすかしたりして、六代助命の御教書をなんとか書かせるという顚末に筆をさいている。それに比して『平家物語』や能ではクライマックスとなる六代を救う場面は、ほんの添え物的に数行で終わっていて、「六代」のこの巻が救出劇に重きを置くのではなく、文覚の超人的な働きを描くことに眼目があることがわかるのである。

さて、この巻は文覚譚の中でもきわめて個性的な内容になっているのであるが、その淵源としては読み本系『平家物語』が求められる。例えば、文覚が那古耶寺で平家を呪詛していたことは、長門本『平家物語』第十に、(16)

> かくて、伊豆の国に下つきて、年月をへけるほどに、北条、蛭が島のかたはらに、那古耶崎といふところに、那古耶寺とて、観音の霊地おはします。文覚、彼ところに行て、諸人をすゝめて、草堂を一宇たてゝ、毘沙門の像を安置し奉て、平家を呪詛しけり。

とあること（延慶本第二末にもほぼ同文が見られる）から、古くからあった文覚の平家呪詛譚をベースとして「六代」の呪詛譚へと発展していったことが想定される。

また、文覚が六代を助けた後に、なぜ駆けつけるのが遅れたかを説明する段で、延慶本第六末では、

聖リ高声ニ申ケルハ、「此若君ハ平家嫡々正統ナル上、父ノ三位中将ハ初度ノ討手ノ大将也。サレバ方々難被宥之由再三宣ツレドモ、『聖ガ心ヲ破テハ、二位殿争カ冥加モオワスベキ。若此事聞給ワズハ、ヤガテ大魔縁ト成テ恨申ムズル』ナムド、カラカヒ奉リツル程ニ、今日マデ有ツレバ、心本無クコソ思給ツラメ」ナムド、タカラカニ打咲ケル気色、傍若無人ニコソミヘケレ。

と頼朝と諍いをしたことを語るが、六代の乞請が叶わなかったら大魔縁となって恨もうと言い放つなど、文覚の「天性不敵第一の荒聖」的性格が読み本系『平家物語』では一層顕著であることが知られる。

ところで、八坂系一類本の一本である東寺執行本『平家物語』（永享九年（一四三七）東寺執行栄増の奥書を有する八坂系語り本）には、他の本には見られない、次のような、文覚が渋る頼朝を脅したりすかしたりしながら何とか赦免の文を書かせた様子が語られる。(17)

「サレバコソ、廿日ノ間ト申シテ、罷下テ候ヘバ、折節源二位殿那須野ノ狩リニ出給フ程ニ、御共シテ此事ヲ申セバ『何様鎌倉ニ帰テ、相計フベシ』ト宣程ニ、其ノ程待奉テ、此由ヲ申セバ『イシフモ僧下リタリ、若宮ニ七日籠テ祈リセヨ、大御台ニ三日籠テ、仏事セヨ』ナンド宣フ間、アノ人ノ気ニ違ヒテハ、所望叶フマジキ程ニ、此後《ココカシコ》籠リ行《アリ》キシ間モ、此事ヲ申セバ、何ニモ叶フマジキ由宣フ程ニ、日比ノ奉公不浅事、様々申シ立ルニ就テ『御辺ハ此僧ノ申事ヲ背キ給ハンニハ、ヤハカ冥加ノヲハセムスル』ト、一度ハ威、一度ハスカシ申シテ、御手ニ筆ヲ取アテガフ様ニシテ、御免文書セ奉リツル程ニ、今ニ延引仕リ候」ト申サレケレバ、

右の文覚が依頼された祈祷や仏事を頼朝の機嫌取りのために行い、さらに脅したりすかしたりして赦免文を書かせ

る展開は、「六代」下巻の展開と同じである。八坂系一類本の諸本には、この前に、文覚が鎌倉に下って頼朝と対面した際に、義朝と鎌田兵衛正清の髑髏を差し出してから六代乞請のことを切り出すなど、独自のモチーフが見られるが、右のエピソードは東寺執行本と文禄本の八坂系一類本でもA種に分類されるものに見られる特異な記事であり、古態を有しているというよりは、後の増補と考えられよう。ともあれ、『平家物語』諸本の中に「六代」のプロットと似た一本があることは、室町期における文覚六代譚の展開が多様であったことを窺わせている。

さて、「六代」の呪詛譚で特徴的なのは、挙兵を渋る頼朝に平家調伏の護摩を焚いた後、さらに平家は赤い人形に赤旗を、源氏は白の人形に白旗を持たせて紙相撲をとらせて、源氏の勝利を見せるという人形を使っての呪詛を行うところである。その段を次に引こう。

あまりに強くのろはれて、四方の壇をうちなり、平家六十六人の茅の人形が、むし〳〵とをきあがつて、どしぐひしてぞころびたり。その時に文覚、紙相撲をとらせたり。平家の人形をば赤くつくつて、おなじく赤旗をさゝせたり。源氏の人形をば白くつくつて、おなじく白旗をさゝせたり。はじめは源氏の人形が負け色にみえたり。石橋山の合戦を後にぞ思ひあわせたり。その時文覚、いらたかの数珠をもみ、かうしやうにはつたとあげ、「南無八幡大菩薩、とようのきもんには、百王百代まで源氏をまもりたまはんとの、御誓にてましませば、石清水の御流れいまだつきずは、いま一度源氏を日本の将軍と御覧ぜられ候へ」と、さま〴〵しゆ〴〵にいのつたり。その時、源氏の人形が、たちまち勝つにのりつゝ、平家の公卿がもつたる御幣をかいかなぐつて、こしのあいだを、かひだいて、壇より下へなげたりけり。

この赤白の人形に合戦をさせて源氏の勝ちを占うという奇想天外な趣向は、『平家物語』や幸若舞曲には見られず、他の伝承を汲んで作られたと思われる。実は、これと同じ趣向で一曲が結構されている能に番外曲《人形》があり、それについては拙稿で、桃源瑞仙の『史記抄』などを引いて、文覚譚が『平家物語』や幸若舞曲とはまた違った展開をしていたことを述べたことがあるので、詳しくはそちらに譲りたい(18)。

このような独自の呪詛譚を取り込んで、文覚の怪しい験力の強さを増大させる意図は、文覚の超人化にほかあるまい。「六代」では、六代乞い請けの筋立てを利用しながら、「天性不敵第一の荒聖」としての文覚をさらに禍々しい呪詛をなす怪僧として描き出しているのである。

以上、「六代」は返り忠をする梅津の前や七条西朱雀の尼公など、脇役の人間造型が膨張していくなかで焦点が複数化して散漫になっていく印象を受けるが、最後は文覚の超人的な活躍を描くことで結んでいる。そこには六代と母、または妹、乳母という恩愛を説くテーマは無くなっているのであり、それは、平家以前からあった長谷観音の利生を説くという、この物語の持つ本来的な宗教的意義の喪失をも物語っている。そこに居るのは一層荒聖化した文覚上人であり、その文覚が可憐な六代を超人的な活躍により救い出す、スリルとサスペンスのエンターテイメントになっているのである。

『平家物語』を素材として作られた物語草子は、「大原御幸」「祇王」「小敦盛」「恋塚物語」「小督物語」「小枝の笛物語」「横笛草紙」など多く見られ、その中には、『平家物語』からエピソードをそのまま抜き出して草子化したものもある。市古本「六代御前」もその一つであるが、この慶応本「六代」は『平家物語』から派生した文覚六代伝承が文覚の超人化というコンセプトで増幅して、さらに破格の荒聖文覚像を造りあげたものとしてユニークな作品と言えよう。

注

（1）富倉徳次郎『平家物語研究』（角川書店　一九六四）。
（2）岡田三津子「『六代御前物語』の形成」（『国語国文』62・6　一九九三・六）。
（3）平野さつき「資料紹介・翻刻　早稲田大学図書館『六代君物語』」（『軍記と語り物』24、一九八八・三）。
（4）《文覚（六代）》の主な謡本としては、上掛り写本に、淵田虎頼等節付本・妙庵玄又手沢五番綴本・光悦流書体六十番綴本があり、下掛り写本として、金春禅鳳本八郎本転写三番綴本・整版車屋本混綴三番綴本・江戸初期節付十三冊本・慶安承応了随本転写本・江戸初期節付一番綴本などがある。引用する本文は淵田虎頼等節付本（一番綴じ松井本とも。永青文庫蔵）により、部分的に他本で補った。
（5）新日本古典文学大系45『平家物語』（岩波書店　一九九三）。
（6）北原保雄・小川栄一編『延慶本平家物語本文篇』（勉誠社　一九九二）。
（7）『増補国語国文学研究史大成8謡曲狂言』（三省堂　一九七七）。
（8）能勢朝次『能楽源流考』（岩波書店　一九三八）一二八一頁。
（9）「宇都宮二荒山神社式年造宮芸能記録」（『藝能史研究』92　一九八六・一）。
（10）「宇都宮二荒山神社蔵『造宮日記』における能楽記事の史料的意義」『藝能史研究』157（二〇〇二・四）。
（11）佐藤謙三校注『平家物語』（角川文庫　一九六七）。
（12）『室町時代物語大成』13（角川書店　一九八五）。引用の本文は、読み易さを配慮して適宜校訂を加えた。
（13）徳田和夫編『お伽草子事典』（東京堂出版　二〇〇二）。
（14）『定本柳田国男集』第八巻（筑摩書房　一九六二）。
（15）徳田和夫「唐糸草子の唐糸・万寿姫―忠孝の母子二代」（『国文学 解釈と教材の研究』27・13、一九八二・九）。
（16）麻原美子・名波弘彰編『長門本平家物語の総合研究』第一巻校注篇上（勉誠社　一九九八）。
（17）引用本文は彰考館蔵本による。なお、八坂系一類本A種の一本である文禄本の六代乞請に特殊な記事があることは、岡田三津子氏よりご教示いただいた。東寺執行本の写真をお貸し下さった櫻井陽子氏とお二人に対して、記して感謝申し上げる。

(18)「番外謡曲《人形》考」(『中世劇文学の研究―能と幸若舞曲―』三弥井書店　二〇〇二)。

中世後期の赤間関

須田牧子

はじめに

図1は十六世紀中期、中国人が作成した地図である。[1] 日本を描いた四葉の地図の三葉目、関門海峡の真ん中にひときわ大きく「赤爛関」と書かれている。左のように図をつなげてみれば、日本地図の中央に「赤爛関」が位置することになる。「赤爛関」は赤間関であろう。

十四世紀作成の「東南海夷図」[2] にも赤間関は書き込まれている。図2を参照されたい。この図の日本列島は九州・西国・東国がそれぞれ一つの島として描かれているが、その九州のかたまりの中に「門関」、西国のかたまりの中に「赤関」と書き込まれている。「赤関」・「門関」はそれぞれ「赤間関」・「門司関」と理解することができよう。

本稿の課題は、この赤間関の中世後期における機能と特質を明らかにすることにある。中世後期の国際港として著名な博多や堺に比べると、赤間関の環シナ海地域における地位は、充分に知られているとは言えない。しかしながら図1・2を一見すれば、中世後期の赤間関が、日本を代表する重要な地であったことは明白である。本稿では、その重要性が中世後期の赤間関のどのような特質に基づいているのかを考察してみたいと思う。

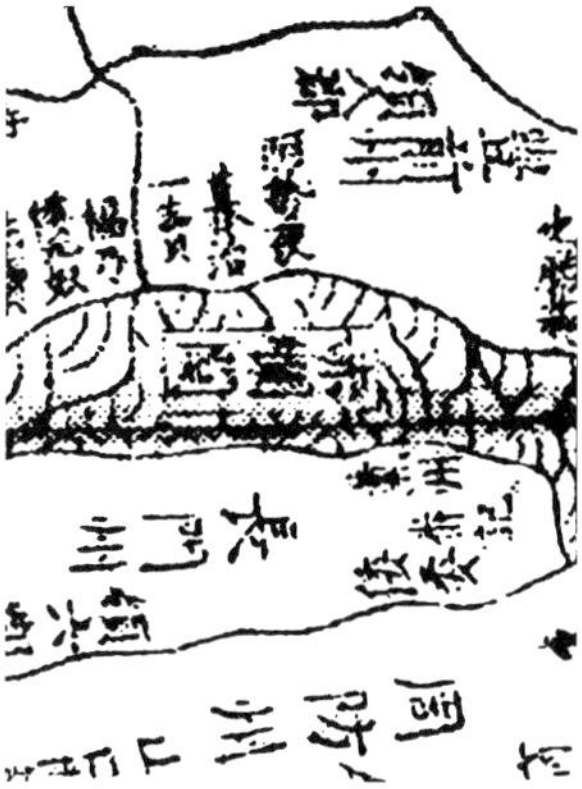

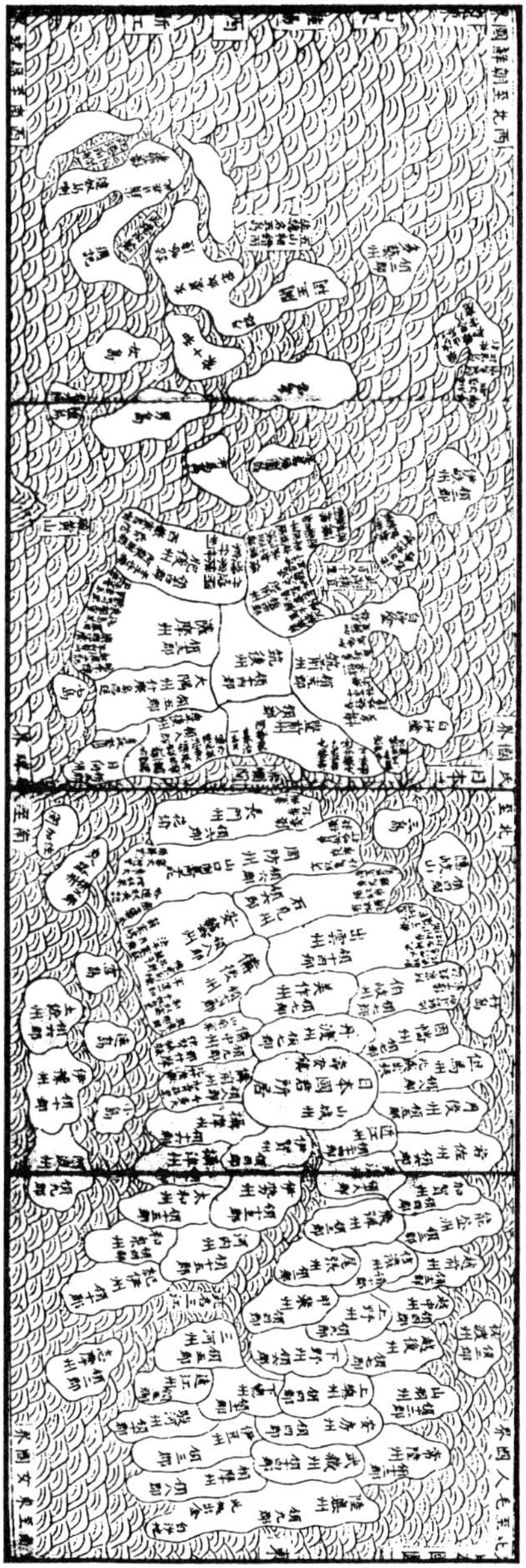

図1　「日本国図」(『日本図纂』、静嘉堂文庫所蔵)

図2　「東南海夷図」(部分)(『広輿図』、内閣文庫所蔵)

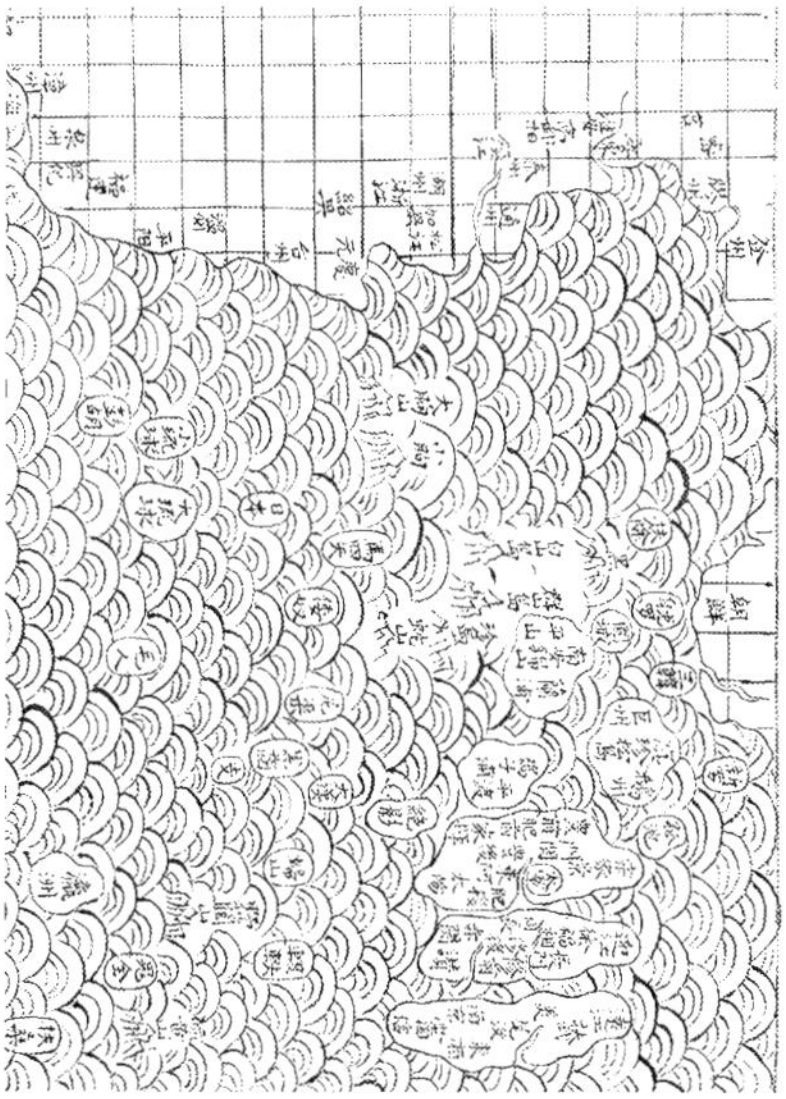

最初に確認しておきたいのは、「赤間関」という固有名詞の持つ多義性である。すなわち、「赤間関」は、史料上、関所の名であり、港湾の名であり、図1に端的に現れているように現在の関門海峡そのものをも指した。さらに壇ノ浦合戦について叙述した『吾妻鏡』が「於長門国赤間関壇浦海上、源平相逢」と記すように、(3)関門海峡に面した長門側の広域地名でもあった。赤間関の対岸に位置した門司関は、「関」としては赤間関と別個のものとして存在したが、赤間関が関門海峡そのものを指すときにはその中に含みこまれる。本稿では、赤間関と門司関は密接不可分の関係にあり、相互に補完・連動するものとして一体的に捉え、赤間関を中心に論を進めながら、門司についても適宜考慮していくことにしたい。

一　十五世紀以前の諸様相

1、奈良・平安期における関門海峡の管理

最初に古代から中世にいたる赤間関の来歴を概観しておこう。

管見の限り、「赤間関」の初見は、『吾妻鏡』元暦二年（一一八五）正月十二日条に「参州自周防国到赤間関、為攻平家、自其所欲渡海之処…」とあるものである。(4)ただし正暦二年（九九一）の『離洛状』では、「長門赤馬泊」と見え、(5)『散木奇歌集』（一一二八年ごろ成立）には「あかまといふ所」と見える。(6)「あかま」という呼称自体は古くからあるが、「関」の名としては『続日本後紀』承和八年（八四一）八月戊午条には「長門関司」、貞観十一年（八六九）の太政官符には「下関」と見え、(7)関門海峡の長門側に置かれた関を、「赤間関」と呼称するようになってくるのは、鎌倉期に入ってからのことではないかと推測される。一方、「門司」の初見は、延暦十五年（七九六）の太政官符である。(8)これは大宰府の「過所」を持つ船について、門司を経由せずに、豊前国草野・国埼・坂門などの津を経由して往還すること

を許可したもので、これ以前には、西海道の船は門司を通過するという原則があったことが知られる。

貞観十一年（八六九）の太政官符は、関の警固のために「下関」に兵士が置かれていたことを示すものである。警固のために下関に兵士が置かれていることは、延暦二十一年（八〇二）の太政官符にも見える。[9]この門司・下関両関が、それぞれ豊前・長門の国司の管轄の下に往来人のチェックを行うという職務を有していたことは、貞観八年（八六六）、唐人の任仲元が、「過所」を持たずに関門を通過して入京したことについて、朝廷が豊前・長門両国司を譴責し、関門の管理を厳重にすることを命じていることからうかがえる。[10]石上英一氏は、この門司・下関両関について、西海道と山陽道等の東方との間を遮る重要な拠点であり、軍事・治安上の役割とともに、大宰府における対外交易の私的展開を掣肘する機能を持ったことを指摘されている。[11]

こうした体制がいつまで維持されたのかは不明だが、寛弘元年（一〇〇四）宇佐大宮司邦利が門司別当兼方を殺害するという事件が起こっている。[12]この時の条事定文には、「至于関門、早可造立」という文言が見える。[13]当時、門司関司あるいは門司別当と呼ばれる者が存在したこと、関機能遂行のため、何らかの設備が存在していたことをうかがわせる。

康治元年（一一四二）には、三宅寺年貢運上船二艘分の門司関勘過料を免除する旨の大宰帥庁宣案が出されているが、[14]このことは、門司関で関料を徴収していたことを示すものである。さらに『本朝無題詩』（一一六四年ごろまでに成立）所収の「過門司関述四韻」と題する詩の割注に「香椎宮行牒、威権満日域。抱関者不能拘留」とあり、[15]香椎宮の牒により、関料を払わずに門司関を通過できるという実態があったことが判明する。

2、鎌倉期における赤間関・門司関

このような関機能は、鎌倉期を通じて維持されたものと考えられる。例えば、弘安五年（一二八二）三月、関役船十二艘を赤間関の阿弥陀寺の灯明料として寄進する旨の庁宣が、長門留守所に下されている。[16] また、元亨四年（一三二四）、宝治・弘安・正応・嘉元の過書に任せて、筑前国粥田庄住人並びに運送船につき門司関が煩いを致すこと、つまり関料をとることを停止する長崎高資の奉書が出されている。[17] 鎌倉期に赤間関・門司関双方において関料徴収がなされていたことが確認でき、また門司関が得宗領だったことが判明する。

門司関が得宗領であり、建武政権より足利尊氏に与えられたことは、『比志島文書』からも確認できる。[18] さらにもとは平氏方の所領で「没官御領」とされたことが、「豊前国図田帳」に記されている。[19] 石井進氏は、いつから北条氏がこの関を支配下に入れることになったのかは不明であるが、蒙古襲来合戦の際の重要防禦地点であったこととの連関を考えられるかもしれない、と指摘されている。[20]

蒙古襲来に際しては、長門警固の制が定められ、長門守護が北条一門に独占されるようになることはよく知られている。蒙古襲来時における関門海峡の厳戒ぶりは、次の書状からもうかがうことができる。「（前略）きこへ候し蒙古類、さうとう〔　〕より候て、世間を夕《穏》しからす候うへ、もし〔　〕の関かためられ候によて、のほりふね候はすして候し間、当時ハと丶まりて候[21]（後略）」。すなわち蒙古襲来に備え、門司関が固められたために上京する便船がなくなっているというのである。

十三世紀後半に長門守護は周防守護を兼ね、十四世紀初には長門周防探題とも称されて、一般の守護以上の権力を持った。[22] 先に寄進された灯明料船十二艘について阿弥陀寺主重貞は、永仁四年（一二九六）・正安元年（一二九九）・正安三年（一三〇一）と、長門守護の交代・異動のたびにその安堵を求めているが、[23] これは蒙古襲来に伴う警固体制の下に、赤間関の管理が守護に握られている事態の反映と理解することができるだろう。鎌倉後期、関門海峡は鎌倉幕府首脳部の管理するところであったのである。

3、大内氏の赤間関・門司関の掌握

元弘三年（一三三三）鎌倉幕府滅亡という事態のもと、長門探題北条時直が没落した後、長門を掌握したのは、長門の厚東を本拠とする厚東氏であり、その厚東氏にかわって、十五世紀以降、関門海峡を掌握したのは、大内氏である。

周防国在庁官人として出発した大内氏と長門との関りは、十四世紀以前には殆ど見えない。十四世紀内乱の中で、一族間競合を勝ち抜いて急速に力をつけた大内氏は、正平十年（一三五五）頃より長門への進出を開始した。(24) 正平十二年（一三五七）当時の大内氏当主の弘世が、凶徒退治の願文を長門一宮に奉納しているから、(25) この時点までには長門の瀬戸内沿海部は掌握していたものと考えられる。続いて一三六〇年代初頭には宮方（征西府方）として、門司に出兵している。(26) 貞治二年（一三六三）、大内弘世は周防・長門両国を安堵されて、室町政権に組み込まれ、宮方より武家方（室町政権方）に転じて、再び豊前に出兵した。しかし、当時九州は征西府が優勢であり、追い詰められた九州探題斯波氏経は翌年、豊前の陣を撤して帰京した。弘世もこれに伴って豊前より撤兵し、豊後・豊前の武家方諸勢力は、赤間関に避難した。(27) 武家方が赤間関に避難できたということは、赤間関が既に大内弘世の勢力下にあったことを示すものであろう。

大内氏が豊前守護となるのは、康暦の政変後の康暦二年（一三八〇）のことである。(28) 明徳二年（一三九一）管領細川頼元は、大内義弘に対し豊前国門司関以下所々を麻生義資に引き渡すように命じたのに実行されない為、重ねて催促している。(29) この時点で、大内氏が門司関を掌握し、赤間関と併せて関門海峡を支配できる体制にあったことを確認できる。

大内氏はこの後、弘治三年（一五五七）毛利氏に攻められた大内義長の自害によって滅亡するまで、関門海峡を支

配し続けた。次にこの大内氏の支配の形態について検討し、さらにその大内氏支配下における赤間関の特質について論じていくことにする。

二　大内氏の赤間関支配

1、赤間関代官の検出

まず当該期、赤間関支配に関わっている者の徴証を挙げてみよう。①一四二四年「大内殿所部赤間関兼領三州太守白松殿」[30]。②一四五四年「関吏」[31]。③長禄三年（一四五九）「赤間・門司御代官」[32]。④文明十九年（一四八七）「関・小くらの代官」[33]。⑤天文三年（一五三四）「関役人」[34]。⑥一五四一年「赤間関役人新里」・「城主新里」[35]。

①の白松殿は、朝鮮使節朴安臣来日時に赤間関で応対し、朝鮮使節の受け入れを足利義持が拒んでいる間、大内盛見の命に従い、使節らを赤間関に留め置いている。赤間関の入港管理および瀬戸内海への進入管理を行なっていると言えよう。

②の「関吏」は、宝徳度遣明船帰朝の際に見られ、九号船が赤間関に到着した時、二・三・七号船が既に帰着していることを告げている。この関吏の役割も①と同様である。

③は、長門守護代内藤盛世が「赤間・門司御代官」にあてて、長門二宮の石築地修築の費用を両関に入港する船に申し付けるよう伝達したものである。「御」代官とあるから、赤間関・門司代官は、長門守護代内藤盛世の配下ではなく、大内氏に直属する者と推定される。⑤は、「関役人」が灯明料として長門二宮に関済銭を納めることを定めたもの。この③⑤の例から赤間関代官は関銭の徴収・管理を担っていたことを確認できる。

④は赤間関から門司・小倉などの方面への渡し賃を定めたものである。違反者は赤間関・小倉の代官に引渡して、

代官より山口に注進し、調査の上斬罪に処すとしている。ここから赤間関が「山口」に直接把握されていたことがうかがえる。⑥の新里は天文八年度船帰国の際に豊前宮浦まで代理人を派遣して遣明船を出迎えている。遣明船正使らは、赤間関来着後、彼を訪ねて帰国報告をしている。これも①②と同様の役割と言える。

以上、断片的ではあるが、十五・十六世紀の赤間関に代官・役人と呼ばれる者が存在し、大内氏に直接把握されていたことが判明した。彼等の職掌は、入港管理及び関銭の徴収・管理であり、また外国使節の来日時における瀬戸内海への進入を管理する役割を果たしていたとまとめられる。守護代とは別に代官を置き港湾を支配する形態は、大内氏が十五世紀中頃より進出した博多も同様である。[36] 大内氏の港湾支配における共通方針を見出せよう。

2、関代官たちの具体像

この関代官にはどのような人間が任じられていたのだろうか。その具体的な名前が判明するのは管見の限り、①白松殿と⑥新里のみである。

「白松殿」は大内氏の政所として名前の見える、白松基定に比定されている。[37] 白松基定は大内氏奉行人として、長門一宮・二宮をはじめ、周防国清寺・周防興隆寺などにも奉行人奉書を発給するなど、大内氏の家政機関の中枢として活躍した人物である。応永年間（一三九四～一四二八）には「縫殿允」を名乗っていたことが確認できる。[38] 永享二年（一四三〇）、大内盛見は周防国清寺に「周防国賀保庄北方地頭職白松縫殿允跡」を寄進しているが、この白松縫殿允とは基定に比定できようから、彼は周防賀保庄、今の阿知須町および宇部市の一部、に所領を持っていたことがわかる。[39]

「新里」は新里若狭守とも呼ばれている。[40] この新里若狭守は、安芸国佐西郡を本拠とする厳島の神領衆である。永正年間（一五〇四～一五二一）には、厳島神主家相続争いの中で西方として登場し、厳島の「島役人」とも呼ばれる新里若狭守が存在する。[41] また天文十七年（一五四八）から天文二十二年（一五五三）まで、厳島神主家が得分を持つ安芸国山里地域の年貢の管理者として、「新里若狭守隆溢」が見られる。[42]「隆」は大内義隆からの一字拝領であろうから、義興の時期にあたる永正年間に活動が見られる新里若狭守とは別人である。[43] したがって天文十年に赤間関代官として見える新里若狭守が、永正年間に活動した方か隆溢かは確定できないが、この時期の新里氏は安芸国の有力者であり、かつ大内氏当主から一字拝領を受けるような存在とまとめられる。なお天文二十年（一五五一）陶隆房は、大内義隆を滅ぼした後、新里氏・己斐氏に厳島の対岸の桜尾城を預けている。その後、毛利氏も新里氏が「国方之者」であることを以って味方につけ、のち厳島城を預けた。[44] 新里氏が安芸の沿海部に勢力を持つ一族であったことが理解できよう。

ところで、何ゆえ安芸の新里氏が赤間関代官として現れるのであろうか。これを考える上で示唆的なのは、のちに毛利氏の初代赤間関代官となる堀立直正の本拠地が、厳島にも程近い、安芸国佐東郡の大田川の河口付近に比定されていることである。[45] この堀立直正は、岸田裕之氏によれば「警固衆とも商人とも目される人物」であり、毛利氏が陶氏と断交して以来、金山城の「調略」をはじめ廿日市・厳島の制圧に成果をあげ、三田尻・赤間関の「調略」にも成果をあげた。岸田氏は、堀立直正のこのような活動について、廿日市・厳島・赤間関の各町衆との日常的な経済活動を通して築き上げていた人間関係を有効に作用させた結果であり、そのことが彼が赤間関代官たりえた理由ではないか、と想定されている。[46] 確かに厳島はおそらく十六世紀の瀬戸内海西部において最大級の市場を有していたと思われ、唐物もここに集積されていた。[47] 神領衆の新里氏が内海交通に関係していたことを示唆する史料は今のところ見出せていないが、新里氏がこの堀立氏と同様の性格を持っていたために、赤間関代官に起用されたと考える余地もあるように思う。

以上のほか、大内氏の家臣で、赤間関・門司に宿所を構えていることが確認できる者がいる。文明十二年（一四八〇）に山口から九州に旅した宗祇の『筑紫道記』に、赤間関の「門司下総守能秀舍りにて会有」と見え、永正十三年～十四年（一五一七）、やはり山口―九州間を旅した宗碩の『月村抜句』に「赤間関阿州淡路守宿所」と見えるのがそれである。(48)

門司能秀は大内氏奉行人で一四八〇年代当時も奉行人としての活動が確認できる。(49)その名字が示すとおり対岸の門司に鎌倉期から勢力を持った一族の出身である。阿川淡路守は阿川勝康に比定でき、享禄二年（一五二九）～天文二年（一五三三）にかけて大内氏の在京雑掌を務め、(50)永正三年度遣明船の土官も務めた人物である。(51)彼等が代官であったか否かは明確にしないが、赤間関・門司関近辺に奉行人クラスの人間が「宿所」を構えていたことには注意しておきたい。

3、内海交通における赤間関の位置

赤間関代官新里や堀立の存在は、厳島―赤間関間の密な交通を予想させ、十六世紀の内海交通における赤間関の位置をうかがわせるものである。以下少し内海交通における赤間関の位置を考えてみたい。

『兵庫北関入船納帳』(52)には、文安二年（一四四五）四月十三日、門司船籍の船が大豆二〇〇石・米二三〇〇石、計二五〇〇石もの積荷を積んで入港したことが記載されている。二五〇〇石という積荷の量は、『兵庫北関入船納帳』に記載されている中で最大である。また寛正度遣明船に使用予定だった三隻の船は、いずれも門司船籍の船であった。すなわち一号船は「門司和泉丸」二五〇〇石、二号船は「門司宮丸」一二〇〇石、三号船は「門司寺丸」一八〇〇石である。門司が大型船舶の船籍地であったことがわかる。この寛正度遣明船の一号船船頭は門司五郎左衛門祐盛という人物であり、また天文十六年度船には「赤間関水夫」が乗り組んでいたことが確認できる。(53)門司は内海・外洋双方

の航海に堪えうるような船舶及び人材の供給地であったのである。大内氏は上洛に際し、或いは九州渡海のたびに赤間関に関役として船を仕立てるよう命じている。(54)

また大内氏支配下の赤間関においても、関料徴収は行なわれていた。既に述べたとおり阿弥陀寺は十三世紀末、灯明料として十二艘分の勘過料を収得していた。これが継続されたか否かについては史料を欠くが、天文三年（一五三四）大内義隆は、長門二宮に灯明料として三十貫文を寄進し、春秋二回「赤間関済銭」から関役人が納入することとしている。また長禄三年（一四五九）長門二宮浜面石築地修築にあたっては、長門守護代が赤間・門司両関の代官に宛て、「両津入船地下船」に申し付けて費用を捻出するように指令している。(55)

以上のような入津料としての関料だけではなく、中世の海上交通に特徴的な海上警固料とも言うべき帆別銭の徴収もまた、十六世紀末には赤間関で行なわれていた。

一、九州表、筑後・筑前・肥前・肥後の廻船帆別の義、赤間にて相究候。周防・長門・豊前東西の義は上ノ関にて、帆別相澄せ申候。然ば、豊後・日向の廻船の儀、伊予に乗候へば、来嶋衆相究、備後は因の島にて帆別取候て免符を出候所に、上の関衆並大島衆、姫島・佐加関上まて番船を出候て帆別を取り候事、因島痛にまかりなり候事、(56)

すなわち、九州から瀬戸内に入ってくる船については、赤間関において帆別銭を徴収したとしている。ただしこの海賊衆による帆別銭徴収と、大内氏あるいは毛利氏の赤間関支配がいかなる関係にあるのかは、現時点では不明である。

三　「国際港」としての赤間関

1、朝鮮使節往来における赤間関の機能

前章で大内氏の赤間関代官の職掌に、外国使節の来日時における瀬戸内海への進入の管理があったことを指摘したが、このことを含めて当該期の赤間関の対外的機能について次に検討していきたい。

十四世紀後半～十五世紀前半にかけての時期には、高麗および朝鮮王朝の使節が頻繁に来日したが、この護送に際して、赤間関は独特の役割を果たしている。

室町政権の使節護送の形態を簡単に述べてみよう(57)。使節来日の報告をうけて、使節の受け入れが決定されると、室町殿は、赤間関・兵庫に対し「入送之文」を発給し、併せて各国守護に対する護送命令を出す。それを守護・守護代が遵行する。航路における護送船発送を主軸とする護送体制の起点である赤間関に対し、兵庫は陸路における護送体制の起点である。護送体制が整うまでの間、使節は赤間関・兵庫に滞留した。使節来日の報告は、はじめは九州探題からであったが、のちには赤間関からとなる。

朝鮮使節朴安臣が一四二四年に来日した際にも、赤間関から来日の報告がなされたが、五十五日もの間、返答がなかった。これは、大蔵経板が贈与されなかったことに怒った足利義持が、往路、赤間関で使者を留め、大蔵経及び経板（華厳経）だけを別の船に積み替えて京都に送るよう、在京中の大内盛見に指示したことによるものであった。これを知った朴安臣は大内氏の赤間関代官白松基定に抗議した。結局、隣国使臣を拘留するのは問題であるという盛見の説得により、義持は使者の入京を許可し、使者達は無事入京を果たした(58)。この事例は赤間関が日本への「入国」管理地として機能していること、朝鮮使節にとってその任務を全うするためには大内氏との交渉が重要かつ効果的であったことを示している。

一方、朝鮮王朝は大内氏に至るまでの行程における諸氏に独自に護送依頼し、使節の安全を図っていた。例えば先

の朴安臣の際には、対馬の宗貞盛・左衛門大郎、少弐氏、九州探題、大内氏に護送依頼がなされており、実際帰路において九州探題渋川義俊・対馬の左衛門大郎が護送船を出していることを確認できる(59)。それ以前、一四二〇年の宋希璟来日の際には、九州探題配下の「伊東殿」なる人物が赤間関まで護送している。一四二九年来日の朴瑞生の場合には、大友持直が書を朝鮮に送り、朴瑞生等はすでに合島（相島）に到着しており、風さえ良ければ、護送して赤間関に到着できるであろう、と述べている(60)。大友氏が合島（相島）―赤間関間を護送したことが読み取れる。以後、大友氏に対しても護送依頼がなされるようになる。また一四四三年来日の卞孝文の場合には、対馬宗氏の護送により、赤間関まで来着し、大内教弘の護送によって、尾道に向かっている(61)。

ここから朝鮮が室町政権の護送システムとは別に、朝鮮―大内間については独自に護送を依頼し、大内氏から先は大内氏に委ねるという形で使節の安全を図っていたこと、そしてそのような発想のもとでの使節護送の結節点として、赤間関が機能していたことを確認することができる。

以上のような大内氏と赤間関の性格を端的に述べているのが、一四七九年、日本国王宛使節団の正使となった李亨元の発言である。

> 臣聞、前者通信使到二赤間関一、必報二大内殿一、聴二可否一而為二之進退一。由レ是或逗二遛旬月一。今臣之往、如又馳報而不レ許二入帰一、則何以処レ之乎(62)。
>
> 【大意】前の朝鮮使節は皆赤間関で大内殿に連絡し、その返事を待って進退しています。これにより時間を費やしてしまうこともあったと聞いております。今、私が（日本に）行って、また入帰を許されないようなことがあったら、どうすれば良いでしょうか。

ここから十五世紀後半の朝鮮において、日本に使節派遣する際には、赤間関についたら大内氏に連絡をとるのだという認識と、日本における進退は大内氏と相談して決めるのだという認識が存在していたことを読み取れる。

このような認識が生み出された背景には、以上述べてきたような護送における慣行に加え、当該期赤間関を支配していた大内氏自身の性格が関わっていると考えられる。大内氏は、倭寇禁圧要請を契機として十四世紀後半より朝鮮と通交を開始し、その滅亡に至るまで継続的な通交を行なった。朝鮮王朝は、最初は倭寇禁圧に有効な権力体として、後には同系、つまり朝鮮系の一族であることを以て、大内氏を優遇した。大内氏は、十五世紀、対朝交渉の過程のなかで自分の先祖が百済王琳聖太子であるとする言説を肥大化させていく。この大内氏が朝鮮出身の一族だとする説は十五世紀後半になると朝鮮王朝内に定着し、大内氏優遇の根拠の一つとなった。(63) さらに、室町政権と朝鮮王朝の通交は大内氏を媒介として開始し、以後も室町殿の対朝交渉には大内氏が密接に関係している。このように大内氏は中世後期日朝関係において重要かつ特殊な地位を占めていたのであり、この大内氏の特性が発揮される政治的な場として、赤間関は機能していたのである。

2、遣明船往来における赤間関の機能

赤間関の対外的機能という点については、遣明船派遣時の役割も見逃すことが出来ない。

十五世紀半ば以前の遣明船と赤間関の関わりは断片的にしか見出すことが出来ないが、例えば永享四年度船帰国の際には、船の出資者の一人であった満済は、赤間関まで人を派遣して、遣明船の帰国を馳報させている。(64) このほかにも遣明船の帰着が京都に報じられている例は多く、(65) 赤間関が「帰国」を認識する港であったことをうかがわせている。

また遣明船は兵庫を出発してのちも、瀬戸内・北九州の各地の港に立ち寄って物資を積み込み、最終的に五島列島にて艤装を終え、中国に向けて東シナ海に出て行くことになるが、そうした物資集積地の一つとしても赤間関は機能

していた。例えば、寛正度遣明船の派遣の際には、京都で調達される荷物は、鳥羽より淀川を下り、尼崎に積み出された後、尼崎から兵庫、兵庫から赤間関まで運ばれて一時保管されていた。この保管所には門司・赤間関及び長府の寺社が宛てられた。例えば、重要貿易品である硫黄の一部は、赤間関道場（＝専念寺）・門司大通寺に分置されていた。(66) また長門二宮には「渡唐御馬」の預置を免除する旨の大内氏奉行人奉書が残り、(67) これらの寺社が、守護大内氏からかけられる臨時役の一つである異国諸役として、遣明船物資保管を行なったことを示している。

十六世紀前半の大内氏の遣明船独占期には、赤間関は大内氏の貿易機構の要を占める港湾として機能するようになる。遣明船経営の根幹とも言うべき抽分銭徴収のための抽分司官が置かれ、貢物の調達・管理を担う蔵司が存在していた。十六世紀中期に中国人によって書かれた『日本図纂』「日本紀略」は赤間関について次のように記している。

山口之西為二長門一（横直皆二日程。嚮為二花浦一、為二薫州一、為二番記一、為二倭委一、北至二三島一、懸レ海三百五十里。）関渡在レ焉（其西旱関、為二阿介馬失記一。抽分司設二於此一。）渡レ此而西為二豊前一。（中略）其貢使之来、必由二博多一開洋、歴二五島一而入二中国一。因下造舟水手倶在二博多一故上也。貢舶回則径収二長門一。因二抽分司官在一レ焉故一也。

【大意】山口の西は長門である（割注略）。ここには関渡〈西の旱関（陸関）で、阿介馬失記（赤間関）という。抽分司がここに設けられている〉がある。ここを渡ると西は豊前である。（中略）（日本からの）貢使は必ず博多から出発し、五島を経て中国に入る。造船（技術）と水手の両方が博多にあるからである。貢舶が帰る時にはまっすぐ長門にむかう。抽分司官がここに置かれているからである。

ここに遣明船経営における博多と赤間関の違いが端的に現れている。すなわち、モノ・人の集まる博多、権力の機関が置かれる赤間関という対比である。実際、大内氏が初めて独占派遣した天文八年度船は、博多で一年近くを過ごしたのち、季節風に合わせて出港し、帰路においては、博多を経由せず、肥前呼子から筑前藍島（相島）を経て豊前宮浦まで昼夜兼行で航海し、宮浦で一泊後、対岸の赤間関に至っている。数日後、正使は博多に帰り、堺商人は船を乗り換え東上した。このことは、赤間関で抽分が行なわれるために、帰路においてはまず、赤間関に帰港することが求められ、遣明船乗組員たちは抽分司官による抽分終了後にそれぞれの根拠地に帰ったものと理解することができる。

3、赤間関の景観

最後にこのような機能を持った赤間関の景観について、触れておこう。

中世の赤間関の景観を具体的に描写しているのは、応安三年（一三七〇）に九州探題として下向してきた今川了俊の紀行文『道ゆきぶり』(68)である。

（前略）霜月の廿九日、長門の国府を出て、赤馬の関にうつりつきぬ。ひの山《(火の山)》とかやいふ、ふもとのあらいそをつたひて、はやとも《(早鞆)》の浦に行ほとに、向の山は豊前の国門司の関のうへのみねなりけり。海の面は八町とかやいふめり。しほのみちひのほとは、宇治の早瀬よりも、猶おちたきりためり。（中略）赤まの関のにしのはしによりて、なへ《(鍋)》の崎とやらんいふめる村は、柳のうら《(柳の浦)》の北にむかひたり。此関は北の山きはにちかく、家とならひて岡のやうなる山あり、かめやま《(亀山)》とて、おとこ山の御神のたゝせたまひたり。其東に寺あり。阿弥陀だうといふ。（中略）門司の関はこの寺にむかひたり。（後略）

北の山際に関としての「赤間関」があり、そのならびに亀山八幡宮がある。八幡宮の東隣は阿弥陀寺で、海峡を隔てて門司関に向き合う。赤間関の西には鍋崎という村、現在の南部町がある。この描写に従えば赤間関はほぼ現在の唐戸の辺りに位置していたと言えよう。

一四二〇年来日した朝鮮使節宋希璟の『老松堂日本行録』(69)には「阿弥陀寺」と題する詩が所収されており、次のような詞書が添えられている。「寺に平氏の影堂在り。楽を具えて四時これを享《まつ》る。平氏は日本の前朝の王子なり。寺の前に湖あり。人言う。原氏《(源氏)》・平氏位を争いて相戦い、平氏勝たず、窮して此に来る。原氏《(源氏)》執《とら》えて沈没せしめし水なり、と」。

一四七一年に対日外交マニュアルともいうべき『海東諸国紀』を編纂した申叔舟は一四四三年、卞孝文を正使とする一行について来日したが、彼の文集にも「赤間関阿弥陀寺板上、次昔年通信使高得宗詩韻」と題する詩が収められている。[70] 詩の最後の割注には「平氏末主敗死之地、至今作像于寺中祀之」とある。彼の前に来日した朝鮮使節高得宗が阿弥陀寺を訪れて作詩したこと、申叔舟もまた阿弥陀寺を訪れ、その詩に次韻したことがわかる。江戸時代、朝鮮通信使はしばしば阿弥陀寺内の安徳天皇の祠を訪ねて、その由来を聞き、詩を作っているが、当該期にもそのような習慣があったことが知られる。[71]

宋希璟が赤間関滞在中に訪れている寺には、この他に永福寺・全念寺（＝専念寺）がある。この二つの寺は『道ゆきぶり』には見えないが、江戸時代の絵図では南部の西の高台に描かれ、[72] 遣明船往来の際には使節たちの宿舎となった。[73] 伊藤幸司氏は、永福寺が長府の長福寺とともに、大内氏の外交活動の重要な人的基盤であったことを明らかにされている。[74] また専念寺は、既に述べたように、対岸の門司大通寺とともに遣明船物資保管所としても機能した。この専念寺は『老松堂日本行録』によれば、「此の津（＝赤間関）の下に極浦ありて、中に人家あり、上に僧舎あり」という立地にあった。浦と高台の間に門前町のような形で人家が形成され、高台に寺があることがわかる。『老松堂日本行録』には、その専念寺の門前に住む三甫羅なる人物が宋希璟を訪ねてきたことが記されているが、この三甫羅は朝鮮の人であった。またどこの寺に居住していたのかは不明ながら当時赤間関には悟阿弥なる僧が居たが、彼は「かつて我国にゆきて上恩を受けた」者であり、「我国に向きて誠心ある僧」であった。

こうした赤間関の国際的な雰囲気は、朝鮮使節高得宗の来日時に、赤間関で高得宗の麾下の金淵なる人物が逃亡した事件からもうかがえる。大内持世は、この金淵について、赤間・門司両関に令を下して捜索したが、見つからず、隠匿しているのではないかと疑われる「赤間一婢」を拷問したが口を割らず、僧徒に混じっているのではないかと疑って寺を捜したけれどもやはり見つからない、もし見つかったら、送還するのでご了承願いたいと、朝鮮国王に伝えている。(75)この事例は、大内氏による検断とその不成功を伝え、二章で述べた大内氏による赤間関支配が、地下の協力を不可欠としたことを示すとともに、赤間関に「国外」逃亡者を匿う、或いは結託する土壌があったことを示している。

おわりに

以上本稿では、中世後期にいたるまでの赤間関の来歴を概観し、中世後期における赤間関の性格を多角的に明らかにするよう努めてきた。

古代、東の三関に対応する西の関として重視された赤間関は、古代以来のそのような政治的機能或いは機能認識を、潜在的にであれ、持ち続けた。朝鮮使節往来時の機能や遣明船帰朝時の機能などはその反映ともいえる。赤間関は、遣明船の物資集積地としての機能を果たし、のちには遣明船経営の根幹とも言うべき、抽分銭徴収のための抽分司官が置かれ、大内氏の遣明船経営において要の地位を占めた。朝鮮使節の往来が活発であった時期には、使節護送の結節点の一つであり、朝鮮—京都間における主要な中継点として認識され機能した。(76)中世後期の赤間関は、対外関係遂行上、極めて重要な港であったのである。図1における「赤爛関」の存在感は、こうした赤間関の特質の視覚的表現と言えよう。

十六世紀中期に中国で作成された日本研究書、『日本一鑑』には次のような記述がある。

西緊関則有二太宰府即西守護所、又為二謂探題所一也一。王使入朝所レ齎文移、必由二府中一掛号。府謂二文司関一、有二大唐通事一、以俟二天使往来一。昔夷太宰開二府筑前一。後移二周防一。此必択レ人、以為レ之。[77]

【大意】（日本の）西の緊要な関としては太宰府〈西守護所である。また探題所ともよばれている〉がある。王使（日本国王使）が（明に）入朝してもたらす文書は、必ず太宰府を経由しチェックされたものである。太宰府を文司（門司）関と言い、（そこには）大唐通事がいて天使（明使）の往来を待っている。むかし夷の太宰はその府を筑前に開いたが、後に周防に移した。この太宰という官には必ず適任者を厳選して任命する。

ここに、古代における入国管理の歴史的イメージが投影され、そこに当該期大内氏の特性と赤間関の地理性が不可分に組み合わさって形成された中世後期赤間関の特質を明確に読み取ることができる。

注

＊本文中の年表記は基本的に、日本史料の場合は、史料の年号に従い（　）で西暦を示し、明・朝鮮史料に依拠した場合は年号を省き、西暦のみとした。

（1）『日本図纂』「日本国図」（静嘉堂文庫所蔵『鄭開陽雑著』所収）。『日本図纂』は鄭若曾が一五六一年に執筆刊行したもの。

（2）「東南海夷図」（内閣文庫所蔵『広輿図』所収）。「東南海夷図」は十四世紀の人、李沢民の作成の「声教広被図」の一部で、一五六一年ごろ、元・明代の地図を集めて編緝された『広輿図』に所収される。本図が元代のものであることは、図中に「慶元」（一三六四年には「明州」、一三八一年には「寧波」と改称）がみられることからも判断しうる。（宮紀子「混一疆理歴代国都之図への道」『モンゴル帝国』日本放送出版協会、二〇〇四）

（3）『吾妻鏡』元暦二年三月二十四日条。

(4)『山口県史』史料編古代。
(5)『山口県史』史料編古代。
(6)例えば、「(前略)赤間薬　長門国赤間稲置等家方(後略)」(『大同類聚方』、大同年間(八〇六～八一〇)編纂、『山口県史』史料編古代所収)など。
(7)「貞観十一年九月二十七日太政官符」(『類聚三代格』巻一八「軍毅兵士鎮兵事」所収)。
(8)「延暦十五年十一月二十一日太政官符」(『類聚三代格』巻一六「船瀬並浮橋布施屋事」所収)。
(9)「延暦二十一年十二月［　］太政官符」(『類聚三代格』巻一八「軍毅兵士鎮兵事」所収)。
(10)『日本三代実録』貞観八年(八六六)四月十七日辛卯条・同年五月二十一日甲子条。
(11)「日本古代一〇世紀の外交」(『日本古代史講座』第七巻　学生社　一九八二)
(12)『御堂関白記』寛弘元年閏九月二日・同五日条。
(13)「寛弘□《(元)》年閏九月五日条事定文写」(『平松家文書』、『山口県史』史料編古代所収)。
(14)『平安遺文』二四七四号「康治元年六月三十日大宰帥庁宣案」。三宅寺は醍醐寺円光院末寺(『平安遺文』二六七二号)。相田二郎氏は本史料を「関と言ふ名目を持つ所で、明かに財貨を徴収した初見」であると指摘している(相田二郎『中世の関所』吉川弘文館　一九四三)。
(15)『本朝無題詩』巻七「過門司関述四韻」(『群書類従』第九輯「文筆部」所収)。
(16)「弘安五年三月日長門国庁宣」(『赤間神宮文書』一二号(吉川弘文館　一九九〇))。
(17)『鎌倉遺文』二八六九五号「元亨四年三月九日長崎高資奉書案」。本文書は袖に「在判」とあり、袖判があったことが示されている。『鎌倉遺文』はこれを将軍守邦のものと解し、「将軍守邦王袖判過書案」とするが、石井進氏は内管領長崎高資が奉じていることから、この袖判を得宗高時のものと解されている(後掲注20論文)。本稿はこの見解に従う。
(18)『南北朝遺文』九州編　六九一六号「足利尊氏所領注文案」。
(19)『鎌倉遺文』九二五号「豊前国図田帳写」。

(20) 石井進「九州諸国における北条氏所領の研究」(竹内理三博士還暦記念会編『荘園制と武家社会』吉川弘文館　一九六九)。
(21) 『鎌倉遺文』一二九〇三号「僧堯寛書状」。
(22) 佐藤進一『増訂鎌倉幕府守護制度の研究』(東京大学出版会　一九七一)。
(23) 「永仁四年八月十日金沢実政袖判執事奉書」(『赤間神宮文書』一五号)・「正安元年十二月二十二日北条時仲袖判執事奉書」(『同』一七号)・「正安三年八月二十五日北条時村袖判執事奉書」(『同』一八号)。当該期の長門守護の在職状況については、秋山哲雄「鎌倉期の長門国守護と『長門国守護職次第』」(『東京大学史料編纂所紀要』一五号　二〇〇五)参照。
(24) 松岡久人『大内義弘』(人物往来社　一九六六)。
(25) 『南北朝遺文』中国四国編二九〇八号「正平十二年七月十三日大内弘世願書写」。
(26) 『南北朝遺文』九州編四五三〇号「貞治三年三月日門司親尚軍忠状」。
(27) 『南北朝遺文』九州編四五七一号「貞治四年四月日門司親尚軍忠状」。
(28) 佐藤進一『室町幕府守護制度の研究』下(東京大学出版会　一九八八)。
(29) 『南北朝遺文』九州編六二〇五号「明徳二年十一月十三日室町幕府御教書写」。
(30) 『朝鮮王朝実録』世宗六年(一四二四)十二月戊午条。朝鮮使節朴安臣の復命。
(31) 『笑雲入明記』(続史籍集覧第一冊に『允澎入唐記』の名で所収)景泰五年(一四五四)七月十四日条。
(32) 「内藤盛世書状」(『忌宮神社文書』東京大学史料編纂所架蔵写真帳、以下『忌宮』と略す)。
(33) 『大内氏掟書』(『中世法制史料集』第三巻所収)一〇八―一一五「赤間関小倉門司赤坂渡賃事」。
(34) 「天文三年三月十五日大内氏奉行人奉書」(『忌宮』)。
(35) 『策彦和尚初渡集』(牧田諦亮『策彦入明記の研究』法蔵館　一九五五所収。以下『初渡集』と略す。)嘉靖二十年(一五四一)七月十日・同十六日条。
(36) 佐伯弘次「大内氏の博多支配機構」(『史淵』一二二号　一九八五)。

(37) 関周一「朝鮮王朝官人の日本観察」(『歴史評論』五九二号　一九九九)。
(38) 「興隆寺一切経勧進帳」(『興隆寺文書』、『山口県史』史料編中世三)など。
(39) 「永享二年六月十三日大内盛見寄進状写」(『常栄寺文書』、『山口県史』史料編中世三)。
(40) 『初渡集』嘉靖二十年(一五四一)七月二十八日条。
(41) 『房顕覚書』(『広島県史』古代中世資料編Ⅱ)。
(42) 『野坂文書』(『広島県史』古代中世資料編Ⅲ)二六二号~二八一号。『厳島野坂文書』(『広島県史』古代中世資料編Ⅱ)七九・八〇号。
(43) 義隆が家督を継ぐのは、享禄元年(一五二八)十二月である。
(44) 『森脇覚書』(『廿日市町史』資料編Ⅰ)
(45) 岸田裕之「大名領国下における赤間関支配と問丸役佐甲氏」(『内海文化研究紀要』一六号　一九八八。同氏『大名領国の経済構造』岩波書店　二〇〇一に再録)。
(46) 岸田裕之「中世の内海流通と大名権力」(広島県立歴史博物館編『商人たちの瀬戸内』広島県立歴史博物館友の会　一九九六)。
(47) 例えば「大内氏奉行人書状」(『厳島野坂文書』一七六号)では大内氏奉行人弘中正長が、厳島門前町で唐錦一端・練繰糸三十疋の調達を棚守房顕に依頼している(鈴木敦子「地域市場としての厳島門前町と流通」(『日本中世社会の流通構造』二〇〇〇　初出一九八三)。
(48) 『筑紫道記』(『山口県史』史料編中世一)。『月村抜句』(宮内庁書陵部蔵。本稿では国文学研究資料館所蔵のマイクロフィルムを参照した)。
(49) 『大内氏掟書』四六―五〇「奉行人掟条々」、六七―七六「諸役人掟事」など。
(50) 『実隆公記』の分析による。
(51) 『壬申入明記』(牧田諦亮『策彦入明記の研究』法蔵館　一九五五所収)。

(52)燈心文庫林屋辰三郎編『兵庫北関入船納帳』（中央公論美術出版　一九八一）。

(53)以上『戊子入明記』・『大明譜』（牧田諦亮『策彦入明記の研究』法蔵館　一九五五所収）。

(54)『大内氏掟書』五八「兵船渡海関役事御定法」・一四五「諸人之被官公役被定御法事」。

(55)「天文三年十二《（三カ）》月十五日大内義隆寄進状」・「天文三年三月十五日大内氏奉行人奉書」（『忌宮』）。「内藤盛世書状」（前掲注32）。

(56)『武家万代記』「因ノ島衆御理の事」（『中国史料集』戦国史料叢書七、人物往来社）。『武家万代記』は因島村上氏の支流村上喜兵衛元吉が朝鮮出兵直後にまとめた回顧録的記録であり、歴史的事件の取り扱いには注意が必要であるが、海賊の行動・考え方についてはそれなりに参考になるものであるとされる（山内讓『瀬戸内の海賊』講談社　二〇〇四）。

(57)以下朝鮮使節護送問題についての詳細は、拙稿「中世後期における赤間関の機能と大内氏」（『ヒストリア』一八九号　二〇〇四）第一章を参照されたい。

(58)『朝鮮王朝実録』世宗六年（一四二四）十二月戊午条。

(59)『朝鮮王朝実録』世宗六年（一四二四）正月己巳条・同二月癸丑条・同十二月戊午条。

(60)『朝鮮王朝実録』世宗十一年（一四二九）七月甲戌条。

(61)『朝鮮王朝実録』世宗二十五年（一四四三）十月甲午条。

(62)『朝鮮王朝実録』成宗十年（一四七九）四月丁亥条。

(63)拙稿「室町期における大内氏の対朝関係と先祖観の形成」（『歴史学研究』七六一号　二〇〇二）。

(64)『満済准后日記』（続群書類従）永享六年（一四三四）五月八日条。

(65)『教言卿記』（史料纂集）応永十三年（一四〇六）閏六月十日条、『満済准后日記』永享六年五月十一日・十四日条、『笑雲入明記』景泰五年（一四五四）七月十四日条など。

(66)以上『戊子入明記』。

(67)「寛正六年十一月二十八日大内氏奉行人連署奉書」（『忌宮』）。

(68)『道ゆきぶり』(『群書類従』第一八輯「紀行部」)。

(69)村井章介校注、岩波文庫第三刷、二〇〇〇。

(70)『保閑齋集』(『韓国文集叢刊』民族文化推進会　一九八八)。

(71)例えば、延享度朝鮮通信使(一七四八年)の従事官曺命采による使行録『奉使日本時聞見録』(『大系・善隣と友好の記録 朝鮮通信使』第六巻、明石書店　一九九四所収)は、「安徳天皇祠在於距館所不遠之地、而従前使行皆歴見之矣」として、歴代の朝鮮通信使が安徳天皇祠を訪れていることを記している。また、正徳度朝鮮通信使(一七一一年)の正使趙泰億による使行録『東槎録』(『大系・善隣と友好の記録 朝鮮通信使』第四巻、明石書店　一九九三所収)には、「赤間関、謹次保閑齋申文忠公集中阿弥《(ママ)》寺板上次昔年通信使高得宗詩韻之作」・「安徳祠、次松雲師韻」と題する詩が所収される。保閑齋申文忠は申叔舟のことである。先に触れたように、彼は一四四三年来日の折、高得宗が詠んだ詩に次韻しているが、趙泰億はその詩に更に次韻しているのである。松雲は惟政の号である。惟政は慶長九年(一六〇四)に来日し、伏見城で家康と会見した。惟政もまた安徳天皇祠を訪れ、作詩したことがわかる。

(72)寛保二年(一七四二)作成「御国廻御行程記」第六帖(『関の町誌の世界』下関市立長府博物館　一九九五)など。

(73)『笑雲入明記』宝徳三年(一四五一)十二月十一日条、『初渡集』嘉靖二十年(一五四一)七月十一日条など。なお伊藤幸司「中世後期外交使節の旅と寺」(中尾堯編『中世の寺院体制と社会』吉川弘文館　二〇〇二)参照。

(74)伊藤幸司「大内氏の外交と東福寺聖一派寺院」『中世日本の外交と禅宗』(吉川弘文館　二〇〇二)。

(75)『朝鮮王朝実録』世宗二十二年(一四四〇)八月庚午条。

(76)なお、十五世紀段階の朝鮮の赤間関に対する認識をうかがわせるものとして、以下の史料も紹介しておきたい。これは朝鮮官僚金宗直が、日本に帰る人を送った詩であるが、赤間関は日本の西岸であり、大内殿に属している、とする。

「送人帰日本」(『佔畢齋集詩集』巻一四、『韓国文集叢刊』所収)

満腔忠信未蒼顔。縹渺雲濤入眼閑。剣佩已遙青瑣闥。舟航将卸赤間関。蛮衢井井分三町。鰲頂茫茫冠五山。已把壮遊酬素志。家人忽夢大刀鐶。山城州、日本国都。其都中道路、皆旁通四達。毎一町有中路。三町為一條。條中大路井井不紊。凡九條。赤間関、乃日本西岸、隷大内殿。

（77）『日本一鑑』窮河話海巻之二「関津」（『東洋大学大学院紀要文学研究科』二六～二九号、一九九〇～一九九三）。

〔付記〕本稿は二〇〇四・二〇〇五年度科学研究費補助金（特別研究員奨励費）による研究成果の一部である。

五十二号書簡をめぐって

――長門本平家物語研究の問題点を探る――

村上光徳

（一）

現在赤間神宮に所蔵されている阿弥陀寺時代から引き継がれた中世から近世初期にかけての文書類は沢山あるのだが、それぞれ史料的に高く評価されて、昭和五十一年（一九七六）に六十六点一括して国の重要文化財に指定された。そして平成二年十二月に山本信吉氏、今江廣道氏のご協力で、吉川弘文館から全文書が翻刻され、その上読み下し、解説、写真つきで出版された。

本稿ではこの文書の中の五十二号の書簡の存在が、長門本平家物語の研究にどんな意味があるのか、書簡の内容を通し、また人物を検討し、書かれた年月日等を想定し、その資料としての価値を考え、長門本平家物語研究の一助にしたい。

私はかつて昭和五十年刊行の『駒沢短大国文』に書簡の内容を中心に書いたことがある。本稿ではそのときと重なる部分もあるが、先学の誤謬などを正し長門本平家物語研究という面を考え、述べてみたい。

また本稿執筆に当り、本文の翻刻文、人物想定、解題等については平成二年に出版された『赤間神宮文書』（吉川弘文館）を参考にさせて頂いたところが多い。まずおことわりしておく。以下本稿において『赤間神宮文書』を参考、引用する場合には略して『赤間文書』と表記することにしたい。

（二）

五二　長府藩重役連署書状（折紙）

追而得御意候、下関」阿弥陀寺廿巻平家、」永井伊賀守（尚庸）殿へ御」指出被成、春斎（林）方」書取埒明、伊賀殿ゟ」被差返候、」濃州様（稲葉正則）ニも久ゝ御」留置被成、御覧被」遊候、此平家物語」之儀、阿弥陀寺之」重物之由候之間、」むさと他見不仕、」増而（以下折紙見返シ）自余へ差出、」写させ候儀、手堅」停止可仕之由、従」濃州様　殿様（毛利綱元）へ御」内證御座候間、右之通」手堅可被仰渡候、恐惶」謹言

八月廿二日

三吉五郎兵衛（元忠）　□（花押）

田代七郎兵衛　□（花押）

椙杜主殿（元品）　□（花押）

桂勘左（元辰カ）様

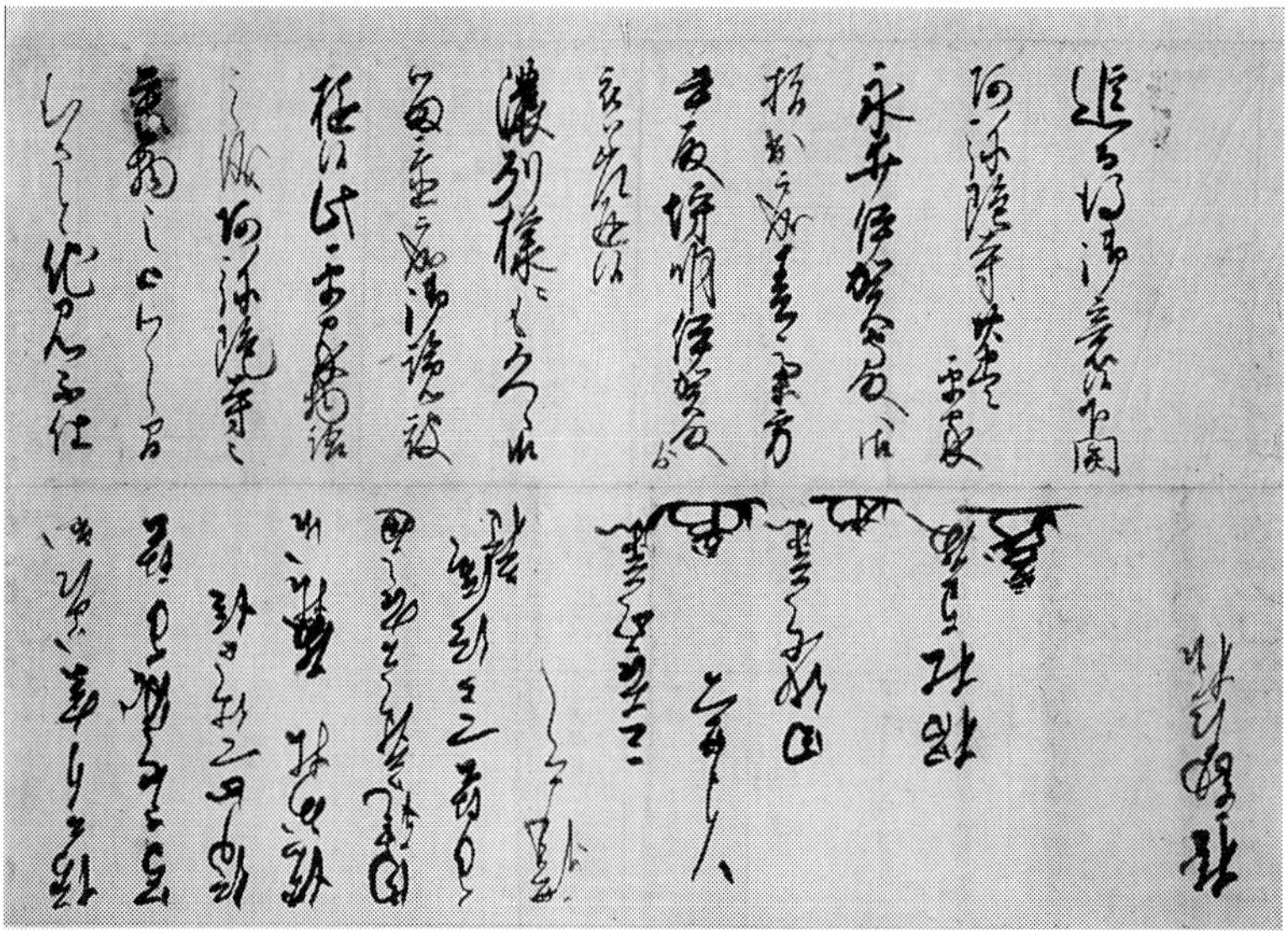

赤間神宮所蔵五十二号書簡

『赤間文書』所載の読み下し文

追て御意を得候、下関阿弥陀寺廿巻平家、永井伊賀守殿へ御指し出しなされ、春斎方書き取り埒《らち》明き、伊賀殿より差し返され候。濃州様にも久ゞ御留め置きなされ、御覧あそばされ候、この平家物語の儀、阿弥陀寺の重物の由に候の間、むさと他見つかまつらず、まして自余へ差し出し、写させ候儀、手堅く停止《ちやうじ》つかまつるべきの由、濃州様より殿様へ御内証御座候間、右の通り手堅く仰せ渡さるべく候。

恐惶《きようくわう》謹言

という内容である。

上記五十二号書簡の原文及び読み下し文は『赤間文書』によった。原文に」を付したのは五十二号書簡の行替を示す。写真参照。

この書簡についてはじめて注目・紹介されたのが、昭和六年頃宮司であられた中島正國氏であろう。中島氏は先日帝国大学国語研究室から旧国宝本について、

一、その書写年代竝に筆者、

一、もと十六冊で四冊補写と聞くが補写四巻は何巻か

という照会があった。そこで赤間神宮本と伊藤家本と合わせて調査された。その結果を報告した後に、この五十二号の書簡を発見したということを当時の『國学院雑誌』（昭和六年一月）に紹介された。この紹介がおそらくこの書簡についてははじめてであったと思われる。

この後は第二次大戦後もこの書簡についてあまり注目されなかったと思われる。注目したのは昭和四十年になって、当時平家物語研究の第一人者であられた渥美かをる氏と私とであった。渥美氏は昭和四十年から五十年にかけて内閣文庫蔵寛保二年本を影印で出版された。その解題で、この五十二号書簡を寛保二年本の書写問題で資料として用いられた。私は当時の『駒沢短大国文』に取りあげた。

上述の中島元宮司紹介文は三ケ所ほど欠字か誤植と思われる箇所がある。渥美氏はこれをそのまま資料として用いられたために問題になるわけで、これらを正してこの五十二号書簡の伝える真実を読み取らなければならない。

この問題は後の（六）・（七）で詳しく述べることにしたい。

（三）

次にこの書簡に登場する人物について検討してみたい。

まずこの書簡の差出人と受け取り人についてである。

差出人「三吉五郎兵衛」、「田代七郎兵衛」、「梠杜主殿」には刊行の『赤間文書』には三吉には右側に（元忠）、田代には右注なし、「梠杜」には（元品）とあるが、田代にだけは注がない。誰とは定められなかったのであろうか。

長府藩の『御当家御役人前帳』には同時期の役人として田代氏には「八郎兵衛　元信」が見える。受け取り人の「桂勘左」には（元辰）との注がある。中島元宮司は
　相杜主殿は正徳前後長府藩の者で、同類文書中正徳四年と年号明記のものもある。三吉、田代、桂の諸人は未詳かにしないが…
と述べている。
　これらの人物については上記『赤間文書』右注を参考にして、昭和四十六年十月、下関図書館発行の『御当家御役人前帳』（史料叢書２）という長府藩の役職をまとめた資料集を見ると、
①御職役
　寛永十三丙子マテ
　　　三吉藤右ヱ門　規為
同十三丙子秋ヨリ同十九年壬午迄
　　　伊秩采女正　元処
同十六己卯ヨリ再勤十九壬午マテ
　　　三吉藤右ヱ門　規為
同廿癸未ヨリ正保四丁亥迄
　　　井上三郎兵衛　元可
同四丁亥ヨリ明暦三丁酉マテ
　　　相杜下総　元周

万治元戊戌ヨリ同二巳亥マテ
田代八郎兵衛　元信
同二巳亥ヨリ寛文四甲辰マテ
三吉五郎兵衛　元忠
同四甲辰ヨリ同十庚戌マテ
桂　勘左ヱ門　元辰
同十庚戌ヨリ貞享四丁卯[ムシ]マテ
細川宮内　広道
寛文十庚戌ヨリ天和三癸亥九月役中病
死
椙杜主殿　元品
右両人寛文十庚戌ヨリ月代リニメ相勤延宝六戊午三月宮内江戸江御供被仰付候ニ付同年春ヨリ翌丁（己）未夏
迄毛利九郎左ヱ門元重主殿元品両人勤之宮内帰着之上同年十月廿九日元重依願御役御免
貞享四丁卯二月ヨリ再勤元禄己巳十月
依願御免隠居
桂　縫殿　元辰
貞享四丁卯二月ヨリ
西　図書　元定
右縫殿元辰御免之後毛利頼母元重為代元定元重両人所勤元禄六癸酉十二月廿五日両人共依願御免

関係する人物と年号は以上の通りかと思われる。この中で「田代」だけは『赤間文書』にも名前が注記されていないが、この『御当家御役人前帳』には「田代八郎兵衛」が出て来る。しかし五十二号書簡の「七郎兵衛」は出て来ない。書簡の差出人であるから、間違えたとは考えにくい。『御役人前帳』を見ると田代家は名家で代々長府藩の中心にいて重役をつとめている家柄であったようであるから、書簡の「七郎兵衛」が正しいのではないか。

さて、長府藩で『御当家御役人前帳』に言う「御職役」という職は『長府毛利家職制表』によると「当職」のことで、次のように説明されている。

一人ヲ置ク時トシテ二人ヲ置クコトアリ文武役員ノ進退黜陟学芸軍務会計殖産等ノ各司ヲ統督シ治務枢要ヲ総理スルナリ

記録所

と説明されており、また下関市立長府博物館に所蔵されている『毛利家事附録』に記されている職制表によると

当職　壱人

藩主の述職就封に係はらず封内遮政総理す。

以上の諸記事から察すると「当職」は藩全般を総理する役職で、重大な役職であったわけである。

『御当家御役人前帳』は長府藩役種、職階及勤仕進退の次第がはっきりとわかるもので、この史料の出現によって『長府藩分限帳』に対し二百年に亘る役人の、それぞれの役々を一貫して見ることのできる重要な史料である。

長府藩でいう「当職」は十名の中から選出任命され、主として国元長府にいて藩の総理、運営に当っていたとされる。

この五十二号書簡の受取人が、おそらく当職であった「桂勘左」こと桂勘左ヱ門元辰で、国元長府にいて藩の総理

に当っていたところへ、江戸から当役であったか、三吉、田代、梋杜の三名が連名でこの五十二号書簡を送って来た。この三名とも長府藩の江戸詰めの重役とみられる。

さて桂勘左が当職の要職にあった期間は、上記『御当家御役人前帳』の年号を見ると、第一期が「寛文四甲辰ヨリ同十庚戌マテ」と、第二期が「貞享四丁卯二月ヨリ再勤元禄己巳十月依願御免隠居」とあるまで。第一期は寛文四年（一六六四）から同寛文十年（一六七〇）までの六年間である。

第二期は貞享四年（一六八七）二月から元禄二年（一六八九）十月までの二年六ヶ月間で、この期日をもって依願御免、隠居したわけである。

五十二号書簡の日付「八月廿二日」は何年であるのか、この史料だけでは決めるのに十分ではないが、だいぶしぼられて来たと思う。

桂勘左が第二期二年六ヶ月間当職をつとめたときであったとすると、『御当家御役人前帳』では「桂縫殿」となっているから、この書簡も「縫殿」になっているはずではないか、と思われるのである。

（四）

次は五十二号書簡の文中に出て来る人物、「永井伊賀守」・「林春齋」・「濃州様」・「殿様」の四人について調査してみたい。

ア、永井伊賀守

『赤間文書』には「（尚庸）」の右注がついている。

中島正國元宮司は『國学院雑誌』（昭和六年一月）に「此の書簡中の、永井伊賀守は武蔵国岩槻城主永井直敬又はその子尚平であらうか」と述べておられる。

ここで寛政年間に江戸幕府が編集した『寛政重修諸家譜』（以下寛政家譜と記す）の永井系図（巻六百二十　大江氏）を見ると、

尚政―尚庸―直敬―尚平（四一二頁系図（1）参照）

と続いている。中島元宮司が指摘された直敬とその子尚平は

直敬―大学　伊賀守　伊豆守　従五位上
　寛文四年生る。正徳元年六月三日卒　年四十八

尚平―大学　伊賀守　従五位下
　元禄十年生る。正徳四年八月二十九日卒　年十八

となっている。中島元宮司は五十二号書簡が書かれた年代を「椙杜主殿は正徳前後の…」と考えられたので、上記永井直敬、尚平父子を充てられたのであろうか。五十二号書簡の『赤間文書』翻刻文には「永井伊賀守（尚庸）」と右注がある。直敬の父親である。

『寛政家譜』によると、

尚庸―大学　伊賀守　従五位下　侍従
　従四位下　永井信濃守尚政が三男、寛永八年生る。
　寛文四年六月九日御朱印下さる。
　寛文四年七月二十八日先に林春齋に命ぜられし本朝通鑑編集のことを奉行すべきむねおほせをかうぶ

る。

寛文五年十二月二十三日若年寄となる。

寛文十年六月三日従四位下侍従にすすむ。

寛文十年六月十九日さきに奉行せし本朝通鑑編集なりしにより、延壽国資の御刀をたまふ。

延宝四年四月四日職を辞す。

延宝五年三月二十七日卒す。年四十七。

略して記すと以上のようになる。桂勘左が寛文四年から寛文十年まで当職で、この永井尚庸が寛文四年三十四歳のとき『本朝通鑑』編集の奉行を命ぜられ、『本朝通鑑』が完成したのが、寛文十年（四十歳）であったわけでちょうど重なるのである。

以上のことから推察すると、永井伊賀守は「尚庸」に間違いないところであり、五十二号の書簡の日付は、桂勘左が在任中で、永井尚庸が三十四歳から『本朝通鑑』完成までの間のいずれかの八月二十二日と考えても無理はないのではないだろうか。

イ、林春齋

次は「林春齋」についてである。春齋については『国史大辞典』その他を参照した。

鵞峯、出家して春齋。林羅山の三男。幕府儒者、恕　春勝。字は子和、子林、之道。のち弘文院学士。向陽軒。葵軒など。元和四年（一六一八）五月京都に生まる。

京都で那波（なわ）活所に師事し筆札を松永貞徳に学ぶ。

寛永十一年（一六三四）十一月一日江戸にて徳川家光に目見得。

寛永十八年より『寛永諸家系図伝』編集に従事。

正保二年（一六四五）十二月法眼となる。

明暦三年（一六五七）父羅山の死により相続。

寛文元年（一六六一）十二月二十八日治部卿法印となり、同二年十月より『本朝編年録』続撰などに従事。

寛文三年十二月には五経講釈残らず終了を賞され、忍岡塾を弘文院と称するよう申し渡され、以来弘文院学士と称した。

寛文四年十月、先の『本朝編年録』を『本朝通鑑』と改め、編集のために忍岡屋敷に国史館を普請した。

寛文十年六月永井伊賀守とともに編集して来た『本朝通鑑』の編集が終了した。

延宝八年（一六八〇）五月五日卒。年六十三。

ウ、濃州様

『赤間文書』には「…濃州様《（稲葉正則）》ニも久々御留置…」となっていて「稲葉正則」の名が記されている。

この人物についても『寛政家譜』（第六百八　越智氏、河野支流　稲葉）を見ることにする。（四一四頁系図（3）参照）

正則―美濃守、従五位下、従四位下、侍従致仕号泰応。

元和九年（一六二三）生まる。元禄九年（一六九六）九月卒。七十四。

春日局の孫。寛永三年（一六二六）母没後祖母春日局に養はる。

寛永十一年三月十九日遺領を相続。

寛永十二年平川口ならびに櫓二箇所の普請をたすけつとめ、十二月朔日毛利甲斐守秀元（長府藩主）が女を娶るべきむねおほせをかうぶる。

寛永十三年日光山に詣でたまふのとき供奉す。

寛永二十年九月十日正則が妹を酒井日向守忠能に嫁し、女子を堀田筑前守正俊に配すべきむね仰をかうぶり、明暦三年（一六五七）九月二十八日御側近くめしつかはるべきむね仰をかうぶり、十二月二十七日従四位下に昇る。—以下略—

また正則は天皇との拝謁や東福門院の病を見舞うなど、いろいろな面で活躍した。天和三年（一六八三）隠元隆琦の滞在についても幕閣にあって取り計らうなどの事項が、目につく。上記の記事は大はばに抄略したものであるが、本論において特に注目されるのは、

「寛永十二年十二月朔日毛利甲斐守秀元が女を娶るべきむねおほせをかうぶる。」

という記事と

「明暦三年九月二十八日御側近くめしつかはさるべきむね仰をかうぶり」

の二つの記事である。

寛永十二年十二月朔日の記事は後でふれる。ここではまず「明暦三年（一六五七）九月二十八日御側近く…」であるが、正則はこの年から天和元年（一六八一）九月六日まで老中をつとめている。「御側近く…」はこのことを指して言っているものと思われる。

五十二号書簡に出て来る濃州様は上記稲葉正則が老中在職中の年代に当ると思われ、そう読んで矛盾しないと考える。

エ、「濃州様殿様…」の「殿様」

『赤間文書』には「殿様《(毛利綱元)》」との右注がある。この人物が当時の長府藩の殿様であったわけである。『寛政家譜』（巻第六百十七大江氏、毛利系図）（四一三頁系図（2）参照）によれば、長府毛利は「秀元―光広―綱元―」と続くが、綱元は三代目に当る。この綱元も若かったと思われるが、五十二号書簡の問題を経験したことになる。また毛利系図で注目されることは、秀元の次女が永井尚庸の兄尚征に嫁し、六女が稲葉美濃守正則と結婚していることである。


綱元―右京、甲斐守　従四位下、侍従。

慶安三年生る。承応二年十月十二日遺領を継、寛文四年十二月二十五日元服、綱元と名乗り、従四位下甲斐守に叙任。

元禄二年十二月十八日侍従にすすむ。

元禄十五年十二月十五日浅野内匠長矩が家臣十人を召あづけられ、十六年十二月四日十人のものに死をたまふ。

宝永六年三月朔日卒す。年六十。


このように記されている。この綱元が藩主のときが、この五十二号書簡の年代に当たり、おそらく彼が元服して間もない頃、老中の稲葉正則や永井伊賀守などのお歴々からの要請などもあって、当時の阿弥陀寺から件の二十巻の平家物語を藩が借り出したのではないだろうか。

この書簡に出て来る人物は概ね上記の通りである。老中稲葉正則、永井伊賀守尚庸、長府藩主毛利綱元は縁戚関係にあることになるわけで、この五十二号書簡はこうした事実をも考慮して読んでみるべきである。

上述して来た人物の考察で、書簡が書かれた年代もおおよそ絞られて来たのであるが、何年の八月廿二日なのかを以下で検討してみる。

（五）

さて、この五十二号書簡に

下関阿弥陀寺廿巻平家永井伊賀守殿へ御指出被成春齋方書取埒明伊賀殿より被差返候濃州様ニも久々御留置被成御覧被遊候…

と記されているが、これは「長府藩主（か藩）から伊賀守殿へ御指出被成」た阿弥陀寺の平家物語が「春齋方書取埒明」つまり林春齋方、おそらく「国史館」で書写がおわって永井伊賀から長府藩へ返された、という内容である。

この辺のことについては林春齋の日記『国史館日録』に記されているので実証できる。「寛文五年（一六六五）十二月二十一日」の記事である。（この記事は『赤間文書』にも引用されている）。いま『国史館日録』記事を引用する。

永伊牧使来—中略—又寄長州赤間関安徳帝影堂所蔵平家物語二十冊、是領主毛利甲斐守所呈也、此書先考少年時西遊、過彼堂所見也、与世上流行平家稍異而詳也、余聞其所談欲見之、然在遠方不能借之、今因官事到于此、可以喜焉、試使友元電覧之則常本所無者稍有之　来春可写之

また同じ『国史館日録』寛文六年二月二日の記事は

二十巻、平家半写之

そして三月二十九日の条に

長州所呈平家物語二十巻書写既了。

さらに寛文六年三月十一日に

長州阿弥陀寺所蔵平家物語二十巻、新写校正、—中略—而返元本於永伊牧而達于毛利氏。

以上の『国史館日録』の記事から、阿弥陀寺の平家物語は確かに国史館に届いたことがわかる。「是領主毛利甲斐守所呈也」とある。上述したように領主毛利綱元が阿弥陀寺から借り出して、永井伊賀守を通して届いた。

この平家については春齋は

「先考少年時、西遊過二彼堂一所レ見也」

と記しているが、このことは「先考」すなわち父羅山が少年の時、「西遊過二彼堂一所レ見也」のおりをいう。羅山は慶長七年（一六〇二）二十歳のときの秋、長崎へ旅行し、帰る途中長門の阿弥陀寺に立ち寄って、この平家物語を見ている。このとき見た平家は実際は何巻であったのか不明である。羅山が約二十年後の元和七年（一六二一）三十九歳のとき書いた『徒然草野槌』には

凡此物語に数本有盛衰記と平家物語と一事の内に不同もあり長門赤間関阿弥陀寺にて見たりしは十六巻あり又和州より来る本を京なる人の許にて見たりしは廿余巻ありき…

と書いている。羅山が見た阿弥陀寺本は本当に十六巻だったのであろうか。羅山程の人が見たのであるから、いくら若い頃だとは言え、そう間違えたとは考えにくい。もし本当に十六巻だったとすると、どう考えればよいか問題であるが、十六巻本という本は現存しない。国史館に貸し出されたときは間違いなく二十巻であったわけである。

十六巻という巻の数には問題があるにしても、春齋は父親が「与二世上流行平家一稍異而詳也」と言っていた平家を「欲レ見レ之」ていたのに「然在二遠方一不レ能レ借レ之」であったが、「今因二官事一到二于此一可二以喜一焉」と言って喜んでいる。そして「来春可レ写レ之」と記しているのである。「今因二官事一到二于此一」とあるから、明らかに

『本朝通鑑』編集のための資料として、老中はじめ縁者が協力して下関から江戸の国史館へ届けられたのである。

さて国史館へ届けられた阿弥陀寺本平家物語を春斎は、上述のように「来春可レ写レ之」と書いている通り翌年の寛文六年二月二日の記事は「半写之」であった。同二月二十九日には「書写既了」。そして三月十一日には「新写校成」を行ない、「返元本」となっていて、『国史館日録』でわかることは、寛文五年十二月末に届けられてから四ケ月程の間に書写が行なわれ、三月はじめに校正まで終了し、「伊賀殿ゟ被差返候」と伊賀守を通して返却されたということである。ところがこの五十二号書簡では「濃州様ニも久〻御留置被成、御覧被遊候」とあって老中稲葉正則のところへ届けられた。老中も、阿弥陀寺の平家物語は大変めずらしいということは春斎などからも聞いていたであろうから、興味があったものと思われる。この老中稲葉は趣味が広く、文学や和歌等、さらに絵画、陶芸等にわたっていたようであるから、平家物語にも興味があったのであろう。老中の所に「久〻御留置」かれた。そして稲葉は長府藩に返すとき、「此平家物語之儀　阿弥陀寺之重物之由候之間、むさと他見不仕、増而自余へ差出、写させ候儀、手堅停止可仕」と注意すべきだといって、返して来た。

老中稲葉正則のところに「久〻御留置被成」た期間がどのくらいであったか不明であるが、私は寛文六年三月十一日以後、寛文六年八月二十二日迄と考える。

この寛文六年（一六六六）という年ならば、老中稲葉正則は明暦三年（一六五七）九月二十八日から天和元年（一六八一）九月六日まで老中職であった。『本朝通鑑』も寛文四年から寛文十年にかけての編集である。永井伊賀守尚庸は寛文四年七月二十八日に『本朝通鑑』編集の奉行に任命されており、延宝五年（一六七七）三月二十七日死亡している。長州藩主毛利綱元だが、宝永六年（一七〇九）三月一日卒である。更に書簡の受取人桂勘左ヱ門もちょうど寛文四年から十年まで藩の当職の重役にあったわけで、この五十二号書簡に関係する人物は全員、この書簡が寛文六年八月二十二日付とすることに抵触しない。

寛文の頃は二十巻の平家物語、いわゆる長門本は、『国史館日録』の林春斎などの記事から察すると、江戸はおろか、京都、大阪あたりにもなかったので、話には聞いていても見ることが出来ず、老中や永井伊賀守などに相談したのであろう。そして長府藩に話が持ち込まれ、藩が阿弥陀寺から借り受けて江戸まで届けた。

老中は自分でも見た上で、返すとき、大事な本であるから他人に見せたり、貸して写させたりしないように伝えよと言って来られたことを、長府藩の江戸詰め重役（当役か）三人連名で、国元長府の桂勘左ヱ門に、阿弥陀寺の平家物語と一緒に届けて来た。そこで藩としても阿弥陀寺へ平家物語を返却するときにこの書簡も添えてとどけたと察せられる。

阿弥陀寺ではおそらくこれ以後、平家物語をそう簡単に他人に見せたり、写させたりしなくなってしまったのではないか。この話が広まり、中にはなんとかしてこの本の写しを手に入れたいと考える者が現われたりする。藩主や藩の重役に頼んだ者（後で述べる）もあったようだ。中にはことわり切れない人もあったかも知れない。そこでこれも想像だが、長府藩や長州藩では、藩で対応しなければならないときのために、お手本とすべき写本を用意しておいたふしがある。例えば内閣文庫の寛保二年本を写したときの長府藩の写本、老中松平定信所望のときの長州藩で用いた写本―国会図書館蔵貴重本（国立国会図書館蔵『長門本平家物語』（貴重本）について「長門本平家物語総合研究第三巻」参照）―のような本が用意されていたのであろう。長門本はこういうかたちで流布して行ったように思われる。

現在長門本は松尾葦江氏のご調査でも七十組くらい現存すると思われるが、基礎的研究という点ではまだおくれていると言わざるを得ない。旧阿弥陀寺は明治になって廃止され、赤間神宮になり、平家物語をはじめ多くの古文書類も引きつがれて現在に至っているが、阿弥陀寺時代からの長門本平家物語はそのめずらしさが評価されたのか、明治に入って国宝に指定されたのであった。国宝に指定されたためか、やはりあまり見ることが出来なかったらしい。しかしこの国宝本は残念ながら第二次大戦で戦災にあってしまって、昭和二十五年に重要文化財に指定されてはいるのだが、現在は完全な形で見ることはできない。しかし松尾氏も調査されたが、現存する数多い長門本の中で、忠実に戦前の赤間神宮本―旧国宝本―を伝えている本、また赤間神宮本より古いと思われる本も現在のところ発見されていないと思われている。旧国宝本は、五十二号書簡が寛文六年であるから少なくともそれ以前からあったわけであるが、この本が長門本の原本なのか、原本でないのか、はっきりしない、長門本の研究はこの辺が霧に包まれている感じである。

（六）

さてこの五十二号書簡についてはじめて紹介した方は赤間神宮元宮司であられた中島正國氏であった。中島氏は『國学院雑誌』昭和六年一月号に、「帝国大学国語研究室」から

一、その書写年代竝に筆者

一、もと十六冊で四冊は補写と聞くが補写四巻は何巻と何巻か

との問い合わせに対して

一、国宝本の巻数は他の長門本諸本と同じく二十巻である。

一、群書一覧に写本十六巻或は十二巻とあることを引き、又林羅山の『徒然草野槌』に「長門赤間関阿弥陀寺にて見たりしは十六巻云々」とあるのは林羅山が二十歳のとき見たもので、その後十九年過ぎてから書いた本であるから十六巻の記事は疑われる。

と答えたとしている。

次に『史学雑誌』（十六編、第六号）の山田安栄氏説を紹介し、「二十巻の内四、五冊は紙質墨色ともに後人の補写して古本の欠脱を補足せし痕跡を留めたり」として、羅山の見た頃は十六巻であったのを補写して二十冊にしたのはその後のことであろう…と述べている。

この山田氏説を点検することもできない今日の旧国宝本の状況では如何ともし難いが、もし補写されたのが事実だとすると、いつごろのことであろうか。少なくとも寛文の頃には補写されていたことになる。

また中島元宮司は旧国宝本について「筆者は明らかに数人である。同一人物の筆と見える巻々にも処により筆力の強弱が現はれ…」と言い、旧国宝本は複数人で書写したと断ぜられている。

更に筆蹟ばかりでなく、書き方、行数も一定していないという。

一丁について

八行書き　一、三、四、六、十九の五巻。

九行書き　二、五、十二の三巻

十行書き　七、八、九、十、十一、十三、十四、十五、十六、十七、二十一の十一巻

十一行書き　十八の一巻

その上目次がある巻、ない巻などにも注目し、多少かなづかいなどにも言及している。

略々以上のような点を調査検討された上、次に国書刊行会本と目次などについて比較し、その違いを述べ、伊藤家本とも比較して、伊藤家本は体裁から見ても旧国宝本の忠実な転写本であると決めつけている。

中島元宮司は前掲『國学院雑誌』掲載論文の終りに補遺として、阿弥陀寺伝来古文書整理中偶然に発見したとして

阿弥陀寺所蔵「長門本平家物語転写の一資料とみるべき文書」、上述（二）で記したいわゆる五十二号の書簡文とだいたい同じものを紹介された。この書簡はこのときまでおそらく紹介されたことはなかったと思われる。以下中島元宮司が紹介した『國学院雑誌』の文は原文とは少し違う部分があるので引用し検討する。

追而得御意候下関阿弥陀寺廿巻平家永井伊賀守殿へ御指出被成春□《?》方書取埒明伊賀殿より被差返候　濃州様にも久々御留置被成御覧被遊候此平家物語之儀阿弥陀寺之重物之由御座候間むさと他見不仕増而自余へ差出写させ候儀手堅停止可仕候由従　濃州□殿様へ御内証に御座候間右之通手堅可□仰渡候　恐惶謹言

八月廿八日　　三吉五郎兵衛　花押
田代七郎兵衛　花押
椙　杜　主殿　花押

桂　勘左様

この中島元宮司紹介の書簡は四ケ所にわたって欠字又は誤植があると考えられる。はじめの「春□《?》方」だが、入る文字はわかっているのにわざわざ□《?》にしたのか（中島元宮司ほどの方ならば、ここへ入る文字はわからないはずはないと考える）、少なくともここは誤植とは考えにくい。二番目の欠字「濃州□殿様」、三番目の「手堅可□仰渡…」で、二番目は「様」が、三番目は「被」が入るはずのものが書写のあやまりか、誤植か不明だが欠けてしまった。したがって文書が、「濃州様には耳へ入らぬようにして（役人に）手堅く仰せ渡すべきである」といった内容になってしまうかと思う。最後の日付であるが、実際は「八月廿二日」であるのだが、これもどういうわけか「八月廿八日」になっている。これも誤植の可能性があるように思う。

中島元宮司は、「濃州様は欠字にしてある所から見て、相当敬意を拂はるべき人と思ふ」と記しているが、原本でも確かに空いていることは確認できる。またはじめの「春□《?》方」だが、ここに「齋」が入るということがわかっていて計画的に「春□《?》方」にしたのか、このため後で誤読が生じている。誤植とは考えにくい。

このように中島元宮司紹介の『國学院雑誌』掲載の五十二号書簡は中島元宮司が「阿弥陀寺伝来古文書整理中偶然、阿弥陀寺所蔵長門本平家物語転写の一資料と見るべき左の一書を発見した。」という前書きがあるのだが、上述して来たように、実際は現存の原本に比べて問題がある。現時点でその原因はわからないが、想像を逞しゅうすれば、この五十二号書簡には副本、つまり写しがあったのではないだろうか。その副本に誤写などがあった。中島元宮司はその写しを発見し、『國学院雑誌』に紹介したとは考えられないだろうか。現存する原本はそう誤読したり、書き違えたりしそうな文書とは考えにくいからである。いずれにしてもこの五十二号書簡の存在は、長門本平家物語研究にとって重要な役割を果すものである。

（七）

長門本平家物語が注目され出したのは昭和三十年代から石田拓也氏や松尾葦江氏によってであったかと思われるが、故渥美かをる氏も平家物語研究では多くの業績をあげられていた。その渥美氏は昭和五十年代に入って内閣文庫の寛保二年奥書のある本を影印で出版された。書写年時の奥書のある本は長門本には少ないが、この寛保二年本は奥書のある本では最も古い本と考えられる。

故渥美氏はこの寛保二年本を出版するに当り、中島元宮司が『國学院雑誌』に掲載の五十二号書簡を利用された。

寛保二年本の識語について、

巻二十の終部に次の識語がある。

平家物語一部二十册所在長門国下関阿弥陀寺也世謂長門本又は赤間本享保之頃故長州刺史可寛得讃岐守大江匡廣所持之正木而命筆工等写之令為家蔵者也

為後証之于旹寛保壬戌晩夏念二　　源　壹近

この奥書によれば、故長州守可寛が、讃岐守大江匡広所持の阿弥陀寺本平家物語の正本を得て、筆工らに命じて写させ、家蔵にしたということを、後証のために源壹近（可寛の子）なる人が、寛保二年（壬戌）六月（晩夏）二十八日（念二）に記したという。

渥美氏によれば、阿弥陀寺本を所持していたという大江匡広は、長府藩六世の藩主毛利匡広で、彼の「所持之正本」とは阿弥陀寺本そのものを指すと考えられる。もし匡広自身が阿弥陀寺本の転写本を所持していたとすれば、「正本」と記すことはできないだろう。

そして藩主の匡広が家督を継ぐことになり（享保三年）、初めて府中に移り住んだのが享保四年で、匡広が何らかの事情で手許に借りていたという意味だと渥美氏は言う。従って識語に「享保之頃」とあるのは、大江匡広が讃岐守として長府藩主となっていた享保四年二月五日から同十三年十月までの九年八ケ月に限定されることになるという。

次いで渥美氏は「長州刺史可寛」とあるのは美濃国郡上八幡城の金森可寛を指し、『寛政家譜』によれば、可寛は宝永四年（一七〇七）十二月、十六歳で長門守に叙せられ、享保十三年（一七二八）三月三日三十七歳で逝くまで任にあり、これは「長州刺史」とあるのと符合する。

ここで渥美氏は、「寛保二年本」が阿弥陀寺本を直接借りて筆写した本だとする証拠として、前述の中島元宮司が

『國学院雑誌』に紹介、報告された五十二号書簡を出して来られたのである。しかし渥美氏は五十二号書簡の原本を見ずに欠字、誤植があると思われる『國学院雑誌』掲載の書簡を利用された。したがってこの書簡の主意を正しく読み取れなかったわけである。

渥美氏は解題で以下のごとく述べておられる。

阿弥陀寺本は永井伊賀守に貸したが、春大《?□》方（□は大であろう）で書写して返却された。濃州様も――これが美濃国郡上八幡の金森可寛を指すと私は考えるのだが――長らく借りておられるが（春に返却され、すぐ金森家に貸出されたとすると、この手紙の八月下旬までは旧暦であるから大よそ半年前後の経過と見られる）この平家物語は阿弥陀寺の重宝であるから、そうムサと他見させてはならず、まして他所へ貸出して写させることは固く停止すべきで、濃州様には耳へ入らぬようにして、（役人に）手堅く仰せ渡すべきである、

という手紙であるというのである。

続いて渥美氏は寛保二年本は確実に阿弥陀寺本からの直接の写しである、と、そして「これ以後堅く門外不出とされた」と考える、と述べ、さらに「原本の文字遣いまで忠実に写そうとしている」と言っておられるが、この点について松尾葦江氏は御著『平家物語論究』（一九八五・三）の「一　長門本平家物語の伝本に関する基礎的研究」において「内閣寛保二年本」として「⑧巻六尾は源平盛衰記により補訂したと思われる。脱落が多い。」とされている。なんとしても渥美説で問題なのは『國学院雑誌』掲載の書簡を思い込みでそのまま利用したために、資料として正しく利用できなかったことである。

本文の対照は、旧国宝本が焼失してしまったので十分調査はできなかったと思われる。もし渥美氏が言われるように寛保二年本が旧国宝本の直接の写しであったとすると、現時点で長門本研究にとっては重大なことなのである。そ

うした写本がないと思われるから、松尾氏のように日本全国に散在している長門本を調査しなくてはならないわけである。したがって渥美氏の言う「大江匡廣所持之正本」は阿弥陀寺本そのものを指すという見方は疑われてくるのである。五十二号書簡の原本が書かれたのが寛文六年（一六六六）八月二十二日であるとすると、この時点で阿弥陀寺では門外不出にしてしまったに違いない。内閣文庫の寛保二年（一七四二）本は七十六年後のことになるから渥美説は俄に信じ難い。

現存する長門本は、そのほとんどの本が書写年代が不明である。松尾氏の調査（「長門本平家物語伝本に関する基礎的研究」『平家物語論究』所収　一九八五・三）を参考に、書写年代のはっきりしている本をひろってみると

1内閣文庫蔵寛保二年本（一七四二）
2岡山大学図書館蔵土肥本、明和二年（一七六五）
3内閣文庫蔵明和六年本（一七六九）
4麻生文庫蔵本安永三年（一七七四）
慶応大学斯道文庫蔵（同）
東京大学蔵南葵文庫本（同）
5広島大学図書館蔵本天明四年（一七八四）
6宮内庁書陵部蔵本文化六年（一八〇九）

年代がわかっている本で、一七〇〇年代のものはだいたい以上である。

数多く現存する長門本の中では、書写年代がわかっていない本に意外に古い本があるかも知れない。また五十二号書簡の寛文六年には確実に存在した旧国宝本（阿弥陀寺本）よりも以前の本は今のところ見出せないようである。た

だこの阿弥陀寺本が寛文六年には確かに二十冊であったことはこの五十二号書簡で証明できるが、阿弥陀寺本にはそれ以前に原本があったのではないかと想像される。

以上この五十二号の書簡は、少なくとも寛文六年頃の長門本の様子を垣間見ることの出来る数少ない貴重な資料であるということは言える。

〈関連論文〉

村上光徳「赤間神宮所蔵五十二号文書の意味―長門本平家物語研究の一手懸かりとして―」（『駒沢短大国文』六号　一九七五・十二）。

村上光徳「『長門本平家物語』流布の一形態―山口県文書館所蔵毛利家文書の場合―」（『軍記と語り物』十三号　一九七六・十二）。

村上光徳「国立国会図書館蔵『長門本平家物語』（貴重書）について―長州藩蔵本か―」（『長門本平家物語の総合研究　第三巻　論究編』勉誠出版　二〇〇五・二）。

（系図1）

『寛政重修諸家譜』第六百二十

大江氏

永井系図

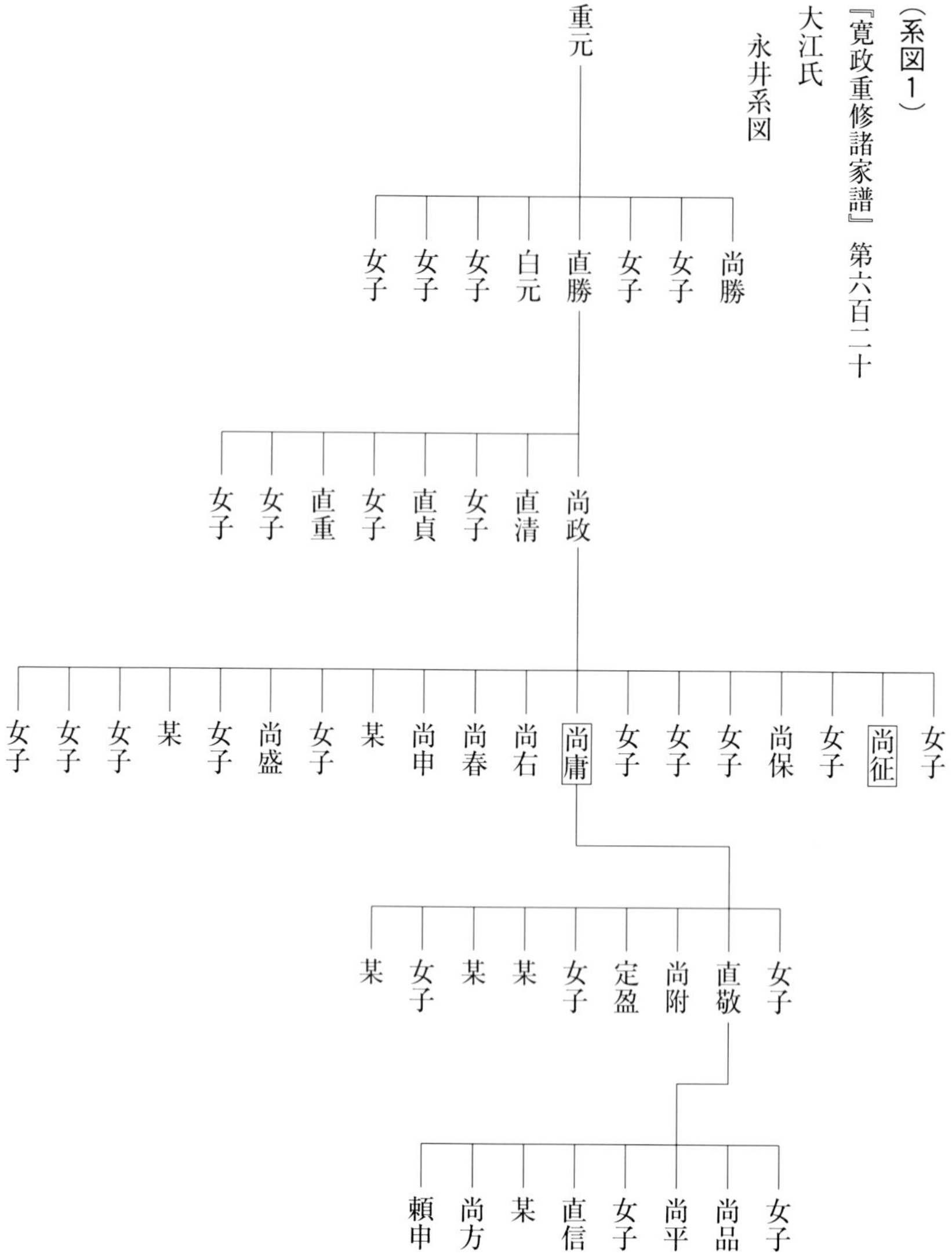

（系図2）『寛政重修諸家譜』巻六百十七
大江氏毛利系図

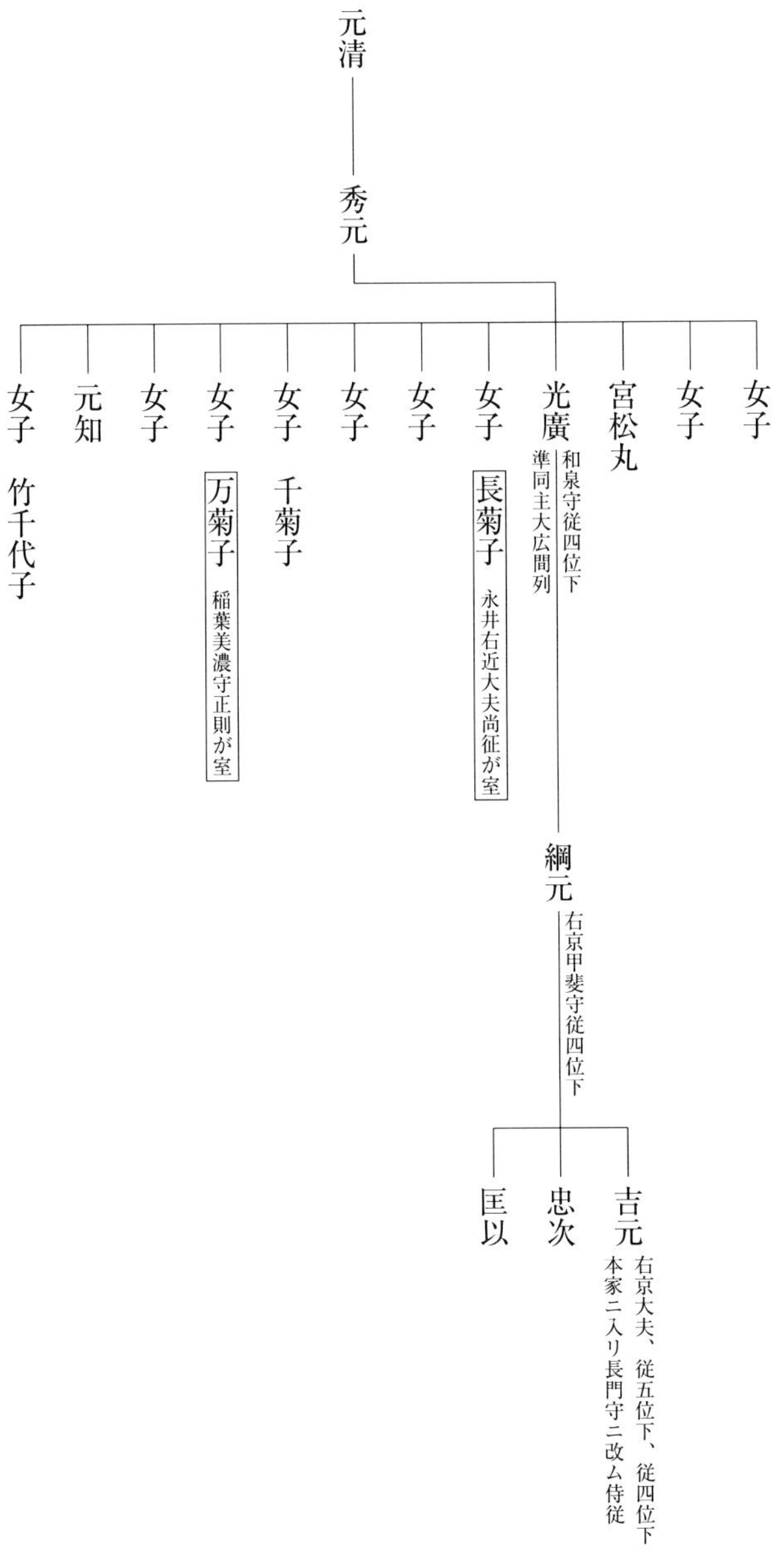

（系図3）

『寛政重修諸家譜』巻六百八

越智氏河野支流

稲葉系図

正成 ―― 正勝 ―― 正則（鶴千代美濃守従五位下　従四位下侍従致仕号泰応　老中）

正則の子:

- 女子
- 正倚
- 正員
- 正辰
- 正直
- 正往《まさゆき》（丹後守従五位下侍従　従四位下母は秀元が女）
- 某
- 利意
- 女子
- 通周
- 某
- 正如

曲亭馬琴と平家物語
——長門本享受への一視角——

大高洋司

一

こと散文に限っても、近世（江戸時代）文芸における平家物語享受の様態はあまりに多岐にわたっていて、私の立場からどこをどのように切り取れば斬新にして鮮明なイメージを提示することができるのか、途方に暮れるばかりである。しかし、「平家物語」諸本の中でも「長門本」と向き合おうとすると、考察可能な範囲は、今度はとたんに狭まってくる。「長門本平家物語」（以下長門本）は、江戸時代においては、一般に長門国赤間関（現山口県下関市）の阿弥陀寺に所蔵されていた一本（旧国宝本、現赤間神宮所蔵）を祖本とする平家物語の異本のひとつと考えられており（実際にはさらに遡るであろうこと、引用の松尾葦江氏論考に指摘がある）、

> …板行されたことはなく、また江戸期において、語りや講読のような形で享受されたとの記録もない。従って、江戸期の長門本の享受・流布は、史料として、あるいは異本平家物語としての知的興味に基き、主として知識階級の中でおこなわれたとみるべき(1)

ものである。松尾氏は、そのことを証拠立てる資料として「近世長門本関係資料一覧」を付しておられる。ここに挙

がっているのは、随筆・紀行等を中心とする四十五点であり、俗文学は含まれない（例外は高井蘭山『平家物語図会』、文政十年〈一八二七〉刊であるが、これも純然たる虚構ではない）。

以下本稿では、松尾氏の調査研究を踏まえ、そこから俗の方向にもう一歩踏み出したところで、長門本を中心に、平家物語の受容を考えようとする。対象は山東京伝・曲亭馬琴、とりわけ後者について、やや具体的に検討を試みたいと思う。

二

曲亭馬琴と長門本のかかわりという点に、一気に論を進める前に、平家物語の読者としての馬琴のレヴェルを知っておくところから始めたい。資料は、必ずしも読本・草双紙等の小説作品ではなくて、早稲田大学図書館曲亭叢書に蔵される『故事部類抄』（馬琴自筆、五冊）、十年ほど前に播本眞一氏が紹介され、その後同大学曲亭叢書研究会の方々の手で徐々に翻刻が進められて、今日に至っている。(2) 播本氏に導かれながら、本稿にとって必要な事柄を摘記させていただくと、『故事部類抄』は「日本の、神話・歴史書・仏書・軍記・説話集・歌書・地誌等からの抜書を集めた類書」であり、全体に、中国の類書『事文類聚』にならって、天部〜鱗魚部・介虫部の二十五の部立てが設けられ、さらに「性行部」に例をとれば、「徳量・堅忍・志気・剛正…」の下位分類二十九項目が並んでいて、その分類基準に従って抄出本文が排列されている。本文を備える項目（項目のみのものもある）は、七八一ある。播本氏の集計によれば、そのうち最も多く抄出が行われているのは「日本紀」で、三〇〇項目にわたり、以下「東鑑」一六〇、「平家物語」八十一、「太平記」六十四、「宇治拾遺物語」四十一、「古今著聞集」十七、「前太平記」十五、と続いていて、これらも含め出典となった書物は六十七部が数えられ、書名を記さず本文のみ抄記したものが四十一項目にわたる。その成立時期について、播本氏は文化五年（一八〇八）頃と推定されており、私もこれに賛同する。

さて、平家物語からの抄記が八十一項目の多きにわたり、全体の第三位にあたるというのは、やはり注目に値する。そこで、一々の項目について、これを現行の活字本何種かと付き合わせる作業を行ってみたところ、馬琴の拠ったと思われるテキストがかなり具体的なところまで浮かび上がってきたので、報告しておきたい。馬琴には、播本氏も『故事部類抄』と同時期の成立とされる『曲亭蔵書目録』（自筆本、一冊、東洋文庫蔵）のあることが知られるが、ここには「源平盛衰記　四十九巻　合巻廿六」（写本はそれと断るのがこの目録の原則なので、版本であろう）の書名はあるけれども、「平家物語」はない。しかし馬琴の見ているのは、現在講談社文庫『平家物語』（高橋貞一氏校注　一九七二）として翻印されている、「元和九年刊行の片仮名交り附訓十二行整版本」（同「凡例」）系統の本であることは、本文がほぼ一致することから明らかであり、恐らく版本と思われる。この系統の版本について、『平家物語と語り』[3] 所収「国文学研究資料館蔵『平家物語』関係マイクロ資料解題」の「【平家物語】語り本版本」に拠って検索すると、当該元和九年版本（通し番号74）は、元和七年版（73）の覆刻にあたり[補1]、以下寛永七年版（81）、万治二年版（89）が確認されている。つまり、『故事部類抄』に見られる平家物語の抄記は、常識的に、語り物系・覚一本の流れを受けて現行の主要テキストに連なる、いわゆる流布本のうち、馬琴の手近にあった近世版本（81か89と推定する）を座右にして行われたものと考えられるのである。

しかし、馬琴は、その本文を、抄出箇所が長きにわたるばあいは適宜省略、時には簡潔に書き換えることも辞さずに、丹念に書き写しており（これは、読本文体の格好のトレーニングになったと思われる）、内容的にも、もちろん全体の名場面を余さずにというような意図はないにしても、展開のツボを良く押さえて、しかも流布本十二巻中、「灌頂巻」を除く全ての巻にわたっている。これはつまり、馬琴が必ずしも平家物語を類書作成の素材としてのみ用いているのではなく、逆に、平家物語精読という行為の副産物として抄出作業が行われているのであり、その結果が、抄記された内容の的確さに繋がっていること、を意味する。

前述のように、『故事部類抄』に収められた抄記は、平家物語に止まるものではない。本来は、平家物語以外についても同様に調べてみた上で言うべきなのであろうが、私は『日本書紀』を初めとする他の多くの資料に対しても、馬琴の態度は変わらなかったと思う。それは、そのようにして『故事部類抄』に抄出されたような書物を血肉化しようとすることが、この時期の馬琴にとって、著述家として、最も上位に属する営為であったと考えるからである。この時期、というのは正確な言い方ではなくて、恐らくは文化元年（一八〇四）頃から、最終的に『故事部類抄』としてまとまりを得た、一連の営為は開始されたと思われる。『故事部類抄』に、『前太平記』（元禄年間刊）からの抄記が十五箇所（上述）含まれていることから、そう忖度する。『前太平記』は、多田満仲から源為義に至る七代の統領を中心に、清和源氏の事跡を辿った近世軍記であるが、本作は、様式的に〈史伝もの〉の先蹤をなす馬琴の読本『四天王剿盗異録』（文化三年〈一八〇六〉正月刊）の主要典拠のひとつとして、作品の時代背景を担っている。さらに、本格的〈史伝もの〉の初作である『椿説弓張月』（文化四年正月～八年三月刊）は、言うまでもなく『保元物語』を前半部の典拠として、為義の八男である源為朝を主人公とする。現在研究者間の常識において、『前太平記』は『保元物語』とは同列に論じられない俗書であり、馬琴自身そのことを認めるに至るが、(4)私は、少なくとも『椿説弓張月』構想の初期段階において、『前太平記』と『保元物語』は馬琴にとってひと連なりのものであったと考えている。(5)いや、今、読本作者（稗史家・戯作者）としての馬琴を想定して右の発言をしたのだけれども、真実は恐らく逆で、馬琴にとっては、「正史・実録」(6)の内実を十分に把握していることこそが、いやしくも著録に携わる者としての大前提であるという意識が強くあり、その努力が、社会的には読本作品（稗史・戯作）のかたちをとって還元されるのだと考えているのであろうと思う。そもそも、『日本書紀』以下、歴史文献の大古典群を次々と精読・抄記するということそのものが、並々でない行為であって、しかも文化元〜五年（一八〇四〜一八〇八）頃の数年間という限られた年月の間に、この作業に注ぎ込まれた膨大なエネルギーに対しては、純粋に感嘆を禁じ得ない。『故事部類抄』に示されているのは、客観的に見ても、著述家馬琴のもつ最良の部分である。(7)

以上の私見にもうひとつ付け加えれば、馬琴をしてこの方向に向かわしめたのは、恐らく先輩山東京伝である。先述の『前太平記』はまた、京伝の読本『善知安方忠義伝』（文化三年十二月刊）の典拠としても採用されており、『四天王剿盗異録』との類似は、偶然とは考えられない。その間の事情について、私は、両作に限らず、文化三、四年頃までの京伝、馬琴の読本作品に顕著に見られる類似は、二人が兄弟作者であることによって起こったものと考えている。(8)そうであるならば、京伝後半生の、現在の〈江戸〉を成り立たせている根源に対する、命を賭けた考証活動の進展を、すぐ隣で目にしていた馬琴が、京伝のその姿勢を我が物としようと奮い立たなかったはずはない。『故事部類抄』の内容は、それほど京伝の考証態度に通うものであり、(9)馬琴は、京伝に倣って「正史・実録」に向かいながら、〈江戸〉という京伝固有のテーマを、〈史伝〉一般へとずらして己れのものとしたのであろう。『故事部類抄』は、いわば馬琴の読史ノートとしてまとめられたのである。

三

平家物語は、馬琴において、保元・平治の争乱をうけ、『東鑑』をはじめとする鎌倉幕府成立以降の「正史・実録」に連なる重要文献という文脈で精読されている。しかし、『故事部類抄』にノートされたのは、流布本の本文であって、そこにはまだ長門本は登場して来ない。読本作品では、『墨田川梅柳新書』（文化四年正月刊）巻之一に、壇ノ浦合戦における平知盛入水が踏まえられるが、ここで取り立てて論ずるほどの内実は持たない。

むしろ注目されるのは、山東京伝の読本『桜姫全伝曙草紙』（文化二年十二月刊）の巻之一冒頭、序・例言に続く「引用書目」三十部の中に「長門本平家物語」の書名が見えていることである。『曙草紙』は、浄瑠璃・歌舞伎等の近世演劇を中心に普く知られる桜姫・清玄譚を題材とし、長編勧化本『勧善桜姫伝』（大江文坡、明和二年〈一七六五〉刊）を踏まえた[10]京伝読本の代表作であるが、管見の限り、江戸期の俗文学において長門本を作品中に取り込んでいるのは、本作が最初であろうと思う。しかし『曙草紙』における長門本の扱いには、やや特殊なものがある。長門本は、巻之二―第六に引用されているのであるが、まずはそこに至るまでの、いわば本作における平家物語の扱われ方について、概観してみたい。

『曙草紙』の時代背景は、源平争乱期から、鎌倉幕府成立後最初の二十年ほどに及び、巻之一―第一の開始早々、桜姫の父方鷲尾《わしのお》家の家系が語られている。鷲尾の家は、丹波の郷士として富み栄えているが、当主義治《よしはる》の父経治は、寿永年中、源義経が鵯越を落として平家を攻めた折に、召されて山路の案内者となり、その後愛臣として仕え、ついには衣川で主に殉じて討死した、と。この一節は、大筋は典拠作『勧善桜姫伝』巻之一「平姓《ヘイセイノ》家譜《カフ》分《フン》二起《キス》鷲尾《ワシノヲヲ》一并義《ギ》経《ケイ》到《イタツテ》二丹山《タンサンニ》一求《モトム》二案者《アンシヤヲ》一」の記述を踏まえているが、『勧善桜姫伝』が義治の父の名を、「鷲尾家乗・大景（系）図・丹波地志」に従って「清久《キヨヒサ》」とするのに対して、京伝は、『勧善桜姫伝』のその章回の末尾に「源平盛衰記ニ曰」として、巻三十六「鷲尾一谷案内者事」の内容を中心に、ダイジェストして引かれている「鷲尾経治」の事跡の方を採用している（大江文坡は、これを「シカレトモ左ニアラス。鷲尾家乗大系図ヲ見ヨ。コノ虚談顕明《ゲンメイ》タリ」とする）。[11] ただし鷲尾家の繁栄の淵源を語るこの挿話は、流布本には出て来ない。

続いて巻之一―第二に、鷲尾義治の妻であり、桜姫の母親である野分の方を、絶世の美女で聡明怜悧、武芸を含め、

諸芸に秀でるという、当時理想の女性として紹介した上で、

此《この》婦人の出生を尋《たづぬ》るに、桜町中納言成範卿《しげのり》盛衰記 平家物語の落胤なり。成範卿下野国室の八嶋に流され給ひし時、賎女《しづのをんな》に契り給ひしが、其女《そのをんな》の腹に宿り、卿帰洛の後出生したる女子《によし》なり。十歳の頃までは農家の貧《まづしき》なかに育《そだて》られ、艱難にくらせしが、鷲尾三郎偶《たま》〳〵此女子《このによし》を見て、貴族の胤といひ美麗なる生れなれば、乞《こひ》とりて養女とし、成人の後子息義治にめあはしけるなり。されば腹こそかはりて卑しけれ、正《まさに》是名におへる小督局《こがうのつぼね》の妹姫なれば、姿美しきも理《ことわり》也。(12)

との一節が記される。傍線部の割注に「盛衰記」と並んで「平家物語」とあるのは、巻之一「引用書目」を信ずれば、長門本のことと考えられるが、続く成範卿が室の八嶋に流されたという記載は、源平盛衰記にあるのみで、長門本の本文には「彼中納言、平治の逆乱の時、事に逢て失《うせ》給ひし」（第一）(13)と記されており、流布本系版本では(14)、清盛の八人の娘の一人を主語として、「桜町の中納言成範卿の北の方にておはすべかりしが、八歳の年御約束ばかりにて、平治の乱《みだれ》以後、引きちがえられて」、別人に嫁したとされる（巻第一）。また、引用の最後の方に出る「小督局」の悲劇は、平家物語中でも良く知られたエピソードであるが、これは盛衰記・長門本・流布本とも、小督は成範卿の娘であるとされている。

野分の方は、こうした記述の断片を踏まえながら、さりげなく作者京伝の善悪観を注入して造形され(15)、物語は、子がなかったために、愛する夫を白拍子玉琴（これも、もとの名は平家物語諸本の「妓（祇）王」を扱った章段に「祇福」として出るのを改名したとする）に見返られた嫉妬の余り、妊娠した玉琴を密かに惨殺（その子供が後の清玄）、翌年娘桜姫が誕生、…と展開して、先に触れたとおり、巻之二‐第六に、桜姫と名づけられた由来に関連して、本文から一段下げで長門本からの引用がある（傍線部が、ほぼ長門本に即している）。

抑《そもそも》桜町中納言成範卿と申すは、武智丸《まろ》十二代の孫《そん》、少納言信西の三男なり。長門本平家物語を案《あん》ずるに、彼《かの》卿を桜町と申ける事は、桜を殊に愛し玉ひて、姉小路室町の宿所に、惣門の見入《みいれ》より西東の町を懸《かけ》て、並木の桜を植通《うゑとほ》されたりければ、春の朝《あした》をちこち人異名《いみやう》に、此《この》町をば桜町と申けるよし盛衰記に吉野の桜を移し植しと云。又一向《ひたすら》花に心を移し、花の陰にて守り明されければ、桜本中納言とも申す。過ゆく春を悲み、来れる春を悦び、桜を待し人なれば、桜町中納言と詔《みことのり》には下されけるとかや。

源平盛衰記云《にいはく》、（中略）かく桜を愛《めで》玉ひし人の孫姫なれば、桜姫と名づけしもうべなりけり。

見てきたように、『曙草紙』においては、専ら源平盛衰記が典拠とされており、長門本の本文であることが示された上で引用がなされるのは、作品全体でも、実はこの一箇所のみにすぎない。しかしこの箇所をめぐっては、むしろ京伝が、一体どうやって長門本を被閲・引用できたのかということの方が問題である。長門本は、「通常、延慶本・源平盛衰記と共に、増補系三本(16)」に属し、流布本より源平盛衰記に近い本文をもつが、版本で容易に見られる流布本・盛衰記に対して、江戸期には写本でしか伝わっておらず(17)、京伝当時においても、珍品・稀覯本と認識されていたであろうことが推測される。京伝は、恐らく自ら長門本を所持していたわけではなく、考証のための資料を渉猟する過程で、何らかの伝手《つて》によってこれを借用・抄記したのであろう。私は長門本の所蔵者を、馬琴読本『標注そのゝゆき』（文化四年正月刊）巻の五表紙見返しの広告に、「於梅粂之助高野薙髪刀《こうやかみそり》」（小枝繁著・蘭斎北嵩画・葛飾北斎校）と共に、「絵入長門本忠臣蔵」（六樹園閲・石川清澄補・蘭斎北嵩画、傍線大高、ただし未刊）とあるところから、石川雅望の周辺かと想像するのであるが、それ以上の手掛りがあるわけではない。あるいは、『曙草紙』の「引用書目」中、京伝が、使用した源平盛衰記のテキストを「異本源平盛衰記」とするところから、これを『参考源平盛衰記』のことと見て、ここに引かれた長門本の孫引きの可能性を考えてもみたが、参考本自体写本のみで版本はなく、京伝にとって見易い本とも思えず、井上啓治氏に倣って、(18) 後考を俟つこととしたい。

『曙草紙』巻之二―第六における長門本からの引用が、一般の典拠作と同列に扱えない所以を述べてきたが、京伝が長門本を引いている理由は、本そのものの珍しさと共に、長門本のこの箇所に、源平盛衰記また流布本と比較して、桜町中納言の花への愛情が、具体的に美しく描写されており、桜姫の母方の祖父として最も似つかわしいと判断したからであろう。しかし、本文から一段下げの引用は、これがむしろ考証の世界のものであることを意味しているようである。ちなみに源平盛衰記をはじめ、「東鑑」・「法然上人絵詞」等「引用書目」に載る文献に基づいた背景の考証は、登場人物（盗賊蝦蟇《がま》丸の出自・敬月《きやうげつ》阿闍梨・法然上人）・時代風俗（烏帽子商人の大《おほ》太郎・紺掻《こうかき》の紺五郎等）にも及んで、目立たないが周到であり、とりわけ巻之二―第八の終り近く、桜姫に執心する清玄を形容する「三井の頼豪が鼠と化《け》すべき勢ひも、かくありつらん」の一節は、京伝読本『昔話稲妻表紙』（文化三年十二月刊）に登場する頼豪院とともに、馬琴の『頼豪阿闍梨怪鼠伝』（文化五年一、十月刊）の構想とも、必ずや繋がりをもっているであろう。私の言うのは、京伝・馬琴は、読史の成果をどのように反映させながら、「小説」のジャンルを先導して行くか、直接語り合う機会がしばしばあっただろうということである。

四

しかし『桜姫全伝曙草紙』は、全体としては、後期読本中最も本格的な文芸性を備える〈稗史もの〉のうち、長編仏教説話（勧化本）に示唆を得た〈一代記もの〉に下位分類すべき内実を有しており、(19) 時代背景としての平家物語世界は、決してないがしろにされているわけではないのだが、本作のメインテーマというわけではなかった。京伝は、自らの読史の成果を表に立てた読本造りは、結局生涯行わなかったのであるが、これに対して馬琴は、『椿説弓張月』

後篇（文化五年正月刊）で、前篇で立てた歴史的枠組を大幅に組み替えたあたりから、いわゆる〈史伝もの〉読本の本格的創作期に入り始めた。京伝の模倣に始まった読史ノートは、まさにその時期に、馬琴においてきわめて自覚的なかたちで『故事部類抄』に綴じ合わされたのだと思われる[20]。〈史伝もの〉読本としては、『弓張月』の続刊に加え、前掲『頼豪阿闍梨怪鼠伝』と、『俊寛僧都嶋物語』（文化五年十月刊）が出た。三井寺の頼豪・木曽義仲・猫間中納言等、平家物語世界に取材しながら、物語の主軸を鎌倉幕府成立後に置く前者については以上に止め、ここでは専ら『俊寛僧都嶋物語』の方を取り上げることにする。本作については、現在最良のテキスト（広島市立図書館浅野文庫所蔵本）に基づく影印と行き届いた解題が提供され[21]、詳細な作品論も備わり[22]、私自身も以前概略的に扱ったことがある[23]が、長門本とのかかわりという視点から眺めた時に、もう少し理解の深まる点があるように思えるからである。

『俊寛僧都嶋物語』は、題名のとおり、平家物語世界を正面から扱った読本として知られるが、巻之一冒頭、自序・硫黄島に建つという俊寛碑の写しとその解説・俊寛が密かに肥前国鹿瀬《かせ》庄に戻り隠棲したという『謡曲画志』（中村三近子、享保二十年〈一七三五〉刊）の一節・口絵に続いて、京伝の『曙草紙』同様「俊寛僧都嶋物語引用書目姓氏古跡出證　凡十五部」が載る（半丁分）。書名を列挙すれば、長門本平家物語・源平盛衰記・東鑑・玉海・千載集・宝物集・保暦間記・義経記・参考太平記・拾芥抄・訓閲集・山州名跡志・応仁記・義経虎之巻[24]・謡曲画志の十五部であり、その最初に長門本が挙がっていることが、何といっても注目される。以上が前半で、後半には、作中の人物の「姓氏」また作中に出る「古跡」が、前半の参考書のどれによっているかが、書名と共に記されている。なぜこのようなことをするのか、その意味が、長門本をヒントにやっと理解できたように思うので、この箇所についても、必要部分に番号を付し、下部の二行割注を一行書きに改めて、列挙しておくことにしたい。

1俊寛が詠歌・長門平家　2黒江《くろえの》三郎・同レシ上ニ　3足摺明神・同レシ上ニ　4松ノ前鶴ノ前・同レシ上ニ又盛衰記　5

鬼一法眼・義経記　6白川湛海・同シレ上ニ　7鎌田三郎正親・同シレ上ニ　8大悲山の隠宅《かくれが》・盛衰記〇長門本に鞍馬の奥、醍醐とあり。筆者のあやまりなるべし。　9俊寛所領十八箇荘・長門平家

以下『太平記』・『中山伝信録』・『山州名跡志』を典拠に、なお三項目が挙がっているが、これらは1〜9に比べると二義的なものと判断するので、ここでは考察の対象から省く。結論から言うと、1〜9は、前掲の俊寛碑・『謡曲画志』の一節と共に、執筆開始段階における『俊寛僧都嶋物語』の構想を示すキーワードである。文化五年当時、馬琴は読本を、常識的には本文成稿後に記される序文も含めて前から後へと書き進めて行き、執筆中に追加・訂正があれば本文中や巻末に断るという方式を常としている。[25]『俊寛僧都嶋物語』の場合には、後考の事項がかなりの量に及んだために、巻之八の一巻分を使用して、附録「俊寛考」を付け足さざるを得なかった。その両方から分かることは、馬琴はまず、享保年間に硫黄島に建てられた俊寛碑に記された没年が、盛衰記・平家物語等と食い違っていることをきっかけに、『謡曲画志』巻九の記載、

古《いにしへ》は人の心もゆるやかにして、厳密の吟味もなかりしかば、成経康頼帰洛の時、俊寛を残し置ん事、不便《ふびん》さに、ひそかに舟にのせ、肥前の国までつれ来《きたれ》り。これ俊寛がいへる、公《おほやけ》の私《わたくし》にて、上代の人情の厚き所也。有王丸が嶋渡りも、肥前まで尋ね下り、僧都卒するまで仕《つか》へけると也。今肥前国かせの庄に、法勝寺《ほふしやうじ》といへるは、俊寛隠居《かくれが》の古跡にて、則この寺の開基となれりとぞ。当寺の縁起にありといへり。[26]

に基づいて、「俊寛於《おいて》二配所一《に》不死《しなず》」とし、これを6白川湛海・7鎌田三郎正親と共に『義経記』に名前の見える5鬼一法眼として復活させることを、作品全体の骨子とした。執筆中、『謡曲画志』の著者中村三近子[27]を号の一致から宇都宮遯庵と誤るというミスを犯し、一度ならず訂正しているが、[28]篠山藩士松崎蘭谷の遺稿を丹波亀山藩の儒臣二名が編集した編年体史書『史徴』（寛政十二年〈一八〇〇〉序）巻二十三に、俊寛が頼朝の時島から戻って奈良に隠れ住ん

だとの記事を見出し、俊寛生還説の権威は、馬琴の意識においては俗説に落ちることなく保たれた。

さてこの大枠の中で、長門本は、上記の1俊寛が詠歌、2黒江（黒居）三郎、3足摺明神、9俊寛所領十八箇荘、においては単独で、4松ノ前鶴ノ前、8大悲山の隠宅、においては盛衰記と共に、『俊寛僧都嶋物語』に用いられていることになる。1〜3・9は、源平盛衰記には見られず、長門本独自の本文によるのであるが、3については、馬琴は結局用いることなく、巻之四・八巻末の「俊寛嶋物語後編」広告中に、改めて加えている。1は、長門本巻第六「有王渡二硫黄島一附有王俊寛問答事」に載る「見せばやな哀と思ふ人やあるとたゞひとりすむ岩のこけやを」を指すが、『俊寛僧都嶋物語』では巻之五-七丁裏に載るこの歌の三句目は「人もあらん」で、馬琴は「イニ人やある」と注記している。馬琴の見た本には、あるいはそうなっていたのかもしれない。前述のとおり、長門本は写本しか存在しないのだから、馬琴も京伝と同じく、何らかの伝手を辿ってこれを実見したはずであるが、その時馬琴が、京伝と全く別のルートで別の本を見ていたとは、私には考えられない。文化五年当時、京伝・馬琴の間には、読本の方向性についての見解の相違が徐々に表面化してきていたはずなのだが[29]、資料をめぐる情報交換のレヴェルでは、君子の交わりが保たれていたということなのであろう。ただ、1は、それのみでは、『曙草紙』の場合と同様、「異本平家物語としての知的興味に基き、主として知識階級の中でおこなわれた」（冒頭松尾氏論考）享受の変形と評されても仕方がない。けれども残る四項目に対しては、馬琴は活き活きと生命を吹き込んでいる。しばらくその点を確認することにしたい。

まず「4松ノ前鶴ノ前」。『俊寛僧都嶋物語』において、「松の前」は俊寛の妻、「鶴の前」は娘であるが、巻之一-第一套に登場する両者がどのような典拠に基づいて形象されたか、「馬琴中編読本集成」版の解題（徳田武・鈴木重三氏）に詳しいので、ここから引かせていただく。

俊寛が成親卿の上童松の前に想いを寄せる設定は、『平家』には拠り所となる記事は見当たらず『源平』三、「成親謀叛事」、成親卿の二人の上童、松の前と鶴の前のうち、鶴の前との間に女子一人を設けた、という設定を踏まえた。また、俊寛と松の前の間に女と男がいる設定も、右の設定に拠り、女の名を鶴の前とするのは、右設定を改変したのである。（中略）清盛がかねて松の前に想いを寄せており、俊寛と彼女を競った、という設定は、『平家女護島』第一、俊寛の妻あづまやに清盛が懸想する、という設定を取り入れていよう。男の名前を徳寿丸とするのは、鈴木が後記する如く『姫小松子日《ひめこまつねのひ》の遊《あそび》』の俊寛の一子徳寿丸を取ったものであろう。

引用の最後は、巻之六・七にまたがる「大悲山の段」は、浄瑠璃『姫小松子日の遊』からの脱化であるとの説で、興味深いが、今は深入りしない。私としては、松の前・鶴の前のことは、『平家物語』流布本にはないけれども、長門本には、盛衰記とやや異同のあるかたちで出ていることを付け足しておきたい。

続いて「2黒江（本文中では「黒居」）三郎」。この人物は、右解題には指摘がないが、馬琴に従って長門本を検索すると、先の「1俊寛が詠歌」と同じ条に、

その中にことに哀なりし事、僧都世にありける時、多く思召仕はれける者どもの中に、殊に不便に思はれける者兄弟二人あり。兄をば亀《松カ》王丸、弟をば有王丸とぞ申ける。彼等二人は、越前国水江庄の住人黒居三郎が子どもなり。かの水江は法勝寺の寺領也。沙汰すべき事ありて、執行自身下られたりけるが、かの黒居が子どもを見給ひて、よきわらべどもなりとて、われに得させよとありければ、奉りけり。斜ならずいとをしみの者に思はれたり。上にはわらはにつかはれけれども、心ざしは子の如く思はれてありけり。中にも松王丸は法師になりて法勝寺の一のあづかりにてぞありける。弟はわらはにてつかひ侍りけり。

と、その名が記される。ここは源平盛衰記には、

僧都ノ当初世《そのかみ》ニ有シ時、幼少ヨリ召仕ケル童ノ三人、粟田口辺ニ有ケルガ、兄ハ法師ニ成テ法勝寺ノ一ノ預也。二郎ハ亀王、三郎ハ有王トテ、二人ハ大童子也。彼《かの》亀王ハ僧都ノ被レ流テ、淀ニ御座《おはせし》処へ尋行テ、…(30)

とあって、共々参照されているのであるが、『俊寛僧都嶋物語』に登場する従者亀王・蟻王の父親の名を「黒居三郎」とするのは、長門本のみである（傍線部）。その黒居三郎は、巻之三第七套に形象化され、亀王（謀反の軍用金を集めようとする俊寛の命を受けて越前水江に赴き、三国の遊女となっていた幼馴染の渡海《わたつみ》に溺れて逐電、主の難儀をよそに見る失態を犯した）を諫め、切腹して果てる見せ場が設けられている。そればかりではなく、馬琴が「9俊寛所領十八箇荘」を言うのは、その一として黒居三郎が住み、亀王・蟻王の本貫である越前水江(31)を含んでいることを強調したいのである（ただし注（13）の国書刊行会本では、寺領の数は「大がらんの寺務八十八ヶ庄の領を司りたまひしかば」（巻第六・前出）となっている）。

これと対になるかたちで、俊寛捕縛後、蟻王夫婦に導かれて、妻子の逃れた大悲山の麓寺谷《てらだに》（蟻王の妻安良子《やすらこ》の実家で、母児《こて》の手と継父案山子郎《かゝしろう》が住む）がある。これも盛衰記に「北方モ鞍馬ノ奥、大悲山ニ忍バセ給シガ」（巻第十「有王渡二硫黄島一」）、長門本に「とかくしてもれ出つゝ、鞍馬のおくや、醍醐なる所に忍ばせ給つゝ、僅かに御身命ばかりこそたすからせ給ひ候しかども」（巻第六・前出）とあるのに拠ったもの。さらに大悲山は、鬼一法眼として京都に戻った俊寛が隠棲する場所でもあり、「8大悲山の隠宅」は、二重の意味を負わされていることになる。

以上長門本を特徴づける2・4・8・9が、それぞれハタラキをもって『俊寛僧都嶋物語』に踏まえられていることを申し述べてみたが、そのうち最も重要な役割を担うのは松の前・鶴の前で、盛衰記・平家物語から『謡曲画志』・『史徴』の証言を経て『義経記』に至る歴史的枠組の内側に、本作の小説的展開を領導する〈読本的枠組〉として設定されている。(32)これについて、必要な部分の梗概を抜書しながら説明を加えてみる。

清盛・俊寛の葛藤の因となった松の前は、硫黄島（鬼界島）で俊寛を殺したとうそぶく清盛方の悪玉難波三郎経房を刺して自害する（巻之一―第一套～巻之三―第八套）。

松の前の遺言に従い、徳寿丸は蟻王を伴って俊寛に会いに硫黄島（鬼界島）に赴き、鶴の前は蟻王の妻安良子に助けられて水江に赴くが、途中与謝の海で、人買い（実は亀王・渡海）のために入水して死に、片袖は亀王の手に、もう片袖は、斬られた安良子の片腕に握られたまま、遠く離れた赤間関で、襲ってきた大章魚《だこ》の足を切った蟻王に発見され、硫黄島にもたらされて、俊寛も鶴の前の書簡と共に、片袖に涙する。自殺を決意した俊寛は失踪（入水するが、暴風でここまで船を流された亀王夫婦に助けられ、生還）、弔う徳寿・蟻王の目前で、片袖は風に乗って去り、俊寛・亀王夫婦の前に鶴の前となって現れ、舞鶴姫として、軍学者鬼一法眼と改名した父と生活を共にする。舞鶴姫は、秘書虎の巻一見のため現れたかつての許婚牛若（義経）を慕うが、大悲山の隠宅に人々が集い、蟻王に見咎められた時、姿が消えて片袖が残る（巻之四―第九套～巻之七―第十五套）。

〈読本的枠組〉としての松の前の役割については、注（23）拙稿でやや詳しく指摘したので省略するが、続いて鶴の前が、多くは「片袖」（傍線部）と化したかたちで、後半の展開を先導し、人々を結びつけて大団円に至らしめていることが、略記した梗概からもご了解いただけることと思う。そして、黒居三郎の子である亀王・蟻王が、一人は忠義の臣、もう一人は不忠者として、一旦表舞台から消える俊寛と入れ替わって〈読本的枠組〉としての松の前・鶴の前を常に支え、あるいは新たな展開を促す補助役を担っている。越前水江と大悲山が、（俊寛の流された硫黄島と共にであるが）人々の活躍の場、またヴェクトルとなっていることは、言うまでもない。つまり馬琴は、長門本平家物語によって得た知見を、考証的範囲に止めず、稗史『俊寛僧都嶋物語』の中核部分に再生させたことになる。

本作において、長門本に絡んで、もうひとつ注目しておきたいことがある。巻之五―第十二套で、人々を大悲山に結集させる外的な要因として、源頼政の蜂起とその失敗が、盛衰記・長門本・武者物語・大系図（十四巻・三十巻）による考証的記載として、簡略に記される。その中に、「予が家の口碑」として「遠江国住人、猪隼太守資《もりすけ》」のことが出てくる。盛衰記・長門本には、敗死した頼政の首を、郎党下河辺藤三郎清恒が落として隠したとあるが、下河辺と共にその首を隠し持って下総古河に逃れ、埋葬したのは猪隼太であり、その子孫は現在武蔵国埼玉郡太田庄（川口村）に住む、と。さらに、「因《ちなみ》にいふ」として、太田庄出身の浮世絵師羽川珍重《はねかわちんちょう》が、馬琴にとっては祖父の叔父である旨が、その事跡と共に二行割注のかたちで記されている。この記載は、考証随筆『燕石雑志』（文化八年正月刊）中、良く知られた巻之五「㊆西鶴（附）羽川珍重」に通うもの。私は、独立して取り上げられることの多い西鶴批判を、暗に「附」の羽川珍重を持ち上げるための馬琴の身贔屓と述べたことがあるが[33]、『俊寛僧都嶋物語』の記事は、明らかにこの箇所の先蹤であり、後年の家譜『吾仏乃記』（家譜第一附録「真中家譜第三」）にも繋がって行くものである[34]。馬琴にとって、平家物語にかかわる考証が瀧沢の〈家〉と交差した瞬間は、私事と知りつつ本文中に書き記さざるを得ないほどの大事だったのであろう。

五

長門本平家物語は、このようにして、馬琴によって読本の中に消化された。これは、長門本享受の証例として、やや貴重なものなのではないかと思う。ただし私としては、だから『俊寛僧都嶋物語』が作品としても優れていると、手放しで考えているわけではない。主題の性格上、ここまで取り上げることをしなかったが、本作には、前掲解題・論考にまとめられた先学の数多い指摘に加え、近年も新たな浄瑠璃作品の投影があげつらわれており[35]、文化三、四年以前に比べると、それまでの通俗本的あるいは軍記的散文体に替わって、文体の基調に七五調のリズムが相当程度に入り込んでいるように見受けられる。しかしこのリズム重視が文章表現を狂わせているフシがあり、馬琴の七五調はベッタリと粘って流れが悪く、下手である。[36]平家物語受容作としての『俊寛僧都嶋物語』に対しては、最近板坂耀子氏の絶賛があるけれども、[37]欠点は欠点として指摘しておかねばならない。七五調の使い手としては、京伝の方がずっと上なのであるが、しかしこうした単純な優劣比較は、例えば長門本受容のあり方において『桜姫全伝曙草紙』と『俊寛僧都嶋物語』の間に優劣をつけようとするような議論と同様に、不毛である。そもそも前者があって初めて、長門本（異本）俊寛物語という後者の試みが、意識的になされたのである。その上で、文化的・倫理的な価値意識において、京伝は十八世紀の人、馬琴は十九世紀の人というのが、現在の私の基本的認識であるが、[38]十九世紀的作者としての馬琴が自己を確立して行く過程における、平家物語受容の位相についての私見を申し述べて、締め括りとしたい。

『俊寛僧都嶋物語』巻之八「俊寛考」の二丁表裏に、四十九部にわたる引用書目が列挙されている。先に挙げた巻之一の書目十五部に対して、執筆中に調査文献が三倍以上に増加したのであるが、中に新井白石『読史余論』（三巻、正徳二年〈一七一二〉成立）が含まれていることが注目される。巻之一自序の日付が「文化戊辰ノ年仲夏（五月）」、巻之八末尾に、「此《この》書戊辰（注、文化五年）八月晦日、倉卒にして筆を絶《とゞ》む」とあるから、『読史余論』の被閲（入手したのであろう）はこの四ヵ月の間ということになる。続いて同年九月下旬に、馬琴は『白石叢書』（写本、三十巻）を購入する。この件について、後篇以降格段の進展を見せた『椿説弓張月』のそれを初めとする考証に用いるためと考えたことがあるが、[39]もしそこに白石その人に対する敬慕があったとすれば、それは具体的に、『読史余論』の著者に対するものであろう。『読史余論』には、武家を中心とする我が国政権の変遷史が、明快・広大な展望をもって記されている。馬琴は、ここに読史の人としての大先達を見たと思う。[補2]先に見た『故事部類抄』のまとまりは、時期的に『読史余論』の被閲に近接する頃であり、恐らく直接の影響下に行われたであろう。馬琴における『読史余論』への親炙は晩年まで続いて、『開巻驚奇俠客伝』（馬琴執筆の第一集～四集は、天保三年〈一八三二〉正月～同六年正月刊）の、ことに第三集には、天武・大友両天皇の争いから南北朝の擾乱に至る史的展望が、『読史余論』の本文を多く踏まえてまとめられている。[40]『読史余論』は、文化五年以降、馬琴にとって座右の書であり、馬琴は常に白石に導かれながら、鎌倉期から室町期へと、〈稗史〉（〈史伝もの〉読本）の題材を徐々に徳川の世に近づけて行ったのではないかと思われる。

すなわち馬琴は、〈稗史〉家としての自己を明確に自覚した、文化五年という年に、長門本を含め、他ならぬ平家物語を『俊寛僧都嶋物語』の題材とした。そのことは、平家物語享受という面からばかりでなく、以後の馬琴文学の展開を考える上でも、押さえておいて損のない事柄であろう。[補3]

注

（1）『平家物語論究』第三章「長門本の基礎的研究」二一五頁（明治書院　一九八五）。
（2）播本眞一「馬琴旧蔵自筆資料二種紹介」（『早稲田大学蔵資料影印叢書』月報39　早稲田大学出版部　一九九三・五）。同「『故事部類抄』について―『南総里見八犬伝』との関連を中心に―」（大東文化大学日本文学会「日本文学研究」一九九四・二）。「翻刻『故事部類抄』」（一）～（八）（「早稲田大学図書館紀要」44～52　一九九七・三～二〇〇五・三）。
（3）村上学編　三弥井選書21（三弥井書店　一九九二・一〇）。
（4）「前太平記といふものはうけられぬ説のみおほかり」（『燕石雑志』（文化八年〈一八一一〉刊）巻之二「十一　鬼神論」）。
（5）拙稿「『椿説弓張月』の構想と謡曲「海人」」（「近世文芸」79　二〇〇四・一）。同「『四天王剿盗異録』と『善知安方忠義伝』」（「国文学研究資料館紀要」30　二〇〇四・二）。

（6）馬琴が権威のある歴史文献を指して用いる語。「史伝」と要約することもある。

（7）播本眞一氏が、注（2）の「『故事部類抄』について―『南総里見八犬伝』との関連を中心に―」で、本書を「著述のための参考資料、趣向の手控として作られたもの」とされたのは、利用された結果の方に比重のかかった見解であると思う。

（8）注（5）「『四天王剿盗異録』と『善知安方忠義伝』」。

（9）『故事部類抄』第三冊「民業部」「漁」に、京伝の読本『桜姫全伝曙草紙』（本論中に後出）に登場する真野弥陀次郎の典拠である『山州名跡志』巻十五の記述が、また第五冊「介虫部」「蟹」に、京伝読本『昔話稲妻表紙』（文化三年〈一八〇六〉十二月刊）巻之五―十六にかかわる『元亨釈書』及び「蟹満寺縁起」の記述が、共にそのまま引かれているのは興味深い。加えて、第三冊「性行部」に、「傾諂」として『太平記』巻第十一から引かれる五大院宗繁のことは、京伝読本『双蝶記』（文化十年〈一八一三〉六月刊）の重要な局面に用いられる挿話であり、種々想像を誘われるが、参考として注記しておく。

（10）中村幸彦「『桜姫伝』と『曙草紙』」（『中村幸彦著述集』第六巻　中央公論社　一九八二　初出一九三七・八）。

（11）井上啓治『京伝考証学と読本の研究』第五章第二節（新典社　一九九七）参照。『勧善桜姫伝』の本文は、『京都大学蔵大惣本稀書集成3　読本Ⅰ』（臨川書店　一九九四）に拠った。

（12）本文は、『山東京伝全集16　読本2』（ぺりかん社　一九九七）に拠り、振り仮名は適宜取捨選択した。他の引用も同様。

（13）国書刊行会版（一九〇六）に拠り、『長門本平家物語の総合研究』第一、二巻（勉誠社　一九九六）を参照した。

（14）先述した講談社文庫版に拠った。

（15）拙稿「『優曇華物語』と『曙草紙』の間―京伝と馬琴―」（『読本研究』第二輯上套　一九八八・六）。拙稿「江戸文学と悪女―『桜姫全伝曙草紙』を読む―」（甲南女子大学公開土曜講座「オルビス」6　一九九〇・四）。

（16）注（1）松尾氏論考二三五頁。同氏は「読み本系三本」とされる。

（17）同右一九九～二一〇頁の諸本調査（63点）、また注（3）所収国文研マイクロ資料解題を参照した。

(18) 注(11)著書四五四、五頁。
(19) 注(8)拙稿。
(20) 拙稿「『椿説弓張月』論―考証と構想―」(「読本研究」第六輯上套　一九九二・九)。
(21) 鈴木重三・徳田武編『馬琴中編読本集成』8(汲古書院　一九九八)。本稿もこの影印本に拠った。
(22) 石川秀巳「『俊寛僧都嶋物語』論序説」(東北大学大学院「国際文化研究科論集」3　一九九五・一二)。同「『俊寛僧都嶋物語』論」(同6　一九九八・一二)。
(23) 拙稿「文化五、六年の馬琴読本」(「読本研究」第五輯上套　一九九一・九)。
(24) 書名の下に二行割注して「明暦丁酉度会浮萍が序あり」とする。
(25) 注(23)拙稿。ただし、この稿では私の理解はまだ中途半端で、現在は本稿に申し述べたように考えている。
(26) 東京芸術大学図書館所蔵本(国文学研究資料館マイクロフィルム)に拠り、句読点は馬琴の引用に従って付した。なお両者の文辞には多少の異同がある。
(27)「中村三近子」については、『日本古典文学大辞典』に要を得た紹介がある(上野洋三氏稿)。
(28) 注(23)拙稿。
(29) 注(23)拙稿、及び拙稿「一九世紀的作者の誕生」(「文学」二〇〇四・五、六)。
(30) 本文は「中世の文学」所収テキスト(三弥井書店　一九九一〜)に拠った。
(31) ただし馬琴は、巻之五‐第十二套末尾に「水江の庄は、いづれの郡に属《しょく》するにや、今詳《つまびらか》ならず。序《つて》あらば、彼国《かの》の人にたづぬべし」とする。
(32) 注(23)拙稿。ただしここでは松の前・鶴の前を馬琴が虚構した人物と誤っている。謹んで訂正いたします。
(33) 拙稿「文化七、八年の馬琴―考証と読本―」(『説話論集』4　清文堂　一九九五)。
(34) 同右。
(35) 菱岡憲司「馬琴読本における「もどり」典拠考」(『読本研究新集』5　翰林書房　二〇〇四)。

（36）注（23）拙稿。馬琴読本における七五調については、野口隆氏にも一連の考察があるが、馬琴のみならず読本の文体を考える上で、きわめて大きな問題を孕んでいると思う。七五調は、『南総里見八犬伝』以降の〈史伝もの〉の文体としても採用されるようになるが、『俊寛僧都嶋物語』には、その萌芽が見出せる。注（23）拙稿では、本作を含む文化五、六年刊行の馬琴読本の文体の拙劣さについて、流行に乗って書肆からの大量注文を無理にこなしたことの悪影響とのみ論じているが、この段階では、従来の読本文体に七五調を大幅に取り込むことに、まだ慣れていなかったとも言えるかもしれない。なお考えを深めたい。

（37）『平家物語』第二章（中公新書一七八七　二〇〇五）。

（38）注（29）拙稿「一九世紀的作者の誕生」。

（39）注（33）拙稿三八八頁。

（40）新日本古典文学大系87『開巻驚奇俠客伝』（岩波書店　一九九八）第一～三集注（大高担当）及び解説拙稿「『開巻驚奇俠客伝』の骨格」。

補注

（補1）脱稿後、小秋元段「杉田良庵玄与の軍記物語刊行をめぐる一、二の問題」（「古典資料研究」第五号　二〇〇二・六）によって、現存する「元和七年版」は、元和九年版の覆刻である寛永七年版の後印であり、元和九年版の元版としての「元和七年版」は、恐らく存在しないことを知った。

（補2）脱稿後、播本眞一「馬琴と異国」（「江戸文学」32「特集・江戸文学と異国情報」二〇〇五・六）から、馬琴旧蔵「白石叢書」の分析を中心に、新井白石に対する馬琴の評価について、多くのことを教わった。『読史余論』に限らず、馬琴は白石に導かれて〈歴史〉を考えようとしている。この点の考究は、馬琴研究にとって重要な課題であろうと思う。

（補3）『兎園小説』（文政八年〈一八二五〉成立）第七集（〈文政八年〉乙酉秋七月朔於文宝堂集会各披講了）の末尾に、「平豊小説弁」が載り、この項目の担当者「著作堂」は馬琴である（日本随筆大成新版による）。題名の「平豊」は、平清盛・豊臣秀吉で、両者の出生をめぐる「小説」的潤色について論じたもの。その中で馬琴は、清盛が白河院の落胤であるという説に対して、父忠盛・院の唱和として知られる「いもが子は」の連歌が、「阿弥陀寺本平家物語」所載の待宵小侍従出生譚にも出ることを、反証として挙げている。

「平豊小説弁」には、拙稿の論旨にとって重要な点が二つある。一つは「阿弥陀寺本」からの引用を含む考証の後半が、「只この一本（流布本）のみならず、おのれ往歳考異の編あり」（カッコ内および傍線大高）との一文から開始されていること。この考証中、足利尊氏の祖となった義包《よしかぬ》が、実は源為朝の子であるという説が傍証として掲げられているが、これと同じ内容が、すでに『椿説弓張月』後篇（文化五年正月刊）冒頭の「備考」に見え、一子朝稚（義包）を討手から救う策略として、大凧に括りつけて大嶋から伊豆へ送るという雄大な趣向を加えて作中に生かされたことは、良く知られている。傍線部の「往歳」は、やはり本論においてしばしば強調した文化五年（一八〇八）頃のことで、この「考異の編」は、官を憚って、『燕石雑志』（文化八年刊）等の考証随筆に収めるのを控えたものではなかろうか。

もうひとつは、「阿弥陀寺本」が、長門の阿弥陀寺の什物で、坊間写本で流布している長門本平家物語とは違うのだと言っていること。馬琴はもちろん現物を見てはいないが、由緒正しい写本に拠ったというのであろう。閲覧先は、例えば兎園会同人のような知識人・蔵書家を想定すべきなのだろうか。そうであっても、馬琴の見たのはやはり山東京伝と同じ本であったろうとの私見に、変更はない（ちなみに、論述中、石川雅望周辺の所持本かとしたのは、あくまで出版広告からの推測にすぎない）。披閲の具体的なルートについては、なお宿題としておきたい。

〔付記〕平家物語という日頃考えたことのない切り口から曲亭馬琴を見直す作業は、戸惑いや不安と引換えに、少なからぬ発見と新たな展望をもたらしてくれた。執筆をご仲介下さった長島弘明氏、また幼稚な質問に懇切に答え、参考書・論文をご教示下さった小川剛生・小秋元段両氏にも、心より御礼申し上げます。

江戸漢詩が詠んだ赤間が関・壇の浦

鈴木健一

一　はじめに

本稿では、赤間が関や壇の浦を詠んだ江戸漢詩における平家滅亡の扱われ方について分析してみたい。

この類の詩には、左に引いた伊形霊雨《いがたれいう》（一七四五〜八七）の七絶のように平家滅亡と関わりのないものもあるわけだが、それらについて今回は取り上げずにおくことにする。なお、霊雨のこの詩は、亀井南冥《なんめい》の「麑嶋《かごしま》城下の作」、宝月の「姫島」とともに九州三絶とされる著名なもの。霊雨は肥後の人で、藩校時習館助教をつとめた。(1)

赤馬が関を過ぐ

長風破浪一帆還　　長風　浪を破つて　一帆還る
碧海遥環赤馬関　　碧海　遥かに環《めぐ》る　赤馬が関
三十六灘行欲尽　　三十六灘《だん》　行々尽きんと欲す
天辺始見鎮西山　　天辺始めて見る　鎮西の山

（楽泮集《らくはんしゅう》）

二　詩を構成する二つの要素

まず、徂徠批判で勇名を馳せた石川鱗洲《りんしゅう》（一七〇七〜五九。京都の人。小倉藩儒）の詩を挙げてみよう。というのも、この詩には「赤間が関・壇の浦」詩の重要な要素がすべて含まれており、同類の詩の中でも典型的なものと言えるからである。

懐古　赤間

一従龍駕失天衢　　一たび龍駕《りようが》の天衢《てんく》を失ひしより
百万貔貅殲海隅　　百万の貔貅《ひきゆう》　海隅に殲《つ》く
環珮雲迷秋水濶　　環珮《くわんぱい》　雲迷うて　秋水濶《ひろ》く
旌旗林静夕陽孤　　旌旗《せいき》　林静かにして　夕陽孤なり
漁樵荒塚弁臣主　　漁樵　荒塚《くわうちよう》　臣主を弁じ
風雨冤魂疑有無　　風雨　冤魂《あんこん》　有無を疑ふ
不見長安何限恨　　見えず　長安　何ぞ限りて恨みん
空臨波際問皇都　　空しく波際《はさい》に臨んで　皇都を問ふ

（石増二先生文鈔）

一首を通釈してみると、以下のようになる。[2]

ひとたび天子の乗り物（「龍駕」）が京都（「天衢」）を逃れてから、百万の軍勢（「貔貅」）も遠く海の片隅である壇の浦に全滅してしまった。

玉のおびひも（「環珮」）を身にまとった平家の公達も、暗雲が低く垂れ込めた海に入って、あとは秋の潮の流れ

のみが広く、
たくさんの旗が静かに残されて、あたりを夕陽が寂しく照らしている。
猟師やきこりたちも、荒れ果てた墓において、主君と臣下の区別ができるほどで、
風雨が激しいと、怨霊（「冤魂」）がいるのかいないのかわからなくなる。
長安のような都は見えず、限りなく恨めしく思われ、
むなしく波打ち際で、皇都はどこにあるのか尋ねてみることだ。

いくつか補足しておくと、首聯は安徳天皇が都落ちして、終に平家が壇の浦で滅んだことを言う。「天衢」は天の街の意だが、ここでは京都のこと。「貔貅」は猛獣の名だが、勇ましく強い兵士の喩え。頸聯の「荒塚」は阿弥陀寺にある平家一門の墓のこと。尾聯は、『平家物語』巻十一「先帝身投」において、二位の尼が安徳天皇をだきかかえて「浪の下にも都のさぶらふぞ」と言って、海深く沈んでゆく場面を踏まえる。

右のなかで、この題材を扱った場合にしばしば用いられる要素――赤間が関・壇の浦を表現する際の共同性とでも言うべき点は、大きく二つに分類される。

一つは、あたり一帯の風景（作者がまのあたりにしていると一応考えられる「現実」の光景）に属するもので、雲、風、雨などの天象、潮の流れ、そして漁師たちである。

もう一つは、『平家物語』の世界（作者が追懐する物語性を帯びた史実）に属するもので、滅んだ平家の運命を哀調をこめて描くことが主眼に据えられ、その中心には安徳天皇への哀悼の思いがある。また、怨霊たちの存在も重要である。

以上を共通項としつつ、独自性をどのように醸し出していくかが詩人たちの課題となったのだろう。

三　二つの要素は統合・昇華される

ところで、右の麟洲の詩について指摘した、「赤間が関・壇の浦」といえば詠まれることの多い二つの要素——周辺の光景と『平家』の世界——は互いに関わりなく一首中に存在しているわけではない。それらが相互に映発し合ってこそ詩的イメージは統合され、昇華される。その具体例を、さらにいくつかの詩によって検討してみたい。

たとえば、梁川星巌《やながわせいがん》（一七八九～一八五八。美濃の人。西遊の旅で多くの西国詩人と交わりを持つ。神田に玉池吟社を結成した。幕末の志士と公卿の仲を取り持ったりもしている）の次の詩を見てみよう。

阿弥陀寺

阿弥陀寺杳何辺　阿弥陀寺　杳《えう》として何辺ぞ
海気濛濛水貼天　海気　濛濛として　水　天に貼《つ》く
夜半火来聞鬼馭　夜半　火来りて　鬼馭《きぎよ》を聞き
雲中柁響見商船　雲中　柁《かぢ》響きて　商船を見る
凄涼破廟荒山雨　凄涼たる破廟　荒山の雨
剝落残碑古路煙　剝落《はくらく》せる残碑　古路の煙
剰有白楊疎影冷　剰《あまつさ》へ　白楊疎影の冷やかなる有り
悲風吹度御裳川　悲風　吹き度《わた》る　御裳川《みもすそがは》

（星巌乙集）

詩題の「阿弥陀寺」の境内には、安徳天皇陵がある（明治八年〈一八七五〉に赤間宮、昭和十五年〈一九四〇〉に赤間神宮となった）。元暦二年（一一八五）壇の浦合戦の際に八歳で入水した安徳天皇がここに葬られたのである。

まず首聯では、霧や煙がたちこめる海岸のさま（「濛濛」）を言い、そのため平家ゆかりの阿弥陀寺もどこにあるのかわからないほどなのである。頷聯では怨霊の乗り物（「鬼馭」）と「商船」とが対になる。首聯から頷聯へと、心細さが徐々に募ってくる。頸聯では、各句毎に「破廟」と「雨」、「残碑」と「煙」が組み合わされて、蕭条たる光景を盛り上げる。そして、尾聯では「白楊　悲風多し（墓場のはこやなぎには悲しい声を立てて風が吹く）」という『文選』「古詩」の一節が踏まえられ、「悲風」が「御裳川」に吹き渡り、哀調は最高潮に達するのである。「御裳川」は、もともとは伊勢の五十鈴川のことで、二位の尼が入水前に「今ぞ知る御裳川の流れには波の下にも都ありとは」と詠んだ故事（源平盛衰記。結果的に安徳天皇の辞世の意味もきかせている）に因む表現。ここは、壇の浦近くにある川の名。

以上のように、「海気濛濛」「商船」「雨」「煙」「悲風」といった自然を中心としたあたりの光景は、平家の滅びゆく運命を哀感とともに歌おうとする作品の基調に寄り添い、その悲劇性を高めていく働きを果たしているのである。

次に木下韡村《いそん》（一八〇五～六七）の詩を見てみよう。(3)韡村は、肥後の人で熊本藩士。藩主・世子の伴読や藩校時習館の訓導などをつとめた。

壇の浦夜泊

篷窓月落不成眠　　篷窓《ほうさう》　月落ちて　眠りを成さず
壇浦春風五夜船　　壇の浦の春風　五夜《ごや》の船
漁笛一声吹恨去　　漁笛《ぎよてき》一声　恨みを吹いて去る
養和陵下水如煙　　養和陵《やうわ》下　水　煙の如し

「夜泊」は、夜、船の中に泊まること。起句は、船窓（「篷窓」）からは月が西に落ちたのが見えるのになかなか眠れないさま。承句では、その船に五更（午前四時頃）を過ぎて春風が吹き渡る。ここまでは壇の浦の光景。転句において、漁師の吹く笛が平家の人々の恨みをこめつつ一声高く響いた。ここに、周辺の光景と平家一門の無念の歴史があたかも夢幻能のように一体となって立ち現れる。結句の「養和陵」は安徳天皇陵。養和陵下の海面――というのも陵は海沿いにあるので――には煙が立ちこめているとすることで、「煙」が幼い天皇の悲運を包みこんで、この詩の哀調を確定させているのである。

次に、村上仏山《ぶつざん》（一八一〇～七九。豊前の人。私塾水哉園を開いた）の詩[4]を掲げる。

壇の浦を過ぐ

魚荘蟹舎雨為煙　魚荘《ぎよさう》　蟹舎《かいしや》　雨　煙と為る
蓑笠独過壇浦辺　蓑笠《さりふ》　独り過ぐ　壇の浦の辺《ほとり》
千載帝魂呼不返　千載の帝魂　呼べども返らず
春風腸断御裳川　春風　腸《はらわた》は断つ　御裳川

（仏山堂詩鈔）

起句「魚荘蟹舎」は漁師の住まい。それは、霧雨が煙のようにぼうっと霞んだ中にある。承句、私は「蓑笠」を着して、ただ一人壇の浦を通り過ぎる。ここまでは嘱目の景。転句では、『平家物語』の世界へ。安徳天皇が入水してから長い年月（「千載」）が経ち、いくら呼んでもその魂（「帝魂」）は返って来ない。結句、二位の尼が詠じた「御裳川」の歌を思い出すと、ここを吹き渡る「春風」によって腸をちぎられるような気持ちになるとして、この詩においても、光景と史実とが幻想的に融合する。

自然／現実／現在と、人間／幻想／過去とが、ある時は対立的に、しかし最終的には親和しつつ、深い物思いに浸っていく。ここには、そのような詩的構造が見て取れる。

四　山陽詩の達成

ここで、頼山陽（一七八〇～一八三二）の詩[5]を取り上げよう。「赤間が関・壇の浦」を扱ったものとして最高の出来栄えだと思うので、丁寧に読解してみたい。山陽は大阪出身だが、父が広島藩儒になったため広島に移住した。その後、備後神辺の廉《れん》塾の塾頭になったこともある。

壇の浦行

1畿甸之山如龍尾　　畿《き》甸《てん》の山は龍尾《りうび》の如く
2蜿蜒曳海千餘里　　蜿蜒《ゑんえん》　海に曳くこと千餘里
3直到長門伏復起　　直ちに長門に到りて　伏して復《ま》た起こり
4隔海豊山呼欲膺　　海を隔てて　豊山《ほうざん》　呼べば膺《こた》へんと欲す
5帆檣林立北岸市　　帆檣《はんしやう》　林立す　北岸の市
6吾自平安来　　吾　平安より来り
7行循山勢与之偕　　行くゆく山勢に循《したが》ひ　之と偕《とも》にす
8驚看海門潮勢如奔雷　　驚き看る　海門の潮勢　奔雷の如く
9屈曲与山相撃排　　屈曲して　山と相撃排するを
10南望予山青一髪　　南のかた予山《よざん》を望めば　青一髪
11海水漸狭如嚢括　　海水漸く狭くして嚢《ふくろ》を括《くく》るが如し
12想見九郎駆敵来　　想見す　九郎敵を駆《か》り来り

13平氏如魚源氏獺　平氏は魚の如く　源氏は獺《かはうそ》
14岸蹙水浅誰得脱　岸蹙《せま》り　水浅く　誰か脱《のが》るるを得ん
15海鹿吹波鼓声死　海鹿《かいろく》　波を吹いて　鼓声死し
16稺龍出没狂瀾紫　稺龍《ちれう》　出没して　狂瀾《きやうらん》紫なり
17敗鱗蔽海春風腥　敗鱗《はいりん》　海を蔽《おほ》うて　春風　腥《なまぐさ》く
18蒼溟変作桃花水　蒼溟《さうめい》　変じて作《な》る　桃花水
19独有介虫喚姓平　独り介虫《かいちう》の姓平《へい》と喚《よ》ぶ有り
20沙際至今尚横行　沙際《しやさい》　今に至るまで　尚《な》ほ横行す
21兜鍪貂蟬両一夢　兜鍪《とうぼう》　貂蟬《てうせん》　両《ふた》つながら一夢
22唯見海山蒼蒼連神京　唯《た》だ見る　海山の蒼蒼として神京に連なるを
23山日落　山日落ち
24海如墨　海　墨の如し
25何物遮船夜啾唧　何物か船を遮つて　夜　啾唧《しうしよく》す
26吾語冤魂且休哭　吾　冤魂に語《つ》ぐ　且《しばら》く哭するを休《や》めよ
27汝不聞鬼武之鬼亦不免餒　汝聞かずや　鬼武《きぶ》の鬼《き》も亦た餒《う》うるを免《まぬが》れず
28身後豚犬交相食　身後《しんご》の豚犬《とんけん》　交《こも》ごも相食《は》みしを

（山陽詩鈔）

右の詩は、文政元年（一八一八）山陽三十九歳の時のものである。便宜上、句ごとに通し番号を付した。

1～11は、壇の浦周辺の光景とそこに至るまでの旅路を描く。畿内（「畿甸」）から下関まで龍のように中国山脈がうねうねと連なること（1～2、6～7）、長門からは豊前の山々が間近に感じられること（3～4）、伊予の山々も南方はるかに見えること（10）などがきびきびと記され、中国・四国・九州の位置関係を読む者に的確に把握させてくれる。なかでも山陽の心を強く捉えたのは壇の浦における潮の流れの速さ（8）と海峡の幅の狭さ（11）であった（このことは14でも「岸蹙り水浅く」と繰り返される）。

1～11の、山陽が実体験を詠んだまとまりから、12の「想見す」というはじまりによって、『平家物語』の世界に思いを馳せるまとまり（12～18）へと場面は一転する。この鮮やかな転換も山陽ほどの技量をもって初めて成るものだ。そこで「想見」された内容はと言うと、義経の大活躍（12）によって、獺が魚を捕らえて食うように源氏は平氏を圧倒し（13）、平家の人々は皆討ち死にしてしまった（14）。いるか（「海鹿」）は波を吹いて戦いは止み（15）、安徳天皇は入水し（16）、海面は血の色に染まった（17・18）というのである。

15・16・17・18について少しずつ補足しておこう。

15「海鹿」は、『平家物語』巻十一「遠矢」において、一、二千のいるかが平家の船に向かって来たので、宗盛が陰陽師に占わせたところ、いるかが引き返せば源氏が負け、逆に平家の船の下を通れば平家が負けるとされ、占いのことばも終わらぬ内にいるかは平家の船の下を通過したという逸話[6]による。

16「稡龍」は子どもの龍で、この場合安徳天皇のこと。「狂瀾」は荒れ狂う大波。「紫」は国王の服の色なので、16は入水した安徳天皇の衣が波間に漂っているさまを詠んでいる。ただし、『平家物語』では安徳天皇は「山鳩色の御衣」（巻十一「先帝身投」）であった。「山鳩色」は、青みがかった黄色。

17・18は魚の死骸（「敗鱗」）に喩えられた戦死者たちが海一面に浮かび、死体の匂いで風も生臭くなり、青海原（「蒼溟」）が桃の花びらで覆われた春の川（「桃花水」）に変わったことを詠む。この「桃花水」は海面が平氏の血で赤く染まったことの比喩なのであろう。杜甫の詩に「三月桃花の水」（「春水」）とあるのも意識されたか（『山陽詩鈔集解』の指摘による）。

12～18は、『平家物語』を踏まえて戦場の様子を生々しく語り、真に迫るものがある。

さて、『平家物語』の世界に遠く思いを馳せていた作者だが、ふと気づくと足許に何かが蠢いているのに気づく。19の「独り」という表現が、あの『平家』の世界はもう夢幻のように過去になってしまったが、これだけはまだ現実に目の前にいるものだというニュアンスをよく表していて絶妙だと思う。平家滅亡後も、平家蟹（「介虫の姓平と喚ぶ」）だけは、あたかも平家の人々の怨念を一身に負っているかのようにして、今の世に至るまで「横行」しているのだ。19・20では、平家の人々／死／人間／過去と平家蟹／生／自然／現在という二項対立によって、平家の人々への追懐が歌われる。

こうも読めるかもしれない。死に絶えたかに見える平家一門は、恨みを内に秘めつつ、蟹に姿を変えて今も生き残っているのだと。そのように、現実と夢幻、現在と過去の境が無くなっていく紛れにこそ、山陽詩のマジックがある。

そうして、都での栄光（「貂蟬」）と戦い（「兜鍪」）はともに夢の世界へと後退し（21）、海と山という自然ばかりが目の前に広がっていく（22）。現実（1～11）を見つつ、過去の世界（12～18）を望見し、それがまるで夢のようなものだったという慨嘆から現実に引き戻される瞬間である。このあたりも詩として上手い。

現実に戻ったのも束の間、夕陽が山に沈み、海は墨のように黒くなる（23・24）と、再び現実に『平家』の夢幻的な世界が侵食する。

何者かが船の行く手を遮ると思ったら、それは平家の怨霊の悲しい泣き声（「啾唧」）だった（25）。私は彼らに言った、「しばらく嘆き悲しむのは止めなさい（26）。おまえたちは聞いてないのか、あの頼朝（「鬼武」）の魂も祭祠を受けられなかったことを（27）。頼朝没後（「身後」）不肖の子孫たち（「豚犬」）が互いに殺しあったのだ（28）」。

「鬼餒」は、子孫がきちんと供養しないと、死者の霊魂が飢えてしまうことを言う、古代中国の信仰に基づく語。「豚犬」は、魏の曹操が征伐した劉表の息子を「豚犬のごときのみ」と言った故事（三国志）による。頼朝（幼名を鬼武者と言った）は確かに平家には勝って鎌倉幕府を開いたかもしれないが、二代将軍頼家、三代将軍実朝がいずれも「豚犬」のような者たちであったため、頼朝の霊だって満たされぬ思いでいるのですよと平家の怨霊たちに呼びかけて、彼らを慰撫しているのである。

二代将軍頼家は常軌を逸する行動のため伊豆修禅寺に幽閉され、浴室で北条氏に殺される。その弟三代将軍実朝は、鶴岡八幡宮で頼家の子公暁に殺される。公暁は、父の死は実朝の謀略だと北条氏に信じこまされ、復讐しようとしたのである。その後すぐに公暁も殺され、ここに頼朝直系の子孫は絶えてしまった。まさに「身後の豚犬交ごも相食みし」であった（その間暗躍して鎌倉幕府の執権として権力を掌握した北条氏は平直方の後裔であるから、この時点で平氏は源氏に報復したとも言えるわけだ）。

夜になって姿を現した怨霊へ語り掛けるという神秘的な体験の中で、山陽が直接に果たそうとしたのは平家一門の霊を鎮魂するということだった。しかしそれ以上に、源氏も平氏も無力でしかない歴史という大きな流れを感得することが彼の中で強く求められていたと思われる。

五　平家蟹についての補足

ところで、右の山陽の詩にも登場した平家蟹について、いくつか漢詩の例を知り得たので、ここに挙げておこう。

赤間が関の平家蟹を詠ず　朝川善庵

平家将士此頽傾　平家の将士　此に頽傾《たいけい》す
紫蟹空伝鬼面名　紫蟹《しかい》　空しく伝ふ　鬼面の名
晩汐早潮難解甲　晩汐《ばんせき》　早潮　甲を解き難く
二螯八跪自存兵　二螯《がう》　八跪《き》　自《おのづか》ら兵存り
居廻洲渚成愁塁　居は洲渚《しうしよ》を廻りて　愁塁と成し
身住風波是恨城　身は風波に住す　是れ恨城《こんじやう》
宿世劫因猶未尽　宿世の劫因《ごふいん》　猶《な》ほ未だ尽きず
海龍王処也横行　海龍王処に　也《ま》た横行す
（楽我室《らくがしつ》遺稾）

「兵」は兵器、武器。

赤間懐古　草場珮川《くさばはいせん》

旧墟覧物有餘悲　旧墟　物を覧《み》るに　餘悲有り
問水浜来更得奇　水浜《すいひん》を問ひ来るに更に奇を得たり
一自兵戈沈海底　一たび兵戈《へいくわ》の海底に沈みしより
平家遺恨托蟛蜞　平家の遺恨　蟛蜞《はうき》に托せり
（珮川詩鈔）

「兵戈」は平氏（もしくは兵器）。「蟛蜞」は蟹。

六　旭荘の痛罵

さてここで、これまでとは趣の異なった作品を紹介したい。作者は、豊後日田出身の漢学者広瀬旭荘《きょくそう》（一八〇七～六三）。

平家の悲運への哀調をこめた共感という今までの調子とは違い、ここではその悪業を厳しく糾弾することを主調とする。まず漢詩を挙げておこう。(7) 山陽の時と同様、句ごとに通し番号を付した。

壇の浦行

1 君不見　　君見ずや
2 諸盛売国兼売身　　諸盛《しょせい》　国を売り　兼ねて身を売り
3 遺墳累累立海浜　　遺墳　累累として海浜に立つを
4 擁君弄権愚人骨　　君を擁して権を弄《ろう》す　愚人の骨
5 不生蕙蘭生棘榛　　蕙蘭《けいらん》を生ぜず　棘榛《きょくしん》を生ず
6 至今冷雨盲風夜　　今に至るまで冷雨盲風の夜
7 波間幾処泣妃嬪　　波間　幾処か　妃嬪《ひひん》を泣かしむる
8 老禿狼啖而虎視　　老禿《ろうとく》　狼啖《ろうたん》して虎視するも
9 豪才雄略無与比　　豪才　雄略　与《とも》に比《なら》ぶもの無し
10 天風吹折庭闈松　　天風　吹き折る　庭闈《ていゐ》の松
11 一家棟梁先朽矣　　一家の棟梁　先《ま》づ朽ちたり
12 不供流人血髑髏　　流人の血髑髏《けつどくろ》を供へずんば
13 吾豈肯享児曹祀　　吾　豈《あ》に肯《あ》へて児曹《じさう》の祀《し》を享《う》けんや

14平氏之鬼　　平氏の鬼
15不餒而違吾遺言　　餒《う》えずして吾が遺言に違ふ
16不肖子　　不肖の子
17不肖子乃螟蛉虫　　不肖の子　乃《すなは》ち螟蛉《めいれい》の虫
18気象不与兄弟同　　気象　兄弟と同じからず
19万里頭顱人不送　　万里の頭顱《とうろ》　人送らず
20吾戴吾頭献於東　　吾　吾が頭を戴いて　東に献ず
21面縛七匝仇人墓　　面縛せられて七たび匝《めぐ》る　仇人《きうじん》の墓
22死有何顔見乃翁　　死して何の顔有つてか乃翁《だいをう》に見《まみ》ゆる
23寒潮渺渺蒹葭短　　寒潮　渺渺《べうべう》として　蒹葭《けんか》短く
24海門日落愁烟満　　海門　日落ちて　愁烟満つ
25人間俯仰成盛衰　　人間　俯仰《ふぎやう》にして盛衰を成し
26源興平蹶変寒暖　　源興り　平蹶《たふ》れて　寒暖を変ず
27善戦徒称源九郎　　善戦　徒《た》だ称す　源九郎
28秋風傷心衣川館　　秋風　心を傷ましむ　衣川の館《たて》

（梅墩《ばいとん》詩鈔《ししよう》）

まず、平家の人々（「諸盛」）が私利私欲に走り（2）、幼い安徳天皇を擁して権力をほしいままにし（4）、今となっては彼らの墓が累々と海岸に立ち並んでいる（3）。1～7は、平家の人々の愚かさを批難する。7の「妃嬪」は、海に身を投げた平家の女官たちを言う。

8～11は、逆に清盛（「老禿」。年を取って頭のはげた人）のすぐれたさま（「豪才」「雄略」）を述べ、「庭闈（父母の居室）の松」のような清盛が死んだのが平家没落の始まりだったことに触れる。

12～16は、清盛の亡霊のことば。清盛の遺言は、頼朝（「流人」）の首を見ないうちは安らかに死ぬことはできない、供養などしなくてよいから、その首をはねて我が墓前に懸けよという内容だった（12・13）。しかし、残された者たちはそれができなかったため、清盛は彼らを罵ったのである（14～16）。

17～22では、さらに平宗盛へ批難が集中する。兄重盛や弟知盛とは比べようもなく劣っていた（18）宗盛は、捕らわれて鎌倉へ護送されてしまう（20）。何の面目があって清盛（「乃翁」）に顔を合わせることができようかと言うのである（22）。

じつに激烈な批判だが、ここで一転、場面は壇の浦の光景になる。23～24がそれだが、ここでは先述したような常套的な景物「潮」や「烟」が用いられ、憂いのこもった自然の光景は滅びた平家の悲運と融け合っていく。このあたりは、これまでの詩と通じ合うものがある。

もっとも、作者旭荘は徒らに平家を罵倒しているわけではない。27～28で、称賛されるばかりの義経であっても衣川の館で悲劇的な最期を迎えたではないかと結ぶことによって、完全な勝者などいないという、山陽詩の末尾と同様の論理がここでも持ち出されてくるのである。

七　地域への親近感

では最後に、中邨嵒洲《なかむらがんしゅう》（一七七七～?。備前岡山の人）の詩を紹介しよう。

備中

赤馬関近蒼烟隔
鐘声度波秋欲夕
蕭然客枕転添愁
水浜往事問無跡
維昔平家全盛時
跋扈擅威極横逆
一門栄華誰比肩
楽極哀生知言格
一自流人呼海隅
四海腥風乱兵革
不知天意放余殃
還使帝子狩遐僻
鷁首漂波終不帰
忽為江魚腹中獲
爾来星霜六百年
俯仰江山弔古昔
今我幸為太平民
吟風酔月四十春

赤馬が関は近く　蒼烟《さうえん》隔て
鐘声　波を度《わた》つて　秋　夕ならんと欲す
蕭然《せうぜん》たる客枕《かくちん》　転《うた》た愁ひを添へ
水浜の往事　問ふに跡無し
維《こ》れ　昔　平家全盛の時
跋扈《ばつこ》　威を擅《ほしいまま》にして横逆《わうぎやく》を極む
一門の栄華　誰か肩を比《なら》べん
楽極りて哀生じ　言格を知る
一たび流人の海隅に呼《さけ》んでより
四海の腥風《せいふう》　兵革を乱す
天意の余殃《よあう》を放つを知らず
還《ま》た帝子をして遐僻《かへき》に狩《しゆ》せしむ
鷁首《げきしゆ》　波に漂ひて終に帰らず
忽ち江魚腹中の獲《えもの》と為《な》る
爾来《じらい》　星霜六百年
江山を俯仰して古昔を弔《とぶら》ふ
今　我幸ひに太平の民と為り
風に吟じ　月に酔ふ　四十の春

余年願窮名山水　余年　願はくは名山水を窮《きは》め
筆底直教文気生　筆底　直ちに文気をして生ぜしめん
（夢遊篇）[8]

長崎へと向かう途次、邑洲は壇の浦に立ち寄った。平家の滅亡について述べたのち、現在の自分が「太平の民」として四十歳を迎えたことを記し、さらに余生における文運を祈って結んでいる。

この邑洲も備前出身だが、これまでの用例からは赤間が関・壇の浦を詠んでいるのは、伊形霊雨・石川鱗洲・木下韡村・村上仏山・頼山陽[9]・草場珮川[10]・広瀬旭荘ら西日本に関わりの深い詩人が多いことに気づかされる。もちろん、江戸の友野霞舟《とものかしゅう》（一七九一～一八四九。幕臣。昌平黌に学び、甲府徽典館学頭となった）にも「壇の浦懐古」七律一首（霞舟吟巻）があり、例外はあるわけだが、本稿では取り上げなかったものの、皆川淇園《みながわきえん》（一七三四～一八〇七。京都の人。開物学を創始した）にも阿弥陀寺についての七律一首（淇園詩文集）があり、[11]菅茶山《かんちゃざん》（一七四八～一八二七。備後の人。私塾・廉塾を開いた）にも「赤間が関懐古」七律二首（黄葉夕陽村舎詩《こうようせきようそんしゃし》）、原古処《こしょ》（一七六七～一八二七。筑前秋月《あきづき》藩士。藩校稽古館教授）にも「阿弥陀寺懐古」七律一首、「春日赤関雑詠」七律一首（ともに古處山堂詩抄〈慶応義塾大学斯道文庫蔵写本〉）、広瀬淡窓《たんそう》（一七八二～一八五六。豊後の人。私塾咸宜《かんぎ》園を開いた。旭荘の兄）にも「赤間が関の朝望」七律一首、「壇の浦」七古一首、「赤間関雑詩」七絶二首（ともに遠思楼詩鈔）があるといった具合に西日本出身者による詠詩は多い。そのような地域への親近感とでも言うべきものに支えられて、「赤間が関・壇の浦」詩は成り立っている。

注

（1）「この詩は藪孤山の詩と伝うるものがあるが、孤山の編纂になる『楽泮集』に、霊雨の作としているから、明らかに誤りである」（猪口篤志『日本漢詩鑑賞辞典』角川小辞典　一九八〇）

（2）注（1）猪口書を参考にした。ただし、本文に異同があり、本稿では『石増二先生文鈔』（寛政二年刊）によった。
（3）原文未見。注（1）猪口書、『新釈漢文大系　日本漢詩上』（明治書院　一九七二　猪口篤志）を参考にした。
（4）注（3）新釈漢文大系、菅野礼行・国金海二『漢文名作選5　日本漢文』（大修館書店　一九八四）を参考にした。
（5）『江戸詩人選集』第八巻（岩波書店　一九九〇　入谷仙介）、『新日本古典文学大系66　菅茶山頼山陽詩集』（岩波書店　一九九六　水田紀久・頼惟勤・直井文子）を参考にした。
（6）この逸話は『平家物語研究事典』（明治書院）等によると、覚一本にはあるが、屋代本では「鮪」として別筆で「イルワ」と傍記され、四部合戦状本では「鰒（フカ）」、延慶本にはない。
（7）『江戸詩人選集』第九巻（岩波書店　一九九一　岡村繁）を参考にした。
（8）『夢遊篇』（太平書屋　二〇〇五　高橋博巳解説）を参考にした。
（9）他に「赤関雑詩」七絶一首（山陽詩鈔）もある。
（10）他に「阿弥陀寺に、知盛・教経諸将の画像を観るの作」七絶一首（珮川詩鈔）もある。
（11）北島剛樹「皆川淇園年譜稿」（二〇〇四年度・学習院大学大学院修士論文）に引用。

〔付記〕関連論文として、拙著『江戸詩歌史の構想』（岩波書店　二〇〇四）第五章「絵画体験の浸透」の第一節「詩人たちの昂揚―勿来の関と源義家」、第二節「イメージの共有―笙を吹く新羅三郎」をご参照いただければ幸いである。

跋

本書刊行の趣旨は巻頭の序に述べられた通りである。書名は、焼失資料「懐古詩歌帖」に収められていた「赤間関和大鑑旧韻」と題する愚中の詩の一節（八〇頁参照）から採った。

本書は赤間神宮に収蔵される古典籍、それらに関連する資料、及び収蔵琵琶の解題を中心とする第一部と、諸家にお寄せ頂いた論考十五篇を中心とする第二部とから成る。第二部の執筆をお願いするに当っては、壇之浦、赤間関、平家、『平家物語』などをキーワードとして、自由に題をお決め頂いた。おおよそこの分野で、もしくはこの分野と重複しないように、とお願いをした場合もある。その結果、いずれも力作をお寄せ頂き、このように充実した論集を編むことができた。歴史・有職故実・文学にわたり、院政期から幕末に至る、そして多方面と関連しつつもゆるやかな統一性を保った企画は、本書だから実現し得たものと考えている。

本書の最初の読者は、編集をお引き受けした私だったわけであるが、『平家物語』はもとより、赤間関をめぐる文化交流、阿弥陀寺の沿革、消息経、近世文化人の活動その他、貴重な勉強をさせて頂き、各論考をわくわくしながら読んだ。至福の時であったというべきであろう。また昨夏から数次にわたり、解題調査のために赤間神宮をお訪ねした若い人たちにも勉学の機会を与えて頂いた。お世話になった多くの方々に心から御礼を申し上げる。

なお本書の中でしばしば論じられる長門本『平家物語』は、諸本の多様さで有名な『平家物語』の中でも、二十巻仕立てというやや特異な構成をとり、現今注目されている延慶本とごく近い兄弟関係にありながら、覚一本や『源平盛衰記』との共通本文、一方で独自記事をも多く有する異本である。長門国阿弥陀寺蔵として知られ、近世の史家・

文人も注目してきたが、未解明の課題が少なからず残されており、今後の研究に期待するところ大である。

地名について、現在は「壇ノ浦」と表記されるが、『平家物語』等では「壇浦」「壇の浦」と書かれることも多く、本書の副題としては「壇之浦」を採り、各論文内では執筆者の表記に従った。「赤間関」「赤間が関」についても同様に、各執筆者の表記に依る。

口絵には、赤間神宮収蔵の「安徳天皇縁起絵図」から壇之浦合戦・安徳天皇御入水の場面、及び同じく「平家一門画像」の中から平資盛像を掲げた。『赤間神宮　源平合戦図録』（赤間神宮社務所　一九八五）によれば、前者はもと阿弥陀寺内の安徳天皇御霊堂の障子絵であったが、明治になって軸装に改めたもので、土佐光信画と伝えられている。後者は同じく阿弥陀寺の安徳天皇御影堂の幼帝御尊像の周囲に配置された障子絵を明治に軸装、狩野元信画と伝えられている。

水野宮司のお話では、境内から見える関門海峡を航行する船舶の変遷は、世相を映し、まざまざと時代を顕現しているとのことである。悠久の時は流れ、さまざまのことが行き交う。幾多の精魂を包容して眠る海の王の宮に、本書は御嘉納いただけるものになったと思う。

平成十七年八月　いくさなき世をいのる日に

松尾葦江

執筆者一覧（五十音順・敬称略）

（姓名／所属。専門分野。学位。／主要著書・論文の順に掲げた）

荒木 優也（あらき ゆうや）
國學院大学大学院博士課程後期在学中。和歌文学。修士（文学）。
主要著書・論文／「西行「御裳濯河歌合」の形成―空海「秘密曼陀荼羅十住心論」との関係から―」（國學院雑誌一〇三巻七号 二〇〇二・七）。

石岡 登紀子（いしおか ときこ）
獨協中学・高等学校司書教諭。中世和歌文学。修士（文学）。

内堀 聖子（うちぼり せいこ）
國學院大学大学院博士課程前期在学中。中世日本文学。

上横手 雅敬（うわよこて まさたか）
皇学館大学大学院教授。日本史。文学博士。
主要著書・論文／『日本中世国家史論考』（塙書房 一九九四）、『源平の盛衰』（講談社 一九九七）。

大高 洋司（おおたか ようじ）
国文学研究資料館文学資源研究系教授。近世日本文学。文学修士。
主要著書・論文／新日本古典文学大系八七『開巻驚奇俠客伝』（共著 岩波書店 一九九八）、「一九世紀的作者の誕生」（文学 二〇〇四・五～六）。

小林 健二（こばやし けんじ）
大谷女子大学文学部教授。中世文学。博士（文学）。
主要著書・論文／『中世劇文学の研究―能と幸若舞曲』（三弥井書店 二〇〇一）、『沼名前神社神事能の研究』（和泉書院 一九九五）。

五味 文彦（ごみ ふみひこ）
東京大学教授。日本中世史。文学博士。
主要著書・論文／『平家物語、史と説話』（平凡社 一九八七）、『書物の中世史』（みすず書房 二〇〇三）。

薦田 治子（こもた はるこ）
武蔵野音楽大学教授。日本音楽史。おもに平家（平曲）・琵琶楽。博士（人文）。
主要著書・論文／『平家の音楽―当道の伝統―』（第一書房 二〇〇三）、「琵琶―楽器の種類と変遷」（日本の楽器 東京文化財研究所 二〇〇四・三）。

近藤 好和（こんどう よしかず）
国立歴史民俗博物館客員助教授。有職故実。博士（文学）。
主要著書・論文／『騎兵と歩兵の中世史』（吉川弘文館 二〇〇五）、『源義経』（ミネルヴァ書房 二〇〇五）。

佐々木　紀一（ささき　きいち）
山形県立米沢女子短期大学助教授。博士（文学）。中世日本文学。
主要著書・論文／「我観義経戦記」（国語国文七四―七　二〇〇五・七）。

清水　由美子（しみず　ゆみこ）
東京大学大学院博士課程在学中。中世日本文学。文学修士。
主要著著・論文／「延慶本『平家物語』と『八幡愚童訓』」（国語と国文学　二〇〇三・七）、「将門を射た神の名―都の論理と東国の論理」（国語と国文学　二〇〇五・八）。

須賀　可奈子（すか　かなこ）
國學院大学大学院博士課程前期在学中。中世日本文学。

鈴木　健一（すずき　けんいち）
学習院大学文学部教授。江戸時代文学。博士（文学）。
主要著書・論文／『江戸詩歌史の構想』（岩波書店　二〇〇四）、『林羅山年譜稿』（ぺりかん社　一九九九）。

鈴木　孝庸（すずき　たかつね）
新潟大学人文学部教授。口誦文藝論。文学修士。
主要著書・論文／『越後ごぜうた文藝談義』（新潟日報事業社　二〇〇三）。

鈴木　眞弓（すずき　まゆみ）
宮内庁書陵部図書課図書館係係長。有職故実。
主要著書・論文／『図説宮中行事』（共著　同盟通信社　一九七六）、『有職故実日本の古典』（共著　角川書店　一九七八）。

須田　牧子（すだ　まきこ）
東京都立大学大学院博士課程在学中。日本学術振興会特別研究員。日本中世史。修士（史学）。
主要著書・論文／「室町期における大内氏の対朝関係と先祖観の形成」（歴史学研究七六一号　二〇〇二・四）、「中世後期における赤間関の機能と大内氏」（ヒストリア一八九号　二〇〇四・四）。

砂川　博（すながわ　ひろし）
相愛大学人文学部教授。日本中世文学・時衆学。博士（文学）。
主要著書・論文／『中世遊行聖の図像学』（岩田書院　一九九九）、『平家物語の形成と琵琶法師』（おうふう　二〇〇一）。

谷口　耕一（たにぐち　こういち）
三重県立桑名西高等学校教諭。中世文学。
主要著書・論文／「西行物語の形成」（文学四六―一〇　一九七八・一〇）、「湯浅権守宗重と文覚渡辺党」（千葉大学大学院研究プロジェクト報告書『続・平家物語の成立』一九九九・三）。

谷　知子（たに　ともこ）
フェリス女学院大学文学部教授。中世和歌。博士（文学）。
主要著書・論文／『中世和歌とその時代』（笠間書院　二〇〇四）、『かきやりし黒髪―恋歌への招待―』（フェリスブックス　二〇〇四）。

友次　正浩（ともつぐ　まさひろ）
早稲田塾講師。国語学。修士（文学）。

堀川　貴司（ほりかわ　たかし）
鶴見大学文学部教授。国文学。文学修士。
主要著書・論文／『瀟湘八景　詩歌と絵画に見る日本化の様相』（臨川書店　二〇〇二）。

松尾　葦江（まつお　あしえ）
奥付頁参照

宮田　尚（みやた　ひさし）
梅光学院大学文学部教授。説話文学。文学博士。
主要著書・論文／『今昔物語集震旦部考』（勉誠社　一九九二）。

村上　學（むらかみ　まなぶ）
大谷大学文学部教授。国文学。文学博士。
主要著書・論文／『曽我物語の基礎的研究』（風間書房　一九八四）、『語り物文学の表現構造』（風間書房　二〇〇〇）。

村上　光徳（むらかみ　みつのり）
駒澤大学名誉教授。中世日本文学。文学修士。
主要著書・論文／「『長門本平家物語』流布の一形態―山口県文書館所蔵毛利家文書の場合―」（軍記と語り物十三号　一九七六・一二）、「国立国会図書館蔵『長門本平家物語』（貴重書）について―長州藩蔵本か―」（『長門本平家物語の総合研究　第三巻　論究篇』勉誠出版　二〇〇五・二）。

諸井　耕二（もろい　こうじ）
宇部工業高等専門学校名誉教授。中国文学。
主要著書・論文／「石樵乃木希典の漢詩―雑誌『百花欄』との係わりから―」（宇部短期大学学術報告三一号　一九九四・四）、「『香崖詩鈔』をめぐって―阪谷朗盧、長梅外、乃木希典―」（宇部国文研究二九号　一九九八・三）。

松尾葦江（まつお　あしえ）

一九四三年生。東京大学大学院博士課程単位修了。鳥取大学助教授、椙山女学園大学教授等を経て、二〇〇二年から國學院大学教授。専門は中世日本文学。博士（文学）。主要著書『平家物語論究』（明治書院　一九八五）、『軍記物語論究』（若草書房　一九九六）など。

水野直房（みずの　なおふさ）

一九三四年生。一九五七年國學院大学文学部史学科卒業。同年宮内庁入庁、書陵部編修課勤務。一九八六年赤間神宮宮司拝命。皇太子殿下（今上天皇）御成婚の儀奉仕。赤間神宮戦災復興に従事。

海王宮—壇之浦と平家物語

平成17年10月7日　初版発行

定価は函に表示してあります

編　者　松尾葦江

発行者　吉田榮治

発行所　株式会社 **三弥井書店**

〒108－0073 東京都港区三田 3－2－39

電話 03－3452－8069 振替 00190－8－21125

ISBN4-8382-3141-5 C3395

印刷 光明社